安徽古籍叢書萃編

皖人詩話八種

宋・朱弁等 撰
賈文昭 主編

黄山書社

图书在版编目(CIP)数据

皖人诗话八种 / (宋) 朱弁等撰；贾文昭主编. —合肥：黄山书社，2014.1
(安徽古籍丛书萃编)
ISBN 978-7-5461-4330-9

Ⅰ. ①皖…　Ⅱ. ①朱…　②贾…　Ⅲ. ①诗话-中国-明代　Ⅳ. ①I207.22

中国版本图书馆 CIP 数据核字(2014)第 002689 号

皖人诗话八种

出 版 人　任耕耘
策　　划　任耕耘　赵国华　汤吟菲
执行策划　汤吟菲　徐娟娟
责任编辑　汤吟菲　徐娟娟　周挺启

装帧设计　未　氓
责任印制　戚　帅

出版发行　时代出版传媒股份有限公司(http://www.pressmart.com)
黄山书社(http://www.hspress.cn)
官方直营书店(http://hsssbook.taobao.com)
营销部电话:0551-63533762　63533768
(合肥市政务文化新区翡翠路 1118 号出版传媒广场 7 层　邮编:230071)
经　　销　新华书店
印　　制　安徽联众印刷有限公司

开本　880×1230　1/32　　印张　20.75　　字数　450 千字
版次　2014 年 9 月第 1 版　　2014 年 9 月第 1 次印刷
书号　978-7-5461-4330-9　　定价　220.00 元

序

黄德寬

值此《安徽古籍叢書萃編》編輯出版之際，欣逢新時期安徽古籍整理出版工作步入而立之年！三十年來安徽的古籍整理出版工作，很值得認真地進行一番回顧總結。

一九八一年，中共中央發布《關於整理我國古籍的指示》，成立了以李一氓同志爲組長的國家古籍整理出版規劃領導小組，正式拉開了新時期古籍整理出版工作的序幕。一九八四年，中共安徽省委决定建立安徽省古籍整理出版領導小組，由時任省人大常委會副主任魏心一同志挂帥，聯合了省新聞出版局等政府部門和安徽大學等高等院校、研究單位，正式啓動安徽省古籍整理出版工作。同年，安徽專業古籍出版單位黄山書社也宣告成立。安徽古籍整理出版工作由此翻開了嶄新的一頁。

三十年間，安徽省古籍整理出版工作堅持初衷，克服困難，在政府部門的支持和社會賢達的關心下，經過學者們的艱辛努力，取得了豐碩成果，其最有代表性的成果就是《安徽古籍叢書》的編纂出版。

《安徽古籍叢書》凝結了當代安徽傳統文化研究領域衆多學者與專家的心血和汗水。以吴孟復先生爲代表，組成《安徽古籍叢書》第一届編審委員會，賡續安徽先哲編刊地方叢書盛業，梳理文獻綫索，擬訂叢書子目，擘劃編纂體例。遵循嚴格的學術規範，《安徽古籍叢書》自一九八九年三月刊出第一種——《舊聞隨筆》，截至二〇一三年底，連同修訂再版，出版已突破百種，成爲我國當代古籍整理一個有影響力的品牌。

收入《安徽古籍叢書》的各類古籍，既有朱熹、戴震、俞正燮、凌廷堪、程瑶田、黄生、包世臣、楊仁山、吴汝綸等學術巨擘的著作，也有張孝祥、錢澄之、方苞、方文、施愚山、姚鼐、吴敬梓等文學名家的作品；此外，包拯、朱升、朱元璋、阮大鋮、姚瑩、方孝標、劉銘傳等皖籍著名歷史人物的著述也盡在其中。正是因爲歷代賢哲創造的精神財富，使得《安徽古籍叢書》一經出版即蜚聲海内外，産生了廣泛的社會影響。李一氓同志曾經撰文，欣喜地表示：

『現在有一個好現象，安徽要編印新的《安徽叢書》。』當代著名學者金克木、胡道静、張岱年、程千帆等先生稱道『這是安徽文化事業的一項盛舉』。法國漢學家戴廷傑也對《安徽古籍叢書》堅持嚴格的學術規範稱賞不已。

《安徽古籍叢書》的順利編輯出版，還因爲改革開放帶來的時代機遇。改革開放三十多年來，我國經濟文化繁榮昌盛，使得《安徽古籍叢書》能够得到有關方面的財力支持。上個世紀八十年代，《安徽古籍叢書》編纂在發軔之時，就不斷有項目入選國家古籍整理出版規劃，得到國家各方面的有力支持。最新公布的《二〇一一—二〇二〇年國家古籍整理出版規劃》中，包括《方以智全書》在内的新列《安徽古籍叢書》項目品種就多達四十八種。安徽古籍的整理編纂工作，正是在改革開放的大背景下，在全國古籍整理出版工作的大格局中，取得了突出的成就并展現着美好的未來。

《安徽古籍叢書》的編纂出版，安徽大學『省古籍整理出版辦公室』發揮了重要作用。古籍辦的同志們長期堅守在古籍整理出版崗位，甘於清苦，默默奉獻，辛勤耕耘，爲《安徽古籍叢書》的編纂和安徽古籍整理出版工作做出了突出的貢獻。二〇一〇年，在『全國專業古籍出版社社長年會暨全國優秀古籍圖書評獎會』上，時任國家新聞出版總署副署長鄔書林同志作題爲《無愧歷史 珍惜時代 出好精品》的講話，指出：『安徽是堅持地方古籍整理工作最好的省份。不少地方古籍辦幾乎都撤了，或名存實亡，安徽則堅持不輟，并做了大量工作。』

黨的『十八大』從戰略層面提出扎實推進社會主義文化强國建設，豐富人民精神文化生活，『建設優秀傳統文化傳承體系，弘揚中華優秀傳統文化』。《安徽古籍叢書》立足鄉邦文獻的整理編纂，因應了國家文化建設的宏偉規劃，是文化强省乃至文化强國建設事業的題中應有之義。這項事業遠非一兩代人所能完成，正如一九八一年中央三十七號文件所指出的，『整理古籍是一件大事，得搞上百年』。

《安徽古籍叢書》煌煌巨制，結構開放，歷時久遠。回顧過去，出版較早的圖書有些已經絶版；叢書版式、裝幀也屢經變更。爲適應集中展示、收藏和研究的需要，對已經出版的《安徽古籍叢書》進行階段性的集中梳理，適當遴選，統一版式，影印出版本套叢書是十分必要的。

作爲首套《安徽古籍叢書》選編本，我們希望通過這套書的出版發行，能使更多的讀者瞭解、認識和利用好《安徽古籍叢書》，有更多的皖籍、非皖籍專家學者參與到安徽地方歷史文獻的研究整理工作中來，讓《安徽古籍叢書》在未來不斷發展壯大。這是我們在新時期安徽古籍整理出版事業三十年之際的殷殷屬望！

二〇一四年六月

凡例

一、本編從二〇一〇年（包括二〇一〇年）以前出版的《安徽古籍叢書》中選取文獻資料價值大、校點整理質量上乘、學界仍有需求的圖書進行重印。

二、二〇一〇年以後出版者因市場上新書尚多，此次不復列入。早期所版《文學研究法》《舊聞隨筆》《桐城文學淵源考·撰述考》《桐城耆舊傳》《爾雅翼》等雖均爲叢書的中堅，因已有修訂新版，此次亦不復列入。《安徽古籍叢書附輯》整體不予列入。

三、所選圖書按初版時間先後順序編排。

四、采用原版掃描影印，不重新録排，儘量保存原書面貌。原書頁眉中的明顯編輯錯誤，逕改不出校；《賨山公家議校注》《康輶紀行 東槎紀略》兩種原書無頁眉，現統一補加。

五、重新設計製作封面，統一規格、工藝。一律采用大三十二開本，精裝。《說文假借義證》一書原版爲十六開，一個頁面放兩個中國頁，此次按統一開本重新排版，一個頁面放半個中國頁。

并新附《説文假借義證索引》於該書書末，以方便讀者檢索。《毛詩後箋》《吴汝綸全集》《田間詩學》《説文假借義證》等原書規模較大，爲方便讀者閲讀，現重新分册。另，《竇山公家議校注》保留原書西式裝訂方式。

六、收録叢書文獻由於各種原因，還存在這樣那樣的不足，請讀者批評指正。

第四届《安徽古籍叢書》編審委員會

二〇一四年六月

宋·朱弁等撰 賈文昭主編

皖人詩話八種

黄山書社

（皖）新登字 05 号

责任编辑　彭君华
装帧设计　向　黎
责任校对　南　亩

安徽古籍丛书（第二十二辑）

皖人诗话八种

〔宋〕朱　弁等　撰　贾文昭　主编
徐寿凯　审订

安徽省古籍整理出版规划委员会
安徽古籍丛书编审委员会　编

黄山书社出版　（合肥市金寨路 381 号）
新华书店经销　合肥工大印刷厂印刷
开本：850×1168　1/32　印张：20.625　字数：45,0000
1995 年 5 月第 1 版　　1995 年 5 月第一次印刷
印数：0001-1,200

ISBN7-80535-928-8/I·153　定价：19.50 元

本书承蚌埠市人民政府资助出版谨致谢忱

安徽古籍丛书编印缘起

我国历史悠久，典籍丰富。我省地处南北之交，学术尤擅其盛。数千年来，哲学、史学、文学、艺术、语言、科技，作者辈出，著述如林，或自名一家，或蔚然成派，多为中华民族文化之菁华，有裨于社会主义文化之建设。允宜及时整理，以广流传。

粤自明清，以至近世，南北郡邑已有《泾川丛书》、《龙眠丛书》、《贵池先哲遗书》、《南陵丛书》诸刻。一九三一年，复有《安徽丛书》编刊，所收皆皖人著作，分期影印。出至第六期，以抗战军兴而中止。盛业未竟，论者惜之。

今者，中央倡导整理古籍，我省领导对此尤为关心。省古籍整理出版规划委员会几经商讨，决定编纂《安徽古籍丛书》。编纂宗旨是在历史唯物主义指导下，批判继承，古为今用，弘扬民族优秀传统文化，为建设有中国特色的社会主义服务。最其体例，约有数端：一、所收皆为历代皖人著作，时间一般以「五四」之前为限，根据内容，分类成辑。注意稿本、稀见本之搜辑与传布。二、整理方式包括辑、校、标点和注释、今译。校勘，力求采用善本为底本，校以他书，或加补辑、编次。标点，采用新式标点。注释，务求精确，但不作烦琐考证。整理中，尽量吸收国内外研究的新成果。三、先秦、两汉著作及文字、训诂之书，皆用繁体字；其余则多用简体字。版皆竖排，以期一律。四、凡热心于本丛书编印及捐资助刊者，得于书内题名。

安徽古籍丛书编审委员会

一九九四年六月修订

总目

编选说明

以「诗话」命名的谈诗之作，肇自宋代大文学家欧阳修。欧阳修自称他撰写「诗话」（指《六一诗话》）是「居士退居汝阴而集以资闲谈也」。由于是供人们茶余饭后的「闲谈」，所以他采取的是种自由轻松的随笔形式。其内容多是记述诗人轶事、诗坛趣闻，理论性文字甚少。南宋以后，严肃的诗歌理论著作出现了，象《白石道人诗说》、《沧浪诗话》、《诗法家数》、《诗薮》、《原诗》、《筱园诗话》等就是这方面的显例。但众多的「诗话」著作仍是走着欧阳修的路子，撰写的仍是一些即兴式的谈诗文字。尽管其中或多或少也有某种理论见解，但主要是偏重于记述诗人轶事、诗坛掌故或诗歌本事。故古代诗话大体上可划分为两大类，一是理论类，一是记述类。由于「诗话」数量的增多和谈诗文字的繁富，从南宋开始就又出现了第三类，即综合类，就是把前人已有的成说分门别类加以综合归纳。《诗话总龟》、《诗人玉屑》、《苕溪渔隐丛话》就属于这一类型。

历代安徽籍学者撰写的「诗话」，其数量相当可观。据初步统计，约在六十种以上。可惜大部分已经散佚，仅有存目。有少数名人名作在建国后已经出版。此次编选「皖人诗话」，几经收集和思考，最后选了尚未出版的八种，合为一辑。这八种「诗话」，恰好可划归入上面所说的三类。属于理论类的有明末清初人黄生的《诗麈》和《载酒园诗话评》二种。属于综合类的有清中叶人张燮承的《小沧浪诗话》一种。张氏《小沧浪诗话》不是按人分类立目，而是按理论问题分类归纳，实际上也属于理论类。这三部「诗话」，广泛地论述了诗歌创作的各种重要的理论问题，诸如性情、神韵、含蓄、婉润、意境、风格、比兴、写景、自然、工巧、精思、妙悟、师古、创新以及诗人的立品等等。对于文学爱好者和研究者来说，无疑可以从中吸取丰富的营养，得到良好的教益。属于记述类的有四种，这就是南宋初年爱国志士朱弁的《风月堂诗话》，清前期人赵知希的《泾川诗话》，清中叶人余棐的《白岳庵诗话》，清末民初人方廷楷的《习静斋诗话》和李家孚的《合肥诗话》。这五种「诗话」虽属实录性的记述文字，但其中保留了不少有价值的史料。如《风月堂诗话》中所记载的关于欧阳修、苏东坡等著名文学家的事迹和李清照的佚诗，《合肥诗话》中所记载的清代合肥籍名人显宦龚鼎孳、李天馥以及李鸿章等人的诗作和事迹，对文学史或历史的研究都有一定的史料价值。

本书的整理体例，约有以下数端：

一、「诗话」的文字大都通俗易懂，故此次整理一般仅作点、校，只对某些难点或疑点在「校注」中略加阐释。

二、书中文字有讹脱的，出「校注」注明。明显讹误的，也可以径改，不出「校注」。

三、书中引文与原著有出入的，一律出「校注」注明原文。

四、为便于读者阅读，一律采用新式标点，并在书的前面撰写一篇较详细的「前言」。

限于水平，疏漏与错误之处在所难免，殷切期望专家、读者给予指正。

贾文昭

一九九三年八月

风月堂诗话

〔宋〕朱弁 撰
贾文昭 点校

风月堂诗话目录

前言

朱弁（？——一一四四），字少章，徽州婺源人[一]，是朱熹叔祖[二]。南宋高宗建炎初，以太学生擢任通问副使赴金，向被俘的徽宗、钦宗问安，被扣留十六年。金人强迫他仕奸贼刘豫，他严词拒绝。金人欲迁其官，他又严词拒绝。金人绝其饮食，他誓死不屈。金人一切威胁利诱，均以破产告终。绍兴十三年，和议成，弁方得南归。高宗因其忠节，曾赐以金帛。但因秦桧「恶其言敌情」，南归后仅补官为宣教郎、直秘阁。有司请迁其官，又因秦桧阻挠，仅转为奉议郎。绍兴十四年，病逝。弁之一生，铁骨铮铮，坚贞不二，有苏武之气节，无秦桧之奴颜，堪称是一位卓荦不凡的爱国志士。

据《宋史·朱弁传》记载，弁为文慕唐之陆贽，援据精博，曲尽事理。其诗学唐之李商隐，词气雍容，却并无险怪奇涩之弊。南归后，讲述他在北方所见闻的一批忠臣义士的死节事状，请求朝廷予以褒录。其著作有《聘游集》四十二卷，《曲洧旧闻》三卷，《续骪骳说》一卷，《杂书》一卷，《风月堂诗话》三卷，《新郑旧诗》一卷，《南归诗文》一卷。

按照《宋史》记载，《风月堂诗话》原为三卷。现在仅存二卷，收入《宝颜堂秘笈》。这次整理即以此为底本。

《风月堂诗话》中理论性文字不多，主要是记述唐、宋诗人逸事，尤以宋人逸事最为翔实。其论诗主张主要是崇尚自然，反对「以故实相夸」。对于钟嵘在《诗品》中提出的「至于吟咏性情，亦何贵于用事？」的论点一再表示赞同，认为古往今来的名诗名句都是「得于自然」，「自肺腑中流出」，而不是来自「用事」和「学问」。朱氏这一主张虽然并不新颖，虽然只是前人主张的重申，但在当时却有着很强的现实针对性。在北宋一些诗人特别是黄庭坚的诗歌作品中，炫耀学问，堆垛典故，确实出现了「以文字为诗，以才学为诗，以议论为诗」的倾向〔三〕。其结果，正如钱钟书先生所说〔四〕：读书多的人也许能看出他讲的是什么，读书少的人「只觉得碰头拌脚无非古典成语，仿佛眼睛里搁了金沙铁屑，张都张不开，别想看东西了。」针对这种弊端，朱氏强调「自然之妙」，反对滥用故实，显然是有积极意义的。在这一点上，可以说是开了《沧浪诗话》的先河。当然，朱氏也并非一概排斥「用事」，对于有的「用事精切」的诗他是予以肯定的。这样的科学分析的态度，应该说是正确的，可取的。

在这本《诗话》的记事性文字中，也颇有值得称道之处。

第一，保存了一些有价值的史料。例如关于陈无己、晁以道与曾巩的关系的一条记载：

陈无己与晁以道俱学文于曾子固。子固曰：二人所得不同，当各自成一家，然晁文必以著书名于世。无己晚得诗法于鲁直。他日二人相与论文，以道曰：「吾曹不可负曾南丰。」又论诗，无己曰：「吾此一瓣香，须为山谷道人烧也。」

对于陈师道「得诗法于鲁直」一事，我们从别的史籍中已经知道。但并不了解他竟是如此虔诚地「瓣香」山谷道人。对于他与晁以道「俱学文于曾子固」，并得到子固的称许一事，则是从这条史料中才得到明确的了解。

又如关于李清照工诗的一条记载：

赵明诚妻，李格非女也，善属文，于诗尤工。晁无咎多对士大夫称之。如「诗情如夜鹊，三绕未能安」、「少陵也自可怜人，更待来年试春草」之句，颇脍炙人口。

这里所说的「赵明诚妻，李格非女」，当然是指李清照。李清照以词著称，是宋代著名的女词人。可是，这条记载中只说她「善属文，于诗尤工」，并且举了她的诗句「诗情如夜鹊，三绕未能安」、「少陵也自可怜人，更待来年试春草」，说这四句诗「颇脍炙人口」。而对她的词，偏偏只字未提。朱弁与李清照是同时代人，写这本书时李还在世，所记载的事实的可靠性当无可怀疑。这至少可以说明，李清照在诗文创作上的成就也是非常优异的，有的诗句在当时还是「脍炙人口」的。只可惜大都未流传下来。象这四句「断句」诗，最早的记载也仅见于这本《诗话》。幸亏有了这条记载，我们才知道李清照原来还写过这么几句好诗。

第二，记载并颂扬了欧阳修、苏东坡等著名诗人的事迹和盛德。例如：

欧公居颍上，申公吕晦叔作太守。聚星堂燕集，赋诗分韵，公得「松」字，申公得「雪」字，刘原父得「风」字，魏广得「春」字，焦千之得「石」字，王回得「酒」字，徐无逸得「寒」字。又赋室中物，公得鹦鹉螺杯，申公得瘿壶，刘原父得张越琴，魏广得澄心堂纸，焦千之得金星研，王回得方竹杖，徐无逸得月砚屏风。又赋席间果，公得橄榄，申公得红焦子，刘原父得温柑，魏广得凤栖，焦千之得金桔，王回得荔枝，徐无逸得杨梅。又赋壁间画象，公得杜甫，申公得李文饶，刘原父得韩退之，魏广得谢安石，焦千之得诸葛孔明，王回得李白，徐无逸得魏郑公。诗编成一集，流行于世。当时四方能文之士，及馆阁诸公，皆以不与此会为恨。

这段文字，记述了欧阳修等人在颍上「聚星堂燕集」时「赋诗分韵」的生动景象。其中关于「赋室中物」、「赋席间果」等活动，显系文人们的风雅韵事，且不说它。至于「赋壁间画象」，所歌咏的画象人物杜甫、李文饶（德裕）、韩退之、谢安石、诸葛孔明、李白、魏郑公（征），都是历史上功勋卓著的著名宰相或著名文学家，则分明显示出与会者的进步倾向。「当时四方能文之士，及馆阁诸公，皆以不与此会为恨」，足见这次盛会、这件盛事影响之大。

由于朱弁与晁说之、晁贯之、晁补之诸兄弟是亲戚[五]，而晁补之又是苏轼门下四学士之一，故对苏轼的为人处事最为了解。书中记述苏轼的事迹较多，颂扬也最切至。有一条记载说，晁以道（说之字）称赞东坡的「和人诗用韵妥帖圆成」，「如孙、吴用兵，虽市井乌合，亦皆为我臂指。」又有一条说，参寥称赞东坡能将「世间故实小说」随手入诗，是「牙颊间别有一副炉鞴。」又有一条说，东坡曾让黄山谷劝晁伯宇作诗勿过早求「奇」，「伯宇自是文章大进」。还有一条说，东坡托言梦中作诗，婉转劝告朱行中要为官清廉，行中听从劝告因而免祸。所有这些记载，都是对苏东坡其人其事的热情赞美，既赞美其诗的挥洒自如，又赞美其人能「君子爱人以德」。

下面这条记载，则实际上是把欧、苏放在一起加以赞扬的：

东坡诗文，落笔辄为人所传诵。每一篇到欧公处，公为终日喜。前后类如此。一日与棐论文及坡，公叹曰：「汝记吾言，三十年后，世上人更不道着我也。」崇宁、大观间，海外诗盛行，后生不复有言欧公者。是时朝廷虽尝禁止，赏钱增至八十万，禁愈严而其传愈多，往往以多相夸。士大夫不能诵坡诗者，便自觉气索，而人或谓之不韵。

这段话讲，欧阳修每一看到东坡诗文，即「为终日喜」，足见欧之爱才。尽管他预料「三十年后，世上人更不道着我也」，认为苏将压倒自己，但他并不忌才，不仅不心怀嫉妒，反而感到欣喜。这当然是对欧的人品的热情称颂。接下来又讲，到宋徽宗崇宁、大观年间，东坡诗文果然大为盛行，朝廷愈禁，流传愈广，士大夫甚至以不能诵苏诗为一件丢人的事。这不止是证实欧公预言，更是表明苏诗受众人欢迎的盛况。当然，苏压倒欧不过是暂时现象。事实证明，欧、苏两位都是后人崇敬的一流大文豪。

附带说一下，上面这条记载也见于朱弁的另一著作《曲洧旧闻》。在《曲洧旧闻》里，称颂这两位大文豪的文字也颇不少。其中有段话还特以赞扬「欧公下士，近世无比」〔六〕，足见朱氏对欧阳修礼贤下士、奖掖后进的高尚品德是何等倾倒。

第三，赞扬进步的，特别是斥责奸佞的诗篇。朱弁在这本《诗话》中，对杜甫的《茅屋为秋风所破歌》这首同情下层穷苦民众的著名诗篇十分赞赏，认为这是「穷能不忘兼善，不得志而能不忘泽民，乃仁人君子之用心也。」接着又说：白居易的《新制布裘》诗「亦其例也」，即也是这样的具有「仁人君子之用心」的「不忘兼善」、「不忘泽民」的好诗。对于李商隐的「文帝庙」诗（即《贾生》）中的「可怜夜半虚前席，不问苍生问鬼神」二语也很赞赏，认为「用事如此，可谓有功矣」。这两句诗是说，汉文帝虽然重视贾谊之才，却不能正确地发挥其才，在深夜召见贾谊的时候，不去向他询问国计民生的大事，却去询问鬼神这样的荒唐事。朱氏挑出这两句诗并予以称颂，表明了他对国计民生的关怀。朱氏处于国家危急存亡之秋，又遭奸佞排挤，一腔忠愤势必要在《诗话》中流露出来。故对一些正直之士所写的斥责奸佞的诗，因文字贾祸的诗，特别予以称道。比如，唐子西因写了一首《内前行》诗，得罪了蔡京一伙奸党，被蔡嶷借故贬到「岭外」。等等。作者在记述这类事情时，显现出相当鲜明的倾向性：

崇宁间，凡元祐子弟仕宦者，并不得至都城。晁以道自洛中罢官回，遣妻儿归省庐，独宿中牟驿累日。以诗寄京师姻旧，其落句云：「一时鸡犬皆霄汉，只有刘安不得仙。」此语传于时，议者美之。

范德孺崇宁之贬，与山谷唱和甚多。德孺有一联云：「惯处贱贫知世态，饱谙迁谪见家风。」议者谓此语可以识范氏之名节矣。当国者能无愧乎？

前一段所记述的晁以道的诗，「一时鸡犬皆霄汉」，显然是讥讽蔡京一伙奸党一人得道、鸡犬升天；「只有刘安不得仙」，则是为「元祐子弟仕宦者」鸣不平的。「议者美之」一语，不止是「议者」

对这两句诗的肯定和赞美，同时也是作者对这两句诗的肯定和赞美。后一段所说的范德孺，本名纯粹，是范仲淹第四子。所谓「饱暗迁谪见家风」，指的就是范氏家族为官清正、不惧贬谪的「家风」。作者在这里不止是赞扬了范德孺的「名节」，而且把矛头公然指向蔡京一伙奸党，严厉谴责他们这伙「当国者能无愧乎」？

书中还有其他许多方面的内容，这里不一一评述了。有一点需要指出，即个别记载失之荒诞，如说楼异梦见陈无己来告别，讲苏东坡、秦少游在「杏园」（神仙所居之地）等待他去相会，果然第二天陈去世的讣告就来了，于是就认为神仙之说可信。这说明作者头脑中还存在道教迷信思想。

作者在本书序言中说，自己胸无城府，「以此语言多触忌讳而招悔吝」，故客人到来，必告诫说「是间只可谈风月」，不可谈「时事」，否则就罚他喝酒。但根据上面所述，可以看出，这本《诗话》并非远离现实，专谈「风月」。其中不仅有现实性很强的诗论观点和异常珍贵的史料，且具有相当鲜明的进步倾向。所谓「风月」，只是作者为避免「触忌讳」、「招悔吝」而涂上的一层「保护色」而已。

点校者

一九九三年二月

校注

[一] 婺源，今属江西。

[二] 朱弁是朱熹的「叔祖」，这在朱熹自己撰写的《跋朱奉使奏状》（《晦庵先生朱文公文集》卷八十三）中说

得很明白。而《直斋书录解题》、《四库全书总目提要》却说弁是熹「从父」，不知何所据而云然。

［三］严羽语，见《沧浪诗话》。

［四］见钱仲书《宋诗选注》。

［五］《宋史·朱弁传》记载，晁说之见朱弁诗「奇之」，「妻以兄女」。

［六］《曲洧旧闻》卷三。

风月堂诗话序

予在东里，于所居之东小园之西，有堂三楹，壁间多皇朝以来诸名卿画象，而文籍中多与左、司马、班、韩、欧、苏数公相对。以其地无松竹，且去山水甚远，而三径闲寂，庭宇虚敞，凡过我门而满吾座者，唯风与月耳。故斯堂也以风月得名。又，予心空洞无城府，见人虽昧平生，必出肺腑相示，以此语言多触忌讳而招悔吝。每客至必戒之曰：「是间止可谈风月。」舍此不谈，而泛及时事，请酹吾太白。」厥后山渊反覆，兵火肆虚〔一〕，堂于兹时，均被赭垣之酷。风月虽存，宾客安往？予复以使事羁绊濛河，阅历星纪，追思曩游风月之谈，十仅省四五，乃纂次为二卷〔二〕，号《风月堂诗话》，归诒子孙。异时幅巾林下，摩挲泉石时取观之，则曲洧风月，犹在吾目中也。庚申闰月戊子观如居士朱弁序。

校　注

〔一〕虚　当系「虐」字形近而讹。

〔二〕二　印的很模糊，似原为「三」字，临时涂改为「二」字。按照《宋史》记载，这本《诗话》原为三卷。

风月堂诗话卷上

魏曹植诗出于《国风》，晋阮籍诗出于《小雅》。其余递相祖袭，虽各有师承，而去《风》《雅》犹未远也。自魏、晋至宋，雅奥清丽，尤盛于江左。齐、梁已下不足道矣。唐初尚矜徐、庾风气，逮陈子昂始变。若老杜则凛然欲方驾屈、宋，而能允蹈之者。其余以诗名家尚多，有江左体制。至五季则扫地无可言者。唐人尚不能及，况晋、宋乎？晋、宋尚不能及，况《风》《雅》乎？

诗人胜语，咸得于自然，非资博古。若「思君如流水」、「高台多悲风」、「清晨登陇首」、「明月照积雪」之类，皆一时所见，发于言辞，不必出于经史。故钟嵘评之云：「吟咏情性，亦何贵于用事？」颜、谢椎轮[一]，虽表学问，而太始化之，寖以成俗，当时所以有书钞之讥者，盖为是也。大抵句无虚辞，必假故实；语无空字，必究所从；拘挛补缀而露斧凿痕迹者，不可与论自然之妙也。诗之重用韵，音同义异者古人用之无嫌，如《民劳》诗一章用二「休」字韵是也。后人狃于科举之习，遂不敢用。唐韩退之《答张彻》诗用二「庭」字，《石鼓》诗用二「科」字，老杜《夔府书怀》诗用二「旋」字，即其例也。

诗人体物之语多矣，而未有指一物为题而作诗者。晋、宋以来始命操觚，而赋咏兴焉。皆仿诗人体物之语，不务以故实相夸也。梁庾肩吾《应教咏胡床》云[二]：「传名乃外域，入用信中京。足敧形已正，文斜体自平。」是也。杜甫咏「蒹葭」云：「体弱春苗早，丛长夜露多」[三]，则亦未始求故实也。如□他咏「蕹」云：「束比青刍色，圆齐玉筯头」，「黄梁」云：「味岂同金菊，香宜配绿葵」[四]，则于体物外，有影写之功矣。予与晁叔用论此，叔用曰：「陈无己尝举老杜咏『子规』云：『渺渺春风见，萧萧夜色栖。客怀那见此[五]？故作傍人低。』如此等语，盖不从古人笔墨畦径中来。其所熔裁殆别有造化也，又恶用故实为哉！」

诗之句法，自三言至七言，《三百篇》中皆有之矣。三言如「麟之趾」、「夜未央」、「从夏南」、「思无邪」之类是也。五言如「谁谓鼠无牙」、「胡为乎株林」、「或燕燕居息」、「或尽瘁事国」之类是也。七言如「维昔之富不如时」、「维今之疚不如兹」、「学有缉熙于光明」之类是也。而世之论五言则指苏、李，论七言则指《柏梁》为始，是不求其源也。然世多作七言、五言，而三言、四言类施于铭、颂之中，虽间有用七言者，独于韩吏部、苏端明集见之。前辈云：按《柏梁》之体，句句用韵，其数以奇。韩、苏亦皆如此。然欧公作《孙明复墓志》[六]，乃与此说不同，又未知如何也？岂欧公特变前人法度，欲自我作古乎？当更讨论之耳。

道林岳麓寺，老杜诗云[七]：「宋公放逐曾题此，物色分留遗老夫。」监察御使唐扶诗云[八]：「两祠物色采拾画，壁间杜甫真少恩。」宋考功以诗在天台时与沈詹事齐名，唐扶诗亦有闻于世。今观甫所自述，及扶诗之语，则是宋之问犹有未道尽处，扶虽冥搜不能出其右。

韩昌黎《谒衡岳庙》诗云：「五岳祭秩皆三公，四方环镇嵩当中。火维地荒足妖怪，天假神柄专其雄。喷云泄雾藏半腹，虽有绝顶谁能穷。我来正逢秋雨节，阴气晦昧无清风。潜心默祷若有应，岂即正直能感通。须臾净扫众峰出，抑见突兀撑青空。」东坡作《退之庙记》云〔九〕：「公之精诚，能开衡山之云」，即取此诗也。其议论雄伟，读者皆竦。或谓坡取此似伤于太易，予曰：《三百篇》诗中，□妇人女子自言志者，仲尼不删去，以垂训后世，乃独疑坡之于退之乎？况坡所阅文字过眼无遗者，他人纵时有所采，不过蓄以为诗材耳，必有未作大碑版而能取之以为议论者，此便是坡不可及处，君又何病哉！

长安太一湫，林木阴森，水色湛然，鱼游水面不怖人，人莫敢取者。林间叶落，鸟辄衔去远弃之，终年无一叶能堕波上者。韩退之诗云：「鱼虾可俯掇，神物安敢寇。林柯有脱叶，欲堕鸟惊救。争衔弯环飞，投弃急哺彀。」盖实载其事。自唐以来已如此，今人所传非过论也。「彀」音寇，鸟子生哺者。

韩退之云：「馀事作诗人。」未可以为笃论也。东坡以词曲为诗之苗裔，其言良是。然今之长短句，比之古乐府歌词，虽云同出于诗，而祖风已扫地矣。晁无咎晚年，因评小晏并黄鲁直、秦少游词曲，尝曰：「吾欲托兴于此，时作一首以自遣，政使流行亦复何害，比如鸡子中元无骨头也。」

欧公评圣俞「初喜为清丽闳肆平淡，久则涵演深远，间以琢刻以出怪巧，然气完力馀，益老以劲。其应于人者多，故词非一体，于他文章皆可喜，非如唐诸子号诗人者，僻固而狭陋也。又为人乐易，未尝忤于物。至于穷愁感愤，有所讥骂笑谑，一发于诗。然用以为欢而不怨怼，可谓君子者也。」

欧公居颍上，申公吕晦叔作太守，聚星堂燕集，赋诗分韵，公得「松」字，申公得「雪」字，刘原父得「风」字，魏广得「春」字，焦千之得「石」字，王回得「酒」字，徐无逸得「寒」字。又赋室中物，公得鹦鹉螺杯，申公得瘿壶，刘原父得张越琴，魏广得澄心堂纸，焦千之得金星研，王回得方竹杖，徐无逸得月砚屏风。又赋席间果，公得橄榄，申公得红焦子，刘原父得温柑，魏广得凤栖，焦千之得金桔，王回得荔枝，徐无逸得杨梅。又赋壁间画象，公得杜甫，申公得李文饶，刘原父得韩退之，魏广得谢安石，焦千之得诸葛孔明，王回得李白，徐无逸得魏郑公。诗编成一集，流行于世。当时四方能文之士，及馆阁诸公，皆以不与此会为恨。

聚星堂咏雪，约云：玉月梨花练絮白舞鹅鹤等事皆请勿用。杜祁公览之嗟赏，作诗赠欧公云：「尝闻作者善评议，咏雪言白匪精思。及窥古人今人诗，未能一一去其类。不将柳絮比轻杨，即把梅花作形似。或夸琼树斗玲珑，或取瑶台造嘉致。散盐舞鹤实有徒，吮墨含毫不能既。深悼无人可践言，一旦见君何卓异。」又云：「万状驱从物外来，终篇不涉题中意。宜乎众目诗之豪，便合登坛推作帅。回头且报郢中人，从此《阳春》不为贵。」祁公耆德硕望，欧公为文章宗师，祁公礼所宜厚。然前辈此风，类多有之，所可叹息者后来无继耳。

苏子美竹轩之集，皆当时名士。王胜之赋诗，人皆属和。子美诗其略云：「君与我同好，数过我不穷。对之酌绿酒，又为鸣丝桐。作诗写此意，韵如霜间钟。清篇与翠干，岁久日益秾。惜哉嵇阮放，当世已不容。吾侪有雅尚，千载挹高踪。」后月余，「一网打尽」之语既喧物论，而梅圣俞为赋「覆鼎伤众宾」之诗，乃悟子美「当世已不容」之句遂成诗谶，亦可怪也。

晁美叔秋监以集句示刘贡父，贡父曰：「君高明之识，辅以家世文学，乃作此等生活，殊非我素所期也。吾尝谓集古人句，比如蓬荜之士，适有重客，既无自己庖厨，而器皿肴蔌悉假贷于人，收拾饾饤尽心尽力，意欲强学豪奢，而寒酸之气终是不去，若有不速排闼而入，则仓皇败绩矣。非如贵公子供帐不移，水陆之珍咄嗟而办也。」美叔深味其言，归告其子曰：「吾初为戏，不知贡父爱我一至于此也。」东坡云：「诗文岂在多，一颂了伯伦。」是伯伦他文字不见于世矣。予尝阅唐史艺文志，刘伶有文集三卷，则伯伦非无他文章也，但《酒德颂》幸而传耳。坡之论岂偶然得于落笔之时乎？抑别有所闻乎？

唐张司业籍得裴晋公马，谢诗云：「乍离华厩蹄犹涩，初到贫家眼尚惊。」王介甫曰：「观诗意，乃是一匹不善行眼生驽马耳。我若作晋公，见此诗当须大惭也。」或曰：籍为晋公所厚，以诗谢马，必不敢尔，况诗人用意不以此为工，自是介甫所以期籍者浅也。

白乐天自中书舍人出知苏州，刘梦得《外集》有《戏酬白舍人曹长寄诗言游宴之盛》一篇〔一〇〕，破题云：「苏州刺史例能诗，西掖今来替左司。」「左司」谓韦应物也。

晁伯宇少与其弟冲之叔用俱从陈无己学。无己建中靖国间到京师，见叔用诗，曰：「子诗造此地，必须得一悟门。」叔用初不言，无己再三诘之，叔用云：「别无所得，顷因看韩退之杂文，自有入处。」

无己首允之曰：「东坡言杜甫似司马迁，世人多不解，子可与论此矣。」

沈造尝言湖阴有遗鞭驿，盖识晋明帝微行视王敦营事也。温飞卿所赋《湖阴辞》刻石在驿中。前后过客作诗甚多，唯一篇最佳而不著姓名。其诗云：「鹢船犀甲下荆州，蜂目将军拥碧油。虎帐觉来惊日堕，龙媒嘶去剧星流。奸萌问鼎身何在，计中遗鞭事可羞。幽草野花埋石径，无人为作《晋阳秋》。」造为新郑令，以差车运粮事不均，力争罢去。已而朝廷知其爱民不屈，俾还本任。有识者称其慈惠出于至诚，以比古循吏。造字会道，蔡之西平人，霍榜擢第，官止于奉议郎，良可惜也。

「山行有常程，中夜尚未安。微月没已久，崖倾路何难。大江动我前，汹若溟渤宽。篙师理暗楫，歌啸轻波澜。霜浓木石滑，风急手足寒。入舟已千忧，陟险仍万盘。回眺积水外，始知众星乾。远游令人疲，衰疾惭加餐。」此水会渡诗也。

东坡云：「老杜自秦州赴成都，所历辄作一诗，数千里山川在人目中，古今诗人殆无可拟者。独唐明皇遣吴道子乘传画蜀道山川，归对大同殿，索其画无有，曰在臣腹中，请匹素写之，半日而毕。明皇后幸蜀，皆默识其处，惟此可比耳。」

老杜《剑阁》诗云〔一二〕：「惟天有设险，剑门天下壮。连山抱西南，石角皆北向。」宋子京知成都过之，诵此诗，谓人曰：「此四句盖剑阁实录也。」

「闭门觅句陈无己，对客挥毫秦少游。正字不知温饱未，春风吹泪古藤州。」此黄鲁直诗也。鲁直作此诗时，无己作正字尚无恙。建中靖国间，楼异试可知襄邑县，梦无己来相别，且云东坡、少游在杏园相待久矣。明日无己之讣至，乃大惊异，作书与参寥言其事。杏园见道家书，乃海上神仙所居之地也。仙龛虚室以待白乐天之说，岂不信然耶？

东坡知贡举，李豸方叔久为东坡所知。其年到省，诸路举子人人欲识其面。考试官莫不欲得方叔也。坡亦自言有司以第一拔方叔耳。既折号，十名前不见方叔，众已失色。逮写尽榜，无不骇叹。方叔归阳翟，黄鲁直以诗叙其事送之，东坡和焉。如「平生漫设古战场，过眼真迷日五色」之句，其用事精切，虽老杜、白乐天集中未尝见也。

参寥自余杭谒坡于彭城。一日燕郡寮，谓客曰：「参寥不与此集，然不可不恼也。」遣官妓马盼盼持纸笔就求诗焉。参寥诗立成，有「禅心已似沾泥絮，不逐东风上下狂」之句。坡大喜曰：「吾尝见柳絮落泥中，私谓可以入诗，偶未曾收拾，遂为此人所先，可惜也。」

坡在余杭日，因会客，以彩笺作墨竹赠官妓，且令索诗于参寥。参寥援笔立就。其诗曰：「小凤团笺已自奇，谪仙重扫岁寒枝。梢头余墨犹含润，恰似梳风洗雨时。」

辩才大师，梵学精深，戒行圆洁，为二浙归重。当时无一语文章。一日忽和参寥寄秦少游诗，其末句云：「台阁山林本无异，想应文墨未离禅。」东坡见之，题其后云：「辩才生来未尝作诗，今年八十一岁矣，其落笔如风吹水，自成文理，我辈与参寥如巧人织绣耳。」

陈无己与晁以道俱学文于曾子固。子固曰：「二人所得不同，当各自成一家，然晁文必以著书名于世。」无己晚得诗法于鲁直。他日二人相与论文，以道曰：「吾曹不可负曾南丰。」又论诗，无己曰：

「吾此一瓣香须为山谷道人烧也。」

政和以后，花石纲浸盛。晁伯宇有诗云：「森森月里栽丹桂，历历天边种白榆。虽未乘槎上霄汉，会须沉网取珊瑚。」人多传诵。伯宇名载之，少作《闵吾庐赋》，鲁直以示东坡曰：「此晁家十郎所作，年未二十也。」东坡答云：「此赋甚奇丽，信是家多异材邪。凡文至足之余，自溢为奇怪。今晁伤奇太早，可作鲁直意微论之，而勿伤其迈往之气。」伯宇自是文章大进。东坡之语委曲如此，可谓善成人物者也。

东坡文章，至黄州以后，人莫能及，唯黄鲁直诗时可以抗衡。晚年过海，则虽鲁直亦瞠若乎其后矣。或谓东坡过海虽为不幸，乃鲁直之大不幸也。

东坡诗文，落笔辄为人所传诵。每一篇到欧公处，公为终日喜。前后类如此。一日与棐论文及东坡，公叹曰：「汝记吾言，三十年后，世上人更不道着我也。」崇宁、大观间，海外诗盛行，后生不复有言欧公者。是时朝廷虽尝禁止，赏钱增至八十万，禁愈严而其传愈多，往往以多相夸。士大夫不能诵坡诗者便自觉气索，而人或谓之不韵。

赵明诚妻，李格非女也，善属文，于诗尤工。晁无咎多对士大夫称之。如「诗情如夜鹊，三绕未能安」，「少陵也自可怜人，更待来年试春草」之句，颇脍炙人口。格非山东人，元祐间作馆职。

参寥在诗僧中独无蔬笋气，又善议论。尝与客评诗，客曰：「世间故实小说，有可以入诗者，有不可以入诗者，惟东坡全不拣择，入手便用。如街谈巷说，鄙俚之言，一经坡手，似神仙点瓦砾为黄金，自有妙处。」参寥曰：「老坡牙颊间别有一副炉鞴，他人岂可学邪？」座客无不以为然。

草木之叶，大者莫大于芭蕉。晁文元咏芭蕉诗云：「叶外更无叶」，非独善状芭蕉，而对之曰：「心中别有心」，其体物亦无遗矣。

圣俞少时，专学韦苏州。世人咀嚼不入，唯欧公独爱玩之。然欧公之论不及者，盖有深旨。后有知圣俞者，当自知之耳。

校注

［一］椎轮　原作「推轮」。径改。按：椎轮，乃原始的无辐车轮，比喻事物的草创。萧统《文选序》说：「若夫椎轮为大辂之始，大辂宁有椎轮之质。」

［二］《先秦汉魏晋南北朝诗》（逯钦立辑校）题为《咏胡床应教诗》。

［三］见杜甫《蒹葭》诗。　「体弱春苗早，藂长夜露多」，《全唐诗》作「体弱春风（一作「甲」。一作「苗」）早，丛长夜露多。」

［四］见杜甫《佐还山后寄三首》之二。原缺「味岂同」三字，据《全唐诗》补。

［五］客怀那见此　《全唐诗》作「客愁那听此」。

［六］见《欧阳文忠公文集》，原题为《孙明复先生墓志铭》。

［七］杜甫诗题为《岳麓山道林二寺行》。　「此」，《全唐诗》作「壁」。　「遗」，《全唐诗》作「与」，并注云一作「待」。

［八］唐扶诗题为《使南海道长沙题道林岳麓寺》。　「画」，《全唐诗》作「尽」。

［九］《东坡文集》（中华书局版）原题为《潮州韩文公庙碑》。

［一〇］《全唐诗》原题为《白舍人曹长寄新诗有游宴之盛因此戏酬》。

［一一］《全唐诗》原题为《剑门》。

风月堂诗话卷下

东坡南迁，参寥居西湖智果院，交游无复曩时之盛者，尝作《湖上十绝句》，其间一首云：「去岁春风上苑行，烂窥红紫厌平生。如今眼底无姚魏，浪蕊浮花懒问名。」又一首曰：「城根野水绿逶沱，飐飐轻帆掠岸过。日暮蕙兰无处采，渚花汀草占春多。」此诗既出，遂有反初之祸。建中靖国间，曾子开为明其非辜，乃始还其故服。

范德孺崇宁之贬，与山谷唱和甚多。德孺有一联云：「惯处贱贫知世态，饱谙迁谪见家风。」议者谓此语可以识范氏之名节矣。当国者能无愧乎？

王介甫在馆阁时，僦居春明坊，与宋次道宅相邻。次道父祖以来藏书最多，介甫借唐人诗集日阅之。过眼有会于心者，必手录之。岁久殆遍。或取其本镂行于世，谓之《百家诗选》。既非介甫本意，而作序者曰：「公独不选杜、李与韩退之，其意甚深。」则又厚诬介甫而欺世人也。不知李、杜、韩退之外，如元、白、梦得、刘长卿、李义山辈尚有二十余家。以予观之，介甫固不可厚诬，而世人岂可尽欺哉！盖自欺耳！

杜牧之风味极不浅，但诗律少严，其属辞比事殊不精致。然时有自得为可喜也。

元丰之末，盗贼蜂起。闻司马温公入相，众皆尽散。

令作对随家鸡，晁以道云「指呼市人如使儿」。东坡最得此三昧，其和人诗用韵妥帖圆成，无一字不平稳。盖天才能驱驾，如孙、吴用兵，虽市井乌合亦皆为我臂指，左右前却在我顾盼间，莫不听顺也。前后集似此类者甚多，往往有唱首不能逮者。

崇宁间，凡元祐子弟仕宦者，并不得至都城。晁以道自洛中罢官回，遣妻儿归省庐，独留中牟驿累日，以诗寄京都姻旧，其落句云：「一时鸡犬皆霄汉，只有刘安不得仙。」此语传于时，议者美之。

政和戊戌三月雪，昭德诸晁皆赋诗。以《晋书·五行志》著为大异，颇艰于落笔。独晁冲之叔用用王维雪图事云：「从此断疑摩诘画，雪中自合有芭蕉。」人称其工。陈文惠以使相守郑日，尝有《后园十绝句》，其间一联云：「雨网蛛丝断，风枝鸟梦摇。」议者谓「风枝鸟梦摇」之语极工，惜所对不相称耳。吾乡人汪恺伯强易「雨网蛛丝断」为「露叶萤火湿」，工诗者往往多爱之。伯强毕榜及第，力学不倦，仕宦所至皆有声。

韩师朴，元符末自大名入相，其所引正人端士，遍满台阁。然不能胜一曾布。而张天觉于政和初，欲以一身回蔡京党，绍述之论难矣，未几果罢去，自西都留守徙南阳。道过汝州香山，谒大悲，题长句于寺中。其略云：「大士悲智度有情，亦要时节因缘并。也应笑我劳经营，虽多手眼难支撑。」读者莫不怜之。

刘伯寿，洛阳九老中一老也。筑室嵩山下，每登高顶回，则于峻极中院援笔记岁月。捐馆之年，题云：予今年若干岁，登顶凡七十四次矣，精力虽疲，而心犹未足也。王辅道学士，与其孙宣义郎字元静忘其名游嵩，至中院，作一绝句示宣义君云：「烂红一点出浮沤，夜坐嵩峰顶上头。笑对僧窗谈祖德，当年七十四回游。」伯寿既结庵玉华峰下，号玉华庵主，有妾名萱草、芳草，皆秀丽而善音律。伯寿出入乘牛吹铁笛，二草以蕲笛和之，声满山谷。出门不言所之，牛行即行，牛止即止。其止也必命壶觞，尽醉而归。嵩前人以为地仙云。

张天觉庚寅年六月拜相，唐庚子西赋《内前行》，所纪皆当时实事。云〔一〕：「内前车马拨不开，文德殿下听麻回。紫微侍郎拜右相，中使押赴文昌台。旄头昨夜光照牖，是夕收芒如秃帚。明朝化作甘雨来，官家新得调元手。周公礼乐未要作，致身姚宋也不恶。我闻二公作相年，人间斗米三四钱。」蔡嶷见其诗恶之，遂中以事贬岭外。天觉相继亦出。子西又赋《益昌道中三月梅花》诗云〔二〕：「桃花能红李能白，春深无处无颜色。不应尚有数枝梅，可是东君苦留客。向来开处当严冬，桃李未在交游中。即今已自丈人行，勿与年少争春风。」此诗亦为新进所忌。

元祐间，哲宗皇帝幸太学，宰相吕微仲有诗四韵。其第三联云：「再拜新仪瞻鲁圣，一篇古训监周王。」谓是日谒先圣，初行再拜之礼，及祭酒丰稷讲《无逸》也。然韩退之《处州孔子庙碑》云：「自天子而下，北面拜跪荐祭，进诚肃退〔三〕，礼如亲弟子。」则唐以来行之矣，岂本朝偶未举此礼也邪？不然安得谓之「新仪」哉？或云本朝虽曾行而止于再拜，遂著之礼典，乃从当时曲台之请也。

李义山题马嵬一联云〔四〕：「此日六军同驻马，当时七夕笑牵牛。」温庭筠题苏武庙云〔五〕：「回日楼台非甲帐，去时冠盖是丁年。」尝见前辈论诗云：用事属对如此者罕有。

李义山《文帝庙》诗云〔六〕：「可怜半夜虚前席，不问苍生问鬼神。」用事如此，可谓有功矣。本朝赵周翰亦有诗云：「露台枉惜千金费，却把铜山赐幸臣。」可与义山并驱争先矣。

唐秦系和韦苏州诗，具衔云「东海钓客」，试秘书省校书郎。本朝陈恬叔易，隐居颍川阳翟涧上，号「涧上丈人」，大观间宋乔年讽监司荐于朝，起为馆阁，书疏间犹不去「丈人」之号。晁以道作诗讥之曰：「东海一生垂钓客，石渠万卷校书郎。丈人风味今如此，鹤到扬州兴更长。」其后以道谒叔易于京师，有婢应门，严妆丽服，熟视之，乃故时涧上赤脚也。以道又作一绝云：「处士何人为作牙，尽携猿鹤到京华。可怜岩壑空惆怅，六六峰前少一家。」王平甫《阅韩退之送石洪温造二处士诗序》云：「退之善与处士作牙。」

馆职刘彦祖《寄友人》诗一联云：「别后频芳草，愁边更落花。」予举似晁以道□此语酷似刘梦得，殊可喜也。唐张继《宿平望》诗云〔七〕：「姑苏城外寒山寺，半夜钟声到客船。」永叔云〔八〕：「句诚佳，其奈夜半非撞钟时。」予览《南史》载，齐宗室读书，常以中宵钟鸣为限。前代自有半夜钟，岂永叔偶忘之也？江浙间至今有之。

苏黄门评参寥诗，云酷似唐储光羲。参寥曰：「某平生未尝闻光羲名，况其诗乎？」或曰：「公暗合孙、吴，有何不可。」

刘梦得《嘉话》云〔九〕：「九日作诗，欲用『糕』字韵，苦无故实。」予观《隋·五行志》载谣言曰：「八月刈禾伤旱，九月食糕正好。」则不为无故实矣，岂梦得偶未见之耳。

曹睽字彦达，慈圣光献太皇太后之再世孙也。气直不苟合，善属文，为曾子开所知。张芸叟尝与其父侍读使北。睽后见芸叟于长安，芸叟赠诗云：「故人有子早遗孤，三十升朝短丈夫。但取声名似祖德，不曾辛苦谒当涂。」其为名流所器重如此。

太学生虽以治经答义为能，其间甚有可与言诗者。一日同舍生诵介甫《明妃曲》，至「汉恩自浅胡自深，人生乐在相知心。」「君不见咫尺长门闭阿娇，人生失意无南北。」咏其语称工。有木抱一者，艴然不悦曰：「诗可以兴、可以怨，虽以讽刺为主，然不失其正者，乃可贵也。若如此诗用意，则李陵偷生异域，不为犯名教，汉武诛其家为滥刑矣。当介甫赋诗时，温国文正公见而恶之，为别赋二篇〔一〇〕，其词严，其义正，盖矫其失也，诸君曷不取而读之乎？」众虽心服其论，而莫敢有和之者。

崇宁中，罗竦叔恭尝为予言，顷赴太学秋试，时自广陵取道隋堤，见官驿中木槿花，过客题诗甚多。其间一绝句云：「朝炊不及黔，暮车不生角。故应庭下花，无人见开落。」人亦有题字于其侧而赏叹之者，但恨不见赋诗者姓名耳。竦与兄靖仲谋俱登科，亦有能诗声。

杜牧之《九日齐山登高》诗，落句云：「牛山何必泪沾衣」，盖用齐景公游于牛山，临其国流涕事。泛言古今共尽登临之际，不必感叹耳，非「九日」故实也。后人因此，乃于诗或词，遂以牛山作「九日」事用之，亦犹牧之用颜延年「一麾出守为旌麾」之「麾」，皆失于不精审之故也。

王立之、夏均父俱以宗女夫入仕。立之读书喜宾客，黄鲁直、诸晁皆与之善，著《归叟诗话》行于世。均父名倪，饶财亦好学。立之晚年中风，以左手作字。均父寄诗云：「犹喜平生蟹螯手，尚能半幅写行书。」晁以道见其诗，遂与之往还。立之名直方，为人正称其名，然罕有知者。

朱行中知广州，东坡自海南归，留广甚久，其唱和诗亦多。坡还岭北，闻行中到广，士大夫颇以廉洁少之。至毗陵，梦中得诗一首〔一一〕，寄行中，云：「舜不作六器，谁能贵玙璠。哀哉楚狂士，抱璞号空山。」其末章云：「何如郑子产，有礼国自闲。」「至今不贪宝，凛然照尘寰。」纸尾又题云：「梦中得此诗，自不晓其意，今写以奉寄，梦中分明用此色纸也。」或言东坡绝笔于此诗，其爱行中也甚矣。不欲正言其事，聊假梦以讽之耳。其后行中果以此免，坡真知言哉！

李义山拟老杜诗云〔一二〕：「岁月行如此，江湖坐渺然。」直是老杜语也。其他句「苍梧应露下，白阁自云深」、「天意怜幽草，人间重晚晴」之类，置杜集中亦无愧矣。然未似老杜沉涵汪洋笔力有余也。义山亦自觉，故别立门户成一家。后人挹其余波，号「西昆体」。句律太严，无自然态度。黄鲁直深悟此理，乃独用昆体工夫，而造老杜浑成之地。今之诗人少有及者，此禅家所谓更高一著也。

郑谷都官，在唐号耽句者，尝有诗云「衰迟自喜添诗学，时取前题改数联」是也。然气格不高。初以《鹧鸪》诗得名，人谓之郑鹧鸪。近世士人有赠一贵官诗云：「赋令处士惭鹦鹉，诗遣都官让鹧鸪。」世亦多诵之，而莫有能道其姓名者。

东坡言：玉川子《月蚀诗》云：「岁星主福德，官爵奉董秦。忍使黔娄生，覆尸无衣巾。」详味此句，则董秦当时无功而享厚禄者。董秦，李忠臣也。天宝末，骁勇屡立战功，虽粗暴亦颇知忠义。代宗时，吐蕃犯阙，征兵，忠臣即日赴难。或劝择日，忠臣怒曰：「君父在难，乃择日邪？」后卒污朱泚伪命而诛。考其终始非无功而享厚禄者，不知玉川子何以有此句？

东坡《中秋》诗云：「暮云收尽溢清寒，银汉无声转玉盘。此生此夜不长好，明月明年何处看。」绍圣元年，自录此诗，仍题其后云：「予十八年前中秋夜，与子由观月彭城时作此诗，以『阳关』歌之。今后遇此夜宿于赣上，方南迁岭表，独歌此曲。聊复书之，以识一时之事，殊未觉有今日之悲，但悬知为他日之喜也。」

晁察院季一名贯之，清修善吐论。客言东坡尝自咏「海棠」诗〔一三〕，至「雨中有泪亦凄怆，月下无人更清淑」之句，谓人曰：「此两句乃吾向造化窟中夺将来也。」客曰：「坡此语盖戏客耳，世岂有丝造化之句？」季一曰：「韩退之云：『妙语斡元造。』如老杜『落花游丝白日静〔一四〕，鸣鸠乳燕青春深』，虽当隆冬沍寒时诵之，便觉融怡之气生于衣裾，而韶光美景宛然在目，动荡人思，岂不是斡元造而夺造化乎？」

贾伋为予言：「文潞公出镇长安日，吾祖文元公知许昌，游公曲水园，留诗云：『夭桃秾李艳芳辰，丞相园林濯水滨。虎节麟符抛不得，却将佳景付游人。』公得诗甚喜，乃作书并封园券与文元，曰：『可便作园中主人也。』」伋字仲思，文元五世孙也。

郑广文，唐诸儒多称其善著书，而不及其诗。杜甫《八哀诗》云：「昔献书画图，新诗亦俱往。沧洲动玉陛，宫鹤误一响。三绝自御题，四方尤所仰。」则与史官所载亦略相似，是能画之外所能亦不少。然甫于虔诗，则其相推服之语，不及许十四、高三十五、元道州辈远甚。岂其诗之工比其画不为愧也邪？不然，甫于虔情分如彼，论其诗不应如此略也。

僧惠崇善画。人多宝其画，而不知其能诗。宋子京以书托梵才大师编集，其诗则当有可传者。而人或未之见，恐虽编集而未大行于世耳。

晁季一检讨，尝为予言：「《归田录》所记圣俞赋河豚云：『春洲生荻芽，春岸飞杨花。河豚于此时，贵不数鱼虾。』则是食河豚时正在二月。而吾妻家毗陵，人争新相问遗，会宾客，惟恐后时，价虽高无吝色，多在腊月，过上元则不复贵重。所食时节，与欧公称赏圣俞绝不相同。岂圣俞赋诗之地与毗陵异邪？」风气所产，随地有早晚，亦未可一概论也，故为记之。

有论诗者曰：「老杜以稷、契自许，而有志于斯人者，故于《茅屋为秋风所破歌》，其词云：『安得广厦千万间，大庇天下寒士俱欢颜。』又云〔一五〕：『呜呼何时眼前突兀见此屋，吾庐独破受冻死亦足。』意在是也。」予曰：孟子论士「穷则独善其身，达则兼善天下」，又言「得志事虽不两立，而穷能不忘兼善，不得志而能不忘泽民，乃仁人君子之用心也。」

白乐天《新制布裘》诗云：「安得万里裘，盖裹周四垠〔一六〕。」亦其例也。然韩退之作谢郑群簟诗〔一七〕，则曰：「侧身甘寝百疾愈，却愿天日长炎曦。」其意与子美、乐天绝不相似。然退之岂是无意于斯人者，但于援毫之际，偶输二老一着耳。客大笑曰：「退之文章不喜蹈袭前人，其用意岂出于此邪？抑为人木强，于吟咏犹然，果如欧、梅所论也？」

客或谓予曰：「篇章以故实相夸，起于何时？」予曰：江左自颜、谢以来乃始有之。可以表学问而非诗之至也。观古今胜语，皆自肺腑中流出，初无缀缉工夫。故钟嵘云：「经国文符，应资博古。撰德驳奏，宜穷往烈。至乎吟咏情性，亦何贵于用事？『思君如流水』，既是即目；『高台多悲风』，亦唯所见；『清晨登陇首』，羌无故实；『明月照积雪』，讵出经史。」其所论为有渊源矣。客又曰：「仆见世之爱老杜者，尝谓人曰『此老出语绝人，无一字无来处』，审如此言，则词必有据，字必援古，所由来远，有不可已者。」予曰：论事当考源流，今言诗不究其源而踵其末流以为标准，不知《国风》《雅》《颂》祖述何人？此老句法妙处浑然天成，如虫蚀木，不待刻雕自成文理。其鼓铸熔泻，殆不用世间橐籥。近古以还无出其右，真诗人之冠冕也。如近体格俯同今作，则词不遗奇，杂以事实，掇英撷华，妥帖平稳，殆以文为滑稽，特诗中之一事耳，岂见其大全者邪？予每窃有所恨，故乐以嵘之言告人。吾子诚嗜诗，试以嵘言于爱杜者求之则得矣。

校　注

［一］此处所引唐庚《内前行》文字，与《眉山唐先生文集》（四部丛刊广编本）所载颇有出入。「听」，《文集》作「宣」。「明朝」，《文集》作「明日」。「官家新得调元手」，《文集》作「宅家唤作调元手」。「我闻二公作相年，人间斗米三四钱」，《文集》作「向来两翁当国年，民间斗米才四钱」。

［二］《眉山唐先生文集》卷十九题作《剑州道中见桃李盛开而梅花犹有存者》。唯末句「勿」，《文集》作「肯」。其余诗句全同。

［三］进诚肃退　《韩昌黎集》（商务印书馆发行）作「进退诚敬」。

［四］《全唐诗》原题为《马嵬二首》。

［五］《全唐诗》原题为《苏武庙》。

［六］《全唐诗》原题为《贾生》。

［七］《全唐诗》原题为《枫桥夜泊》。　「半夜」，《全唐诗》作「夜半」。

［八］欧阳修（字永叔）《六一诗话》原文为：「唐人有云：『姑苏台下寒山寺，半夜钟声到客船。』说者亦云，句则佳矣，其如三更不是打钟时！」按：「台下」，原作「城外」；「半夜」，原作「夜半」，当是欧公记忆偶误。又，欧阳修原话是「说者亦云」，后人普遍视为欧公本人看法，朱弁亦径直作「永叔云」，实则与原作略有出入。

［九］据《刘宾客嘉话录》，梦得原话是：「缘明日是重阳，欲押一『糕』字，寻思《六经》竟未见有『糕』字，不敢为之。」

［一〇］指司马光《和王介甫明妃曲》诗，见《温国文正司马公集》卷三，四部丛刊本。

［一一］该诗题为《梦中作寄朱行中》，见《苏轼诗集》卷四十五，中华书局版。

［一二］见李商隐《河清与赵氏昆季燕集得拟杜工部》一诗。　「岁月」，《全唐诗》作「客鬓」。　「江湖」，《全唐诗》作「沧波」。

［一三］苏东坡咏「海棠」诗有二首，一首即题为《海棠》，另一首则题为《寓居定惠院之东杂花满山有海棠一株土人不知贵也》。此指后者。

〔一四〕落花游丝 原作「落絮游夺」，据《全唐诗》杜甫《题省中壁》改。

〔一五〕破 原作「拔」，据《全唐诗》改。 「何时眼前」，原作「眼前何时」，据《全唐诗》改。

〔一六〕盖裹周四垠 原作「温暖被四垠」，据《全唐诗》改。

〔一七〕《全唐诗》题为《郑群赠簟》。 「侧」，《全唐诗》作「倒」。 「长」，《全唐诗》作「恒」。

跋

右《风月堂诗话》二卷，得之于永城人朱伯玉家。断烂脱误，盖北方所传本也。予尝见北客元遗山词，谓刘几伯寿骑牛吹笛，使二草和之，意其得之山中故老，本无所出也。今其事乃具于此，信乎读者之不可以不博也。故为抄之楮中，而识于篇末如此。咸淳壬申嘉平月交年节月观道人志。

诗麈

〔清〕黄生 撰
贾文昭 点校

诗麈目录

前　言

黄生（一六二二——一六九六？），原名琯，又名起溟，字扶孟，号白山，歙县（今属安徽）人。明季诸生，入清隐居。生博学多识，著述宏富。惩明儒之空疏无用，专治朴学，求经世之务。善诗文，对诗歌理论深有研究。又好小学、训诂，于六书训诂尤有专长。撰有《字诂》一卷，《义府》二卷，《杜诗说》十二卷，《唐诗摘抄》四卷，《诗麈》二卷，《一木堂文稿》十八卷，《一木堂诗稿》十二卷，《叶书》，《押韵便读》，《诗矩》，《一木堂诗式》，《载酒园诗话评》，《三礼会篇》，《三传会篇》。两部《会篇》已佚。《文稿》、《诗稿》在乾隆朝曾被销毁，幸而现在尚能见到其《诗稿》。

《唐诗摘抄》有康熙刊本，乾隆、嘉庆年间又分别出有「增订」本。《诗麈》附于嘉庆年间出的《增订唐诗摘抄》之后，系浣月斋刊本。这次整理即以此为底本。

《诗麈》是一部论诗专著。书中相当全面地论述了诗歌创作的诸多问题。有理论，有例证，很便于读者阅读。同宋代姜夔的《白石道人诗说》一样，是作者为初学写诗者精心撰写的「诗学概论」。

把《诗麈》中论述的问题梳理一下，主要有以下数端：

一、主性情，贵立品。黄氏尊奉传统的「诗道性情」说，认为一切好诗都是有感而发，表现诗人的真性情的。故诗与人一，后世读其诗如见其人。汉以前诗就是「不假雕绘，直道胸臆」，具有

「真色」。唐诗之高处，也在于从中能见出诗人之真实性情。由于其中表现了诗人的真性情，抒发了出自胸臆的真情实感，所以具有强大的艺术感染力：「读古人所作，述哀怨即真使人欲泣，叙愉快即真使人起舞，气激烈即使人欲击唾壶，意飘扬即使人如出天地。」象这样的诗，才是「上乘」佳作。但诗中表现的性情又有高洁与卑鄙之分，这就取决于人品的高下，于是，就得讲究立品。本书开宗明义第一条就大声疾呼地强调提出：

凡欲学诗，须先为不朽计。若习睹时俗所尚，徒为唱酬赠答之具，是则枉用心思，滥费笔墨，不若不学之为愈也。苟欲为不朽计，第一贵在立品。何也？作者必与古人争胜，而后能成不朽之名。夫古人所以身没而名不灭者，非徒以其诗也，其立品必高于流俗，如鸡群野鹤，如岭上长松，虽有时为庸众之所非笑，而其神情超旷，常不肯自命为一世之人，此即诗家安身立命之处。虽不靳其诗之必传，而后世之名必归之。

作者在论述「凡作诗先明四要」时，又讲到「诗品」和「立身」，强调作诗要「先立其品」，强调「立身」要「高迈流俗」。在古代诗论中，强调人格修养的论述并不算少，但象黄氏这样旗帜鲜明地把「立品」放在「第一」位，提到诗家「安身立命」的高度，却是颇为罕见的。然而，这又确实是精警的，必要的。正如鲁迅先生所说：「从喷泉里出来的都是水，从血管里出来的都是血。」人品高尚者，胸臆中流出的才会是优秀诗篇。人品不高，诗品也高不到哪里去。

二、尚自然，讲工巧。作者认为，作诗与书法、绘画一样，「皆有天然一定之则」，诗人的手与口必须合乎天然之则，写出的诗才能「如化工之肖物」，达到自然高妙之境地，成为天下之「绝艺」。所以，「诗道以自然为上，工巧次之。工巧之至始入自然，自然之妙无须工巧。」五言诗如孟浩然的《过故人庄》、王维的《终南别业》，七言诗如崔曙的《九日登仙台》、李颀的《送魏万之京》等等，「皆不事雕缋而妙极自然者也」。

但是，自然高妙之境并非一蹴而就，必须「工巧之至」才能「始入自然」，因而「工巧」也应讲究，后天的人工修养和「锻炼之功」也不可缺少。只有锻炼到某种火候，创作时才能象「庖丁解牛」一样「神行其间」，达到自然高妙的境地。所以，作者又说：「火候未至，岂能顿诣此境？故作诗不谈章、句、字三法，非邪魔即外道。」由于「工巧」是达到「自然」的必由之路，故本书谈论技法的文字甚多，对于作诗的种种「规矩」非常讲究，诸如诗之起承转合、章法、句法、字法、声调、格律、对仗以及顺逆、倒叙、倒装、倒押、明暗、呼应、映带、横插、藏头、歇后等等，无不加以论述、引证乃至反复强调。并且对那种借口「歌咏性情」而反对「雕绘粉饰」的看法表示异议，对那种借口自抒「性灵」而抛弃「规矩」的论调予以反驳，指出「公输虽巧，必以规矩成方圆；师旷虽聪，必以律吕正音声；恃性灵而废规矩，是犹徒手而制器，空耳而聆音也。」这些关于「自然」、「工巧」的论述非常精到，可以说是在前人已有理论的基础上又进了一步；有关技法的剖析尤为周详，尽管其中带有明季时文的某些影响。

三、重婉润，倡含蓄。古代诗论家普遍主张诗歌创作要含蓄深隐，忌浅露质直。本书作者也是如此，有所不同的是他别出心裁地拈出「婉润」二字，与「直率」相对待。认为「句法最忌直率。直则浅，率则薄。此『婉润』二字为近体之要诀。」并且以戴叔伦与赵嘏、韩愈与灵一、贯休与司马札的诗句为例，分别加以比较，说明「直率」不如「婉润」。从他列举的诗句看来，所谓「婉润」就是把同样意思的话讲得婉转温润的意思。比如他认为贯休的诗句「故国在何处，多年未得归」是「直率」，司马札的诗句「芳草失归路，故乡空暮云」是「婉润」，二者抒发的都是有家归不得的思乡之情，但后者比前者委婉。「婉润」与含蓄并无质的差异，看来是属于浅层次的含蕴。故作者还要进一步论述含蓄，提倡含蓄。他在谈到五言绝句时说：

至如五绝，人多以小诗目之，故不求致工。然作家于此，务从小中见大，纳须弥于芥子，现国土于毫端，以少许胜人多多许。

又说：

五言绝有两种，有意尽而言止者，有言止而意不尽者。言止意不尽，深得味外之味。此从五言律而来，故为五绝正格。言尽意止，则突然而起，斩然而住，中间更无委曲，此实乐府之遗音，故为变调。

作者并且认为：「五绝难于七绝」，因为五绝「字句愈促，含蕴愈深」。这都是讲五言绝句需要含蓄蕴藉，需要「小中见大」，「以少许胜人多多许」，需要「言止意不尽」，有「味外之味」。这样的含蓄蕴藉、有意外意、味外味的诗，才是「五绝正格」。

七绝同样也应含蓄不露，如果「风神太露，意中言外无复余地，则又失盛唐家法。」至于古诗，虽然与律诗有所不同，「不过直陈其意之所欲言而已」，但也有「言止而意不尽者」。这种「言止而意不尽」的诗，「以有限之词，写无穷之意，故其为诗渊然以深，幽然以渺，使人遇之言词之外，而不得索解于文字之中。」所以更耐人咀嚼。作者把诗的含蓄蕴藉分为婉润、含蓄两个深浅不同的层次，也是其精到之处。

四、崇比兴，辨写景。本书在谈到律诗写景应讲究「虚实」时说：「有赋而无比兴，韵致即不见生动，意味即不见渊永，结构虽工，不足贵也。」在谈到古诗的时候又说：古诗源于《诗经》，「虽规制有殊，而兴比赋之义则无或异」，都是「假物见端，依类托寓，言在此而意在彼」，所以能「婉约而多风，优游而不迫，非熟读深思，固不能测其旨之所在也。」并且指出各种诗体都要有比兴，认为「诗之为道，不论古今诸体，但能比兴深微，寄托高远，有得于性情，有裨于世教，即是《风》《雅》遗音。」从「诗之为道」的高度来谈论比兴，表明作者是把比兴看做诗的基本特点和规律。就是说，诗歌创作应该通过「比兴深微，寄托高远」，去对「世教」有所助益，从而成为「《风》、《雅》遗音」。本书不大谈论诗的功用，更无腐儒的陈腔滥调，但在这里谈到了「世教」，主张诗要「有裨于世教」，这表明作者不是「为艺术而艺术」一派，而是「为人生而艺术」一派。

与比兴密切关联的是写景。不仅山水诗要写景，反映社会生活的诗往往也要写景，或借自然景物作为比兴。象屈原《离骚》就是用「善鸟香草，以配忠贞；恶禽臭物，以比谗佞」；「虬龙鸾凤，以托君子，飘风云霓，以为小人」（王逸《离骚经序》）。故历来论述写景的文字甚多。本书作者说：

诗有写景，有叙事，有述意。三者即《三百篇》之所谓赋比兴也。事与意，只赋之一字尽之，景则兼兴比赋而有之。

这就是说，赋这一手法可以直接铺叙事与意，写景则不仅具有赋的作用——直接铺叙自然景物，描绘美好的自然风光，而且可以用作比兴，间接地婉转地或象征性地表现事与意。因此，对于写景应当精心研究，不可等闲视之。本书对古人诗篇中的景物描写进行了多侧面多层次全方位的探讨和辨析，真可谓深入细致，洞察幽微。比如，书中在谈到律诗的中间两联时，认为两联可以全是写景，并且把前人诗中中间两联写的景分为大景、小景、远景、近景、全景、半景六种，一一举例以明之：

如「云霞出海曙，梅柳渡江春。淑气催黄鸟，晴光转绿蘋」（杜审言）一大景，一小景也。「浮云连海岱，平野入青徐。孤嶂秦碑在，荒城鲁殿余」（杜甫）一远景，一近景也。「退朝花底散，归院柳边迷。楼雪融城湿，宫云去殿低」（杜甫）一半景，一全景也。

特别引人注目的是，作者不仅对于「写有景之景」作了细致的区分，还破天荒地拈出个「写无景之景」的新命题并加以论说，认为「诗家写有景之景不难，所难者写无景之景而已」。而杜甫是最善于写无景之景的。杜甫的「河汉不改色，关山空自寒」、「秋日新沾影，寒江旧落声」、「日长唯鸟雀，春远独柴荆」等诗句，明明写的是月是雨是花，「偏从无月无雨无花处着笔」。从作者列举的这些诗句看来，所谓「写无景之景」，实际上指的是侧面描写，或者象司空图讲的「不著一字，尽得风流」。

更进一步，作者又把古人诗中的写景之句分为三品：「以雕琢致工为妙品，真境凑泊为神品，平淡真率为逸品。」逸品和神品高于妙品，故最为作者赞赏。在古代诗论中，把诗人、诗篇分品评议者并不罕见，但单独把写景分品评议仅见于此，可谓只此一家，别无分店。

五、尊气格，贵风神。黄氏论诗，看重「气格」与「风神」。他在谈到近体诗时说：「近体以气格为主，风神为辅。」「气格以主之，风神以运之，斯七律之上乘已。」在谈到诗法之「顺」、「逆」时又说：「主之以骨格，运之以风神，调之以音节，和之以气味，四者备而诗道无余蕴矣。」在「气」与「格」的讲求上，古体诗与近体诗有所不同，即「近体主格，古体主气」。但这也只是有所侧重，并非可以偏废，即「主格而气未尝不存，主气而格未尝可废也」。在「气格」与「风神」的讲求上，绝句与律诗又有所不同，七绝是「第主风神，不主气格」，七律则要「气格以主之，风神以运之」。但这也只是有所侧重，并非可以偏废，即「气格固不可废，风神亦不宜减」。黄氏对于「气格」与「风神」的论述中，能依据不同诗体的具体情况进行辨析，这是其独到之处，可惜他对二者的内涵未作具体阐释。从前后文看来，他所说的「气格」就是「骨格」，指的是健壮有力的形体；「风神」就是神态，指的是生机盎然的情状。诗歌创作之「道」应该是「气格」与「风神」兼备，做到形具神旺，形神俱肖。只讲「气格」而摒弃「风神」，则势必「如笨伯不能行动」，所以黄氏又反对「形虽具而神不王（旺）」的诗作。

六、师古人，运匠心。由于重视「规矩」，很自然地也就重视师古，因为「规矩」就蕴藏于古人的创作当中。作者写道：

虽有奇技淫巧，不能舍规矩以为器；虽有饮羽穿札，不能外彀率以为射。舍规矩以为器，是无器也；外彀率以为射，是无射也。诗家千变万化，不能出古人范围。学者未能洞厥源流，窥其潭奥，遽欲自辟乾坤，别成世界，是将废规矩而为公输，去彀率而为后羿，犹之乎无诗已矣。

这段话中讲「诗家千变万化，不能出古人范围」，显然是讲得过于绝对化了。因为后人写诗，不止内容可以创新，形式和「规矩」也可以创新，可以对古人已有的「范围」有所突破。但要想创新必须师古，从古人作品中吸取营养，包括学习某些适应于表现现实生活的「规矩」。不以规矩不能成方圆，作诗总得遵循一定之规。因此，这段话强调作诗要遵守「规矩」，要学习古人，其基本精神还是可取的。

至于学习的对象，作者强调要学习汉、魏、唐，认为「以汉、魏、李唐为主，则门户正而骨格成。」他把唐诗视为不可逾越的顶峰，认为「唐虽创为近体，实奄有前代之规」，「诗道到唐而止，犹治道至周而止也。周监二代，故因革损益尽其宜，后人虽欲求加于周之上，而有所不能矣。唐酌汉魏六朝，故风骨声情备其美，后人即欲轶出于唐之外，而有所不能矣。」所以，他只赞成学习唐以前的诗作，不赞成学习唐以后的诗作，认为「杂学宋、元及近代之作」只会「堕入旁门，至死无成」。

学习什么？如何学习？本书对此有不少论述。概括起来，就是：对古人诗要「熟读」、「歌咏」、

「讽绎」、「玩味」，以求得其「神气」、「声调」、「精华」，领会其「法度之精严，意境之深曲，风骨、兴象之生动」，学习其「入想之曲」、「出笔之趣」、「命意之远」、「托兴之深」。待到了然于心，则「神解既合，天机自启，如是而不以诗名一世者未之有也」。

但是，师古不等于拟古。作者一方面坚决反对某些「喜骛新奇」的人不学古就求新的偏向，另一方面又并不赞成尺尺寸寸模拟古人。他在主张师古的同时，又主张匠心独运，师心独创。他认为：「不学古人则无本，徒学古人拘拘绳尺不敢少纵则无以自立为后世必传之地。」就是说，学古并不是目的，最后的落脚点是「自立」。他在论述学习古诗应「取材于《选》，博趣于唐」之后，紧接着又说：「主之以理，匠之以意，运之以机，会之以神，然后能出入变化自成一家。」最后的落脚点也是「自成一家」。

要自成一家，就得匠心独运，自出机杼。故作者对匠心经营问题也多有论说。作者认为，创作的主宰是心，心是君，手是将帅，笔墨是偏裨士卒，创作活动是「心使手，手使笔墨」。创作完成之后「则笔墨之迹俱化」。在我们今天，谁都知道，头脑是人的思维器官，但在古代，由于科学发展水平的限制，人们普遍把「心」视为思维器官。尽管明代著名医学家李时珍已经认识到人脑是思维器官，提出了「脑为元神之府」（《本草纲目》）的创见，却并未引起人们的重视，所以后来的人仍然把心看成思维器官。本书作者也是如此，他认为创作活动是由心所驱使，诗之「思深」、「趣溢」、「味永」、「神来」和「性情毕露」皆「归功于心」。他一再讲到「诗肠」、「诗思」、「诗趣」，认为：

凡诗肠欲曲，诗思欲痴，诗趣欲灵。意本在此，而语反如彼，或从其左右前后曲折以取之，此之谓诗肠。狂欲上天，怨思填海，极世间痴绝之事，不妨形之于言，此之谓诗思。以无为有，以虚为实，以假为真，灵心妙舌，每出常理之外，此之谓诗趣。（意匠）

从这段论述和所举的例证看来，所谓「诗肠」、「诗思」、「诗趣」都是讲的意匠经营，艺术构思。所谓「欲曲」、「欲痴」、「欲灵」，所谓「意本在此，而语反如彼」、「狂欲上天，怨思填海」、「灵心妙舌，每出常理之外」云云，则表明他要求的艺术构思不是一般的平庸的艺术构思，而是十分奇特、十分婉曲的艺术构思。要进行这样的不同凡响的艺术构思，自然需要驰骋大胆而又丰富的艺术想象。所以作者又指出「诗家构思匠意，亦必游神广莫之乡，置身寥廓之域，齐古今如旦暮，视人物如蠛蠓，下笔始能超绝，出语始得惊人。」就是说，诗人在构思时必须「精骛八极，心游万仞」，才能写出「超绝」、「惊人」的艺术精品。

除上述数端外，本书对于诗歌创作的雅俗问题，虚实问题，声色问题，兴象、意境问题，风骨、风格问题，外饰与内美问题，妙悟问题，命意、命题问题，语与意的关系问题，以及「穷而后工」问题、古代诗歌的发展演变问题等等，都或多或少有所论述。这里就不一一介绍了。

本书也存在一些缺点和不足之处。一个最明显的缺点，是忽视生活这个文艺的源泉，而把古人书本看成文艺的源泉，以为只要熟读古书就能写出好诗。这表明作者对文艺的源与流问题缺乏了解。又，把唐诗视为顶峰，认为学唐以后诗有害无利，这也欠妥。事实上，宋诗就有一些值得借鉴之处，后世的诗人也有从宋诗得到助益的。又，主张诗要写得古色古香，「使读者不知为今人之诗」，所写的诗与其取「信于当时之人」，不如取「信于千世以下之人」。这也颇有点拟古的味道，同时也显得非常玄乎。谁能未卜先知，预料到「千世以下之人」的审美趣味如何？又怎么去取信他们，适应他们的口味？

尽管如此，黄生这部《诗麈》的理论价值仍然是非常值得珍视的。它无疑是一部高水平的诗学专著，是「诗话」中的上乘之作。就其对诗学问题探索的广度与深度而言，与许多著名的「诗话」相比毫无逊色。它完全可以与在此以前问世的《白石道人诗说》、《沧浪诗话》鼎足而立，同为诗道中的「金绳宝筏」，同为雄踞骚坛的「诗学指南」。

点校者

一九九三年二月

诗麈卷一

凡欲学诗，须先为不朽计。若习睹时俗所尚，徒为唱酬赠答之具，是则枉用心思，滥费笔墨，不若不学之为愈也。苟欲为不朽计，第一贵在立品。何也？作者必与古人争胜，而后能成不朽之名。夫古人所以身没而名不灭者，非徒以其诗也，其立品必高于流俗，如鸡群野鹤，如岭上长松，虽有时为庸众之所非笑，而其神情超旷，常不肯自命为一世之人。此即诗家安身立命之处。虽不蕲其诗之必传，而后世之名必归之。所以传之者，不在其诗，而在其诗之人也。是故诗之境旷，而拘者不得也；诗之道雅，而俗者不得也；诗之思清，而浊者不得也；诗之韵悠扬澹荡，而笨钝者不得也。去是数者，而后可与言诗，而后可与古人争不朽之名。（立品）

诗有古今诸体，初学未能遍攻，当先自近体始。近体有五、七言律，五、七言绝四种。元周伯弜《三体诗法》一书，差是津梁后学。顾第举其大纲，而唐人字法、句法、对法、起法、收法，极尽变化，前人间亦拈及，惜未备未详。予常遍加搜摘，列为句图，类聚而门分之，倘好事者为一梓行，亦是补前贤所未逮也。（以下近体）

诗之五言八句，犹文之四股八比，不过以起承转合为篇法而已。起联当说破题意，次联则承其意而下，第三联则略开一步，尾联则又收转，与起联相应，以完一篇之意。此处最不宜草草，结处有精神，前路虽平皆不足为颣。苟一结衰惫，前路虽工不称完璧矣。（章法）

中二联，非写景，即叙事，或述意三体。以「虚实」二字括之，写景为实，事、意为虚。故立四实四虚，前实后虚，前虚后实之式。大抵一虚一实者其常，全实全虚者其变。就中惟四虚体宜少为，盖近体一道，不写景而专叙事与述意，是谓有赋而无比兴，韵致不见生动，意味即不见渊永，结构虽工，不足贵也。善诗者常欲得生动之致，渊永之味，则中二联不嫌俱写景。然有大景、小景、远景、近景、全景、半景，景中见事见意。四实中又当暗自分别。若不辨此法，亦难称作家也。（中联）

如「云霞出海曙，梅柳渡江春。淑气催黄鸟，晴光转绿蘋。」（杜审言）一大景，一小景也。「浮云连海岱，平野入青徐。孤嶂秦碑在，荒城鲁殿余。」（杜甫）一远景，一近景也。「退朝花底散，归院柳边迷。楼雪融城湿，宫云去殿低。」（杜甫）一半景，一全景也。

近体中有起联对而次联不对者。昔人谓之偷春体，予易名为换柱对。有前二联并不对者。有以第三句对首句，第四句对次句者。昔人谓之扇对，予易名开门对。有全首俱对者。老杜多此体。有全首俱不对者。太白多此体。皆属变格。诗道纯熟，或间出而用之。（以下对法）

「言从石菌阁，新下穆陵关。独向池阳去，白云留故山。」（王维）「无家对寒食，有泪如金波。斫却月中桂，清光应更多。」（杜甫）「清晨入古寺，初日照高林。曲径通幽处，禅房花木深。」（常建）此换柱对格也。「昔年秋露下，羁旅逐东征。今岁春光动，崎岖别上京。」（韩愈）「几思同静话，夜雨对禅床。未得重相见，秋灯照影堂。」（郑谷）此开门对格也。

又有两句中字法参差相对者，旧名蹉对，予易名犄角对。如「众水会涪万，瞿唐争一门。」（杜甫）

「众水」与「二门」对，「涪万」与「瞿唐」对；「舳舻争利涉，来往任风潮。」（孟浩然）「舳舻」与「风潮」对，「利涉」与「来往」对是也。

又有对而不对，不对而对者，如「春风灞水上，饮马桃花时。」（李颀）「芳草归时遍，情人故郡多。」（韦应物）虽不对而声势自足相应，不得以不对病之。盖律诗对固宜切，然太切则又欠生动，宋人所谓对法要存性是也。至若「江汉思归客，乾坤一腐儒。」（杜甫）则上句「思归」是联字，下句「腐儒」是联字。「风鸣两岸叶，月照一孤舟。」（孟浩然）则上句「两岸」是联字，下句「孤舟」是联字。合读若对，拆看实不对，此犯诗病，不可学也。

对法不可不工，亦不宜太切。如清风明月，青山绿水，黄莺紫燕，桃红柳绿，便是蒙馆对法。予犹记十许岁时，长老辈文酒之会，席间先祖命予出谒。时茉莉盛开于庭，长者出对云：「白玉花开香入席」，予即对云：「黄金酿熟色浮杯」。举座赞赏，且讶其能以酒对花，不类学童想路。不知予已私能为诗矣。

张籍「花下红泉色，云西乳鹤声」，工在一「乳」字；杜甫「卷帘惟白水，隐几亦青山」，好在一「白」字。若以「白」对「红」，以「绿」对「青」，即索然矣。

对法不可合掌。如一动必一静，一高必一下，一纵必一横，一多必一少，此类可以递推。如耿沛「冒寒人语少，乘月烛来稀。」「稀」、「少」合掌。贾岛「流星透疏木，走月逆行云。」「流」、「走」合掌。曹松「汲水疑山动，扬帆觉岸行。」「行」、「动」合掌。顾在镕「犬为孤村吠，猿因冷木号。」并声。崔颢

「川从陕路去，河绕华阴流。」并水。皆为病也。

诗以导其意之所欲言。古体不拘排偶，可以直抒己意，故虽有句法，锻炼之功尚少。至如五言八句，声律对偶轨格一定，必欲铸意成辞，命辞遣意，非锻炼句法何以见工？唐人句法备有多种，职此之故，后之学诗者不能尽悉其法，虽有妙句，仅属暗合。问其何以称妙，且不自知，况能尽其变化哉！（以下句法）

句法最忌直率，直则浅，率则薄。此「婉润」二字为近体之要诀。即以唐人较之，戴叔伦「如何百年内，不见一人闲。」直率。何如赵嘏之「星星三镜发〔一〕，草草百年身。」婉润。韩愈之「况与故人别，那堪羁宦愁。」直率。何如灵一之「官柳乡愁乱，春山客路遥。」婉润。贯休之「故国在何处，多年未得归。」直率。何如司马札「芳草失归路，故乡空暮云。」婉润。两相比较，工拙自见。

说见不得直言见，说闻不得直言闻。如岑参「见雁思乡信，闻猿积泪痕。」不若柳宗元「愁深楚猿夜，梦断越鸡晨。」较为酝藉。然亦有诗眼在「见」「闻」二字者，如张祜「树影中流见，钟声两岸闻。」温庭筠「果落见猿过，叶干闻鹿行。」则非二字不足以发其意，又未可概论。

宋人论句法，谓句中有眼。以[illegible]字为眼。宜著意炼此一字。然此特句法之一耳。试问杜之「清新庾开府，俊逸鲍参军。」温庭筠之「鸡声茅店月，人迹板桥霜。」眼在何处？不尽读唐诗，识其锤炼之妙，未可轻言句法也。

以十字道一事者拙也，约之以五字则工矣。以五字道一事者拙也，见数事于五字则工矣。如韦应物「浮云一别后，流水十年间。」权德舆则以「十年曾一别」五字尽之。如高适「大都秋雁少，只是夜猿多。」马戴云「楚云沾猿暮，湘云拂雁秋。」猿、雁之外，更道数事。

唐人炼句，有倒装、横插、明暗、呼应、藏头、歇后诸法。凡二十种。法所从生，本为声律所拘。十字之中，意不能直达，因委曲以就之。所以律诗句法多于古诗，实由唐贤开此法门。后人不能尽晓其法，所以句多率直，意多浅薄。不堪与前人较量工拙，其故实在于此。

以上诸法，见《一木堂诗式》。初学犹恐不能遽了，今姑述一粗浅之法，庶几易入。如五字为句，则上二下三，上三下二，上一下四，上四下一，上二下二中一，上二下一中二，上一中二下二，上一下一中三，八法尽之。七字为句，则上四下三，上三下四，上五下二，上二下五，上一下六，上六下一，上二中二下三，上二中四下一，上一中四下二，上一中三下三，十法尽之。

上二下三，如「玉剑浮云骑，金鞭明月弓。」（卢照邻）「涧水空山道，柴门老树村。」（杜甫）上三下二，如「把君诗过日，念此别惊神。」（杜甫）「一封书未返，千树叶皆飞。」（于武陵）上一下四，如「台倚乌龙岭，楼侵白雁潭。」（许浑）「雁惜楚山晚，蝉知秦树秋。」（司空曙）上四下一，如「雀啄北窗晚，僧开西阁寒。」（喻凫）「莲花国土异，贝叶梵书能。」（护国）上二中一下二，如「旌旗朝朔气，笳吹夜边声。」（杜审言）「星河秋一雁，砧杵夜千家。」（韩翃）上二中二下一，如「春风骑马醉，江月钓鱼歌。」（司空图）「晴山开殿翠，秋水卷帘寒。」（许浑）上一中二下二，如「地盘山入塞，河绕国连天。」（张祜）「井凿山含月，风吹磬出林。」（贾岛）上一下一中三，如「星临万户动，月傍九霄多。」（杜甫）

「剑留南斗近，书寄北风遥。」（祖咏）此皆以五字成句，而句中有读者也。

上四下三，如：「九天阊阖开宫殿，万国衣冠拜冕旒。」（王维）「龙武新军深驻辇，芙蓉别殿慢焚香。」（杜甫）上三下四，如「洛阳城见梅迎雪，鱼口桥逢雪送梅。」（李绅）「斑竹冈连山雨暗，枇杷门向楚天秋。」（韩翃）上二下五，如「朝罢香烟携满袖，诗成珠玉在挥毫。」（杜甫）「霜落雁声来紫塞，月明人梦在青楼。」（刘沧）上五下二，如「不见定王城旧处，常怀贾傅井依然。」（杜甫）「同餐夏果山何处，共钓寒涛石在无。」上一下六，如「盘剥白鸦谷口栗，饭煮青泥坊底芹。」（杜甫）「烟横博望乘槎水，日上文王避雨陵。」（唐彦谦）上六下一，如「忽惊屋里琴书冷，复乱檐前星宿稀。」（杜甫）「忽从城里携琴去，许到山中寄药来。」（贾岛）上二中二下三，如「旌旗落日黄云动，鼓角阴风白草翻。」（李频）「论旧举杯先下泪，伤离临水更登楼。」（杨巨源）上一中三下三，如「鱼吹细浪摇歌扇，燕蹴飞花落舞筵。」（杜甫）「门通小径连芳草，马饮春泉踏浅沙。」（郎士元）上二中四下一，如「河山北枕秦关险，驿路西连汉畤平。」（崔颢）「宫中下见南山尽，城上平临北斗悬。」（杜审言）上一中四下二，如「诗怀白阁僧吟苦，俸买青田鹤价偏。」（陆龟蒙）此皆以七字成句，而句中有读者也。

用字宜雅不宜俗，宜稳不宜险，宜秀不宜粗。一句之工，未足庇其全首；一字之病，便足累其通篇，下笔时最当斟酌。盖近体与古诗不同，既以五言八句为限，其体则方，其调则圆。昔人谓「四十贤人，内中著一屠沽儿不得」[二]，真确论也。（以下用字）

诗中用字，大抵取之群书与出之胸臆二者。取之善则无病，取之不善则为累。大概系诗家常用者，自然秀而稳，反是则粗而险。系近体常用者，自然雅而清，反是则俗而浊。世有喜新厌熟，务用诗中不常用之字者，固不可与言诗矣。至于古诗之字难轻入近体，尤宜亟辨。如风近飏飓古，月近蟾魄古，山峰近峦岑巘冈陵古，池塘近沼渚古，舟船近航艖舠舣舸舻古，车近轺辕舆古之类。缘六朝争尚绮靡，专以他字代本字。自唐贤律体既成，敛华就实，扫涤繁芜，一归大雅。后之为诗者，岂可不辨古、律之体，一概施用乎？

有一类之字，若可通用，毕竟此善彼不善者。如贾岛「僧敲月下门」，初用「推」字，不能自决，待退之而后决之。齐己「前村深雪里，昨夜一枝开」《早梅》，本作「数枝」，因郑谷言而始易之。用字之宜酌度如此。

用字之妙无过老杜。只常用之字一经其手，便使后人再换一字不得。如「湖阔兼云雾，楼孤属晚晴」、「芹泥随燕嘴，花蕊上蜂须」、「山鬼迷春竹，湘娥倚暮花」、「红入桃花嫩，春归柳叶新」、「眼穿当落日，心死著寒灰」，皆不易更换。又惯用「兼」字、「受」字、「带」字、「赴」字、「报」字、「破」字、「封」字、「送」字、「动」字，无不入妙。宜就其全集摘出之。

所谓出之胸臆者，非谓未经人用，创作自我也。即以杜诗而论，如「花重锦官城」花繁曰「重」、「月傍九霄多」月满曰「多」、「东林竹影薄」影稀曰「薄」、「力稀经树歇」力倦曰「稀」、「天寒关塞深」塞远曰「深」、「暂时花载雪」花轻曰「载」，皆以人所常用之字，而用法与人不同，便觉有奇理，有别趣。此属意匠经营之巧，非出自胸臆而何？

诗莫难于写景，以古今共此风光物色，前人已无奇不搜，无妙不出。今时有作，开口即忌为前人道过，欲谢朝华而启夕秀，不亦难乎？虽然，人患无笔耳。有笔，则何景不可写，何物不可咏？其神来之句，天然凑泊，虽若出于古人，而实古人所未道。语云：「陶奇撰幽，不乏心匠」，正谓此也。前辈如万茂先云：「湖阔烟无尽，山空月自寒。」程孟阳云：「高树犹霞气，孤帆已月华。潮满炊烟白，山移睥睨青。」写景甚真，何尝经人道过？又，予友屈翁山云：「日月相吞吐，乾坤自混茫。」观海此二语惟老杜能道，然亦老杜所未道。屈集佳句甚多，此特识其大者。又，友人胡君惠诗一册，予剧赏其二语云：「花飞新叶出，月落曙光来。」不惟出自新撰，而阴阳消息之理，寻常道破，岂直妙于写景而已乎！（以下写景）

二十年前，凡友人惠诗，类摘其佳句，写成一帙。后为一友人探囊而去，并拙稿失之。犹忆其中孙君名绥，字文侯，休宁人。一联云：「长途迟步急，滑道薄装多。」盖述贫士雨中徒步之苦。「迟步急」三字，真刻画不到。谓己行甚急，仅同他人之迟步者，书呆形状如见。附识于此。

诗家写有景之景不难，所难者写无景之景而已。此亦惟老杜饶为之，如「河汉不改色，关山空自寒。」写初月易落之景。「秋日新沾影，寒江旧落声。」写微雨易晴之景。「日长惟鸟雀，春远独柴荆。」写花事既罢之景。偏从无月无雨无花处著笔，后人正难措手耳。

写景中有用地名一例，下笔最宜选择。若地名不雅，即为用字之累。如杜「剑阁星桥北，松州雪岭东。」咏蜀道图。全蜀地名多矣，何独拈此四处？盖取其字雅秀故也。又如七言绝「已收滴博云间戌，欲夺蓬婆雪外城。」地名殊极褦襶，却用「云间」、「雪外」调剂之，便不觉其碍眼。真诗家化工手也。

忆友人陈伯玑论诗云：「『姑苏城外寒山寺』，自是天成妙句。若作『金陵城外报恩寺』，即不妙矣。」见陈所刻《诗慰》中。按陈此论亦入细，第能道其然，而不能道其所以然。所以然者，岂非地名不雅之故乎？

写景之句，以雕琢致工为妙品，真境凑泊为神品，平淡真率为逸品。如「芳春平仲绿，清夜子规啼。」（沈佺期）「明月松间照，清泉石上流。」（王维）「雨中山果落，灯下草虫鸣。」（同）「绿树村边合，青山郭外斜。」（孟浩然）「松生青石上，泉落白云间。」（贾岛）「泉声入秋寺，月色遍寒山。」（于武陵）皆逸品也。如「日落江湖白，潮来天地青。」（王维）「四更山吐月，残夜水明楼。」（杜甫）「野径云俱黑，江船火独明。」（同）「柳塘春水漫，花坞夕阳迟。」（严维）「鸡声茅店月，人迹板桥霜。」（温庭筠）皆神品也。若其他登妙品者，则不可枚举也。

起联有对起，有散起。唐人散起者多，惟老杜好用对起。其对起法，又有两意分对者，有一意相承者，大抵熟于诗律，故拈著便对。若对起是两意，则次联必分应之。或中二联各应一句，或中二联止应一句，至尾联再应一句。或前三联各开说，用尾联总收。近体莫多于老杜，故法亦莫备于老杜。（以下起联）

唐人起法，惟务平直，不事奇巧。盖此为一篇之冒，但当徐徐引起题意，以后再著精采可耳。

有平起，有仄起，有引句即用韵起。仄起者，其声峭急。平起者，其声和缓。仄起而用韵者，其响更切。平起而用韵者，其声稍浮。下笔宜自消息。如「独有宦游人，偏惊物候新。」（杜审言）「诏出未央宫，登坛拜总戎。」（岑参）「犬吠水声中，桃花带雨浓。」（李白）「柳暗百花明，春深五凤城。」（王维）「落日在帘钩，溪边春事幽。」（杜甫）「何地避春愁，终年忆旧游。」（顾况）此皆仄起用韵者也。如「琵琶马上弹，行路曲中难。」（董思恭）「佳人眠洞房，回首见垂杨。」（刘希夷）「诸生日万盈，四十乃知名。」（高适）「宫衣亦有名，端午被恩荣。」（杜甫）「苏耽佐郡时，近出白云司。」（严维）「春城乞食还，高论此中闻。」（韩翃）「空为《梁父吟》，谁竟是知音。」（喻凫）此皆平起用韵者也。

近体以起承转合为首尾腰腹，此脉络相承之次第也。首动则尾随，首击则尾应，腹承首后，腰居尾前，不过因首尾以为转动而已。是故一诗之气力在首尾，而尾之气力视首更倍。如龙行空，如舟跋浪，尝以尾为力焉。唐人佳句可摘者，联为夥，起次之，结又次之，可见结之难工也。其法有尾联见意者，有尾联点题者，有尾联进步者，有尾联宕开者，有尾联寓意者，有尾联补缴者，具仆所选《唐诗矩》中。不观全诗，则不足以识其意，故不标出。（结联）

以上所论五言之法，并通于七言第七言。增加二字，句长则气易弱，惟少用虚字句格自然挺健。兼此体常择题而作。今人既不知择题，又不知七言律难于五言律，率尔便作，体气骫骳，正如病夫强袭衣冠耳。（以下总论五七言）

近代作七言律，亦有专主气格，宗尚盛唐者。见非不卓，第矫枉过正，又如笨伯不能行动。大抵气格固不可废，风神亦不宜减，此在虚实之间，善自消息。气格以主之，风神以运之，斯七言之上乘已。

诗道以自然为上，工巧次之。工巧之至，始入自然。自然之妙，无须工巧。高廷礼列子美于大家，不居正宗之目，此其微旨可见。五言如孟浩然《过故人庄》[三]、王维《终南别业》，七言如崔曙《九日登仙台》[四]、李颀《送魏万之京》、高适《送王李二少府》[五]、刘方平《秋夜寄皇甫冉郑丰》，皆不事雕缋[六]，妙极自然者也。

王元美谓「章法之妙[七]，有不见句法者；句法之妙，有不见字法者。」此最上一乘法门，即工巧之至而入自然者也。诗家火候未至，岂能顿诣此境？故作诗不谈章、句、字三法，非邪魔即外道。

绝句之起承转合一如律诗，但绝八句为四句而已。虽曰绝句，而律之性情规度自在，是故字句加少，含蕴倍深。其体或对起，或对收，或两对，或两不对，格局既殊，法度亦变。对起者，其意必尽后二句。结收者，其意必作流水呼应。不然，则是不完之律。亦有不作流水者，必前二句已尽题意，此特涵泳以足之。两对者后亦用流水，或前暗对而押韵使人不觉。亦有板对四句者，此多是漫兴写景而已。两不对者，大抵以一句为骨，余三句尽顾此句；或在第一，或在第二，或在第三、四。亦有以两句为骨者。又有两呼两应者，或分应，或各应，或错综应。又有前后两截者，有一意直叙者，有前二句开说、后二句绾合者，有以倒叙为章法者，有以错综为章法者。惟此体最多变局，在人消息而善用之。（以下七言绝）

对起，如杜甫「岐王宅里寻常见，崔九堂前几度闻。正是江南好风景，落花时节又逢君。」以后二句见意。对收，如杜审言「知君书记本翩翩，为许从戎赴朔边。红粉楼中应计日，燕支山下莫经年。」流水呼应。刘长卿「昨夜承恩宿未央，罗衣犹带御炉香。芙蓉帐小云屏暗，杨柳风多水殿凉。」涵泳。两对，如长孙佐辅「愁多不忍醒时别，想极还应静处行。谁遣同衾又分手，不如行路本无情。」呼应。押韵对起，如杜审言「迟日园林非昔游，今春花鸟作边愁。独怜京国人南窜，不及湘江水北流。」板对四句，如朱长文「白云尽处见明月，黄叶落时闻捣衣。龙向洞中衔雨出，鸟从花里带香归。」两不对，如贾至「红粉当垆弱柳垂，金花腊酒解酴醾。笙歌日暮能留客，醉杀长安轻薄儿。」首句作骨。李白「杨花落尽子规啼，闻道龙标过五溪。我寄愁心与明月，随风直到夜郎西。」次句作骨。王昌龄「昨夜风开露井桃，未央前殿月轮高。平阳歌舞新承宠，帘外春寒赐锦袍。」三句作骨。杜牧「银烛秋光冷画屏，轻罗小扇扑流萤。天街夜色凉如水，卧看牵牛织女星。」四句作骨。韩翃「春城无处不飞花，寒食东风御柳斜。日暮汉宫传腊烛，轻烟散入五侯家〔八〕。」三、四作骨。白居易「帝子吹箫逐凤皇，空余仙洞号华阳。落花何处堪惆怅，头白宫人扫影堂。」一、二作骨。两呼两应，如李白「故人西辞黄鹤楼，烟花三月下扬州。孤帆远影碧空尽，唯见长江天际流。」一呼二应，三呼四应，此各应法。王昌龄「故园今在灞陵西，江畔逢君醉不迷。小弟邻庄尚渔猎，一封书寄数行啼。」一呼三应，二呼四应，此分应法。刘禹锡「江南江北望烟波，入夜行人相应歌。桃叶传情竹枝怨，水流无限月明多。」一呼四应，二呼三应，此错应法。前后两截，如王昌龄「寒雨连江夜入吴，平明送客楚山孤。洛阳亲友如相问，一片冰心在玉壶。」前送客，后寄讯，分两截。一意直叙，如薛维翰〔九〕：「白玉堂前一树梅，今朝忽见数花开。儿家门户重重闭，春色因何得入来。」前开后合，如王维「新丰美酒斗十千，咸阳游侠多少年。相逢意气为君饮，系马高楼垂柳边〔一〇〕。」一言酒，二言人，三、四始合说。倒叙，如杨贵妃「罗袖动香香不已，红蕖袅袅秋烟里。此二句在后。轻云岭上乍摇风，嫩柳池边初拂水。此二句在前。」此咏舞也。舞者先缓拍，后催滚，故必作倒叙看始合。错叙，如白居易「人道中秋明月好，欲邀同赏意如何。华阳洞里秋坛上，今夜清光此最多。」第二句当在后。又如王昌龄「真成薄命久寻思，梦见君王觉后疑。火照西宫知夜饮，觉后。分明复道奉恩时。梦中。」此代言望幸之情也。「分明复道」云云，既而「火照」云云，梦中情事宛然。觉后犹疑非梦，展转寻思，君恩徒在梦中，岂非真成薄命乎？此诗以四、三、二、一为一、二、三、四，错叙到底，是以千年来无人解此。

严沧浪谓〔一一〕：「七律难于五律，五绝难于七绝。」近体四种，判若白黑，即唐人复起，不易其言。盖七绝本七律而来，第主风神，不主气格，故曰易。五绝则字句愈促，含蕴愈深，故曰难。然七绝主风神，是矣，或风神太露，意中言外无复余地，则又失盛唐家法。故此体中、晚人多有妙者，直是风神太露，得在此，失亦在此。至如五绝，人多以小诗目之，故不求致工。然作家于此，务从小中见大，纳须弥于芥子，现国土于毫端，以少许胜人多多许。谓五绝难于七绝，岂欺我哉！（以下五言绝句）

五言绝有两种，有意尽而言止者，有言止而意不尽者。言止意不尽，深得味外之味。此从五言律而来，故为五绝正格。意尽言止，则突然而起，斩然而住，中间更无委曲。此实乐府之遗音，故为变调。

意尽言止，如「打起黄莺儿，莫教枝上啼。啼时惊妾梦，不得到辽西。」（金昌绪）「那年离别日，只道往桐庐。桐庐人不见，今得广州书。」（刘采春）「嫁得瞿唐贾，朝朝误妾期。早知潮有信，嫁与弄潮儿。」（李益）此乐府之遗音也。言止意不尽，如「玉笼重绣裳，著罢眠洞房。不能春风里，吹却兰麝香。」（崔国辅）如「十年劳远别，一笑喜相逢。又上青山去，青山千万重。」（扬衡）「流水何太急，深宫尽日闲。殷勤谢红叶，好去到人间。」（韩氏）此五绝之正格也。

凡诗肠欲曲，诗思欲痴，诗趣欲灵。意本如此，而语反如彼，或从其左右前后曲折以取之，此之谓诗肠。狂欲上天，怨思填海，极世间痴绝之事，不妨形之于言，此之谓诗思。以无为有，以虚为实，以假为真，灵心妙舌，每出常理之外，此之谓诗趣。（意匠）

诗肠之曲，如岑参「勤王敢道远，私向梦中归。」本怨赴边庭归期难必，语故如此。杜甫「渐喜交游绝，幽居不用名。」本怨交游绝迹，反以喜言也。又「万方频送喜，无乃圣躬劳。」非恐圣躬劳于应接，正恐圣心狃目前收京之喜，不为剪灭朝食之计耳。所以知诗中有此意者，因上文有「杂虏横戈数[二]，功臣甲第高」二语，故结句云云，可谓妙于立言矣。诗思之痴，如李白「刬却君山好，平铺湘水流。巴陵无限酒，醉杀洞庭秋。」如杜甫「斫却月中桂，清光应更多。」如万楚「河水浮落花，花流东不息。应见浣纱人，为道长相忆。」诗趣之灵，如李白「岁晚或相访，青天骑白龙。」又「白发三千丈，缘愁似个长。不知明镜里，何处得秋霜。」杜甫「山鬼迷春竹，湘娥倚暮花。」李洞「砚磨青露月，茶吸白云钟。」唐人惟具此三者之妙，故风神洒落，兴象玲珑。自宋以后，此妙不传，所以用尽气力，终难追配唐贤，为此故也。

律诗有规矩可循，有门径可指。古诗则无规矩也，无门径也。不过直陈其意之所欲言而已。是故古人未尝含毫吮墨，学焉而后能之也。缘其中有如是跃跃欲吐之意，可歌可舞可泣可涕之怀，然后发之于诗，期于能达其意而止。且有言止而意不尽者，盖言之所陈有限，意之所蓄无穷，以有限之词，写无穷之意，故其为诗渊以深，幽然以渺，使人遇之言词之外，而不得索解于文字之中。且古之作者，其源皆自《三百篇》而来。虽规制有殊，而兴比赋之义则无或异，是故假物见端，依类托寓，言在此而义在彼。原夫诗之为道，感人以声不以辞，喻人以志不以事，是故婉约而多风，优游而不迫，非熟读深思，固不能测其旨之所在也。汉魏尚已。江左以后，始事修辞，加之粉绘，以性情之事，为文章之能，诗道所以日盛，即其所以日衰也欤！颜、谢兴而事排偶，休文出而谈声病。唐人律体，始此滥觞。于是有句可摘，有字可赏，而规矩门径亦由此生焉。独陈拾遗深病偶丽，毅然以复古为倡，于是王、孟、储、常、王昌龄、李颀、韦、柳诸贤继起，而李、杜二公复大振厥声。唐人复存古诗一派者，子昂之力也。（以下古体）

欲学古诗，当尽探古今作者源流，得其风概。取材于《选》，博趣于唐，主之以理，匠之以意，运之以机，会之以神，然后能出入变化，自成一家。初学之士，未易言此。第当约取古诗之佳者，录成一帙，朝吟夕讽。耽玩既久，心手自能密移，如朱晦翁所谓[一三]：「方寸之中，无一字世俗言语意思，则其为诗，不期高远而自高远矣。」

古辞不知作者，用以合乐，谓之乐府。词人所制，名氏著闻，谓之古诗。其声情规度，故尔不同。然自六朝以后，词人多有拟古乐府之作，则已混而为一，莫可致辨矣。又有所谓骚体者、琴操者，皆乐府之别派。今但总命曰古体，以别于律诗云。

五言，如无名氏《十九首》，苏、李《赠别》[一四]，卓文君《白头吟》，班婕妤《怨歌行》，辛延年《羽林郎》，宋子侯《董娇娆》，蔡邕《饮马长城窟》，蔡文姬《悲愤诗》，无名氏《陌上桑》、《长歌行》、《君子行》、《相逢行》、《陇西行》、《艳歌行》、《枯鱼过河泣》、焦仲卿妻诗[一五]、《鸡鸣高树颠》、古诗五首、又三首，魏文杂诗，甄后《塘上行》，魏明《种瓜篇》，陈思王《野田黄雀行》、《圣皇篇》、《名都篇》、《白马篇》、《美女篇》、《弃妇篇》、《赠白马王彪》，繁钦《定情诗》，阮籍《咏怀》，傅元《杂诗》，左思《咏史》、《招隐》、《娇女诗》，殷仲文《桓公井》[一六]，陶渊明《和刘柴桑》、《与殷晋安别》、《使都经钱溪》、《和郭主簿》、《赠羊长史》、《桃花源诗》、《归园田居》、《乞食》、《连雨独饮》、《怀古田舍》、《西园获早稻》[一七]、《下潠田舍获》、《饮酒》、《拟古》、《杂诗》、《咏贫士》、《读山海经》、《拟挽歌》[一八]，无名氏《西洲曲》，颜延之《五君咏》、《秋胡诗》[一九]，谢灵运《七里濑》、《游南亭》、《游赤石》、《登江中孤屿》、《石室山诗》、《斋中读书》、《山南树园》[二〇]、《石壁精舍》、《过白雁亭》[二一]、《卢陵王墓下作》，鲍照《代东门行》、《代放歌行》、《登庐山行》[二二]、《京口》[二三]、《学古》、《遇铜山掘黄精》〔二四〕、《三日》、谢朓《游东田》、《暂使下都》、《郡内高斋》、《之宣城郡》、《晚登三山》、《郡内登望》〔二五〕、《高斋视事》、《冬绪羁怀》、《移病还园》、《春思》、《新治北窗》、《临溪送别》，沈约《别范安成》，江淹《惜晚春》、《古离别》、《班婕妤咏扇》、《陶征君田居》〔二六〕，庾信《梅花》，杨素《山斋独坐》、《赠薛播州》。

七言，如张衡《四愁诗》，魏文帝《燕歌行》，晋《白纻舞歌》，汤惠休《白纻歌》，梁武帝《河中之水歌》、《东飞伯劳歌》，简文帝《乌栖曲》，元帝《燕歌行》，岑之敬《当垆曲》〔二七〕，王筠《行路难》。按：六朝以前七言甚少，至唐人歌行始大畅厥体，宜参观之。

杂言，则许由《箕山歌》，夷、齐《采薇歌》，宋《城者讴》、《野人歌》，宁戚《饭牛歌》，《渔父歌》，《越人歌》，《越谣歌》，《成人歌》，《优孟歌》，《王子思归引》，《扊扅歌》，《易水歌》，汉高帝《大风歌》，项羽《垓下歌》，武帝《秋风辞》、《李夫人歌》、《落叶哀蝉曲》，淮南王《八公操》，李延年《歌》，唐山夫人《安世房中歌》，苏伯玉妻《盘中诗》，无名氏《郊祀歌》、《铙歌》、《蒿里曲》、《薤露歌》、《西门行》、《东门行》、《妇病行》、《孤儿行》、《悲歌》，魏武帝《秋胡行》，魏文帝《陌上桑》、《艳歌何尝行》，陈思王《妾薄命》、《当来日大难》，陈琳《饮马长城窟行》，傅元《吴楚歌》、《车遥遥篇》、《杂言》、《云歌》，无名氏《晋杯槃舞诗》〔二八〕、《济济篇》、《乐辞》、《休洗红》，鲍照《淮南王》〔二九〕、《拟行路难》、《代夜坐吟》、《代春日行》，无名氏《木兰诗》、《敕勒歌》，崔氏《靧面辞》。

四言，则《卿云歌》，《白云谣》，《穆天子谣》，《西王母吟》，孔子《蟪蛄歌》，陈音《弹歌》，庄周《引声歌》，祝牧《偕隐歌》，韩凭妻歌，秦女《琴歌》，湘中渔歌，三秦记民谣，韦孟《讽谏诗》，东方朔《诫子诗》，司马相如《封禅颂》，韦玄成《自劾诗》、《诫子孙诗》，傅毅《迪志诗》，朱穆《绝交诗》〔三〇〕，仲长统《述志诗》〔三一〕、丽玉《箜篌引》，魏武帝《短歌行》、《观沧海》、《土不同》〔三二〕、《龟虽寿》，文帝《短歌行》、《善哉行》，陈思王《矫志诗》，嵇康《幽愤诗》，束皙《补亡诗》，张翰《周小史诗》，左芬《啄木诗》，郭璞《赠温峤》，陶渊明《时运》、《荣木》、《归鸟》、《劝农》，无名氏《独漉篇》，梁武帝《逸民》〔三三〕。

朱晦翁尝自言：「将渊明诗平仄用字，一一依它，做到一月后，便解自做，不要他本子。」按：此是学诗一粗法，初学亦可用之。不拘作古今体，取前人一诗为式，依其平仄做去，律则效其句法。至纯熟后，便似公孙大娘浑脱舞矣。

凡诗无论古今体，五、七言，总不离起承转合四字，而千变万化出于其中。近体分起承转合，自不必言。若古体之短或长，则就四字展之缩之、顿之挫之而已。起结例用二语，或四语，而杜《送王砯评事》，则「我之曾老姑」至「盛事垂不朽」凡三十八句，总只当一起。《北征》诗，「至尊尚蒙尘」以下四十八句，总只当一结。至转法，或一转，或数转，惟视其诗之短长，此类不可枚举。又有即起即承、即承即转、即转即合者，亦意所至，随手成调。总之，法则一，而出入变化乎法者，固不一也。

五言古，诗之根本也。其余诸体，诗之枝叶也。盖溯所从来，自《风》《骚》而汉魏，自汉魏而盛唐，唐虽创为近体，实奄有前代之规。屈指当时，宗工巨匠，古有兼工，律无独胜。惟晚唐之士，才力寡薄，弃古不务，始专以近体鸣。由此观之，则其难易之数可知，其本末之辨亦可知。后人畏难就易，故多攻律体，少制古风，非所谓知本者也。

古体太摹古人，则性灵不露；纯用己法，则古调有乖。当如临书者，用古人意七分，参己意三分，庶几精神足相映发。

今之作者，惟不能命意，徒求工于字句，故避熟趋生，避旧趋新。若知命意，则生即在熟之中，新不出旧之内。盖立意不犹人，则神骨自超，风度自异，若区区在字句求新，神骨依旧凡下，气度依旧猥衰，是犹村汉著新衣，何足令人改观，徒增丑态而已。

大约五言古，句法不宜尖巧，须平实稳重；音节不宜近律诗，须切而响。七言古，高者易涉粗豪，卑者易流纤弱；须斟酌骨肉匀停，声调和畅，始称合作。

至妙莫如真，至奇莫如平，至酞莫如淡，至贵莫如清。落想欲得远，运腕欲得轻，写景欲得别，叙事欲得明。难字不可用，险韵不可赓，生路不可走，熟径不可行。意愈深愈浅，思愈入愈精，神愈凝愈栗，趣愈痴愈灵。玉以磨而洁，珠以养而莹，山以耸而秀，川以回而潆。审能服膺此语，而不以诗擅一代之名者未之有也。（通论）

是卷乃诗家浅说，为初学者说也。诗之为道甚广，昔贤亦尝备著其说。第初学无由遍窥，即窥之亦难骤入。兹特粗陈崖略，聊为下学津梁，如匠者之规矩，射者之彀率。至由浅入深，由工入巧，则尚有进于此者，是卷又其筌蹄已。白山氏识。

校注

[一]三　《全唐诗》作「二」。

[二]这是晚唐诗人刘昭禹的话。胡应麟《诗薮》内编卷五有条记载说：「刘昭禹云：五言律如四十贤人，著一屠沽不得。」

[三]庄　原作「居」，据《全唐诗》改。

[四]《全唐诗》原题为《九日登望仙台呈刘明府容》。

[五]《全唐诗》原题为《送李少府贬峡中王少府贬长沙》。

[六]缋　原作「绩」，当是与「缋」形似而误。

[七]章　王世贞（元美）《艺苑卮言》原文为「篇」。

[八]轻　原作「新」，据《全唐诗》改。

[九]薛维翰　《全唐诗》作「蒋维翰」，注云「一作薛」。

[一〇]系　原作「下」，据《全唐诗》改。

[一一]严羽《沧浪诗话》原文为「七言律诗难于五言律诗，五言绝句难于七言绝句。」

[一二]虏　原作「卤」，据《全唐诗》改。

［一三］朱晦翁，即朱熹，字元晦，号晦庵。据《诗人玉屑》的记载，朱熹的原话是：「要使方寸之中，无一字世俗言语意思，则其诗不期于高远，而自高远矣。」

［一四］《文选》题为《苏李诗七首》，《先秦汉魏晋南北朝诗》（逯钦立辑校本）题为《李陵录别诗二十一首》。

［一五］《先秦汉魏晋南北朝诗》题为《古诗为焦仲卿妻作》，即《孔雀东南飞》。

［一六］《先秦汉魏晋南北朝诗》题为《南州桓公九井作诗》。

［一七］《陶渊明集》题为《庚戌岁九月中于西田获早稻》。

［一八］《陶渊明集》题为《挽歌诗》。

［一九］《先秦汉魏晋南北朝诗》题为《秋胡行》。

［二〇］《先秦汉魏晋南北朝诗》题为《田南树园激流植楥诗》。

［二一］雁　《先秦汉魏晋南北朝诗》作「岸」。

［二二］《先秦汉魏晋南北朝诗》题为《登庐山诗二首》。

［二三］《先秦汉魏晋南北朝诗》题为《行京口至竹里诗》。

［二四］遇　《先秦汉魏晋南北朝诗》作「过」。

［二五］《先秦汉魏晋南北朝诗》题为《宣城郡内登望》。

［二六］《先秦汉魏晋南北朝诗》题为《陶征君潜田居》。

［二七］疑指《乌栖曲》。《先秦汉魏晋南北朝诗》中无《当罏曲》，有《乌栖曲》。大概是因《乌栖曲》中有「当垆十五晚留宾」语，作者名之为《当罏曲》。「罏」当系「垆」之误。

〔二八〕《先秦汉魏晋南北朝诗》题为《晋杯槃舞歌诗》。

〔二九〕《先秦汉魏晋南北朝诗》题为《代淮南王》。

〔三〇〕《先秦汉魏晋南北朝诗》题为《与刘伯宗绝交诗》。

〔三一〕述　《先秦汉魏晋南北朝诗》作「见」。

〔三二〕土不同　当为「乡土不同」，见《曹操集》中《步出夏门行》组诗。

〔三三〕《先秦汉魏晋南北朝诗》题为《赠逸民诗》。

诗麈卷二

凡作诗先明四要，而后及格局字句。何谓四要？曰诗品，曰诗癖，曰诗肠、诗喉。立身不能高迈流俗，非品也。一切尘累得分其心，非癖也。运思不能远之八表，细入无伦，非肠也。出口有道学气，时文气，尘俗气，妇女气，诗余气，小说院本气，非喉也。若格局字句，但取古人之诗，熟读而涵泳之，果能了然于心，自能了然于手，此非一语所能尽也。人之言曰：「诗道性情。」是三尺童子皆知之。其实近人之诗，不知性情果在何处。好和险仄之韵，好作无益之题，好为应酬之什，性非其性，情非其情矣。如此而望其诗之可传也，得乎？人又有言：「为诗必本乎《风》《雅》。」夫非取《三百篇》句模而字范之谓也。当知诗之虚处即《风》，诗之实处即《雅》。虚处余音余韵，使人得之言外，非《风》乎？实处真情真境，咏之如在目前，非《雅》乎？果能先立其品，次深其癖，纡曲其肠，净洁其喉，则性情之真，《风》《雅》之实，可得而言矣。至于规摹往代，无取泛滥，惟以汉、魏、李唐为主，则门户正而骨格成。及其至也，酝酿融液，与之俱化，语语如出古人，而实古人所未道。斯艺林之极致，可与古先作者，驰驱于千载之下矣。

必其人之性情风格具见于其诗之中，而后人以诗传，诗亦以人传。人品故尔不同，或高如停云，或旷如野鹤，或朴如陶匏，或韵如修竹，或洁如秋水，或静如空山，皆可为载诗之质，传诗之具。最忌者，畀耳，鄙耳。世言「诗能穷人」，或曰「穷而后工」，黄子曰：皆是也。夫人之于诗，工则穷，穷则工，殆两相成者。良以前数者，皆致穷之道，而即致工之道。盖有穷至而工不至者矣，未有工至而穷不至者也。缘其性情风格若此，必与古相悦，与世相戾，而复屏其众好以专于诗，不穷何待哉！若夫畀、鄙之士，惟恐取戾于世，则以逢迎便辟为第一义。此其人或可不穷，而其诗必不能工。世法既深，俗气重灼，诗魔退三舍以避之矣。夫安能以龌龊之胸，而强为清微超妙之语耶？彼高者、旷者、朴者、韵者、洁者、静者之性情风格则反是，恒患其诗之不工，而穷固非其所患。不患穷，穷至矣。恒患其诗之不工，工亦至矣。是其终固两相成，而其始亦交相励。及其励之久，而入于自然，举夫人性情风格皆于诗焉见之。然则后世诵其诗，而以为如见其人者，必是人也夫；必是人也夫，诗传矣！

凡众艺出于手口者，不可有一毫粘带。一有粘带，出之即不圆利。如控弦发矢，执笔作书，转喉度曲，皆同此病。矢之不中，书之不善，曲之不精，皆手口间有粘带故耳。此病他人不能知，惟专精于其艺者自知之。有病自知，方始有进步处。观诗家「弹丸脱手」之喻，则知作诗亦不外此理。心手间一有粘带，即不能如其意之所欲言。古人诗成家者，读之多婉转流利，扪之则无斧凿之痕。自宋以后，诗人多不逮此。此「弹丸脱手」之境最难到也。前三事乃有形之粘带，此事乃无形之粘带。前三事他人不知，惟己知之；此事则他人知之，独己不知；即或知之，故步亦难顿去。非至纯至熟，未易言也。

人皆知诗为吟咏性情之具，而不知性情之何以达于诗。只读古人所作，述哀怨即真使人欲泣，叙愉快即真使人起舞，气激烈即使人欲击唾壶，意飘扬即使人如出天地。此即古人之性情足与后人相感发处。诗不到此，终非上乘。

此道信之于己，不若信之于人。信于当时之人，不若信于千世以下之人。凡诗文之能传，与传之永不永，繄此故也。将求信于当世之人，惟不执一己之独，是与同志互相商榷斯已尔。若欲信于千世以下之人，将何从质证，亦惟己质之己证之而已。己质己证云者，非自见其佳之谓，能自见其丑之谓也。愚尝自揣所作，三十以前不遇良朋，其丑都不自知。四十以后，每诗文落稿时，其中或大佳而小丑，或大丑而小佳，犹不自知也，必历时岁而后知之。迄于今落稿时，犹不自知也，必覆阅而后知之。然则称心而出，一出即莫逆于心，纯乎佳而无片辞一字之丑，此境岂易到耶？不到此境，又安望千世以下人诵之，亦会于心而莫逆耶？

论诗之要领，「声」、「色」二字可以尽之。《书》曰：「诗言志，歌永言。」古人之诗，未有不协声律者。自唐以前，能诗之士，未有不知音律者。故言诗而声在其中。《骚》、《雅》、汉魏、六朝、三唐之声各不同，以乐随世变，故声亦随世变也。自宋人逐腔填词，以长短句为乐府，而诗遂仅为纸上之言。其体虽效古人，不过揣摩其音响而已，岂能知历代之诗之声之所以出哉！近世更思标新立异，就字句间弄巧，或并其音响而失之，诗道之所以益丧也。汉以前诗，皆不假雕绘，直道胸臆，此所谓太白不饰也。然而真色在焉。魏、晋而下，始事藻饰，矜尚字句，采获典实，于是诗始有色矣。色之为物，久则必渝。汉人诗所以久而愈新者，是真色，非设色故也。六朝之色，在当时非不可观，至唐则已陈。故唐人另调丹黄，染成新采，于是其色一变。宋之色黯然无光，其染采之水不洁故也。

谢四溟论学诗之要，谓取古人诗，「熟读之以夺神气，歌咏之以求声调，玩味之以裒精华」[一]。予尝述此三言以晓初学之士，以为神气如人之骨相，肥腫者病不清奇，羸瘠者病不伉健，猥浊者病不翘秀，寒俭者病不敷腴。惟诗亦然。知己之病，则当取古人之诗为药。熟读古人之诗，则日计不足，岁计有余，其病不期去而自去矣。此夺神气之法也。声调如歌之音节，《乐记》状歌云：「累累乎如贯珠[二]。」「贯珠」云者，声调圆美之谓也。沈休文以「八病」示禁，大抵声调圆美，即无此病。犯此病者，音调即欠圆美。「八病」之说，昔人虽不甚拘，然犯之者亦寡。第常取而讽咏之，久之自有所得，不患其声调之不圆美也。精华如草木之滋荣。草木一也，有英华畅茂者，有憔悴枯槁者。此无他，地之膏壤，天之雨露，人之培植，三者不齐故也。三者俱至，其荣茂必倍寻常。俱不至者反是。今人作诗，枯淡无精采，与衰草腐木何异？试取古人之诗，时加玩味，自然得其所益，其精采亦必倍于他日矣。

诗有心，有手，有笔，有墨。词藻鲜润，墨也。筋节转掉，笔也。所以运之者，手也。所以主之者，心也。心，君也。手，将帅也。笔，偏裨也。墨，士卒也。心使手，手使笔、墨，此经营惨淡时可得而言者也。及其成也，则笔墨之迹俱化，而手亦不有其功，而归功于心。犹夫士卒功成，归之将帅，而将帅复归之其君也。夫读诗者，曰思深，曰气厚，曰趣溢，曰味永，曰神来，曰性情毕露，非归功于心而何？其有笔墨之迹未化者，即不能当此目，此将不能御士卒之过也。将且无功，君安所归功也哉！

陈无己云[三]：「学诗如学仙，时至骨自换。」此喻极善。今人所作，体气凡下，不能追步古人者，缘是俗骨，非仙骨耳。夫所谓学仙者，必古初有是羽化冲举之人，我慕其道，而又得其诀，绵绵若存，用之不勤，及其至也，蝉蜕龙变，不知其然而然，则仙道成而冲举可待矣。诗之为道亦若是。且如汉魏、盛唐诸家，冲举羽化之人也。举之者虽不能一蹴而至，然苟得其诀，火候匀停，则丹成而骨自换，亦有不知其然而然者。若杂学宋、元及近代之作，正如学仙者不知真诀，堕入旁门，至死无成，只增魔障而已。

为诗不学古人则无本。徒学古人，拘拘绳尺不敢少纵，则无以自立为后世必传之地。此拟议以成变化，乃诗家之要论也。汉魏变《风》《骚》，而实本乎《风》《骚》。唐人兼变汉魏六朝，而实本乎汉魏六朝。生唐人之后而更欲求变，厥功实难。何也？其体已成，所变者不过其辞藻风旨故也。此如冠裳佩玉之制既备，后人但期周旋揖让，中矩中度，以勿倍先王之制斯已尔。然而守法之士，绳趋尺步，徒袭叔敖之衣冠。标新之士，诡服异装，适形野夫之了鸟。是故正中有变，变而不离乎正，拟议之功，诚未易言。尼父云「纵柳子厚、白乐天、王介甫诸文，皆引《论语》，「从」作「纵」。心所欲不逾矩。」窃谓圣学可通于诗学，知此可与言诗矣。

诗道至唐而止，犹治道至周而止也。周监二代，故因革损益尽其宜，后人虽欲求加于周之上，而有所不能矣。唐酌汉魏六朝，故风骨声情备其美，后人即欲轶出于唐之外，而有所不能矣。

虽有奇技淫巧，不能舍规矩以为器；虽有饮羽穿札，不能外彀率以为射。舍规矩以为器，是无器也；外彀率以为射，是无射也。诗家千变万化，不能出古人范围。学者未能洞厥源流，窥其潭奥，遽欲自辟乾坤，别成世界，是将废规矩而为公输，去彀率而为后羿，犹之乎无诗已矣。

古诗如浑金璞玉，雕镂无烦；律诗如美锦珍裘，裁制匪易。古诗如老庄之道贵自然，律诗如申、韩之治尚名法。古诗如李将军刁斗不击，律诗如程卫尉斥堠必严。古诗如青绿铜器，款识模糊，土花绣蚀，辨之有奇理，嗅之有古香；律诗如螺甸合子，底盖周正，采饰陆离，合之则均匀，扪之则无迹。

炼字莫过于六朝，炼句莫过于唐人。汉魏以神气胜，故不争奇于字句。

古诗不可使肉胜骨。肉多而无骨，则古诗亡。齐、梁是也。律诗不可使骨胜肉。骨立而无肉，则律诗亡。宋是也。唐之古诗，反齐、梁而干以风骨，故古诗复存。明之律诗，鉴宋而加以色泽，故律诗复振。

诗有写景，有叙事，有述意三者，即《三百篇》之所谓赋比兴也。事与意，只赋之一字尽之，景则兼兴比赋而有之。大较汉魏诗赋体多，唐人诗比兴多。六朝未尝无赋比兴，然非《三百》之所谓赋比兴也。宋人未尝无赋比兴，然止可谓宋人之赋比兴也。

意贵深，语贵浅，意不深则薄，语不浅则晦。宁失之薄，毋失之晦。今人之所谓深者，非深也，晦也，此不知匠意之过也。

形家论龙穴沙水，喜逆而恶顺。惟诗亦然。逆则力厚，顺则势走，此章、句、字三者，倒叙、倒装、倒押之法所宜讲也。主之以骨格，运之以风神，调之以音节，和之以气味，四者备而诗道无余蕴矣。

一画家语余云：「看画之法，当置身空中，以目下视，然后峰峦之层迭，川谷之逶迤，咫尺可穷万里。若就平地观之，则笔能见一层耳。」此言妙得画理。予因悟诗家构思匠意，亦必游神广莫之乡，置身寥廓之域，齐古今如旦暮，视人物如蠛蠓，下笔始能超绝，出语始得惊人。

窃谓古诗之要在格，律诗之要在调，亦如遏云社中所谓北力在弦，南力在板耳。弦可操纵于手，板不可游移于腔。调可默运于心，格不能不模范于古。唐人古诗，无有不从前代入者。子昂从阮入，王、孟、韦、柳从陶入，李颀、常建、王昌龄诸人从晋、宋入，太白从齐、梁入。独老杜从汉、魏入，取法乎上，所以卓绝众家。中唐诸子，其变斯极。长吉学《楚骚》不得而趋于诡僻，退之追《风》《雅》不及而逃于生峭。孟郊之苦吟，卢仝之狂嚣，创不成创，因无所因。张、王乐府，时有遗声。元、白唱酬，了无深致。要之皆彼善于此也。晚唐变无所复之，不得不专于近体，才力所限，岂可强哉！

晦翁《感兴诗》，其源出陈子昂《感遇》。子昂《感遇诗》，其源出阮籍《咏怀》。自六朝诗道陵夷，竞尚浮靡，至子昂一变，敛华就实，崇雅黜浮，古道振兴，故独为晦翁所取。其《感兴》诸诗，实拟《感遇》而作，在宋人固称铁中铮铮者。诗学与理学，固当别论，此非一语所能了。但晦翁实以理学兼诗学耳。就诗论诗，谓《感兴》嗣响《感遇》则可，谓《三百》以后无诗，惟朱子《感兴》可继，非但言诗家不服，即晦翁亦未必以为然。使晦翁果以《风》《雅》自任，汉魏而后概从抹杀，何不径学《三百》，乃推服近代之子昂，区区取其诗而拟之哉！盖诗之为道，不论古今诸体，但能比兴深微，寄托高远，有得于性情，有裨于世教，即是《风》《雅》遗音。其合者固在工字琢句之外，而不工字琢句亦未必能合也。若不讲渊源，不谙体制，率意吟讽，而曰：吾以歌咏性情而已，恶用雕绘粉饰，丧其天真为？此近世道学先生所藉口，晦翁之诗正不如是。试取《感兴》诸篇读之，惟其力摹子昂，字矜句琢，气度逼肖，故正学得而称之。在正学已非通论，况执正学之一言，妄欲箝工诗者之口，非惟不知诗，亦并不知晦翁之诗，此道听途说之士，何足与之深辩哉！

程伯子云：「凡诗书中言帝者，便有个主宰底意思；言天者，便有个包涵遍覆底意思。」此语大可为诗文用字之诀。盖天即帝，帝即天，第用之各有所宜。若当帝而天，当天而帝，则于理有碍矣。是故诗文用字，不宜信手，必于上下文语意熨贴无痕，方不碍眼。此不独论诗，凡古文、时文同一道也。

昔苏子瞻在黄，诸妓皆有诗。独李琪者未之及。临行，坐客代为之请。公即席书二句云：「东坡三载黄州住，何事无言及李琪。」仍放笔，与客饮酒谈笑。客疑语既率易，又未成篇，从容为之再请。坡大笑云：「几忘出场」，随续二语云：「恰似西川杜工部，海棠虽好不留诗。」于是众共欢赏而罢。予谓「出场」二字，是作近体诗要诀。盖前路不妨平易，一篇之意全在结处见精神，最宜警策生动，或收拾一篇，或更进一步，或另开一境。既有「出场」，则前路皆同鳞爪，而此比骊龙之珠矣。若前路仍有佳语，固是上乘。或前路语佳而结处平常，使人读至此，无一唱三叹之意，岂非明月之纇乎？

诗之为道，与其多而不精，曷若不多而精，是故咏新篇，不如改旧作；喜与时俗唱和，不若欢同往哲晤言。诚取古人之诗，时加讽绎，学其入想之曲，学其出笔之趣，学其命意之远，学其托兴之深。神解既合，天机自启，如是而不以诗名一世者，未之有也。

近体如马之驾车，必六辔在手，而后能不失其驰。古体如风之使帆，朝发白帝，暮到江陵矣。盖近体主格，古体主气故也。然善御者，二十四蹄，投之所向，无不如意。舟凭风力，而水道之曲折，不致差错，亦恃有舵。则主格而气未尝不存，主气而格未尝可废也。

诗必有线索，虚字呼应是也。线索在诗外者胜，在诗内者劣。今人多用虚字，线索毕露，使人一鉴略无余味，皆由不知古人诗法故耳。或问线索在诗内、诗外之说，曰：此即书法可喻。书有真、有行、有草，行、草牵掣联带，此线索之可见者也。真书运笔，全在空中，故不可见。然其精神顾盼、意态飞动处，亦实具牵掣联带之用。此惟善书者知之。故诗外之线索，亦惟善诗者得之。

律诗贵立格局，古诗贵审音节。或疑二语似相反者。不知律诗有一定之矩，即属对小儿稍知平仄者，音节亦能强谐。独古诗既无八句之限，又无四声之拘，非熟读古人之诗，默会其宫商消息之妙而出之，则一篇之中，俄而汉、魏，俄而晋、宋，俄而齐、梁，且有非汉非魏非晋非宋非齐非梁之音，杂厕其间，入口自能辨识。此学古诗者，不徒审其格局，而音节尤在所重也。

近体以琢对，故有句法。古体可以惟所欲言，然亦未尝无句法也。古体句法，虽不用雕琢，然必揣摩其声响，使呼应惬顺。盖谓不拘平仄，则多随笔成句，句虽无病，调则有病。不知古诗虽无平仄，未尝无声响；声响不应，则宜平而仄，宜仄而平，诵之自觉不合调矣。近体绳墨所拘，故病易见，亦易避。古诗反是，故病难见；非惟难见，亦难言，惟揣摩熟者自知之。今之为古诗者，以为不拘平仄，不用对偶，即古诗矣。虽云古诗，仍是近体声口。此未尝著意揣摩故也。

拟古乐府，当相其题之时代，而以意消息之。虽不可太摹，亦不宜太远。优孟衣冠，故非俊物；张公李帽，亦岂当行！

作诗不患无题，患有好题无佳诗耳。何谓好题？可以当《三百篇》之兴观群怨者，上也；如汉魏之述事、咏怀、赠言、喻志，次也；如六朝之流连光景、吟赏风物，又次也。唐人承其后，前代规制，至此大备。其命题更自不苟。如同一宴会题，题中人名，彼此互阙，此是各有契分，不相滥及。又或但举一二人，而余则从略。以此推之，则其不肯轻易假借，率尔应酬，断可识矣。是故作诗必择题，制题必择人。人不佳则累其题，题不佳则累其诗，下笔不可不慎也。此外如书怀、写景之类，亦必遇题而后有诗，未有悬诗以待题者。遇题而后有诗，则诗中方得见自己性情。若徒蓄勃作诗之兴，逢题即和，逢人即诗，虽富有篇什，而己之性情汩没多矣。此识者读其题而可逆卜其诗之不工也。昔有问作赋之法于司马长卿者，长卿曰〔四〕：「能读千赋则善赋，能观千剑则善剑。」诗之为道，亦犹是尔。博观古人之众制，乃以启沃方寸之灵源。第初时识其绳尺部伍，必不敢率意苟作，此时半字皆无，至有终年不成一诗者。久则得其意味，熟其机趣，沛然川至，滃然云兴，不自知其诗之所自来。是真悬诗以待题之时，而亦必无可累其诗之题矣。

谈诗道于今日，非上材敏智之士则不能工。何也？以其非童而习之，为父兄师长所耳提而面命者也。大抵出于攻文业举之暇，以其余力为之，既不用以取功名，博科第，则于此中未必能专心致志，深造自得，以到古人所必传之处。以故凡称诗而以工鸣者，非上材敏智之士未易几此。其次则必遇多闻直谅之友，相与研摩古今，指摘瑕瑜，趣向不误，加以功力，亦能有成。不然，人诗亦诗，此唱彼和，积成卷帙，自命诗人，源流不知，体格莫辨，与夫诗家风神骨力兴象声光之属，俱不解为何物。既已自命为诗人矣，虽有识者，亦将随声赞颂之不暇，恶敢效三益而箴八病耶？伏承吾子惠顾，其礼甚恭，其辞甚逊，歙然退然大异乎世之浮夸自喜者；投诗一帙，必望仆为攻玉之错，不愿为悦客之脂。仆虽鄙陋，无能裨益高深，然岂敢虚盛意，而不献其一得乎？展读大作，首首稳当，略无出入之处。然觉有一种不烦思索，不费推敲，语句提笔便到，以故病处寻不出，佳处亦寻不出，此之谓稳则可，谓之工则未也。凡诗之称工者，意必精，语必秀，句有句法，字有字法，章有章法。大作似信手信口，直率成篇，而于古人法度之精严，意境之深曲，风骨兴象之生动，未之有得焉。夫为诗而不期传世则已；必期传世，安可汩没于时流之中，不思拔足以追古人耶？欲追古人，则当熟读古人之诗，先求其矩矱，次求其意境，次求其兴象风骨。得之于心，自能应之于手，一吟一咏，使读者不知为今人之诗，则其传于后世也可必矣。尊稿有佳句，已为一一标出。然试问吾子何以称佳？

恐亦不能自言其故。缘是想头笔路，暗合古人，虽得之于手，实未尝得之于心也。其佳处既不能自知，则其病处又安能知之？能稳而不能工，是即诗之大病也。至于古体，则并稳字亦难许，由未晰历代源流支派之同异，而自度其才力之所能为。才大者兼攻众体，才小者专学一家，又或酝酿众美以自成一古。岂其不详体制，不辨家数，但去对偶，即可谓之古诗乎哉！以其不从古人中来，是故句稚而少苍，意直而少曲，言必尽而旨无余，形虽具而神不王，不可不一反求之也。至葩经体，尤不必作，此体虽工，亦不足称。善学《三百篇》者，无如汉魏之乐府，唐人之绝句。彼盖得其性情神理之所在，岂斤斤句格是效而已乎？伏承盛意，肫恳出于中心，辄不自外，倾吐至此，惟恕其狂妄，俯加采择。悚息。悚息。

近体用字最宜斟酌。俚字不可用，文字尤不可用。昔人云：五言律如四十贤人，中间著一屠沽儿不得。用俚字，是著屠沽儿也。用文字，则著学究矣。至语助入诗，自是腐宋陋习。若熟读唐人诗，则此等字面，不期去而自去矣。

近体以气格为主，风神为辅。用事不化则伤气格，用字不妙则损风神。

唐人惟老杜书破万卷，使事用字多从经史中来。然下笔有神，融洽无迹，余人岂可藉口哉！

诗中以虚字为筋节脉络。承接唤应之间，有当用处，有不必用处。不必用而用则句不健，当用而不用则意不醒，此中最宜消息。

唐人多以句法就声律，不以声律就句法。故语意多曲，耐人咀嚼，后人不知此法，顺笔写去，故语意浅显，使人一读即了，味同嚼蜡矣。如杜子美「清旭楚宫南，霜空万岭含。」顺之当云「万岭楚宫南，霜空清旭含。」「北归冲雨雪，谁悯敝貂裘。」顺之则云「谁悯敝貂裘，冲雨雪北归」也。「户外昭容紫袖垂，双瞻御座引朝仪。」乃「昭容户外引朝仪，御座双瞻紫袖垂」也。「花近高楼伤客心，万方多难此登临。」乃「高楼花近此登临，万方多难客伤心」也。此特句法之一端，明者可以类通。详见仆所著《杜诗说》及《一木堂诗式》。

唐诗多主兴象，故常有言外之味。虽去《三百篇》远，而性情特与之相近。自宋人尊老杜为诗史，于是填故实，著议论，寖入恶道，而诗人之性情，遂不可复见矣。松必大夫，竹必子猷，菊必渊明，梅必和靖，御史必衣绣，邑宰必弹琴，贯朽粟红，何取适用？试观子美每至叙事难措词处，即用古人影子，我能使故实，不为故实使，后人岂易效颦？至如用「促织」事云：「草根吟不稳，床下夜相亲。」用「萤火」事云：「幸因腐草出，敢近太阳飞。未足临书卷，时能点客衣。」正如风里花香，水中盐味，何尝有迹可求哉！

尝语时流，律诗之体，兼古文、时文而有之。盖五言八句，犹之乎四股八比也。今秀才家为诗，易有时文气，而反不知学时文之起承转合，可发一笑。至其拘于声律，不得不生倒叙、省文、缩脉、映带诸法，并与古文同一关捩。是故不知时文者，不可与言诗；不知古文者，尤不可与言诗。

诗家下笔，当有千秋自命之意。凡读古人诗，览其性情风概如现在目前者，皆古人出其笔墨以质诸异代者也。是故每叙一事，务使后人如谂其故；每述一意，务使后人如见其情；每写一景，务使后人如值其时、历其地。诗至此，方可称工，方可信其必传于后。而今人每苦下笔不能了快，于叙事一种尤甚。盖有甲知之而乙不能知者，同游知之而外人不能知者，又安望异代之人读其诗而相悦以解耶？此无故[五]，下笔时不为他人作计故。盖以己辞达己意，诗成自读，己意未尝不了了，而他人读之殊不然，此最学诗之大病。惟有一法，读己诗只如读他人诗，更只如读前人诗，若未出于己口，过于己目，细细推勘，不轻放过，久之即工拙利钝，默然自解。继此下笔，自无不亮之景，不透之情事矣。

诗之有韵，犹字之有体，皆数变而至今者也。书家如大小篆、八分、隶、楷，学者用笔不可杂，杂则见笑于大方。诗韵如《风》、《骚》、《选》、唐、宋、元，学者用之亦不可混，混则取讥于识者。律诗遵沈韵不必言。宋人诗余，取韵稍宽，大要似《洪武正韵》。元人入声配入平上去，本为北曲之用，而今之为南曲者亦遵之，与律诗必遵沈韵，虽《洪武正韵》重以帝王之权，亦不能夺；皆习与体成，不可易也。至为古诗则必用古韵。古韵无一定之谱，故人未易了了。近世朱氏作《韵总持》一书，分古、唐、元三种，似已。不知古韵又自分二种，有《风》、《骚》之韵，有汉魏之韵。今若作赋、颂、箴、铭之类，当依四诗、《楚辞》用之。若作古诗，当依《选》体用之。汉魏之异于《风》《骚》者，以稍具四声及少叶韵故也。至于真文、庚青、侵寻三韵，有开口闭口鼻音之异，非独周氏为歌曲而设，自《风》《骚》而降，更无相犯。《风》《骚》虽不拘四声，而必拘此三韵。真文自通寒山元先，庚青自通阳，侵寻自通盐覃咸，各以类从，不少混也。今之为诗者，以为出沈韵即入古韵耳，一篇之中，真、庚不分，侵、蒸并见。一二诗家巨擘，亦时犯此。无论初学，法冠庞服，楚客吴吟，其诗纵工，恶能传诵于后世哉！

陈后山云：「学诗如学仙，时至骨自换。」严沧浪云〔六〕：「禅道在妙悟，诗道亦在妙悟。」一以仙喻诗，一以禅喻诗，并可称善喻。时至骨换，此以工夫火候言也。至「悟」之一字，则是解粘去缚，单刀直入，第一法门。然禅家求悟，在参话头；诗家求悟，参个什么？此须各人自家理会。「踏破铁鞋无觅处，得来全不费工夫」，如是如是。

偶与友人阅一时流诗，予曰：「此公以老手自负，当世亦盛相推重，然其诗殊有病痛，非但他人不能识，即彼亦不能自知。缘此道识真者少，彼既负诗名，则亦以名推之而已。至于此公雅意学杜，杜诗雄跨百代，在处处见己胸襟，见己身分；此公亦学其用意，而才力不足以副之，是以了然于心，不能了然于笔，此其诗之大病。然既以老手自负，则虽有病痛，彼终不能自知也。」因为友人指摘数处，友称服云：「世人但见声调铿锵，词句新倩，便目为佳，如君论诗，真是透入骨髓，诗中好丑，纤毫莫遁。」予曰：「看诗如看美人，粉白黛绿，金摇玉脱，非所以为美也。其美在肌理骨格。肌理骨格，一有微疵，外饰虽佳，不足称矣。今之为诗者，但见涂脂敷粉，便以美人目之，彼岂知天下之正色哉！」友人笑曰：「而今而后不惟得看诗法，且得看美人法矣。」

今人称才识兼到者，曰：有手眼。盖无眼则读书无得，无手则所作不工。而手之工拙，恒视乎眼之高下。盖有眼力到十分，手力只到六七分者矣，未有具四五分之眼力，而可得十分之手力者也。

且夫眼之所识，何以能至于手？手、眼之交，心实引之。惟心之空洞灵透到十分，则手、眼兼得之矣。或曰：「人非上智，此心不能尽到十分空洞灵透之地，奈何？」曰：「此有物窒之耳。」曰：「何物？」曰：「人我山是也。古人学必兼问，故曰『好问则裕』，曰『不耻下问』。今人稍有眉目者，便以下问为耻，足己自封，其心之不空洞不灵透也固宜。」

诗家贵先辨雅俗。雅者，常也。李文饶曰〔七〕：「文章如日月，虽终古长见，而光景常新。」此雅之说也。不新则腐，腐则不雅；不常则怪，怪则不雅；斯二者一言以蔽，则曰俗而已矣。是故雅可训常，而常不足以尽雅；新似于雅，而雅则久而愈新。文章既久而愈新，而后雅道归之。持此以论诗，则辨雅俗如别白黑矣。《三百篇》，雅之源也。《楚辞》，变雅之祖也。虽变而不失其正，故在不祧之位。汉魏古诗出《三百篇》，乐府出《楚辞》，故千古为雅宗。自晋以下，渐趋浮靡，而雅道遂衰。如绘者之务绚其采以悦人目，而不知浮金耀碧之必渝也。如歌者之务繁其声以媚人耳，而不知哀丝急管之厌听也。唐监于六代，色汰其绚，声去其繁，虽与太白不饰朱弦疏越者不可同年而语乎，然崇雅黜浮之功于是乎在。由中迨晚，竞为变调，不怪则腐，斯道之勿绝如线。弱宋猥陋，无力起衰，而大雅遂坠地矣。

诗欲高华，然不得以浮冒为高华。诗欲沉郁，然不得以晦涩为沉郁。诗欲雄壮，然不得以粗豪为雄壮。诗欲冲淡，然不得以寡薄为冲淡。诗欲奇矫，然不得以诡僻为奇矫。诗欲典则，然不得以庸腐为典则。诗欲苍劲，然不得以老硬为苍劲。诗欲秀润，然不得以嫩弱为秀润。诗欲飘逸，然不得以佻达为飘逸。诗欲质厚，然不得以板滞为质厚。诗欲精采，然不得以雕缋为精采。诗欲清真，然不得以鄙俚为清真。诗家雅俗之辨，略尽于此。宋、元、明诸名手，皆不能无议，噫！难言矣！

宋人学识，大概肤陋。故于古人得其皮毛，不得其神髓。又言论风旨，动师前辈，虽有隽才，亦难自拔。诗道不振，职此故也。明人之才，实远胜宋人。故不肯自安卑近，力追汉、魏、盛唐，次犹撷芳六朝，希声大历。其蔽也，才为法缚，情为才掩，骨体具矣，神髓犹未。后来者，又以翻案为奇，另趋险仄一路，尖新小巧，生梗空疏，以语古人，仅云影响，并皮毛亦无之矣。

今人喜骛新奇，有谈古法者，反嗤鄙之曰：「恶用是朽断红腐者为哉！吾人自有性灵，取之无禁，用之不竭，所以颉颃古人者尽在是矣。亦步亦趋，甘为奴隶，不亦愚乎？」为此说者，似是而实非也。夫性灵在我，必因古人以为用，比则公输虽巧，必以规矩成方员；师旷虽聪，必以律吕正音声。恃性灵而废规格，是犹徒手而制器，空耳而聆音也。且今之所谓新奇者，吾知之矣，以为古诗之必不可复学汉魏也，取之性灵，则汉魏自我作矣；律诗之必不可复学唐也，取之性灵，则唐自我作矣。为此说者，岂不目空千古？然视其所作，格调字句之间，务钩深吊诡以自异。不知与汉魏、唐人相背驰者，适与宋、元相凑泊。盖诸体之规制既定，才情虽具，变而复之，区区字句之间，欲求新立异，岂知昔人已先我而为之哉！宋、元学古人而误而流为外道，犹可言也；今人欲超古人，而反得宋、元所学之古人，不几堕入邪魔乎？且复有明知唐以前不可学，而专学宋人者。语云：「取法乎上，仅得乎中。」今学宋人，是取法乎下矣，吾不知其所得居何等也？

冯元成云：「文章之为用也，法必古程，机贯神解。法出于古，非古人自法也。物之有则，开合自然，天为之创，机出自我，非私臆也。匠之制物，尺寸不爽，神为之尸。」按此数语，非独摛文者奉为宝镜，即拈韵者亦当采为元珠也。

张思光有言：「文无常体，但以有体为常。」此千古操觚家第一义也。夫文之有体，犹人一身四支九窍五藏六府百骸，有一不具，不可以为人。寖假而适市，纷纷总总者人也，然而面目无有同者。岂非其体则一，而其所以为体者，固未尝一乎？是故文必有体，而但不可袭其体以为体。《离骚》不袭《三百》，《离骚》自有《离骚》之体也。汉魏不袭《楚辞》，汉魏自有汉魏之体也。李唐不袭汉魏，李唐自有李唐之体也。后世之士，谓文必有常体也，则以模范为工，规规而矩矩，步步而趋趋，面目则似，神气索然，此优孟之抵掌耳。或谓文无常体也，则以矫造为能，视古若仇，凿空为字，恃其悍才以矜独智，此刑天之舞戚耳。二家各执一是，此骂彼为人奴，彼号此为怪魁。试取思光之言折衷之，深造而自得，穷神以几化，则两家皆废然而退矣。

思光又云：「可师耳以心，不可使耳为心师。」此千古学问之要诀也。夫「师耳以心」者，谓学而反之于思也。「耳为心师」，则学而不思，终无以自得于己矣。孟子曰：「思则得之，不思则不得。」思也者，其集神明之庭，启天机之钥乎？盖人心之灵，不用则锢，锢则天机不开，天机不开则神明不集。故有经史子集背诵如流，问以其义，则舌卷口噤者，昔人是有「书厨」之目。即或读《史记》不知班孟坚，读《南华》不知列御寇，是则中有窒碍，彼此不能通贯。岂知万理虽棼，要归一理，使无冥通默会之妙，安能尽古今之书而读之哉！凡此皆学而不思，心灵为书所锢，自绝其天机故也。管子曰〔八〕：「思之思之，思之不通，鬼神将通之。」此言人第患不思耳，未有思而不得者也。当其未得，则闷然若迷蠹，困然其若羁。及其既得，则沛然莫御，欣欣然如获其故，此其真有鬼神来告哉？不过化吾之心以为轮，化我之思以为马，因而乘之以游乎旷朗之途，息驾于无垠之野而已矣。千古学问文章，不出思光前后两语。予特因其说而畅言之，以告同志焉。

凡书画诗文皆有天然一定之则，止藉我手成之、我口宣之耳。合乎其则则工，不合则否。同是手也，同是口也，然而有合有不合。何也？其人之手口，不能尽如化工之肖物故也。《诗》不云乎：「天生烝民，有物有则。」彼造物者不过因其则而肖之，曷尝有心于是哉！人之尽其艺者，能如化工之无心，则成于手者忘其手，出于口者忘其口，手、口俱忘而神行乎其间，则艺成，而天下以绝艺归之。故书曰法书，画曰妙画，诗曰绝调，文曰至文。观者第赏其神妙，而不知其所以然。作者第为人见赏，亦不自知其所以然。所以然者非他，不过合乎天然之则而已。庖丁之解牛，不见牛也；匠石之运斤，不见鼻也；善游者之没水，不见水也。「不见」也者，忘乎所事之谓也。夫人不能即事而忘所事，则其艺之入神也无日矣。然则如之何而后可以几此？《易》曰〔九〕：「不习，无不利。」贾子曰：「习惯如自然。」习则熟，熟则忘，忘则化，化则神，神则天。

不佞妄负能诗之名，是故户外之屦与邮中之筒，大半交游中嗜痂者谬以此事相质。予既不敢虚负其意，亦谬有以答之。时命学子录成副本，积久得若干言。其所论或深或浅，亦粗亦精。初学倘有进步处，则是卷亦可观也已。白山氏识。

校注

[一]见谢榛《四溟诗话》卷三。唯「取古人诗」一语，与原文略有出入。原文系专指取「初唐盛唐十二家诗集，并李、杜二家」诗集中之「最佳者」，并非泛指「古人诗」。

[二]「累累」句 《乐记》原文是「累累乎端如贯珠」。

[三]见《后山居士文集》卷一《次韵答秦少章》诗。

[四]据桓谭《桓子新论·道赋》记载：「扬子云工于赋，王君大习兵器，余欲从二子学，子云曰：『能读千赋则善赋』，君大曰：『能观千剑则晓剑』。」可知「能读千赋则善赋」、「能观千剑则晓剑」系扬雄和王君大语。本书作「司马长卿」语，并将「晓剑」写作「善剑」，乃作者记忆偶误。

[五]故 疑当作「他故」。

[六]严羽《沧浪诗话》原文为「禅道唯在妙悟」。

[七]李德裕（字文饶）《文章篇》原文为：（文章）「譬诸日月，虽终古常见，而光景常新。」

[八]《管子》卷三十七《下术下第三十七》原文为：「能毋问于人而自得之于己乎？故曰思之。思之不得，鬼神教之。」

[九]《周易》上经《坤》：「六二，直方大。不习，无不利。」

載酒园诗话评

［清］黄生　撰
黄勤堂　点校

载酒园诗话评目录

前　言

黄生（一六二二——一六九六），原名琯，又名起溟，字扶孟，号白山，歙县（今属安徽）人。明季诸生，入清隐居。善诗文，好小学、训诂。以研究杜甫诗著名。撰《字诂》、《义府》、《叶书》、《杜诗说》、《手写并评选时人近体诗》、《唐诗摘抄》等。还撰有《一木堂文稿》、《一木堂诗稿》，乾隆朝被销毁。《三礼会篇》、《三传会篇》均佚不传。传载《清史列传·儒林传》、《安徽通志稿·人物传》。

黄生的《载酒园诗话评》，是对贺裳所著的《载酒园诗话》一书的评语。贺裳，字黄公，丹阳人，康熙初诸生。其《载酒园诗话》除个别篇章外，全是对唐宋诗人诗篇的评论，实际上是一部唐宋诗话。黄生对该诗话进行了辨析，对其中的部分评论又进行了评论，写下了不少评语。这些评语或是对贺氏的论点提出批评和纠正，或是对贺氏的论点表示赞同而又有所补充。其间颇有一些精到的见解。

黄氏评语可归纳为以下几个方面：

一 诗论

（一）．反对竟陵派。

有明晚叶，以标举「性灵」的竟陵派是耸动文坛的诗文创作流派。其代表人物是钟惺和谭元春，二人评选的《古诗归》、《唐诗归》，流布天下。他二人都是竟陵（今湖北天门）人，因而得名。竟陵派提倡诗人表现作者幽僻孤峭的思想情绪，要从古人诗文中求得性灵，求得古人之真诗，发古人之幽情。这样就不得不在古诗文一字一句间玩索，也就势必将诗文创作引入狭窄的死胡同。他们评论诗文只着眼于一字一句的得失，流于烦琐纤仄。从贺氏引钟惺、谭元春评诗的例子就可见一斑。

孟襄阳《宿业师山房待丁大不至》曰：「樵人归欲尽。」钟云：「此『尽』字不如用『稀』字妙。」《采樵作》曰：「日落伴将稀。」钟曰：「观此『稀』字，远胜『樵人归欲尽』『尽』字矣。」

崔曙《颍阳怀古》曰：「昔时让王者，此地闭玄关。」《诗归》评曰：「丑字败兴。」

杜甫《客居》诗：「徐步示小园。」钟云：「『示』字妙。」

黄氏对钟、谭二人的学识和见解均持否定态度。他对伯敬（钟惺字）看诗，打了个比方：「如人往长安，不由大道，误入山乡僻县，指说村庄儿女之事，究竟未到长安。」对于《诗归》的评价，黄氏曰：「按全书赏误字者，非止一字。总之，一言以蔽之曰：『不学不思耳』。」对于钟、谭二人的评价，黄氏曰：「余尝谓二君评诗俱是闭着眼睛说话，此其学识浮浅僻陋使然，犹不足怪。乃二三十年中，浅陋无识之士从风而靡，尽奉其所学而学焉，几如一瞽牵众瞽。号呼丐食矣。」

(二)．关于诗的「理」和「别趣」问题。

严沧浪的「诗有别趣，非关理也」的论点一出，「理」和「别趣」的争论蜂起，聚讼纷纭。争论得越来越玄，范围也越来越广。有的反对「以理入诗」，有的主张「以理入诗」，有的提出「理语不必入诗中，诗境不可出理外」的折衷论调，也就是所谓理趣。理语讲得死，理趣说得活，说得死成为理碍，说得活便是理趣。理趣也就是沧浪所说的别趣，「非关理」即并非不要理。

黄氏认为：严沧浪「『理』字原说得轻泛，只当作『实事』二字看。」又曰：「用意贵深至，以用事发己之意，则必易见其意方妙。」「用事晦僻，正诗家之大病」。例如黄氏评陆鲁望「数尺游丝坠碧空，年年长是惹春风。争知天上无人住，亦有春愁鹤发翁。」和李义山「莫经五胜埋香骨，地下伤春亦白头」等诗，曰：「此沧浪所谓无理而有趣者。『理』字只如此看，非以鼓吹经史，裨补风化为理也。」别趣，一方面不要背理，一方面不要泥理。如对苏东坡「论画以形似，见与儿童邻。赋诗必此诗，定非知诗人」的解释，黄氏曰：「此谓读诗者不宜拘执」。黄氏的见解大抵是对的。

(三)．诗言志

黄氏曰：「诗以言志，故观其诗而其人之襟趣可知，苟戚戚于贫贱，则必汲汲于富贵。人品如此，诗品便为之不高。虽声金石而词锦绣，可足取哉！」

二 辨析

对于唐宋人诗，贺氏已进行了辨析，黄氏又重新予以辨析。如：

贺氏曰：「韩偓《哭花》：『若是有情争不哭，夜来风雨葬西施。』韦庄《残花》：『十日笙歌一宵梦，苧萝烟雨失西施。』两君同时，当非相袭，然韩语自胜。」黄氏曰：「予谓韦语胜。」

贺氏曰：「雍陶《白鹭》诗曰：『立当青草人先见，行傍白莲鱼未知。』可为佳绝，至『一足独拳寒雨里，数声相叫早秋时』，已成俗韵。此粘皮带骨之累也。末句『林塘得尔须增价，况是诗家物色宜』，竟成打油恶道矣。郑谷以《鹧鸪》诗得名，虽全篇匀净，警句竟不如雍。如『雨昏青草湖边过，花落黄陵庙里啼』，不过淡淡写景，未能刻画。」黄氏曰：「郑语正以韵胜，雍句反以刻画失之，贺之评赏倒置如此！」

贺氏曰：「谢山人茂秦云：作诗有堂上语、堂下语。若上官临下官，动有昂然气象，此堂上语也。凡下官见上官，所言殊有条有理，不免局促之状。『旧时王谢堂前燕，飞入寻常百姓家』，此堂下语也。因改为『王谢豪华春草里，堂前燕子落谁家？』乌乎！此何异登徒之妇为东家子施朱粉耶！」黄氏曰：「刘意本谓王侯第宅变为百姓人家，而语致深婉如此。谢改云云，全失其妙。贺又两抹杀，何唐人之不幸如此！」

贺氏曰：「王湾《北固山下》曰：『潮平两岸阔，风正一帆悬』，或作『两岸失』，非是。凡波浪汹涌，则隔岸不见，波平岸始出耳。『阔』字正与『平』字相应，犹『悬』字与『正』字相应。若使斜风，则帆欹侧不似悬矣。」黄氏曰：「平犹满也。凡潮落则岸边之地尽见，故觉其狭。潮满则岸边之地为水所没，故觉岸阔。苟识其意，则作『失』字亦可，盖指岸边之地而言。然作『阔』字妙些。」贺力辨正此字，而究竟失作者之意。总之，误认『平』字作『落』字也。

贺氏曰：「姚合《晓望华清宫》曰：『晓看楼殿更分明，遥隔朱栏见鹿行。武帝自知身不死，教修玉殿号长生。』讥刺不露，而言外似嘲似谑，觉顾况『岂知今夜长生殿，独闭空山月影寒』调平语直，味索然矣。」黄氏曰：「予以顾诗远胜姚作，具眼者，当自辨之。」

贺氏曰：「储光羲《华清宫》数篇最高古，然微类丁谓、王钦若口角。」黄氏曰：「诗有讽意，遂比之丁、王，恐冤却古人。」

贺氏曰：「宋诗虽不及唐，才情原自不乏。」黄氏曰：「宋人尽多伤时悯俗之作，无如力疲不能布格，手重不能遣调，盖非其学识不优，实其才情之不逮耳。」

二人见仁见智，各有千秋。

贺、黄二人在对唐宋诗人及其诗的辨析方面，有些看法完全一致。如：

贺氏曰：「退之《醉赠张秘书》曰：『险语破鬼胆，高辞媲皇坟。至宝不雕琢，神功谢锄耘。』高处在此，不及处亦在此。」黄氏曰：「此语退之有知，亦当心服。」

贺氏曰：吕温「《望思台》曰：『浸润成宫蛊，苍黄弄父兵。人情疑始变，天性感还生。』二语可谓格言。」黄氏曰：「二语极善道武帝父子间意，即使乃公自己动笔，不过如此。」

贺氏曰：「郑獬《采凫茨》曰：『朝携一筐出，暮携一筐归。十指欲流血，且急眼前饥。官仓岂无粟，粒粒藏珠玑。一粒不出仓，仓中群鼠肥。』妙得风谣之遗，当与贡父《漕舟》诗同备采风。」黄氏曰：「此诗骎骎《三百》之遗，使宋人所作皆如此，何遽让美于唐贤耶？」

三　纠缪

贺氏曰：「子美『耽酒须微禄』，『朝回日日典春衣』，不『饮酒』乎？『大妇同行小妇随』，『翠眉萦度曲』，不『妇人』乎？」黄氏曰：「『大妇』句本张谓诗，今以为少陵，何也？」

按《全唐诗》，「大妇同行少妇随」系张谓《春园家宴》中诗句。

贺氏曰：「郎君胄诗，不能高岸，而有谈言微中之妙。淡语中饶有腴味，如『罢磬风枝动，悬灯雪屋明』，虽萧寂而不入寒苦。」黄氏曰：「『罢磬』一联，乃僧无可诗。」

按《全唐诗》，「罢磬风枝动，悬灯雪屋明」系无可《寄青龙寺原上人》中诗句。

这些地方，当系贺氏记忆偶误，黄氏的纠正是完全正确的。不过，黄氏自己的评语也偶有失误之处。如：

贺氏曰：「『相思一夜梅花发，忽到窗前疑是君』，不得不以胜流目之。」黄氏认为「此语全与玉川（卢仝字）平时手不类」，判断为刘瑗所作。

实际上，据《全唐诗》，「相思一夜梅花发，忽到窗前疑是君」系卢仝《有所思》诗句。黄氏判为刘瑗诗，是不对的。

四 句法

黄氏对诗歌创作的各种句法深有研究，故评语中论及句法的文字也颇有一些。

黄氏认为：「凡两句不能并工者，必是先得一好句，徐琢一句对之。上句妙于下句者，必下句为韵所缚也；下句妙于上句者，下句先成，以上句凑之也。如老杜「接宴身兼杖」，何等工妙，下句「听歌泪满衣」，则庸甚。然此韵中除「衣」字，别无可对。「百年地僻柴门迥，五月江深草阁寒」，上句费力，下句天成。题下注云得寒字：五月中寒字颇难入诗，想杜公先为此字运思偶成七字，然后凑成一篇，其上句之不称宜也。」

「折腰句法（上三下四的格式）本出唐人，如「斑竹冈连山雨暗，枇杷门向楚天秋」，「木奴花映桐庐县，青雀舟随白鹭涛」。」

唐人有正对，有就对，有蹉对，有扇对，也有假对法，而未立名目。宋人因为之目耳。

「长堤柳曲妨回首，小苑花深碍倚楼」「妨」、「碍」合掌。（两句意思重复，故称合掌）

对介甫诗「绿搅寒芜出，红争暖树归。鱼吹塘水动，雁拂寒垣飞。宿鸟惊沙净，晴空漏昼稀。却愁春梦里，灯火著征衣。」黄氏曰：「前两联第二第五并用单字，句法犯重。颈联又犯二单，在第三第五，句法虽不重，而亦欠变化。况「鱼」「雁」之后，仍入「宿鸟」，意更重复。」以虚对实法，实滥觞于少陵，如「骥子」对「莺歌」，「如马」对「饮猿」，「如意舞」对「白头吟」之类。

《黄白山载酒园诗话评》二卷，《贩书偶记续编》著录：民国十九年（一九三〇年）石印本。此次点校是以民国二十年（一九三一年）四月上海神州国光社影印本为底本。影印本卷首有序文一篇，落款为民国十九年（一九三〇年）。从时间上看，该影印本与《贩书偶记续编》著录的石印本年代相同。

校勘方面，主要依据《诗经》、《全唐诗》、宋人有关专集、有关史书，并参校《历代诗话》、《历代诗话续编》、《清诗话续编》、《苕溪渔隐丛话》、《诗人玉屑》及《唐诗纪事》、《宋诗纪事》等。一般形误的，如「刘澜」误为「刘润」、《哭孔戡》误为《哭孔戬》等，径改，不出校。

该诗话及评，篇幅不长，但涉及内容比较广。由于本人水平有限，错漏难以避免，希望得到批评指正。

点校者

一九九三年二月

黄白山先生载酒园诗话评序

贺黄公《载酒园诗话二种》附《皱水轩词筌》，吾大至阁中旧藏也。卷端有歙县黄白山先生生手书评语，每则并钤以小印。宗元但知先生为胜明遗老，不仕于清，好小学、训诂，开其乡江、戴二氏之先，所著《一木堂集》曾被禁毁。初不知为吾友宾虹之远祖也。戊辰之岁，同宾虹遇于海上，出书与观，宾虹假以录副。越二年，庚午，云已最录评语，校印以传。且将先后校印先生《一木堂集》，洎先生所著《字诂》、《义府》，此诚宗元所为欢喜赞叹者也。宾虹曩者曾辑《潭渡黄氏先德录》，详其家学术渊源，旁及著述，殆与绩溪胡氏、嘉定钱氏之著录可相颉颃。盖楹书所守，庭诰所资，即其先世述作。今有传，有不传。后之子孙得称其目录，闻其派别，诚足以嬗承学风，导扬家学也。若先生时逢百六，邱园素履，年逾九十，幅巾以终。遗书晚出，可悬天壤。此虽出其余暇以评贺氏之书，固犹江海之为潢潦而已，然当于有明晚叶，其论诗不囿于竟陵一派，或于贺氏论次有所纠正，亦皆辨析异同，一洗其时书尾批评之习，以视近今之号称学者，稗贩旧说诩为新知，肆加诋诃，妄相甲乙，其亦足以箴膏肓而起废疾焉。

贺氏原书，其《通论》则曰《贤已集》，其《又编》则曰《唐宋诗话》。所自为《缘起》，于唐有曰：「故所扬榷，断自唐始。又略于初、盛，而详于中、晚。」于宋有曰：「余读前辈遗言，尤薄宋人。

然宋人之诗实亦数变，非可一概视之。至如近人之称许宋诗，不过喜其尖新偎浅。乃南宋中陆务观一家，亦未能深窥宋人本末。」此其论次之概要。

贺氏原书，世亦罕见，游旧中，唯沈寐叟曾称之。今故掇拾其《缘起》，以见原书之旨趣。更可从而读先生之评语，有以知其依归也。

中华民国十九年十二月越人诸宗元序于上海

载酒园诗话评卷上

「诗有别趣，非关理也。」然「理」原不足以碍诗之妙，如元次山《舂陵行》、孟东野《游子吟》、韩退之《拘幽操》、李公垂《悯农诗》，真是六经鼓吹。乐天与微之书曰：「文章合为时而著，歌诗合为事而作〔一〕。」然其生平所负，如《哭孔戡》诸诗，终不谐于众口。此又所谓「言之无文，行之不远」，故必理与辞相辅而行，乃为善耳，非理可尽废也。

此语本严沧浪，「理」字原说得轻泛，只当作「实事」二字看。后人误将此字太煞认真，故以《舂陵》、《游子》、《拘幽》、《悯农》诸诗当之。方采山极诋沧浪此说，岂知全失沧浪本意。古人有知，必且遥笑地下矣。

论诗虽不可以理拘执，然太背理则亦不堪。温飞卿《博山香炉》云〔二〕：「博山香重欲成云，锦段机丝妒鄂君。粉蝶团飞花转影，彩鸳双泳水生纹。」二联形容香烟之斜正聚散，虽纡曲犹可。末云：「见说杨朱无限泪，可能空为路歧分〔三〕。」因烟而思及泪，因泪而思及杨朱，用心真为僻奥，但烧香亦太浓矣，恐不是解儿。若如义山所云：「兽焰微红隔云母」，安有是事？

言杨朱为路歧而泣，若香烟千头万绪，其为路歧多矣，使杨朱见之又当何如？此云：「因烟而思及泪」，有何相干？解诗如此，古人有知，真欲哭矣。

王元之《杂兴》云：「两株桃杏映篱斜，装点商州副使家。何事春风容不得，和莺吹折数枝花。」其子嘉佑曰：「老杜尝有『恰似春风相欺得，夜来吹折数枝花。』」余以且莫问雷同古人，但安有花枝吹折，莺不飞去，和花同坠之理！此真伤巧。

此正「诗有别趣」之谓。若必讥其无理，虽三尺童子亦知莺必不与花同坠矣。

宋人论诗多用心于无用之地，风气使然，名家不免。如山谷之注「唤起」、「催归」为二鸟名，东坡之自负「玉楼」、「银海」，事则然矣，然并无佳处，韩诗不过平常，苏语且不免粗豪之累。作诗用意固当于其大者，不在尺尺寸寸。

宋人识趣甚陋，故专以此等为工，其诗多为使事所累耳。

诗中使事如使材，在能者运用耳。石崇以蜡代薪〔四〕，釜中之味，不因而加腆。桓温以竹头治舟，遂成平蜀之功。

薪火猛，蜡火缓，其味自宜有别，若味不加腆，何事用此。

晋荀勖久在中书，专管机事，久之以守尚书令，甚惘惘，或有贺之者，勖曰：「夺我凤池〔五〕，诸君贺我耶！」故后人呼中书为凤池。卫瓘见乐广而奇之，命诸子造焉，曰：「此人之冰镜，见之莹然。」乐非真有镜，荀非真有池也。飞卿《和太常嘉莲诗》曰：「同心表瑞荀池上，半面分妆乐镜中。」推其意不过言莲生池内，池内水澄如镜，照见花影耳，却如此使事，反觉支离。即笺启中，已属混语，况入之于诗！后有厌薄昆体者，正此种流弊。

此恐用乐昌破镜事，较于「半面分妆」字有情耳。

用事亦有不可不详辨者，如东坡赠朝云诗曰：「不似杨枝别乐天，恰如通德伴伶玄。阿奴络秀不同老，天女维摩总解禅〔六〕。」按伯仁语仲智曰：「阿奴火攻，固出下策。」则阿奴乃络秀之子，与伶玄、乐天不伦，可谓大谬。当曰开林或安东耳，不应子瞻不辨，当系一时笔误，或后人传写之讹。

此题又一首云：「苗而不秀岂其天，不使童乌与我玄。」盖朝云有子而夭。「阿奴」句亦即此意，作者不误，读者自误耳。

诗家宗派虽有渊源，然推迁既多，往往耳孙不符鼻祖。如郑谷受知于李频，李频受知于姚合，姚合与贾岛友善，兼效其诗体。今以姚郑并观，何异皋桥庑下赁舂妇与临邛当垆者同列，始知凡事尽然，子夏之后有庄周，良不足怪。

姚诗亦未必美如彼，郑诗亦未必丑如此，何其轩轾过甚耶？

宋钱希白「双蜂上帘额，独鹊袅庭柯。」陈后斋以为本于韦苏州《听莺曲》「有时断续听不了，飞去花枝犹袅袅」。余以韦是。飞去之后，花枝自袅，力在「飞」字。钱乃初集之时，鹊与枝同袅，景尤可爱也，意不相同，何妨并美。

必著「飞去」二字，「袅」字始见其工。若钱句入「袅」字，殊觉费力而有迹。宋之去唐，毫厘千里，而犹赏其语景可爱，真担板汉也。

聂夷中诗有古直悲凉之气，但皆窃美于人。如「锄禾日当午，汗滴禾下土」，李绅诗也，但改一「田」字，上加以「父耕原上田，子劚山下荒。六月禾未秀，官家已修仓。」又如「生在绮罗下」〔七〕，

「君泪濡罗巾」[八]，本东野《征妇怨》，移其次篇后四语于前，前篇则删前四句，第改「绿罗」为「绮罗」，「千里」为「万里」，罗巾「长在手」为「今在手」，「今得随妾身」为「日得随妾身」[九]，「如得风」为「如因风」[一〇]，至「欲别牵郎衣」，则直用无所更定。夫偷语为钝贼，兹更直盗其篇，较之馆职诸公挦扯义山作劫尤剧矣。吾不能为之曲说。

此皆后人传写之讹，移张作李，非当时明盗之也。

韩偓《哭花》：「若是有情争不哭，夜来风雨葬西施。」韦庄《残花》：「十里笙歌一宵梦，苧萝烟雨失西施。」两君同时，当非相袭，然韩语自胜。

予谓韦语胜。

王介甫《明妃曲》二篇，诗犹可观，然意在翻案。如「家人万里传消息，好在毡城莫相忆。君不见咫尺长门闭阿娇，人生失意无南北！」其后篇益甚，故遭人弹射不已。至高季迪长篇，则翻案愈奇，结句曰：「妾语还凭归使传，妾身没虏不须怜。愿君莫杀毛延寿，留画商岩梦里贤。」意则正矣，有此事否？恐终是文人之语，非儿女子之言也。余因思此题终不及储光羲「胡王知妾不胜悲，乐府皆传汉国词。朝来马上《箜篌引》，稍似宫中闲夜时。」大都诗贵入情，不须立异，后人欲求胜古人，遂愈不如古耳。

此真在里之言。

咏史诗虽是意气栖托之地，亦须比拟当于其伦。如「汉业存亡俯仰中，留侯于此每从容。固陵始议韩彭地，复道方图雍齿封。」呜乎！是徒知进言之易，不知中节之难也。隆准公虽云大度，城府实较重瞳尤甚，非沙中偶语，必不可乞雍齿之封，不至固陵不可为韩、彭乞地也。昔人称留侯善藏其用，此语最当。

宋人诗总不在话下，取而雌黄之，则其识趣已先陋矣。

子瞻作《秦穆公墓》诗曰：「昔公生不诛孟明，岂有死之日而忍用其良，乃知三子徇公意，亦如齐之二子从田横。」语意高妙，然细思之，终是文人翻案法。《黄鸟》之诗曰：「临其穴，惴惴其栗。」感恩而杀身者然乎？读者毋作痴人前说梦可也。

子瞻好作史论，然评断多误，如范增、晁错论，皆错断了。此诗亦其类也。

子由曰：「桓文破荆楚，安取破国都？孔明不料敌，一世空驰驱。」余以此言大谬。丕之于汉，岂若楚之于周哉！汉贼不两立，鞠躬尽瘁，岂得与共主尚存者等！

南渡以前，紫阳《纲目》未出，诸公皆据陈寿《三国志》帝魏寇蜀，且因其「应变将略非其所长」之语，并孔明亦不甚取。如老泉论刘备之用诸葛孔明治国之才，则非将也。子由诗贬孔明，亦犹乃翁之见耳。古来诗人，惟子美可称孔明知己，如《蜀相》诗及「诸葛大名垂宇宙」一律，推服甚至，真不以成败论英雄者耶！

王适「已能憔悴今如此，更复含情一待君」，徐安期「不须面上学妆却，留着双眉待画人」，蔡环「但恐愁容不相识，为教恒着别时衣」，皆《草虫》、《杕杜》之遗音，「飞蓬」、「曲局」之转境也。

徐乃《催妆》诗，殊非此解。

元、白、温、李皆称艳手。然乐天惟「来如春梦几多时〔一一〕，去似朝云无觅处」一篇为难堪，余犹《国风》之好色。飞卿「曲巷斜临」、「翠羽花冠」、「微风和暖」等篇俱无刻画。杜紫微极为狼藉，然「绿杨深巷马头斜」，「马鞭斜拂笑回头」，「笑脸还须待我开」，「背插金钗笑向人」，大抵恣于旗亭北里间，自云「青楼薄幸」，不虚耳。元微之「频频闻动中门锁，犹带春醒懒相送」，李义山「书被催成墨未浓」，「车走雷声语未通」，始真是浪子宰相，清狂从事。

李为幕客，而其诗多牵情寄恨之语，虽不明所指，大要是主人姬妾之类。文人无行至此极矣，而后人于其所作犹慕而好之，真风雅罪人。

唐人艳诗，妙手如或见之。如崔颢「闲来斗百草，度日不成妆」，俨然一闺秀。王维「散黛恨犹轻，插钗嫌未正。同心勿遽游，幸得看妆竟」，俨然一宫嫔。韩致尧「隔帘窥绿齿〔一二〕，映柱送微波。」直画出一手语之红绡矣。

绿齿，屐也。

雍陶《白鹭》诗曰：「立当青草人先见，行傍白莲鱼未知。」可为佳绝，至「一足独拳寒雨里，数声相叫早秋时」，已成俗韵。此粘皮带骨之累也。末句「林塘得尔须增价，况是诗家物色宜」，竟成打油恶道矣。郑谷以《鹧鸪》诗得名，虽全篇匀净，警句竟不如雍。如「雨昏青草湖边过，花落黄陵庙里啼」，不过淡淡写景，未能刻画。

郑语正以韵胜，雍句反以刻画失之。贺之评赏倒置如此！

乐天《鹤》诗「低头只恐丹砂落，晒翅常疑白雪消」。意态俱佳。然「转觉鹭鸶毛色下，苦嫌鹦鹉语声娇」，亦不老气也。至宋人谓咏禽须言标致，只及羽毛飞鸣则陋。此论亦僻不足从。

此论是极意刻画，翻堕恶道。至以鹭鸶、鹦鹉相比，益令人欲呕，岂止「不老气」而已。盖鹤本清高之物，自不致以二禽反形也。

东坡曰：「论画以形似，见与儿童邻。赋诗必此诗，定非知诗人[一三]。」此言论画，犹得失参半；论诗，则深入三昧。

苏本作「定非知诗人」，此谓读诗者不宜拘执，与上句论画不宜呆板同意，非指作诗而言。然此语有病，可知苏、黄二公解古人诗多误，正是胸中先作此见解耳。

杨文公《谈苑》曰：「余知制诰日，与余恕同考试，出义山诗共读，酷爱一绝曰：『珠箔轻明拂玉墀，披香前殿斗腰肢。不须看尽鱼龙戏，终遣君王怒偃师。』击节称叹曰：『古人措辞寓意如此之深妙[一四]，令人感慨不已。』」余初读此语，殊自茫然，继思得之：此语只形容女子慧心，男子一妒字耳。偃师事载《列子》。余因自叹其钝，而羡古人之敏，自此粗知执笔。每举以问人，亦未有应声而解者。今人之病正在求奇字句。全不想古人用意处耳。义山又有《乱石》一诗，亦深妙。

「余初读此语」以下，皆贺自语。查本集题是《宫妓》，则是御前承应之人。此诗使事虽僻，而命意殊属无礼。以古「齿君路马有诛」之律律之，则义山洵风雅罪人矣。

用意贵深至，以用事发己之意，则必易见其意方妙。义山用事晦僻，正诗家之大病，乃因杨语而遽称之，亦是随人颊颊者尔。

诗中佳句，有宜于作绝句者，有宜于作律诗者，如高适《哭单父梁少府》本系古诗长篇〔一五〕，《集异记》载长亭伶官所讴，乃截首四句为短章："开箧泪沾臆，见君前日书。夜台犹寂寞，疑是子云居〔一六〕。"以原诗并观，绝句果言短意长，凄凉万状。虽不载删者何人，必开元中巨匠也。

此即歌者摘四语入调耳。计及删之之人，何痴至此。

余尝欲删齐己《剑客》诗、赵微明《古别离》二首后四语作绝句，乃佳。《剑客》云："拔剑绕残樽，歌终便出门。西风满天雪，何处报人恩？"《古别离》云："为别未几日，一日如三秋。犹疑望可见，日日上高楼。"前诗写剑客行径风生；后诗写思妇痴情可掬，赘后四语，其妙顿减。又如太白"长安一片月，万户捣衣声。秋风吹不尽，总是玉关情。"亦宜删后二句作一绝。

诗有名为佳联而上下句工力不能均敌者，如夏子乔"山势蜂腰断，溪流燕尾分"，陈传道"一鸠鸣午寂，双燕话春愁"，唐子西"片云明外暗，斜日两边晴"，皆下句胜上句。李涛"扫地树留影，拂床琴有声"，则上句胜下句，以此知工力悉配之难。

凡两句不能并工者，必是先得一好句，徐琢一句对之。上句妙于下句者，必下句为韵所缚也；下句妙于上句者，下句先成，以上句凑之也。如老杜"接宴身兼杖"，何等工妙，下句"听歌泪满衣"，则庸甚。然此韵中除"衣"字，别无可对。"百年地僻柴门迥，五月江深草阁寒"，上句费力，下句天成。题下注云得寒字：五月中寒字颇难入诗，想杜公先为此字运思偶成七字，然后凑成一篇，其上句之不称宜也。

下字尤忌气质，如王镐《送潘文叔》「催租例扰潘邠老，付麦谁怜石曼卿」，语意俱佳。「例」字却张致可厌。

易以「颇」字，稍虚活。

余儿时尝闻先君语曰：「方干暑夜正浴，时有微雨，忽闻蝉声，因而得句。急叩友人门，其家已寝。惊起问故。曰：『吾三年前未成之句，今已获之，喜而相告耳。』乃『蝉曳余声过别枝』也。」后余见其全诗，乃「鹤盘远势投孤屿」。殊厌其太露咬文嚼字之态，不及下语为工。凡作诗炼字又必自然无迹，斯为雅道。

必是先有下句然后寻上句作对，故一自然，一勉强。

佳句每难属对，义山之才犹抱此恨。如《秋日晚思》「枕寒庄蝶去」，虽用庄周梦蝶事，实是寒不成寐耳。对曰：「窗冷胤萤消」，此却是真萤，未免借对，不如上句远矣。

二句并不佳。

陶瑾《山居》：「江燕定巢来自熟，岩花落子结还稀」，相传为佳句。然江燕以定巢而其来自熟，意从「巢」字断，岩花已落，子结还稀，意乃断于「落」字，由此言之，对殊不工。

本言落子，非落花也。

宋人巧猎名色，正对外，有就对，有蹉对，有扇对，惟所言假对最穿凿可厌。如「厨人具鸡黍，稚子摘杨梅」，谓以「杨」借「羊」；「因寻樵子径，偶到葛洪家〔一七〕」，谓以「子」借「紫」，以「洪」借「红」；「五峰高不下，万木几经秋」，谓以「下」借「夏」；「闲听一夜雨，更对柏岩僧」，是以「柏」借「百」；「住山今十载，明日又迁居」，是以「迁」借「千」。真支离鄙细，但可与写别字人解嘲。

本唐人有此对法，而未立名目。宋人因为之目耳，不得以穿凿病之。

飞卿《山中与道友夜坐闻边防不宁因示同志》曰：「龙沙铁马犯烟尘，迹近群鸥意倍亲。风卷蓬根停戊己，月移松影守庚申。韬钤岂足为经济，岩壑何尝是隐沦。心许故人知此意，古来知者竟谁人？」汉有戊己校尉，又人身有三尸虫，每遇庚申日，乘人之寐，诉人过于上帝。道家于此日辄不寐以守之。温以边警，又与道友夜坐，故用此二事组织干支，真为工巧。但上下不贯，乍观触目，缔思则言外殊无感发人意。

此诗起二句倒叙题面，中两联并分承此二句，而末联总结其意。谓其上下不贯，何不观其全篇章法，而单摘其一联耶！

中晚人好以虚对实，如元微之「花枝满院空啼鸟，空榻无人忆卧龙。」李义山「此日六军同驻马，当时七夕笑牵牛。」皆援他事对目前之景。然持戟徘徊，凭肩私语，皆明皇实事，不为全虚。虽借用牵牛，可谓巧心浚发。

此法实滥觞于少陵，如「骥子」对「莺歌」，「如马」对「饮猿」，「如意舞」对「白头吟」之类。

对有工而反俗者，如许浑《赠王山人》：「君臣药在宁忧病，子母钱多岂患贫」，固知炼句必先拣料。

晚唐对仗工而反俗者甚多。如「万卷祖龙坑外物，一泓孙楚耳中泉」，「烟横博望乘槎水，日上文王避雨陵」，「数枝艳拂文君酒，半里红欹宋玉墙」。

作诗宜有气格，不宜有气质。宋人误以气质为气格，遂以生硬为高，鄙俚为朴。始于数名家作俑，至末流益甚。至所谓折句法，尤可憎。如胡考「鹦鹉杯且酌清浊，麒麟阁懒画丹青」，正所谓折腰之步令人呕哕。

宋诗原不必置之齿颊，如讥村妇之丑，笑贫家之俭，却是又何足道！折腰句法本出唐人，如「斑竹冈连山雨暗，枇杷门向楚天秋」，「木奴花映桐庐县，青雀舟随白鹭涛」。何尝可厌。惟宋人学步，遂入恶道耳。

吴体诗，子美时或作之，其音节和平温丽者，不徒八九而已。东坡曰：「今人学杜甫诗，得其粗俗而已。」诚然诚然。

范石湖营寿藏作诗曰：「纵有千年铁门限，终须一个土馒头」，真欲笑杀。

此语岂非为山谷而发？

唐人有张打油一派，尸祝至今，凡胸无书卷而性喜吟咏者，皆宗之。

王荆公好改古人诗。如王驾《晴景》曰：「雨前初见花间蕊，雨后兼无叶底花。蜂蝶飞来过墙去，应疑春色在邻家。」介甫改为「雨前不见花间蕊，雨后全无叶底花。蜂蝶纷纷过墙去，却疑春色在邻家。」

前诗载《百家选》，后诗刻己集中。按介甫所云「疑」，乃蜂蝶过墙而人疑之也，著力在「纷纷」二字。驾所云「疑」，乃蜂蝶疑而飞去，人疑其疑也，著眼在「飞去」二字。两意俱佳，但「却疑」意只一层，「应疑」义有两层。近赵凡夫重刻《万首绝句》，虽入王驾下，竟用荆公改词，当是未见原本耳。

王改「却」字，不过易平声为仄字较响耳，其意则犹前人。

谢山人茂秦曰：作诗有堂上语、堂下语。若李太白「黄鹤楼中吹玉笛，江城五月落梅花」，若上官临下官，动有昂然气象，此堂上语也。凡下官见上官，所言殊有条有理，不免局促之状。「旧时王谢堂前燕，飞入寻常百姓家」，此堂下语也。因改为「王谢豪华春草里，堂前燕子落谁家？」呜乎！此何异登徒之妇为东家子施朱粉耶！

刘意本谓王侯第宅变为百姓人家，而语致深婉如此。谢改云云，全失其妙。贺又两皆抹杀，何唐人之不幸如此！

王武臣度极多佳句，如「云生坐来石，风掩读残书」，「樵斧和云斫，渔蓑带雪披」，俱佳。余尝怪其「鸦分供余食，鸽乱著残棋」，何不以猧字易「鸽」字，不惟用天宝中事，鸽固不能乱棋也。

味二句语意，自是山间林下之景。棋残未收，为鸽所乱。此复何疑！至猧必为人放之入局，始能乱棋耳。且宫禁事，岂可用之山野间！如此谈诗，可谓枉费心血也。

刘澜「栖禽翻麓雪，堕栗破溪冰。」造语亦佳。但禽栖则定，岂复翻雪。当云「惊禽」可也。

此本其栖未定之时而言。

欧公在颍州作雪诗，戒不得用「玉」、「月」、「梨」、「梅」、「练」、「絮」、「白」、「舞」、「鹅」、「鹤」、「银」等事。后四十年，子瞻继守颍州，小雪与客坐饮聚星堂，复举前事，请客各赋一篇。客诗不传，两公之什俱在，殊不足观。固知钓奇立异，设苛法以困人，究亦自困耳。正犹以毳饭召客，亦须陪穆父忍饥半日，岂得独餔？

此坡戏刘贡父事，盖二人俱好谑耳。当时交游，虽有钱穆父，然非其人。贺误忆。

老杜《春夜宴左氏庄》曰：「检书烧烛短，看剑引杯长。」一作「说剑」，「说」字不如「看」字之深。《玩月呈汉中王》曰：「关山同一照」，一作「二点」，「照」字不及「点」字之秀。

此本用修之误。予谓就本句论，似乎「点」字胜「照」字。若合二句读之，「关山同一照，乌鹊自多惊」，语气自相唤应。杜固以「月」比君，以「乌鹊」自比，可见作「点」字者，是担板汉耳。

王湾《北固山下》曰：「潮平两岸阔，风正一帆悬」，或作「两岸失」，非是。凡波浪汹涌，则隔岸不见，波平岸始出耳。「阔」字正与「平」字相应，犹「悬」字与「正」字相应。若使斜风，则帆欹侧不似悬矣。

平犹满也。凡潮落则岸边之地尽见，故觉其狭。潮满则岸边之地为水所没，故觉岸阔。苟识其意，则作「失」字亦可，盖指岸边之地而言。然觉「阔」字妙些。贺力辩正此字，而究竟失作者之意。总之，误以「平」字作「落」字也。

杜《千家注》有佳者，亦有牵凑附会者，漫摘数条。如《随章留后新亭送诸君》曰：「新亭有高会，行子得良时。日动映江幕，风鸣排槛旗。绝荤终不改，劝君欲无词。已堕岘山泪，因题零雨诗。」蔡梦弼注引《东山》「零雨其濛」。愚意此正用孙子荆「晨风飘歧路，零雨被秋草」句耳。若《东山》诗与送别有何关会？

《千家注》纰缪甚多，不胜指摘，宁止此数条而已。

《秋日寄题郑监湖上亭》曰：「暂住蓬莱阁，终为江海人。挥金应物理，拖玉岂吾身？羹煮秋莼弱，杯迎露菊新。赋诗分气象，佳句莫频频。」赵注曰：「末句谓郑监分我以赋诗之气象，则佳句莫非频频有之乎？」余意此解拙甚。按公《秋兴》诗曰：「彩笔昔曾干气象」，味此诗意，乃是推郑能诗，故云「分气象」，即自咏「干」字意。末句乃谑语，何必作疑词。

按贺此说，虽知「佳句莫频频」之解，而「气象」字、「分」字、「干」字，似俱未了了。「气象」指山水言，山水气象宏远，诗家之气象可与相敌，以自言故下「干」字，以目郑故用「分」字。曰「分」字即「干」字意，愦愦甚矣！

《花卿歌》，苕溪渔隐曰：「细看此歌，想花卿在蜀中，虽有一时平贼之功，然骄恣不法，人甚苦之。故子美不欲显言之，但云『人道我卿绝世无，既称绝世无，天子何不唤取守京都！』语意含蓄，盖可知矣。」余意则殊不然。此歌上言其勇，中叙其功，下则惜其不见用。其时禄山虽死，庆绪未灭，思州夏叛，良将如卿，远弃于蜀，此少陵所致叹也。至「锦城丝管日纷纷」，用修以为花卿在蜀颇僭，子美作此讽之，则于诗意似合，疑可从耳。要之两诗不作于一时，前自惜其功，后自讥其僭，何必牵拘。

据史仅言其大掠东蜀，未尝言及僭拟朝廷，用修只据「天上」二字，遂漫为此说，要非事实也。予以当时梨园弟子流落人间者不少，如《寄郑李百韵》诗：「南内开元曲，当时弟子传。」自注：「柏中丞筵，闻梨园弟子李仙奴歌。」所云「天上有」者，亦即此类。盖赞其曲之妙，必是当时供奉所进，非人间尝闻耳。

《饮中八仙歌》：「乘马似乘船」，「醉中往往爱逃禅」，「自称臣是酒中仙」，「脱帽露顶王公前」，「高谈雄辩惊四筵」，皆醉后时。「道逢曲车口流涎」，及饮而未醉时。「饮如长鲸吸百川」，「皎如玉树临风前」，皆方饮时。不惟得酒人之形，兼得其神，真顾、陆所不能画。

因道逢曲车而思及于酒，故口流涎耳。若饮而未醉，何必流涎！

宋人作诗极多蠢拙，至论诗则过于苛细，然正供识者一噱耳。如严维「柳塘春水漫，花坞夕阳迟」，此偶写目前之景。如风人榛、苓、桃、棘之义，实则山不止于榛，隰不止于苓，园亦不止于桃、棘也。刘贡父曰：「『夕阳迟』则系『花』，『春水漫』不须『柳』。」渔隐又曰：「此论非是。『夕阳迟』乃系于『坞』，初不系『花』。以此言之，则『春水漫』不必『柳塘』，『夕阳迟』岂独『花坞』哉！」不知此酬刘长卿之作，偶尔寄兴于夕阳、春水，非咏夕阳、春水也。夕阳、春水，虽则无限，花柳映之，岂不更为增妍！倘云「野塘山坞」有何味耶？

或又评此联以为「迟」、「漫」意合掌者，不知「漫」本水泛滥之貌，若与「迟」意合掌，乃是「慢」字。字义不辨，轻评古诗，孟浪可笑。

又如「袖中谏草朝天去，头上花枝侍燕归。」以「谏草」对「花枝」，虽亦近纤，乃曰：「进谏必以章疏，无用稿之理。」安知章疏不已上达而留稿袖中，吹毛何太甚也！

此二语果有病，盖既著「朝天」字，则自宜指章疏言，以「留稿袖中」代为解释，愈形其陋矣。

欧阳公评贾岛曰：「鬓边虽有丝，不能织成衣。就令堪织，能得几何？」余以此近谐谑，聊快其谈锋耳，不应活句死看。

此语想路殊陋劣可厌。

小杜《赤壁》诗，古今脍炙。渔隐独称其好异。至许彦周则痛诋之，谓「孙氏霸业系此一战，社稷存亡、生灵涂炭都不问，只恐捉了二乔。可见措大不识好恶。」余意诗人之言，何可拘泥至此。若必执此相责，则汨罗之沉，其系心宗国何若！宋玉《招魂》略不之及，但言饮食、宫室、玩好、音乐，至于「长发曼鬋」，「蛾眉曼睩」，几乎喻之以淫也，将使《风》、《骚》道绝矣！详味诗旨，牧之实有不满公瑾之意。牧尝自负知兵，好作大言，每借题目写胸怀。尺量寸度，岂所以阅神骏于牝牡骊黄之外！

唐人妙处，正在随拈一事而诸事俱包括其中。若如许意，必要将「社稷存亡」等字面真真写出，然后赞其议论之纯正。具此诗解，无怪宋诗远隔唐人一尘耳。

宋人多不喜孟诗。严沧浪曰：「孟郊之词刻苦，读之使人不欢。」又曰：「憔悴枯槁，其气局促不伸。退之许之如此，何耶？」《青箱杂记》曰：「白乐天『无事日月长，不羁天地阔』，比达者之词也。东野『出门即有碍，谁谓天地宽』，此褊狭者之词也。」苏颖滨亦指此为「唐人工于为诗，陋于闻道。」东坡亦有《读孟诗》曰：「何苦将两耳，听此寒虫号！不如且置之，饮和玉卮醪。」愚意东野实亦诉穷叹屈之辞太多，读其集，频闻呻吟之声，使人不欢。但蹋天蹐地，《雅》亦有之，「终窭且贫」，《邶风》先有此叹。且尤不可与乐天比拟，乐天二十八而中春官，屡典名郡，分司东都，刑部侍郎，领河南尹，改少傅，以尚书终。其于遇合，可谓荣矣。东野穷饿，不得安养其亲，五十始得一第，才尉溧阳，又困于秃令，此其身世何如，而与白较！旁观者但闻人嬉笑，而遂责向隅者耶！二苏皆年少成名，虽有谪迁之悲，未历饿寒之厄，宜有不知此痛痒之言。且韩诗虽气魄胜之，而深厚处不及，故有「吾愿身为云，东野变为龙，四方上下逐东野，虽有离别无由逢」之句。此老自云：「若世无孔子，不当在弟子之列」，岂轻于自贬者！

诗以言志，故观其诗而其人之襟趣可知，苟戚戚于贫贱，则必汲汲于富贵。人品如此，诗品便为之不高。虽声金石而词锦绣，何足取哉！

东野诗，余亦不甚喜，以为陋于闻道，诚然。贺君曲为回护，似若以其悲苦愁叹为当然者，可知贺亦褊狭之士矣。孟后及第，作诗云：「昔日龌龊不足嗟，今朝旷荡思无涯。春风得意马蹄疾，

一日看遍长安花。」才获一第，便尔志满意得如此，尤为小器。若愈尝作《送穷文》、《二鸟赋》，

其逼窄狭隘之胸正与东野相似，安得不引为同调！

王勉夫《丛谈》中多辨论，余独喜其一则。乐天《长恨歌》「夕殿萤飞思悄然，孤灯挑尽未成眠。」或谓，岂有兴庆宫中夜不点烛，明皇自挑灯之理！王曰：「此所以状宫中向夜萧索之意，使言高烧画烛，贵则贵矣，岂复有长恨意耶？」此言深得诗人之致。

白语诚失检，勉夫与黄公终属书生之见。

方回选《瀛奎律髓》，虽推尊少陵，其实未曾梦见。佳者多遗，闲泛者悉录。至注解唐人诗，尤多舛谬。

此语通蔽，宋人学杜之病，不止方回一人。

介甫云：「绿搅寒芜出，红争暖树归。鱼吹塘水动，雁拂塞垣飞。宿鸟惊沙净，晴空漏昼稀。却愁春梦里，灯火著征衣。」方万里曰：「未有名为好诗，而句中无眼者，请以此观。」余意曰「搅」、曰「争」、曰「吹」、曰「拂」、曰「惊」、曰「漏」，六只眼睛，未免太多。此诗虽小失检点，本亦不恶，但尊以为法，则郭有道之垫角巾也。

前两联第二第五并用单字，句法犯重。颈联又犯二单，在第三第五，句法虽不重，而亦欠变化。况「鱼」、「雁」之后，仍入「宿鸟」，意更重复。此诗殊不堪指摘，尚云「小失检点，本亦不恶」，何其嗜臭如海夫耶！

张司业《节妇吟》「感君缠绵意，系在红罗襦。」刘须溪曰：「好自好，但亦不宜系。」余意此说不惟苛细，兼亦不谙事宜。此乃寄东平李司空作也。籍已在他镇幕府，故寄此诗。通篇俱是比体，系以明国士之感，词以表从一之志，两无所负。必如所云，则汉皋之驹亦不宜秣〔一八〕，《摽梅》之迨吉、迨今，何急不能待也！诗人之言，可如是执乎！

按李司空即李师道〔一九〕，乃河北三叛镇之一。张籍自负儒者之流，岂宜失身于叛臣！何论曾受他镇之聘与否耶！张虽却而不赴，然此诗词意未免周旋太过，不止如须溪所讥。安有以明珠赠有夫之妇，而犹谓其「用心如日月」者！且推「相逢未嫁」之语，脱未受他人聘，即当赴李帅之召，恐昌黎《送董邵南》又当移而赠文昌矣。

罗昭谏《广陵开元寺作》曰：「云中鸡犬刘安过，月里笙歌炀帝归。」广陵即汉淮南，隋江都，此系怀古之作。自引其地之事，犹咏金陵者多言王濬、陈叔宝事也。高英秀乃云「定是鬼诗」，则少陵《玉台观》「遂有冯夷来击鼓，始知嬴女善吹箫」，刘梦得《赠王山人》「飞章上达三清路，受箓平交五岳神」，亦神怪诗乎？

汉之淮南在寿春，刘安所都在北，故寿春有八公山，是其遗迹。今误属广陵。勿论其作鬼语，而用事之误已为诗病矣。

渔隐论诗，余多不以为善，独论义山《华清宫》诗「未免被他褒女笑，只教天子暂蒙尘」，「用事失体，在当时非所宜言」。此论甚正。

此因明皇不久回銮，特抑贵妃之美不及褒姒，而故作此语。不过翻「倾城」二字之案耳。李意反言以咏本朝事为无害，岂知害不在意而在词乎？

义山咏史诗，多好讥刺，如「梁台歌管三更罢，犹自风摇九子铃」，「晋阳已陷休回顾，更请君王猎一回」，「如何一梦高唐雨，自此无心入武关」。然论前代之事，则足以备讽戒，昭代则不可，不曰「定哀之间多微词」乎！

「猎一回」本诗作「杀一围」，正用当时冯小怜语，此误忆耳。

「斫取青光写《楚辞》，腻香春粉黑离离。无情有恨何人见，露压烟啼千万枝〔二〇〕。」用修曰：「结句以情恨咏竹，似是不类。终不若咏白莲之妙。李长吉在前，陆鲁望诗句非相蹈袭〔二一〕，盖著题不得避耳。而工拙相去远矣。愚意「无情有恨」正就「露压烟啼」处见，此正可以形象会，不当以义理求也。悬想此竹，必非琅玕巨干，或是弱茎纤柯，不胜风露者。长吉立言自妙，不得便谓之「拙」。

咏竹而言啼，正用湘妃染泪之事，而隐约见之。不写他书，而写《楚辞》，其意益显。用修所评，黄公所释，皆似隔壁话也〔二二〕。

《凌歊台》诗曰：「宋祖凌歊乐未回，三千歌舞宿层台。」用修曰：「此宋祖乃刘裕也。」《南史》称宋祖「清简寡欲」，俭于布素，嫔御至少。安得有「三千歌舞」之事？近朱平涵《涌幢小品》辩此诗曰：「南宋凡有三祖：裕，高祖；义隆，太祖；彧，世祖。彧荒淫残忍，「三千歌舞」，咏彧，非咏裕也。」此辩亦妙，但未有确见，尚未敢遽从。

杜牧有「势比凌歊宋武台」句，裕谥武帝，浑必指裕可知，或虽亦谥孝武，然诗意似非指彧也。

「玉帐牙旗得上游，安危须共主君忧。窦融表已来关右，陶侃军宜次石头。岂有蛟龙曾失水？更无鹰隼与高秋。昼号夜泣兼幽显，早晚星关雪涕收。」按：李集此诗正纪甘露之事。首二句是言诸藩镇之拥兵者，责以主忧臣辱之意。「窦融表已来关右」，指昭义节度刘从谏上表请王涯等罪名。「陶侃军宜次石头」，伤他镇无与之同心，兼讽刘逗遛不进。「岂有蛟龙曾失水，更无鹰隼与高秋」，正言事皆决于北司，宰相惟行文书，安危系于外镇。「昼号夜泣兼幽显，早晚星关雪涕收」，又举向时被祸之家，及目前株蔓犹未绝者，激烈言之。愚意义山位屈幕僚，志存讽谕，亦可嘉矣。

「蛟龙失水」，喻君之失臣。时中人诬宰相王涯、舒元舆等谋反，尽杀之。数日间，生杀除拜皆决于中人。帝不与知，故有「蛟龙失水」之喻。下句言朝廷不能正中人之罪，如鹰隼之不能顺秋令以击燕雀也。

近有刻杜律、韩文者，假托万历间楚中一巨公「羞将短发还吹帽，笑倩傍人为整冠」曰：「落帽自佳，不必翻案。」噫嘻！如此人亦言诗乎？

此指郭明龙。

弇州之才，吾所北面，独其论中、晚人，则如踞峰峦而下视，虽形势瞭然，未能周悉幽隐。诗至中、晚而衰，诚无辞于掊击，然读之亦甚草草。退之至谓「本无所解」，将《琴操》铭诗可一概抹却乎！

此语过于轻薄，宋人又过于推尊，俱不当。盖其为文「陈言务去」戛戛其难，而即以此为诗，故入生硬险峭一路，终非诗家正声。后人过尊之，不则峻贬之，恐退之两不受耳。

茂秦屡诲人以悟，然所云悟，特声律耳。其得处为淹雅，失处则不免流于平熟。诗法中固有「横空盘硬语，妥帖力排奡」[一三]者，乌可拘此一途。

此昌黎语，渠于诗不得正法眼藏正坐此，而贺顾取之耶？

唐武后于宫中习猫，使与鹦鹉共处，出示百官传观，未遍，猫饥，搏鹦鹉食之。太后甚惭。事载唐史，千古以为笑柄。阎朝隐独赋《猫儿鹦鹉篇》，《诗归》赏之，钟曰：「正理奇调。」谭曰：「忽然起止，雷霆风雨。确然陈诉，忠臣仁人。千古而下，皆有感于斯文。」按《唐诗纪事》称朝隐「性滑稽，属词奇诡，为武后所赏。」生见薄于本朝，忽推崇于异代。余意选者不应悖谬至此，总是阅《诗纪》时见其体裁怪异而喜之，不考其何时何事也。孟子论诵诗读书，而归之论世知人，真不可草草。

以此入钟、谭之罪，当亦俯首无辞。

《诗归》之谬，尤在李、杜。如《客居》诗：「徐步示小园」，钟云「『示』字妙。」按本集乃「视」字，细味文理，亦「视」字为妥。写《诗纪》人一时笔误，偶见其新，遂称为妙，好奇之僻，其蔽为愚，真可一笑。

按全书赏误字者，非止一字。总之，一言以蔽之曰：「不学不思耳。」即选杜而论，「新炊闻黄梁」，「闻」本作「间」；「辱马马尾焦」，「尾」本作「毛」；「并驱纷游场」，本作「并驱动莫当」；「足以送老姿」，本作「足为送老资」；「御厨丝络送八珍」，本作「络绎」；「爱竹遗儿书」，「遗」

本作「遣」。

伯敬看诗极有深心，下笔则多卤莽。往往情生于文，凡事以意为之。所谓「深心」者，如人往长安，不由大道，误入山乡僻县，指说村庄儿女之事，究竟未到长安。钟云：「七言律，诸家所难，老杜一人选至三十首，不为严且约矣。」然于寻常口耳之前，人人传诵，代代尸祝者，十或黜其六七，友夏云：「既欲选出真诗，安得顾人唾骂！」钟已吹竽，谭复建鼓从之。如评《覃山人隐居》曰：「此老杜真本事，何不即如此作律，乃为《秋兴》、《诸将》之作，徒费气力，烦识者一番周旋耶？」《诸将》首篇「玉鱼」、「金碗」是言兵燹之余，冢墓多伤。次作言张仁愿筑三受降城，本欲界别内外，今返仗回纥救援，恃功焚掠，致东京涂炭。第三篇首句言回纥焚掠之苦，次句指怀恩之变，二寇屡入。「禹贡」「尧封」是言安、史虽诛，卢龙、魏博诸镇，犬牙负固。故前责诸将之逗遛，后奖边臣之效职。第四篇「越裳翡翠」，「南海珍珠」是言拥兵者，专殖自封，贡献亏缺。末篇乃因严武初丧，郭英义骄纵，恐复致乱，故先叙武事，末又丁宁郑重，有阴雨彻桑之虑。余尝谓此数诗可与《小雅・雨无正》篇相匹，反谓其「徒费气力，烦识者一番周旋。」如此周旋，恐老杜正不屑也。

按所述诸作，事实亦失核，「胡」字两首并指禄山，「西戎」则指吐蕃，此都略过，而专归咎于回纥。当时收复东京，史虽有回纥纵兵大掠之语，然在收复西京之后。此云「洛阳宫殿化为烽，休道秦关百二重」，语势由洛阳而及长安，自指禄山陷两京之事无疑。而五首大指总包括「只在忠良诩圣朝」一句，所以深责当时诸将不能为至尊分忧，惟严公可当一面，而今日遂无其人也。

贺徒知赏诸将之作，以诮钟、谭之孟浪，而所评又复不能中的，洵说诗之难如此。

孟襄阳《宿业师山房待丁大不至》曰[二四]：「樵人归欲尽。」钟云：「此『尽』字不如用『稀』字妙。」《采樵作》曰：「日落伴将稀。」钟曰：「观此『稀』字，远胜『樵人归欲尽』『尽』字矣。」余意「日落伴将稀」是樵子渐去，见已亦当归。「樵人归欲尽」是行人已绝，丁犹不至，各写所触，何必同！

余谓不必论二首之意各别，即「樵人归欲尽」五字，入口亦自宜仄声，换平声「稀」字不得。

崔曙《颍阳怀古》曰：「昔时让王者，此地闭玄关。」《诗归》评曰：「丑字败兴。」然旧本实「柴关」也。又《途中晓发》曰：「晓霁长风里，劳歌赴远期。云轻归海交」，谭云「奇」。按旧本乃「疾」字，观下文「月满下山迟」，其为「疾」字无疑。率尔毁誉，何不思之甚！

按《史记》云：「箕山有许由冢」，「玄关」字盖指此。钟评固不足谪，然旧本改「柴」字亦失作者本意。

「海交」今《诗归》仍作「疾」字。按此书翻板非一，岂贺所见本误作「交」字耶？第「交」字系平声，律诗无此体，贺亦不言，必本书已误，而贺刻诗话又再误耳。

苏诗《和晁同年九日见寄》曰：「别后西湖付与谁？」谭云：「游止山水好景，每寻替人不得，况坡老开浚西湖，何等关情，决不忍交付与俗人矣。」此评亦好，但作诗时，子瞻自杭州通守转密州，西湖尚未开也。此与伯敬硬断老杜西枝村寻置草堂地为成都草堂同病。

余尝谓二君评诗俱是闭着眼睛说话，此其学识浮浅僻陋使然，犹不足怪。乃二三十年中，浅陋无识之士从风而靡，尽奉其所学而学焉，几如一瞽牵众瞽，号呼丐食矣。

校注

［一］事　原作「时」，据白居易《与元九书》改。

［二］博山香炉　《全唐诗》作「博山」。

［三］可　《全唐诗》作「岂」。

［四］蜡　原作「腊」。

［五］凤　下脱「皇」。见《晋书·荀勖传》。

［六］同　贺裳原文作「谐」，黄生改作「同」。《苏东坡全集》（北京市中国书店出版）中之《朝云诗》作「同」，当以「同」为是。

［七］生　原作「坐」，据《全唐诗》改。

［八］君泪　原作「清泪」，据《全唐诗》改。

［九］日得随妾身　原作「日得随路尘」，据《全唐诗》改。

［一〇］如因风　原作「如烟飞」，据《全唐诗》改。

［一一］几　贺原作「几」，黄改为「不」。以「几」为是。

［一二］韩致尧　原作「韩致光」，据《唐诗纪事》及《唐才子传》改。

[一三]赋　原作「作」。　「定非知诗人」，原作「定知非诗人」。据《苏东坡全集》之《书鄢陵王主簿所画折枝二首》改。

[一四]妙　原脱。据《苕溪渔隐丛话》补。

[一五]高诗　《全唐诗》作《哭单父梁九（一作洽）少府》。

[一六]犹　《全唐诗》作「今」。　「疑」，《全唐诗》作「犹」。

[一七]因寻　《全唐诗》作「宁知」。　「偶」，《全唐诗》作「得」。

[一八]皋　黄生作「广」。

[一九]李师道　原作「李师古」，据《全唐诗》改。

[二〇]这是李贺《昌谷北园新笋四首》之第二首。　「斫」，误印作「所」，据《全唐诗》改。

[二一]李贺，字长吉。陆龟蒙，字鲁望。因李贺诗中有「无情有恨何人见」语，龟蒙《白莲》诗中有「无情有恨何人觉」语，故贺裳评曰：「陆鲁望诗句非相蹈袭，盖著题不得避耳。」

[二二]以上自「斫取青光写楚辞」至「皆似隔壁话也」，据底本《补遗》补入。

[二三]盘　原作「排」，据《全唐戢》韩愈《荐士》诗改。

[二四]丁大　原作「丁公」，据《全唐诗》改。

载酒园诗话评卷下

骆宾王《帝京篇》，铨官时吏部侍郎裴行俭索文，作以献者也，故淋漓磊落，竭其才思。今人或病其过于横溢。余以读诗者如汉文节俭，自不作露台可耳，必不得谓未央壮丽，追罪萧何。《代女道士王灵妃赠道士李荣》曰：「寄语河边值查客，乍可匆匆共百年，谁使遥遥期七夕。」大是情至语。后又云：「假令白里似长安〔二〕，须使青牛学剑端。蘋风入御来应易，竹枝成龙去不难。」用事尤切。余于众选外，特搜此篇。

《帝京篇》六百余字，此篇尚多彼字百余。彼以长安中事铺叙，其冗长犹可耐。此不过道男女情事，堆砌饾饤，殊觉可厌。篇中历叙其初相悦、后相睽之意，而望其复合，而题特为女道士赠男道士，真不可解。贺特取此，若自矜具眼，何也？

卢之音节颇类于杨，《长安古意》一篇，则杨所无。写豪犷之态，如「意气由来排灌夫」，尚不足奇。「专权判不容萧相」，虽萧无此事，俨然如见霍氏陵蔑车千秋，赵广汉突入丞相府召其夫人跪庭下。此萧相非指萧何，似言萧望之为前将军辅政，其本传自云：「吾尝备位将相。」传又云有司奏望之欲「排退许、史，专权擅朝」。当时专权擅朝者，实许、史辈，而讽有司奏望之云云，盖排陷望之，所谓「不容萧相」者，正指此事。「专权」自指许、史，与上句「意气」指田蚡一例。今乃以专权属萧相，而误以为萧何，又谓其「无此事」，如此解诗，不顾识者喷饭耶！

宋之问《晦日昆明应制》，精密警丽，自不待言，但反复读之，终篇有颂无规，律以《卷阿》矢音之义，即宋固非其至。

以此责宋，是犹责宰嚭以忠谏，责孙弘以直言耳。

张曲江「自君之出矣，不复理残机。思君如满月，夜夜减清辉。」辛弘智亦曰：「自君之出矣，梁尘静不飞。思君如满月，夜夜减容辉。」后二句只差一字，实两意也。张直指君说，言恩情日衰，犹月之渐昏。辛诗只是为郎憔悴耳，意却浅。

二诗只一意，何得以一字不同遂分两解。

王维《送孟浩然》曰：「杜门不复出，久与世情疏，以此为长策，劝君归旧庐。醉歌田舍酒，笑读古人书。好是一生事，无劳献《子虚》。」一意劝寻遂初，盖在禁中迕旨之后也。

按王集及《品汇》俱无此诗，《唐诗粹选》以此作张子容诗，必有所据。

储光羲《华清宫》数篇最高古，然微类丁谓、王钦若口角。

诗有讽意，遽比之丁、王，恐冤却古人。

祖咏《终南望余雪》曰：「终南阴岭秀，积雪浮云端。林表明霁色，城中增暮寒。」此诗有盛名。愚意嫌一「增」字。「余雪」者，残雪也。不应雪残而寒始增。

岂不闻「霜前暖、雪后寒」耶？

孟襄阳《除夜咏怀》曰：「渐看春逼芙蓉枕，顿觉寒消竹叶杯。守岁家家应未卧，相思那得梦魂来」

虽凄惋入情，却竟是中、晚态度矣。诗格之迁，孟襄阳实其始祸。

盛唐诸名家诗，有偏至而非通才者，如孟浩然、王昌龄皆不善七言律。王之「江上巍巍万岁楼」一首，其格更卑。诗道之升降，当就大势论，岂可以一人一诗相诟病耶！

刘夏县胜处在不避轻脱，率任孤清。如《寄江滔求孟六遗文》：「南望襄阳路，思君情转亲[二]。偏知汉水广，应与孟家邻。在日贪为善，昨来闻更贫。相如有遗草，一为问家人。」作律至此，几于以笔为舌矣。

汉广、孟邻，俱有故实，却用得不觉，此圣于用事者也。

王江宁「初日净金闺，先照床前暖。斜光入罗幕，稍稍亲丝管。云发不能梳[三]，杨花更吹满。」婉媚如此，乃不数作，多为荒凉刻直之音，固薄绮靡而不屑也。

「荒凉刻直」四字，殊非所以目少伯。

龙标古诗，乍尝螯口，久味津生，耐咀啮，实在高、岑之上。徒赏其宫词，非高识也。

盛唐诸公五言古，予最醉心王龙标，乍看却好，愈读愈有味。今乃曰「乍尝螯口」，则贺君之口必不犹夫人之口矣。

《重别李评事》曰：「莫道秋江离别难，舟船明日是长安。吴姬缓舞留君醉，随意青枫白露寒。」「随意」二字似与下五字黏。两句参观，便可意会，乃是得醉且醉耳。若正言之，如曰既有缓舞相留之人，天又渐寒，不如且醉。横嵌「随意」二字于中，如老僧毁律，不复牵拘。然欲奉以为法，则如鸠摩弟子先学餐针，始可纳室。

此解终不畅。予友洪方舟云：「『随意』，随他意也。」予谓「露寒」字只当「夜深」字。莫管「夜深」，且须尽醉，此正留连不忍分手之意。开口却云：「莫道秋江离别难」，自己先进一步说，唐贤诗肠之曲如此。

太白胸怀高旷，有置身云汉，糠秕六合意。宋人乃以好言「妇人」、「饮酒」病之，则子美「耽酒须微禄」[四]，「朝回日日典春衣」，不「饮酒」乎！「大妇同行小妇随」，「翠眉萦度曲」，不「妇人」乎？

「大妇」句本张谓诗，今以为少陵，何也？

郎君胄诗，不能高岸，而有谈言微中之妙。淡语中饶有腴味，如「乱流江渡浅，远色海山微」，「河来当塞曲，山远与沙平」，「荒城背流水，远雁入寒云」，「罢磬风枝动，悬灯雪屋明」，虽萧寂而不入寒苦。

「罢磬」一联，乃僧无可诗。

吕温诗不及刘、柳，气亦劲重苍厚。其《望思台》曰：「浸润成宫蛊，苍黄弄父兵。人情疑始变，天性感还生。」二语可谓格言。

二语极善道武帝父子间意，即使乃公自己动笔，不过如此。

宋人诗法以韦、柳为一体。方回谓其同而异，其言甚当。余以韦、柳相同者神骨之清，相异者不独峭淡之分，先自忧乐之别。

东坡「发秾纤于简古，寄至味于淡泊」，上句指韦，下句指柳，本有分别。后人动以二子并称，

　　而不别其风格之异，总是隔壁听耳。

《平淮雅》二篇〔五〕，诚唐音之冠，柳子亦深自负，但终不可以入周诗。试较《皇矣》之「临冲闲闲」，《江汉》之「釐尔圭瓒」，便觉古人风发而漪生，此有巧人织绣之恨。

　　如此诗，当以继响《雅》、《颂》目之可尔，谓终不可入周诗，议论毋乃太刻！

韩退之「大弦春温和且平，小弦廉洁亮以清。平生未识宫与角，但闻牛鸣盎中雉登木。」无论黏皮带骨，且不三四句便骂，岂温柔之教。

　　「宫如牛鸣窖中」云云，本出《管子》。贺谓「不三四句便骂」，是误以为退之自作矣。

退之《醉赠张秘书》曰：「险语破鬼胆，高辞媲皇坟。至宝不雕琢，神力谢锄耘。」高处在此，不及处亦在此。

　　此语退之有知，亦当心服。

　　天下未有不雕琢不锄耘而语能险、词能高者，二语叙在一处颇不伦。

韩诗至《石鼓歌》而才情纵恣已极，至《嗟哉董生行》则骎骎淫于卢仝矣。古人所以戒入鲍鱼之肆。

　　此退之自谓「才大无所不可」耳。岂胸无主张，容易渐染于人者！

王弇州曰：「玉川《月蚀诗》，是病热人呓语。」余甚快之。其他可笑者，更不胜指。但读至「相思一夜梅花发，忽到窗前疑是君」，不得不以胜流目之。

此语全与玉川平时手不类，胡元瑞《诗薮》作刘瑗诗，或是〔六〕。

李贺《黄家洞》云：「雀步蹙沙声促促，四尺角弓青石镞。黑幡三点铜鼓鸣，高作猿啼摇箭箙。彩巾缠跨幅半斜，溪头簇队映葛花。山潭晚雾吟白鼍，竹蛇飞蠹射金沙。闲驱竹马缓归家，官军自杀州槎。」此篇前五句写蛮人悍勇之状。「雀步蹙沙」，状其行也；「角弓」、「石簇」、「黑幡」、「铜鼓」，言其弧矢及军中号令；「猿啼」，状其声；跨胫骨斜缠彩巾，言其服饰；「葛」，毒草；「白鼍」、「竹蛇」，皆毒物。总言蛮地风物之恶，末言军中杀戮无罪以冒功。读一过，万里之外如在目中。

徐文长云：「雀步」句，状箭镞坠沙之声。

王仲初《射虎行》曰：「自去射虎得虎归，官差射虎得虎迟。独行以死当虎命，两人相疑终不定。朝朝暮暮空手回，山下绿苗成道径。远立不敢污箭镞，闻死还来分虎肉。惜留猛虎著深山，射杀恐畏终身闲。」张文昌《猛虎行》：「南山北山树冥冥，猛虎白日绕林行。向晚一身当道食，山中麋鹿尽无声。年年养子在空谷，雌雄上山不相逐。谷中近窟有山村，长向村家取黄犊。五陵年少不敢射，空来林下看行迹〔七〕。」张咏猛虎，故摹写怯弱，以见负隅之威。王咏射虎，故曲尽狡狯之态。用意不同，俱为酷肖。《诗归》评王诗曰：「有激之言，字字痛切，似为千古朝事、边事写一供状。」此论妙甚。张诗虽工，仅词人之言；王诗，意深远矣。

张诗亦似为权门势要倾害朝士之喻，非徒咏虎而已。

姚合《晓望华清宫》曰：「晓看楼殿更分明，遥隔朱栏见鹿行。武帝自知身不死，教修玉殿号长生。」

讥刺不露，而言外似嘲似谑，觉顾况「岂知今夜长生殿，独闭空山月影寒」调平语直，味索然矣。

予以顾诗远胜姚作，具眼者，当自辨之。

张祜宫体诸诗，实皆浅淡，惟《登金山寺》作真佳〔八〕，祜自谓可敌綦毋潜《灵隐寺禅院》诗。余谓正与王湾《次北固山下》作并驱耳〔九〕。结语稍凑，不能损价也。

此诗结语实不佳，第此韵字数甚窄。结语似为凑韵所苦，又当为作者致想耳。

杜牧「银烛秋光冷画屏，轻罗小扇扑流萤。天阶夜色凉如水〔一〇〕，卧看牵牛织女星。」亦即「参昴」「衾裯」之义。但古人兴意在前，此倒用于后。昔人感叹中犹带庆幸，故情辞悉露。此诗全写凄凉，反多含蓄。

此即古诗「盈盈一水间，脉脉不得语」之意。殊非「参昴」「衾裯」之义。

李群玉《梅花》诗：「玉鳞寂寂飞斜月，素艳亭亭对夕阳。」《诗品》、《品汇》皆作「素手」。余意「素手」不切梅花，本集作「素艳」，「艳」字韵虽不高，意犹较稳，从集为是。

「艳」字亦不稳，余意作「素影」或可耳。

义山有《富平少侯》诗〔一一〕，盖咏西京张氏也。其诗止形容侈汰，而不入实事。如「不收金弹抛林外」，乃韩嫣事，正不妨借用耳。

此本刺时人而寓言富平侯耳，岂咏西京张氏乎？

刘龙门极有高调，且终卷无败群者，但精出处亦少。《咸阳怀古》最刘诗之胜处。「天空绝塞闻边雁，叶尽孤村见夜灯」，真堪与许浑「高树有风闻夜磬，远山无月见秋灯」并驱。

刘沧长律如《经炀帝行宫》、《题王母庙》、《秋日山寺怀友人》、《经麻姑山》、《春日旅游》诸篇，皆晚唐铮铮者。其余警联尚多，如「半夜秋风江色动，满山寒叶雨声来」。「绿芜风晚水边寺，清磬月高林下禅」，「停灯深夜看仙箓，拂石高秋坐钓台」，「霜落雁声来紫塞，月明人梦在青楼」〔一二〕，「萧郎独宿落花夜，谢女不归明月春」，虽气格未超，而风韵独绝。贺并不之及，何也！

刘驾诗多直，然集中尚不乏佳篇。世传其「马上续残梦」一诗，诚为杰构。又《寄远》作，殊有情致，《桑妇》诗亦可观。

驾又有《曲江春霁》、《山中有招》二作，亦颇可诵，又《冯叟居》一作亦佳。

鲁望《自遣》诗曰：「数尺游丝坠碧空，年年长是惹春风。争知天上无人住，亦有春愁鹤发翁。」似呆似戏，荒唐而意纤巧，与义山「莫经五胜埋香骨〔一三〕，地下伤春亦白头」同意，而陆尤味长，以从「游丝」转下语，有原委也。

此沧浪所谓无理而有趣者。「理」字只如此看，非以鼓吹经史，裨补风化为理也。

林处士警处如「伶伦近日无侯白，奴仆当时有卫青」，「松门过水无重数，石壁看霞到尽时」，「千里白云随野步，一湖明月上秋衣」，真一时之秀。

以伶官为伶伦，用字痴甚。且侯白乃佞幸之类，亦非伶官。

梅、欧、江、谢咸出晏氏之门，然晏自作诗实昆体也。当时盛传「无可奈何花落去，似曾相识燕归来。」余甚厌其「游梁赋客多风味，莫惜青钱万选才」，大是俗调，不及《安昌侯作》「莲芍移家近七迁，鲁儒章句世相传。关中沃壤通泾渭，堂上繁华逐管弦〔一四〕。身服儒衣同蔡义，日将卮酒对彭宣。高坟丈五阳陵外，千古朱云气凛然。」首尾匀称。

「无可奈何」一联，生成填词妙语，若作诗看，即极纤弱矣。

《安昌侯作》全诗了无好处。

李宗谔《南朝》曰：「仙华玉漏晓沉沉，三阁齐云复道深。平昔金铺空废苑，于今琼树有遗音〔一五〕。珠帘映寝方成梦，麝壁飘香未称心。惆怅雷塘都几日，吟魂醉魄已相寻。」此诗组练不及钱、刘，惟末句发所未发。

此必「漏」字无疑。

大宋《落花诗》：「泪脸补痕劳獭髓」，盖用邓夫人药中琥珀屑多，颊成红点，益助其妍，以形容堕瓣残香之零断也。思路至此，曲而细矣。「舞台收影费鸾肠」，孤鸾不舞，花枝倚风，有似于舞，妙用一「影」字，似幻似真，说得圆活。花落则影收，鸾应思之。此诗之不可以辞害志者也。

「费鸾肠」三字，丑恶之极，且生撰以对「劳獭髓」，意甚偏枯，有何风致而赏之耶？

小宋镂刻似逊于兄，韵度殊胜。守成都《春宴北园》曰：「天意歇余芳，人间日始长。落花风观阁，睡鸭雨池塘。稍倦持螯手，犹残蓝尾觞。春归无所预，羁客自回肠。」

春时岂可用持螯事？

蔡君謨本学西昆，后溺于欧、梅，始变其体。然五言古外，即洗涤不尽，如《至和杂书》、《八月一日二日》两篇，全是中郎之虎贲矣。但西昆亦自不同，昌谷意奇，玉溪思奥。然细细解之，无不首尾贯彻。中枯外腴，以瑰奇掩其错杂，仅温氏长篇耳。宋人学昆，惟袭其貌，虽学昆，实不知昆也。

宋初杨、刘诗学温、李，一时竞相仿效，以二公并居翰苑，故目为「西昆体」，非温、李当时本有此号。此似以西昆目温、李，能免吠声之诮耶！

蔡集中惟《鄱阳行》可备采风，实胜《四贤一不肖作》。如「去年积行潦，田亩鱼蛙生。今岁谷翔贵，鼎饪无以烹。继亦掇原野，草莱不及萌。剥伐及桑枣，拆发连檐甍。谁家有仓囷，指此为兼并。头会复箕敛，劝率以为名。」写墨吏豪绅如见。又曰：「陇上麦欲黄，寄命在一熟。麦熟有几何？人稀麦应足。纵得新麦尝，悲我旧亲属！」尤为酸鼻，殊不减元道州《春陵行》。

宋人尽多伤时悯俗之作，无如力疲不能布格，手重不能遣调，盖非其学识之不优，实其才情之不逮耳。

「桃花尽日随流水，洞在清溪何处边」，「纵使清明无雨过〔一六〕，入云深处亦沾衣」。今人皆传张旭诗。盖张、蔡皆能书，字稍怪玮，遂驾之于旭。不见吴儿以赵孟頫《道德经》易其款识为王右军乎！

二绝极饶风韵，疑君謨脚手不能办此。

余靖《子规》诗「疏烟明月树，微雨落花村」，真入唐人三昧，惜全篇平平。

「明月树」三字颇痴，意欲换为「夜」字。

欧公尝谓人曰：「吾《庐山高》，惟韩愈可及；《琵琶前引》，韩愈不及，杜甫可及；《后引》，李白可及，杜甫不可及。」《石林诗话》则曰：「吾诗《庐山高》，今人不能为，惟李太白能之。《明妃曲》后篇，太白不能为，惟杜子美能之。至于前篇[一七]，则子美亦不能为，惟吾能之也。」二说聚讼，总可不论，大抵自矜，则断然者也。

宋人沾沾自喜，如夜郎之不知汉大。欧公盛德，亦不免尔尔。

《送目》曰：「送目蘅皋望不休，江蘋高下遍汀洲。长堤柳曲妨回首，小苑花深碍倚楼。楚径蕙风消病渴，洛城花雪荡春愁。流杯三日佳期近，掷度兰波负胜游。」极风流富贵之致。

次联「妨」、「碍」合掌。

梅尧臣《送鄞宰王殿丞》曰：「生意各臑臑，黔角容夬夬。」《赠陈无逸秀才》曰：「在鹿忘守穴，拄足乃焉而。」《送宁乡令张沆》曰：「竹存帝女啼，夔学林雍鋻。」淡则淡矣，殊不平也。

亦何曾淡。

《送滕寺丞归苏州》曰：「驱车入蜀时，有弟母不往。留妇侍母旁，以子属妇养。昨得闾门书[一八]，妇子死泉壤。此心那得安，弃官提辔鞅。东驰三千里，羁马求吴桨。吴桨速如飞，归来拜堂上。堂前去时树，已觉枝条长。岂无怀抱感，为寿酌春醠。」欲解其悲，姑讽其孝。又不用劝而用奖，岂惟忠告善道，殆默化于无形矣。此之谓真温柔敦厚。唐三百年间，无此一篇也。梅诗之可敬在此。

此诗取其意佳可耳，遣调则不脱伧父面目。

陶弼素有盛名，其《兵器》诗叙述和戎酿患，仓卒用兵之害，最为酸恻。如「自此两河间，寂寂无戎备。卒闲喜夜歌，将老贪春睡。自此为太平，恍逾三十岁。戎昊乘我闲，南驰贺兰骑。阳关久夜开，枢朽不可闭。阵云起秦雍，杀气横泾渭。使臣股栗奏，宰相瞋目议。佥曰亟发兵，竖子坑甚易。仓皇筑边垒，未战力先瘁。逼迫开库兵，土蚀锋芒锐。防秋采旧屯，推毂谋新寄。旧屯老且死，少者无实艺。良由不训练，手足迷击刺。新寄良家子，从小生富贵。《六韬》未曾读，口但知肉味。师复从中御，进退由阍寺。权轻号令冗，两战无遗类。曹公弃七军，晋人获三帅。吾兵自此丧，有诏新其制。此器不预设，一旦何从致！朝廷急郡县，郡县急官吏。官吏无他术，下责蚩蚩辈。耕牛拔筋角，飞鸟秃翎翅。斡截会稽空，铁烹堇山碎。供亿稍后期，鞭朴异他罪。」读此一段，知堪拊膺者，不独高、张、方、王之事，令人不胜杜牧《阿房》之哀。

「新寄」二字杜撰。

李觏《哀老妇》：「里中一老妇，行行泣路隅。自悼未亡人，暮年从二夫。寡时十八九，嫁时六十余。昔日遗腹儿，今兹垂白须。子岂不欲养，母岂不怀居？徭役及下户，财尽无所输。异籍幸可免，嫁母乃良图。牵车送出门，急若盗贼驱。儿孙孙有妇，大小且攀呼。回头与永诀，欲死无刑诛。我时闻此言，为之长叹吁。天民固有穷，鳏寡实其徒。仁政先四者，著在孟轲书。吾君务复古，旦旦师黄虞。赦书求节妇，许与旌门庐。嚣尔愚妇人，岂曰礼所拘。蓬茨四十年，不知形影孤。州县莫能察，诏旨成徒虚。而况赋役闲，群小所同趋。奸欺至骨髓，公利未锱铢。良田岁岁卖，存者惟莱污。

兄弟欲离散，母子因变渝。天地岂非仁，曾不容尔躯。嗟嗟孝治主，早晚能闻诸？吾言又无位，反袂空涟如。」按泰伯，希文门下士也。篇中所言，绝似元丰、熙宁间事，岂垂老见之，不禁哀悼耶？此暨陶弼《兵器》诗，俱可备古今鉴戒，不当以宋诗忽之。

此诗稍可成诵。

读临川诗，常令人寻绎于语言之外，当其绝诣，实自可兴可观，不惟于古人无愧而已。吾尝谓此不当以文恕其人，亦不当以人弃其文，特推为宋诗中第一。其最妙者在乐府、五言古，七言律次之，七言古又次之，五言律稍厌安排，七言律，尤嫌气盛[一九]，然佳篇亦时在也。

所举诸作，无一佳者，不知其「绝诣」何在。

王珪「六鳌」、「双凤」，词诚巨丽，然尚不及唐人早期应制。惟宫词多佳者，然亦工于铺叙耳，求如子云之劝百而讽一，亦未易言也。

「昔闻海上有仙山，烟锁楼台日月闲。花似玉容长不老，只应春日胜人间。」此岐公立春进温成阁帖子，时温成已薨，有旨并进如生时。薨后进词，极准体贴，立意稍近，即似挽诗矣。此作玲珑活脱，真有水月镜花之妙。置之唐绝，岂可复辨，乃贺竟不之及，何耶？

郑獬《采凫茨》曰：「朝携一筐出，暮携一筐归。十指欲流血，且急眼前饥。官仓岂无粟，粒粒藏珠玑。一粒不出仓，仓中群鼠肥。」妙得风谣之道，当与贡父《漕舟》诗同备采风。

此诗骚骚《三百》之遗，使宋人所作皆如此，何遽让美于唐贤耶？

诗至庆历后，惟畏俚俗。文与可独能修饰，不为乱头粗服之容。

与可诗文名《丹渊集》，诗殊平平，文特奇崛，可与唐皇甫湜并驱。宋人乃不甚称之，非特为画所掩，亦以当时欧、苏主盟，文尚平易，奇崛一种遂无复置喙耳。

苏辙《杂诗》「苍然涧下松，不愿世雕刻。斧斤百夫手，牵挽千牛刀。斫成华屋柱，加以缀衣饰。人心喜相贺，松心终自惜。」苍浑沉深，即列之唐人中亦铮铮者。

「缀衣」字出《尚书·顾命》，宋人使事如此，往往因一二字碍其全篇。论诗者固不得轻放过也。

《上元》诗：「荒城熠耀相明灭，野水芙蓉乱白莲。」萤与莲皆非岁首所有，岂筠州风气不正与中土异耶？

「熠耀」、「芙蓉」，疑皆灯类。

读黄豫章诗，当取其清空平易者。其诗病在好奇，又喜使事，究其所得，实不如杨、刘。

黄极意学杜，然「月黑虎夔藩」，「狸奴将数子」，误会杜句为己诗料，宜其仅得少陵之皮毛也。

渔隐曰：「东坡云：『黄鲁直诗文如蝤蛑江珧柱，韵格高绝，盘飧尽废。然不可多食，多食则发风动气。』山谷云：『盖有文章妙一世，而诗句不逮古人者』，指东坡而言也。二公文章，自今视之，世自有公论，岂至各如前言，盖一时争名之词耳。俗人便以为诚然，遂为讥议，所谓『蚍蜉撼大树，可笑不自量』者耶？」余意二公之言皆为至论，非为争名，终不自掩厥失者，所谓「睫无内见之明」也。坡诗苦于太尽，常有才大难降，笔走不守之恨。鲁直颇能开辟，如虬髯客耻自从龙，要亦倔强海外耳。至渔隐所言，如盲师论南泉公案，谓特作斩猫势。

二公互相评论，真正相知之言，不阿所好者，谓为「争名」，犹是隔壁话。

宋诗虽不及唐，才情原自不乏。南渡前，但非宛陵、豫章二派，即多可喜。如刘跂《题半隐堂》曰：「一堂图籍自陶冶，三径萧兰俱岁华。定非平思许侯宅，会是仲长公理家。端居雅不烦屏当，佳设颇常成咄嗟。惟我闲身数来往，徽弦一泛即生涯〔二〇〕。」韦冠之《寄荆南故人》曰：「余生自拼一虚舟，未害寻诗慰客愁。梅欲飘零犹酝籍，柳才依约已风流。关心弟妹无黄犬，入梦江湖有白鸥。别后故人相念否？东风应倚仲宣楼。」如此二诗，亦甚风致也。

有何风致？

茶山天性粗劣，又复崇尚豫章，粗鄙矫揉，备得诸公之恶境而揣摩之，以为道在是矣，故盈卷皆啅噪之音。其集中，惟《癸未八月十四至十六夜月色皆佳》一篇可观，如「明时谅费银河洗，缺处应须玉斧修」，警句也。

此联似西昆。

范浚《偶作》曰：「晏食聊当肉，缓步聊当车。时饮一杯酒，历观千载书。正尔良独难，亦复将何须？」此君诗不多见，观此胸襟，殊非碌碌者。

「正尔」二句如喑丐摇铃，虽口中大声唱叫，不解所说何语。山谷之「且然聊尔耳，得也自知之」，吾不能不憾始作俑者。

诗虽不宜苟作，然必字字牵入道理，则诗道之厄也。吾选晦翁诗，惟取多兴趣者。

胡澹庵尝以诗人荐朱子于朝，朱大憾其不知己，戒不复作诗。余谓澹庵虽不知朱子，却知诗，盖紫阳诗实胜当时诸人也。

杨诚斋生平论诗最多，读其集则涉粗豪一路。其《送邱宗卿帅蜀》最传：「谕蜀宣威百万兵，不须号令自精明。酒挥勃律天西碗，鼓卧蓬婆雪外城。二月海棠倾国色，五更杜宇说乡情。少陵山谷千年恨〔二〕，不遇丘迟眼为青。」「倾国」二字素联，此却作虚字用，李延年后再见也。「杜宇」句尤极弄姿之妙。二句正蜀中花鸟，不惟精切，兼有风致。次联亦巨丽，固是杰作。

此联若绳以诗律，则「倾国」是联字，「乡情」是联字，是谓对而不对，犯诗家大病。然作者本意正是以「国色」对「乡情」，依此读去，则「国色」如何「倾」得？不几令人喷饭耶！此翻赏其作虚字用，则评者之愦愦更可笑也。

永嘉四灵，赵紫芝最为佼佼。如《示友》：「中夜清寒入缊袍，一杯山茗当香醪。禽翻竹叶霜初下，人立梅花月正高。无欲自然心似水，有营何止事如毛。春来拟约萧闲伴，同上天台看海潮。」第二联神骨俱清，可谓脱西江尘土气殆尽。

亦只下句工。

徐照《瀑布》诗，素号振拔，如「千年流不尽，六月地常寒」，无愧作者。

「千年流不尽」，凡水皆可说。「六月地常寒」，似深山古寺中语。

校注

〔一〕白里　原作「百里」，据《全唐诗》改。

〔二〕情　原作「意」，据《全唐诗》改。

〔三〕能　原作「胜」，据《全唐诗》改。

〔四〕耽　原作「嗜」，据《全唐诗》改。

〔五〕《全唐诗》题作《平淮夷雅二篇》，即《皇武命丞相度董师集大功也》和《方城命愬守也卒入蔡得其大丑以平淮右》。

〔六〕「相思」二句　是卢仝《有所思》诗句。胡应麟《诗薮》作刘瑗诗，非是。

〔七〕麋　原作「麑」，据《全唐诗》改。「山村」，原作「山林」，据《全唐诗》改。

〔八〕诗题原作《金山寺》，据《全唐诗》改。

〔九〕诗题原作《北固山下》，据《全唐诗》改。

〔一〇〕天阶　原作「天街」，据《全唐诗》改。

〔一一〕少俟　原作「小俟」，据《全唐诗》改。

〔一二〕人　原脱，据《全唐诗》刘沧《寄远》补。

〔一三〕五胜　原作「五滕」，据《全唐诗》改。

〔一四〕华　原作「多」，据《元献遗文》改。

［一五］漏　贺作「寿」，黄改作「漏」。以「漏」为是。「琼树」，原作「玉树」，据《西昆酬唱集》改。
［一六］过　黄生改作「色」。
［一七］前篇　原作「前章」，据《石林诗话》、《苕溪渔隐丛话》改。
［一八］阊门　原作「阊门」，据《宛陵集》改。
［一九］七言律　贺裳原作「七言绝」。
［二〇］徽弦　原作「微弦」，据《宋文鉴》改。
［二一］千年恨　原作「一年恨」，据《诚斋集》改。

泾川诗话

〔清〕赵知希 撰
朱普明 点校

泾川诗话目录

前　言

《泾川诗话》的作者赵知希。据《泾县志》记载，知希字太音，号环石，皖泾县人，康熙庚子（一七二〇）举人，入仕之初，官山东馆陶县令。在馆陶时，连年水灾，他关心民众疾苦，力请上官停止征税，并借粮赈济灾民。后调江西奉新，任县令九年。这期间，他不畏权势，革除时弊，执法严明，奖掖后进，使当地风俗为之一变。乾隆庚申（一七四〇）调往贵溪，奉新百姓举城出动，集于道路，热情相送。在贵溪时间不长，即转任直隶晋州知州。到任不久即以忧归。居家时，与亲故情笃，体恤百姓。其诗取材中、晚唐，出入宋、元，擅长近体，七绝尤妙。并善草书。年六十八卒。所著有《环石斋古今诗》八卷，《集李昌谷诗七律》一卷，《泾川诗话》三卷。

《泾川诗话》被收入《泾川丛书》，商务印书馆又据《泾川丛书》本收入《丛书集成初编》。此次整理即以《泾川丛书》本为底本。

《泾川诗话》分上、中、下三卷。卷上主要是记载明末至清初「南社」（即「复社」）成员赵维生（知希曾祖）、万道吉（曾为南社主盟）、万道瑞、沈寿民等人互相交往的诗篇和诗人轶事，以及赵崈礼与著名诗人施闰章等人的交往与酬唱。其中不少诗篇展示出明末清初泾县一带「南社」成员的文士风采：他们慷慨激昂，感叹时事，有「奇硕磊落之抱」，「渊懿浑灏之气」，明亡后，他们隐居乡里，遨游山水，互相唱和，吟诗作画。这些轶事的记载和诗句的收集，无疑给「南社」的研究提供了宝贵资料。

卷中主要是泾人诗篇的辑录。这些诗多从郑汉林所编《乐府》精选而来，另附有知希本人诗作和他从民间搜集的竹枝小词若干首。这些民谣、乐府、竹枝小词载述了泾县地区各朝各代历史文化古迹。其中有「东南杀气横霜秋」、「忠臣血溅长江水」这样歌颂桓彝等历史人物的豪壮诗篇，又有「夜来流得一潭星」、「出林清磬一声遥」这样描绘自然山水的清词丽句。由于唐代大诗人李白曾在泾县桃花潭写过《赠汪伦》这首名诗，故泾县诗人们写的咏桃花潭诗尽都引以为故实，由此可见李白此诗在当地产生的深远影响。特别是对泾县当时百姓养蚕、卖米、读书、造纸等真实生活图景的描绘，如「蚕眠已起替蚕忙，小妇梳头大妇桑。最是老姑侵早起，喃喃催逼炊黄粱」，「碧色银丝雪样堆，犹胜湖州清水线」，「落日潭头多欸乃，篙师争上卖粮船」等等。乡土气息非常浓郁，耐人寻味。在卷中，已往的历史烟云，如画的名山胜水，鲜活的日常生活，三者融汇一体，构成一幅多姿多采、情趣盎然的泾县历史、风情画。这些内涵丰富的歌谣、诗篇，对于研究泾县地区社会生活极有助益。

卷下收录赵知希与当时友人周苍泉、鲁亮侪、翟非熊、翟及三、胡凌九、叶存叔及四弟云翔、廿一弟然乙等泾县文士酬唱赠答、抒情言志之作多篇，并记载了一些诗人轶事。其中一些诗，或叙别绪离情，或悼英年早逝，或叹民生疾苦，或赏中秋月明，大多情意深挚，诗味隽永。

《泾川诗话》中理论性文字甚少，偶有评论，也是只语片言。但从其辑录的诗作和评语中，多少还是可以窥见作者的审美旨趣和诗学观点。归纳起来主要有以下三点：

其一，知希欣赏表现性情之正的刚健清新的诗作，包括歌颂忠臣义士的气势雄壮的诗篇，包括反映民生疾苦、感叹个人际遇的格调沉郁的诗篇，也包括竹枝词之类表现日常生活的叙事、抒情小诗。他对乐府诗尤其喜爱，认为郑汉林辑的乐府诗，是「非信勿传，有美与刺」，「潜德之幽光既彰，里巷之感发尤切」，将其辑录成书，可以「借有韵之文章，备一邑之典故」。这表明他很看重诗的地方特色、认识作用和揭示「潜德」的功能。

其二，知希认为作诗须有才气与生活。他在《泾川诗话》中屡次提到才气问题，如「周苍泉以拔俗之才，盖世之气……以诗自豪」，「存叔天怀磊落，敏异绝人」，「翟君伯海，孤洁之性，宏放之才」。同时他又看重富有生活实感的诗作，在论及胡凌九「迸火出奔蹄」这句诗时，他说「非履其地，不知其妙」。又道：「俞兰野抡文以事赴郡，道述所见，而作诗曰《鱼脱网》，深得杜陵、乐天新乐府之意。」正因他既注重性情之正，又注重才气与生活，故其选诗和评诗颇为恰当。

其三，知希论诗崇尚唐音，欣赏有「味外味」的诗作。他称赞章夔九的诗「每有事外远致」，其《赋落花》诗的五六两句「颇得味外味」。又称赞查石门的诗「情致缠绵，不愧唐音矣」，胡凌九五言「壮丽雄浑，真得盛唐气韵」，翟及三五、七言诗「深得中、晚之意」。在他看来，唐诗并非高不可攀，认为胡凌九、叶存叔的某些诗句「直追工部」、「其诸少陵之史诗与」！但他又并不贬低宋诗，如说沈硕来「诗入中、晚，于宋尤近放翁」，对于这类「于宋尤近放翁」的诗作，他同样赞之为「隽永有味」。同那些一味宗唐贬宋或只宗盛唐而贬斥中、晚的诗论家相比，知希的见解显然更为通达，也更为公允。

纵观《泾川诗话》，内容丰富，条理清晰，收录篇目博而不芜，评论诗歌要言不繁，不愧是安徽清代诗话中一本别具特色的佳作。就其记载的文人生活、诗歌创作和风土人情而言，可谓泾县一带重要的文化典籍，具有较高的史料价值。至于书中把农民起义领袖李自成等人诬为贼寇，这显然是作者的阶级局限性所致，是必须予以辩明的。

在此次整理过程中，除了点校外，对于书中提到的人物，我们在「校注」中尽量作了一些介绍。但限于水平，难免还有疏漏或错误之处，恳切希望专家和读者给予指正。

点校者

一九九三年九月

泾川诗话卷上

吾泾有明前辈，究心理学，多不专以诗名。自王岩潭廷干与吴中皇甫兄弟唱和，颇有所兴起。万历间，里人张东山应泰取唐许文化以下至于同时诸君子诗，纂为《里音》。而本朝侯晋水世漼来莅吾泾，取《里音》而广之，续之为《赏音》。于是千有余年之诗，备于此册，徐昆山开禧为之序。书成，晋水作诗以纪其盛。词云：「为吏每苦拙，日怀山水盟。抚兹卷帙存，披寻适所性。鸡坛恣笔战，白也称敌劲。古人犹未远，同堂可考证。好音集泮林，志欲化其獍。五斗绊此身，汗焉愧陶令。猷州人物好，大雅如可并。精者撷其奥，糟者亦与迸。心理足默运，谁谓年代更。东山称物望，简编留氏姓。奎文集川西，乐群应有庆。凭仰毛葩传，卜言实勷盛。」

万道瑞《〈西源诗草〉翟佑著序》云〔一〕：「四十年前，泾上专诗者仅数家。老干如赵君叔厚崇礼，秾丽如王君云从云龙，仝声以风骚自命；后得翟君伯海尚忠，孤洁之性，宏放之才；又后得查君子美懿，秀色逸情，从《选》得力；又胡君伯承世及遗余新吟，而知髦年老宿，手揽宗风，信一邑之冠冕。今十年之内，五君子者后先物故。犹幸邻友有椒行翟文蕃、仲则翟尚孝，家庭有伯兄平山万应隆、从叔右文万斌，相与倡予和尔。订旧哦新，差不寂寞耳。」道瑞名麟，所著有《松虬诗草》。自明季及国初以来，吾泾诗人，颇萃于此《序》所云矣。

余曾祖维生公〔二〕，当明季时，与同邑万道吉〔三〕、宣城沈眉生寿民及家雪度初浣等〔四〕，倡为「南社」，后合于吴为「应社」，又谓之「复社」。以制艺为同社所推，而诗、古文尤不懈而及于古，今所传有《畝阁诗草》。晋水侯公《序》曰：「泾之赵，大宗也。其先有朴庵、旋夫、湛泉、行吾、中宇、以德诸公，而董五城、左东井、王岩潭、张东山诸前辈，又其地所产也。一代人文之乡，流风余韵，犹有存者。泾虽僻邑，殊多名迹，如水西幕山之奇，承流琴溪之胜。维生携同人而赓和之，奚囊所积，遂以盈帙。大都命景抽灵，匠心轨哲；抒奇硕磊落之抱，而调以渊懿浑灏之气。翩翩超先达而上之，盖深有得于性情之正者。」观晋水之论，足以知所诣矣。

万道吉与先维生公交最笃，尝为作诗文合序云：「予交天下士甚侈〔五〕，所谓固之以盟誓、重之以婚姻者，宣城沈眉生、同邑赵维生而已矣。」维生公别墅在城东，地名甄塘；而万所居，眉生榜其门曰「世夫子里」。万巨为道吉之祖，李白尝称之为万夫子，故云。天都邵漆夫晃投以诗云：「我家天都峰，僻居罔与比。小筑澜香亭，雅闻足音喜。一旦良朋会，同志俱鹊起。始因扶风豪，获睹连城美。今来泾城东，雪山追屐齿。徙倚甄塘间，脉脉一水里。同访玉屏园，遥瞻夫子里。如何素心人，天涯隔尺咫。」

南社初起，万道吉尝为主盟。甲乙以后，道吉居山尚数十年，有先后遥祭夏彝仲、陈卧子、吴日生、黄蕴生、侯几道诸诗。其《七十初度》一律，伤知交之零落，感时事之盛衰，盖老而见道，自悔自喜，真不朽之名言也。诗云：「忆昔清高妄自尊，公卿折节徇虚论。晚知此道能亡国，何敢今时尚署门。齐毂自然辞暮市，鲁戈曷久驻朝暾。平心检点盈亏事，莫说当年八恺元。」

道吉以古文崛起，为同社所宗，而其弟道瑞麟诗特蕴藉，过于其兄。贵池刘伯宗城尝曰：「道瑞高邈冲融，比诸乃兄，亦犹惠连之与灵运。」邵漆夫亦云「当时四海一子由」，可以举语。然道瑞豪迈自喜，意盖不仅欲以诗文名，观其拟古数章，可以知其志矣。一章云：「客有万里行，相逢下车揖。笑谈无俗姿，奄然长大息。拊髀为予言，挟策诣燕北。上多媢嫉臣，下多纵横贼。时沈眉生被征。」二章云：「每悲夙昔人，慷慨持所愿。揽辔矢澄清，枕戈以待旦。谁当长伏枥，所志委秋蔓。功名曷足道，独此民涂炭。」其四章云：「白日蔽江云，忧来不可待。驾言清河涘，我马亦已痗。秋水淡芙蓉，美人阻中汇。仰见黄鹄飞，飞去寻江海。」其六章云：「乘鹥驷玉虬，呼吸三千丈。濯缨弱水中，倚剑若木上。何以调渴饥？琼树有瀣沆。摄气得还元，冲漠游至广。」浦上徐道洁濯云「次第读之，可以言骚。」非虚论也。

道瑞五言有：「小桥临浅濑，流水伴孤村。瀹云封半榻，移月怯孤峰。」七言有：「唱彻渔歌深极浦，敲残梵磬到前洲。浊酒掩关天下事，素书支屋古人心。」并清远有致。盖老而闭门，无复少时之豪气矣。

秀水高寓公，宰泾有惠泽，后其子佑釲字念祖来泾，桐城方尔止文赠以诗〔六八〕，兼呈万道吉二〔六九〕。「岁暮风雪寒，高生来自越。假馆青溪傍，栖迟未旬月。又欲溯大江，孤帆待明发。言过牛渚西，桃花潭始歇。先公昔为宰，恩泽沁人骨。至今四贤祠，俎豆犹馨飶。君往拜其下，仰首瞻崇碣。父老皆来观，进酒供肴核。新令荀贤者，感动念存殁。分金润行李，谅不忍轻〔七〇〕。况君富才藻，逸气凌溟渤。雅游在山水，匪直事干谒。旧交有万叟，岩居采薇蕨。冒雪寻访之，松窗燔榾柮。为我寄相思，数年音问缺。」按寓公当祀于泾，今入名宦。但泾无所谓四贤祠，恐属传闻之误。姑识于此，以俟知者。

张载述为诸生时〔七〕，以布衣而慨然有忧天下之志。尝累上当事书，皆不果用。其叔张一雏赠之以诗云：「阳九适兹遘，时势如鼎沸。皇天降欃枪，罹毒遍苍赤。杀戮何惨凄，枕藉江以北。楚卫半陷吞，豫章行告急。警报下江南，旄倪窜山谷。当事豫征输，闾阎罄膏血。吁嗟南丰者，苛政猛于贼。罔念帝室忧，日夜恣掊克。爪牙横乡隅，鸡犬无宁息。吾子怀肮脏，伏剑走京邑。缅缅数千言，雷奔与电掣。三上司马门，启读咸辟易。九阍万里遥，谁为达君侧。空负洛阳才，痛哭亦奚益。浩叹吐虹光，怒成奋鲸鬣。老夫卧山中，闻之发髭立，历览古史传，英雄几埋没。左车计若就，淮阴胡由入。徐洪言若听，李密胡由灭。成败本之天，缘会有时合。嘱子且藏锋，囊锥自见末。子今复遨游，令我肝胆裂。鸾风日以远，狐狸肆妖孽。努力请缨去，复笞中行说。集蓼甘多难，持满终虞缺。所以大任人，在险表奇节。书此布区区，临书泪哽咽。春风来好音，慰我婆心切。」载述后间关入闽，为给事中，以阻孙可望封，被杀。

杨于陵夺情视师，宣城沈征君寿民三上疏争之，不报，乃拂衣归。万道吉为之颜其所居曰「世争夺情沈家」。盖以沈之先殿撰君典先生尝争张江陵夺情事也。鼎革后，征君不复出山。余族伯溪叔公崇礼赠以诗云〔八〕：「轩后山中日似年，自堪高枕与耕田。薜萝犹是秦人服，苔藓全封圯叟编。林听杜鹏时下拜，海嵯精卫竟难填。五松小隐还嫌浅，欲拟从君卧古烟。」五松水西禅院，溪叔公常寓处也。

溪叔公书法入二王室，四方以绢素请者无虚日。偶临池自嘲云：「垂白空操笔似椽，谁将珠琲换云烟。饶君纵得眉山价，也要迟留五百年。」「年年岁岁浪涂鸦，户屦如云铁叶斜。莫笑鹅羊都寂寞，有时瓜葡尽盈车。」

沈征君入金华山十余年，溧阳相国陈名夏欲荐之，专使奉书，征君不启封而还之。先维生公有《过沈氏山庄诗》云：「冥鸿不受慕，宛在水云间。孤性尝怜鹤，清光独占山。道由涧曲尽，门为燕泥关。晤梦此中足，青松未改颜。」谓此事也。

万道吉云：「维生嗜棋，笔墨余闲，即召其所昵，手谈竟日。」然先维生公口占云：「破蓑不耐寒，败叶聊相补。闭户敲残枰，茫然忘旧谱。」聊寓意于此耳，非嗜也。

溪叔公所居，名「文燕斋」，自负法书入于逸品，而不肯以诗名。一日施愚山司寇来访〔九〕，喜而有赋，得句云「穷巷应门无稚子，华裙织翠过昌黎」。施大咨赏，以为不减剑南。又好写兰，尝乱作荆榛丛莽，而数茎迥出，见者谓有仙气。自题其上云「道人偶写棘中兰，美慝无嫌信笔删。曾读龙门司马史，老庄何碍合申韩」。

胡伯承世及有《题蕉道人溪叔公别号画兰诗》云〔一〇〕：「脱然生灭外，虚谈自成阴。秋风莫敢折，立意一何深。坐卧于其下，时见故人心。」诗意亦清远可爱。伯承为休宁广文之官日，溪叔公送之以诗云：「清咏遍留黄白岳，闲宫偏惬墨茶乡。」林乾维柱为之击节。

林乾维，闽人，流寓于泾，善画山水兰竹，并楚楚有致，尤工画石。溪叔公题诗云：「林子青鞋四海终，云烟长是伴孤鸿。秋来忽动关山思，五岳先移一室中。」「瘦骨曾餐浩劫烟，一丘萝薜卧萧然。点头若问何年事，却在生公未说先。」后林归，送之以诗，有「残阳横马影，孤笈冷秋声」之句。林笑曰：「子常谓予画中有诗，若此，则真诗中有画矣。」

溪叔公善病，常闭门自摄而不废笔札。一日，胡伯承见过。见其倚床支几，作如箕大字，而吟咏成帙，甚都有怀。乃叹曰：「如此病，故足贵；然不节，则真气未免有动。」因为诗以箴曰：「孱躬日病肺，对子病良已。清谈娱我心，新诗自为体。取益在曹溪，神明日以起。秋气来虐人，使子亦伏几。一月卧蕉斋，梦寐达知己。今兹候颜色，楚楚清骨峙。不嫌扰君静，反谓见我喜。锐气帅精思，如以齐伐莒。嗟彼肉食者，无病安足拟。肠肥志不洁，逐逐如腥蚁。何当草元人，触病养妙理。颢气接混茫，悟中[illegible]真斐。竟读摄我神，烦嚣顿还里。秘此可乐饥，湘兰与沅芷。我愿子且闲，息虑率旷兕。自悔出阘余，引子芬满齿。相期冥诸道，元室虚可徙。渐近返自然，减知以益髓。敕断文字禅，挹彼西江水。浩然从吾初，一为了生死。」良朋之爱，情余于言矣。

侯晋水世淮《赏音》刻成，诗以纪盛。先维生公次其韵和之云：「山水由笔慧，乐结幽人盟。芳流泛余波，各自抒灵性。李杜昌雅先，汪许称后劲。东山搜百家，声响如呼证。微言忽中绝，残蠹如横獍。一筇谁相扶，墨雨洒循令。秀骨带霞氛，绝代英华并。博搜遍林渊，珠璧有兼进。方期古音嗣，渐觉今徽更。片字香青瑶，卿云生氏姓。岩壑佩奇光，莺花共志庆。抚函扣丝竹，渺致逼唐盛。」时属和者甚众，晋水惟首推是篇，以为非老手不办。

查石门懿宰于镡[一一]，有治声。镡州有庭柏一株，海刚峰手植[一二]。先生赋之，以志遗爱，云：「何年翠柏老庭中，手泽犹能记海公。自是鳞姿孤映日，更无霜干共摩空。晓钟月上流清影，古殿香来任好风。千载长垂堂下荫，爱留应不异巴东。」诗极沉雄可喜。又《南归别友》绝句云：「倦游喜发向南舟，及到帆开却转愁。南望乡山北望友，情同潮水去来流。」情致缠绵，不愧唐音矣。

翟伯海尚忠与万道瑞交最密，甲乙以后，足不逾户阈者十二年。偶闻道瑞在桃花渡口，乃一出见之。感而赋云：「半生痼疾是烟霞，不问迷津十载赊。偶为杜陵怀旧雨，漫从剡曲踏晴沙。江边鱼鸟怪吾在，路上儿童识面差。已似秦人隔时世，独怜无恙古桃花。」意曲语深，览者咸悲其志。

水西山桃花自三寺迤逦至泉清坑，四五里之间，一望如赤城霞起，山之下有洲曰中洲，环洲皆水。居人又竞以桃花植之，间以桑柳，红绿掩映，致为可观。郑樗斋过，曾为作记。施愚山自黄山归，遂过水西，作《桃花洲》诗云[一三]：「褰裳凌乱流，理策遵修渚。岩梅尚余花，溪桃红半吐。飞霞散平畴，锦浪生别浦。杂卉既婵媛，危亭亦森举。林壑见山寺，鸟喧作人语。昔来纷彦会，事往余榛莽。流目览众妍，登高当孤屿。抚物欢在兹，仙源复何许。」既乃访家溪叔公于文燕斋，出《黄游草》见示。复偕游水西，时桃花已落，复赋诗云：「渡口渔人路不迷，重来绿树一莺啼。风光好处伤心甚，目送斜阳下水西[一四]。」

梅瞿山清[一五]，朗三先生之族子也。偶来水西，见先维生公于畒阁，追述旧谊，为作《长松踞石图》，而题诗其上云：「最爱苍然老松树，岁寒偏放拂云梢。芳菲肯逐青春侣，只许梅花作素交。」今藏于家。

先维生公与梅郎三交最久，故梅瞿山清、耦长庚皆来修子侄之礼。二公皆善画松。时先伯作舟公讳济尚幼，追随屐齿，遂微得其妙，片楮尺纸，颇为四方所珍。晚年倦于题识，常命予作画松诗数十首，以待拂翰。青阳吴七云襄有赠句云「苍松浩浩挺千春，攻玉斋头挂壁新。今日扣关见颜色，不知是松还是人。」

吴七云襄尝书「世德流光」之额以赠先伯哲侯公讳澹〔一六〕，而作记曰：「余昔受经于泾之桃潭数年，获交其邑之贤者曰赵明经哲侯。赵固泾望族也，哲侯之尊翁钟越文学讳汝崐谨身立德，为乡里所尊敬。尝以文庙之崇圣祠圮废不治，毅然独任修葺具备。哲侯复承先绪，更新之，闳丽有加。余闻哲侯家居，孝友、睦姻、任恤诸美行不胜纪。纪其大者，以其功在圣门，且善继先志也。邑之人向慕世德，上其事，得附祀学宫。呜呼！乡先生没而祀于社，父若子皆与焉，荣矣！哲侯子三，长曰预，以人才荐，宰于浙。次曰青藜，拔入太学，壬子举京闱第三，文品绝高，主司任少宰香谷善知文，尝语余曰：『京兆之役，喜得此才。』季子曰希文，嗜学，为名诸生。赵氏世积善，锡羡于后人，其代兴不可量，而表扬懿美，固礼臣任焉，矧托在素交者，爰书『世德流光』之额以悬其廷。」七云微时，尝馆于翟村，与余老友翟非熊交最笃。故有「主人多雅癖，好客复好诗」之句，又有《游彩虹冈》诗云：「仰天呼太白，游后今无诗。有酒不能醉，江山空自奇。」语意尤嵚崎磊落也。

闺秀郑瑾娥，郑汝敏之女，能诗，嫁叶氏。其病中赠夫句云：「一行诗就几回愁，持赠萧郎仔细收。他日鸳鸯双舞处，罗帏可忆旧时俦。」施愚山先生极称之。瑾娥所著，有《女红余志》一编。其女伴有以荷花贮胆瓶中者，瑾娥索之，不允。寄之以诗，兼问其病，有云：「畴昔瓶中花，妙出君之手。侬心爱莫得，灯下回玩久。细较人与花，花与人俱瘦。偶尔动余思，持此为问候。花颜似旧无？君恙全愈否？」语尤委婉动人。

校注

［一］万道瑞　道吉之弟，博学工诗文，明末曾参加「复社」，著有《松虬集》。

［二］维生公　赵司直字维生，明末「复社」成员，与万道吉、沈寿民交厚，著有《畝阁集》。

［三］万道吉　万应隆字道吉，号三峰，明崇祯乙卯举人，与吴应箕、沈寿民等成立「南社」，即后来的「复社」，入清不仕，著有《三峰集》。

［四］沈寿民　字眉生，明末诸生，曾上疏劾杨嗣昌、熊文灿。后隐居讲学以终，有遗集及《闲道录》。《安徽通志稿》有传。

［五］侈　疑为「貉」字之误。

［六］方尔止　方文字尔止，号明农，桐城人，清顺治时隐居金陵，工诗，著有《嵞山集》。

［七］张载述　字又彭，明朝末年集兵抗清，曾向史可法上书陈足兵足食之计，任永历帝给事中，因阻孙可望向乙封，被杀。

［八］溪叔公　赵崇礼字溪叔，善书画，诗尤清雅。

［九］施愚山　施闰章（一六一八—一六八三）字尚白，号愚山，又号蠖斋，安徽宣城人，清顺治进士。历官刑部主事，山东学政等职。诗与山东莱阳人宋琬齐名，人称「南施北宋」，著有《学馀堂文集、诗集》、《蠖斋诗话》等。《清史稿》有传。

［一〇］胡伯承　胡世及字伯承，明万历戊午举人，就国子监丞。晚年隐居，为诗宗法盛唐。

［一一］查石门　查懿字子美，清顺治时宰大田，有治声。归田后盘桓石门，困溪间，饮酒赋诗，著有《石门集》。

［一二］海刚峰　海瑞（一五一四——一五八七）字汝贤，号刚峰，广东琼山人，明嘉靖举人，曾任南京吏部右侍郎等职，为官清廉。著有《海瑞集》。

［一三］《桃花洲》　《施愚山集》（黄山书社出版）题为《泾川桃园作》。

［一四］该诗题为《再游桃园花尽落矣》。首句「不」字，《施愚山集》作「未」。

［一五］梅瞿山　梅清，号瞿山，宣城人，顺治举人，长于诗文，尤善绘画，其《黄山图》极烟波变化之胜，为世所重。著有《瞿山诗略》。

［一六］哲侯公　赵濬字哲侯，康熙诸生，乐善好施，工于词章，以明经老。

泾川诗话卷中

郑子汉林相如以不世之才〔一〕，文坛主盟者三十余年，著作等身，脱稿纸贵。间尝于邑古迹，凡仕宦流寓、忠臣义士、幽人烈妇，取其可歌可咏者，稽之史册，征之碑记，编为《乐府》。诠注详晰，得若干篇，非信勿传。有美与刺，潜德之幽光既彰，里巷之感发尤切，厥功伟矣。余既属而和之，诸同人亦皆并有篇章。炜炜煌煌，登李西崖之堂，而济杨廉夫之戟，信巨观也。今各取其佳者，著于此录，而余之什亦于是附焉，亦庶几借有韵之文章，备一邑之典故云。

汉林《勇里战》云：「赤帝祚将终，群雄起角力。孙家狮儿谁争锋，来平江东讨山贼。丹阳伪守立屯府，大为山越附山坞。山城坞里鸣金鼓，一战擒之如缚虎。解卿缚，捉卿手，不忆神亭时，曾分胜与负。卿得我，未可量；我署卿，贼曹上。策马大笑归中营，勇里萧萧风云壮。」汉献帝建安三年，太史慈据泾县，孙策击擒之于勇里。

《桓岭屯军行》云：「典午彪将吼山头，东南杀气横霜秋。谁表陈师纠义旅，鹰鹯逐雀声啾啾。石硊转战军不胜，退据广德贼兵进。洒涕来屯泾溪东，凭险军容震复震。大江以南无坚城，有客好谋伪请成。丈夫无宁归视死，自誓肯与贼俱生？岭头一湾崎岖路，传道廷尉殉身处。年年溪上哑哑乌，只绕忠臣墓旁树。」晋桓彝为宣城内史，苏峻反，彝起兵赴难，遂屯泾县。峻将韩晃攻泾，神将俞纵战死。城陷，彝死之。

《石鼓山歌》云：「东黄岘，西白马，石鼓屹立两山下。山中人居不闻声，无声谁为鼓挝者？君不见陈仓石鼓《车攻》诗，周宣中兴史籀辞。西蜀震鼓四十里，茂先博识桐为鱼。有画有声人工为，何似此山此石天生形如鼙。冯唐岂爱水云乡，老去买宅山之旁，击鼓召宾宾皇皇。山上无宫花满树，后主不畏北兵渡，击鼓何为狎客赴。传说荒唐纪乘部，我信不信问石鼓。石鼓默默天不雨，青山绿水笑千古。」山在邑东，相传冯唐居此，击鼓集宾客。一云陈后主击鼓召宾客于此。

《安吴婴城谣》云：「贼臣仰射台城讧，南朝天子玉食空。风烟腾天天流虹，青丝白马儿，气焰何汹汹。宣州不服飞流矢，安吴城带泾川水。内史婴城抗其锋，贼帅来攻贼旗靡。贼旗靡，马上郎邀黄尘起。时移物换几千年，渡口谁家村树烟。守城遗垒成荒田，落星潭上苍狗眠，剑气犹压蓝山尖。」梁大宝初，宣城内史杨白华不附侯景，进据安吴。景遣于子悦等帅众攻之，不克。

《香心娘歌》云：「唐季起草窃，逆氛流宣歙。屼屼江淮冲，女子一腔血。寸铁当前甘就饴，骨毁身灰心不灭。心不灭，十里芬馥香如雪。同时长安伪妃嫔，果头败后俘金阙。九重怒责衣冠子，红颜不伏词喋喋。满廷臣贼浑闲事，君王莫问奴失节。金鱼朝官僵且哑，私怪彼妇何大黠。古今大义知者难，谁能独伸天地间。置身何等嗤人污，须眉巾帼两无颜。君不见泾之水，香心娘，清气吹不散，化作冰与霜。」梅氏五娘，洪胜可妻，黄巢贼兵逼梅，誓死不从，引刀自刺死，心香数日不断。邑人祠祀，号香心五娘。

胡彬仲承璘《台泉云龙歌》云[二]：「台山高，台泉清，天地开辟山有灵。龙为师，云为弟，讲学深柳文星聚。文星聚处三台光，列宿荧荧照庙廊。我来登山云门开，书屋无人长莓苔。蹲踞怪石吼人来，云龙隐现越观台。」明嘉靖间，许文穆国读书台泉山，一时从游俱登巍科为列卿，时称九讲士，其诵读处名「云龙书屋」。

翟尧仙偓《猷州刺史歌》云：「锦帆殿脚扬州乐，琼花观里杨花落。太原公子裼裘来，群雄次第尘氛廓。猷州刺史亦英雄，早识天命欣所托。妖氛一旦遍东南，独拒危城当锁钥。嗟尔小丑敢纷纷，转战丹阳鹳逐雀。功成拂衣朝天去，英名好配褒与鄂。」隋大业末，左难当据泾，六年降唐，授猷州刺史。七年辅公祏反，围猷州。难当婴城自守，会李大亮兵至，合击破之。

翟泉初涓《虞翻戍》云：「文台真英雄，伯符称人子。可怜吴王权，亦是豚犬耳。不为臣魏羞，却抱受谏耻。而使虞翻至于此。」虞翻仕吴为骑都尉，数犯颜谏诤，吴王不悦，坐徙丹阳泾县。

《遗民把钓吟》云：「五斗不折腰，一竿可避人。水西白云滩，滩上刘遗民。柴桑一官何足云，掀天贵富如过尘，赢得钓台高入云。」刘程之尝为柴桑令，后弃官钓鱼于水西白云滩上。

《桃潭送客行》云：「愿为潭上云，片片逐客舟。愿为潭中水，点点随舟流。汪伦不作万巨死，客不来兮我心忧。」李白客泾县，有「桃花潭水深千尺，不及汪伦送我情」之句。

廿一弟然乙《琴高曲》云[三]：「泾川城北琴溪峰，下有一洞开玲珑。道是琴高修炼处，丹成御鲤培天风。我来访古心忡忡，茫茫坠绪堙虚空。秦皇汉武误今古，至今海上夸瀛蓬。君不见琴溪之山茹可采，琴溪之水鲜可脍。箨龙争地上干霄，秋月春花胜事在。会凌绝顶啸云天，琐琐何须问药滓。」

琴高居泾北二十里山岩修炼，道成，控鲤上升。其所遗药滓化小鱼，每岁上巳，土人争取之。

《桓岭屯军行》云：「东汉声钟鼓，节义冠今古。澌灭兹气尽，当涂禅典午。清谈误我士大夫，执鄙吝者其谁乎？天心不随天运剥，内史桓公裨将俞。江东妖氛侵山城，内史力扫屯吾泾。命俞将军山头戍，于今山锡桓公名。呜呼一木支大厦，降贼多识时务者。男儿死耳甘同心，满腔剑血冬青下。将军如水公如源，春酒社鼓来荒村。贼已褫魄浩气存，连呼杀贼起陶温。」

《桃花潭送客行》云：「桃花潭上花如焚，潭外斜飞一片云。片云飞起不肯下，悠悠谁是汪伦者。踏歌古岸人无语，独泛扁舟送花雨。」

《水西讲学谣》云：「泾水之西讲堂开，一时学者轰如雷。入主出奴齐啧啧，扬波鼓浪姚江来。姚江之学金溪是，暗主禅宗排朱子。朱子早年亦入禅，特编《定论》淆真似。世上谁识一块金，改头换面阳明祀。吁嗟乎！儒释之辨纷茫茫，调停解惯中骑墙。忍使异学鸣荒唐，患同洪水流汪洋。狂澜手障百川东，紫阳千载人尊崇。如何一席谈经地，苔痕草色生凄风。」嘉靖间，建阳明祠，讲良知之学。钱德洪、王畿更迭往来，学士荐绅云集。天启初，邑人追祀朱子，改称朱王二先生祠，今存其名而已。

《台泉云龙歌》云：「台山石骨森岩峣，下澄活水涵波涛。幽人结宇山之椒，栽花种竹尘氛销。独立云门云飘飘，群龙飞起搅海潮，便兴阴雨生枯苗。我曾看龙龙飞高，杳不可攀天泬寥。箨龙冒雨抽新条，解衣穿云风潇潇。梦残午睡僧归寮，出林清磬一声遥。」

《多方怨》云：「四海分崩定于一，净卷残星开旭日。旭日初开光曈昽，不禁蜀犬无吠红。创业之主大度多，汉高不下鲁弦歌。我朝开基周家厚，旗分八阵诘群寇。大兵直压江东南，百姓有过宥之三。泾人亦念王师怒，敢幸新恩间旧故。明高皇帝养士深，独无遗泽留人心。儒衣儒冠孔弟子，为君为父计生死。新天子闻亦色喜，谓此遗黎应尔尔。尚其布告泾人士，与尔自新乐更始。盍归乎来静无哗，到今山水烂云霞。四时佳兴和风扇，优游不识多方怨。」国朝顺治二年，泾人迎旧令尹民兴据城抗王师。城破，民兴遁。教谕周泗，训导刘守中，诸生赵初浣、赵大中、张载达、赵崇雅等殉难死。

余《阳侯辞》云：「伏羲一画开天下，阳侯精纯如龙马。同时六佐郁庙谟，阳侯锡命掌江湖。阳侯死，死于水；灵不汨，水中起。滔天之怒不可拒，三江底定舜命禹。后来赤乌水过山，相传只剩三友屋。邑有三友坊，云赤乌二年之水，仅存三人。至今大雨积潦时，往往波涛满山谷。龙作臂，蛟作眸；鱼鳞鳞，从君游。村中伐鼓戴神头，神不来兮我心忧。伏羲时有陵阳国，《路史》：陵阳，山名，在宣州泾县。封侯曰阳侯，死于水为水神，所云「阳侯之波」是也。《论语摘辅象》：「伏羲六佐，阳侯主江湖。」

《楚王怨》云：「离离山上苗，倏忽移涧底。昔荫百尺条，今绕涧边水。男儿幸出帝王家，天生茅土供豪奢。寻常不饰犹簠簋，胡为远徙天之涯？辞天阙兮道路赊，涉河洛兮历淮沙，悲逐臣兮哀啼鸦，来至泾兮心如麻。君不见尺布缝，斗粟舂；泣煮豆，思剪桐；五百户，汤沐穷。山深谁识楚王宫。萧萧白杨生悲风。」汉明帝永平十三年，楚王英有罪，废徙泾县，赐汤沐邑五百户。十四年，英自杀，诏以诸侯礼葬于泾。

《石鼓山歌》云：「黄峴之西白马东，一盘石鼓悬当中。团团如镜郁清空，湾湾如月孕琳宫。周王用以刊《车攻》，刀鎚不受废芟硫。何年白鹄羁樊笼，茂先休伐蜀山桐。我访野说旋不同，譬诸小儿谈鸿蒙。或曰冯唐老龙钟，闲时击鼓召宾从；或曰后主宴臣工，后庭花里拷冬冬。茫茫千载无问处，惨淡兹山自今古。我来徜徉山之傍，独对空山击石鼓。」

《桃潭送客行》云：「谪仙人在云中走，一两句诗天边有。谁向云天推落来，汪伦十年藏美酒。请君来，花为君开三百里，泾川寻源直到碧山崖。侠骨香，酒一杯，无情桃片纷如雨，引君来又引君去。踏歌声，何时已，君行抱月还太虚，挥手一别千古矣。」

《六印加剑行》云：「观文柄蔚开天晓，奎野五星光皎皎。山中半夜读书人，挑断寒灯春梦巧。龙泉影逼斗牛寒，六印累累加剑镡。依稀记得神人意，几回珍重索公担。我闻文正荐十相，太宗御笔书屏上。只因锁钥重剑门，十人八入公且放。巍巍剑阁六度登，节钺西南君股肱。蜀人少壮与公习，咏歌沐浴思遗恩。呜呼！人生骨相由天造，黄阁未登身已老。蓦然记得梦中时，六印加剑公笑倒。」宋工部侍部凌策，少梦人以六印加剑上遗之。后治蜀凡六任。王旦病，荐十人代，惟策与李及未相。然亦皆为名臣。

《森翠楼》云：「我所思兮琴溪山，山中人兮挥朱弦。苍崖剥落苔鲜斑，树笼溪兮竹罩园。长桥逶迤宣州路，野阴无人太守渡。太守驱驰家国艰，山中闭户朝犹痦。指点森翠半沉吟，森翠中间定有人。此中有人号真隐，亭亭不染世间尘。吁嗟乎！士各有志不可强，挥笔题楼情怏怏，成仁取义从此往。山中人兮人不知，楼森森兮翠荡荡。」淳祐间，程炎子隐琴高台，文信国守宣州，引车过炎子，名其楼曰森翠。

《建康副使调》云：「爱莫知其恶，渐染由来久。一旦太阿授，天下看一手。巍巍乾纲政府收，凛凛冰山坚且厚。御史侧目飞霜毫，拟将白简褫其袍。当时不闻天子诏，微解平章笑里刀。笑里刀，机莫测，南台且向南中谪。向阳不改心似葵，触奸终见面如铁。平章大笑封刀来，建康取得首级回。忠臣血溅长江水，夜夜波涛鸣不已。」元台史洪文广刻平章桑哥擅权怙宠[四]，谪建康廉访副使，又三上书言朝廷得失，桑哥矫诏命赍首京师。

《辍讲弹》云：「朱明烈烈炁书幌，挥汗谈经情鞅掌。侍臣簇拥圣躬劳，暂请辍讲亦非罔。谔谔小臣执简争，辍讲或恐经筵停。直弹元老存姑息，弹者不怒傍人惊。我闻董公凛风节，坐镇江西尝锁孽。后来宁逆毒杀公，遂令章江浪染血。此事江志言之详，国史家乘两磨灭，愿以诗歌补残缺。」明董杰进士观政时，上疏论经筵暑月辍讲事，与冢宰王恕异，回邹智、汤鼐被诬[五]，忌者陷以朋党，并刻杰[六]，陷之，几不测。仍赖王公申救，获免。

《嚼齿叹》云：「闯贼之祸纵，献贼之祸横。纵者上倾天，横者下贼民。东南遍献迹，西蜀无完城。积尸峨眉巅，流血锦水滨。紫阳朱公誓守土，登城嚼齿肯首鼠。子死父、妻死夫、奴死主，阖门死节何其苦。君何苦，劲节义声迈千古。」朱仪为嘉定知州，张献忠陷蜀，城破不屈，阖门遇害。

汉林既倡为泾乐府，而同人又相与广其题为怀古七绝，互相属和。今摘其尤佳者于此，然乙《陈焦墓》云：「七日重生事已诬，如何得位应孙吴。汉家赤帝秦家白，误尽名流是谶图。」《晋书》吴永安四年，安吴陈焦死，七日复生，穿墓而出，此乌程侯皓承废故之家得位之祥也。

《秋霜阁》云：「冬月繁花夏月凉，芝兰臭味鲍鱼香。高人不作时宜想，落纸云烟笔有霜。」李白诗「五月思貂裘，为言秋霜落」。宋杨杰句云「谪仙诗为伤时作」。《义门》云：「层霄诏下事非夸，不数田门一树花。五世传来几昆弟，妇言勿听报官家。」唐太和六年，观察使沈传师奏泾县万晏五代同居，诏表其门。《儒门殉节》云：「东山炮落泮池焚，弟子先生死报恩。漫道广文官舍冷，几多热血溅黉门。」乙酉之役，泾教谕周泗，训导刘守中，诸生赵大中、赵初浣等数十人皆死之。《马头矶》云：「泉飞石立落净潺，碎洗苔痕竹泪斑。此地不投文吊屈，孝陵遥望紫金山。」鼎革初，徽金声俘至马头，门人江天乙劝之曰「一泓清水可爱」，声大声作色曰「大丈夫死当令天下见之」。

兄子一诚《神仙石》云：「一拳怪石碧萝傍，曾说神仙到睡乡。日暮行人谁驻足，劳劳车马往来忙。」神仙石在县北十里，上有仙人坐卧迹。

周苍泉虬《水西钟》云[七]：「水西钟打暗黄昏，十八声敲咽复吞。道是黄泉多黑路，为凭一声照归魂。」水西钟旧传异人所铸。俗有丧者，倩僧击之，言亡者闻钟路明也。僧人撞钟以十八为节。

郑汉林《黄沙岭》云：「一片黄沙万仞巅，苍崖古木旧山川。隋唐往迹今何在？落落荒村起暮烟。」「高空瑟瑟断云低，锁尽青峦碧水溪。此日临风怀往事，樵夫指点夕阳西。」「当年用武古猷州，破贼黄沙骨满丘。千载游人寻旧垒，青山无语水东流。」唐武德间，辅公祐反，舒州总管张镇周击公祐将陈当世于黄沙镇，大破之。

《夫人尖》云：「丹崖翠巘势重重，为问夫人占几峰。烈魄不随陵谷变，一轮明月照青松。」峰以香心夫人得名。《宗婆塔》云：「烟雨亭边景物多，鸟啼花落水横拖。只今古塔荒烟锁，无复宗婆带雨过。」旧志谓水西塔岁久若新，盖宗婆风雨时常来洗之。

吴子峻岭《赤乌水》云〔八〕：「赤乌二载水稽天，凿石谁人记岁年。我向湖山山顶望，苍苍烟雨暮相连。」湖山石壁旧传有篆刻「赤乌二年水至此」七字。

十弟景《杜预花井》云：「投花当日亦寻常，花井名留万古香。往事于今宁可问，居人万户酌清凉。」花井近城西，相传郭璞投花其中，故名。

翟泉初涓《钓隐亭》云：「曾传仙客垂纶处，卜筑何年占一湾。却怪严陵成底事，犹留名姓在人间。」亭在水东。《落马潭》云：「矢亡弦绝事何成，将军落马士吞声。潭光染得忠臣血，一洗腥风万古清。」桓彝落马于此，故名。

余《兰石》云：「不欺主将负朝廷，配食桓公国有经。兰石荒凉三尺冢，阿谁觅得晋人铭。」晋桓彝裨将俞纵守兰石，战死其地。《长史宅》云：「道傍德政叹如林，岘首山前泪独淋。果使作官遗爱在，岂能为盗便无心。」唐长史李孝俩殁后，家于泾。广德间，盗起，群盗戒不入其室。《落星潭》云：「踏歌声里复舟停，欲向巅崖小结亭。岂是谪仙担月去，夜来留得一潭星。」唐李白云：「泾溪蓝山下有落星潭，可以卜筑。」有奇何昌浩诗。《云中字》云：「书河书洛几人传，识得无人亦枉然。好借承流峰顶力，画成奇字上青天。」明万历二十七年，泾县云中见「硷疲赍野」四字，李贽《樵书》载此。又邑中有山名承流峰，形尖如笔，因谓之文笔峰。《阅边图》云：「九边谁倚作长城，万国呼来拜上卿。节钺如林看不见，依稀坛上是书生。」明萧彦以户科给事中奉命阅边檄外，绘图藏于家。《新城血》云：「血染孤城事莫非，新朝犹与表幽微。但将此志留天地，正气销成金带围。」明崇祯十三年，泾城新葺，有赤血涂城腰。乙酉之役，生员赵初浣等据城拒守，都督张天禄攻破之，初浣等皆死。今钦定《明史》备载其事。《香烟结》云：「城乌夜夜泣残痕，忍毒泾民尔独存。归作盂兰投五体，香烟结里认忠魂。」初，泾人谋拒守，生员赵大中等奉旧令尹民兴主兵。城将破，民兴遁。后奉佛追歼国殇[九]，于香烟中见死者赵大中坐于上，汗流浃背。民兴亦以浮屠终焉。

廿二弟云翔《五郎庙》云：「萧萧灵旗夜有光，英风不让左难当。如何青史群雄传，遗却当年石五郎。」隋末，石五郎佐汪华杀贼有功，居民为立庙勇溪口。《鲁家坪》云：「义胆忠肝不可诬，先生意岂在孙吴。峨冠伟貌如生日，入梦犹称汉大夫。」昔有人于此筑地得古坟，夜梦伟丈夫来曰：「汉大夫鲁肃也」，因名鲁家坪。《紫桃洞》云：「曾记当年射虎来，于今古洞砉然开。仙源不远难重到，惆怅云封洞口隈。」响山有猎者逐鹿，因得一洞。郑汉林名以「紫桃」，余以多病不能游，故云。《甄塘》云：「盈盈一水隔城闉，南国何缘赋感甄。可有凌波仙女到，月明罗袜步无尘。」甄塘在城小东门外，相传甄后生此，似未足信。《万村渡》云：「万村渡口趁轻风，千尺桃潭水自东。但有汪伦皆可住，何须更问主人翁。」万、翟尝争此渡，万曰「吾家古渡」，翟举李白诗曰「千尺乃万寸，非万村也」，万不胜。末二句，一云「万巨汪伦皆可住，何须争作主人翁」。《丁王庙》云：「大仙姑又小仙姑，洪尚书与马尚书。荒村社鼓神祠在，华表归来鹤有无。」庙在丁溪，祀丁令威。但泾何以祀令威？令威何以称王？又俚俗相传，令威有二女，曰大仙姑、小仙姑，有二婿曰洪尚书、马尚书，语多不经。

竹枝小诗，最难得音节入古，风味移人，使人咏其诗如历其地。余有《燕市竹枝》、《南昌竹枝》，而于本邑阙如，亦未了事也。然名流雅咏，往往不乏，姑撮其佳者于此。郑汉林云：「琴溪桥畔季春初，茅店人临绿水居。日暮儿童忙擘笋，呼娘和煮药渣鱼。」「西门溪水碧如油，涌石驱沙带箭流。落日平滩鸥鹭宿，高桅鳞集买粮舟。」泾山水最急。「年来湾沚买粮多，划子关梢载几何？只怕家乡连日霁，滩乾难上幕山河。」泾舟小曰划子，稍大曰关梢，山河水浅，故舟只宜小者。「芜湖锁巷泊罗匡，客上长街货未装，闻道家山溪涨发，急寻水手打新挐。」船大者曰罗匡，趁水大可行，遇滩不能独上，必众船协力，名曰打挐。

叶存叔居仁云〔一〇〕：「糊边削骨墨油浓，纤手争穿五色绒。制得云葩千百柄，连樯装卖趁江风。」泾善制雨伞。

周苍泉云：「琴溪竹笋味偏宜，正是药渣鱼上时。小样图书书往迹，两函相送慰相思。」土人多以笋及琴鱼为礼。「桑叶含芽尚未齐，绵包蚕子细如粞。怜渠春暖蠕蠕出，恼杀佳人五夜鸡。」「蚕眠已起替蚕忙，小妇梳头大妇桑。最是老姑侵早起，喃喃催逼炊黄粱。」「缫车初掉客南来，碧色银丝雪样堆。犹胜湖州清水线俗谓丝为线，土宜水色逞风裁。」泾俗宜蚕丝而美。「西门正向大河边，对面桃花弄晓烟。落日滩头多欸乃，篙师争上卖粮船。」泾水多险滩，不易上。「麦畦蔬圃上坊洲，竹叶桑麻浮复浮。衣饭贫家千百亩，山居空数橘千头。」居民以种地为利。

郑侣仲文熊云〔一一〕：「落星潭下水潆洄，小艇纷纷走马来。开遍护窠还洒网，雪花捞起是金鲐。」落花潭有鱼名雪花金鲐，土人垒石以断鱼路曰护窠。

郑云皋应鹤云：「溪边浣女暮秋天，砧杵声声响晚烟。瞥见行人斜理鬓，回头低唤小姑前。」「三家村里读书堂，听得书声气也扬。田舍多收三斛麦，不教儿辈断书香。」

又族人羽仲廷辉《感坑诗》云〔一二〕：「山里人家底事忙，纷纷运石叠新墙。沿溪纸碓无停息，一片春声撼夕阳。」泾人多以纸为生。胡凌九《放舟赤滩》诗云〔一三〕：「青篁弥望蔽山丘，千尺深沉泻绿油。小艇一篙无处着，自随洄洑下中流。」「曲如钩转直如弦，急箭危流送客船。却下滩门望山色，遥遥眉黛倚长天。」周苍泉《桃潭送客》诗云：「桃花潭水碧如油，荡漾轻风箭似流。千树垂杨萦两岸，也难绊住木兰舟。」皆深得《竹枝》之意。

泾水患为最大，老河旧经水西山过，今移啮城脚，百数十年矣。每遇淫潦，民有其鱼之恐，康熙间，当事者欲复其故道，役民开河，此诚一劳永逸之计。水西僧元理作《改河竹枝词》十首，颇佳。有云「乱砾层层莫漫愁，五丁曾易索金牛。会须俯看双丸浴，三寺旋生波底楼。」「碧湾将变酒家村，草屋重招白也魂。昨夜梦中闻欸乃，舳舻几只到山门。」「柿树滩头争酒网，遗民台上重垂纶。准期滚滚桃花水，沙尾沙头日数巡。」盖深喜之之词，然河竟不果成。

康熙戊子五月，大水入城，七月复大水。百姓困弊，胡凌九作诗伤之云：「岁运遭百六，天意厌行仁。遥雨奔浊流〔一四〕，溪壑荡无垠。潜蛟方窃发，洪涛倾城闉。廛市游鱼虾，稻粱杂蘩蘋。耕稼岂不劳，万宝空沉沦。吁嗟逃溺民，脱命唯一身。有如覆巢鸟，踘蹐栖荆榛。千钱易斗粟，何由忍朝昏？草根与木叶，吞嚼徒酸辛。强延旦夕命，终与死为邻。纵得来年熟，不救今年贫。我欲叫阊阖，坐回天地春。斧柯不在手，此情孰为陈？谁者司民牧，谈笑对吟呻！」慷慨激昂，其诸少陵之诗史与。

五十七年戊戌，复大水，居民湮没。水西纪村，罹害尤酷。有马氏者，人屋荡然无存。翌日水退，皆遇救得生，无一失者，亦异事也。释元理有纪事诗云：「水西桃花洲，茅檐六十户。而无一以存，人人皆上树。号呼官船来，悬丝命何护？马氏罹其殃，人屋东流付。三日各生还，一家骇相顾。人耶是鬼耶？团圞大惊怖。」

元理号觉文，喜与诸文士相接，吟咏无虚日。一日睡起，口占一绝云：「睡起松风理旧编，此心未老雪盈巅。闲吟花月三千首，虚费工夫四十年。」自是绝口不复作诗。

校注

[一]汉林　郑相如字汉林，中康熙庚子副榜，著有诗古文集数百卷。

[二]胡彬仲　胡承璘字彬仲，号璞园，雍正、乾隆年间当过龙门知县、盐运副使。

[三]然乙　赵青藜字然乙，号星阁生，乾隆元年会试第一，曾任浙江主试、江西道监察御史等职，著有文集、诗集以及《读左管窥》等。《安徽通志稿》有传。

[四]刻　据文意当为「劾」。

[五]回　疑为「会」之误。

[六]刻　据文意当为「劾」。

[七]周苍泉　周虬字苍泉，工诗古文辞，著有《仓皇诗草》。

[八]吴子峻　吴岭字子峻，康熙间举人。

[九]追歼　「歼」当作「忏」。

[一〇]叶存叔　叶居仁字存叔，号约斋，雍正元年进士，授云梦知县。

[一一]郑侣仲　郑文熊字侣仲，相如子，著有《白滩集》。

[一二]羽仲廷辉　赵廷辉字羽仲，康熙、雍正间以明经候选博，藏书万卷。著有《风玉堂集》。

[一三]胡凌九　胡蛟龄字凌九，雍正元年进士，历任知县、御史、山东主试等官职，著有《石门文集》、《起亭诗抄》。

[一四]遥　疑应作「淫」。

泾川诗话卷下

王荆公始为集句，《梦溪笔谈》亟称之。余不揣鄙陋，集昌谷诗为三十律，割截补缀，不足观也。而仓泉周子独好而为之序，其词则几于奴仆命骚矣。序曰：「自锦囊句杳，难工俶诡之章；昌谷风遥，谁识离奇之作。掣鲸鱼于碧海，浪掷波吞；缀翡翠于兰苕，花迎柳笑。天吴紫凤，叠颠倒以成奇；牛鬼蛇神，锁怪灵而取异。鞭箠乐府，沈约无颜；奴仆骚经，灵均失步。若夫长谣短句，绰有鸿篇；至于五音七言，曾无近体。聱牙佶曲，固如谈青子而回甜〔一〕；流丽温柔，何若舐崖霜而即味。要必集分绒而制锦，联断璧而成圆。句摘章调，叶宫商之雅响；鲸铿春丽，敷对偶之精工。始为艺苑奇观，方作词坛创格。然而玉楼赴召，呕来心血无多；白昼投闲，老去诗魂顿失。粉蠹仅遗四卷，绿章未满千篇，倘骨换形移，宁免拘牵之病；而桃僵李代，宁无捍格之情。故骚客难于伸笺，哲人因之束手。乃有浚仪俊士、天水王孙，吐白凤于胸中，振春华于笔底。深情似水，濯尘垢于沧浪；逸气如兰，探芬芳于幽谷。年年宋玉，只许悲秋；岁岁江郎，偏工赋恨。摘筌篌之小引，筵上高秋；哭辽海之寒涛，帘间晓月。是以梦奉礼于孤衾，接陇西以素纸，征奇集异，直如自立炉锤；剔崄抽艰，几若别成机轴。律分三十，偏多啧嚄之词；情有万千，大作凄凉之调。尔乃铜仙辞汉，铅水如波，玉虎牵丝，回肠似转。青天易老，鲁阳戈下难回；碧海无情，精卫填来不满。芙蓉宫畔，曾多失意之人；鸩鹊观头，尽是埋香之侣。奏清商于别殿，泪掩长蛾；发素月于长廊，愁添只凤。尔其绿波点黛，泛桂棹于苍梧；芳草含烟，驾青骢于紫陌。寄岭头之寒蕊，五夜怀人；折灞口之长条，三春赠远。至若井陉道塞，易水歌残，寒风多萧瑟之声，壮士有难还之候。白冠寄慨，望燕阙以含悲；古铁无芒，葬秦庭而抱怨。心寒发指，旷代如生；眦裂目张，千年有色。若其汉宫漏永，堪怜图画难售；魏阙春阑，深悼蒲塘晚写。拨琵琶而成别怨，泪洒炎尘；示衾枕而寄余思，情消黑夜。及其欲赋玉环而遣闷，实托飞燕以传声，同祸水之争流，前车不远；类龙漦之煽艳，取鉴非遥。骊岫汤边，会有高轩送至，曲江花下，曾经细马驮来。金鸡夜障，异相难穰；铁马宵鸣，妖星乍焰。嗟蛾眉之不保，叹鸾鬓之何存。骨葬寒郊，夜夜梨花冷去；香消古驿，年年麦饭浇残。阁道凄凉，山青水绿；云軿寂寞，花落鸟啼。似此不一之情，分题掇拾；难回之恨，逐句搜罗，顿成意外之安排，尽易前人之面目。然而空外传声，幻中奇想，移宫变徵，难泥畴昔之陈言；会意象形，当赖灵台之别解。仆半生濩落，早岁牢骚，纸上笺愁，不解河鱼之腹疾，毫端写怨，难回穷鸟之寒号。每成短曲而舒怀，常缀长歌以尝笑。乃同君结好，金石难渝；偕子言欢，始终不变。香炉茗碗，曾于雨后啼鹃；酒社诗坛，共向溪边盟鹭。集雄词以见示，呵壁问天；合奇句以相投，缚船骂鬼。算来千年少并，羡君无乃仙乎；对此百感交生，笑我实非达者。」苍泉名虬，一字沧潜，工诗善穷，竟不偶以死。余哭之有句云：「屈子才华千古泪，贾生事业一生心。手挥万贯甘贫死，山水于今遗好音。」所著有《药亭诗草》。

翟非熊赐履精拳勇[一]，善草书，所著《清阁诗草》，余同门友鲁亮侪之裕序之曰[二]：「非熊气高志傲，负兼人力，所日夕孳孳者，万人敌耳。向使非熊而早遇于时，率千壮士横行于乌斯、青海间，梨庭系颈之绩可奏也[四]，夫何至衣食奔走，白其首不得一逞，日啾啾焉伴候虫一吟而于牖下终也。」因忆余少壮时，与非熊、亮侪等同集于秦淮水阁，非熊于酒间自矜其技，而亮侪忽曰：「子殆无用人也。」同辈惊问之，亮侪曰：「非熊工诗古文而不能时文；精草书而不能小楷；善步战而不能马战，岂非无用人耶？」时非熊方饮，不觉杯落于席。明日，葛闻桥亮来闻之，赋一首以解嘲云：「学书学剑两无成，潦倒儒生气未驯。太息髀间新有肉，于今海宇净无尘。」后非熊有《寄亮侪诗》：「思极不知云，难忘勖我勤。」亦谓此也。今读此《序》，殆亦自悔其失言耶？

非熊又有《江上寄亮侪诗》云：「节换惊幽怨，离群独念兄。年华何处咏，木叶不同声。迢递书难寄，相将远道行。南中多异路，未问草堂名。」格律高古，在王、孟之间。非熊五言如「木叶洞庭下，芙蓉秋水清。」「霜清十月籁，烟薄万家楼。」「帆转随红叶，滩回走白沙。」「家贫如病叶，人老似秋天。」「空林孤宿鸟，冷月浸危楼。」「疏梦空阶破，深衷幽草分。」语尤隽永。

叶存叔幼有天才之目，尝读《诸葛忠武侯集》，感而赋诗，人竞美其三四奇警，余尤推赏结一语，以为可以直追工部。众或不然，然自当有知之者。诗曰：「赤伏灰寒不可支，鞠躬尽瘁更奚辞。老臣剑外崎岖日，孺子宫中醉梦时。蜀妇至今犹缟髻，晋宣终古不须眉。苍茫天地心何似？月冷霜飞诵《出师》。」

存叔天怀磊落，敏异绝人。尝有句云「读书自许眼光孤」，识者知其不为自誉。又《大雪和坡老韵》有云：「窗前压折几枝纤，静夜声声刁斗严。新竹支离酣阮籍，老松刻画丑无盐。螟蝗入土空成蛰，雕鹗虽寒不傍檐。自笑狂夫狂不了，携壶欲上玉山尖。」尤可想见其慷慨激昂，不同凡俗之致也。存叔五言如「每逢溪一曲，不尽绿千重。」「潮声京口渡，春色秣陵关。」七言如「掠眼浪掀千顷白，迎人山吐数螺青。」「远道惜归霜入鬓，寒更起舞月随人。」雄健清新，并臻其妙。

翟及三思晊读书幕山，余同宛陵张鼎若士铉访之。相逢一笑，遂成莫逆。余有句云：「开门客到处，深柳莺啼时。花落青苔径，人吟白雪诗。」盖纪其时与事也。鼎若亦能诗，后有《寄怀及三诗》云：「时忆读书处，青峰瞰碧溪。香台孤磬发，夏木乱莺啼。摊卷云阴净，敲吟月色低。幕山山下路，梦到不曾迷。」亦谓此耳。

及三岁暮将归，过余书屋，值天雪，留宿，同人集饮，赋「寒天留远客」之诗以赠其行。余得「留」字，云：「如此寒天色，行行且复留。朔风吹远客，别意惹三秋。细味尊中蚁，应怜江上鸥。他乡能有酒，莫管骕骦裘。」及三酬诗得「寒」字，云：「岁暮归心迫，真成握手难。已同十日饮，更永一朝欢。马蹴霜蹄蹴，辖投露井寒。其如游子意，雨雪路漫漫。」

及三五言如「日月愁中度，山川梦里过。」「砚墨和冰洗，炉香宿火然。」七言如「客中自是依人苦，世上谁如行路难。」「拙似我应贫到老，才如君笑老还贫。」「性拙原知高卧是，途穷始悔远游非。」「镜里新霜双鬓满，门前旧雨一官疏。」深得中晚之意。

周苍泉有《赠别翟及三诗》四绝甚佳，今录于此：「才喜新知忽路歧，残灯相对正堪悲。峰头落日联吟处，无限风流属阿谁？」「正值秋风落叶天，断肠人望别离船。西窗竹雨高吟夕，休忘禅灯对榻眠。」「文章冰雪怜君静，骨貌萧疏爱我狂。今日禅关分袂后，相思两地可同肠。」「为别华阳陶隐君，翠微深处把奇文。他年岭上留佳话，犹锁松窗数段云。」

苍泉以拔俗之才，盖世之气，困于绳尺，不青一衿。而好客纵酒，以诗自豪，极困穷而不悔，尝元旦独酌，赋诗自嘲，激昂慷慨。余次其韵，有云：「总是穷途休便哭，任他长恨不须歌。」又云「春风曾不厌寒庭，并与先生两眼青。」盖所以解之慰之，惧其以此竟夭其天年也。余宦情久淡，兼以高堂白发，自贵溪迁晋州，意不乐赴。友人胡凌九作诗相规，余感其意，为录于此。诗曰：「平生励名义，所要非阮仕。长揖谢公卿，肯为五斗米？凤翔失高梧，乃在荆之枳。江湖二十年，崎岖未云已。循资稍一迁，惜此天下士。颇闻自南来，攀辕啼赤子。素心终不渝，澄江濯寒水。明镜无倦辉，牛刀有长技。勉旃良吏心，侧耳新政美。勿谓宦不达，堂堂州刺史。勿谓年已迈，五十服官始。行矣卓鲁勋，三公将屈指。」凌九五言如「风高秋日瘦，云重暮天低。」「远烟冲日出，空翠拂天来。」七言如「坐久星河摇病眼，夜深风露湿霜髯。」「路入蕉心千转上，水流剑脊两崖分。」过大盘山。「山逼狼心烽火近，渠通鹳口水源清。」肃州道上。「江南岸绕山当槛，淮浦云低树接天。」平山堂。壮丽雄浑，真得盛唐气韵。又《拜郭林宗墓》云「碑自中郎传绝笔，人唯元礼是知音。」用事尤为细切。

凌九凉州道上得句云「迸火出奔蹄」，自谓非履其地，不知其妙。

诗人多穷，古言之矣，而吾泾尤甚。且以地居山僻，名不出于闾巷，而加以志高性傲，而无名公巨卿为之扬誉，有没没终世焉耳。廿一弟然乙用陶《贫士》韵作《邑中七贫士》诗以志其慨[五]。其所咏自汉林外，皆未能免于此。余故全录之，庶几后有知者。诗曰：「经生从古贵，一朝失所依。困龙猿獭笑，萤火争落晖。鸾皇铩羽翮，不及蓬蒿飞。茫茫海宇阔，骨傲无从归。刘伶日沉饮，陶潜时苦饥。摊书哭宿草，郑子动余悲。」郑应辰字天枢。「士何辞穷饿，周子本华轩。落拓鄙守虏，嗜好追梁园。雄文高壁垒，侠气生云烟。倚马万言赋，专家费极研。骨相长撼轲[六]，纵酒日放言。岂唯今之杰，抑亦古所贤。」周虬字苍潜。「昔我同门友，并坐鼓瑶琴。相娱无俗调，相叹无知音。古乐人不爱，颜乐谁共寻？仰瞻箕与斗，无簸亦无斟。翛然行吾介，不以易所钦。一别成永诀，至今难为心。」侄钟峻，字嵩及。「骥偏服盐车，珠不得离娄。零落南亭子，有唱莫与酬。覃精注虫鱼，鼎篆穷夏周。材大万牛重，道困八口忧。储何须担石，伏生老同俦。知君抱独契，归我肆冥求。」郑汉林讳相如，别号南亭。「仲方今老矣，与世曾无干。坐拥千卷书，如专百城官。壮心灰未尽，白发强加餐。加餐兼进酒，从春至岁寒。身困得道亨，心泰任凋颜。龙钟同我病，风雨倍相关。」再叔汝渠字仲方。「宅三真俊秀，而乃困蒿蓬。才自缘劳益，文固以穷工。汉皇嫌贾少，渤海任老龚。不作时贤想，长与古人同。彭令非谐俗，致酒先庞通。遇合本偶尔，一起云风从。」弟廷俊字宅三。「我固龙钟甚，未得乞一州。希天才倜傥，而岂泉石俦。气成轻一掷，心仙纳九流。少饮得趣味，间奕忘喜忧。曲高和者寡，有美世亦酬。公孙起布衣，黾勉追前修。」侄三希字希天，别号心仙。

辛酉之秋，廿一复典浙试[七]，闻命恭纪，有句云「老马知前路，重来尚故吾。」蒋恒轩极推其简劲。

余为馆陶时，馆陶绅士延一高手画士图馆陶故迹十二事为屏以赠。虽略仿周昉士女之意，惜气韵不高，落画家窠臼耳。廿乙见而爱之，每幅为赋一诗，不拘古律。其《段干木逾垣》一首最佳：「王前之风其杳矣，士立谈取卿相耳。进必以礼退以义，贤人守此介不易。矫而甚焉其段干，门到贤侯独逾垣。毋乃率民入无用，孰决而起支坤乾。是时功利之害深，非此瞑眩淫人心。羌来画墨挥淋淋，高风劲节清瑶琴，更欲移作明王箴。」深得古乐府之意。

雨夜督小儿圣习《诗经》，正喃喃间，诸弟见过，各投以诗。廿乙句云「弟兄句梦三春草，父子经传一盏灯。」众共推为雅切。廿乙又有《答廿二》句云「怀新小草为谁绿？得意闲花不著名。」汉林极赏此二句。

四弟云翔云翔与余同祖行四，同曾祖行廿二。省余于奉新官署，眷恋庭闱，告归旋里，留诗四章，言情最为楚楚。诗云：「寄楼拜别反江东，几载相思道路穷。千里信音惊晓梦，一衾唱和爱清风。均沾雨露歌明主，独向溪山啸老翁。此去非徒怜病骨，还愁白发望庭中。」「半年聚处慰离情，两地牵连又反旌。餐饭频加酬剧邑，精神留取赴前程。看云卧日遥怜弟，视膳趋庭应代兄。把酒莫垂儿女涕，由来大孝是扬名。」「寒江飒飒拂貂裘，为忆亲闱泛客舟。一子趋承三白发，七年来往四清秋。月明铃阁瑶琴寂，霜满牙樯玉笛幽。何日对床寻旧约，怆怀风雨两悠悠。」「终军壮志已蹉跎，宦况元方近若何？卫绪五年鸿雁集，新吴七载凤麟多。纶音指日趋金殿，槐阁迎风待玉珂。莫谓禄微轻职守，迈征重与矢高歌。」

廿二五言如「高歌明月夜，孤艇异乡春。」「市烟人语乱，渔火笛声归。」「叶稀千树瘦，云去一峰孤。」七言如「老去每愁冬节近，贫来自觉故人稀。」「愁听雁叫西风急，起舞鸡声夜雨多。」「砧声向月千家杵，雁影冲云一字飞。」并饶风格。

中秋夜，郑汉林、叶千里〔八〕、弟云翔、侄希天见过，同拈镜中桂题，限韵赋诗。云翔诗先成：「异香浮动碧霄空，移向秦宫似月宫。连理有枝交水上，霓裳无曲度云中。欲攀蟾窟天疑近，笑折仙花路转穷。莫对鸾光更惆怅，一年开谢岂人工。」众皆赏其工妙，有为之搁笔者。

沈补萝风，江阴人，精鉴别，善书画，乾隆甲子来摄泾篆，出《兰亭三友图》索题。三友者，补萝及金坛王虚舟、新建裘鲁青而三也。图作于补萝之族兄松年，在雍正时。今已数十年，裘、王皆即世矣。补萝每一展卷，必泫然太息。余感其意，为作短章以附卷末并赠其行。其诗曰：「补萝令于泾，大似雍邱米。书画满船来，文石盈袖里。余本下邑民，谬为补萝喜。高情骞远云，妙论濯尘滓。往者游京师，走讯虚舟子。虚舟官黄门，乃抱祖门耻。短章摅夙抱，一官如敝屣。昔尝爱其文，问字兼载纸。虚舟曰不然，未蓬补萝耳〔九〕。嗣又游西江，数数裘氏里。楼阁连城阴，奕叶夸金紫。谁能拔清流？鲁青屈一指。我欲访其人，道云官里死。太息伊人亡，萧条空洪水。踯躅五十年，未遇天下士。晚乃倦于游，还山逐蓬蒿。谁知泥忆云，归求道在迩。令君逢补萝，望尘霍然起。鲋岂涸于泥，鸾乃栖乎枳。粹然抱大化，偶亦游小技。因忆虚舟言，回首叹尔尔。欣慕与执鞭，屈指为进履。因得窥瑶函，备见三友美。补萝时年少，王裘与肩比。域中鼎足悬，海外神山峙。开图露精英，双泪落纨绮。茫茫四海中，悄然悲知己。吁嗟补萝翁，五十而筮仕。转旋陵阳间，三仕还三已。何恋釜中鱼，况此槐安蚁。樱笋及鲥鱼，海乡饶清旨。补萝作《柳村鱼乐图》以贻舍弟季重[一〇]，自题四绝于上，有句云「来年四月芦芽长，樱笋鲥鱼吠不休。」拂袖归去来，无重吾腰累。临别献巴人，譬之河东豕。历历书所遭，下士笑而哆。」余性不耐蝇书，以草法书一卷报之。补萝得之大喜，乃自以小楷书之图后。

世多谓官贪虎变，此殊不然。补萝下车以来，廉洁自爱，众所共知。一夜忽有虎入城，止于县堂，泾虽山邑，此亦非恒有之异也。补萝作《山君图》而题其上曰：「乾隆九载三月十日，余履兰石任。越五日既望，夜雨如晦。次日早，忽报有虎迹数十，在大堂之前。追其踪，入北门跳跃十数[一一]墙而来，出西门渡河而去。今猎户搜取山中，不复得其踪迹矣。因图此以记异。凤为之赞曰：虎兮虎兮，宜窜山谷，渴饮清泉，饥餐野畜。曾感刘昆以远飏，亦应法雄而驯伏。今岂苛政之猛于尔也？而城市亦不妨乎驰逐。抑当终以法除，而未易可言德伏，则尔尚率种类以遁藏，毋徒膏吾猎者长枪与利镞。」补萝与舍弟季重最友善，即以是图为赠。今藏于家。

补萝摄泾篆四月而去，同人皆有诗赠行。唯舍弟季重希文一首最妙。诗曰：「攀辕无计为踟蹰，宦海茫茫尽畏途。好向林泉容小隐，何妨诗画老名儒。归舟不厌餐樱笋，别浦谁堪听鹧鸪。从此相思天海阔，君山缥缈立蓬壶。」

李晴江方膺画一竹致补萝以见寄，题一绝于上云：「此老风霜数十年，亭亭瘦骨向江天。未知善根多愁者，临别于今可黯然。」时补萝将去，故云。今藏于家。

季重又有《次韵答补萝》一绝云：「渔舠烟柳绕村湾，尘坌潜随笔妙删。门外不知春几许，且从画里看青山。」风致极佳。

叶千里，总角友也。辛未会试榜发，成进士，而千里已于榜前一日卒矣。余哭之以诗，有句云「山遥水远家何在？竹实桐花凤不知。」盖反用张枯「竹死桐枯凤不来」之句，謦虽不逮，而悲则何穷耶！

俞兰野抡文以事赴郡，道述所见而作诗曰《鱼脱网》，深得杜陵、乐天新乐府之意，余以其设为问答，词意明白，故不复诠次其事。诗曰：「终日河边立，举网无一鱼。头发半黑白，蒿目但欷嘘。二客旁观久，汝事何乃疏。水深裳衣湿，无事空踌躇。二客那得知，我本事诗书。薄田数百亩，家中颇有余。一旦付河伯，征输复不除。自顾无生理，聊事此清渠。盍且具灾伤，给口可缓粮。我欲叩县宰，县宰如虎狼。但自肆吞剥，那管人灾伤！此言一出口，祸机惨已藏。一客颜忸怩，一客意彷徨。二客默无语，归途循夕阳。去去一客返，汝言大不祥，若为汝父母，汝言肆颠狂。不知不之罪，若或不能忘。问君汝何人？云是府正堂。长跪谢公祖，泪满头下抢。便可作归计，毋或致仓皇。寒风入夜急，恶役鸣锒铛。周遭肆搜寻，尽室去他乡。太守一言示，涸辙离困汤。太守者谁氏？李氏名本樟。」

章夔九仪凤善诗，每有事外远致，尝赋落花云：「萦风回雪斗轻盈，芳草连天惨别情。一径绿遮沽酒旆，半肩红歇卖花声。只知好景唯三月，不奈消魂在五更。何处埋香同永恨，宫人斜畔又清明。」五、六颇得味外味，殆司空表圣所谓「羚羊挂角，无迹可求」者耶〔一二〕？

万枚卜明府，三莅吾泾。其再任以内艰去，三任以外艰去，临行以诗为别。余即次其韵以赠行，有句云：「解组两逢天地否，建侯三告水雷屯。」枚卜极推典切，复以诗来酬，有「呼天人载满船月，惜别诗吟一笛风」之句，亦清婉可人。枚卜名世宁，江陵人，工书。

释寰宗慧琳，幕山僧，工书善诗，以《望海诗》得名。诗云：「澎湃汇群川，苍茫一片烟。浮槎怀此日，鞭石自何年？有岛多藏国，无涯恐堕天。曾经三浅后，待尔作桑田。」所至缙绅皆与相接，归自金陵，余与郑传与梓、林云喈、沈硕来、马海门及舍弟云翔、季重、宅三、再侄颖存同携榼迎之。寰宗出《鸠江赠别》诸诗相赏，同人相与分韵赋诗，余分得八庚云：「南国名流合有卿，放歌日日盼归程。鸟啼竹院披云入，人踏花桥倒屣迎。携友判留溪月饮，与君重话石头城。鸠江社侣休相妒，惠远陶家是旧盟。」

寰宗每成一诗，推敲累日。然乙常笑之，以为贾岛之流；若佛印、参寥，必不若是。寰宗笑应之曰：「唐人固当胜宋。」寰宗七言有「巢鹤不删荒径树，数鸦迟闭夕阳门」、「剡藤湘管裁春雪，茗碗炉香话夕晖」之句，并清远有致。

沈硕来名行泰，余世弟也。诗入中、晚，于宋尤近放翁。五言如「纸破窗邀月，帘欹竹引风。」「人情多白眼，书味薄黄金。」「衣霉常悔典，书乱急谋函。」七言如「自顾病身多感旧，更逢好节便生嗟。」「售书只当遭秦火，对竹常如接晋人。」「三日住城三日寺，一生拼醉一生仙。」「书不疗饥香忍断，贫如脱俗骨犹仙。」「雨肥野蕨拳擎地，风走村烟腰断山。」「青蚨不用金皆土，白首无名草亦人。」「过涧路昏萤有照，到门客熟犬无惊。」皆名隽有味。而赋《立秋夜》句云「暗雨低萤照，微风变树声。」此联尤妙。所著有《破窗吟》。

硕来牙痛，赋诗云「病与贫宜餐粥好」。侄希天极爱此句，为续之云：「病与贫宜餐粥好，此君妙句更宜人。年来无病常餐粥，笑我无缘得掩贫。」

希天咏背面美人，得句云「舟中西子归吴日，马上昭君出塞时。」一时传诵，推为绝唱。

郑传与秀才与释寰宗同年月日时生，又俱以诗鸣，相交最笃。年三十，硕来作诗合寿之云：「最是奇逢此日筵，共成花甲岂徒然。三生石上遗双璧，一个时间谪两仙。儒释不分真意气，诗文并合旧因缘。只疑穷却君平算，且醉醽醁莫计年。」

翟惇成裕国工于咏物，偶记其《白猫》一章云：「百钱休论价平常，消得青毡此夜长。一幅舞云裁短纻，五更落月在雕梁。衔鱼有影窥水瓮，扑蝶无声过粉墙。几度花间觅不见，定应眠向绣球傍。」

少年留心科举，不当以吟咏分其文思，制艺盛而诗道微，有由然也。然使人人皆诗，又岂有诗乎哉！茫茫今昔，来者其谁，以余所见，若胡韵仲承圃、翟礼维干国、侄书常大勋、苍雨良霖、再侄沅苡帅、颖存友广皆后来之秀也。

校注

［一］谈　据文意当作「啖」。

［二］翟非熊　翟锡履字非熊，康熙、雍正间庠生，有文武才，著有《清阁诗选》。

［三］鲁亮侪　鲁之裕字亮侪，麻城人，康熙举人，官至直隶清河道，署布政使。为人正直豪迈，有诗古文及纂辑《经史源流》诸书二百余卷。

［四］梨　当系「犁」字之误。

［五］陶《贫士》　指陶渊明《咏贫士》诗。

［六］撼轲　今通作「轗轲」，即「坎坷」，道路不平貌，比喻不得志。

［七］廿一　指作者廿一弟然乙，即赵青藜。

［八］叶千里　叶沃若字千里，博通经史，晚精推步之学。乾隆辛未中进士，榜发已卒。著有《壶中啸》等。

［九］蓬　疑为「逢」字之误。

［一〇］舍弟季重　赵希文字季重，乾隆丙辰举人，青藜之弟。

［一一］羚羊挂角无迹可求　非司空表圣（司空图）语，乃严羽语，见《沧浪诗话》。

跋

先伯祖环石公，年方弱冠，即操选于金陵。所刻《八宗师考卷》、《大雅集》诸本，皆不胫而走四方。寻登贤书，以中翰令馆陶。再迁奉新，调繁贵溪，擢晋州，以忧归。遂不复出。居家唯杜门著述，以诗文提唱后学，一邑向风，蒸蒸兴起。所著《环石诗钞》八卷，已刻以问世矣。今年春，余既有《泾川丛书》之役，属诸弟等检遗稿，复得此三卷于故箧中。所记皆旧闻轶事，以及诸前辈搜奇吊古之作。既足备一邑之典故，而往来赠答，奇篇警句，亦无不萃而集焉。盖百数十年以来之文献所征，天不忍使之埋没于蠹鱼灰裹之中，而腾跃而出者也。爱不胜欣喜而付之梓。嘉庆五年四月二十四日侄孙绍祖谨识。

白岳庵诗话

［清］余楙　撰
汤华泉　点校

白岳庵诗话目录

前言

《白岳庵诗话》二卷，清余𣚴撰。余𣚴，字啸松，休宁人，寓居浙江嘉兴。关于他的身世、里居，我省地方文献少见记载，《安徽文献书目》、《皖人书录》竟将他误为明代人，其里居或曰婺源[一]，颇为错谬。其实本书开篇即曰：「余家世新安」，卷下又曰：「故里洽舍村」。查康熙《徽州府志》，洽舍村属休宁吉阳乡，位于白岳（齐云山）附近，余𣚴以「白岳庵」为室名、书名，正明其里居所在。余𣚴先世即居于此地，世业农。祖父佐瑶始习医经商，父余圣为行医经商方便，寓居浙江嘉兴，后迁至梅里，有医名。嫡母长居洽舍。余𣚴生于道光十四年（一八三四）前后，长随父兄寓居梅里，不时归省嫡母。咸丰六年（一八五六）回故乡完婚，妻亦休宁人。其后仍于浙西一带习医、游学，曾充任幕职。余𣚴学识博洽，通医方，精赏鉴篆刻，诗古文词亦佳，著有《白岳庵杂缀十二种》，即包括以上各门学艺。《白岳庵诗话》在十二种之外，另补辑有《梅里志》。其卒年当在光绪末。兄余赞、余弼皆能诗，余弼为同治十年（一八七一）进士。子余霖，入嘉兴籍，光绪二十八年（一九〇二）浙江乡试应考中举。

本部诗话主要是辑录、评说与作者有所过从的诗人诗作，卷上多是梅里诗人，卷下为皖浙其他诗人，可以说这是一本记述地方诗坛掌故的诗话。因此，它的价值首先在其资料性上。作者说：「余好辑近人未刊诗，虑其易于湮沉也。」本书所辑述的诗人诗作，绝大部分或名不见书传，或诗无传本，这些资料对治地方文献、乡土文学，甚或于一般文学史研究，都是有益处的。就中辑录的不少作品颇可风诵，如冯登府、朱绪曾、尤瑜、严锦、谭献诸作，艺术水准都相当不错，严锦一绝云：「无复浓阴绕径铺，天风吹共水杨枯。可怜秃尽青青叶，尚有人来索地租。」（《秋桑》）也有一定的思想蕴含。卷末节录的郭停寿《铁龄乐府十三首》，对科举八股、释老迷信、军政弊端进行了猛烈的抨击，可视为晚清思想启蒙、诗界革命的宝贵资料。本书还辑录、评述了一些出自商贾、妇女之手的诗作，这在别的诗话中并不多见；「吴绛雪」条记述了浙江永康这位才女殉节始末，并摘录其诗句七联，这有助于订正和丰富康熙后哄传文坛的关于她的故事。文学史上有过不少以地方命名的诗派、文派，但以一个乡镇陬落称名者甚是稀见，而嘉兴梅里却是一个声传遐迩的诗乡。梅里位于县南三十里，其地诗人辈出，诗作如海，仅从《梅里诗辑》、《梅里诗续辑》（截止道光）就知道有诗人近五百，诗作五千多首。《白岳庵诗话》所辑当然多为以上二辑所无，吉光片羽得以保存，自属可贵，而更值得重视的是，它提供了许多有关创作活动的生动记述。这里有许多视诗如命的诗迷，有以诗为「第二职业」的士人、贾子，这里不少人以诗书传家为诫，这里的交际活动主要内容是切磋诗艺、传布新作。书中记叙了不少父子诗人、弟兄诗人、夫妇诗人的轶事，可谓家弦户诵，做诗、赏诗成了这个小社会的一大风气。文学创作可以造成风气，而风气形成后又可以长久地促进创作繁荣。梅里诗风是如何形成的呢？从《梅里诗辑》可以追溯到明代，而作家作品的激增则是在康熙后、也就是朱彝尊成为诗坛领袖之后。朱为梅里人，曝书亭即在梅里，他的诗名成了梅里人的骄傲，乡人崇拜他简直如对神祇。由此看来梅里诗风之盛直接是由他造成的。正如朱绪曾在《梅里诗辑序》中所言：「梅里一乡镇耳，得竹垞（朱之号）领袖风雅而诗人众多遂如此。」这在本书中也得到生动的反映。风气或曰气候之于文学创作的影响，开风气的领袖人物或名流名家之于文学创作的影响，一直是文论家所关注的问题，本书有关这些记录，可以看作是一典型例证。

从本书辑录的诗作及作者的评说，可以看出作者对诗歌创作十分重视的是创新问题。本书第一条就是谈这个问题。他在摘录梅里两布衣诗人十数条诗句后评道：「自出机杼，不屑拾人牙慧。」确实这些诗句大都从实际生活出发，写出了真实的感受，很是新鲜。诗歌创作作为一种创造活动，是不能从摹拟中讨活计的，即使对大家、名家，也不能盲目崇拜，受其拘限。在另一条中作者写道：「乾隆时，江浙推诗伯者凡三家，随园、忠雅、瓯北是也。后人圭臬是奉，亦步亦趋，然得其精能清英之旨者少，流为佻巧滑熟之习者多。」讲的就是这种情况。在这本诗话里他表彰「力矫时习」，倡言「诗贵翻案」，重提「读万卷书，行万里路」、「得江山之助」，都有冲破窠臼和依傍、走出新路的积极意义。另一个作者十分重视的问题是抒情和表达的真率自然，诗评中这样的意见很多，如曰「诗有绝不费力而自成佳构者」，如评张骏诗「绝去雕饰，语归真率……淡泊而有余味」，如引沈道腴言谓「兴到笔随，不事雕饰，自适其性，自言其志」，如谓沈筠诗「斩新白描」。反复申说，示以诗例，给读者以很深的印象。通观这本诗话所录作品，大多可谓是真率自然之作。以上两点是这本诗话带有理论统领意味的观点。其它如谓托体诗不必坐实、体物诗要以自况，以及关于具体做诗技法，都有一些好的意见，就不备述了。这是一本以记掌故为主的诗话，理论色彩不浓，自是当然；而所录作品意在辑佚，良莠未免参差，中间又杂以与诗无关的记事、考订，都是一些明显的缺点。至于行文中涉及太平军以「匪」、「贼」称之，那是时代、阶级的局限，读者自能辨之。

本书写成于同治年间，作者生前未见刊行，只在《梅里志·诗话》中摘载四条。宣统间此书收入《张氏适园丛书》，有排印本〔二〕。民国十一年余霖纂《梅里备志》，在《诗话》卷内又摘载七条。适园丛书本可能印数不多，时至今日已较难访寻。兹次校理即以适园丛书本为底本，校以两《梅里志》及所征引各种文籍，断以新式标点，以广流布。疏漏不当之处，望学界同仁指正。

点校者

一九九三年五月

校注

〔一〕杨廷福杨同甫编《清人室名别称字号索引》（上海古籍出版社）亦谓余楙为婺源人。又，《皖人书录》并误余楙字啸公。

〔二〕上海图书馆编《中国丛书综录》（上海古籍出版社）于张氏适园丛书条下未登录《白岳庵诗话》。查本书中缝明印「张氏适园丛书」诸字，《梅里备志·著述》亦明确著录为：「《白岳庵诗话》二卷，乌程张氏适园丛书排印本。」《综录》未收显系遗漏。

序

甚矣，好古之士之不可多得也。即以我邑而论，如方学博子春、朱观察小云、顾征君访溪、丁内翰雨叔、陈明经板桥、徐茂才逸帆、贾茂才芝房，类皆抗心希古，著述富有，惜二十年来相继殂谢，无一存者。迩来才俊之士，多沉没于制举之文，罕能以学古自振拔者。余景迫桑榆，块然独处，同志寂寥，甚不自得也。丁卯暮春，余君啸松游幕至我乡，余曾于客邸一晤，未之异也，此后亦绝不往还。今年秋，闻啸松精铁笔，余以花乳石乞篆，然后知啸松深通许氏《说文》之学，与凡钟彝古篆各家刀法，酝酿变化，自成一家。继读其诗，则探源于汉魏六朝，沿流于唐宋诸大家，而天机超妙，实足与古人相副。余拊髀太息，自恨知啸松之晚，又自幸知之晚而不至失之交臂也。啸松，又出所著《白岳庵诗话》索序，观其所取，或以奇伟胜，或以清丽胜，或以纡余澄澹胜，如游山阴道上，令人应接不暇，而啸松之识趣，即此可见一斑矣。抑又思啸松系出新安，今居嘉兴梅里已历年所，朱太史、李征君之流风余韵犹在人间，啸松之宗仰殆在是耶？自今而后余安能测其所至耶？则今之以好古赏啸松，犹未足以尽啸松可知已。

同治七年戊辰十二月朔当湖愚弟马承昭拜序

白岳庵诗话卷上

余家世新安，而㮚兄弟四俱少长于浙。道光丙辰以乍浦倭警[一]，自禾城徙居梅会里。里中布衣而能诗者，自周青士先生后，薛鲁哉廷文、汪一江澍皆能继武。鲁哉年三十方学诗，五十方婚。擅绘事，卖画自给，尤善荷，人重之，曰「薛荷」。一江舌耕为活，尝患肺疾，恒苦吟达旦，卒后无子。两君均以困厄终，而诗格亦相似。薛诗如「流水高人意，浮云过客心」、「开门对春水，隔水种桃花」、「风信逼梅寒有色，雨丝成雪夜无声」、「他乡节序愁先觉，故里莺花梦独知。」汪诗篇帙尤富，如「风摇星欲堕，潮白月初高」、「云低天压树，浪拔雨翻江」、「灯寒孤馆雨，人老百虫秋」、「湖光吞岸白，岚气涨天青」、「出山樵与云争路，避雨僧随鸟入林」、「星斗乱从衣上落，云霞争傍马头飞」、「客为夜寒呼酒数，天怜春短压花迟」、「鸭呼野水秋多雨，鸦噪江天夜欲风」。皆自出机杼，不屑拾人牙慧。

休宁吴丈春麟一隆，少嗜学，以贫习贾人术，后为余家司出纳，事无所苟。精钱卜，十有八九中。两兄入泮，先期作书致贺，果验。自号宜中子。不巾不屦，冬惟一褐，余兄弟戏以赤脚仙称，丈喜任之，而宜中子之号反寝。暇时莳花为乐。诗不多作，偶一下笔，又辄弃之，故鲜存者。仅记其断句如「白首关山客，黄花天地秋」、「江湖身老大，儿女梦团圞」，羁旅之感，读之怆然。年六十八殁于禾。子裕，字子宽，尝客京口，多揽环结佩之好，有《焦山纪游诗》，为仪征阮文达公所击节。

孙燮，字理斋，善画。均先翁死。若敖不祀，数耶？命耶？

吴俗以盐易猫，故放翁有「裹盐迎得小狸奴」之句。按《相猫法》云「面要虎威」，殆即取「盐虎形」之义欤？近见梅孝嗣一绝风韵甚佳：「睡余残醉不曾消，听得邻翁屐过桥。雪白吴盐青箬裹，叩门来换早蚕猫。」

西帆名明济，为康熙时梅里东圣堂僧，化后稿佚不传，《梅里诗辑》亦未采入。余近得一卷，皆五言律，发端沉郁，入趣幽深，今之皎然也。如「石窟蛟涎湿，沙堤虎迹深」、「天寒孤屿瘦，木落大江秋」，皆精卓可传。

梅里补黄村东天香庵，向有老梅十三株，相传南宋时植，李武曾诗「十三株已压群芳」是也。后庵中奉秋锦与兄斯年、弟分虎三先生栗主，为三李祠[二]，里人冯柳东太史登府诗云：「瘦骨全身护短篱，南朝旧梦月明知。韩家驴子林家鹤，剩水残山见一枝。」「春风仿佛罗浮树，香草难寻处士门。寂寞年年一杯酒，半浇诗骨半花魂。」忆余壬子春过此，犹存其一，花作六出，亦一奇也。祠外修竹百竿，刻诗殆遍，惜字迹剥蚀不可读，戏谓人曰：「髯翁『竹外一枝斜更好』疑得句于此。」自白岳复来，同人访之，则翠羽无声，荒祠烟冷，离奇老干已成爨火余灰，三复冯诗，感慨系之矣！

蝇虎，蝇狐也，一名蝇豹，今吴人呼为壁虎，咏者绝少。尤梓村诗云：「壁虎本微物，虫书名未登。想应疾谗佞，酷喜食青蝇。」沈丈远香采入《续梅里诗辑》。

古书皆以七月初七夜为七夕，今徽俗，女伴于初六夜习乞巧事。按《容斋三笔》云：「太平兴国三年七月诏：七夕嘉辰，著于甲令[三]。今之习俗多用六日，非旧制也，宜复用七日。」《燕翼贻谋录》云，宋世重道教，每月三、七日不食酒食。故七夕改用六日，则由来已久。

吾徽称先生有仅以上一字为礼者。按梅福曰「叔孙先非不忠也」，则称亦有本。

诗贵翻案，然须各如胸次之欲吐者。何韦人云：「人家最好住吴淞，日日银鲈野膳充。若到倦游忆乡味，不知已负几秋风。」袁芳谷云：「三高祠下意彷徨，几度扶筇倚夕阳。为谢季鹰须谅我，莼鲈虽美是他乡。」王碧山云：「陔兰泣露棣华空，破镜销沉纸阁中。已分故园如逆旅，鲈鱼何事又秋风！」

上元朱述之司马绪曾，治禾有惠政。梅里曝书亭圮，赖重修之。落成时值水灾，民大困，忽野遍生天蚕茧，竞采取，以资生人。咸谓竹翁灵佑也。司马有书癖，虽在舆，卷不释。远香丈尝以《续梅里诗辑》就正之。一日过公署，见司马科头坐，左手诗一编，右手以消息子洁耳，入选者即其柄蘸墨记之，兴酣，误用墨汁污耳颊不知也。其风趣若此。尝刻阖族人诗题曰《金陵朱氏家集》，附己作《北山集》三卷于后。其《题拂水山庄》云：「烟花南部已飘零，话到开天不忍闻。一代论诗争水火，半生学佛拥娉婷。空思表圣王官谷，尚托遗山野史亭。隔水莺声啼不住，春来垂柳恋人青。」《景州道中》云：「景州城郭倚云端，塔影孤标暮霭寒。忽忆雨花台畔路，古梅残雪小长干。」《罗昭谏集》云：「劝讨朱梁卓鼓旗，唐臣秉节似君稀。最惭奉册张文蔚[四]，始信江东有布衣。」「玉龙丹凤困饥寒，危惜文皇创业难。生有雄才不收拾，可怜褒赠死方干！」

乾隆时，江浙推诗伯者凡三家，随园、忠雅、瓯北是也。后人圭臬是奉，亦步亦趋，然得其精能清英之旨者少，流为佻巧滑熟之习者多。尤芥舟力矫时习，独以三唐为宗，最为有识。尝饥驱出门，历览奇胜，故其诗益得江山之助，如《辰州》云：「九叠风门历历过，江山一览兴如何？东西野烧畬田火，断续凄音僰女歌。气挟河流归溆浦，光摇岳影走牂牁。将军英武余空垒，犹有丛祠祀伏波。」《姑苏》云：「几回凭眺古长洲，红树青山满目秋。千里风花西子国，一帆烟雨大夫舟。草萦旧苑人何在，剑去荒池水独流。一自采莲歌水调，至今吴女尽轻喉。」《瓜洲》云：「蒲帆夹浦喜初收，风涌波涛岸欲浮。试向蓬窗一回首，江豚无数拜瓜洲。」《仙客岭》云：「峰峦岞峈路高低，小队花骢夕照西。翠磴红亭三十里，榕阴深处鹧鸪啼。」他如《润州》云「九江烟树连三楚，百粤风涛接五湖」、《客感》云「老去难医惟白发，交疏易绝是青蚨」、「傲睨湖山忘岁月，经营花酒亦功名」，皆方虚谷所谓律髓也。著有《二分竹屋诗稿》，藏于家，余从其族人借读一过，惜无有锓板以行之者。芥舟名瑜，一字双玉，嘉兴梅里人。

沈远香丈尝为余诵金丽生《晓起绝句》云：「案头一剪玉杈枒，细细寒香透碧纱。侵晓胆瓶冰似铁，自烧松火暖梅花。」风韵极佳。丽生名树本，钱唐人，移居禾城，近客荆楚，闻诗名益噪矣。

梅里张月如恒，幼习贾，既长弃去，闭户读书，旁及绘事，著有《红薇山馆诗》。卒年甫二十，可惋也。记有「一天星北拱，万里雁南翔」之句。

方照字春寓，号梅岩，后更字子青，余中表兄。祖晴园司马由徽徙禾，以盐筴起家。子青生三岁而孤，弱不好弄，读书恒数行下，善病，遂弃举业。性好施，凡里中恤嫠、育婴、舍衣、散药诸善举，无不踊跃从事。储金石书画甚富，尝得梅花道人《八竹图》石刻藏于家。既因不戒于火，业中落，子青亦不以为戚，新诗一束，浊醪数杯，唯日与二、三知己作消遣计。论者谓天之福善别有所待，抑诗人例少达而多穷耶？卒年仅四十有二，子蓉台宗镜辑其《梅花吟馆遗稿》梓而行之。诗律修洁，如「回风鸣老树，落日煦寒虫」、「石壁走云气，松风来瀑音」、「松云埋坞黑，花雨涨江红」，咸妙臻自然。

子青次子宗埙，字棣村，质素羸，尝取神农语绘《养性图》以自摄，居父忧哀毁过甚，旋亦逝。诗以享年不永，所作未造精微。然如「寒云低古塔，残月堕空江」、「江上数峰立，天边一鸟沉」，亦不失为佳句也。配沈氏蕖仙夫人冬龄，为砚怡太守十二女，唱随静好，有陆东美比肩风。《病中绝句》云：「小楼花影闭重重，病久闲身日镇慵。强起无心弄针线，戏穿窗纸放游蜂。」先棣村一年而卒。蓉台并梓其诗，题曰《棣蕖合稿》，附于《梅花吟馆》后。

诗有绝不费力而自成佳构者，如戚芸生：「晓起寻诗花下行，对花三嗅句先成。山禽大是知诗者，飞上花枝作继声。」「宛转啼来当和歌，一回听罢一吟哦。风铃忽动鸟飞去，惹得落花衣上多。」芸生名馥林，德清人，善病，年五十八病剧而苏，更号余斋。朱梓庐明府休度尝称其「百年终有死，四海况无医」十字，虽山谷无以过之。病中诗尤多佳者，如「灶奴谙病炊留粥，医士知贫剂去参」、「病里借诗忘痛楚，梦中寻友话悲凄」，非善病者不能道。余病疟经年，每于疾作时一事吟弄，欣然若失，芸生「借诗」一语，真先得吾心矣。

陶氏世居闻湖，俗呼王江泾，富甲一邑。至梅若司马琯金银气衰，风雅道长，辟绿蕉山馆，琴尊宴洽，一时胜流如云，人比之玉山圭塘云。梅翁工写生，与费晓楼、计小隅、翁小海、殷云楼友善，互相师资，染翰家谓源出瓯香，诗亦如之。卒后稿未梓，不获见。沈丈琴伯为余诵其《消夏杂诗》云：「疏雨潇潇响蕉叶，轻风时一摇修篁。今年令节翻新样，小暑炎蒸大暑凉。」又有「黯绿易成三月雨，瘦红剩化一帘愁」、「满径竹声凉似雨，当阶松影立如人」，诸联亦佳。

梅老尤善绘牡丹，人重之曰「陶牡丹」。曾有友人赠以千叶莲，即图花于便面以答之。其写莲瓣亦如画牡丹法，晕染绝佳，并题句云：「朝曦犹未映疏棂，凉意翛然坐小庭。入眼更添新画稿，红荷花立碧晴蜓。」

梅老女兰娟馥适梨里周少裳兆勋，俱工诗。兰娟《喜晴》云：「怪道溪花未吐芳，斜风冷雨减春光。今朝午后天开霁，新柳梢头染夕阳。」少裳句如「饮量不多赊酒易，名心未淡学诗难」、「园余破屋花慵补，家有荒田累未捐」，语皆真率。

吴地蚕时有鸟，其鸣如曰「灼山看火」，俗谓之「看火鸟」，实即布谷鸟也。《临安县志》云：「俗传昔人以饲蚕失火，焚死化此，以警蚕妇。」殆臆说耳。今词章家亦作「扎山」，传书楼《养蚕词》云：「茧满山头白雪盈，望中花竹格纵横。老翁看火壁边坐，门外扎山啼一声。」

宋九僧诗世已罕传，渔洋山人《居易录》采录甚多，然尚有可入《主客图》者，如「红尘无梦想，白日自安闲」，怀古句也；「余花留暮蝶，幽草恋残阳」，宇昭句也；「异乡无过客[五]，多难足离情[六]，」简长句也；「病鼠惊空穴，寒蛩聚缺墙」，惟凤句也；「香连潭影直，磬度雪声微」，行肇句也；「兰芳人未采，花落蝶先知[七]」，文兆句也；「素瑟沉幽意，寒蛩共短吟[八]」，希昼句也；「诗来禅外得，愁入静中平」，保暹句也。惠崇诗有自定五字句图百联，见别集。

曝书翁藏书卷每钤印于卷之首页，一面刻朱文戴笠小像，一面镌白文十二字，曰「购此书，颇不易，愿子孙，勿轻弃」，殆即钟鼎文「子孙永宝」意。近见海昌陈仲鱼征士鳣，仿其意亦篆一石，式如之，曰「得此书，费辛苦，后之人，其监我」。今朱氏、陈氏书均散佚，云烟过眼，付之惋惜而已。

余于装潢肆中，见戴文节公为人作《秋山归棹图》，并题《夜行船》词一阕，甚工。词云：「一棹平分波影皱，笑归来，前程如绣。疏柳依人，寒芦送我，几点霜林红透。望天际、修眉遥逗。又匆匆、别离时候。万种闲愁，一痕幽怨，恐被西风吹瘦。」

梅里诗人近推冯柳东太史为巨擘。十年来人事推迁，风雅歇绝，沈丈远香上舍爱莲毅然以起衰自任，早受知于杭州宋小茗先生，其为诗务去陈言，独标真谛，与孙次公、秦次游诸君相唱酬。中年多故，颇不自聊，白舫青囊，卖药于三吴两浙间。比归，则酒痕积襟，诗草盈箧矣。所居小灵兰馆距余一牛鸣地，常随家兄晋谒。记中庭植紫薇一树，晓露未晞，清飙乍拂，几于语言皆香。嗣余自白岳复来，而上舍墓木已拱。著有《小灵兰馆诗》、《续梅里词辑》、《续梅里诗辑》等帙，朱述翁为刻其《诗辑》行世，诗刻初稿一卷，只数页，余俱毁于兵。兹令子子奇抄示数首，急录之。《唐栖道中怀宋小茗先生》云：「载酒过西泠，扁舟此重经。近山雾气白，泼水雨岚腥。市冷闲春社，日斜归钓舲。相思不可极，惆怅望云亭。」《送李征君珏丈之海昌因寄王百期颐刺史》云：「东风晚来急，溪雨白如烟。泊棹夜何处，听潮人未眠。琴心托海水，农事美春田。到日闻歌诵，因知刺史贤。」《雪霁》云：「广庭尽日对积素，日脚射地生晚晴。知是明朝风信起，昏鸦盘阵起寒声。」《双板桥小泊》云：「荻花萧瑟水澄鲜，双板桥南泊酒船。到眼远峰青不断，一枝瘦塔立寒烟。」

张砚溪丈惠昌与远翁同里，诗格亦相伯仲间，曾入鸳水吟社，受知于嘉善黄霁青太守。中年受廛卖米，喧杂市声中不废吟弄，而造诣益进。著有《金吉祥庵》、《小停云馆》诸稿，亦如登场嘉谷，出自三春，簸去糠秕，存其米粒者也。绝句尤有逸趣，《湖上遇雨》云：「几日东风着意吹，痴云弄絮雨如丝。今朝不放斜阳出，闲煞黄妃塔一枝。」《理安寺》云：「积翠浓阴锁曲廊，一声清磬堕苍茫。山中几日无人到，门外松花一寸黄。」《由石人岭至小和山》、《村落》云：「瘦石如人云外立，杖藜看我出幽蹊。春风小雨野花落，尽日无人山鸟啼。」「浓荫一堆生暮寒，绕门青耸竹千竿。山翁会解诗人意，自劚猫头供午餐。」他如《西湖》云「山气商量雨，堤花点缀春」、《野步》云「小雨溪花落，东风野草生」、《夏日闲居》云「草履布衣刘凤阁，紫茄白苋蔡吴兴」、《山行》云「残照四围鱼尾赤，乱山一路马头青」。诗旨婉约，有唐温许、宋范陆风。

沈琴伯丈爱萱，远翁从弟也。隐于医，善书，尤精篆刻，刀法直追秦汉。种榆仙馆后，一时无俪。早见赏于冯柳东太史，尝跋其《卐云小筑印谱》云：「诘曲参差，汉印之妙诀也，钝丁不得专美，次闲何论焉。」其见重如此。秦次游孝廉光第赠以句云：「静倚夜灯修药谱，爱留退笔写兰亭。」右轩家兄亦有赠云：「胸无俗学乃追古，肘有奇方能活人。」皆实录也。著有《味兰仙馆诗稿》、《过何近枫铁兰室》云：「结屋翠筠间〔九〕，人如野鹤闲。秋涵半潭水，花压一房山。算弈凉生簟，敲诗静闭关。翛然成小隐，尘抱欲全删。」他如《谷湖道中》云「一湾浅水芦花白，六点遥峰柏叶丹」、《题斋壁》云「驱魔自铸心中镜，警过亲书坐右箴」。

沈澹庵上舍道腴，琴翁尊甫也。庭前有槵树，数百年物，上舍筑小轩于其下，所为诗即以《槵树轩》颜之。尝自谓：「兴到笔随，不事雕饰，自适其性，自言其志云尔。」《饮东耕草堂夜归》云：「泥饮拚倾酒百瓢，归来冷月杖头挑。一双老鹤忽惊起，先我冲寒过板桥。」《雨夜》云：「绿窗灯火雨潇潇，酒渴香残坐寂寥。娇女痴儿商活计，好乘新涨种鱼苗。」知寝馈于南渡诸贤者深矣。

范遵甫开灵兰馆卖药，著有《灵兰馆诗集》，见《静志居诗话》。远翁隐于医，署其居曰小灵兰馆，盖所景仰者。卒后，长君子清文治继其业。子清尤豪于饮〔一〇〕，得钱常供软饱，酒酣耳热，与人议论稍不合，目辄上视，旋左右望曰：「无人！无人！」气勃勃颐颊间，拍案覆杯，米汁淋漓，虽尊客在不顾也，故往往不欢而散。琴翁常投以句云：「狂酒欲空世，奇贫不受怜。」殆即伏波「爱之重之，不愿效之」之意欤？

子清著有《清远阁诗稿》，士食旧名，诗传家学，《同岑谱经余右轩西溪小饮》云：「暇日鲜尘事，相偕过水浔。杏花村店小，野市夜灯沉。薄契情偏洽，清谈酒易深。醉余惜分手，山月照衣襟。」《舟次花溪闻应笠湖丈时良讣音哭以诗》云：「相知近十载，相见只三回。有约花溪路，寻诗载酒来。斯人不可作，怀抱向谁开？事业千秋在，沉溟莫自哀。」《怀余啸松皖江》云：「流光一弹指，秋色正凋残。几日雨声碎，满天云气寒。素怀不可白，清梦忽无端。昨日鱼书至，为言行路难。」《舟中晚眺》云：「晚饭东风作意催，一声柔橹响溪限。生春野水碧无际，落日乱山青几堆。笑指桃花开匝树，好邀渔父醉深杯。清滩白鹭如人立，看我扁舟载月回。」《秋热》云：「镇心那得水晶瓜，一呷能消七碗茶。附热尚憎红镜炽，追凉要借绿阴遮。黍民作闹又开市，痱子着身如散花。想见仙家同病暑，清风买断路三叉。」《野塘》云：「幽栖不见野人家，塘北塘南日影斜。爱煞琉璃新涨活，香风开遍白𬞟花。」《秦溪道中怀友》云：「浓阴暝色压苍苔，帆翅高张破晓开。无限江天云树思，打冰声里一舟来。」

沈凤士人俊，子清弟也，短身近视。忆前人呼李绅为「矮李」，余因以「矮沈」目之。尝为人题《眠琴图》云：「白日写幽翠，虚堂生古阴。何人耽妙理，之子谈尘心。愿得访高躅，相将成短吟。蓬莱坛上路，旧梦不堪寻。」皆孤冷幽淡，非肠肥脑满者所能梦见。

海昌桐木村世为马氏所居，江乡深邃，有水明木瑟之趣，言风雅者，古芸先生称首焉。琴翁袖其女夫棣华树棠诗见示，棣华为古翁文孙，以《继芸室》颜其集，箕裘之绍有可信也。诗如：「风约涛声来枕上，月衔山影入潭中。」其兄鹤舫树本诗格亦相似，如：「鸟冲寒日投林缓，雪舞回风到地迟。」

薛慰农明府时雨莅治嘉禾时，其观风题有《题竹垞老人风怀二百韵诗后》者。时右轩仲兄七律四首最为明府击赏，评曰：「晚唐佳调。」诗曰：「蘼芜香梦久迷离，路入空亭淡夕曦。剩有新声传乐府，详将恨事记当时。逢来五角诚无奈，唤起三商尚未迟。回首碧鸡坊外住，几经红豆种相思。」「扁舟飘转路横塘，羽檄连江敌正猖。越客千丝劳网结，石家十斛费珠量。薰衣香细频传户，点屐声低但隔墙。却怪闹蛾元夜近，一时情急汝南王。」「烂甚星河夜覆庐，形相色授定情初。逆毛未化歌边鸟，比目应多戏后鱼。裆解扣除看已是，钗盟镜约欲何如？兜鞋岂等闲男女，尚列牙签万轴书。」「蛾眉谣诼竟谁怜，忽地黄杨厄闰年。南国招魂徒剪纸，北邙营葬漫输钱。当时烛记何郎暗，此日环奈空女圆。试向六峰高阁望，春来一碧草如烟。」按竹翁晚年定稿时，有「愿不食两庑特豚」语，遂讹为私姨事。近山阴俞杏村国琛别订《风怀镜》一编，指为琵琶王三姑作。余谓风人之诗多托体，必坐实其事，何异刻舟求剑耶！

平湖沈浪仙筠著有《守经堂诗集》，牛腰卷大，积数尺厚。其《喜雨绝句》云：「欢声应遍达官衙，清兴还添贫士家。暴富一缸天落水，小娃背地学煎茶。」斩新白描语也。余句如「久旱见云心亦喜，断炊留客语非真」、「冬暖自忘衣在典，年丰转觉米难赊」，语亦朴实。

余偶填《如梦令》词云：「风懒月斜烟细，帘外梨花开未？小鸟一声声，透入碧纱窗里。催起、催起，正是恼人天气。」吾友朱君小田见而赏之，为余作图扇头。小田名拱辰，竹垞老人裔孙，工山水士女，善摹仿。时有鉴别家自夸其能，小田持名人画往售，既获重价，复索而毁裂之，反其值，出真迹以示，盖前所售者乃其所仿者也。其人惭服。是不特艺精，且见生平胸次间未尝有所隐讳。惜卒年甫三十一，何造物忌才之甚也！

奚铁生与方兰士齐名，铁生工山水兼善花卉，兰士工花卉兼擅山水，时人重之，目为「奚方」。两人均工诗。余谓兰士画微不及铁生，铁生诗亦微不及兰士。

宋人诗有杂以俚谚者，如刘龙洲「退一步行安乐法，道三个好喜因缘」，又「天堂从此去，真个是杭州」。此种吐属，殊欠雅驯。近见王修竹《十二月竹枝词》，《四月》云：「四月新晴正麦秋，丛祠佛阁事清游。蹉跎莫近黄梅节，风又乌头雨白头。」王杏园和云：「菜花落后豆花香，几棱才分未下秧。不雨不晴云卵色，者番天气为蚕娘。」又张诗隐陶《咏子夜夏歌》：「郎如黄梅天，一日十八变。妾既嫁与郎，敢不随郎转。」皆禾谚也，语较隽永。按王季重云：「梅雨在四五月，如妇人之怒，易构而难解。又如少年无行子，盟在耳间，须臾翻覆。」取喻奇而确可为张注脚。

屈月樵谆谐，居海盐之勺溪，尝读货殖书，贩布帛往来吴楚间，游迹所至，辄记以诗。其诗肠锦口绣与素丝彩缕争组织之工。《题美人画帧》云：「斜倚薰笼寂可怜，惺松云髻破瓜年。小鬟未解伤春意，只管殷勤劝早眠。」

海昌张荔园广文骏诗，绝去雕饰，语归真率，读之亦如下箸楷盘，淡泊而有余味者。其稿为门人陈子蓝梓行，余从金氏拂珊水榭得其未刊稿数叶，补录于此。《有感》云：「衰年悲种柳，病目废看花。」《除夕》云：「薪价顿增缘雨久，爆声稀少识民贫。」广文最老，寿年至百有一岁。

聒聒，俗谓之「叫哥哥」，咏者甚少。冯柳东太史尝以《声声慢》赋之，其自注云：「北人饲以丹砂、贮以葫芦，能过冬，每藏于袖听其声。」词曰：「翠股敲烟，青丝络雨，谁家池馆新凉？聒聒声喧，付与耳谱低商。筠笼早挂，便听来、竹户蕉房。山鸪语，学哥哥叫罢、人在潇湘。曾记春明晓梦，正稻香露白、篱落悠扬。诉尽离心，西风冷到虫娘。葫芦一枝可托，嘱奚童、砂米分粮。霜信近，伴吟魂、衫袖悄藏。」

校注

[一]丙辰　道光无丙辰，当为甲辰。

[二]祠　原与下「里」字倒，改正。

[三]甲令　原为「令甲」，依《容斋三笔》改。

[四]蔚　原作「尉」，据《旧唐书》、《旧五代史》改。

[五]过客　北京大学编《全宋诗》作「旧识」。

[六]足　原缺，依《全宋诗》补。

[七]落　《全宋诗》作「发」。

[八]短　《全宋诗》作「苦」。

[九]筠　《梅里备志》作「云」。

[一〇]按此下亦载《白岳庵印说》(见《梅里志》),文字有异数处:「旋」下多一「顾」、「尊客在」下有一「坐」字、「琴翁」作「其从叔琴伯」、「投」作「赠」、「酒」作「醉」、「贫」作「穷」。

白岳庵诗话卷下

崔秋谷应榴居海盐之留鹤村，埋头矮屋，抱膝深林，暑草搜萤，冬书捡蠹，既游黉序，旋理行装，东望殽陵，西驰函谷，南登华岳，北涉黄河，历览胜奇，张皇幽渺。晚年乡园息影，典籍怡情，博考穷研，著述甚富。余尝访其故居，篆蜗涎于坏壁，罥蛛网于颓窗，其遗书盖不可问矣。所著《吾亦庐诗稿》，取材六代，效法三唐。其《吴江夜泊》、《真州客夜》两诗，已为随园采入诗话。余如《古意》云：「溪头人语喧，疑是郎归止。开门不见人，明月照秋水。」《攲枕》云：「攲枕不成寐，起看残月吐。宿鸟时一鸣，桐花落如雨。」《至峡川》云：「山高连嶂起，河曲抱城流。」《即事》云：「雨歇山农收卵麦，潮生海客种蚶田。」皆可传者。

凤溪在嘉兴石佛寺南里许，俗名凤喈桥镇，章竹隐士弼居焉。竹隐游庠后，屡荐不售，遂绝意进取，浪迹湖山。其《四十初度》云：「贫贱文章传世少，疏狂情性入时难。」可想见其概矣。少受知于张尧民广文昌衢，尝赏其「潮回沙岸白，天入乱山青」之句。卒后有《鹤舫遗稿》藏于家，余晤其侄子味，得见之，诗选格严密，发声和平，学唐人而得其精髓者。如《古意》云：「妾貌妾自信，君心君自知。当妾貌衰日，始见君心时。」《怀陆芷江明府》云：「薄宦非君意，南行为老亲。三吴万里隔，八口一家贫。奄忽嗟孤露，晨昏毕此身。从今负米日，无复倚闾人。」《葛岭》云：「蟾蜍静吸初阳日，蟋蟀秋鸣半壁天。一种江山两遭际，忽然富贵忽神仙。」《东湖曲》云：「画船小泊鹦鹉洲，与郎同上弄珠楼。愿郎情似楼前水，九派同归一处流。」新颖可喜。

黄岩方治庵絜工画，尤精刻竹，能于竹臂上刻人小影，须眉毕肖，一时推绝艺。前人有「张铜」、「沈锡」、「朱银」、「陆玉」之目，是则可称「方竹」矣。余尝见其竹刻拓本一册，真无上逸品，张叔未解元廷济题云：「竹人自昔疁城传，只恐输君更擅场。」非虚誉也。著有《石我斋吟稿》，诗未见佳，为录「归心流水急，乡思暮云遥」十字，以见一斑云。

《灵芬馆诗话》载徐秋浦《咏芦花》起句云：「无香亦无色，非蕊亦非花。」余谓太近谜。《梅里诗辑》载吴畹芬女史落句云：「应羡杨花受浓福，飘零短梦尚春风。」风韵颇佳，与《随园诗话》所载「知否杨花翻羡汝，一生从不识春愁」，可谓异曲同工。

吴江叶溉吟树枚，名士也。性落拓，衣垢经久不澣，人欲易之，则曰：「恐汝所制不洁。」居斗室中，涕唾满窗壁间，不屑去也。有《改吟斋烬余什一》等稿，皆洒然性灵语。今录其《久雨不止同人小集分韵》云：「二日才晴三日阴，绿蒙蒙里昼愔愔。日如老友睽何久，春比美人病更深。江国已愁妨菜麦，书生犹自感苔岑。忧时惜别伤迟暮，并入穷愁彻夜吟。」《题吴云敫分湖秋泛图》云：「林梢一抹夕阳颓，独自湖心荡桨回。只有白鸥闲似尔，蓼花红处等秋来。」《秋桑》云：「无复浓阴绕径铺，天风吹共水杨枯。可怜秃尽青青叶，尚有人来索地租。」

先君子藏有杨龙友摹徐幼文《访友图》山水卷，盛宜山远题两截句于卷尾云[一]：「松崖日暮水声深，何处携来绿绮琴。涧石隔林人不见，只疑罔两是知音。」「秋林红叶晚萧萧，乘兴携琴过野桥。人在翠微寻不见，白云如练束山腰。」按宜山居士有《竹林唱和集》、《瓣香庐稿》，仅刊七律一体，流传甚少。

先嫡母尝手植橘树于庭，花而不实。楙归白岳，有邻妪谓余曰：「除夕悬红灯于树杪，以斧击其根，当实。」如言而验。按此即嫁桃法。后为妊妇手摘，复不实。逾年又为之，戏谓人曰：「今日木奴再醮矣。」卒无验。

余偶于骨董肆中得羊求休石，因竹垞老人有「长寿谷」三字印，仿刻之，然未详所出。后见王元翰《续文献通考》云：「始兴令杨应隆，祈州人，言其远祖掘地得石瓮，发之，有物数百，长三寸，肤如谷，熟之实是大米，香美异常，后食者寿皆百二三十岁。《藏经》云：太古之世，谷长五六寸，人寿皆数百岁。《图经》云：昆仑之墟有木禾，食者得上寿。《拾遗记》云：宣帝时背阴之国来贡方物，言其乡在扶桑东，有浃日稻，种之十日而熟。有阴清稻，食之延年，有清肠稻，食一粒历年不饥。」始知所谓「长寿谷」者，实有是物也。

沈念龙少司成祖懋，海内文宗，不仅以诗著。视学新安，时仲兄在其署，一日早起曰：「夜梦得十字，殊有唐音。」诵之，盖「广陵江上夜，杨柳月中潮」也。

谢守之巽客新安时，有「四壁山无十里天」之句，闻者皆以为写尽乌聊风景。平生精鉴赏，藏金石、书画甚富。历兵燹，皆为云烟。仲兄曾赠以诗，中云：「图书赏鉴无凡眼，歌哭平生有热肠。」一日，守之午梦中高唱此联而醒。

仲兄又寄示念翁一诗，题云《辛亥秋闱翁遂庵师属汪醇卿同年绘山色湖光共一楼诗意师用三肴韵成七言十六韵题其上懋亦属醇卿为此图亦率成三十韵题之聊以纪事述怀云尔》[一]：「御园秋景澂瀛峤，圆明园及清漪园均有「山色湖光共一楼」题额。圣制元音压岛郊。昔高宗有御制诗，今上亦有御制，均用三肴韵。云构标题辉七字，风檐觅句窘三肴。题限「庨」字，士子有为其所窘者。峙渟漫纪宸游胜，仁智谁窥性量包。难字选题连桔桀，断章韵府缀呀庨。易觇搜索良工苦，差免因仍旧说剿。伪体早知惩轧茁，虚衷应与订推敲。九还鼎内丹初熟，四照堂前镜不淆。今试凡四主试。分校乍欣陪末座，联吟更喜集知交。写成泼翠山千叠，绘得拖蓝水一坳。画日偶然添茜汁，醇卿别作「欸乃一声山水绿」诗意，亦全用蓝笔，借曹艮甫前辈监试紫笔画一初日。烘云端不借松胶。格高北苑奚多让，选备南齐特地教。经到品题应长价，吟成险韵竞传抄。故乡也有湖山好，薄宦惭将笠屐抛。露下池莲飘远馥，雨中岩桂绽新苞。一亭孤峙晴招鹤，卅里晴波暖浴䴔。画舫平潭看月印，蓝舆仄径历云巢。莼羹味隽兼鱼脍，茗饮泉甘话虎跑。十载浮沉羞珥笔，一官老大惜悬匏。鸥乡渔唱牵清梦，鸾镜螺痕悟幻泡。时方有鼓盆之戚。锁院即今聊读画，买山何日许诛茅。敢因枨触多萦感，致使冬烘或献嘲。自古读书先识字，伊谁谈易夙吞爻。闱中首艺多有以易诂题者。评严月旦期惟允，语出雷同厌载呶。采笔生花腾吐凤，明珠含颣怅潜蛟。元灯目眯难传钵，辛卯秋闱，师与分校，系第六房，得董蓉初同年卷，遂置榜首。懋今亦掣得第六房[二]，故云。奎宿辉腾讶代庖。第六名及第十七名颇有赞成之力。健翮早成烦荐鹗，痴心一律望腾蛟。案坛日射尘都扫，窗纸风穿烛惯捎。芬诵先人留札牍，先祖侍御公于乾隆癸卯分校顺天乡试，有阅卷簿尚存。

声和盛世协笅巢。元卷师所鉴定：「清真雅正，洵为盛世元音。」蚓鸣偶和茶煎鼎，虎气旋看箭出鞘。明日放榜。心折良臣忧国事，棘闱公暇盼歌铙。师诗中兼及粤西军务。」

杭州言风雅者近推谭涤生廷献[四]，刊有《复堂诗》行世，古风逼真，选体近调尤长。五律《渡江》云：「大江浮白日，客子去何之？万古滔滔水，愁心共此时。长天乱春色，无处寄相思。前路生春草，青山范蠡祠。」《晚泊》云：「市小危樯矗，沙平落日嵌。吹芦劳破网，收麦慰长镵。流水贤愚尽，清晖欢怨衔。依然吾土月，夜夜照征衫。」《送傅太守》云：「绕梁余响在，情竭为知音。千里春风路，行车芳草深。四方多难日，相送一沉吟。河流有新故，珍重结交心。」又绝句《不见》云：「不见江东董少卿，空江月色太分明。尊前一酌兰陵酒，中有千秋万古情。」《酒家遇杨子》云：「客去不去辕驹鸣，长安市上藏姓名。门外北风天欲雪，与君把酒说荆卿。」《常州闻歌》云：「屋梁初日动朝云，花气衣香两不分。如水清歌听不得，江天落叶正纷纷。」皆唐诗上乘也。

曼伊上人省空，俗姓郑，年十七祝发于梅里慈义庵，禅诵之余，雅喜吟弄，著有《云巢诗稿》。如《和沈子清秦溪道中》云：「舟横野渡暮烟深，闲倚篷窗觅短吟。秋老荻芦花似雪，一星渔火落江心。」余如「樵归黄叶路，人语碧溪烟。」「端阳正午热初起，芒种逢壬雨便来。」皆无蔬笋气。

严笠溪锦，居桐乡之青溪，里中不论婚丧事，每恣宰割以争胜。太夫人病革时曰：「人不能积善于生前，何可益祸于死后？吾殁，其无杀！」乡人化之，俗以革，德门食报，宜笠溪之得以才名显。既历沧桑，箪瓢不给，而流离迁徙中歌声仍琅琅不辍也。所著已毁于兵，故近题其从兄伯雅司马锡康吟稿有「自怜诗似叶，一片不飞还」之句。近著《水萍风絮集》，如《十二月十五日夜申江舟中望月》云：「乌篷欲掩尚流连，爱惜清光未肯眠。不是无心觅归梦，今年月但此回圆。」「十二红楼梦尚迷，烽烟只隔浦东西。可怜一样城头月，内照笙箫外鼓鼙。」《除夕》云：「岁去那能守？愁人自不眠。全家仍异地，除夕又今年。客路屐几两，邻逋酒十千。更阑对孤烛，非独念华颠。」他如「泪满一升难换酒，喙长三尺善谈兵」、「贫中妇怨长沽酒，乱后儿忘旧读书」，皆情真语。

严笛舟钤，笠溪弟也，住两头屋，分一穗灯。尝病剧游冥司，既苏，呼家人将所蓄《西厢记》、《红楼梦》等书拉杂烧之。同治乙丑赴试北闱，梦其先人曰：「汝科第无分，急归去，当得拔贡。」果如之。选拔例在酉年，浙中久困于兵，至是方补行。益信功名有定数。时场作《鸳湖竹枝词》云：「小艇租来一叶扁，钓鳌矶畔弄沦涟。生涯只合谋菱芡，多少东南未种田！」「芋香庵址委泥沙，烟雨楼空噪暮鸦。莫怪鸳鸯飞不返，湖滨犹有战场花。」为学使吴少宰存义所击赏。

严缁生太史辰，与从弟笠溪、笛舟称青溪三严，有「天才」、「仙才」、「鬼才」之目。太史诗格尤雄，游辙所至，奚囊日增，所谓「读万卷书，行万里路」者是也。《潼关》云：「隔岸见潼关，孤城万仞山。连横制天下，遗迹在人间。地险今犹昔，河流去不还。千秋争战在，惟有白云闲。」《宿潼关枕上口占》云：「客枕不成寐，河声夜入城。闻鸡关钥启，秣马㭊灯明。曙色连三辅，羁怀庖五更。诘朝过太华，壮观豁平生。」《沾益道中大雨》云：「何处懒龙遭帝鞭，倒倾潭洞灌良田。雨将融地尽为水，云欲挟山同上天。瘴雾蛮烟一洗尽，黄泉碧落如相连。农夫拍手舆夫泣，三尺泥深行不前。」余如「泥坚收地湿，云散放天高」、「近岭山都秀，入关人更雄」，俱极警策。

笠溪又有《家具四咏》。《饭甑》云：「珍珠淅米桂炊薪，一饭谁怜落魄身！竟破可能忘堕地，不官何亦慨生尘。柴门阻雪烟常断，瓦釜鸣雷气莫亲。慢向邻翁乞余火，伯鸾未肯热因人。」《布机》云：「解读回文世已稀，两年春庑共相依。浪夸识石君平博，羞见上书苏季归。杼柚伤心千户尽，星霜转眼一梭飞。同侪艳织登科记，叹息斯人尚布衣。」《菜瓮》云：「多烦满把送园官，露甲霜根入瓮寒。覆瓿文章供俗笑，断齑风味称儒酸。彭亨藜藿撑肠饱，抑塞泥涂开口难。何日汉阴劳暂息，一畦嫩绿闭门看。」《薪斧》云：「修月曾夸绝技传，霜锋触处响铮然。负怜翁子成名晚，砍让吴刚被谪先。桐尚未焦须着眼，柯原易烂岂关仙！卧薪敢忘同仇意，苦忆豳风第四篇。」虽云体物，亦自况也。

严也秋钿，笠溪女婴，马荷香贰尹振元配也。尝以桑叶题诗寄荷香，为一时佳话。著有《散花仙馆稿》，如「雨敲蕉叶声声慢，风飐莲花步步娇」，可谓巧不伤雅。

荷香尝居禾城，乱后归桐木村，时蒋丈仲卿孝廉赐勋、沈丈琴伯、李少石、严笠溪、陈菊生诸君，均避地于此，腾笺刻烛，极吟宴之乐，几不知监门画里人也。余访沈丈，得介以相识，旋缔为昆季交。诗整秀，如《夜坐》云：「香露新蒸玫瑰花，宜兴炉小有红沙。奚童睡熟唤不醒，自爇松明火煮茶。」

姜石帚以印文八字隐寓姓名云[五]：「鹰扬周郊，凤仪虞廷。」笠溪仿之，篆石云：「太史奏星，天孙织云。」仲兄曰：「然则予当云『四月注《雅》，三年读《书》』。以《尔雅》『四月为余月』、《书·

说命》有「三年不言，梦帝赉予良弼」之文故也。余笑曰：「【义训为予，字通作懋】，余不更彰明显著乎？」

缪廷伯兄赞不喜作近体，游庠后专攻举业，并古体诗亦不多作。同治甲子殉难故乡，稿俱散佚。右轩仲兄从禾地友人处搜得昔时酬赠之作，汇存之。兹从故箧中又检得五律三首，因补录于此。《怀方蓉台任城》云：「雨洗碧萝碧，天容如此清。病随残暑退，诗逐早凉生。文字十年契，关河千里情。南来应有雁，不见尺书横。」《同人至梅溪禅院》云：「三十六精舍，我怀溪白堂。征衣尘久积，吟袂晚联翔。众绿一帘静，残红半榻香。回翁如借枕，小梦续黄粱。」《舟中同沈容斋作》：「天地一劳境，人生家食难。嗟君贫被盗，（成）累我酒停干[六]。事逆风偏顺，春温客尚寒。相期各努力，情话絮更残。」诗境大似高青邱，识者自能鉴之。

右轩仲兄弼，少好吟咏，积古今体诗五百余首，真书之，以就正于沈果台太史祖谏。太史深器之，尝摘其句书楹帖，并属人镌「远师剑南，近友瓯北」小印以赠。乱后稿失。同治甲子客丹山，病痎疟，疾作时间为记忆，附以近作得七律百首，名《痁枕录》，王砚农中翰莳蕙为之序。兹录其句，如：「将残棋局有单劫，乍放花枝无猛香」、「绕树云浓山欲隐，吹帆风健岸如飞」、「醉分剩酒浇长剑，闲爇名香供异书」、「秋老算残花信息，夜长添到梦工夫」、「半壁斜阳名士传，一堤芳草美人心」、「贪香妇试玫瑰酒，索笑儿烧橄榄花」、「能不速来宾亦主，绝无事做夏如秋」、「海月乍升红抵日，林枫初子白如梅」、「老渔坐石忽相笑，卧柳当风如欲扶」、「檐暖日光能聚客，桥危风势欲飞人」、「蝶骑花瓣秋容瘦，萤坐帘衣夜色凉」、「按期病似趋班吏，和韵诗如学步儿」、「壶中大药心肠佛，纸上奇兵手段仙」、「常读书编无饱蠹，乍凉庭户有流萤」、「寄诗兄苦六年别，索债儿徒三日生」、「无多浩劫皆亲见，如此名山亦与盟」、「七情惟爱差难割，一岁皆秋不厌多」、「岁月已拼将酒换，江湖未肯以诗鸣」、「故人乍见言无序，客路频经梦亦忙」、「花到深秋惟一淡，诗如名酒有微辛」，皆性灵语也。

华甫季弟质，生有异禀，幼失学，既长，见诸兄推敲，亦喜作拥鼻吟，弹丸脱口，不假思索。如：「小雨肥花朵，初霞明纸窗」、「啼鸟不离树，落花常满庭」、「流水断桥古，夕阳衰草多」，皆公道好句也。年二十五，卒于上虞客舍。殁前数夕，梦见天际云霞璀璨，宫阙巍峨，若有人招之者。噫，弟其玉皇香案吏前身耶？何弃予之速也！

故里洽舍村依鹤山而居，山有岭甚险，行者病焉。廷辅叔祖贸易汉口，与胡君滋圃善，有公项数百金，胡将捐纳职衔以赠，叔祖固辞，归与先君子语及之。先君子若有所思，久而曰：「荣一己与利万人也，如何？」叔祖未喻。复曰：「予蓄隐愿素矣。」因指岭告之。叔祖即贻书滋圃，鸠工平易之。行者赖焉。壁有石刻「鸣皋岭」三字，未详何人书，县志未载。

冯稻孙为柳东太史文孙，故名柳孙，清贫自守，专攻举业，不甚为诗。尝馆硖石史氏，梦余至而次日得书，故见寄有「客中三月去，梦后一书来」之语。咸丰庚申之变，避地里南王家兜。先一夕，谓其叔宜斋曰：「势急矣，迁避略尽人事耳，再不免，惟死而已。」叔慰喻之。次晓贼至，其弟芸孙先被执，稻孙纵身入水，贼倒戈以拯之，曰：「好男子，毋轻生，我有活汝也！」稻孙竭力自沉，家人七人俱从之，子甫三岁，溺时手出水上。时宜斋入水自觉身浮，得不死。觑贼他顾，出其子，抚育七日亦殇。一门殉节，闻者哀之。稻孙赋性和易，而临难时矢志坚确如此。世有居恒侈谈节义，一旦遇变故，屈身事贼，为天下笑，究之贪生者未必果生，畏死者卒无不死。吁！等一死耳，如稻孙者，死得其正焉。

秀水朱少廉名荣恩，廉泉孝廉子也。工诗文，善书，胆素怯，过桥需人扶掖，乃敢行。家贫，乱后迁郡南国界桥，益奇窘。时贼踞禾，有分盗粮以赈饥民者，或劝其往就之。少廉怒曰：「盗人之粟以食我，与我盗其粟以自食也何以异？」遂闭门同妻子绝粒死。呜呼！穷饿守义，至死不变，少廉可谓贤矣。彼明知从贼非义，而艰于一死，苟且乞怜，视助逆作虐者居心固自有间，要不可谓非少廉之罪人也。

孙次公文灏，禾中老诗人也。客沪时搜夷人土俗物类，创立新意，为《洋泾集绝诗百首》，纸贵一时。所著有《鸥鸣集》、《始有庐诗稿》等帙，小诗如《平望》云：「呼名小鸟掠平潮，钓隐何人水利饶。一角青山横翠黛，东风吹过画眉桥。」《简李静筠》云：「别君未久已无憀，况值伤春魂欲销。满地残红看不得，故人家住落花桥。」两押「桥」字，均佳。余如：《一病》云「登云朋辈纷如雨，此日鬓丝惊已霜。」《路仲村居》云：「满地榆钱闻鸠语，比邻瓦卦卜蚕花。」《呈王雪轩方伯》云：「宽能容物唐裴度，贵不忘交汉宋弘[七]。」《到上海》云：「避人觅句陈无己，老我谈经刘更生。」

杨小铁文韵，与次翁同里，工绘事。尝辟南湖水榭与次翁诸君琴酒燕洽，以诗学相切劘。著有《扫红山馆稿》，《新秋》两绝句云：「银河渐看向西横，满院萧萧络纬声。乍上读书灯一点，垂帘清坐到深更。」「何处箫声响忽停，凉风吹得梦惺忪。醒来看月月不见，花外流萤度一星。」余如《怀友》云：「落月时上屋，故人远在心。」又有「落叶如潮岸有声」之句。子伯润，字佩甫，亦工诗画。

句曲笪晓山以愃，为在辛先生裔孙，书学渊源，名噪江浙。晚年客丹山，有终焉之志。尝为人书扇，末缀一绝云：「秋娘老去合深居，姊妹相邀强出庐。云髻懒梳眉淡扫，昔年风韵近何如？」自是雅人深致。

毗陵刘子明珸与仲兄善，一日踉跄而来，谓兄曰：「今日之行甚苦，然得诗两句必存之。」时兄有《骨董羹》之著，故云。诗曰：「骤暖觉衣重，独行知路长。」子明素不习韵语，兄因笑而书之。

《两当轩诗》佳者多矣，郭频伽最赏其《绮怀》，末句云：「茫茫来日愁如海，寄语羲和快着鞭。」谓真古之伤心人语也。而黄不永年，竟成谶语。他如「端正容成犹敛照，消沉意可渐成灰」〔八〕，「心疑棘刺针穿就，泪似桃花醋酿成」、「买得我拼珠十斛〔九〕，赚来应费豆三升」〔一〇〕、「似此星辰非昨夜，为谁风露立中宵」，皆极新颖。近见孙丈次公亦有《绮怀诗》十二首，如：「摘后青梅含醋意，种来红豆长愁苗」、「漫天弱絮飞无力，匝地荒荆棘有针」、「绣枕鸳鸯是同命，开笼鹦鹉岂初心」、「百丈丝谁牵玉虎，一杯羹未觅苍庚」，所谓绮怀怨曲，令人回肠荡魄者也。

余于乱后迁里南漾葭湾，竹垞老人《送李分虎》诗所谓「浪抛老屋在花南」，即其地也。严笠溪过访，赋诗见赠云：「水北花南路凸凹，书声渐近市声遥。墙头红杏如窥宋，巷口青杨合住萧。富问诗囊差可数，隐除樽酒不能招。隔邻试唤颠张旭，同听黄鹂过石桥。」张旭，谓丹芝丈光泰，笛舟尝梦游冥司，言丈前身为上清宫道人，平生持斋礼斗甚虔。笠溪赠以诗云：「张老论文最起予，南漾湾上闭门居。雪深三尺无人过，冷嚼梅花读道书。」

余幼时，塾师指阶前青藓令对，时与同学以黄葱吹气摩之作响相戏，因即应曰：「黄葱」。师续加一「色」字难之，又应曰：「黄葱声。」师责不典。今阅《续太平广记》云：「武宗在宫中偶以黄葱实气，促之作声为戏。宦官遂以车载进御，葱价陡贵。」是亦有本，第尔时实未及知也。

前人作对有以同音巧合者。如陈洽八岁时，与父同行，见两舟一迟一速，父命对，云：「两船并行，橹速不如帆快」，音与鲁肃、樊哙同。洽应云：「八音齐奏，笛清难比箫和」，音与狄青、萧何同。见《息影偶录》。朱竹垞、徐胜力为同徽友，竹垞居梅里，胜力居禾城，胜力尝邀竹垞饮，竹垞或移尊往胜力家饮。二公尝以名相戏，有「今日朱移樽，朱名彝尊。明日徐家宴徐名嘉炎。」之谑，亦绝对也。

曝书亭《沙溪铺纪所见》诗云：「十丈棕绳夜截流，朝来渔子掌中收。不知方法何从得，三寸白鱼齐上钩。」自注：「玉山村人于新涨后以棕索施数十钩沉溪中，晓起收之皆有鱼。」记余在新安时所见与此正同，名曰「放夜钩」。

纸钱之设，唐《王玙传》云〔二〕：「汉以来葬丧皆有瘗钱，后世里俗稍以纸寓钱为鬼事。」《合璧事类》云：「康节先生春秋祭祀亦焚纸钱，伊川怪问之，曰：『明器之类也，脱有益，非孝子顺孙之心乎？』」近则又用锡箔，独盛于杭。《虎林杂记》云：「业此者多越人。其人入越又无能治之[一二]，《仁和县志》：『出孩儿巷及万安桥一带，过此即弗可为。』所谓迁地弗良者欤？」张旸《锡箔》诗云：「人间伪当真，地下无作有。纸尽化金银，钱愚开笑口。」

硖石山春时有香市，远近妇女咸集，有丐常作好语以乞钱，曰：「上山一步高一步，落山步步后跟高。」按解缙尝从永乐游内苑，上登桥问缙：「当作何语？」对曰：「此谓一步高一步。」及下，又问之，对曰：「此谓后边又高似前边。」上大悦，见《对语编》[一三]。丐语亦有所出。

海昌硖石镇有审山、紫微山之胜，俗呼东山、西山。灵秀所钟，代有传人。近以李壬叔善兰之勾股、陈子仙毓性（之）之围棋称绝艺[一四]。壬叔性落拓，夜尝露坐山顶，以测象纬躔次，曾中堂国藩延之入幕，著有《四玄解》等集，金山钱氏刻入《守山阁丛书》。又与洋人卫烈亚力补成《几何原本》，并纂《谈天》、《代微积拾级》诸书行世。子仙髫龄时与里中能者弈，未之或先，今大江南北推国手，著有《撷翠草堂弈谱》行世。壬叔兼工诗，《子夜歌》云：「欢心作侬屋，方便侬欢喜。一刻不相离，日住欢心里。」有《听雪轩稿》，未见，尝水一勺足以知味矣。

蒋梦华楷与壬叔同里，其居号银杏山庄，庭中有银杏树，相传为晋时植，数千年物也。并藏有东坡《盐官四咏》石刻。张叔未解元廷济为书楹帖云：「盐官四咏东坡石，平仲千寻庾信园。」著有《来青阁诗词稿》、《息喧草堂偶坐》云：「四壁风声落树端，草堂一枕梦初残。绿荫位置吟诗处，遮住斜阳让嫩寒。」《茅堂》云：「茅堂洒扫净无尘，江纸窗糊一色匀。日暖鸟啼禁不住，梅花笑借隔年春。」余近寓来春阁，识方干于死后，徒恨予生之晚耳。

蒋杉亭仁荣，梦翁子也，亦墓有宿草矣。近晤杉亭子子贞学坚，录诗见示，《望宝纶阁》云：「乱云扶杰阁，隔浦辨荒祠。桑海贞臣恨，纶音胜国思。幽泉答清响，绿苿媚寒姿。日暮徐湾路，苍茫问钓师。」《登湖天海月楼》云：「海角风声壮，回澜仗翠峦。楼撑一椽迥，山压万苍山名寒。族党周偏侮，湖田浚使宽。高风犹可仰，慷慨倚阑干。」

许午庄丈祖昱，石门人，曾为祝介眉司马家掌计，四十年如一日。咸丰庚申春时，客贲湖，湖有梁久圮，丈鸠工成之。未几寇至，争道走避，赖以全活无算。今与余同客硖石，年六十有三，苍髯丹唇，接之者不啻坐春风中也。著有《覆瓿集》，如《杂诗》云：「南山有乔木，柯叶纷攫拏。黄鸟一何幸，巢居寄生涯。置身苍翠间，罗网何由加？恃兹后凋心，永远乐岁华。」颇有寄托。又《凉月》云：「凉月忽在地，清光淡不收。宵深人未寐，落叶满庭秋。」

顾六泉宗欧为半村先生子，世居海盐之鹤塘桥，近迁硖石蒋宅[一五]，与余寓同一户限，喜作抱膝吟，如《斗草曲》云：「戒日散针社，结侣西郊外。何事惹相思？低头弄裙带。」语甚蕴藉。

余好辑近人未刊诗，虑其易于湮沉也。兹从吴巢安处得《鹤守斋稿》数叶，系祝花史所著，篇帙残蚀，几饱白鱼。许午翁谓予云：「花史一字越岑，名万青，居海昌袁花镇，为芷堂太史从子，憔悴专壹士也。终老一衿，卒后无嗣，幸录之以慰秋坟之唱。」诗如「古树有生意，妙云无定容」、「落拓性遭流俗骂，孤高心问故山知」，抑郁之气，时露行间，诗人多穷，殊可慨也！

许燕君字翼之，为午翁胞兄，入庠后游幕四方，所至皆倒屣迓迎。既纳粟为县尹，颇著劳绩，年五十余，卒于楚。出门历三十寒暑，竟化鹤归故乡，可慨也。有《养怡山馆遗稿》，兹录其《九江》云：「水摇天地白，山入混茫青。」《寄午庄舍弟》云：「烟花乡国梦，湖海稻粱谋」、《答吴和宇明府》云：「溪山啸傲临川谢，日月光芒吏部韩」、《山行》云：「点草群羊闲傍母，拳松一鹤暗窥人。」

秀水包申甫别驾铭诚，因乱徙梅里，后禾中举善后事，王西垞明府晋玉即属董其役。既与余晤，出尊甫午桥明府遗稿见示，且言先人积诗数卷，俱毁于兵，止存此数首，不啻凤毛麟角也。明府以孝廉出宰江西德兴，有循声，解组后，吟咏自适。其《天津》一绝云：「一日舟行两日停，天涯容易感飘零。无多朋旧皆离别，怕见条条杨柳青地名。」读此足以想其风尘鞅掌时矣。

劳宜生明府亦宜，与许午翁同里，以明经出宰湖北南漳，居官勤慎，卒于任所，宦橐萧然，书卷而已。诗和平如其人。《送砺斋之官楚北》云：「现宰官身慈父母，属尚书履小神仙。」《柬包午桥》云：「过眼莺花三月梦，等身著作百年心。」明府为午翁姊婿，因得读其稿也。

午翁又检得沈蘋滨诗见示。蘋滨居海昌之长安镇，幕游黔南最久，与李芝龄司成、李邺芸征君相赓唱，有《之黔》、《留黔集》诗稿。其《赠王晓轮太守》云：「大河气象岳精神，绝代高贤自有真。贾疏郑笺新著述，时以近撰《周公论》见示。龚榆张麦旧经纶。世从列传求循吏，天遣名山老异人。品到龙门身价重，惭余书剑逐风尘。」《阳城谒文成公祠》云：「荒凉祠宇对斜曛，儒术千秋大雅群。朱陆之间分一席，孙吴而外有三军。牂州古驿生春草，越国青山隔暮云。当日龙阳曾瘗旅，他乡谁忍读遗文。集中瘗旅文系谪官黔南时作。」

古吴薛瘦吟福工诗，尤精卢跗之学。尝客禾中，与先君子交最洽，每论一症，必穷彻根底。著有《医赘》行世。诗数叶，即附刊于后，如《古意》云：「有意无意间，水磨砖上铁。只要工夫深，莫对痴人说。」读此亦可见其平日为学之不倦矣。

方爱宝，杭州小家女，乱中被掳，有妪以金赎归，遂落籍，飘转江湖间。有范姓者眷之，许作量珠计。临行盟约甚坚，久而食言焉。马君蔄香作三绝句以刺之，云：「家山回首路模糊，旧日红楼委碧芜。杜宇一声啼晓雾，梦魂还否恋西湖。」「才出牢笼又狭斜，天何如此厄名花。芳心肯感黄金赎，不泣胡笳泣琵琶。」「肯负鸱夷一舸情？灯前割臂有兰盟。如何暖到桃花浪，不见江头打桨迎？」

《剡溪漫笔》云：「景州周亚夫庙，旧有碑，书《汉丞相条侯庙记》，《一统志》载一诗于其下曰：『汉室深谋只是痴，楚王当事更无机。荒坟宝玦应从葬，疑有神光夜陆离。』味其语气乃咏亚父范增，非亚夫条侯也。」余按嘉兴施相公庙，《县志》谓是宋景定门子乡进士施成，而《郡志》载黄涛《施相公庙》诗云：「愤切中原没，匹夫志攘夷。生襁秦桧魄，死后救疮痍。」则指刺咸阳之施全也。两诗皆歧误。

不饮酒，不茹荤，语出《庄子》，今士大夫有按日素食云奉某斋，或箸染腥汁必拂拭维洁，至斋满则又恣肆烹割为「开荤」。按唐时谓之「开素」，白傅诗「开素槃宴后日开」是也。又持斋不食葱荤等物，按《尔雅翼》云：「西方以大蒜、小蒜、兴渠、慈韭、茖葱为五荤，道家以葱、韭、蒜、荽、芸苔为五荤。」《楞严经》云：「五荤，食之发淫、生痰、增恚，故戒之。」是不食固宜然，何必因斋而戒，而又不忌芸苔与荽，何也？兴渠即荽。

宋宣和二年，有臣上疏设牙牌三十二扇，共纪二百二十七点，以按星辰布列之位。表上，贮于御库。至高宗时，始诏如式颁行天下。见《诸事音考》。近木地有草名骨牌草，其点如天牌、地牌居多，或云得三十二扇全者，治瘵甚效。医书都未及载，惟《浪迹续谈》有此一条，不知果验否也？

客有为余言：尝见一人择旧铜之剥蚀者，以铁屑麦粉和漆涂之，仿金石契，摹刻篆籀，浴以醋，埋土中，久而出之，青绿殆遍。盛以锦囊，并另拓款志，详加考据以实之，大为骨董家所赏识。后闻一巨室有古器，宝藏甚秘，即此物也，为之失笑。余谓文人用典沿误甚多，今之考据大都如此，莫怪其贵耳贱目也。

永康吴绛雪，名宗爱，有艳色，精绘事，晓音律，才女也，嫁同邑诸生徐明英，未几赋寡。康熙耿逆伪总兵陷处州，令言以绛雪献，免屠邑。绛雪曰：「未亡人终一死耳。」慨然从行。至三十里坑，取饮，投崖死。会李总督兵扼衢州，逾年破灭之，永康得不犯。道光癸卯，桐城吴康甫廷康为兹邑丞，始搜得《六宜楼》、《绿华草》诸稿，付梓以行。长安散人复评阅重刊之。康甫又询知死事，属海盐黄韵珊燮清为《桃溪雪传奇》，潜德幽光，益大焕发。其诗如《楼眺》云：「雄风吹野阔，雌霓跨山低。」《抱二姊子为嗣》云：「子易阴阳柏，荣分姊妹花。」《春日即事》云：「晓起理琴弦尚涩，醉临禊帖格差肥。」《春日有怀素闻》云：「疏风小雨宜罂粟，细雨新蔬采马兰。」《暮春》云：「社燕将雏花渐落，晴鸠呼妇葚初红。」《元宵》云：「笙歌地觉春如海，灯火人忘月在天。」《冬日村居》云：「冬山瘦削宜添雪，老树槎枒不动风。」诸句皆无小女子娇喘声气。绛雪与秀水吴素闻女史尝绣回文诗于镜囊以赠，名《同心栀子图》，其读法见王氏冰壶山馆本。又永康应氏圣楷谓推广读之，层出不穷。遂成一集，别有单刻本行世。

查淑贞，休宁查广之上舍文熙女，咸丰丙辰年二十一归余。婚未浃旬，休邑戒严，急令其奉姑潜避入山。濒行，谓余曰：「昔闻寇至，恒走窜山巅，苟不测，即堕身死。此去亦惟如是，但如姑老何！」俄寇退，复归。未半年，余有浙西之行，临歧，又曰：「初乱离意殊慷慨，今每忽忽不自持，亦由先后之处境有异耳。」至禾寄予书，尝刺指血以押尾。同治壬戌二月，贼至洽舍，妇猝不及避，贼抽刃以惧，即夺而自刃焉。伯兄同日遇害，音问亦绝。逾年，季弟华甫归，始悉其事，哭以诗云：「千寻危壁身终碎，一寸遗书血未干。」时乙丑三月二十日矣。

姚梅伯孝廉燮，镇海人，生有夙慧，博通经传子史，工诗古文词。鄞县徐同叔孝廉尝评其所著，以为「骈体文第一，诗次之，填词又次之。余所横溢皆可观、传人也。」诗如「南极云低三辅夕，西山日落五湖秋」、「乱烟掠树遥青碎，晚日当沉大赤浮」、「驿背乱船迎柝下，马头残梦带霜醒」、「当风帆湿犹疑雨，入晚天暄渐减衣」。按梅伯于道光癸卯大病几死，养疴郡之报德观，忽大晓悟，取生平绮语十数种摧烧之，自号复庄。其至禾也，每主其族六榆明经家。一日出城，至五龙桥坐久不起，人问之，曰：「偶因所触有会悟处。」计时当在大病后也。梅伯又精绘事，尝画美人，刻「书生自照」、「前生照」小印印其上。

先父尝云：「学医有四可：可以养生，可以济世，可以立名，可以弋利。」故右轩仲兄所著有《四可学人录》。近见李君香苹所著《停云馆诗话》，盖「为月忧云，为书忧蠹，为花忧风雨，为佳人才子忧薄命」，自署「四忧主人」。人或诘之，应曰：「柴米油盐而已。」香苹名家瑞，福建侯官人，时为嘉兴县丞，得见一面。刊有《蕉雨山房诗集》，如《霹雳岩》云：「何年霹雳斧，劈破孱颜峰。相见诧幽怪，仙人如可逢。千寻青玉笋，十丈碧芙容。风雨倏然至，空山吟老龙。」他如《题邵小亭贰尹淡道服小影》云：「仕宦登场如傀儡，英雄退步即神仙。」《呈张海春太守元祥》云：「一念慈祥心大佛，四方灾沴手良医。」

《子云馆诗话》载有郭停寿司马《铁龄乐府十三首》，命意维新，几于目空一世。今节录如左。《诗书蠹》云：「蠹鱼不过能蠹纸，未必食尽经与史。一从八股有时文，纷纷奇蠹难屈指。袭皮毛，遗精理；贪堆垛，工排比。揣摩风气尤堪耻。曰仁曰义曰道德，置之高阁都束起。师以其术授弟子，梦中说梦胡底止？圣经贤传日月光，尽堕浓烟黑雾里。呜呼！是岂朝廷设令之初心，流及既衰乃如此！」《梨枣灾》云：「充栋高，汗牛重，邪说纷纷日聚讼。仓颉当年制字时，岂料后来如此用！屈身二氏高台舆，床第之丑扬通衢。即或稍知托经学，横被穿凿无完肤。愈解愈晦徒自苦，梨枣之灾乃尔乎！吁嗟，秦皇之火只早二千载，若在今时真乃何堪无！」《原鬼神》云：「天神状如天，地祇形如地，人鬼如人亦此义。自从庙祀日纷纭，玉帝阎罗衣裳被。古者圜邱方泽原无尸，象以土偶岂曰宜。惜哉玉帛兼牲牺，用之非神非祇非鬼真虚縻！」《轮回谬》云：「释氏之书不可读，读之造化成死局。云有前生与后生，但换皮囊与骨肉。阎罗纵有千手笔，安能一一尽登录。我来恰不由轮回，死后亦不愁地狱。笔尖点破万古迷，那管窗前鬼夜哭！」《定终身》云：「但以八字定终身，星术之书都失真。是年是月是日不止生一人，有验即当有不验，将凭何者论断方如神？纷纷总由术士口，任意雌黄合亦偶。丈夫论定期盖棺，不在生初在死后。」《争一日》云：「玉兔升，金乌没，三百六十原一律。只缘人情有爱憎，妄想趋避皆失实。凶吉无定形，皆从方寸生。如果朝乾夕惕严且明，何必赤道黄道白道黑道，得其一语而遂奉之为定评！」《士卒骄》云：「士卒之骄莫与伍，阿谁新买团团补？左营右营大字标，战兵守兵平价估。舆台贵，士风微。散役犹值金数十，吾道安得不苦饥！」

王渔洋谓「吴俗有三好：斗马吊牌、吃河豚鱼、敬五通神，虽士大夫不免。恨不得上方斩马剑，诛作俑者。」余谓近日又有三好：赌摇摊、皈天主教、吸鸦片烟。烟系洋人熬罂粟膏为之，久吸必精血枯瘠，以至于死。今之咏之者如：「黄金灰里尽，白日梦中过，饥寒谋在稻粱先。」语皆痛切。时传戒烟方有用紫贝、金牛草者，最验。余因得句云：「可怜一种闲花卉，能杀人还能救人。」虽不获上方剑诛其首，但驱草木兵以灭其从者，亦快矣。

校注

［一］宜山　原作「宜士」，误。

［二］懋　原作「楙」。按此条所录即前条沈念农祖懋诗，「楙」应为「懋」。诗题亦其自述。

［三］懋　原作「楙」，校改同上。

［四］涤生　疑误。谭献，初名廷献，字仲修，号复堂、半厂、仲仪等，未闻其字号为涤生者。

［五］姜石帚指姜夔（白石）。

［六］成　衍字。

［七］弘　原作「宏」，据《后汉书》改。

［八］成　上海古籍出版社点校本《两当轩集》作「凝」。

［九］十　《两当轩集》作「千」。

［一〇］应　《两当轩集》作「谁」。

［一一］玙　原作「屿」，误。下引文见《新唐书·王玙传》。「来」原作「前」，「丧」原作「者」，皆误，据改。

［一二］此处疑有夺文讹字。

［一三］语　原作「雨」，疑误。

［一四］之之　衍一字。

［一五］蒋宅　原倒，改正。

小沧浪诗话

［清］张燮承　撰
吕美生　点校

小沧浪诗话目录

前　言

《小沧浪诗话》四卷，其作者张燮承，字师筠，清安徽含山县人，生平事迹不详。《小沧浪诗话》辑入《张师筠著述》中，其撰写动机，正如张氏在集中所述：咸丰元年春，他应人之聘，从南京到苏州，「权课小沧浪馆中，课余检架上书，得说诗百数十种，有先得我心者，随读随录，遂亦裒然成帙，不忍弃去，编而存之，即题曰《小沧浪诗话》」，这就是其人撰此书的直接由来。

中国古代诗话总集，大致可分为两种类型：一是总汇性的全集：旨在「网罗放佚，使零章残什，并有所归。」（《四库全书总目·集部总叙》）以期求其完备，尽善尽美。其中「以事为纲」者，以北宋阮阅的《诗话总龟》为最；「以人为纲」者，以南宋胡仔的《苕溪渔隐丛话》为首。二是类编性的选集：旨在「删汰繁芜，使莠稗咸除，菁华毕出」（同上），务为选优去劣、去粗取精。其中如南宋魏庆之选编的《诗人玉屑》二十一卷，可谓其中最优。它选录两宋诗话中论诗之语，或短札片谈，或短篇断章，或全部辑录，大都以深蕴诗歌理论价值取向而见称于世。这是宋人诗话的集成性选编，体现了宋人诗话整理和研究中的最高水平和突出成就。《小沧浪诗话》体例与魏庆之《诗人玉屑》前十一卷大致相近似，沿袭影响，历历可见。均着眼于诗教、诗体、诗艺、诗格和诗学宗旨、诗体渊源等各种诗学原理。全书分类辑录，上自欧阳修《六一诗话》，下迄洪亮吉《北江诗话》，共计五十多种历代诗话之作中的有关内容，分成「诗教」、「乐府」、「取法」、「指疵」等十九目，不考本事，不标佳句，「溯源穷流，分门别类，严其去取，多所发明」，稍加评议，切中要旨，旨在「述而不作」、「寓作于述」，故人们曾誉称其为「《诗人玉屑》之亚」。

初读《小沧浪诗话》，似乎觉得它「喧议竞起，准的无依」，从作者所写约二十条「按」语中，也不易看出其内在逻辑联系和意图。但只要我们把它纳入中国诗歌思潮的历史流变中，进行宏观的纵向追索和横向扫描，就可清晰看出其诗学渊源和诗学宗旨。原来在中国诗话史中，「诗言志」与「诗缘情」，乃是中国古典诗论的两大基石。「诗言志」是我国诗论的「开山纲领」，渊远流长，但到魏晋时代，随着「文学的自觉时代」的到来，为艺术而艺术的纯文艺观出现了，诗论既由要求形式的「欲丽」逐渐嬗变、积淀而为追求内容的「缘情」。但由于「儒道互补」是一条贯穿中国文化哲学思潮的基本线索。中唐以后，又历史地形成「尊之于儒，则冠六经之首；贯之于道，则居众妙之门；崇之于释，则彻空王之奥」(皎然《诗式》)的「三教合流」的诗教传统，对「诗言志」和「诗缘情」两种诗歌原论的规范、引导和陶铸，促使其在历史流变中形成种种相互渗透、撞击、冲突和交汇的复杂情况，所谓「在己为情，发言为志，情志一也」。这样，具体落实、演变到清代诗论，就形成三大流派学说，这就是：一为王士禛《渔洋诗话》之「神韵」说；二为沈德潜《说诗晬语》之「格调」说；三为袁枚《随园诗话》之「性灵」说。三说鼎立，义实一贯，各成一家之言，却又相互发明。它们共同构成一个相当完整的、异中有同、同中有异的、多元化全方位的诗学体系，笼罩在整个清代诗坛，涵括种种诗论，没有任何一种具体诗学原理能出其左右者也。《小沧浪诗话》当然也无例外。这情况正如日本学者青木正儿在《清代文学评论史》中所明确论述的：

性灵、格调和神韵，可谓诗的三大要素。性情是诗的创作活动的根源，其灵妙的作用就是「性灵」。而将由于性灵的流露而产生的诗思加以整理的规格，就是「格调」。这样创造出来的艺术品中自然具备的优美风韵，就是「神韵」……性灵是充实诗的内容的思想，格调是构成诗的外形的骨骼，而神韵则是建立在性灵和格调之上的风韵，而且不是游离于性灵、格调之外，莫如说正是发自这二者的音响的余韵。

循此思路和视角，我们来分析《小沧浪诗话》，可以看出：其「寓述于作」于王士禛之「神韵」说者为数最多：摘录于《带经堂诗话》约八十余条，其中包括：《渔洋诗话》约十三条，《古夫于亭诗问》约十六条，《郎氏诗问》约八条，《香祖笔记》约十一条，《居易录》约十一条，《池北偶谈》约七条，《蚕尾续文》约六条，《分甘余话》约三条，等等。其「述而不作」摘录于沈德潜《说诗晬语》者，计约二十条。三者共计近一百四〇条，占全数三分之一以上。

现在我们要进一步明确，张燮承所服膺的诗学原理，主要是王士禛「神韵」说一派。因为「神韵」说，它介于「格调」说和「性灵」说两派之间，同时它又超越两派，并回过头来囊括两派。因而它本身就体现、凝结为一种主体和客体、内容和形式、构思和传达相互统一的艺术结晶体。王士禛曾明确自白其理论渊薮：「余于古人论诗，最喜钟嵘《诗品》、严羽《诗话》、徐祯卿《谈艺录》。」

张燮承在《后记》中也正是这样夫子自道：

余旧喜严仪卿《沧浪诗话》，尝用渔洋老人语，合钟记室《诗品》，徐昌穀《谈艺录》录为一册，以时服膺，盖有年矣。

多少年来，张燮承就是朝斯夕斯、孜孜不倦，以上述四者，作为自己诗学的最大参照系，时时揣摩、深受影响的。其中，钟嵘《诗品》，因其不合宋《六一诗话》开创而来的诗话体例，而未录述外，其余，《沧浪诗话》摘录约二十条，《谈艺录》则摘录约十条。

综上可以看出：依据量的原则审视，张燮承《小沧浪诗话》，正是以王渔洋的所有诗话之论为轴心和主干。从历史的纵向追溯，它是把严羽《沧浪诗话》和徐祯卿《谈艺录》，喻为其车子运转的两轮。从现实的横向考察，它是把沈德潜的《说诗晬语》和袁枚的《随园诗话》，喻为其飞鸣腾空的两翼。事实上，上述五人诗话，在全书中摘录条数约近半数。如果我们依据质的原则，从其诗话的深层理论内涵来剖析其价值取向，具体又可概括为以下三点：

第一，服膺儒家「诗教」，恪守诗主「性情」的观点。

我们知道，向来中国的诗歌理论是以儒家「诗教」为核心的。所谓「诗教」，主要含义大致有三：一是诗歌必须遵从封建宗法制度下的伦理道德规范，为政治教化服务；二是诗歌的社会功能主要在于「兴观群怨」，「上以风化下，下以风刺上」，发挥「经夫妇、成孝敬、厚人伦、美教化、移风俗」的功利效用；三是诗歌的批评鉴赏原则在于「中和之美」。显然这种「诗教」理论在《小沧浪诗话》

中，不仅为其首目，而且是贯穿于其中的血脉所在。全书开头的「诗教」中，首先选录白居易《与元九书》中有关「诗者：根情、苗言、华声、实义」的论点，正因为白居易所倡导的「新乐府」运动，是遵循汉儒《毛诗序》中的诗学观在中唐的理论再现。张夔承曾这样称赞白居易：「公之为诗，自有事在，非徒嘲风雪，弄花草已也。考公立身本末，又非行有不顾者，固庆历间一大宗也。」正是基于「诗教」，他摘录《怀麓堂诗话》「白乐天令老妪解之，遂失之浅俗」后，提出异议：「香山新乐府讽谕诸篇，正不得以浅俗概之。」但对于白居易后期的闲适诗之类，又依据「诗教」，指责其「惟其近体易入颓唐，不可轻学耳」的看法。同时指出白居易理论与创作之间的矛盾，一方面称赞「彼谓纤艳不逞，非庄士所为，鳃鳃以淫词媟语入肌骨为虑：岂知言哉！」另方面又指出：「惟公作过多，或不免浅近颓唐之病，不可不知。」

「诗教」的内涵和实质就是「性情」说。中国自「诗缘情」后，这个「情」就始终和「发乎情，止乎礼义」、「吟咏情性，以风其上」的观点，纠缠在一起，难舍难分，促使这「情」裂变为二。「情」如与「性」相结合，上升为「性情」，成为一种伦理性的社会情操；「情」若与「欲」相结合，下堕为「情欲」，就成为一种肉欲喁喁的「色情宣泄」。这就是「诗之为学，性情而已」和「情之为最，莫如男女」的区别。显然，《小沧浪诗话》所倡导的「性情」，正是指高尚向上的社会性伦理情感，它避免诗情下滑而堕落，又抗拒着诗意的佶屈以浅俗。这就正如张夔承所说：「诗本性情，人皆知之，性情必出以正，必出以深厚，尤不可不加之意也。」正是这种对「性情」的公正而深刻的社会价值取向，他推崇杜甫，云：「太白之才，有不可及，所后于杜者，性情不能悉得其正耳。」据此，他强调：「近人为诗，恒谓语贵性灵，究其所谓性灵，往往非古之所谓性情，不可不辨。」原来袁枚的「性灵」说，有主张创作主体心境的个性自由之义，有偏向男女情感之弊，这就容易与儒说「诗教」相抵触，相悖违，故为张氏所不取。其实，袁枚诗论也主「性情」，但主要不是讲情性之善恶，而是着重注意性情之真的，如袁枚曾言：「人必须有芬芳悱恻之怀，而后有沉郁顿挫之作。人但知杜少陵每饭不忘君，而不知其于友朋、弟妹、夫妻、儿女之间，何在不一往情深耶？」如果说，「性灵」说侧重于性情之真，在善之先；那么「性情」说则偏向于性情之善，在真之上。二者侧重点不同，但并非相互排斥。这就是袁枚所说「神韵是先天真性情」，一语道出了个中底蕴。

第二，推崇「辞淳气平」蕴藉含蓄的古淡风格。

在这方面，张燮承最得王士禛「古人诗只取兴会超妙」的「神韵」说之精髓。所谓「韵」，侧重的是诗歌的艺术魅力，所谓「神」，侧重的则是诗歌的风格内涵。这里包括的既有诗境中的人，尤其含蕴着、渗透着诗人情性、风度和气质的境外之味。所以，渔洋论诗主神韵，就特别强调诗要「含蓄」而不要率直，要「蕴藉」而不要轻俗。即张燮承「所谓语近情遥，含吐不露者也。」张氏还在摘录《归田诗话》「惟乐天云：『汉使即回凭寄语，黄金何日赎蛾眉。君王若问妾颜色，莫道不如宫里时。』不言怨恨，而惓惓旧主，高过人远甚。」一段后，按曰：「汉使云云，可谓辞淳气平。」因为其艺术构思深得儒家「哀而不伤，怨而不露」的中和之美的要旨。因此，他又赞同袁枚的看法，视神韵为诗之一体，在艺术传达上提倡婉而深，反对直而浅。认为韩愈诗摸求故事，排比对偶，出于勉强，直而浅；王维诗则委婉含蓄，诗意浑厚，婉而深。特别在他比较了白居易的《长恨歌》和元稹的五绝《行宫》之后，就体裁和题材之关系，深刻地指出：「非必多与长定不如少与短。惟不可求多求长，出于勉强耳。」认为长短皆宜，以深厚为最佳境界。

「神韵」说的内质，是一种以「色相俱空，无迹可求」的逸品为尚的审美意识。它的历史贡献，在于突出了我国古典抒情诗体形似简淡而神实清远的空灵、清逸的艺术风貌，从而获得跨越时代的美学意义。张燮承的所谓「不深厚不得为古，不悠远不得为淡」的这种「古淡闲远」的风格，正是属于「逸品」一格的「神韵」说一派。两者一脉相通，声息呼应。

第三，「离形得似，象外传神」的意象构造论。

王士禛的门人张宗柟认为：「『神韵』二字尤咏物三昧。」因此，他追求「天机清妙，含毫邈然」的神似之作，反对「求事极工，绘形唯肖」的形似之作。张燮承正是以此为诗歌鉴赏的审美导向，说过一段很耐人寻味的话：

李义山《李花》云「自明无月夜，强笑欲风天。」《蝉》云：「五更疏欲断，一树碧无情。」僧齐己《早梅》：「前村深雪里，昨夜一枝开。」潘逍遥《落叶》云：「几番经风雨，一半是秋霜。」高季迪《归鸦》云：「荒村流水远，古戍淡烟微。」是皆能离形得似，象外传神。赋物之作若此，方可免俗。

你看，「赋物之作」要求达到的「离形得似，象外传神」，正是「神韵」说所追求的艺术极诣。但是，它的具体的艺术途径何在？也就是说，艺术的审美意蕴，究竟怎样才能找到其独具艺术魅力的形式载体？这就涉及到「离形得似，象外传神」的可操作性的具体艺术法则，正如沈德潜所说：「诗贵性情，亦须论法，乱杂而无章，非诗也。」沈氏还曾序《剑溪说诗》曰：「古来说诗者夥矣，而司空表圣、严沧浪、徐昌穀为胜，以不着迹象，能得理趣也。但从入之方未尝指示，学者奚所循焉？」如果说，「离形得似，象外传神」属「不着迹象」一类，是「神韵」说的形式观，那么，「格调」说改「无迹」为「有轨」，变无序化的「不着迹象」转换成为有序化的可「从入之方」的「循轨」操作过程，从而，造就了「格调」说的形式美学价值，突出地显示了它的历史贡献。「然所谓法者，行所不得不行，止所不得不止，而起伏照应、承接转换，自神明变化于其中」。（《说诗晬语》）张燮承正是从诗歌形式美方面，多方吸收了「格调」说的观点，突出体现在上述他所选四卷中的后二卷，共二十个回目中。关于「押韵」，他一再张调，「所谓押韵无一字无出处者，正非如今人之寻韵脚也。」「次韵诗不必不作，必不可于此角胜，稍有牵强，稍有支绌，便须罢休，擅场不在此也。」对于袁枚的「性灵」说，他也正是从形式美的法则角度，表示特别欣赏袁氏两句话：

余于随园之论诗得二句，一曰：「我不觅诗诗觅我。」二曰：「有章法无句法，非诗也；有句法无章法，亦非诗也。」诗之章法，却与人之按部就班不同。

正是基于这种「离形得似，象外传神」意象构造，深得「格调」说的真谛，因而他在列举陆游「柳暗花明又一村」时说：「尝见乡人有题园亭句子云：『柳暗花明又一亭。』不禁失笑，彼方自诧善用古人句，易一字而景趣适合，不知彼之一亭，与放翁之一村，其字法雅俗与境界之有味无味，悬绝霄壤。」你看，一字之差，天壤之别，它所涉及的艺术法则，却是「境界之有味无味」的诗歌本质特征问题。

本书据清咸丰九年春古汲郡贺氏刻本点校。点校中，对书中引文尽量查检原书。张氏征引某书，有于书名上冠以「本」者，自是述其大意，故一般不作校对。其直标书名者，凡征引有语句省略的，一般不予校补，正文中亦不加省略号；其个别字词的出入，鉴于太多，即或增（以〔〕表示）、或删（以（）表示）、或径改，一般也不出校。为便于读者，对于少数关键性语词作了注解。由于本人初试点校，加以学力不足，其中缺点和错误在所难免，敬祈方家指正。

点校者

一九九三年七月于安徽大学

自序

余旧喜严仪卿《沧浪诗话》，尝用渔洋老人语，合钟记室《诗品》、徐昌穀《谈艺录》，录为一册，以时服膺，盖有年矣。今春应安卿中丞之聘，自金陵同来吴下。冬仲复权课小沧浪馆中，课余检架上书，得说诗者百数十种。有先得我心者，随读随录，遂亦裒然成帙，不忍弃去，编而存之，即题曰《小沧浪诗话》。夫诗话盛于宋，推六一为最古，或标举佳句，或考证本事，不尽言得失。而余则不然，非别裁也，亦欲为学人启一径耳。曰「小沧浪」，木以纪载笔之地[一]，乃与向之服膺仪卿隐隐相触，抑一奇欤！咸丰元年祀灶日，含山张燮承师筠记。

校注

〔一〕此句疑有讹误。

《小沧浪诗话》纂辑书目

所见都百种，无所摭拾即不存目。各条之下虽已分注，而未列主名，因复录此。

文则　陈骙
娱书堂诗话　赵与虤
临汉隐居诗话　魏泰
陈辅之诗话　陈辅之
全唐诗话　贾似道[二]
潜溪诗眼　范温
诗谈[三]
怀麓堂诗话　李东阳
谭苑醍醐　杨慎
诗文浪谈　林希恩
归田诗话　瞿佑
香宇诗谈　田艺蘅
雪涛诗评　江盈科
渔洋诗话　王士禛
古夫于亭诗问　刘大勤[四]
说诗晬语　沈德潜
瓯北诗话　赵翼
诗式　释皎然
诗家直说　谢榛
西园诗麈　张蔚然
日知录　顾炎武
带经堂诗话　张宗柟[五]
谈龙录　赵执信
随园诗话　袁枚
北江诗话　洪亮吉

校注

[一]张燮承未标《金玉诗话》作者。查此书仅有《说郛》本，题为蔡绦所撰，仅十则，均见于《西清诗话》。

［二］张燮承认定《全唐诗话》为贾似道所撰，显系误传。查：《全唐诗话》旧题「宋尤袤撰」，尤袤（一一二七—一一九四）字延之，宋高宗绍兴十八年（一一四八）进士，南宋著名诗人。《全唐诗话》原序称「咸淳辛未重阳日遂初堂书」，咸淳辛未为宋度宗咸淳七年（一二七一），上距尤袤卒年已七十七年，故有人认为，编撰者绝非尤袤。《四库全书总目提要》经考证，认为此书是廖莹中抄窃《唐诗纪事》而成，遂成定论。廖莹中为贾似道门客，故以讹传讹，张燮承又张冠李戴，误为贾似道所撰。《全唐诗话》在抄窃《唐诗纪事》过程中，毕竟也下了一番选留去取的功夫，较《唐诗纪事》反而显得精要洁净，重点突出，故后世颇为流行。

［三］《诗谈》，撰人不详，原书久佚。《遂初堂书目》著录于集部文史类，《宋史·艺文志》亦著录于集部文史类，并称此书有十五卷。今存涵芬楼本《说郛》一卷，仅七条，郭绍虞《宋诗话考》说：「就今《说郛》所载七则论之，第一则录任昉《文章缘起》，第二则录白居易《与元九书》，第三则录沈括《梦溪笔谈》，第四则录《唐书·文艺·宋之问传》，第五则录李肇《国史补》，第六则录《温公续诗话》，第七则录欧阳修《归田录》，是殆开辑录诗论风气之较早者。」按：书中所辑《诗谈》文字，即为白居易《与元九书》中之语。

［四］《古夫于亭诗问》，实为王士禛所撰。「古夫于亭」为王士禛所居亭名，故称之。《清诗话》本又称其为《师友诗传续录》，此书之所以称「续录」者，因前有郎廷槐所编《师友诗传录》，又称《郎氏诗问》。是书编者为刘大勤。它与《郎氏诗问》之最大差别在于：《郎氏诗问》每问三答，以王氏答问为主，兼采二张之说，而《古夫于亭诗问》，则仅述王士禛一家之言。

[五]《带经堂诗话》，是张宗柟将王士禛全部著作（包括《居易录》、《蚕尾文》、《古夫于亭诗问》、《郎氏诗问》、《分甘余话》、《池北偶谈》等等）中论诗之语加以辑录、分类，编纂成书。故人民文学出版社署名为王士禛著，张宗柟纂集。

小沧浪诗话第一

诗　教

六经首《诗》者何？圣人感人心而天下和平。感人心者，莫先乎情，莫始乎言，莫切乎声，莫深于义。诗者：根情，苗言，华声，实义。上自圣贤，下至愚呆，微及豚鱼，幽及鬼神，群分而气同，形异而情一，未有声入而不应，情至而不感者。圣人知其然，因其言，经之以六义；缘其声，纬之以五音。音有韵，义有类。韵协则言顺，言顺则声易入；类举则情见，情见则感易交。于是乎孕大含深，贯微洞密，上下通而一气泰，忧乐合而百志熙。故闻「元首股肱」之歌，则知虞道昌矣。闻「五子洛汭」之歌，则知夏政荒矣。言者无罪，闻者足戒，言者闻者，莫不两尽其心焉。《诗谈》

燮按：语本白傅与元相书

诗理宏渊，谈何容易，究其妙用，可略而言。《卿云》、《江水》开《雅》《颂》之源；《烝民》、《麦秀》建《国风》之始。览其事迹，兴废如存，占彼民情，困舒在目。则知诗者：所以宣玄郁之思，光神妙之化者也。先王协之于宫徵，被之于簧弦，奏之于郊社，颂之于宗庙，歌之于燕会，讽之于房中，盖以之可以格天地，感鬼神，畅风教，通世情，此古诗之大约也。汉祚鸿朗，文章作新，《安世》楚声，温纯厚雅；孝武乐府，壮丽宏奇。搢绅先生，咸从附作。虽规迹古风，各怀剞劂，美哉歌咏，汉德雍扬，可为《雅》《颂》之嗣也。及夫兴怀触感，民各有情。贤人逸士，呻吟于下里；弃妻思妇，叹咏于中闺。鼓吹奏乎军曲，童谣发于闾巷，亦十五《国风》之次也。东京继轨，大演五言，而歌诗之声微矣。至于含气布词，质而不采，七情杂遣，并自悠圆，或间有微疵，终难毁玉[一]。两京诗法，譬之伯仲埙篪，所以相成其音调也。魏氏文学独专其盛，然国运风移，古朴易解，曹王数子，才气慷慨，不诡风人，而特立之功，卒亦未至。故时与之暗化矣。

情者，心之精也。情无定位，触感而兴，既动于中，必形于声。故喜则为笑哑，忧则为吁戏，怒则为叱咤。引而成音，气实为佐，引音成词，文实与功。盖因情以发气，因气以成声，因声而绘词，因词而定韵，此诗之源也。然情实眑渺，必因思以穷其奥；气有粗弱，必因力以夺其偏；词难妥帖，必因才以致其极；才易飘扬，必因质以御其侈，此诗之流也。由是而观，则知诗者乃精神之浮英，造化之秘思也。若夫妙骋心机，随方合节，或约旨以植义，或宏文以叙心，或缓发如朱弦，或急张如跃楛，或始迅以中留，或既优而复促，或慷慨以任壮，或悲凄以引泣，或因拙以得工，或发奇而似易，此轮匠之超悟，不可得而详也。《易》曰：「书不尽言，言不尽意。」若乃因言求意，其亦庶乎有得焉！

夫词士轻偷，诗人忠厚。不妨汉魏[二]，古意犹存。故苏子之戒爱景光，少卿之厉崇明德，规善之辞也。《沧浪诗话》：「古人赠答，多相勉之辞。苏子卿云：『愿君崇令德，随时爱景光。』李少卿云：『努力崇明德，皓首以为期。』刘公干云：『勉哉修令德，北面自宠珍。』杜子美云：『君若登台辅，临危莫爱身。』往往是此意。魏武之悲东山，王粲之感鸣鹳，子恤之辞也。甄后致颂于延年，刘妻取譬于唾井，缱绻之辞也。子建言恩，何必衾枕；文君怨嫁，愿得白头：劝讽之辞也。究其微旨，何殊经术？作者蹈古辙之嘉粹，刊佻靡之非轻，岂直精诗，亦可以养德也。《鹿鸣》、《頍弁》之宴好，《黍离》、《有蓷》之哀伤，《氓》蚩、《晨风》之悔叹，《蟋蟀》、《山枢》之感慨，《柏舟》、《终风》之愤懑，《杕杜》、《葛藟》之悯恤，《葛屦》、《祈父》之讥讪，《黄鸟》、《二子》之痛悼，《小弁》、《何人斯》之怨诽，《小宛》、《鸡鸣》之戒惕，《大东》、《何草不黄》之困疵，《巷伯》、《鹑奔》之恶恶，《绸缪》、《车邻》之欢庆，《木瓜》、《采葛》之情念，《雄雉》、《伯兮》之思怀，《北山》、《陟岵》之行役，《伐檀》、《七月》之勤敏，《常棣》、《蓼莪》之大义，皆曲尽情思，婉娈气辞。哲匠纵横，毕由斯阈也。以上《谈艺录》

晋葛洪《抱朴子》曰：古诗刺过失，故有益而贵；今诗纯虚誉，故有损而贱。

古人之诗，有诗而后有题，今人之诗，有题而后有诗。有诗而后有题者，其诗本乎情；有题而后有诗者，其诗徇乎物。《三百篇》之诗人，大率诗成取其中一字二字三四字以名篇，故十五国并无一题，《雅》、《颂》中间一有之，若《常武》，美宣王也。若《酌》、若《赉》、若《般》，皆庙之乐也，其后人取以名之者一篇曰：《巷伯》，自此而外无有也。五言之兴，始自汉魏，而《十九首》并无题。《郊祀歌》、《铙歌曲》各以篇首字为题。又如王、曹皆有《七哀》，而不必同其情；六子皆有《杂诗》，而不必同其义，则亦犹之《十九首》也。唐人以诗取士，始有命题分韵之法，而诗学衰矣。

以上《日知录》

诗人贵知学，尤贵知道，东坡论少陵诗外尚有事在是也。诗之为道也，非徒以风流相尚而已。《记》曰：「温柔敦厚，诗教也。」冯先生恒以规人。《小序》曰[三]：「发乎情，止乎礼义。」余谓斯言也，真今日之针砭矣夫！

或曰：「礼义之说，近乎方严，是与温柔敦厚相妨也。」余曰：「诗固自有其礼义也，今夫喜者不可为泣涕，悲者不可为欢笑，此礼义也；富贵者不可语寒陋，贫贱者不可语侈大，推而论之，无非礼义也；其细焉者，文字必相从顺，意兴必相附属，亦礼义也。是乌能以不止耶？」以上《谈龙录》

诗本六籍之一。王者以之观民风、考得失，非为艳情发也。虽四始以后，《离骚》兴美人之思，平子有定情之咏，然词则托之男女，义实关乎君父友朋。自陈、梁篇什，半属艳情，而唐末香奁，益近亵嫚，失「好色不淫」之旨矣。此旨一差，日远名教。《说诗晬语》

人必先有芬芳悱恻之怀，而后有沉郁顿挫之作。人但知杜少陵每饭不忘君，而不知其于友朋弟妹、夫妻儿女间，何在不一往情深耶？观其冒不韪以救房公，感一宿而颂孙宰，要郑虔于泉路，招李白于匡山，此种风义，可以兴，可以观矣。后人无杜之性情，学杜之风格，抑末也。

诗难其真，有性情而后真，否则敷衍成文。诗难其雅，有学问而后雅，否则俚鄙率意。以上《随园诗话》

诗者述事以寄情。事贵详，情贵隐。及乎感会于心，则情见乎词，此所以入人深也。如将盛气直述，更无余味，则感人也浅，乌能使其不知手舞足蹈；又况厚人伦、美教化、动天地、感鬼神乎？

「桑之落矣，其黄而陨。」「瞻乌爰止，于谁之屋。」其言止于乌与桑尔。及缘事以审情，则不知涕之无从也。「采薜荔兮江中，搴芙蓉兮木末。沅有芷兮澧有兰，思公子兮未敢言。」「我所思兮在桂林，欲往从之湘水深」之类，皆得诗人之意。《临汉隐居诗话》

汾阳孔文谷天允云：「诗以达性，然须清远为尚。」薛西原论诗，独取谢康乐、王摩诘、孟浩然、韦应物，言「白云抱幽石，绿筱媚清涟」，清也。「表灵物莫赏，蕴真谁为传」，远也。「何必丝与竹，山水有清音」，「景昃鸣禽集，水木湛清华」，清远兼之也。总之妙在神韵矣！神韵二字，余向论诗，首为学人拈出，不知先见于此。本《池北偶谈》

六经、廿一史，其言有近于诗者，有远于诗者，然皆诗之渊海也。节而取之，十之四五，[illegible]结漫谐之习，吾知免矣。一曰典，画潇湘洞庭，不必蹙山结水，李龙眠作《阳关图》，意不在渭城车马，而设钓者于水滨，忘形块坐，哀乐嗒然，此诗旨也。次曰远，《诗》三百五篇，吾夫子皆尝弦而歌之，故古无乐经，而由庚华黍皆有声无辞，土鼓鞞铎，非所以被管弦，叶丝肉也。次曰谐音律，昔人云：《楚词》、《世说》，诗中佳料，为其风藻神韵，去《风》、《雅》未遥，学者由此意而通之，摇荡性情，晖丽万有，皆是物也。次曰丽以则。本《蚕尾续文》

夫诗之道有根柢焉，有兴会焉，二者率不可得兼。镜中之象，水中之月，相中之色，羚羊挂角，无迹可求，此兴会也。本之《风》、《雅》以导其源，溯之楚骚、汉魏乐府诗以达其流，博之九经、三史、诸子以穷其变，此根柢也。根柢源于学问，兴会发于性情，于斯二者兼之，又斡以风骨，润以

丹青，谐以金石，故能衔华佩实，大放厥词，自名一家。本渔洋文

张吏部序予《过江集》曰：「笔墨之外，自其性情，登览之余，别深怀抱。」知己之言也。本《居易录》 以上《带经堂诗话》

诗人不可无品，至大节所在，更不可亏。杜工部、韩吏部、白少傅、司空工部、韩兵部，上矣。李太白之于永王璘，已难为讳。又次则王摩诘。再次则柳子厚、刘梦得。又次则元微之。最下则郑广文。若宋之问、沈佺期，尚不在此数。至王、杨、卢、骆及崔国辅、温飞卿等，不过轻薄之尤，丧检则有之，失节则未也。《北江诗话》

余尝谓诗文书画皆以人重，苏、黄遗墨留传至今者，一字兼金。章惇、京、卞岂不工书？后人粪土视之。永叔有言，古之人率皆能书，独其人之贤者，传遂远，使颜鲁公书虽不工，后世见者必宝之。非独书也，诗文莫不皆然。本《香祖笔记》

不工则不必传，传其人可也。虽不工句，须参活相。燮承

余少尝语汪钝翁云：「吾辈立品，须为他日诗文留地步。」每观《钤山集》，亦作此叹。本《居易录》 以上《带经堂诗话》

校注

〔一〕毁 《谈艺录》作「掩」。

〔二〕不妨 《谈艺录》作「上访」。

〔三〕小序 当为「大序」。《经典释文》引旧说：自该序开头「关雎」起至「用之邦国焉」，名《关雎序》，谓之《小序》。自「风，风也」讫末，名为《大序》。据此，「发乎情，止乎礼义」乃《大序》中文字。

性情

孔子曰：「《诗三百》，一言以蔽之，曰：思无邪。」世儒解释终不了。余尝观古今诗人，然后知斯言良有以也。《诗序》有云：「诗者，志之所之也，在心为志，发言为诗。情动于中而形于言。」其正少，其邪多。孔子删《诗》，取其诗无邪者而已。自建安七子、六朝、有唐及近世诸人，思无邪者，惟杜子美、陶渊明耳，余皆不免邪思也。子美诗，读之使人凛然兴起，肃然生敬。《诗序》所谓「经天纬地，孝敬人伦〔一〕，美教化，移风俗」者也。《岁寒诗话》

杜诗「筑场怜穴蚁，拾穗许村童」，人谓有仁爱民物意，临川咏《促织》云：「只向贫家促机杼，几家能有一机丝。」愚谓世之严督征赋，不恤疲瘵之有无者，虽魁然其形，实微虫智耳。《砻溪诗话》

夫情能动物，故诗足以感人。荆轲变徵，壮士瞋目；延年婉歌，汉武慕叹。凡厥含生，情本一贯，所以同忧相瘁，同乐相倾者也。故诗者，风也。风之所至，草必偃焉。圣人定经，列国为风，固有以也。若乃歔欷无涕，行路必不为之兴哀；诉难不肤，闻者必不为之变色。故夫直戆之词，譬之无音之弦耳，何所取闻于人哉？至于陈采以眩目，裁虚以荡心，抑又末矣。

诗之辞气，虽由政教，然支分条布，略有径庭。良由人士品殊，艺随迁易，故宗工巨匠，辞淳气平；豪贤硕侠，辞雄气武；迁臣孽子，辞厉气促；逸民遗老，辞玄气沉；贤良文学，辞雅气俊；辅臣弼士，辞尊气严；阉童壶女，辞弱气柔；媚夫幸士，辞靡气荡；荒才娇丽，辞淫气伤。以上《谈艺录》

诗人咏昭君者多矣！大篇短章，率叙其离愁别恨而已。惟乐天云：「汉使却回凭寄语，黄金何日赎蛾眉？君王若问妾颜色，莫道不如宫里时。」不言怨恨，而惓惓旧主，高过人远甚。《归田诗话》

「汉使」云云，可谓辞淳气平。燮承

凡为诗者若系真诗，虽不尽佳，亦必有趣，若出于假，则必不佳，即佳亦无趣。归愚先生亦云：「有第一等襟抱，第一等学识，斯有第一等真诗。」

诗本性情。若系真诗，则一读其诗，而其人性情入眼便见。大都其诗潇洒者，其人必畅快；其诗庄重者，其人必敦厚；其诗飘逸者，其人必风流；其诗流丽者，其人必疏爽；其诗枯瘠者，其人必寒涩；其诗丰腴者，其人必华赡；其诗凄怨者，其人必拂郁；其诗悲壮者，其人必磊落；其诗不羁者，其人必豪宕；其诗峻洁者，其人必清修；其诗森整者，其人必谨严。譬若桃梅李杏，望其华便知其树。惟剿袭掇拾者，麇蒙虎皮，莫可方物。假如未老言老，不贫言贫，无病言病，此是杜子美家窃盗也。不饮一盏，而言一日三百杯；不舍一文，而言一挥数万钱，此是李太白家掏摸也。举

其一二，余可类推，如是而曰诗本性情，何啻千里。　以上《雪涛诗评》

诗本性情，人皆知之。性情之必出以正，必出以深厚，尤不可不加之意也。诵前言宜反其本矣。

近人为诗，恒谓语贵性灵。究其所谓性灵，往往非古之所谓性情，不可不辨。　燮承

古人意中有不得不言之隐，借有韵语以传之。如屈原江潭，伯牙海上，李陵河梁，明妃远嫁，或忼慨吐臆，或沉结含凄，长言短歌，俱成绝调。若胸无感触，漫尔抒词，纵办风华，枵然无有。《渔洋诗话》：「萧子显谓：『登高极目，临水送归，早雁初莺，花开叶落，有来斯应，每不能已。须其自来，不以力构。』王士源序孟浩然诗曰：『每有制作，伫兴而就。』余生平服膺此言，故未尝为人强作，亦不耐为和韵诗也。」

小小送别，而动欲沾巾；暂作旅人，而便云万里；登陟培塿，比拟华嵩；偶遇庸人，颂言良哲；以至本居泉石，更怀遁世之思；业处欢娱，忽作穷途之哭：准之立言，皆为失体。《记》曰：「志之所至，诗亦至焉。」本乎志以成诗，恶有数者之患。

负罪引慝，思古无訧，际人伦之穷者，何厚于自责也。即涕泣关弓，情非得已；然唯余怨艾之意，不闻诃让之词，乃有遭谗异于正则，处变异于《小弁》，而忿语诗情，动相讥议，小则见绝于友朋，大则获戾于君父，君子忧之矣。尽言翘过，国佐已然，缀文之士，其知所节焉。　以上《说诗晬语》

诗以道性情，性情有厚薄，诗境有浅深。性情厚者，词浅而意深；性情薄者，词深而意浅。

《随园诗话》

校　注

［一］「经天」二句　依《岁寒堂诗话》为「经夫妇，成孝敬，厚人伦」。按：本条末所说的《岁寒诗话》，应为《岁寒堂诗话》。

辨　体

予近作《示客》云：「刺美风化，缓而不迫谓之风；采摭事物，摛华布体谓之赋；推明政治，庄语得失谓之雅；形容盛德，扬厉休功谓之颂；幽忧愤悱，寓之比兴谓之骚；感触事物，托于文章谓之辞；程事校功，考实定名谓之铭；援古刺今，箴戒得失谓之箴；猗迁抑扬，永言谓之歌；非鼓非钟，徒歌谓之谣；步骤驰骋，斐然成章谓之行；品秩先后，叙而推之谓之引；声音杂比，高下短长谓之曲；吁嗟慨叹，悲忧深思谓之吟；吟咏性情，总合而言志谓之诗。苏、李而上，高简古淡谓之古；沈、宋而下，法律精切谓之律。此诗之语众体也。」《珊瑚钩诗话》

姜尧章云：守法度曰诗，载始末曰引，体如行书曰行，放情曰歌，行间之曰歌行〔二〕，悲如蛩螀曰吟。通乎风俗曰谣，委曲尽情曰曲。《娱书堂诗话》

诗家名号，区别种种，原其大义，固自同归。歌声杂而无方，行体疏而不滞，吟以呻其郁，曲以导其微，引以抽其臆，诗以言其情，故名因昭象。合是而观，则情之体备矣。夫情既异其形，故辞当因其势。譬如写物绘色，倩盼各以其状；随规逐矩，圆方巧获其则。此乃因情立格，持守圜圜之大略也。若夫神工哲匠，颠倒经枢，思若连丝，应之杼柚，文如铸冶，逐手而迁，从衡参互，恒度自若，此心之伏机，不可强能也。《谈艺录》

夫诗有别裁，非关书也；诗有别趣，非关理也。然非多读书，多穷理，则不能极其至。所谓不涉理路，不落言筌者，上也。诗者，吟咏性情也。盛唐诸人，惟在兴趣，羚羊挂角，无迹可求。故其妙处透彻玲珑，不可凑泊，如空中之音，相中之色，水中之月，镜中之象，言有尽而意无穷。近代诸公，乃作奇特解会，遂以文字为诗，以才学为诗，以议论为诗，夫岂不工？终非古人之诗也，盖于一唱三叹之旨，有所歉焉。《沧浪诗话》

吴修龄云：「意喻之米，文则炊而为饭，诗则酿而为酒。饭不变米形，酒则变尽。啖饭则饱，饮酒则醉，醉则忧者以乐，喜者以悲，有不知其所以然者。如《凯风》、《小弁》之意，断不可以文章之道，平直出之也。」至哉言乎！《谈龙录》

襄城李来章尝执经于余[二]，工为古文，戊辰下第，居嵩山下，从宫詹逸庵耿先生讲学，[各]有诗一卷。庚午冬，公车见之，余曰：《诗三百》主言情，与《易》太极说理判然各别。若说理，何不竟作语录，而必强之为五言七言，且牵缀之以声韵，非蛇足乎？荆川之徒，撰白沙、定山及荆川诗为《二妙集》，继《击壤集》后，以为诗家正脉，艺林传为笑柄，讵可踵其陋哉！《带经堂诗话》本《香祖笔记》

校注

［一］行间《白石诗说》作「兼」，查《娱书堂诗话》无此则。

［二］「李来章」下《香祖笔记》有「本名灼然，以字行，改字礼山。」

古诗

《书》曰：「诗言志，歌永言。声依永，律和声。」此言诗之贵声也。而声必有律，唐虞以前有近体乎？而曰「律」者何也？岂非无其律不足以和声哉？故声之有律，非特近体为然也。《诗文浪谈》

夫古诗，难言也。《诗》三百篇中「何不日鼓瑟」、「谁言雀无角」、「老马反为驹」之类，始为五言权舆。至苏、李十九首，体制大备。自后作者日众，唯曹子建、阮嗣宗、左太冲、郭景纯数公，最为挺出。江左以降，渊明独为近古；康乐以下其变也。唐则陈拾遗、李翰林、韦左司、柳柳州，独称复古；少陵以下，又其变也。总而论之，则刘勰所谓「结体散文，直而不野」。汉人之作，敻不可追。「慷慨磊落，清峻遥深」，魏晋作者，亦其次也。「极貌写物，穷力追新」，宋初以还，文盛而质衰矣。本《渔洋文集》

当涂之世，思王为宗，应、刘以下，群附和之，惟阮公别为一派。司马氏之初，茂先、休奕、二陆、三张之属，概乏风骨。太冲挺拔，崛起临菑；越石清刚，景纯豪俊，不减于左；三公鼎足，此典午之盛也。过江而后，笃生渊明，卓绝后先，不可以时代拘墟矣。本《池北偶谈》

唐五言诗，开元、天宝间，大匠同时并出。王右丞而下，如孟浩然、王昌龄、岑参、常建、刘昚虚、李颀、綦毋潜、祖咏、卢象、陶翰之数公者，皆与摩诘相颉颃。独储光羲诗，多龙虎铅汞之气，田园樵牧诸篇，又迂阔不切事情；而古今称「储王」何也？高适质朴，不免笨伯；杜甫沉郁，多出变调；李白、韦应物超然复古。然李诗有古调，有唐调，要须分别观之。本《居易录》

唐五言古诗凡数变，约而举之，夺魏、晋之风骨，变梁、陈之俳优，陈伯玉之力最大。曲江公继之，太白又继之；《感寓》、《古风》诸篇，可追嗣宗《咏怀》、景阳《杂诗》。贞元、元和间，韦苏州古澹，柳柳州峻洁，二公于唐音之中，超然复古。本《五言诗凡例》　以上《带经堂诗话》

凡作长歌有两说：通篇一韵，择字成章，若蜀栈驭马，形虽太局，而神自飘逸，勿令赘言夺气；几韵一篇，意到为主，若河源西来，荡乎九曲，力在转折而愈大。二者殊不易得。《诗家直说》〔一〕

谢公问王子猷云：「何者七言诗？」答曰：「昂昂若千里之驹，泛泛若水中之凫。」二语已尽歌行之妙。是时七言作者未盛，子猷又不以诗名，而其言如此。

七言歌行，至子美、子瞻二公，无以加矣！而子美同时，又有李供奉、岑嘉州之创辟经奇；子瞻同时，又有黄太史之奇特。正如太华之有少华，太室之有少室。以上《渔洋诗话》

开元、大历诸作者，七言始盛。王右丞、李东川、高、岑四家，篇什尤多。李太白驰骋笔力，自成一家。大抵嘉州之奇峭，供奉之豪放，更为创获。诗至工部，集古今之大成，百代而下，无异词者；七言大篇，尤为前所未有，后所莫及。盖天地元气之奥，至杜而始发之。杜七言千古标准，自钱、刘、元、白以来，无能步趋者。贞元、元和间，学杜者惟韩文公一人。《池北偶谈》：宋、明以来，学杜子美者多矣！予谓退之得杜神，子瞻得杜气，鲁直得杜意，献吉得杜体，郑继之得杜骨，他如李义山、陈无己、陆务观、袁海叟辈，又其次也。陈简斋最下。宋承唐季衰陋之后，至欧阳文忠公始拔流俗，七言长句高处直追昌黎，《庐山高》一篇，公所自负，然非其至。欧阳公见苏文忠，自谓「老夫当放此人出一头地」，盖非独古文，惟诗亦然。坡公七言之妙，子美、退之后一人而已。苏文忠凌踔千古，独心折山谷之诗，山谷虽脱胎于杜，而其天姿之高，笔力之雄，自辟庭户。宋人作江西宗派图，极尊之，以配食子美，要非山谷意也。南渡气格，下东都远甚，惟务观为大宗，七言逊杜、韩、苏、黄诸大家，正坐沉郁顿挫少耳，要非余人所及。明初，则高季迪、刘子高为最。后则李宾之，至何、李学杜，厌诸家之坦迤，独于沉郁顿挫处用意，虽一变前人，号称复古，而同源异派，实皆以杜氏为昆仑墟。张宗柟曰：于五、七言分界处，不啻开钥以示。唐宋诸贤，未尝尽言。元遗山微引其端，山人乃大畅其旨耳。蒿庐先生跋所钞遗山诗曰：陵川郝伯常作元氏墓志云：「先生以五言雅为工，而出奇于长句杂言。」余观集中有《东坡诗雅引》云：「五言以来，六朝之谢、陶，唐之陈子昂、韦应物、柳子厚，最为近风雅。自余多以杂体为之，杂体愈备，则去风雅愈远。其理然也。」又有《别李周卿》诗云：「古诗十九首，建安之七子，中间陶与谢，下逮韦柳止。」乃知山

人之论与元氏吻合，本《七言诗凡例》

七言古诗，诸公一调，唯杜甫横绝古今，同时大匠，无敢抗行。李白、岑参二家，别出机杼，语羞雷同，亦称奇特。本《居易录》

唐宋大家七言歌行，譬之宗门，李、杜如来禅，苏、黄祖师禅也。本《香祖笔记》以上《带经堂诗话》

七古句法、字法，须撑得住，拓得开，熟看杜、韩、苏三家，自得之。

萧亭先生曰：「所云以音节为顿挫者，此为第三、第五等句而言耳。」盖字有抑有扬，如平声为扬，入声为抑；去声为扬，上声为抑。凡单句住脚字，必错综用之，方有音节。如以入声为韵，第三句或用平声，第五句或用上声，第七句或用去声，大约用平声者多，然亦不可泥。须相其音节变换之，但不可于入声韵单句中，再用入声字住脚耳。」问：「此说足尽音节顿挫之旨否？」答曰：「此说是也。然其长不尽于此〔二〕，此亦其一端耳。且此语专为七言古诗而发，当取唐杜、岑、韩三家，宋欧、苏、黄、陆四家，七古诸大篇，日吟讽之，自得其解。」以上《古夫于亭诗问》

余尝劝作诗者莫轻作七古。何也？恐力小而任重，如秦武王举鼎，有绝膑之患故也。七古中，长短句尤不可轻作。《诗问》：七言长短句，唐人唯李太白多有之，沧溟谓其英雄欺人是也。或有句杂《离骚》体者，总不必学，乃为大雅。何也？古乐府音节，无定而恰有定，恐康昆仑弹琴，三分琵琶，七分筝弦，全无琴韵故也。《随园诗话》

歌行起步，宜高唱而入，有黄河落天走东海之势。以下随手波折，移步换形，苍苍莽莽中，自有灰线蛇踪，蛛丝马迹，使人眩其奇变，仍服其谨严，至收结处，纡徐而来者，防其平衍，须作斗健语以止之。一往峭折者，防其气促，不妨作悠扬摇曳语以送之，不可以一格论。《说诗晬语》

问："古诗换韵之法（宜）［应］如何？"答曰："五言换韵，如『折梅下西洲』一篇，可以为法。李太白最长于此，七古则初唐王、杨、卢、骆是一体，杜子美又是一体，若仿『初唐体』，则用排偶律句不妨也。"《古夫于亭诗问》

歌行转韵者，可以杂入律句，借转韵以运动之，纯绵裹针，软中自有力也。一韵到底者，必须铿金锵石，一片宫商；稍混律句，便成弱调也。不转韵者，李杜十之一二，韩昌黎十之八九，后欧、苏诸公，皆以韩为宗。

或问何者古诗中律句？曰："『不露文章世已惊，未辞剪伐谁能送？』何者别于律句？曰：『五岳祭秩皆三公，四方环镇嵩当中。』七字每平仄相间，而义山《韩碑》一篇中，『封狼生貙貙生罴』七字平也。『帝得圣相相曰度』七字仄也。气盛，则言之短长与声之高下皆宜。

又曰：乐府中不宜杂古诗体，恐散朴也；作古诗正须得乐府意。古诗中不宜杂律诗体，恐凝滞也；作律诗正须得古风格。与写篆、八分不得入楷法，写楷书宜入篆、八分法同意。《香祖笔记》：画家界画最难，如卫贤、马远、夏珪、王振鹏皆以此专门名家，不足贵也。郭忠恕画山水，入逸品，乃工界画。斯足异耳。论诗文当以是推之。或云忠恕以篆籀画屋。夔按：律诗须得古风格，楷书宜入篆、八分法，正以篆籀画屋也。

转韵初无定式，或二语一转，或四语一转，或连转几韵，或一韵叠下几语。大约前则舒徐，后则一滚而出，欲急其节拍以为乱也。此亦天机自到，人工不能勉强。以上《说诗晬语》

问：古语忌头重脚轻之病[三]，其详何如？答曰：此似为换韵者立说，或四句一换，或六句一换，须首尾腰腹匀称，无他秘也。《古夫于亭诗问》

五言长篇，固须节次分明，一气连属。然有意本连属，而转似不相连属者：叙事未了，忽然顿断，插入旁议，忽然联续，转接无象，莫测端倪。此运《左》、《史》法于韵语中，不以常格拘也。千古以来，且让少陵独步。《说诗晬语》

李青莲诗，从未有能学之者，惟青邱与之相上下，不惟形似，而且神似。青莲乐府及五古，多主叙事，不著议论，盖用古人「意在言外」之法。此古诗正体也。青邱乐府及《拟古十二首》、《寓感二十首》、《秋怀十首》、《咏隐逸十六首》，亦只叙题［面］而不复于题面内推究意义，发挥议论，如咏向长，则但说长之毕婚嫁、游名山；咏周党，则但说党之辞征聘、乐田里，而一种迈往高逸之致，自见于楮墨之外。此正是学青莲处。《瓯北诗话》

校注

［一］《诗家直说》，即《四溟诗话》。查该书中无此则。

［二］长　《古夫于亭诗问》作「义」。

［三］语　《古夫于亭诗问》作「诗」。

律诗

刘昭禹尝与人论诗曰：「五言如四十个贤人，著一字如屠沽不得。觅句者，若掘得玉合子底，必有盖，但精心求之，必获其宝。」《全唐诗话》

五言律，阴铿、何逊、庾信、徐陵已开其体，唐初人研揣声音，稳顺体势，其制乃备。《谈龙录》：诗病兴而诗有町畦。然古今体之分，成于沈、宋，开元、天宝间或未之遵也。大历以还，其途判然，不复相入。神龙之世，陈、杜、沈、宋，浑金璞玉，不须追琢，自然名贵。开、宝以来，李太白之明丽，王摩诘、孟浩然之自得，分道扬镳，并推极胜。杜子美独辟畦径，寓纵横排奡于整密中，故应包涵一切。终唐之世，变态虽多，无有越诸家之范围者矣。以此求之，有余师焉。

唐玄宗「剑阁横云峻」一篇，王右丞「风劲角弓鸣」一篇，神完气足，章法、句法、字法，俱臻绝顶，此律诗正体。而太白「五月天山雪，无花只有寒。笛中闻折柳，春色未曾看。」一气直下，不就羁缚。右丞「万壑树参天，千山响杜鹃。山中一夜雨，树杪百重泉。」分顶上二语，而一气赴之，尤为龙跳虎卧之笔，此皆天然入妙，未易追摹。以上《说诗晬语》

「万壑树参天」等章法、句法，是千古不可有二之作。一经摹拟定成俗调，此凤凰台所由遗憾于太白也。　燮承严沧浪以禅喻诗，余深契其说，而五言尤为近之。如王、裴《辋川》绝句，字字入禅。他如：「雨中山果落，灯下草虫鸣。」「明月松间照，清泉石上流。」以及太白「却下水晶帘，玲珑望秋月。」常建「松际露微月，清光犹为君。」浩然「樵子暗相失，草虫寒不闻。」刘眘虚：「时有落花至，远随流水香。」妙谛微言，与世尊拈花，迦叶微笑，等无差别，通其解者，可语上乘。《带经堂诗话》本《蚕尾续文》

查初白近体最擅长[一]。当其年少气锐，从军黔、楚，有江山戎马之助，故出手即沉雄踔厉，有幽、并之气。中年游中州，地多胜迹，益足以发抒其才思，登临怀古，慷慨悲歌，集中此数卷为最胜。内召以后，更细意熨贴，因物赋形，无一字不稳惬。今姑摘句如左。五律：「一径踏残叶，半庭犹夕阳。」《白云观》「俯视风斯下，端居户正南。」《高岭庵》「座中无俗客，管内有名山。」《游武夷赠蒙安孔令》「尧阶三尺土，舜乐五弦琴。」「不息天行健，无私帝好生。」「与民同后乐，为政必先劳。」皆《万寿诗》「四时无改火，五夜必腾光。」《夜亮木》「风云开万里，日月夹双睛。」《御马》「优倍三年俸，荣逾万选钱。」《恩赐白金》「寒无虫可语，暖被鸭先知。」《春冰》「不闻廷辨语，自拜乞休章。」《送张景韩罢官归》「健添居士足，高出老僧头。」《晚香长老赠杖》「老友他乡尽，吾生去日多。」《赵北口怀故友姜西溟》「贱日蒙青眼，流年感白头。」《重过徐大司寇墓》「读书新得少，见梦故人多。」《世弃》「用巫真下策，勿药得中医。」《病》「终始全臣节，安危动主思。」《韶州风度楼》七律：「一县葡萄秋酿酒，千家砧杵月临边。」《寄晋中诸友》「鹦鹉梦销江上草，鹧鸪啼老日南花。」《黔中寄友》「燕雀君臣空殿宇，蜉蝣身世阅沧桑。」《黔阳诗》指吴逆已死「草木连天人骨白，关山满眼夕阳红。」《黔灵山》「偶然不速来三客，如此相思阅五年。」《同人宴集》「百家小聚还成县，三面无城却傍山。」《桐庐》「砂碛凉生荞麦雨，茅檐香过枣花风。」《伴城》「出郭人如秋澮荡，入山天爱雨霏微。」《游西山》「化气清如初过雨，树阴浓爱未经霜。」《寄园纪游》「气吞湖海豪犹昔，老阅沧桑骨已仙。」《赠钱田间》「自编永叔《归田录》，谁上何蕃《伏阙书》。」《送座主徐公南归》「忽飞瀑布帘垂地，旋滴珍珠酒压槽。」《阴閘》「天垂旷野名都壮，地入中原战垒多。」《渡漳河》「偶分高士篱边色，犹是仙人洞里花。」《金丝桃》「尽销伏莽山无树，不断灵源地涌泉。」《兴安岭》「一门老去仍同爨，八座归来只旧庐。」《吴总宪请假归里》「家承曲阜先师学，郡领陶唐古帝都。」《送孔彝仲出守平阳》「身忧天下原非分，老觉浮生亦有涯。」《雨后》　《瓯北诗话》[二]

七言难于气象雄浑，句中有力，而纡余不失言外之意。自老杜「锦江春色来天地，玉垒浮云变古今」与「五更鼓角声悲壮，三峡星河影动摇」等句之后，（常）〔尝〕无复继者。《石林诗话》

唐人七言律，以李东川、王右丞为正宗，杜工部为大家，刘文房为接武。高廷礼之论，确不可易。宋初学西昆，于唐却近；欧、苏、豫章始变西昆，去唐却远。元如赵松雪雅意复古，而有俗气，余可类推。本《郎氏诗问》

张萧亭云：七言律，唐初始专此体。沈、宋精巧相尚，然六朝余气犹存，至盛唐声调始远，品格始高。如贾至、王维、岑参早朝倡和诸作，各臻其妙。李颀、高适皆足为万世法程。杜甫浑雄富丽，克集大成。天宝以还，钱、刘并鸣，中唐作者尤多，韦应物、皇甫伯仲，以及大历才子，接迹而起，敷词益工，而气或不逮。元和以后，律体屡变，其造意幽深，律切精密，有出常情之外，虽不足鸣大雅之林，亦可为一倡三叹。至宋律，则又晚唐之滥觞矣。虽欧、梅、苏、黄，卓然名家，较之唐人，气象终别。至于元人，品格愈下，虽有虞、杨、揭、范，亦不能力挽颓波，盖风气使然，不可强也。况诗家此体最难，求其神合气完，代不数人，人不数首。本《郎氏诗问》 以上《带经堂诗话》

律句有神韵天然，不可凑泊者。如高季迪「白下有山皆绕郭，清明无客不思家。」曹能始「春光白下无多日，夜月黄河第几湾。」李太虚「节过白露犹余热，秋到黄州始解凉。」程孟阳「瓜步江空微有树，秣陵天远不宜秋」是也。余昔登燕子矶有句云：「吴楚青苍分极浦，江山平远入新秋。」或庶几尔。《渔洋诗话》

东坡有云：「清诗要锻炼，方得铅中银。」然坡诗实不以锻炼为工，其妙处在乎心地空明，自然流出，一似全不着力，而自然沁人心脾，此其独绝也。今第就七言律论之，如「人似秋鸿来有信，事如春梦了无痕。」《与潘郭二生同游忆去年旧迹》「倦客再游今老矣，高僧一笑故依然。」《书普庵长老壁》「属纩家无十金产，过车巷哭六州民。」《陆诜挽诗》「请看行路无从涕，尽是当年不忍欺。」《徐君猷挽诗》「旧游似梦徒能说，迁客如僧岂有家。」《酬黄师是送酒》「醉眼有花书字大，老人无睡漏声长。」《夜直玉堂》「当日无人送临贺，至今有庙祀潮州。」《北归过岭》此皆称心而出[三]，不假雕饰，自然意味悠长，即使事处，亦随其意之所欲出，而无牵合之迹，此不可以声调格律求之也。

高青邱诗，使事典切，琢句浑成，而神韵又极高朗。今姑摘其七律数首，观者可识其才力矣。「重臣分陕出朝端，宾从威仪尽汉官。四塞河山归版籍，百年父老见衣冠。潼关月落听鸡度，华岳云开立马看。知尔西行定回首，如今江左是长安。」《送沈左司从汪参政分省陕西》「城苑秋风蔓草深，豪华都向此销沉。赵佗空有称尊意，刘表初无弭乱心。半夜危楼俄纵火，十年高坞漫藏金。废兴一梦谁能问，回首青山落日阴。」《吴城感旧》。盖咏张士诚也。「书成一代存殷鉴，朝列千官备汉仪。」《奉天殿晋元史》「白下有山皆绕郭，清明无客不思家。」《清明日呈馆中诸公》「远客帆樯秋水外，残兵鼓角夕阳中。」《寄题安庆城楼》「赐履已分无棣远，舞干还见有苗来。」《送郑都司赴大将军行营》「春回废苑还芳草，人渡空江正落潮。」《送顾军谘还梁溪》 以上《瓯北诗话》

七言律平叙易于径遂，雕镂失之佻巧，比五言为尤难。贵属对稳，贵遣事切，贵捶字老，贵结响高，而总归于血脉动荡，首尾浑成。后人只于全篇中争一联警拔，取青妃白，有句无章，所以去古〔四〕。沈云卿《龙池乐章》、崔司勋《黄鹤楼》诗，意得象先，纵笔所到，遂擅古今之奇，所谓「章法之妙，不见句法；句法之妙，不见字法」者也。 以上《说诗晬语》

同年刘吏部公戬云：「七律较五律多二字耳，其难什倍。譬开硬弩，只到七分，若到十分满，古今亦罕矣。」予最喜其语，因思唐、宋以来，为此体者何啻千百人，求其十分满者，惟杜甫、李颀、李商隐、陆游，及明之空同、沧溟、二李数家耳。 《带经堂诗话》 本《居易录》

七律不用虚字，全用实字。唐时贾至等《早朝大明宫》诸作，已开其端。少陵「五更鼓角」〔三峡星河」、「锦江春色」「玉垒浮云」数联，杜樊川「深秋帘幕千家雨，落日楼台一笛风」，赵渭南「残星几点雁横塞，长笛一声人倚楼」，陆放翁「楼船夜雪瓜洲渡，铁马秋风大散关」皆是也，然不过写景。吴梅村则并以之叙事，而词句外自有余味。如《赠袁韬玉》云：「西州士女章台柳，南国江山玉树花。」十四字中无限感慨，他如《扬州感事》云：「将军甲第櫜弓卧，丞相中原拜表行。」《吊卫紫岫殉难》云：「埋骨九原江上月，思家百口陇头云。」《杂感》云：「金城将吏耕黄犊，玉垒山川祭碧鸡。」《送李书云典试蜀中》云：「兵火才人羁旅合，山川奇字乱离搜。」《送曹秋岳谪粤东》云：「海外文章龙变化，日南风俗鸟鞲辀。」《寄房师周芮公》云：「广武登临狂阮籍，承明寂寞老扬雄。」此数联皆不著议论，而意在言外，令人低回不尽。其他如《无题》云：「千丝碧藕玲珑腕，一卷芭蕉宛转心。」《长安杂咏》云：「奉辔射生新宿卫，带刀行炙旧名王。」《滇池铙吹》云：「朱鸢县小输賨布，白象营高挂柘弓。」「鱼龙异乐军中舞，风月蛮姬马上箫。」《送林衡者归闽》云：「征途鹧鸪声中雨，故国桃榔梦里天。」《送朱遂初宪副固原》云：「荒祠黑水龙湫暗，绝坂丹崖鸟道盘。」此数联虽无言外意味，而雄丽华赡，自是佳句。《侠少》云：「柳市博徒珠勒马，柏堂筝妓石华裙。」《访吴永调》云：「南州师友江天笛，北固知交午夜砧。」《观蜀鹃啼剧》云：「亲朋形影灯前月，家国音书笛里风。」此则杂凑成句，其病又在专用实字，不用虚字，故掉运不灵，斡旋不转，徒觉堆垛，益成呆笨。

《瓯北诗话》

今人作诗，多从中对联起，往往得联多而韵不协，势既不能易韵以就我，又不忍以长物弃之，因就一题衍为众律。然联虽旁出，意尽联中，而起结之意，每苦无余。《瓯北诗话》：「放翁古今体诗，每结处必有兴会，有意味，绝无鼓衰力竭之态，此固老寿享福之征，亦其才力雄厚，不如是则不快也。」《艺圃撷余》

律诗起承转合，不为无法，但不可泥。泥于法而为之，则撑拄对待，四方八角，无圆活生动之意。然必待法度既定，从容闲习之余，或溢而为波，或变而为奇，乃有自然之妙，是不可以强致也。若并（法）而废之，亦奚以律为哉？《怀麓堂诗话》

律诗贵工于发端，承接二句，尤贵得势。如「万壑树参天，千山响杜鹃」，下即云：「山中一夜雨，树杪百重泉。」「昔闻洞庭水，今上岳阳楼」，下云：「吴楚东南坼，乾坤日夜浮。」「古戍落黄叶，浩然离故关」，下云：「高风汉阳渡，初日郢门山。」「锦瑟怨遥夜，绕弦风雨哀」，下云：「孤灯闻楚角，残月下章台。」此皆转石万仞手也。《带经堂诗话》本《分甘余话》

起手贵突兀。王右丞「风劲角弓鸣」，杜工部「莽莽万重山」、「带甲满天地」，岑嘉州「送客飞鸟外」等篇，直疑高山坠石，不知其来，令人惊绝。《渔洋诗话》：「或问：诗工于发端如何？应之曰：如谢宣城「大江流日夜，客心悲未央。」杜工部「带甲满天地，胡为君远行。」王右丞「风劲角弓鸣，将军猎渭城」。「万壑树参天，千山响杜鹃。」高常侍「将军族贵兵且强，汉家已是浑邪王。」老杜「将军魏武之子孙，于今为庶为清门」是也。」燮按：「大江」二句五古，「将军」四句七古。是不拘何体，起俱忌平。《说诗晬语》

问：「律诗中二联，必应分情与景耶，抑可不拘耶？」答曰：「不论者非，拘泥者亦非。大概二联中须有次第，有开阖。」《古夫于亭诗问》

中二联不宜纯乎写景。如「明月松间照，清泉石上流。竹喧归浣女，莲动下渔舟。」景象虽工，讵为模楷？至宋陆放翁，八句皆写景矣。

中联以虚实对、流水对为上，即征实一联，亦宜各换意境。略无变换，古人所轻。

三、四语多流走，亦竟有散行者，然必有不得不散之势，乃佳。苟艰于属对，率尔放笔，是借散势以文其陋也。又有通体俱散者，李太白《夜泊牛渚》，孟浩然《晚泊浔阳》，释皎然《寻陆鸿渐》等章，兴到成诗，人力无与，匪垂典则，偶存标格而已。

三、四贵匀称，承上斗峭而来，宜缓脉赴之。五六必耸然挺拔，别开一境。上既和平，至此必须振起也。崔司勋《赠张都督》诗：「出塞清沙漠，还家拜羽林。」和平矣；下接云「风霜臣节苦，岁月主恩深。」杜工部《送人从军》诗：「今君度沙碛，累月断人烟。」和平矣；下接云：「好武宁论命，封侯不计年。」《泊岳阳城下》诗：「岸风翻夕浪，舟雪洒寒灯。」和平矣；下接云：「留滞才难尽，艰危气益增。」如此拓开，方振得起。温飞卿《商山早行》，于「鸡声茅店月，人迹板桥霜」下，接「槲叶落山路，枳花明驿墙。」周处士朴赋《董水岭》，于「禹力不到处，河声流向西」下，接「过衔山色远，近水月光低。」便觉直塌下去。

收束或放开一步，或宕出远神，或本位收住。张燕公「不作边城将，谁知恩遇深。」就夜饮收住也。王右丞「君问穷通理，渔歌入浦深。」从解带弹琴宕出远神也。杜工部「何当击凡鸟，毛血洒平芜。」就画鹰说到真鹰，放开一步也，就上文体势行之。

温、李擅长，固在属对精工，然或工而无意，譬之剪彩为花，全无生韵。以上《说诗晬语》。

文有意相属而对偶者，如《诗》「发彼小豝[五]，殪此大兕」、「诲尔谆谆，听我藐藐」，《礼》「故谋用是作[六]，而兵由此起」。有事相类而对偶者，如《书》「威侮五刑[七]，怠弃三正」，「佑贤辅德，显忠遂良。」此皆浑然而成，初非有意媲配。凡文之对偶者，若此则工矣。《文则》

校 注

[一]据《瓯北诗话》，此下有：「放翁以来，未有能继之者。」
[二]以上所引，次序与《瓯北诗话》不同。
[三]此皆 《瓯北诗话》作「乃是」。
[四]此句疑有脱文。
[五]诗 《文则》无。
[六]礼 《文则》无。
[七]书 《文则》无。

绝 句

六朝诸人绝句[一]，语绝意不绝。古乐府绝句，则浑然有大篇气象[二]。《诗谱》

绝句之源，出于乐府，贵有风人之致。其声可歌，其趣在有意无意之间，使人莫可捉著。盛唐惟青莲、龙标二家诣极，李更自然，故居王上。《艺圃撷余》

五言绝近于乐府，七言绝近于歌行。五言难于七言，五言最难于浑成故也。要皆有一唱三叹之意乃佳。《古夫于亭诗问》

绝句，唐乐府也。篇止四语，而倚声为歌，能使听者低回不倦，旗亭妓女，犹能赏之。非以扬音抗节，有出于天籁者乎？著意求之，殊非宗旨。

五言绝句，右丞之自然、太白之高妙、苏州之古澹，并入化机。而三家中太白近乐府，右丞、苏州近古诗，又各擅胜坛也。以上《说诗晬语》

五言，初唐王、勃独为擅场，盛唐王、裴辋川唱和，工力悉敌，刘须溪有意抑裴，谬论也。李白气体高妙，崔国辅源本齐、梁，韦应物本出右丞，加以古澹。后之为五言者，于此数家求之，有余师矣。《带经堂诗话》本《万首绝句选凡例》

七言绝句，以语近情遥、含吐不露为主。只眼前景，口头语，而有弦外音味[三]，使人神远，太白有焉。王龙标绝句，深情幽怨，音旨微茫。「昨夜风开露井桃」一章，只说他人之承宠，而己之失宠悠然可思。此求响于弦指外也[四]。「玉颜不及寒鸦色」两言，亦复优柔婉约。《说诗晬语》

韦蟾廉问鄂州罢，宾僚祖饯，蟾书《文选》句云：「悲莫悲兮生别离，登山临水送将归」，以笺毫授宾从，请续其句，逡巡，有妓泫然起曰：「某不才，不敢染翰，欲口占两句。」韦大惊异，令诵之。随云：「武昌无限新栽柳，不见杨花扑面飞。」坐客莫不嘉叹。韦令唱作《杨柳枝》词。夔按：此即所谓语近情遥，含吐不露者也。

七言，初唐风调未谐，开元、天宝诸名家，无美不备。李白、王昌龄尤为擅场。昔李沧溟推「秦时明月汉时关」一首压卷，余以为未允。必求压卷，则王维之「渭城」、李白之「白帝」、王昌龄之「奉帚平明」、王之涣之「黄河远上」，其庶几乎？而终唐之世，绝句亦无出四章之右者矣。中唐之李益、刘禹锡，晚唐之杜牧、李商隐四家，亦不减盛唐作者云。

王弇州云：「七言绝，盛唐主气，气完而意不甚工；中晚唐主意，意工而气不甚完。然各有至者，未可以时代优劣也。」此论甚确。　以上本《万首绝句选凡例》

弇州先生曰：七言绝句，盛唐主气，气完而意不必工；中晚唐主意，意工而气不必完。予反复斯集，益服其立论之确。毋论李供奉、王龙标暨开元、天宝诸名家，即大历、贞元间，如李君虞、韩君平诸人，蕴藉含蓄，意在言外，殆不易及。元和而后，刘宾客、杜牧之、李义山、温飞卿、唐彦谦诸作者，虽用意微妙，犹可寻其针缕之迹。有所作，辄欲效之，然终不能近也。　本《蚕尾续文》

以上《带经堂诗话》

凡作七言绝句，起如爆竹，斩然而断；结如撞钟，余响不辍。此法之正也[三]。　《诗家直说》

起如爆竹，斩然而断，渔洋老人答郎氏廷槐，意不谓然。　夔承

七言如孙元晏、胡曾之《咏史》，曹唐之《小游仙》，读之辄作呕哕。　《带经堂诗话》　本《万首

绝句选凡例》

校注

［一］绝句　《诗谱》无。

［二］绝句则　《诗谱》无。

［三］味　《说诗晬语》作「味外味」。

［四］弦　《说诗晬语》作「弦指」。

［五］《四溟诗话》原文为：「凡起句当如爆竹，骤响易彻。结句当如撞钟，清音有余。」

小沧浪诗话第二

乐府

郑渔仲曰：「继三代之作者乐府也。乐府之作，宛同《风》《雅》。今之行于世者，章句虽存，声乐无用，崔豹之徒，以义说名；吴兢之徒，以事解目；盖声失则义起，乐府之道，几乎熄矣。」此言乐府原为诗乐之用，而事义则必有所由起，均不可废也。愚谓：《风》《雅》之后有乐府，如唐诗之后有词曲，声听之变，有所必趋，情辞之迁，有所必至，古乐之不可复久矣。后人之不能汉、魏，犹汉、魏之不能《风》《雅》，势使然也。如汉《朱鹭》《翁离》之作，魏、晋诸臣拟之，以鸣其一代之事，易名别调，各极其长，岂以古今同异为病哉？后世文士如李太白，则沿其目而革其词，杜子美、白乐天之伦，则创为意而不袭其目，皆卓然作者，后世有述焉。近乃有拟古乐府者，遂颛以拟名。其说但取汉、魏所传之词，句模而字合之。中间岂无「陶」「阴」之误，「夏五」之脱？悉所不较。或假借以附益，或因文而增损，蹋踖床屋之下，探胠縢箧之间，乃艺林之根蝨，学人之路阱矣。以此语于作者之门，不亦愿乎！又云：乐府古诗，不必轻拟；沧溟诸贤，病正坐此。前人拟古，莫妙于陆机、江淹。冯班云：「江、陆拟古诗，如搏猛虎、禽生龙，急与之角力不暇，气格悉敌。今人拟古，如床上安床，但觉怯处种种不逮。」此论良是。若傅玄。《艳歌行》云：「一顾倾朝市，再顾国为墟。」呆拙之甚，所谓点金成铁手也。王弇州云：「平子《四愁》，千古绝唱，傅玄拟之，致不足言。」是笑资耳。玄又有「日出东南隅」一篇，汰去菁英，窃其常语。尤可厌者，本词「使君自有妇，罗敷自有夫。」绰有余味，乃益以天地正位之语。正如低措大记旧文不全，时以己意续貂，罚饮墨水一斗可也。谅哉！　本《池北偶谈》

乐府始于汉初，武帝时始盛。东汉之末，曹氏父子兄弟，雅擅文藻，所为乐府，悲壮奥崛，颇有汉之遗风。降及江左，古意寖微，而清商继作，于是楚调、吴声、西曲、南弄杂然兴焉。逮于有唐李、杜、韩、柳、元、白、张、王、李贺、孟郊之辈，皆有冠古之才，不沿齐、梁，不袭汉、魏，因事立题，号称乐府之变。若考开元、天宝以来宫掖所传，梨园弟子所歌，旗亭所唱，边将所进，率当时名士所为绝句耳。唐人所歌乐府词曲，率是绝句。然又多剪截律诗别立名字，殊不可晓。　本《蚕尾续文》

乐府之名，始于汉初，如高帝之《三侯》，唐山夫人之《房中》是也。《郊祀》类《颂》，《铙歌》、《鼓吹》类《雅》，琴曲杂诗类《国风》。故乐府者，继《三百篇》而起者也。唐人唯韩之《琴操》最为高古，李之《远别离》、《乌夜啼》，杜之《新婚》《无家》诸别、《石壕》《新安》诸吏、《哀江头》、《兵车行》诸篇，皆乐府之变也。降而元、白、张、王，变极矣。元次山、皮袭美补古乐章，志则高矣，顾其离合未可知也。唐人绝句，如「渭城朝雨」、「黄河远上」诸作，多被乐府，正得《风》之一体耳。元杨廉夫、明李宾之，各成一家，又变之变也。李沧溟诗名冠代，只以乐府摹拟割

裂，遂生后人诋毁，则乐府宁为其变，而不可以字句比拟也明矣。本《郎氏诗问》

汉、魏乐府，高古奥，不可拟议。唐人乐府不一。初唐人拟《梅花落》《关山月》等古题，大概五律耳。盛唐如杜子美之《新婚》《无家》诸别，《潼关》《石壕》诸吏，李太白之《远别离》《蜀道难》，则乐府之变也。中唐如韩退之《琴操》，直溯两周；白居易、元稹、张籍、王建创为新乐府，亦复自成一体。若元杨维桢、明李东阳各为新乐府，古意寖远，然皆不相蹈袭。至于唐人王昌龄、王之涣，下逮张祜诸绝句，《杨柳枝》《水调》《伊州》《石州》等词，皆可歌也。本《古夫于亭诗问》

神妙天然，全无刻画，始可以称乐府。魏、晋拟作，已非其长。本《郎氏诗问》

问：乐府五七言，与五七言古何以分别？答曰：古乐府五言，如「孔雀东南飞」、「晧如山上雪」之属。七言，如《大风》《垓下》《饮马长城窟》《河中之水歌》之属，自与五、七言古音情迥别。于此悟入，思过半矣。又曰：如《白头吟》「日出东南隅」「孔雀东南飞」是乐府，非古诗，如《十九首》，苏、李录别，是古诗，非乐府，可以例推。本《诗问》以上《带经堂诗话》

乐府往往叙事，故与诗殊。盖叙事辞缓，则冗而不精。「翩翩堂前燕」，叠字极促，乃佳。阮瑀「驾出北郭门」，视《孤儿行》太缓弱，不逮矣。《谈艺录》

质而不俚，是诗家难事。乐府歌辞所载《木兰辞》，前首最近古。唐诗，张文昌善用俚语，刘梦得《竹枝》亦入妙。至白乐天令老妪解之，遂失之浅俗。《怀麓堂诗话》

香山新乐府讽谕诸篇，正不得以浅俗概之，惟其近体易入颓唐，不可轻学耳。　樊承

乐府宁朴毋巧，宁疏毋练，张籍《短歌行》云：「菖蒲花开月常满」，伤于巧也。无名氏《木兰诗》云：「朔气传金柝，寒光照铁衣。」后人疑为韦元甫假托，伤于练也。《沧浪诗话》：「木兰歌最古，然「朔气传金柝，寒光照铁衣」之类，已似太白，必非汉魏人诗。」

古乐府声律，唐人已失。试看李太白所拟，篇幅之短长，音节之高下，无一与古人合者。然自是乐府神理，非古诗也。　《说诗晬语》

古乐府多托于闺情女思。青莲深于乐府，故亦多征夫、思妇、惜别、伤离之作，然皆含蓄有古意。如《黄葛篇》之「苍梧大火流，暑服莫轻掷。此物虽过时，是妾手中迹。」《劳劳亭》之「春风知别苦，不遣柳条青。」《春思》之「春风不相识，何事入罗帏。」皆蕴藉吞吐，言短意长，直接《国风》之遗。　《瓯北诗话》

文有似拙而实妙者，《史记》也；诗有似拙而实妙者，乐府也。拙忌其俚，妙忌其纤。　《香宇诗谈》

「乐府」两字，到老不敢轻道。　《艺圃撷余》

《竹枝》咏风土，琐细诙谐皆可入。大抵以风趣为主，与绝句迥别。

问：《短歌行》、《长歌行》似非以句之多寡论？答曰：又有《满歌行》、《艳歌行》、《何尝行》之属。当时命名之旨，即吴兢《解题》亦不能尽通晓。更有「长歌续短歌」之名，皆非以辞之繁简也。

三曹乐府，多以起句首二字命题，如「惟汉十四世，所任诚不良」即名《惟汉行》是也。以上《古夫于亭诗问》

古词之不可读者，莫如《巾舞歌》，文义漫不可解。又古《将进酒》、《芳树》、《石留》[一]、《豫章行》等篇，皆使人读之茫然。又《朱鹭》、《雉子斑》、《艾如张》、《思悲翁》、《上之回》[二]，只二三句可解。岂非岁久文字（所）[舛]讹而然耶？《沧浪诗话》

乐府中有「妃呼豨」、「伊阿那」诸语，本自亡义，但补乐中之音，亦有叠本语，如「贱妾与君共哺糜、共哺糜」之类也。《谈艺录》

校注

[一]以上三曲属鼓吹铙歌十八曲。

[二]以上五曲同属鼓吹铙歌十八曲。

咏物

咏物，小小体也。而老杜咏《房兵曹胡马》则云：「所向无空阔，真堪托死生。」德性之调良俱为传出。郑都官咏《鹧鸪》则云：「雨昏青草湖边过，花落黄陵庙里啼。」此又以神韵胜也。彼胸无

寄托，笔无远情，如谢宗可、瞿佑之流，真猜谜语耳。《说诗晬语》

杜子美《病柏》、《病橘》、《枯棕》、《枯楠》四诗，皆兴当时事。自汉、魏以来诗人，用意深远，不失古风，惟此公为然，不但语言之工也。《石林诗话》

唐以前未见题画诗，开此体者老杜也。其法全在不粘画上发论。如题画马画鹰，必说到真马、真鹰，复从真马、真鹰开出议论，后人可以为式。又如题画山水，有地名可按者，必写出登临凭吊之意。题画人物，有事实可拈者，必发出知人论世之意。本老杜法推广之，才是作手。《说诗晬语》

诗人写人物态度，至不可移易。元微之《李娃行》云：「髻鬟峨峨高一尺，门前立地看春风。」此定是娼妇；退之《华山女诗》云：「洗妆拭面著冠帔，白咽红颊长眉青。」此定是女道士；东坡作《芙蓉城诗》亦用「长眉青」三字，云：「中有一人长眉青，炯如微云淡疏星。」便有神仙风度。《彦周诗话》

余论古今雪诗，惟《羊孚》一赞，乃陶渊明「倾耳无希声，在目皓已洁」，及祖咏「终南阴岭秀」一篇，右丞「洒空深巷静，积素广庭闲」，韦左司「门对寒流雪满山」句，最佳。若柳子厚「千山鸟飞绝」，已不免俗。降而郑谷之「乱飘僧舍」「密洒歌楼」，益俗下欲呕。韩退之「银杯缟带」，亦成笑柄。世人怵于盛名，不敢议耳。又云：高季迪，明三百年诗人之冠冕。然其《明妃曲》云：「君王莫杀毛延寿，留画商岩梦里贤。」此三家村学究语。所谓下劣诗魔，不知季迪何以堕落如此！而盲者反以为警策。其后有彭三吾者又云：「画师休尽杀，梦弼要人图」，转入魔道矣。又胡虚白咏《绿珠》云：「枉费明珠三百斛，荆钗哪及嫁梁鸿。」

郎瑛称之。皆所云「痴人前不得说梦也」。若永叔「耳目之前尚如此，万里安能制夷狄？」所谓诗论，亦自近腐。又云：万楚《五日观妓》诗，最为恶劣。沧溟持格律极严，而独取此首，殊不可解。卢纶，大历十才子之冠冕，而其《赠驸马都尉》诗云：「鸳鸯殿里参皇后，龙凤楼前拜至尊。」《才调集》顾取之，尤是笑柄。《渔洋诗话》

古人咏雪，多偶然及之。汉人「前日风雪中，故人从此去」，谢康乐「明月照积雪」，王龙标「空山多雨雪，独立君始悟」，何天真绝俗也。郑都官「乱飘僧舍茶烟湿，密洒歌楼酒力微」，已落坑堑矣。昌黎之「凹中初盖底，凸处尽成堆」，张承吉之「战退玉龙三百万，败鳞残甲满天飞」，是成底语！《说诗晬语》

梅诗无过坡公「竹外一枝斜更好」七字，及林处士「雪后园林才半树，水边篱落忽横枝」，山谷谓：「疏影横斜水清浅，暗香浮动月黄昏，」不如「雪后园林才半树，水边篱落忽横枝」。此论最有神解。高季迪「雪满山中高士卧，月明林下美人来」，亦是俗格。若晚唐「认桃无绿叶，辨杏有青枝」直足喷饭。《渔洋诗话》

咏梅诗应以庾子山之「枝高出手寒」，苏东坡之「竹外一枝斜更好」为上。林和靖之「雪后园林才半树，水边篱落忽横枝」，高季迪之「流水空山见一枝」亦能象外孤奇，余皆刻画矣。杜少陵之「幸不折来伤岁暮，若为看去乱乡愁」，此纯乎写情，以事外赏之可也。东坡诗「幽寻尽处见桃花」，又云「竹外桃花三两枝」，自是桃花名句。《说诗晬语》

李义山《李花》云：「自明无月夜，强笑欲风天。」《蝉》云：「五更疏欲断，一树碧无情。」僧齐己《早梅》云：「前村深雪里，昨夜一枝开。」潘逍遥《落叶》云：「几番经夜雨，一半是秋风。」高季迪《归鸦》云：「荒村流水远，古戍淡烟微。」是皆能离形得似，象外传神。赋物之作若此，方可免俗。　燮承

论古

《国风》变为《骚》辞，五言始于苏、李，犹得风人十二三焉。晋宋以还，得者盖寡。至于陈梁之闲事〔一〕，不过嘲风雪、弄花草而已。噫！风雪花草之物，《三百篇》中岂舍乎哉？顾所用何如耳。如「北风其凉」，假风以刺威虐也；「雨雪霏霏」，借雪以愍征役也；「常棣之华」，感华以讽兄弟也；「采采芣苡」，取美草以乐友于也〔二〕。皆发兴于此而义归于彼也。反是者，可乎哉！　《诗谈》　燮按：语本白傅与元相书。

《周南》，不离日用间，有福天下万世意。《召南》，至诚谆恪，秋毫不犯。《邶风》，君子处变，渊静自守。《齐风》，翩翩有侠气。《唐风》，忧思深远。《秦风》，秋声朔气〔三〕。《豳风》，深知民情而真体之。《小雅》忠厚；宣王《小雅》，振刷精神。《大雅》深远；宣王《大雅》，铺张事业。《周颂》，天心布声。《鲁颂》，谨守礼法。《商颂》，天威大声。　《说诗晬语》：《周颂》和厚，《鲁颂》夸张，《商颂》古质。凡读《三百篇》，要会其情不足性有余处。情不足，故寓之景；性有余，故见乎情。　《诗谱》

《诗》四始之体〔四〕，惟《颂》专为郊庙颂述功德而作。其他率因触物比类，宣其性情，恍惚游衍，

往往无定，以故说诗者人自为见。若孟子、荀卿及汉韩婴、刘向等，或因傅会，或旁解曲引，而春秋时王公大夫赋诗，以昭俭汰，亦各以其意为之，盖诗之来固如此。后世惟《十九首》犹存此意，使人击节咏叹，而未能尽究指归。次则阮公《咏怀》，亦自深于寄托。潘、陆而后，虽为四言诗，联比牵合，荡然无情。盖至于今，饯送投赠之作，七言四韵，援引故事，丽以姓名，象以品地，而拘挛极矣。岂所谓诗之极变乎？故余谓《十九首》，五言之《诗经》也；潘、陆而后，四言之排律也，当以质之识者。《艺圃撷余》

《诗》三百篇，真如化工之肖物，如《燕燕》之伤别。「籊籊竹竿」之思归。「蒹葭苍苍」之怀人。《小戎》之典制。《硕人》次章写美人之姚冶。《七月》次章写春阳之明丽，而终以「汝心伤悲，殆及公子同归」。《东山》之三章「我来自东，零雨其濛。」「鹳鸣于垤，妇叹于室。」四章之「其新孔嘉，其旧如之何？」写闺阁之致，远归之情，遂为六朝唐人之祖。《无羊》之「或降于阿，或饮于池，或寝或讹。尔牧来思，何蓑何笠，或负其餱。麾之以肱，毕来既升。」字字写生，恐史道硕、戴嵩画手，未能如此极妍尽态也。《渔洋诗话》

客曰：「李、杜诗中说马，如《相马经》，有能过之者乎？」仆曰：「《毛诗》过之。」曰：「六经固不可拟，然亦未尝仔细说马相态行步也。」仆曰：「愿熟读之，『两骖如舞』，此驵语，所谓花踏羊行是也，『两骖如手』，此驵语，所谓熟使唤是也。思之，便觉『走过掣电倾城知』，与『神行电迈涉恍惚』，为难骑耳。」《彦周诗话》

《二南》，美文王之化也。然不著一修齐、治平字〔五〕，冲澹愉夷，随兴而发。

讽刺之词，直诘易尽，婉道无穷。卫宣姜无复人理，而《君子偕老》一诗，止道其容饰衣服之盛，而首章末以「子之不淑，云如之何」二语逗露之；鲁庄公不能为父复仇，防闲其母，失人子之道，而《猗嗟》一诗，止道其威仪技艺之美，而章首以「猗嗟」二字讥叹之。苏代所谓「不可以言语求而得，而必深观其意」者也。诗人往往如此。

州吁之乱，庄公致之，而《燕燕》一诗，犹念「先君之思」。七子之母，不安其室，非七子之不令，而《凯风》之诗，犹云「莫慰母心」。温柔敦厚，斯为极则。

庄姜贤而不答，由公之惑于嬖妾也。乃《硕人》一诗，备形族类之贵、容貌之美、礼仪之盛、国俗之富，而无一言及庄公，使人言外思之。故曰「主文谲谏」。

《陟岵》，孝子之思亲也。三段中但念父母兄之思己，而不言己之思父母与兄。盖一说出，情便浅也。

《鹤鸣》本以诲宣王，而拉杂咏物，意义若各不相缀，难于显陈，故以隐语为开导也。汉枚乘《奏吴王书》本此。

《斯干》考室，《无羊》考牧，何等正大事，而忽然各幻出奇梦：本支百世，人物富庶，俱于梦中得之。恍恍惚惚，怪怪奇奇，作诗要得此段虚景。

《巷伯》恶恶，至欲「投畀豺虎」、「投畀有北」，何尝留一余地？然想其用意，正欲激发其羞恶

之本心，使之同归于善，则仍是温厚和平之旨也。《墙茨》、《相鼠》诸诗，亦须本斯意读。以上《说诗晬语》

读《骚》之久，方识真味。须歌之抑扬，涕洟满襟，然后为识《离骚》。否则如戛釜撞瓮耳。《沧浪诗话》

《楚辞》托陈引喻，点染幽芬，于烦乱瞀忧之中，令人得其悃款悱恻之旨。司马子长云：「一篇之中，三致意焉。」深有取于辞之重、节之复也。后人穿凿注解，撰出提絜、照应等法，殊乖其意。《说诗晬语》

凡读《骚》，要见情有余处。凡读汉诗，先真实后文华。凡读建安诗，于文华中取真实。三国、六朝乐府，犹有真意，胜于当时文人之诗。《诗谱》

诗有词理意兴。南朝人尚词而病于理；本朝人尚理而病于意兴；唐人尚意兴而理在其中；汉魏之诗，词理意兴，无迹可求。

苏子卿诗：「幸有弦歌曲，可以喻中怀。请为游子吟，泠泠一何悲。丝竹厉清声，慷慨有余哀。长歌正激烈，中心怆以摧。欲展清商曲，念子不能归。」今人观之，必以为一篇重复之甚。岂特如《兰亭》「丝竹管弦」之语耶！古诗正不当以此论之也。以上《沧浪诗话》

诗所为贵古者，自《雅》《颂》《离骚》之后，惟苏、李《河梁诗》与《十九首》，系是真古，彼其不齐不整，重复参差，不即法，不离法，后人模之莫得下手，乃为未雕之璞。《雪涛诗评》

庞言繁称，道所不贵。苏、李诗言情款款，感悟具存，无极言竭论，而意自长、神自远，使听者油油善入，不知其然而然也。是为五言之祖。苏、李之别，谅无会期矣！而云「安知非日月，弦望自有时。」何怊怅而缠绵也！后人如何拟得。《说诗晬语》

《河梁》之作，与《十九首》同一风味，皆所谓惊心动魄，一字千金者也。《带经堂诗话》本《郎氏诗问》

《十九首》：「青青河畔草，郁郁园中柳」、「盈盈楼上女，皎皎当窗牖」、「娥娥红粉妆，纤纤出素手」，一连六句皆用叠字。今人必以为句法重复之甚。古诗正不当以此论之也。《沧浪诗话》

《古诗十九首》，不必一人之辞，一时之作。《沧浪诗话》：「《古诗十九首》，非一人之诗也。」大率逐臣弃妻，朋友阔绝，游子他乡，死生新故之感，或寓言，或显言，或反复言，初无奇辟之思，惊险之句，而西京古诗皆在其下，是为《国风》之遗。

汉五言，一韵到底者多，而「青青河边草」一章，题曰《饮马长城窟行》，一曰「古辞」。一路换韵，联折而下，节拍甚急，而「枯桑知天风」二语，忽用排偶承接，急者缓之，是神化不可到境界。

庐江小吏妻诗，共一千七百四十五言，杂述十数人口中语，而各肖其声口性情，真化工笔也。中别小姑一段，悲怆之中，自足温厚。唐人《弃妇篇》直用其语云：「忆我初来时，小姑始扶床，今别小姑去，小姑如我长。」下节云：「殷勤养公姥，好自相扶将。」而忽转二语云：「回头语小姑，莫嫁如兄夫。」轻薄之言，了无余味。此汉、唐诗品之分。以上《说诗晬语》

柏梁台诗，反复考证，年号官名，无一合者，盖是后人拟作，剽取武帝以来官名及《梁孝王世家》中事以合之，而不悟时代之乖舛也〔六〕。《日知录》

温裕纯雅，古诗得之；遒深劲绝，不若汉铙歌、乐府词。乐府《乌生八九子》、《东门行》等篇，如淮南小山之赋，气韵绝峻，不可与孟德道之〔七〕。王、刘文学，皆当内手尔。

韦、仲、班、傅辈四言诗，句缚不荡。曹公《短歌行》、子建《来日大难》工堪为则矣！白狼槃木诗三章亦佳〔八〕，缘不受《雅》《颂》困耳。以上《谈艺录》

凡读《文选》诗，分三节：东都以上主情；建安以下主意；三谢以下主辞。齐、梁诸家，五言未成律体，七言乃多古制。韵度犹出盛唐人上一等，但理不胜情，气不胜辞耳。《诗谱》

六朝诗人之诗，不可不熟读。如「芙蓉露下落，杨柳月中疏。」锻炼至此，自唐以来，无人能及也。李西涯亦谓：「月到梧桐上，风来杨柳边。」岂不佳？终不似唐人句法。「芙蓉露下落，杨柳月中疏」，有何深意？却自是诗家语。退之云：「齐梁及陈隋，众作等蝉噪。」此语吾不敢议，亦不敢从。《彦周诗话》

钟嵘《诗品》，余少时深喜之。本云：余于古人论诗，最喜钟嵘《诗品》、严仪卿《诗话》、徐祯卿《谈艺录》，而不喜皇甫汸《解颐新语》、谢榛《诗说》。又云：弇州《艺苑卮言》品骘极当，独嫌其党同类，稍乖公允耳。今始知其踳谬不少。嵘以三品铨叙作者，自譬诸九品论人，七略裁士。乃以刘桢与陈思并称，以为文章之圣。夫桢之视植，岂但斥鷃之与鲲鹏耶！又置曹孟德下品，而桢与王粲反居上品也。如上品之陆机、潘岳，宜在中品。中品之刘琨、郭璞、陶潜、鲍照、谢朓、江淹，下品之魏武，宜在上品。下品之徐干、谢庄、王融、帛道猷、汤惠休，宜在中品。而位置颠错，黑白淆讹，千秋定论，谓之何哉！建安诸子，伟长实胜公干，而嵘讥其「以莛扣钟，乖反弥甚」。至以陶潜出于应璩，郭璞出于潘岳，鲍照出于二张，尤陋矣。《渔洋诗话》

予撰五言诗，于魏独取阮籍为一卷，而别于邺中诸子。晋于左思〔九〕、郭璞、刘琨为一卷，而别于三张、二陆之属；陶渊明自为一卷。宋取谢灵运为一卷，附以诸谢；鲍照为一卷，附以颜延之之属。盖予之独见如此。偶读《沧浪诗话》云：「黄初之后，惟阮公《咏怀》极为高古，有建安风骨。晋人舍阮嗣宗、陶渊明外，唯左太冲高出一时。陆士衡独在诸人之下。」又云：「颜不如鲍，鲍不如谢。」与予意略同。又晋人张、陆辈，惟景阳殊胜，在太冲之下、诸家之上。傅玄篇什最多，而可录极少。如《拟北方有佳人》云：「一顾乱人国，再顾乱人家。」千古笑柄。较诸嘉隆七子剿袭古乐府，尤纰缪也。《带经堂诗话》本《池北偶谈》

魏、晋间人诗，大抵专工一体，如侍宴、从军之类。故后来相与祖习者，亦但因其所长取之耳。钟嵘作《诗品》，皆云某人诗出于某人，亦以此。然论陶渊明乃以为出于应璩，此语不知其所据。应璩诗不多见，惟《文选》载其《百一诗》一篇。与陶诗了不相类。且此老何尝欲以诗自名，而追取一人而模放之。何期此老之浅！盖嵘之陋也。《石林诗话》

「采菊东篱下，悠然见南山。」忘世之侣，其天机活泼如此，即《陈风》诗人「衡门之下，可以栖迟」之遗意也。「南登霸陵岸，回首望长安。」悯时之倖，其情致缠绵若此，即《周南》诗人「陟

彼高冈，我马玄黄」之遗意也！余故谓魏、晋［人］诗去《三百篇》未远。《北江诗话》

陶彭泽诗，颜、谢、潘、陆皆不及者，以其平昔所行之事，赋之于诗，无一点愧辞，所以能尔。《彦周诗话》

渊明心乎忠爱〔一〇〕，非谓枯槁〔一一〕，其所以感叹时世推迁者〔一二〕，盖伤时（人）之急于声利也。非谓乱离〔一三〕，其所以愁愤于干戈盗贼者，盖以王室、元元为怀也。俗士何以识之！《碧溪诗话》

钟嵘评渊明诗为「古今隐逸诗人之宗」。余谓：陋哉，斯言岂足以尽之！不若萧统云：「文章不群，词采精拔。跌宕昭彰，独超众类。抑扬爽朗，莫之与京。横素波而旁流，干青云而直上。语时事则指而可想，论怀抱则旷而且真。加以贞志不休，安道苦节。不以躬耕为耻，不以无财为病，自非大贤笃志，与道污隆，孰能如是乎？」此言尽之矣。《苕溪渔隐丛话》

渊明诗心存忠义〔一四〕，心处闲逸，情真景真，事真意真，几于《十九首》矣，但气差缓耳。至其工夫精密，天然无斧凿痕迹，又有出于《十九首》之表者。盛唐诸家风韵皆出此。《诗谱》

陶诗合于自然，不可及处，在真在厚，谢诗经营而反于自然，不可及处，在新在俊。陶诗胜人在不排，谢诗胜人正在排。《说诗晬语》

宋、元论唐诗，不甚分初、盛、中、晚。故《三体》、《鼓吹》等集，率详中、晚而略初、盛，揽之愦愦。杨仲宏《唐音》，始稍区别，有正音，有余响，然犹未畅其说，间有舛谬。迨高廷礼《品汇》出，而所谓正始、正音、大家、名家、羽翼、接武、正变、余响，皆井然矣！独七言古诗，以李太白为正宗，杜子美为大家，王摩诘、高达夫、李东川为名家，则非是。三家者皆当为正宗，李杜均之为大家，岑嘉州而下为名家，则确然不可易矣。本《香祖笔记》

唐司空图与王驾论诗曰：「国初雅风特盛，沈、宋始兴之后，杰出于江宁，宏肆于李、杜。右丞、苏州，趣味澄夐，如清沇之贯逵，大历十数公，抑又其次。元、白力勍而气孱，乃都市豪估耳。」又与李生论诗曰：「江岭之南，凡是资于适口者，若醯，非不酸也，止于酸而已。若鹾，非不咸也，止于咸而已。酸咸之外醇美者有所乏耳。王右丞、韦苏州，澄淡精致，格在其中，岂妨于遒举哉？」晚唐诗以表圣为冠，观此二书持论，可见其所诣矣。本《池北偶谈》

唐五言古固多妙绪，较诸《十九首》、陈思、陶、谢，自然区别。本《郎氏诗问》

张历友云：唐人五言古皆各成一家，正以不依傍古人为妙。初唐七古，转韵流丽，动合《风》《雅》，固正体也。工部以下，一气奔放，宏肆绝尘，乃变体也。至如昌谷、卢仝辈，则纯乎鬼魅世界矣。若以绝句言，则中、晚正不减盛唐。本《郎氏诗问》以上《带经堂诗话》

李青莲之诗，佳处在不著纸。杜浣花之诗，佳处在力透纸背。韩昌黎之诗，佳处在「字向纸上皆轩昂」。《北江诗话》

李诗如高云之游空，杜诗如乔岳之矗天，苏诗如流水之行地。《瓯北诗话》

李、杜二公正不当优劣。太白有一二妙处，子美不能道。子美有一二妙处，太白不能作。少陵诗法如孙、吴，太白诗法如李广。少陵如节制之师。少陵诗宪章汉、魏，而取材于六朝，至其自得

之妙，则前辈所谓集大成者也。《沧浪诗话》

李白诗类其为人，骏发豪放，华而不实。好事喜名，不知义理之所在也。语用兵，则先登陷阵，不以为难。语游侠，则白昼杀人，不以为非。唐诗人李、杜称首。杜甫有好义之心，白所不及也。《诗病五事》

李、杜齐名，后人每有轩轾之论，偏于斥李非，而谓李、杜无优劣者，亦非。燮以为颖滨持论最允，虽沧浪谓李、杜正不当优劣，而一则曰：「少陵如节制之师。」再则曰：「少陵所谓集大成者也。」语意未始无别。学者于古人固不宜轻议，然心无判辨，焉定从违，吾何从？从杜矣！

祝允明作《罪知录》，论唐诗人尊太白为冠，而力斥子美，谓其「以村野为苍古，椎鲁为典雅，粗犷为豪雄」，而总评之曰「外道」。李则《凤凰台》一篇，亦推绝唱。狂悖至于如此，令人掩耳不欲闻。《带经堂诗话》本《香祖笔记》

杜诗可传者千余首，至于贯穿古今，格律尽善，杜过于李，然撮其《新安》、《石壕》、《潼关吏》、《花门子》，「朱门酒肉臭，路有冻死骨」之句，亦不过三、四十首，杜尚如此，况其不逮杜者乎！《诗谈》

黄鲁直云：「杜之诗法出审言，句法出庾信，但过之耳。」

欧阳永叔不好杜诗，苏子瞻不好司马《史记》，余每与黄鲁直怪叹以为异事。《庚溪诗话》：「世谓六一不好杜少陵诗[一五]，观《六一诗话》载：陈从易舍人初得杜集旧本，多脱误，其《送蔡都尉》诗云：「身轻一鸟」，其下脱一字。陈公与数客各用一字补之〔一六〕。或云「落」，或云「起」，或云「下」，其后得善本，乃「身轻一鸟过」。陈叹服，以为虽一字，诸君不能到也。又曰「唐之晚年，无复李、杜豪放之格，但务以精意相高而已。」六一于杜诗，既称其虽一字人不能到，又称其格之豪放，谁谓六一不好之乎〔一七〕？」

苏公居颍，春夜对月，王夫人曰：「春月可喜，秋月使人愁耳！」公谓前（人）未及也。遂作词曰：「不似秋光，只与离人照断肠。」老杜云：「秋月解伤神。」语简而益工也。

余登多景楼，南望丹徒，有大白鸟飞近青林，而得句云：「白鸟过林分外明。」谢朓亦云：「黄鸟度青枝。」语巧而弱，老杜云：「白鸟去边明。」语少而意广。余每还里而每觉老，复得句云：「坐下渐人多。」而杜云：「坐深乡里敬。」而语益工。乃知杜诗无不有也。以上《后山诗话》

予读杜诗云：「江汉思归客，乾坤一腐儒。」「功业频看镜，行藏独倚楼。」叹其含蓄如此。及云「虎气必腾上，龙身宁久藏」，「蛟龙得云雨，雕鹗在秋天」，则又骇其奋迅也。「草深迷市井，地僻懒衣裳」，「经心石镜月，到面雪山风」，爱其清旷如此。及云「退朝花底散，归院柳边迷」，「君随丞相后，我住日华东」，则又怪其华艳也。「久客得无泪，故妻叹及晨」，「囊空恐羞耻本集作涩。留得一钱看」，嗟其穷愁如此。及云「香雾云鬟湿，清辉玉臂寒」，「笑时花近靥，舞罢锦缠头」，则又疑其侈丽也。至读「谶归龙凤质，威定虎狼都」，「风尘三尺剑，社稷一戎衣」，则又见其发扬而蹈厉矣。「五圣联龙衮，千官列雁行」，「圣图天广大，宗祀日光辉」，则又得其雄深而雅健矣。「许身一何愚，自比稷与契」，「虽乏谏诤姿，恐君有遗失」，则又知其许国而爱君也。「对食不能餐，我心殊未谐」，

「人生无家别，何以为烝黎」，则（又）知其伤时而忧民也。「不闻夏殷衰，中自诛褒妲」，「堂堂太宗业，树立甚宏达」，斯则隐恶扬善，而《春秋》之义耳。「巡非瑶水远，迹是雕墙后」，「天王狩太白，伫立更搔首」，斯则忧深思远，而诗人之旨耳。至于「上有蔚蓝天，垂光抱琼台」，「风帆倚翠盖，暮把东皇衣」，乃神仙之致耶。呜呼，有能窥其一二者，便可名家，况深造而具体者乎！《珊瑚钩诗话》

少陵与太白，独厚于诸公，诗中凡言太白十四处。《遁斋闲览》谓二人名既相逼，不能无相忌，是以庸俗之见，而度贤哲之心也。《沧浪诗话》

子美自比稷与契，人未必许也。然其诗云：「舜举十六相，身尊道益高」，「秦时用商鞅，法令如牛毛」，此自是稷、契辈人口中语也。又云：「知名未足称，局促商山芝。」又云：「王侯与蝼蚁，同尽随邱墟。」「愿闻第一义，回向心地初。」乃知子美诗外尚有事在也。《东坡诗话》

杜诗「明朝有封事，数问夜如何？」此幸而得之，坐以待旦之意。「避人焚谏草，骑马欲鸡栖」，所谓「嘉谟嘉猷，入告尔后。于外曰斯谋斯猷，惟我后之德也。」

柳宗元迁南荒有云：「愁向公庭问重译，欲投章甫作文身。」太白云：「我似鹧鸪鸟，南迁懒北飞。」皆褊忮躁辞，非亩亩惓惓之义。杜诗云：「冯唐虽晚达，终觊在皇都。」「愁来有江水，焉得北之朝。」其赋张曲江云：「归老守故林，恋阙悄延颈。」乃心王室可知。以上《陈辅之诗话》

余读钱牧斋笺杜诗，而知钱之为小人也。少陵「鄜州月」一首，所云儿女者，自己之儿女也。钱以为指肃宗与张后而言。则不特心术不端，而且与下文「双照泪痕干」之句，亦不连贯。善乎！黄山谷之言曰：「少陵之诗，所以独绝千古者，为其即景言情，存心忠厚故也。若寸寸节节，皆以为有所刺，则少陵之诗埽地矣！」《瓯北诗话》：「诗人遇题触景，即有吟咏，岂必皆有所为耶？无所为则竟不作一字耶？」《随园诗话》

少陵夔州后诗，惟《秋兴》八首，及《咏怀古迹》五首，细意熨贴，一唱三叹，意味悠长。其他则意兴衰飒，笔亦枯率，无复旧时豪迈沉雄之概。入湖南后，除《岳阳楼》一首外，并少完璧。其他则拙涩者十之七八矣。《瓯北诗话》

太白想落天外，局自变生；大江无风，涛浪自涌；白云卷舒，从风变灭。此殆天授，非人力。集中《笑矣乎》、《悲来乎》、《怀素草书歌》等作，开出浅率一派，王元美称为「百首以后易厌」，此种是也。或云：此五代庸妄子所拟。《说诗晬语》

青莲集中古诗多，律诗少，五律尚有七十余首，七律只十首而已。盖才气豪迈，全以神运，自不屑束缚于格律对偶，与雕绘者争长。然有对偶处，仍自工丽，且工丽中别有一种英爽之气。如「洗兵条支海上波，放马天山雪中草」。《战城南》「天兵照雪下玉关，虏箭如沙射金甲。」《胡无人》何尝不研炼，何尝不精采耶！惟七律究未完善，且有六句一首者。盖开元、天宝间七律尚未盛行，至德以后，贾至等《早朝大明宫》诸作，互相琢磨，始觉尽善，而青莲久已出都，故所作不多。

青莲工于乐府，盖其才思横溢，无所发抒，则借此以逞笔力，故集中多至一百十五首。有借旧题以写己怀者，有借旧题以述时事者。其他则皆题中应有之义，而别出机杼以肆其才。若必曲为附会，谓某诗以某事作，某诗以某人作，则穿凿之论矣。以上《瓯北诗话》

太白之才，自不可及，所后于杜者，性情不能悉得其正耳。七古贵笔阵纵横，当以李、杜、韩、苏为则，然李之长短句，断勿轻于效颦。燮承

孟浩然、王摩诘诗，自李、杜而下，当为第一。老杜诗云：「不见古人王右丞」，又云：「吾怜孟浩然」，皆公论也。《彦周诗话》

唐诗李、杜之外、孟活然、王摩诘足称大家。王诗丰缛而不华靡，孟却专心古澹，而悠远深厚，[自]无寒俭枯瘠之病。《沧浪诗话》：「孟浩然之诗，讽咏之久，有金石宫商之声。」《怀麓堂诗话》

不深厚不得为古，不悠远不足为澹。燮承

皮日休《孟亭记》云：「明皇世，章句之风大得建安体。」论者推李翰林、杜工部为尤。介其间能不愧者，惟吾乡之孟先生也。先生之作，遇景入咏，不（搜）[钩]奇抉异，令龌龊束人口者，涵涵然有干霄之兴，若公输氏当巧而不巧者也。《全唐诗话》

苏黄门子由有云：「唐人诗当推韩、杜，韩诗豪，杜诗雄，则杜诗之雄有可以兼韩之豪也。」此论得之。诗、文、字、画，大抵从胸臆中出。子美笃于忠义，深于经术，故其诗雄而正。李太白喜任侠，喜神仙，故其诗豪而逸。退之文章侍从，故其文章有廊庙气。退之诗正可以太白为敌，然三豪不并立，当屈退之第三。《岁寒堂诗话》

韩昌黎生平所心摹力追者，惟李、杜二公。顾李、杜之前，未有李、杜，故二公才气横恣，各开生面，遂独有千古。至昌黎时，李、杜已在前，纵极力变化，终不能再辟一径。惟少陵奇险处，尚有可推扩，故一眼觑定，欲从此辟山开道，自成一家，此昌黎注意所在也。其实昌黎本色，仍在文从字顺中，自然雄厚博大，不可捉摸，不专以奇险见长。若徒以奇险求昌黎，转失之矣！

昌黎诗中律诗最少。五律尚有长篇及与同人倡和之作，七律则全集仅十二首。盖才力雄厚，惟古诗足以恣其驰骤，一束于格式声病，即难展其所长，故不肯多作。　以上《瓯北诗话》

韦诗在陶彭泽下、柳柳州上。余昔在扬州作论诗绝句有云：「风怀澄澹推韦柳，佳句多从五字求。解识无声弦指妙，柳州哪得并苏州。」　《带经堂诗话》　本《分甘余语》

柳子厚「渔翁夜傍西岩宿」之诗，东坡删去后二句，使子厚复生，亦必心服。渔洋亦云：「如作绝句以「欸乃一声山水绿」结之，便成高作。下二句真蛇足耳。」　《沧浪诗话》

尝戏论唐人诗：王维佛语，孟浩然菩萨语，刘眘虚、韦应物祖师语，柳宗元声闻辟支语，李白、常建飞仙语，杜甫圣语，陈子昂真灵语，张九龄典午名士语，岑参剑仙语，韩愈英雄语，苏轼有菩萨语、有剑仙语、有英雄语，独不能作佛语、圣语耳。又云：「尝谓陶如佛语，韦如菩萨语。王右丞如祖师语也。」见《分甘余语》。与此小异。　《带经堂诗话》　本《居易录》

某言白少傅诗，格卑虽诚有之，然亦不可不察也。元、白、张籍诗，皆自淘浣中出，专以道得人心中事为工，本不应格卑，但其辞伤于太烦［芜］，意伤于太尽，遂成冗长卑陋尔。比之卢仝、韩偓俳优之词，号为格卑，则有间矣。若收敛其辞而少加含蓄，其意味岂复可及哉！

《岁寒堂诗话》

乐天诗却多鄙朴[一九]，特其风味佳，故黄云「元轻白俗」，而终传于后。

《古夫于亭诗问》

白[乐天]诗能道尽古今道理，人以率易少之。然《讽谕》一卷，使言者无罪，闻者足戒，亦风[人]之遗意也。

《说诗晬语》

樊榭：少傅与元微之书有云：「大丈夫所守者道，所待者时，进退出处，何往而不自得？仆志在兼济，行在独善，奉而始终之则为道，言而发明之则为诗。」又曰：「今仆之诗，人所爱者悉不过杂律诗与《长恨歌》以下耳。时之所重，仆之所轻。」然则公之为诗，自有事在，非徒嘲风雪、弄花草已也。考公立身本末，又非行有不顾者，固庆历间一大宗也。彼谓「纤艳不逞，非庄士所为」，鳃鳃以淫词媟语入人肌骨为虑，岂知言哉！公作过多，或不免浅近颓唐之病，不可不知。

中唐诗以韩、孟、元、白为最。韩、孟尚奇警，务言人所不敢言；元、白尚坦易，务言人所共欲言。试平心论之，诗本性情，当以性情为主。奇警者，犹第在词句间争难斗险，使人荡心骇目，不敢逼视，而意味或少焉。坦易者，多触景生情，因事起意，眼前景，口头语，自能沁人心脾，耐人咀嚼。此元、白较胜于韩、孟。世徒以「轻」「俗」訾之，此不知诗者也。元、白二人才力本相敌，然香山自归洛以后，益觉老干无枝，称心而出，随笔抒写，并无求工见好之意，而风趣横生，一喷一醒，视少年时与微之各以才情工力竞胜者，更进一筹矣！故白自成大家，而元稍次。

香山古诗，惟意所之，辨才无碍，且其笔快如并剪，锐如昆刀，无不达之隐，无稍晦之词。工夫又锻炼至洁，看是平易，其实精纯。渔洋《蚕尾续文》：「元、白二集瑕瑜错陈。持择须慎，初学人尤不可观之。白古诗晚岁重复什而七八。绝句作眼前景语，却往往入妙。如「上得篮舆未能去，春风敷水店门前」、「可怜八月初三夜，露似珍珠月似弓」之类，似出率易，而风趣复非雕琢可及。 以上《瓯北诗话》

唐宋以来作《桃源行》，最传者王摩诘、韩退之、王介甫三篇。观退之、介甫二诗，笔力意思甚可喜。及读摩诘诗，多少自在；二公便如努力挽强，不免面赤耳热，此盛唐所以高不可及。《带经堂诗话》 本《居易泉》

益都孙文定公廷铨《咏息夫人》云：「无言空有恨，儿女粲成行。」谐语令人颐解。杜牧之：「至竟息亡缘底事，可怜金谷坠楼人。」则正言以大义责之。王摩诘：「看花满眼泪，不共楚王言。」更不着判断一语，此盛唐所以为高。《渔洋诗话》

唐人与本朝人诗，未论工拙，直是气象不同。唐人命题言语，亦自不同。杂古人之集而观之：不必见诗，望其题引而知其为唐人、今人矣。《香祖笔记》云：「余尝谓古人诗未论时代，但开卷看其题目，即可望而知之；今人诗且未论雅俗，但开卷看其题目，即可望而辨之。如魏、晋人制诗题是一样，宋、齐、梁、陈人是一样，初盛唐人是一样，元和以后又是一样，北宋人是一样，苏、黄又是一样。明人制题泛滥，渐失古意。近则年伯、年丈、公祖、父母，俚俗之谈尽窜入矣！诗之雅俗，又何论乎！」又云：「诗题有一二字不古，遂分雅俗。如古人只有同韵、和韵，而今人则改作步韵、武韵矣。古只有绝句，今人则改作截句矣。古人赠答，或云以诗赠之、以诗寄之，今则改诗以赠之，诗以寄之矣。此类未易更仆[二〇]，但取古人集观之，雅俗自辨。当以三隅反也。」《沧浪诗话》

唐诗主情，故多蕴（蓄）［藉］。宋诗主气，故多径露。此其所以不及。

问：宋诗多言理，唐人不然，岂不言理而理自在其中欤？答曰：昔人论诗云：「不涉理路，不落言诠。」宋人唯程、邵、朱诸子为诗好说理，在诗家谓之旁门。以上《古夫于亭诗问》

苏子瞻胸有洪炉，金银铅锡皆归熔铸。其笔之超旷，等于天马脱羁，飞仙游戏，穷极变幻，而适如意中所欲出。韩文公后，又开辟一境界也。元遗山云：「只知诗到苏黄尽，沧海横流却是谁？」嫌其有破坏唐体之意，然正不必以唐人律之也。

苏诗长于七言，短于五言；工于比喻，拙于庄语。燮按：五言七言指古诗。渔洋答刘大勤问有云：「弇州如何比得东坡？东坡千古一人而已，惟律诗不可学」。以上《说诗晬语》

坡诗不尚雄杰一派，其绝人处在乎议论英爽，笔锋精锐，举重若轻，读之似不甚用力，而力已透十分，此天才也。［试］即其诗略为举似，七古如「当其下（笔）［手］风雨快，笔所未到气已吞」，《题王维吴道子画》「颜公变法出新意，细筋入骨如秋蝇」，「徐家父子亦秀绝，字外出力中藏棱」，《墨妙亭诗》「我从山水窟中来，尚爱此山看不足」，《游道场山何山》「黄鸡催晓不须愁，老尽世人非我独」，《与宗同年饮》「脚力尽时山更好，莫将有限趁无穷」，《登玲珑山诗》此皆坡诗中最上乘，读者可见其才分之高，不在功力之苦也。《瓯北诗话》

吴默岩同年在仪真过予客园，置酒，酒间作擘窠大字及便面数事，皆即事遣兴之语。有云：「老杜《丹青引》：『一洗万古凡马空。』坡公观吴道子画壁诗：『笔所未到气已吞。』惟二公之诗各可以当

之。」　《带经堂诗话》　本《分甘余话》

山谷自谓得法于少陵，而不许（于）东坡。以予观之：少陵，典谟也；东坡，孟子之流；山谷，则扬雄《法言》而已。　《渔南诗话》

放翁七言律，队仗工整，使事熨贴，当时无与比埒。然朱竹垞摘其雷同之句，多至四十余联[二一]。缘放翁年八十余，「六十年间万首诗」后，又添四千余首，诗篇太多，不暇持择也。初不以此遂轻放翁，然亦足为贪多者镜矣。　《说诗晬语》

余于宋南渡后诗，自陆放翁之外，最喜姜夔尧章，尧章又号白石道人，学诗于萧千岩，而与范石湖、杨诚斋善，时黄岩老亦号白石，亦学诗于千岩，时称双白石。萧名海藻[二二]，字东夫，白石其婿也。白石集，予钞之近百首，盖能参活句者。白石，词家大宗，其于诗亦能深造自得，自序同时诗人，以温润推范石湖，痛快推杨诚斋，高古推萧千岩，俊逸推陆放翁。其诗初学黄太史，正以不深染江西派为佳。　以上本《香祖笔记》

元诗如虞道园，便非晚唐所及，杨铁崖时涉温、李，其小乐府亦过晚唐。他人与晚唐相出入耳。晚唐如温、李、皮、陆、杜牧、马戴，亦未易及。

明诗胜金、元，才识学三者皆不逮宋。而宏正四杰，在宋诗亦罕其匹。至嘉隆七子，则有古今之分矣。　以上本《诗问》

明初诗人，推高季迪为冠。　本《香祖笔记》　以上《带经堂诗话》

高青邱才气超迈，音节响亮，宗派唐人，而自出新意。论者推为（有明）〔开国〕诗人第一，信不虚也。《瓯北诗话》

或问于余曰：「阮翁其大家乎？」曰：「然。」「孰匹之？」余曰：「其竹垞乎！王才美于朱，而学足以济之；朱学博于王，而才足以举之，是真敌国矣。他人高自位置，强颜耳。」曰：「然则两先生殆无可议乎？」余曰：「朱贪多，王爱好。」《谈龙录》

校注

〔一〕闲事　当依《与元九书》作「间率」。「率」属下。

〔二〕友于　《与元九书》作「有子」。

〔三〕朔　《诗谱》作「朝」。

〔四〕四始　依《毛诗序》，指《诗经》中风、小雅、大雅、颂四种。

〔五〕平　《说诗晬语》作「化」。

〔六〕引文省略甚多。

〔七〕不　《谈艺录》作「止」。

〔八〕白浪檠木诗三章，指后汉白浪王唐菆所作的《远夷乐德歌》等三首歌诗。

〔九〕于　《池北偶谈》作「取」。

〔一〇〕心乎忠爱　《碧溪诗话》无。

〔一一〕谓　《碧溪诗话》作「畏」。

〔一二〕世　《碧溪诗话》作「化」。

〔一三〕非谓乱离　《碧溪诗话》「谓」作「畏」。且「非」上有「杜老」二字，指杜甫。

〔一四〕渊明诗　《诗谱》作「陶渊明」。

〔一五〕六一　《庚溪诗话》下有「居士欧阳永叔」。

〔一六〕补之　《庚溪诗话》下有「或云疾」。

〔一七〕「谁谓」句　《庚溪诗话》作：「又取以证碑刻之真伪，讵可谓六一不好之乎？」

〔一八〕于外曰　《陈辅之诗话》作「于内乃顺之于外」。

〔一九〕「乐天」句　《古夫于亭诗问》原作：「若乐天云云亦是，而其自为诗却多鄙朴。」

〔二〇〕此句疑有讹误。

〔二一〕朱彝尊《曝书亭集》卷五十二《书剑南集后》云：「陆务观《剑南集》，句法稠叠，读之终卷，令人生憎。」并摘引「身似老僧犹有发，门如村舍强名官」等句意雷同者二十九联。

〔二二〕海　系「德」之误。

小沧浪诗话第三

取法

《六经》以后，便有司马迁；三百五篇之后，便有杜子美。作文当学司马迁，作诗当学杜子美。二书亦须常读，所谓不可一日无此君者也。《文录》

苏子瞻曰：「子美之诗，退之之文，鲁公之书，皆集大成者也[一]。」学诗当以杜子美为师，有规矩，故可学。退之于诗，本无解处，以才高而好尔。渊明不为诗，写其胸中之妙尔。学杜不成，不失为工。无韩之才与陶之妙，而学其诗，终为乐天耳。《后山诗话》

季父仲山在扬州时，事东坡先生，闻其教人作诗云：「熟读《毛诗·国风》与《离骚》，曲折尽在是矣。」仆尝以此语太高，后年齿益长，乃知东坡先生之善诱（人）也。《彦周诗话》

《三百篇》既亡而《楚词》兴，《楚词》不竞而古诗作。学士大夫将自两汉以溯《风》《雅》之滥觞，舍《楚词》无由。宋晁无咎、朱元晦所辑录，自淮南小山而下，其声类楚者，咸采摭不遗。而东坡、山谷教人作诗之法，亦唯曰：「熟读《三百篇》、《楚词》，曲折尽在是矣。」《带经堂诗话》本《蚕尾文》

斯文盛于汉、魏之前，而衰于齐、梁之后。杜老云：「纵使王杨操翰墨，劣于汉魏近《风》

《骚》。」又云：「窃攀屈宋宜方驾，恐与齐梁作后尘。」意谓是耳。《珊瑚钩诗话》

行有未至，可加功力。路头一差，愈骛愈远。故曰：学其上仅得其中；学其中斯为下矣。又曰：见过于师，仅堪传授；见与师齐，减师半德也。工夫须从上做下，不可从下做上。先须熟读《楚词》，朝夕讽咏以为之本，及读《古诗十九首》、《乐府》四篇，李陵、苏武、汉魏五言，皆须熟读。即以杜、李二集，枕籍观之，如今人之治经，然后博取盛唐名家，酝酿胸中，久之自然悟入。虽学之不至，亦不失正路。《沧浪诗话》

魏诗，门户也；汉诗，堂奥也。入户升堂，固其机也。而晋氏之风，本之魏焉；然而判迹于魏者何也？故知门户非定程也。陆生之论文曰：「非知之难，行之难也。」夫既知行之难，又安得云知之非难哉？又曰：「诗缘情而绮靡」，则陆生之所知，固魏诗之渣秽耳。嗟夫！文盛质衰，本同末异，此圣哲所以感叹，翟、朱所以兴哀者也。夫欲拯质，必务削文；欲反本，必资去末。是固曰然，然非通论也。玉蕴于石，岂曰无文？渊珠露采，亦匪无质。由质开文，古诗所以擅巧；由文求质，晋格所以为衰。若乃文质杂兴，本末并用，此魏之失也。故绳汉之武，其流也犹至于魏；宗晋之体，其敝也不可以悉矣。

昔桓谭学赋于扬雄，雄令读千首赋，盖所以广其资，亦得以参其变也。诗赋粗精，譬之絺绤，而不深探研之力，宏识诵之功，何能益也？故古《诗三百》，可以博其源；遗篇《十九》，可以约其趣；乐府雄高，可以厉其气；《离骚》深永，可以裨其志〔二〕，然后法经而植旨，绳古以崇辞，虽或未尽臻其奥，（吾）[我]亦罕见其失也。呜呼！雕缋满目，并已称工，芙蓉始发，尤能擅丽：后世之惑，宜益滋焉。夫未睹《钧天》之美，则《北里》为工；不咏《关雎》之乱，则《桑中》为隽。故匪师旷，难为语也。以上《谈艺录》

《古诗十九首》如天衣无缝，不可学已。陶渊明纯任真率，自（寓）〔写〕胸臆，亦不易学。六朝则二谢、鲍照、何逊，唐人则张曲江、韦苏州数家，庶可宗法。燮按：此专谓五言古诗。本《郎氏诗问》

盛唐诸公五言之妙，多本阮籍、郭璞、陶潜、谢灵运、谢朓、江淹、何逊；边塞之作，则出鲍照、吴筠也。唐人于六朝，率揽其菁华，汰其芜蔓，可为学古者之法。本《居易录》

颜之推标举王籍「蝉噪林逾静，鸟鸣山更幽。」以为自《小雅》「萧萧马鸣，悠悠旆旌」得来，此神契语也。学古人勿袭形模，正当寻其文外独绝处。本《古夫于亭杂录》 以上《带经堂诗话》

诗文之所以代变，有不得不变者，一代之文，沿袭已久，不容人人皆道此语。今且千数百年矣，而犹取古人之陈言，一一而摹仿之，以是为诗可乎？故不似则失其所以为诗，似则失其所以为我。李、杜之诗，所以独离于唐人者，以其未尝不似，而未尝似也。知此者可与言诗也已矣。《日知录》

李志光作《高太史传》，谓其诗「上窥建安，下逮开元，至大历以后则藐之。」此亦非确论。今平心阅之，五古、五律，则脱胎于汉、魏、六朝及初盛唐，七古、七律、则参以中唐，七绝并及晚唐，要其英爽绝人，故学唐而不为唐所囿。后来学唐者，李、何辈袭其面貌，仿其声调，而神理索然，则优孟衣冠矣！钟、谭等又从一字一句，标举冷僻，以为得味外味，则幽独君之鬼语矣。

吴梅村诗有不可及者二：一则神韵悉本唐人，不落宋以后腔调，而指事类情，又宛转如意，非如学唐者之徒袭其貌也。一则庀材多用正史，不取小学家故实，而选声作色，又华艳动人，非如食古者之物而不化也。盖其生平于宋以后诗本未寓目，全濡染于唐人，而己之才情书卷，又自能澜翻不穷，故以唐人格调，写目前近事，宗派既正，词藻又丰，不得不推为近代中之大家。若论其气稍衰飒，不如青邱之健举；语多疵累，不如青邱之清隽；而感怆时事，俯仰身世，缠绵凄惋，情余于文，则较青邱觉意味深厚也。以上《瓯北诗话》

陈后山云：「韩文、黄诗，有意故有工，若左、杜则无工矣。然学左、杜先由韩、黄。」此语可为解人道。本《居易录》《带经堂诗话》

何义门曰：「冯定远谓熟视义山诗，可免江西粗俗槎枒之病。」余谓：熟视义山诗，兼悟西昆之失。西昆只是雕饰字句，无义山之高情远识，即文从字顺犹有间也。《随园诗话》

「作古诗须先辨体。无论两汉难至，苦心摹仿，时隔一尘。即为建安，不可堕落六朝一语。为三谢，不可杂入唐音。小诗欲作王、韦，长篇欲作老杜，便应全用其体，不可虎头蛇尾。」此王敬美论五言古诗法。予向语同人，譬如衣服，锦则全体皆锦，布则全体皆布，无半锦半布之理，即敬美此意。又尝论五言，感兴宜阮、陈，山水闲适宜王、韦，乱离行役，铺张叙述宜老杜，未可限以一格。亦与敬美旨同。《带经堂诗语》本《池北偶谈》

诗人家数甚多，不可硁硁然域一先生之言，自以为是，而妄薄前人。须知王、孟清幽，岂可施诸边塞？杜、韩排奡，未便播之管弦。沈、宋庄重，到山野则俗。卢仝险怪，登庙堂则野。韦、柳隽逸，不宜长篇。苏、黄瘦硬，短于言情。悱恻芬芳，非温、李、冬郎不可。属词比事，非元、白、梅村不可。古人各成一家，业已传名而去。后人不得不兼综条贯，相题行事。虽才力笔性，各有所宜，未容勉强，然宁藏拙而不为则可，若护其短而讥人之所长，则不可。

余尝教人「古风须学李、杜、韩、苏四大家；近体须学中、晚、宋、元诸名家。」或问其故。曰：「李、杜、韩、苏才力太大，不屑曲折入细[三]；播入管弦，音节亦多未协。中、晚名家[便]清脆可歌。」严沧浪借禅喻诗，所谓：「羚羊挂角，香象渡河，有神韵可味，无迹象可寻。」此说甚是，然不过诗中一格耳。阮亭奉为至论，冯钝吟笑为谬谈，皆非知诗者。诗不必首首如是，亦不可不知此种境界。如作近体短章，不是半吞半吐，超超元箸，断不能得弦外之音，味外之味。沧浪之言，如何可诋？若作七古长篇，五言百韵，即以禅喻，自当天魔献舞，花雨弥空，虽造八万四千宝塔，不为多也；又何能一羊一象，显渡河挂角之小神通哉！　以上《随园诗话》

「不必首首如是」二语，极圆到，故录之。　燮承

校　注

[一]《后山诗话》原文作：「子瞻谓杜诗、韩文、颜书、左史，皆集大成者也。」

〔二〕志 《谈艺录》作「思」。
〔三〕曲折 《随园诗话》作「抽筋」。

用功

诗有力量，犹如弓之斗力，其未挽时，不知其难也；及其挽之，力不及处，分寸不可强。若《出塞曲》云：「落日照大旗，马鸣风萧萧。鸣笳三四发，壮士惨不骄。」又《八哀诗》云：「汝阳让帝子，眉宇真天人。虬髯似太宗，色映塞外春。」此等力量，不容他人道只字〔一〕。《彦周诗话》

陈无己先生语予曰：「今人爱杜甫诗，一句之内，吾窃取数字以仿象之，非善学者。学诗之要，在乎立格、命意、用字而已。」予曰：「如何等是？」曰：「《冬日谒玄元皇帝庙诗》叙述功德，反须阙意〔二〕，事核而理长；《阆中歌》，辞致峭丽，语脉新奇，句清而体好：兹非立格之妙乎？《江汉诗》言乾坤之大，腐儒无所寄其身；《缚鸡行》言鸡虫得失，不如两忘而寓于道：兹非命意之深乎？《赠蔡希鲁诗》云：『身轻一鸟过』，功在一『过』字；《徐步》诗云：『花蕊上蜂须』功在一『上』字：兹非用字之精乎？学者体其格，高其意，练其字，则自然有合矣。何必规规然仿象之乎！」《珊瑚钩诗话》

放翁工夫精到，出语自然老洁。他人数言不能了者，只用一二语了之。此其炼在句前，不在句下，观者并不见其炼之迹，乃真炼之至矣。《瓯北诗话》

王荆公少以意气自许，故诗语惟其所向，不复更为（含）［涵］蓄。后为郡一作群牧判官，从宋次道尽假唐人诗集，博观而约取，始尽深婉不迫之趣。乃知文字虽工拙有定限，然亦必视初、壮。虽此公，方其未至时，亦不能力强而遽至也。《石林诗话》

试取汉、魏之诗而熟参之，次取晋、宋之诗而熟参之，次取南北朝之诗而熟参之，次取沈、宋、王、杨、卢、骆、陈拾遗之诗而熟参之，次取开元、天宝诸家之诗而熟参之，次独取杜、李二公之诗而熟参之。又尽取晚唐诸家之诗而熟参之，又取本朝苏、黄以下诸家之诗而熟参之，其真是非自有不能隐者。倘犹于此而无见焉，则是野狐外道蒙蔽其真识，不可救药，终不悟也。

学诗有三节：其初不识好恶，连篇累牍，肆笔而成；既识羞愧，始生畏缩，成之极难；及其透彻，则七纵八横，信手拈来，头头是道矣。

诗之是非不必争，试以己诗置之古人诗中，与识者观之而不能辨，则真古人矣。以上《沧浪诗话》

今世五尺之童，才拈声律，便能薄弃晚唐，自傅初、盛；有称大历以下，色便赧然。然使诵其诗，果为初邪？盛邪？中邪？晚邪？大都取法固当上宗，论诗亦莫轻道。诗必自运，而后可以辨体；诗必成家，而后可以言格。晚唐诗人如温庭筠之才、许浑之致，见岂五尺之童下？直风会使然耳。览者悲其衰运可也。故予谓今之作者，但须真才实学，本性求情，［且］莫理论格调。《艺圃撷余》

鄞人薛千仞冈曰：自唐人之近体兴，而诗一大变，后学之士，可兼为而不可专攻者也。近日之弊，无人不诗，无诗不律，无律不七言。又曰：七言律法度贵严，对偶贵整，音节贵响，不易作也。今初学后生，无不为七言律，似反以此为入门之路，其终身不得窥此道藩篱无怪也。《日知录》

夫哲匠鸿才，固由内颖；中人承学，必自迹求。大抵诗之妙轨，情若重渊，奥不可测；辞如繁露，贯而不杂；气如良驷，驰而不轶：由是而求，可以冥会矣。《谈艺录》

问：「作诗学力与性情必兼具而后愉快。愚意以为学力深，始能见性情。若不多读书，多贯穿，而遽言性情，则开后学油腔滑调、信口成章之恶习矣。」答曰：「司空表圣云『不著一字，尽得风流。』此性情之说也。」或问「『不著一字，尽得风流』之说」，答曰：「太白诗『牛渚西江夜，青天无片云。登舟望秋月，空忆谢将军。余亦能高咏，斯人不可闻。明朝挂帆去，枫叶落纷纷。』襄阳诗：『挂席几千里，名山都未逢。泊舟浔阳郭，始见香炉峰。常读远公传，永怀尘外踪。东林不可见，日暮空闻钟。』诗至此，色相俱空，政如羚羊挂角，无迹可求。画家所谓逸品是也。」此本《分甘余话》 「《新唐书》，如『近日许道宁辈画山水，是真画也』。《史记》，如『郭忠恕画天外数峰，略有笔墨，然而使人见而心服者，在笔墨之外也』。右王楙《野客丛书》中语，得诗文三昧，司空表圣所谓：不著一字，尽得风流者也。」此本《香祖笔记》扬子云云：「读千赋则能赋」，此学问之说也。二者相辅而行，不可偏废。若无性情而侈言学问，则昔人有讥点鬼簿、獭祭鱼者矣。学力深始能见性情，此一语是造微破的之论。 本《郎氏诗问》

《朱少章诗话》云：「黄鲁直独用昆体工夫，而造老杜浑成之地，禅家所谓更高一著也。」此语入微，可与知者道，难为俗人言。 本《香祖笔记》 以上《带经堂诗话》

读前人诗而但求训诂，猎得词章记问之富而已，虽多奚为！诗以声为用者也，其微妙在抑扬抗坠之间。读者静气按节，密咏恬吟，觉前人声中难写、响外别传之妙，一齐俱出。朱子云：「讽咏以昌之，涵濡以体之。」真得读诗趣味。诗不学古，谓之野体，然泥古而不能通变，犹学书者但讲临摹，分寸不失，而己之神理不存也。作者积久用力，不求助长，充养既久，变化自生，可以换却凡骨矣。以上《说诗晬语》

同一乐器：瑟曰鼓，琴曰操。同一著述：文曰作，诗曰吟。可知音节不可不讲。然音节一事，难以言传。少陵：「群山万壑赴荆门」，使改「群」字为「千」字，便不入调。王昌龄：「不斩楼兰更不归」，使改「更」字为「终」字，又不入调。字义一也，而差之毫厘，失之千里。《随园诗话》

校注

[一]道只字 《彦周诗话》作「到」。

[二]反须阙意 《珊瑚钩诗话》作「反复外意」。

商改

诗在与人商论，深求其疵而去之。等闲一字，放过则不可，殆近法家，言用意深严。近于执法之家也。难以言恕矣！故谓之诗律。大凡立意之初，必有难易二途，学者不能强所劣，往往舍难而趋易，文章罕工，每坐此也。作诗自有稳当字，第思之未到耳。皎然以诗名〔二〕，有僧袖诗谒之，然指其《御沟诗》云：「『此波涵圣泽』，『波』字未稳，当改。」僧怫然作色而去。僧亦能诗者也，〔皎〕然度其去必复来，乃取笔作「中」字掌中，握之以待，僧果复来云：「欲更为『中』字如何？」然展手示之，遂定交。要当如此乃是。按：皎然改《御沟诗》事，乃进士王贞白，谓别一诗僧，误。《文录》

自昔词人琢磨之苦，至有一字穷岁月，十年成一赋者。白乐天诗词，疑皆冲口而出，及见今人所藏遗稿，涂窜甚多。欧阳文忠公作文既毕，贴之墙壁，坐卧观之，改正尽善，方出以示人。遗尝于文忠公诸孙望之处，得东坡先生数诗稿，其和欧叔弼诗云：「渊明为小邑」，继圈去「为」字改作「求」字，又连涂「小邑」二字作「县令」，凡二改乃成今句；「胡椒铢两多，安用八百斛。」初云：「胡椒亦安用，乃贮八百斛。」若如初语，未免后人疵议。又知虽大手笔，不以一时笔快为定，而惮于屡改也。《春渚纪闻》

杜诗云：「新诗改罢自长吟。」改则弊病去，长吟则神味出。改诗难于作诗，何也？作诗兴会所至，容易成篇，改诗则兴会已过，大局已定，有一二字于心不安，千力万气，求易不得，竟有隔一两月于无意中得之者。刘彦和所谓「富于万篇，窘于一字」，真甘苦之言。

诗不可不改，不可多改。不改则心浮，多改则机窒。要象初搨《黄庭》，刚到恰好处。孔子曰：「中庸不可能也」，此境最难。予最爱方扶南《滕王阁诗》云：「阁外青山阁下江，阁中无主自开窗。春风欲搨滕王帖，蝴蝶入帘飞一双。」叹为绝调。后见其子某云：「翁晚年嫌为少作，删去矣。」予大惊，卒不解其故。桐城吴某告予云：「扶南三改《周瑜墓》诗，而愈改愈谬。」其少作云：「大帝君臣同骨肉，小乔夫婿是英雄。」可称工矣！中年改云：「大帝誓师江水绿，小乔卸甲晚妆红。」已觉牵强。晚年又改云：「小乔妆罢胭脂湿，大帝谋成翡翠通。」真乃不成文理。岂非朱子所谓「三则私意起而反惑」哉？　以上《随园诗话》

校注

[一]「诗名」下《文录》有「于唐」二字。

章法

《大雅·绵》九章，初咏太王迁豳，建都邑，营宫室而已。至其八章，乃曰：「肆不殄厥愠，亦不陨厥问。」始及昆夷之怨，尚可也。至其九章，乃曰：「虞芮质厥成，文王蹶厥生。」「予曰有疏附」，「予曰有先后」，「予曰有奔奏」，「予曰有御侮」。[illegible]不接[一]，文不属。如连山断岭，虽相去绝远，而[illegible]三字络[二]，观者知其脉理之为一也。盖附离不以凿枘，此最为文之高致耳。老杜陷贼时有诗曰：「少陵野老吞声哭，春日潜行曲江曲。江头宫殿锁千门，细柳新蒲为谁绿？忆昔霓旌下南苑，苑中万物生颜色。昭阳殿里第一人，同辇随君侍君侧，辇前才人带弓箭，白马嚼啮黄金勒。翻身向天仰射云，一箭正坠双飞翼。明眸皓齿今何在？血污游魂归不得。清渭东流剑阁深，去住彼此无消息。人生有情泪沾臆，江（草）［水］江花岂终极？黄昏（一）［胡］骑尘满城，欲往城南（向）［望］城北。」予爱其词气如百金战马，注坡蓦涧，如履平地，得诗人之遗法。

一首有一首章法。一题数首，又合数首为章法。有起、有结、有伦序、有照应，若阙一不得，增一不得，乃见体裁。后人一题至十数章，甚或二、三十章，然意旨辞采，彼此互犯，虽构多篇，索其指归，一章可尽，不如割爱之为愈已。《诗病五事》

写竹者必有成竹在胸，谓意在笔先，然后著墨也。惨淡经营，诗道所贵，倘意旨间架，茫然无措，临文敷衍，支支节节而成，岂所语于得心应手之技乎？以上《说诗晬语》

昌黎《南山》诗[三]，连用数十「或」字。《双鸟诗》，连用「不停两鸟鸣」四句。《杂诗》四首内，一首连用五「鸣」字。《赠别元十八》诗，连用四「何」字。皆有意出奇，另增一格。《答张彻》五律一首，自起至结，句句对偶，又全用拗体，转觉生峭，（亦）［此则］创体之最佳者。《瓯北诗话》

校注

［一］阙　《诗病五事》作「事」。

［二］阙三字　《诗病五事》作「气象联。」

［三］昌黎　《瓯北诗话》作「又如」。

用韵

退之笔力，无施不可。予爱其诗，尤工于用韵[一]。[盖]其得韵宽，则波澜横溢，泛入旁韵，乍还乍离，出入回合，殆不可拘以常格，如《此日足可惜》之类是也。得韵窄，则不复旁出，而因难见巧，愈险愈奇，如《病中赠张十八》之类是也。《六一诗话》

《天厨禁脔》谓：平韵可重押，若或平或仄则不可。彼但以《八仙歌》言之耳，何见之陋耶？诗话谓：东坡两「耳」韵，两「耳」义不同，故可重押，要之亦非也。《沧浪诗话》

问：「昔人谓韵不必有出处，字不必拘来历。二语本《沧浪诗话》其然岂其然？」答曰：「杜子美、苏子瞻诗，无一字无来历。善押强韵，莫如韩退之，却无一字无出处也。」《古夫于亭诗问》

沧浪、渔洋二语皆是。所谓押韵无一字无出处者，正非如今人之寻韵脚也。燮承

毛稚黄云：「诗必相题，猥琐、尖新、淫亵等题，可无作也，诗必相韵，故拈险俗生涩之韵，可无作也[二]。」

东坡尖、叉韵诗亦偶然游戏，学之恐入魔道。以上《说诗晬语》

李、杜大家，不用僻韵，非不能用，乃不屑也。昌黎斗险，掇唐韵而拉杂砌之，不过一时游戏。然亦止于古体联句为之，今人效尤，竟有用之近体者，是犹奏雅乐而杂侏儒，坐华堂而宴乞丐。《随园诗话》

〔诗〕韵贵稳。〔韵〕不稳则不成句。《说诗晬语》：「诗中韵脚，如大厦之有柱石，此处不牢，倾折立见。故有看去极平而断难更移者，安稳故也。安稳者，牢之谓也。」和韵尤难，类失牵强，强之不如勿和。善用韵者，虽和犹其自作；不善用者，虽所自作犹和也。《怀麓堂诗话》

唐诗赓和，有次韵，先后无易。有依韵，同在一韵。有用韵。用彼韵不必次。《中山诗话》

和韵最害人诗。古人酬唱不次韵。此风始盛于元、白、皮、陆，〔而〕本朝诸贤，乃以此而斗工，遂至往复〔有〕八九和者。《沧浪诗话》

古来但有和诗，无和韵。唐人有和韵，尚无次韵。次韵实自元、白始。依次押韵，前后不差，此古所未有也。而且长篇累幅，多至百韵，少亦数十韵，争能斗巧，层出不穷，此又古所未有也。微之《上令狐相公书》，谓：同门生白居易，爱驱驾文字，穷极声韵。或千言，或五百言，小生自揣不能有以过之，往往戏排旧韵，别创新词，名为次韵，盖欲以难相挑耳。今两家次韵诗具在，五言律实属工力悉敌，不分胜负，惟古诗往往和不及倡，盖倡先有意而后有词，和者或不能别有新意，则不免稍形支绌也。《日知录》：元微之《上令狐相公启》曰：「稹与同门生白居易友善，居易雅能为诗，就中爱驱驾文字，穷极声韵，或为千言，或为五百言律诗，以相投寄。小生自审不能有以过之，往往戏排旧韵，别创新词，名为次韵，盖欲以难相挑耳。江湖间为诗者，或相仿效，或力不足，则至于颠倒语言，重复首尾，韵同意等，不异前篇，亦目为元和诗体。而司文者考变雅之由，往往归咎于稹。」是知元、白作诗，次韵之初，自以为戏，而当时即已取讥于人。今人乃为之而不厌，又元、白之所鄙而不屑者矣。《瓯北诗话》

次韵诗以意赴韵，虽有精思，往往不能自由。阮翁绝意不为，可法也。《随园诗话》：「余作诗，雅不喜叠韵、和韵，及用古人韵。以为诗写性情，唯吾所适。一韵中有千百字，凭吾所选，尚有用定后不慊意而别改者，何得以一二韵约束为之？既约束则不得不凑泊，既凑泊安得有性情？」又云：「阮亭尚书自言一生不次韵，不集句，不联句，不叠韵，不和古人之韵。此五戒与余天性若有暗合。」

追用前人某诗韵，极为无谓。思钝才庸者不能自运，故假手旧韵，如陶家之倚模制。或有蹉跌，则曰韵限之也。嘻，可鄙哉！以上《谈龙录》

次韵诗不必不作，必不可于此角胜，稍有牵强，稍有支绌，便须罢休，擅场不在此也。燮承古人同作一诗，不必同韵；即同韵，亦在一韵中，不必句句次韵也。自元、白创始，而皮、陆倡和，又加甚焉。以韵为主，而以意相从，中有欲言，不能通达矣。近代专以此见长，名曰「和韵」，实则趁韵，宜（其）血脉横亘，句联意断也。有志之士，当不囿于俗。《说诗晬语》

校注

［一］「予爱」二句　《六一诗话》作：「而余独爱其工于用韵也。」

［二］这段话见毛稚黄《诗辩坻》。

用事

用事当以故为新，以俗为雅。《后山诗话》：「闽士有好诗者，不用陈语常谈，写投梅圣俞，梅答书曰：「子诗诚工，但未能以故为新，以俗为雅尔。」」好奇务新，乃诗之病。《东坡诗话》

唐人近体诗不用生典，然一经调度，日月斩新，犹之易牙治味，不过鸡猪鱼肉；华佗用药，不过青精漆叶；其胜人处，不求之海外异国也。

用典一也，有宜近体者，有宜古体者，有古近体俱宜者，有古近体俱不宜者。用典如水中著盐，但知盐味，不见盐质。用僻典如请生客入座，必须问名探姓，令人生厌。宋有「狐穴诗人」之讥，当以为戒。以上《随园诗话》

作诗用事，要如释〔家〕语。水中著盐，饮水乃知盐味。此说诗家秘密藏也。《金玉诗话》

凡作诗，若正（面）〔尔〕真实，谓之（典）〔点〕鬼簿，亦谓之堆垛死䶕〔一〕。能如《猩猩毛笔诗》云「平生几两屐，身后五车书。」又䶕云〔二〕：「管城子无食肉相，孔方兄有绝交书。」精妙明密，不可加矣。当以此语反三隅也。

两诗皆黄山谷句，事解借用、旁用，为最上乘。燮承

淮阴胜而不骄，乃能师李左车，最奇特事。荆公诗云：「将军北面师降虏，此事人间久寂寥。」李广诛霸陵尉，薄于德矣。东坡诗云：「今年定起故将军，未肯（先）〔说〕诛霸陵尉。」用事当如此向

背。　以上《彦周诗话》

孟嘉落帽，前世以为胜绝。杜子美《九日诗》云：「（休）［羞］将短发还吹帽，笑倩旁人为正冠。」其文雅旷达，不减昔人。谓诗非力学可致，正须胸中度世耳[三]。　《后山诗话》

诗之用事，不可牵强，必至于不得不用而后用之，则事辞为一，莫见其安排斗凑之迹，苏子瞻尝为人作挽诗云：「岂意日斜庚子后，忽惊岁在己辰年。」此乃天生作对，不假人力。温庭筠诗［亦］有用甲子相对者，云：「风卷蓬根屯戊巳，月移松影守庚申。」两语本不相类。其题云：「与道士守庚申，时闻西方有警事。」邂逅适然，固不可知。然以其用意附会观之，疑若得此对而就为之题者，此蔽于用事之弊也。前辈诗材亦或预为储蓄，然非所当用，未尝强出。余尝从赵德麟假《陶渊明集》本，盖子瞻所阅者，时有改［定］字，末手题两联云：「人言卢杞是奸邪，我觉魏公真妩媚。」又：「槐花黄，举子忙；促织鸣，懒妇惊。」不知偶书之耶？或将以为用也？然子瞻诗后不见此（二）语，则固无意于必用矣。　《石林诗话》

诗人遇成语佳对，必不肯放过。坡公尤妙于剪裁，虽工巧而不落纤佻，由其才分之大也。如「时复中之徐邈圣，无多酌我次公狂。」《赠孙莘老》「大木百围生远籁，朱弦三叹有遗音。」《答仲屯田》「君特未知其趣耳，臣今时复一中之。」《戏徐君猷孟亨之皆不饮酒》「曲无和者应思郢，论少卑之且借秦。」《答刘贡父李公择》「信命不须歌去汝，逢人未免叹犹吾。」《答叶致远》此等［诗］虽非坡公著意之作，然自然凑泊，触手生春，亦见其学之富［而］笔之灵也。

苏东坡熟于庄〔四〕、列诸子及汉、魏、晋、唐诸史，故随所遇辄有典故以供其援引，（然）此非临时检书者所能办也。使不于平时博极群书〔五〕，足供驱使，（安）〔岂〕能左右逢源若是。以上《瓯北诗话》

今人作诗，必入故事。有持清虚之说者，谓盛唐诗即景造意，何尝有此？是则然矣，然（亦）〔以〕一家言，未尽古今之变也。古诗、两汉以来，曹子建出而始为宏肆，多生情态，此一变也。自此作者多入史语，然不能入经语。谢灵运出，而《易》辞《庄》语，无所不为用矣，剪裁之妙，千古为宗，又一变也。中间何、庾加工，沈、宋增丽，而变态未极。七言犹以闲雅为致。杜子美出而百家稗官，都作雅音，马浡牛溲，咸成郁致，于是诗之变极矣。子美之后，而欲令人毁靓妆、张空（眷）〔拳〕，以当市肆万人之观，必不能也。其援引不得不日加而繁。然病不在故事，顾所以用之何如耳。善使故事者，勿为故事所使。如禅家云：「转法华，勿为法华转。」使事之妙，在有而若无，实而若虚，可意悟不可言传，可力学得不可仓猝得之也《艺圃撷余》

少陵有读破万卷之说，不知「破」字与「有神」三字，全是教人读书作文之法。盖破其卷取其神，非囫囵用其糟粕也。蚕食桑而所吐者丝，非桑也；蜂采花而所酿者蜜，非花也。读书如吃饭，善吃者长精神，不善吃者生痰瘤。《随园诗话》

《晋·段灼传》：灼上疏追理邓艾，有曰：「七十老公，复何所求哉？」王维《夷门歌》云：「向风刎颈送公子，七十老翁何所求？」以后人之言而用之前人之事，浑化无迹，使人不知其妙。《香

字诗谈》

唐人《宫怨》诗云：「事与年俱往，恩无日再中。」案：秦王执留燕太子丹，与誓曰：「使日再中，天雨粟，乌头白，马生角，厨门木象生肉足，乃得归。」如此用事，可谓脱化。《带经堂诗话》本《居易录》

问：「作律诗忌用唐以后事，其信然欤？」答曰：「自何李、李王以来，不肯用唐以后事，似不必拘泥。然六朝以前事，用之即多古雅。唐、宋以下便不尽尔，此理亦不可解。总之，唐、宋以后事，须择其尤雅者用之，如刘后村七律，专好用本朝［事］，直是恶道。」《古夫于亭诗问》

不读唐以后书，固李北地欺人语，然近代人诗，似专读唐以后书矣。又或舍《九经》而征佛经，舍正史而搜稗史小说，且但求新异，不顾理乖，淮雨别风，贻讥踳驳，不如布帛菽粟，常足厌心切理也。

以诗入诗，最是凡境。经、史、诸子，一经征引，都入咏歌，方别于潢潦无源之学。曹子建善用史，谢康乐善用经，杜少陵经史并用。但实事贵用之使活，熟语贵用之使新，语如己出，无斧凿痕，斯不受古人束缚。以上《说诗晬语》

孙宝侗，益都相国沚亭仲子，有才气，善诗文，然持论好与余左。余《蜀道诗》：「高秋华岳三峰出，晓日潼关四扇开。」孙议之。或曰：「此本昌黎，非杜撰也。」孙愤然曰：「昌黎便如何？毕竟是两扇。」又《题涪州石鱼》云：「涪陵水落见双鱼，北望乡园万里余。三十六鳞空自好，乘潮不寄一

封书。」孙驳之曰：「既是双鱼，合道七十二鳞。」余闻之［笑］曰：「此谓之『鳖厮踢』。」《渔洋诗话》

用地名各有所宜。故友陈伯玑尝语予：「姑苏城外寒山寺，夜半钟声到客船。」若作「金陵城外报恩寺」，有何意味？此虽谑语，可悟诗家三昧。予因广之云：「流将春梦过杭州」、「满天梅雨是苏州」、「白日淡幽州」、「黄云画角见并州」之类，皆不可移易。予二十年前在广陵有句云：「绿杨城郭是扬州」，好事者至取为图画。若云：「白日淡苏州」，「流将春梦过幽州」，有不捧腹绝倒者耶？宋人谓「五月临平山下路，藕花无数满汀洲。」改六月便不佳，亦此意也。本《居易录》

偶与学子言诗用字不可杜撰。即如古人名字，司马长卿「长」字无平声，相如「相」字无仄声，「如」字或作上声，马援「援」字无平声，曹操「操」字无平声之类：今人率通融以就己便，非也。又如乐毅称乐生，贾谊称贾生，司马长卿称马卿，李膺称李君，阮籍称阮公，嵇康称嵇生，山涛称山公，王导称王公，郗愔称郗公，谢安石、谢灵运、谢朓皆称谢公，庾亮称庾公，王凝之称王郎，袁粲称袁公，江淹称江郎，徐陵自称徐君，杜甫称杜公，李白称李生，孟浩然称孟公，韩愈称韩公，韦应物称韦公，白居易称白公，欧阳修称欧公，苏轼称苏公，又谢惠连、谢朓皆称小谢，宋祁称小宋，苏辙称小苏，杜牧称小杜之类，皆有所本，即是出处，不可假借。如杜甫称杜生，李白称李公，知复为谁耶！本《居易录》以上《带经堂诗话》

校注

[一]阙　《彦周诗话》作「尸」。

[二]阙云　《彦周诗话》作「如」。

[三]胸中度世耳　《后山诗话》作「胸肚中泄尔」。

[四]苏东坡　《瓯北诗话》作「坡公」。

[五]使不于　《瓯北诗话》作「自非」。

下　字

魏野处士尝有诗云：「妻喜栽花活，童夸斗草赢。」真得野人之趣，以其皆非急务也。又有诗云：「烧叶炉中无宿火，读书窗下有残灯。」既没，集其诗者嫌「烧叶」贫寒太甚，故改「叶」为「药」，不唯坏此一句，乃并一首亦无气味，所谓求益反损也。《续诗话》

「采菊东篱下，悠然见南山。」因采菊而见山，境与意会，此句最有妙处。近岁俗本皆作「望南山」，则一篇神气多索然矣。古人用意深微，而俗士率然妄以意改，此最可疾。《东坡诗话》

诗人以一字为工，世固知之。惟老杜变化开阖，出奇无穷，殆不可形迹求。如「江山有巴蜀，栋宇自齐梁。」远近数千里，上下数百年，只在「有」与「自」两字间，而吞纳山川之气，俯仰古今之怀，皆见于言外。此皆工妙至到，人力不可及，而此老独雍容闲肆，出于自然，略不见其用力处。今人多取其已用字模放用之，偃蹇狭陋，尽成死法，不知意与境会，言中其节，凡字皆可用也。

唐人《晚渡伊水》诗，首句「暝色赴春愁」，或作「起」。王介甫曰：「若作『起』，谁不能道耶？下得『赴』字最好。」足见吟诗要一字两字工夫也〔一〕。

诗语固忌用巧太过，然缘情体物，自有天然工妙，虽巧而不见刻削之痕。老杜「细雨鱼儿出，微风燕子斜。」此十字殆无一字虚设。至「穿花蛱蝶深深见，点水蜻蜓款款飞」。「深深」字若无「穿」字，「款款」字若无「点」字，皆无以见其精微［如此］，然读之浑然，全似未尝用力，此所以不碍其气格超胜。使晚唐诸子为之，便当（入）［如］「鱼跃练波抛玉尺，莺穿丝柳织金梭」体矣。以上《石林诗话》

予与翁行可同舟溯汴，因谈及诗，行可云：「王介甫最善下字，如『荒埭（暗）［野］鸡催月晓，空场老雉挟春骄。』下得『挟』字最好。如《孟子》挟长、挟贵之挟。」予谓介甫又有「紫苋凌风怯，苍苔挟雨骄。」陈无己有「寒气挟霜侵败絮，宾鸿将子度微明。」其用「挟」字，正与王介甫前一联同。《艺苑雌黄》

兄考功作《忆莱子杂诗》〔二〕，有「潮势汩三韩」之句。或疑「汩」字所出，汪编修琬曰：杜诗「吴楚东南坼」，「坼」字「汩」字，正以独造为奇。《渔洋诗话》

荆公有「两山排闼送青来」之句，虽用「排闼」字，读之不觉其诡异。山谷云：「青州从事斩关来」，又云：「残暑已促装。」此与「排闼」等耳，便令人骇愕。《溽南诗话》

虞伯生《送袁伯长扈驾上都》诗，中联云：「山连阁道晨留辇，野散周庐夜属櫜。」承旨。子昂曰：「美则美矣，若改『山』为『天』，『野』为『星』，则尤美。」虞深服之。盖炼字炼句之法，与篇法并重，学者不可不知，于此可悟三昧。《带经堂诗话》本《古夫于亭杂录》

诗文用字，有意同而字面整碎不同、死活不同者，不可不知。杨文公撰《宋主与契丹书》，有「邻壤交欢」四字，真宗用笔旁〔抹〕批云：「鼠壤？粪壤？」杨公改「邻壤」为「邻境」，真宗乃悦。此改碎为整也。范文正公作《子陵祠堂记》初云：「先生之德，山高水长。」旋改「德」为「风」〔字〕，此改死为活也。《荀子》曰：「文而不采。」《乐记》曰：「声成文谓之音。」今之诗流，知之者鲜矣！《随园诗话》

晚唐人诗，「鹭鸶飞破夕阳烟」，「水面风回聚落花」，「芰荷翻雨泼鸳鸯」，固是好句，然句好而意尽句中矣！又张縠《洞庭湖》诗：「青草浪高三月渡，绿杨花扑一溪烟」，「绿杨」一语，分明村港小景，赋洞庭湖宜尔耶？「破」字、「聚」字、「泼」字、「扑」字，求新在此，不登大雅之堂正在此。

古人不废炼字法，然以意胜，不以字胜，故能平字见奇，常字见险，陈字见新，朴字见色。近人挟以斗胜者，难字而已。以上《说诗晬语》

凡粗字、纤字、俗字皆不可用。词曲字面尤忌。即如杜子美诗「红绽雨肥梅」，一句中便有三字纤俗，不可以其大家而概法之。《带经堂诗话》本《郎氏诗问》

诗下双字极难，须使七言五言之间，除去五字三字外，精神兴致，全见于两言，方为工妙。唐人（谓）〔记〕「水田飞白鹭，夏木转黄鹂」，为李嘉祐诗，王摩诘窃取之，非也。此两句好处，正在添「漠漠」「阴阴」四字。此乃摩诘为嘉祐点化以自见其妙，如李光弼将郭子仪军，一号令之，精彩数倍。不然，如嘉祐本句，但是咏景耳，人皆可到。要之当令如老杜「无边落木萧萧下，不尽长江滚滚来」与「江天漠漠鸟双去，风雨时时龙一吟」〔等〕，乃为超绝。近世王荆公「新秋浦溆绵绵静，薄暮园林往往青〔三〕。」与苏子瞻「浥浥炉香初泛夜，离离花影欲摇春。」皆可以追配前作也。《石林诗话》

诗中用双叠字易得句（懒）。若杜少陵「风吹客衣日杲杲，树搅离思花冥冥。」「无边落木萧萧下，不尽长江滚滚来。」则又妙不可言矣。《竹坡诗话》

七言律有以叠字益见悲壮者，如杜子美「无边落木萧萧下，不尽长江滚滚来。」「江天漠漠鸟双去，风雨时时龙一吟」是也。有以叠字益见萧散者，如王摩诘「漠漠水田飞白鹭，阴阴夏木啭黄鹂。」徐昌穀「开轩历历明星夕，隐几萧萧古木秋。」王敬美「山鸟自呼泥滑滑，行人相对马萧萧」是也。诗《小雅》「萧萧马鸣，悠悠旆旌。」「杨柳依依，雨雪霏霏。」此用叠字之始，后人千古受用不尽。《带经堂诗话》本《古夫于亭杂录》

校注

〔一〕此段文字，只是述其大意，与原文颇有出入。查《石林诗话》，原文为：「王荆公编《百家诗选》，尝从宋次道借本，中间有「暝色赴春愁」，次道改「赴」字作「起」字，荆公复定为「赴」字，以语次道曰：「若是「起」字，人谁不能到。」次道以为然。」

[二]「兄考功」句《渔洋诗话》作：「兄考功士禄作《忆莱子杂诗》二十篇」。

[三]「新秋」二句《石林诗话》作：「新霜浦溆绵绵白，薄晚林峦往往青。」

辞意

圣俞尝谓予云：「诗家虽（主）[率]意，而造语亦难。若意新语工，得前人所未道者，斯为善也。必能状难写之景，如在目前；含不尽之意，见于言外，然后为至矣。贾岛云：『竹笼拾山果，瓦瓶担石泉』，姚合云：『马随山鹿放，鸡逐野禽栖』，等是山邑荒僻，官况萧条，不如『县古槐根出，官清马骨高』为工也。」余曰：「语之工者固如是；状难写之景，含不尽之意，何诗为然？」圣俞曰：「作者得于心，览者会以意，殆难指陈以言也。虽然，亦可略道其仿佛，若严维『柳塘春水漫，花坞夕阳迟。』则天容物态，融和骀荡，岂不如在目前乎？又若温庭筠『鸡声茅店月，人迹板桥霜。』则道路辛苦，羁愁旅思，岂不见于言外乎？」

圣俞尝云：「诗句义理虽通，语涉浅俗而可笑者，亦其病也。如有《赠渔父》一（篇）[联]云：『眼前不见市朝事，耳畔惟闻风水声』。说者云：『患肝肾风也。』」《溽南诗话》：「宋之问有诗云：『年年岁岁花相似，岁岁年年人不同。」或曰：「此之问甥刘希夷句也。」之问酷爱，知其未之传人，恳乞之，不与；之问怒，乃以土袋压杀之。此殆妄耳。之问固小人，然不应有是。「年年岁岁」，「岁岁年年」，何等陋语！而至以杀其所亲乎？大抵诗话所载，不足尽信。「池塘生春草」有何可（嘉）〔佳〕？而品题者百端不已。荆公《金牛洞六言诗》，初亦常语，而晁无咎附之《楚辞》，以为二十四字而有六籍群言之遗味。书生之口，何所不有哉！」《临汉隐居诗话》：「人岂不自知耶？自爱其文章，乃更大谬何也？贾岛云：『独行潭底影，数息树边身。』其自注云：『二句三年得，一吟双泪流。知音如不赏，归卧故山秋。』不知此二句有何难道，至于三年始成，而一吟泪下也。扬衡自爱其句云：『一一鹤声飞上天。』此尤可笑也。」《瓯北诗话》：「放翁与杨诚斋同以诗名，诚斋专以俚言俗语阑入诗中，以为新奇，放翁则一切埽除，不肯落其窠臼。然间亦有一二语似诚斋者。如《醉中走笔》云：『过得一日过一日，人间万事不须谋。』《自咏》云：『作个生涯君勿笑。』《新作篱门》云：『虽设常关果是么？』《自诒》云：『愈老愈知生有涯，此时一念不容差。』《遣兴》云：『关上衡门那得愁。』此等诗派，南宋时盛行，在放翁则为下劣诗魔矣。」　以上《六一诗话》

诗以意为主。气足则调自振，意深则味有余。又须篇中炼句，句中炼字，乃得工耳。以气韵清高深眇者绝，以格力雅健雄豪者胜。元轻白俗，郊寒岛瘦，皆其病也。《珊瑚钩诗话》

古之作者，初无意于造语，所谓因事以陈辞。如杜子美《北征》一篇直纪行役尔。忽云：「或红如丹砂，或黑如点漆，雨露之所濡，甘苦齐结实。」此类是也。文章只如人作家书乃是。《文录》

作诗不可以意徇辞，而须以辞达意。辞能达意，可歌可咏，则可以传。《怀麓堂诗话》

夫作诗者立意易，措辞难。然辞意相属而不离。若泥乎辞，或伤于气格；专乎意，或涉于议论：皆不得盛唐之调。《诗家直说》

问：「萧亭先生论诗，修辞为要，辞佳而意自在其中。未达其旨。」答曰：「以意为主，以辞辅之，不可先辞后意。」《古夫于亭诗问》

王右军作字不肯雷同，《黄庭经》、《乐毅论》、《东方画像赞》无一相肖处，笔有化工也。杜诗复然，一千四百余篇中，求其词意犯复，了不可得。《说诗晬语》

诗云：「牂羊坟首，三星在罶」，言不可久也。古人为诗，贵于意在言外，使人思而得之。故言之者无罪，闻之者足以戒也。近世诗人，惟杜子美最得诗人之体，如「国破山河在，城春草木深。感时花溅泪，恨别鸟惊心。」山河在，明无余物矣；草木深，明无人矣；花鸟，平时可娱之物，见之而泣，闻之而悲，则时可知矣。他皆类此，不可遍举。《续诗话》

太白《远别离》篇，意最参错难解，小时诵之，都不能寻意绪。范德机、高廷礼勉作解事语，了与诗意无关。细绎之，始得作者意。其太白晚年之作耶？先是肃宗即位灵武，玄宗不得已称上皇，迎归大内，又为李辅国劫而幽之。太白忧愤而作此诗，因今度古，将谓尧舜事亦有可疑，曰「尧舜禅禹」，罪肃宗也。曰「龙鱼」「虎鼠」，诛辅国也。故隐其辞，托兴英、皇，而以《远别离》名篇。风人之体善刺，欲言之无罪耳。然「幽囚」、「野死」，则已露本相矣。古来原有此种传奇议论。曹丕下坛曰：「舜、禹之事，吾知之矣。」太白故非创语，试以此意寻次读之，自当手舞足蹈。《艺圃撷余》

诗贵寄意，有言在此而意在彼者。李太白《子夜吴歌》本闺情语，而忽冀罢征。《经下邳北桥》

本怀子房〔一〕，而意实自（喻）〔寓〕。《远别离》本咏英、皇，而借以咎肃宗之不振、李辅国之擅权。杜少陵《玉华宫》云：「不知何王殿，遗构绝壁下」，伤唐乱也。《九成宫》云：「巡非瑶水远，迹是雕墙后」，垂夏殷鉴也。他若讽贵妃之酿乱，则忆王母于宫中；刺敬定之僭窃，则想新曲于天上。凡斯托旨，往往有之；但不如《三百篇》有小序可稽，在读者以意逆之耳。

意主浑融，惟恐其露；意主蹈厉，惟恐其藏。究之，恐露者味而弥旨，恐藏者尽而无余。以上《说诗晬语》

校注

〔一〕北《说诗晬语》作「圮」。

小沧浪诗话第四

指疵

学诗先除五俗：一曰俗体。有全篇皆平声者，皆仄声者，有辘轳韵者，有律诗止三韵，以及建除、字谜、人名、卦名、数名、药名、州名、六甲、十属、藏头、歇后等体。建除者，每句首冠以建除平定等字也。人名、卦名等体者，必藏人名、卦名也〔一〕。《古夫于亭诗问》：「问：『有一字至七字，或一字至九字诗，此旧格也，抑俗体耶？』答曰：『格则于昔有之，终近游戏，不必措意。他如地名、人名、药名、五音、建除等体，总无关于风雅，一笑置之可矣。』」二曰俗意，三曰俗句，四曰俗字，五曰俗韵。

最忌古董，最忌（趁）[衬]贴，语忌直，意忌浅，脉忌露，味忌短，音韵忌散缓，亦忌迫促。

以上《沧浪诗话》

诗有古人所不忌，而今人以为病者。摘瑕者因而酷病之，将并古人无所容，非也。然今古宽严不同，作诗者既知是瑕，不妨并去，如太史公蔓辞累句常多，班孟坚洗削殆尽，非谓班胜于马，顾在班分量宜尔。今以古人诗病后人宜避者，略具数条，以见其余。如有重韵者，若任彦昇《哭范仆射》一诗，三压「情」字；老杜排律，亦时误有重韵。有重字者，若沈云卿「天长地阔」之三（河）〔何〕。至王摩诘尤多，若「暮云空碛」、「玉靶角弓」，二「马」俱压在下。「一从归白社，不复到青门。」「青菰临水映，白鸟向山翻。」「青」「白」重出，此皆是失点检处，必不可借以自文也。又如风云雷雨，有二联中接用者，一二三四，有八句中六见者，今可以为法耶？此等病，盛唐常有之，独老杜最少。盖其诗即景后必下意也。又有最隐者，如云卿《嵩山石淙》前联云「行漏」「香炉」，次联云「神鼎」「帝壶」，俱压末字。岑嘉州「云随马」、「雨洗兵」、「花迎盖」、「柳拂旌」，四言一法。摩诘「独坐悲双鬓」，「白发终难变」，语异意重，《九成宫避暑》，三四「衣上」「镜中」，五六「林下」「岩前」，在彼正自不觉，今用之，能无受人揶揄耶！至于失严之句，摩诘、嘉州特多，殊不妨其美。然就至美中亦觉有微缺陷，如吾人不能运句便自诵不流畅，不为可也。至于首句出韵，晚唐作俑，宋人滥觞，尤不可学。《艺圃撷余》

气本尚壮，亦忌锐逸。魏祖云「老骥伏枥，志在千里。烈士暮年，壮心不已。」犹暧暧也。思王《野田黄雀行》，譬如锥处囊中，大索露矣。

郊庙之词庄以严，戎兵之词庄以肃，朝会之词大以雍，公宴之词乐而则。夫其大义固如斯已。深瑕重累，可得而言，崇功盛德，易夸而乏雅；华疏彩会，易淫而去质；干戈车革，易勇而（志）[亡]警；灵节韶光，易采而成靡。盖观于大者，神越而心游，中无植干，鲜不眩移，此宏词之极轨也。若夫款款赠言，尽平生之笃好；执手送远，慰此恋恋之情；勖励规箴，婉而不直；临丧挽死，痛旨深长；杂怀因感以咏言；览古随方而结论。行旅迢遥，苦辛各异；遨游晤赏，哀乐难常；孤孽怨思，达人齐物；忠臣幽愤，贫士郁伊：此诗家之错变，而规格之纵横也。然思或朽腐而未精，情或零落而未备，词或鳟缺而未博，气或柔犷而未调，格或荞乱而未叶，咸为病焉。故知驱（纵）[踪]靡常，城门一轨，挥斤污鼻，能者得之。 以上《谈艺录》

盘空硬语，须有精思结撰。若徒抨撦奇字，诘曲其词，务为不可读以骇人耳目，此非真警策也。昌黎诗如《南山》[诗]之「突起莫间簉」，「诋讦陷乾窦」，「仰喜呀不仆」，「堛塞生怐愗」，「达蘖壮复凑」。《征蜀》[诗]之「剟肤浃痍疮，败面碎剖刮」，「投奅闹硿蹡，填隍戫傗僐」，「爇堞熇歊熺，抉门呀拗阖。」此等词句，徒聱牙轖舌，而实无意义，未免英雄欺人耳。其实《石鼓歌》等杰作，何尝有一语奥涩？而磊落豪横，自然挫笼万有。山谷云[二]：「若论工巧，则《北征》不及《南山》。」究之山谷所谓「工巧」，亦未必然。凡诗必须切定题位，方为合作。此诗不过铺排山势及景物之繁富，而以险韵出之，层叠不穷，觉其气力雄厚耳。世间名山甚多，诗中所咏，何处不可移用，而必于南山耶！而谓之工巧耶！则与《北征》固不可同年语也。 以上《瓯北诗话》

校注

[一]据《沧浪诗话·诗体》，以上文字多有省略。

[二]山谷云 《瓯北诗话》作：「时山谷尚年少，适在坐，曰」。

发微

大抵禅道惟在妙悟，诗道亦在妙悟。且孟襄阳学力下韩退之远甚，而其诗独出退之之上者，一味妙悟而已。惟悟乃为当行，乃为本色。然悟有浅深，有分限，有透彻之悟，有但得一知半解之悟。汉魏尚矣，不假悟也。谢灵运至盛唐诸公，透彻之悟也。他虽有悟者，皆非第一义也。《沧浪诗话》

舍筏登岸，禅家以为悟境，诗家以为化境，诗禅一致，等无差别。大复《与空同书》引此，正自言其所得耳。顾东桥以为「英雄欺人」，误矣！岂东桥未能到此境地，故疑之耶？《带经堂诗话》本《香祖笔记》

「池塘生春草，园柳变鸣禽。」世多不解此词为工，盖欲以奇求之耳。此语之工，正在无所用意，猝然与景相遇，借以成章，不假绳削，故非常情所能到。诗家妙处，当须以此为根本，而思苦言难者，往往不悟。钟嵘《诗品》论之最详。其略云：「『思君如流水』，既是即目；『高台多悲风』，亦惟所见。『清晨登陇首』，羌无故实；『明月照积雪』，非出经史。古今胜语，多非补缀，皆由直寻。颜延之、谢庄，尤为繁密，于时化之，故大明、泰始中，文书殆同书抄。近任昉、王元长等，辞不贵奇，竞须新事。（适）［迩］来作者，寖以成俗。遂乃句无虚语，语无虚字，牵挛补衲，蠹文已甚。自然英旨，罕遇其人。」余每爱此言简切，明白易晓，但观者未尝留意耳。自唐以后，既变以律体，固

不能无拘窘，然苟大手笔，亦自不妨削鐻于神志之间，斫轮于甘苦之外也。《石林诗话》

颜延之问己与灵运优劣于鲍照，照曰：「谢五言如初发芙蓉，自然可爱；君诗铺锦列绣，亦雕缋满眼。」此明远对面褒贬，而人不觉，善论诗也。《彦周诗话》

僧贯休《言诗》句云：「竟日觅不得，有时还自来。」《全唐诗话》

南城陈伯玑允衡善论诗，昔在广陵评予诗，譬之昔人云：「偶然欲书。」此语最得诗文三昧。今人连篇累牍，牵率应酬，皆非偶然欲书者也。坡翁称钱塘程奕笔云：「使人作字，不知有笔。」此语亦有妙理。《带经堂诗话》本《香祖笔记》

越处女与勾践论剑术曰：「妾非受于人也，而忽自有之。」司马相如答盛览曰：「赋家之心，得之于内，不可得而传。」云门禅师曰：「汝等不记己语，反记吾语，异日稗贩我耶？」数语皆诗家三昧。

戴叔伦论诗云：「蓝田日暖，良玉生烟。」司空表圣云：「不著一字，尽得风流。」「神出古异，淡不可收。」「采采流水，蓬蓬远春。」「明漪见底，奇花初胎。」「晴雪满林，隔溪渔舟。」刘蜕《文冢铭》云：「气如蛟宫之水。」严沧浪云：「如镜中之花，水中之月。」「如羚羊挂角，无迹可求。」《香祖笔记》：「释氏言『羚羊挂角，无迹可求。』古言云：『羚羊无些子气味，虎豹再寻他不著。其九渊潜龙，千仞翔凤乎？』此是前言注脚，不独喻诗，亦可为士君子居身涉世之法。姚宽《西溪丛话》载《古琴铭》云：「山高溪深，亦作山虚水深。万籁萧萧。古无人踪，惟石嶕峣。」东坡《罗汉赞》云：「空山无人，水流花开。」王少伯诗云：「空山多雨雪，独立君始悟。」以上《渔洋诗话》

司空表圣云：「不著一字，尽得风流。」「采采流水，蓬蓬远春。」严沧浪云：「羚羊挂角，无迹可求。」苏东坡云：「空山无人，水流花开。」王阮亭本此数语，定《唐贤三昧集》。木元虚云：「浮天无岸。」杜少陵云：「鲸鱼碧海。」韩昌黎云：「巨刃摩天。」惜无人本此定诗。《说诗晬语》

千顷之波，不可清浊。天姿国色，粗服乱头亦好。皆非有意为之也。储水者期于江湖，而必使之潆洄澄澈，是终为溪沼耳。自矜容色，而故毁其衣妆，有厌弃之者矣。《谈龙录》

方亨咸论画云：「神品如孙、吴。能品是刁斗森严之程不识。逸品则解鞍纵卧之李将军。」又曰：「厚不因多，薄不因少。」余爱其言可通于诗。《随园诗话》

诗有二废：虽欲废巧尚直，而思致不得置；虽欲废词尚意，而典丽不得遗。（又）[诗]有四离：虽期道情，而离深僻；虽用经史，而离书生；虽尚高逸，而离迂远；虽欲飞动，而离轻浮。《诗式》

宁拙毋巧，宁朴毋华，宁粗毋弱，宁僻毋俗。诗文皆然。《后山诗话》

怪可医，俗不可医；涩可医，滑不可医。孙可之之文，卢玉川之诗，可云怪矣。樊宗师之记，王半山之歌，可云涩矣。然非余子所能及也。近时诗人喜学白香山、苏玉局，几于十人而九，然吾见其俗耳，吾见其滑耳。非二公之失，不善学者之失也。《北江诗话》

姜白石云：「人所易言，我寡言之；人所难言，我易言之：诗便不俗。」《随园诗话》

篇章以含蓄天成为上，破碎雕锼为下。以平夷恬淡为上，怪险蹶趋为下。《珊瑚钩诗话》

诗之厚，在意不在辞；诗之雄，在气不在句；诗之灵，在空不在巧；诗之淡，在妙不在浅。《随园诗话》

诗太拙，则近于文；太巧，则近于词。宋之拙者皆文也；元之巧者皆词也。《怀麓堂诗话》

诗中高格，入词便苦其腐；词中丽句，入诗便苦其纤：各有规格在也。然腐之为病，填词者每知之；纤之为病，作诗者未尽知之。《说诗晬语》

凡诗欲雅不欲文，文则为文章矣；凡诗欲畅于众耳众目，若费解费想，便是（雅）[哑]谜，非诗矣；凡诗不能不使故事，然忌堆积，堆积便赘矣。《雪涛诗评》

诗虽奇伟，而不能揉磨入细，未免粗才；诗虽幽俊，而不能展拓开张，终窘边幅。有作用人，放之则弥六合，收之则敛方寸。巨刃摩天，金针刺绣，一以贯之者也。诸葛躬耕草庐，忽然统师六出；蕲王中兴首将，竟能跨驴西湖。圣人用行舍藏，可伸可屈，于诗亦可一贯。书家：北海如象，不及右军如龙，亦此意耳。《随园诗话》

不必太著题，不必多使事。须参活句，勿参死句。下字贵响，造语贵圆。《沧浪诗话》

凡作诗，道一浅字不得，改道一深字又不得，其妙政在不深不浅，有意无意之间。《艺圃撷余》

隐侯云「弹丸脱手」，固是诗家妙喻，然过熟则滑。唯生熟相济，于生中求熟，熟处带生，方不落寻常蹊径。

用意过深，使气过厉，摅藻过浓，亦是诗家一病。故曰「穆如清风」。以上《说诗晬语》

庾信之诗，史评［其诗］曰「绮艳」，杜子美曰「清新」，又曰「老成」。绮艳清新，人皆知之；而其老成，独子美能发其妙。余尝合而衍之曰：「绮多伤质，艳多无骨，清易近薄，新易近尖。子山之诗，绮而有质，艳而有骨，清而不薄，新而不尖，所以为老成也。」《谭苑醍醐》

人谓诗主性情，不主议论，似也，而亦不尽然。试思二《雅》中何处无议论？杜老古诗中，《奉先咏怀》、《北征》、《八哀》诸作，近体中《蜀相》、《咏怀》、《诸葛》诸作，纯乎议论。但议论须带情韵以行，勿近伧父面目耳。戎昱《和蕃》云：「社稷依明主，安危托妇人。」亦议论之佳者。《说诗晬语》

问：「昔人论诗之格曰：『所以条达神气，吹嘘兴趣，非音非响，能诵而得之，犹清气徘徊于幽林，遇之可爱；微径迂回于遥翠，求之逾深。』是何物也？」答曰：「数语是论诗之趣耳，无关于格。格必高下论。如坡公《咏梅》『竹外一枝斜更好』，高于和靖之『暗香』『疏影』。林又高于季迪之『雪满山中』、『月明林下』。至晚唐之『似桃无绿叶，辨杏有青枝』，则下劣极矣。」《古夫于亭诗问》

美人之光，可以养目；诗人之诗，可以养心。自格律严，而境界狭矣。议论多，而性情漓矣。《随园诗话》

昆山吴修龄论诗甚精，与友人书曰：「诗之中须有人在。」《谈龙录》

律诗难于古诗，绝句难于八句。《西园诗麈》：四言古难于五言古，绝难于律。七言律诗难于五言律诗，

五言绝句难于七言绝句。《沧浪诗话》

律诗句有必不可入古者，古诗字有必不可为律者。初学辈不知苦辣，往往谓五言古诗易就，率尔成篇。因自诧好古，薄后世律不为。不知律尚不工，岂能工古？徒为两失而已。《艺圃撷余》

工于五言，不必工于七言；工于古体，不必工于近体。观鸿山及唐孟襄阳集可悟。今人自古乐府《古诗十九首》已下，无不拟者，乃妄人也。本《居易录》

三十年前，予初出交当世名辈，见夫称诗者无一人不为乐府，乐府必汉《铙歌》，非是者弗屑也。无一人不为古选，古选必《十九首》、公宴，非是者弗屑也。予窃惑之，是何为汉、魏者之多也？历六朝、唐、宋，以诗名其家者甚众，岂其才尽不今若耶？是必不然。故尝著论，以为唐有诗，不必建安、黄初也；元和以后有诗，不必神龙、开元也；北宋有诗，不必李、杜、高、岑也。二十年来，海内贤知之流，矫枉过正，或乃欲祖宋而祧唐，至于汉、魏古选遗音，荡然无复存者。江河日下，滔滔不返，有识者惧焉。本《蚕尾文》 以上《带经堂诗话》

诗各有所长，即唐宋大家，亦不能诸体并美。每见今之工律诗者，必强为歌行，古诗以掩其短，其工古体者亦然。是谓舍其所长，用其所短，心未尝不欲突过名家、大家，而卒至于不能成家者此也。《北江诗话》

传字人旁加专，言人专则必传也。尧舜之臣只一事，孔子之门分四科，亦专之谓也。唐人五言工，不必七言也；近体工，不必古风也。宋以后学者好夸多斗靡。善乎！方望溪云：「古人竭毕生之力，只穷一经。后人贪而兼为之，是以循其流而不能溯其源也。」

郑夹漈极夸杜征南之注《左传》，颜师古之注《汉书》，妙在不强不知以为知。杜不长于鸟兽虫鱼，颜不长于天文地理，故俱缺之，不假他人以訾议也。余谓作诗亦然。青莲少排律，少陵少绝句，昌黎少近体，善藏其短，而长乃愈见。　以上《随园诗话》

唐人不言诗法，诗法多出宋（人），而宋人于诗无所得。所谓法者，不过一字一句，对偶雕琢之工，而天真兴致则未可与道。其高者失之捕风捉影，而卑者坐于粘皮带骨，至于江西诗派极矣。惟严沧浪所论，超离尘俗，真若有所自得，反覆譬说，未尝有失。顾其所自为作，徒得唐人体面，而亦少超拔警策之处。予尝谓识得十分，只做得八九分，其一二分乃拘于才力，其沧浪之谓乎？若是者往往而然。然未有识分数少而作分数多者，故识先而力后。　《怀麓堂诗话》

作诗别有想头，能暗合古人妙处，法在其中矣。如为将者当熟读兵书，又不可执泥，神奇自从里许来。　《诗家直说》

诗贵性情，亦须论法〔一〕。乱杂而无章，非诗也。然所谓法者，行所不得不行，止所不得不止，而起伏照应，承接转换，自神明变化于其中。若泥定此处应如何，彼处应如何，如碛沙僧解《三体唐诗》之类。不以意运法，转以意从法，则死法矣。　《说诗晬语》

康熙庚戌冬，沛县阎尔梅在京师，先考功兄召同吴江顾万祺饮。予在座，阎老而狂，好使酒骂座。酒间愚兄弟叩其所作，阎朗诵数篇。顾以前辈事阎，执礼甚恭，至是起赞曰：「诗不减杜少陵矣〔二〕。」

阎勃然怒，直视顾曰：「小子何知？何物杜甫，辄以况我耶！」顾面色如土，踧踖而已。予殊恶阎之僭诞，思诋峨以折其气。有顷，阎又举其《云中与曹侍郎秋岳倡和》近体诗：「当日战场成遇礼，至今兵气满寒空。地高天近星辰大，春少秋多草木穷」云云。余曰：「先生此诗可追空同『黄河水绕汉宫墙』之作。」阎大悦曰：「知言哉！向者芝麓云[三]：『有诗当示西樵、阮亭兄弟。』信然！」予徐笑曰：「知言某不敢当，然有一言相质，先生谓李献吉顾出杜子美上乎？」阎愕然曰：「何谓也？」予曰：「适顾生以子美拟先生，某私以为太过，而先生怒斥之；某以献吉拟先生，而先生乃大喜，然则献吉不远过子美乎？此某所未喻也。」阎赧甚，不能答，但连呼曰：「不必言，且可饮酒耳！」未久遁去。余观阎作，但工七言八句。然率有句无篇，又皆客气，不合古人风调。至七言古诗，并音节亦不解，直如瞽词，信口演说，世人但为其气岸所夺耳，自法眼观之，不免野狐外道。《带经堂诗话》本《居易录》

汉魏古诗，气象混沌，难以句摘。晋以还方有佳句，如渊明「采菊东篱下，悠然见南山」，谢灵运「池塘生春草」之类。谢所以不及陶者，康乐之诗精工，渊明之诗质而自然耳！《沧浪诗话》

初唐有篇而无句，晚唐有句而无篇；初唐有骨而无声，晚唐有声而无骨。盛唐篇与句称，声偕骨匀，随所意探，毋为耳食，化而裁之存乎变，神而明之存乎人。《西园诗麈》

凡诗拆看一句，要一气浑沦；合看八句，要八句浑沦。若一句不属一气，一篇不如一句，便凑泊不成诗矣。《雪涛诗评》

汉魏诗只是一气转旋，晋以下始有佳句可摘。此诗运升降之别。《说诗晬语》

余于随园之论诗得二句。一曰：「我不觅诗诗觅我。」一曰：「有章法无句法，非诗也；有句法无章法，亦非诗也。」诗之章法，却与文之按部就班不同。夔承

长篇最难，晋、魏以前诗无过十韵者，盖常使人以意逆志，初不以序事倾尽为工。至老杜《述怀》、《北征》诸篇，穷极笔力。如太史公纪、传，此固古今绝唱。然《八哀》八篇，本非集中高作，而世多尊称之不敢议，此乃揣骨听声耳，其病盖伤于多也。如李邕、苏源明诗中极多累句，余尝痛刊去，仅各取其半，方为尽善。然此语不可为不知者言也。《石林诗话》

古诗有八言者，「胡瞻尔庭有悬貆兮」是也。有九言者，「凛乎若朽索之驭六马」是也。然无用为全章者。不特以其不便于歌也，长则意多冗，字多懈，而累吾作诗之本义也。知此义者，不特句法也，章法可知矣。七言排律所以从来少作，作亦不工者，何也？意多冗也，字多懈也。为七言者，必使其不可裁而后工也。此汉人所以难之也。《日知录》

古今诗人以诗名[世]者，或只一句〔四〕，或只一篇，[虽]其余别有好诗，不专在此。然播传后世，脍炙于人口者，终不出此，夫岂在多哉！《苕溪渔隐丛语》

每一题到，茫然思不相属，几谓无措。沉思久之，如瓴水去窒，乱丝抽绪，种种纵横坌集，却于此（处）[时]要下剪裁手段，宁割爱，勿贪多。《艺圃撷余》

乐天《长恨歌》，凡一百二十句，读者不厌其长；元微之《行宫》诗才四句，读者不觉其短，文

章之妙也。《归田诗话》

非必多与长定不如少与短，惟不可求多求长，出于勉强耳。 燮承

始学为诗，期于达意。久而简淡高远，兴寄微妙，乃可贵尚。所谓言见于此而起意在彼，长言之不足而歌咏之者也。若相竞以多，意已尽而犹刺刺不休，不忆祖咏之赋终南积雪乎？《谈龙录》

苏李数篇，老杜奉为「吾师」不朽之作〔五〕，不必务多也。杨诚斋积至二万余篇，周益公如之。以多为贵，无如此二公者。然排沙简金，几于无金可简，亦安用多为哉！《说诗晬语》

家啸峰谓无金可简，语恐太过。然二公全集未见，存之为贪多者戒。 燮承

诗不能受瑕，工拙之间，相去无几，顿自绝殊。如《塘上行》云：「莫以豪贤故，弃捐素所爱；莫以鱼肉贱，弃捐葱与薤；莫以麻枲贱，弃捐菅与蒯。」《浮萍篇》则曰：「茱萸自有芳，不若桂与兰；新人虽可爱，无若故所欢。」本自伦语，然佳不如《塘上行》。《谈艺录》

王摩诘云：「九天宫殿开阊阖，万国衣冠拜冕旒。」子美取作五字云：「阊阖开黄道，衣冠拜紫宸。」而语益工。《后山诗话》

他本多作「九天阊阖开宫殿」。燮按：阊阖，天门也。楚人名门亦曰阊阖。似从开阊阖较顺，附识俟知者。

诗恶蹈袭古人之意，亦有袭而愈工若出于己者。盖思之愈精，则造语愈深也。魏人章疏云：「福不盈身，祸将溢世。」韩愈则曰：「欢华不满眼，咎责塞两仪。」李华《吊古战场文》曰：「其存其没，

家莫闻知。人或有言，将信将疑。眴眴心目，梦寐见之。」陈陶则云：「可怜无定河边骨，犹是春闺梦里人。」盖愈工于前也。《临汉隐居诗话》

坡诗放笔快意，一泻千里，不甚锻炼。如少陵《登慈恩［寺］塔》云：「俯视但一气，焉能辨皇州？」以十字写塔之高，而气象万千。东坡《真兴寺阁》云：「山川与城郭，漠漠同一形。市人与鸦鹊，浩浩同一声。」以二十字写阁之高，尚不如少陵之包举，此炼不炼之异也。又少陵《出塞》诗：「落日照大旗，马鸣风萧萧。」觉字句外别有幽燕沉雄之气。坡公《五丈原怀诸葛公》诗：「吏士寂如水，萧萧闻马挝。」虽形容军容整肃，而魄力不及远矣。《瓯北诗话》

「吏士」二句亦不如工部《观安西兵马过》之「竟日留欢宴，城中未觉喧」自然透辟。燮承

杜甫《观安西过兵》诗云：「谈笑无河北，心肝奉至尊。」［故］东坡亦云：「似闻指挥筑上郡，已觉谈笑无西戎。」盖（即）［用］左太冲《咏史诗》「长啸激清风，志若无东吴」（意）也。（若）王维云：「虏骑千重只似无。」句则拙矣。《韵语阳秋》

老杜《樱桃》诗云：「西蜀樱桃也自红，野人相赠满筠笼。数回细写愁仍破，万颗匀圆讶许同。」此诗如禅家所谓信手拈来，头头是道者，直书目前所见，平易委曲，得人心所同然。但他人艰难，不能发耳。至于「忆昨赐沾门下省，退朝擎出大明宫。金盘玉箸无消息，此日尝新任转蓬。」其感兴皆出于自然，故终篇遒丽。韩退之有《赐樱桃》诗云：「汉家旧种明光殿，炎帝还书《本草经》。岂似满朝承雨露，共看（传）［转］赐出青冥。香随翠笼擎偏重，色照银盘写未停。食罢自知无补报，空

然惭汗仰皇扃。」盖学老杜前诗。然搜求事迹，排比对偶，其言出于勉强，所以相去甚远。《潜溪诗眼》

窃谓韩诗之不佳，尚不仅在搜求排比，尝见纪文达公评之曰：「起二生堆强砌，三四转落亦笨，结不成语，四句以宫中为天上可也，因而谓之『青冥』则欠妥。」信然。「食罢」一联，率然意尽。王右丞「饱食不须愁内热，大官还有蔗浆寒。」同一就赐后作收，而彼则婉而深，此则直而浅，语意工拙，顿自绝殊。燮承

读古人诗多，意所喜处，诵忆之久，往往不觉误用为己语。「绿阴生昼寂，孤花表春余。」此韦苏州集中最为警策，而荆公诗乃有「绿荫生昼寂，幽草弄秋妍」之句。大抵荆公阅唐诗多，于去取之间用意尤精，观《百家诗选》可见也。如苏子瞻「山围故国城空在，潮打西陵意未平。」此非误用，直是取旧句纵横役使，莫彼我为辨耳。《石林诗话》

[杜]工部有「峡束苍江起，岩排石树圆。」顷苏子美遂用「峡束苍江」「岩排石树」作七言句。子美岂窃诗者？大抵讽古人诗多，则往往为己得也。《中山诗话》

「之子于归，远送于野。瞻望不及，泣涕如雨。」此（辞）[真]可泣鬼神矣。张子野长短句云：「眼力不知人，远上溪桥（去）。」东坡（别）[送]子由诗云：「登高回首坡陇隔，惟见乌帽出复没。」皆远绍其意。《彦周诗话》

观此知食古而化与剿窃正自不同，尝见乡人有自题园亭云：「柳暗花明又一亭。」不禁失笑，彼

方自诧善用古人句，易一字而景趣适合，不知彼之一亭，与放翁之一村，其字法雅俗与境界之有味无味，悬绝霄壤，岂止上下床之分耶！ 燮承

尝（见）[记]一人送文字求正于王阳明，评曰：「某篇似左，某篇似班[六]，某篇似韩、柳。」其人大喜。或以问阳明，阳明曰：「我许其似，正谓其不自作文而求似人也。譬如童子戴假面[七]，伛偻咳嗽，俨然老人，人但笑之而已。」观此则知似人之文，终非至文，而诗可例矣。《雪涛诗评》

论诗当先观本色。《硕人》之诗曰：「巧笑倩兮，美目盼兮。」而尼父有「绘事后素」之说，即此可悟本色之旨。彼黄眉黑妆，折腰龋齿，非以增妍，只益丑耳；矧效西子之颦，学寿陵之步者哉。《带经堂诗话》 本《蚕尾续文》

凡古人已亡之作，后人补之，卒不能佳，由无性情故也。束皙补《由庚》，元次山补《咸英》、《九渊》[八]，皮日休补《九夏》，裴光庭补《新宫》、《茅鸱》，其词虽在，后人读之者寡矣。《随园诗话》

诗以意为主，文词次之。或意深义高，虽文词平易，自是奇作。世效古人平易句，而不得其意义，翻成鄙俚可笑。卢仝云「不即溜钝汉」，非其意义，自可掩口，宁可效之耶！韩吏部古诗高卓，至律诗虽称善，要有不工者，而好韩之人，句句称述，未可谓然也。韩云：「老公真个似童儿，汲（井）[水]埋盆作小池。」直谐戏语耳。欧阳永叔（与）江邻几论韩《雪诗》，以「随车翻缟带，逐马散银杯」为不工，谓「坳中初盖底，凸处遂成堆」为胜，未知真得韩意否也？永叔云：「知圣俞诗

者，莫如某，然圣俞平生所自负者，皆某所不好；圣俞所卑下者，皆某所称赏。」知心赏音之难如是，其评古人之诗，得毋似之乎！　《中山诗话》

「坳中」「凸处」，可谓极平易矣。然卑俚粗率，复何可耐！归愚先生曰：「是诚底语！」诚然。　燮承

今之人多作拙易诗，而自以为平淡，识者未尝不绝倒也。大抵欲造平淡，当自组丽中来，落其华芬，然后可造平淡之境。陶潜谢朓诗皆平淡，有思致，非后来人怵心刿目雕琢者所为也〔九〕。　《韵语阳秋》

东坡尝有书与其侄云：「大凡为文，当使气象峥嵘，五色绚烂，渐老渐熟，乃造平淡。」余以为不但为文，作诗者尤当取法于此。　《竹坡诗话》

所贵乎枯淡者，谓其外枯而中膏，似淡而实美，渊明、子厚之流是也。若中边皆枯淡，亦何足道？佛云：「如人食蜜，中边皆甜。」人食五味，知其甘苦者皆是；能分别其中边者，百无一二也。《东坡诗话》

东坡云：「论画以形似，见与儿童邻。赋诗必此诗，定非知诗人。」夫所贵于画者，为其似耳；画而不似，则如勿画。命题而赋诗，不必此诗，果为何语？然则，坡之论非欤？曰：论妙于形似之外，而非遗其形似；不窘于题，而要不失其题。如是而已耳。世之人不本其实，无得于心，而借此论以为高。画山水者，未能正作一木一石，而托云烟杳霭，谓之气象；赋诗者，茫昧僻远，按题而索之，

不知所谓，乃曰：格律贵尔；一有不然，则必相嗤点以为浅易而寻常。不求是而求奇，真伪未知，而先论高下，亦自欺而已矣，岂坡公之本意也哉！《滹南诗话》

或曰：「今之称诗者众矣！当具何手眼观之？」余曰：「除二种诗不看，诗即少矣。假王、孟不看，假苏诗不看是也。何则？今之心地明了而边幅稍狭者，必学假王、孟；质性开敏而才气稍裕者，必学假苏诗。若言诗能不犯此二者，则必另具手眼，自写性情矣！是又余所急欲观者也。」《北江诗话》

作诗能速不能迟，亦是才人一病。心馀《贺熊涤斋重赴琼林》云：「昔著宫袍夸美秀，今披鹤氅见精神。」余曰：「熊公美秀时，君未生，何由知之？赴琼林不披鹤氅也。」心馀曰：「我明知率笔，然不能再构思，先生何不作以示我？」余唯唯。迟半月成七绝句，心馀以为佳，余乃出簏中废纸示之曰：「已七易稿矣。」

诗人用字，大概不拘字义，如上下之「下」，上声也；礼贤下士之「下」，去声也。杜诗「广文到官舍，系马堂阶下。」又「朝来少试华轩下，未觉千金满高价。」是借上［声］为去声矣。王维：「公子为赢停驷马，执辔愈恭意愈下。」是借去声为上声矣。以上《随园诗话》

一日偶诵贾岛《桑乾》绝句，见谢枋得注云：「旅寓十年，交游欢爱，与故乡无异，一旦别去，岂能无情！渡桑乾而望并州，反以为故乡也。」不觉大笑。拈以问玉山程生曰：「诗如此解否？」程生曰：「向如此解。」余谓：「此岛自思乡作，何曾与并州有情！其意恨久客并州，远隔故乡，今非唯

不能归，反北渡桑乾，还望并州，又是故乡矣，并州且不能住，何况得归咸阳！此岛意也。」《艺圃撷余》

余谓陆鲁望「无情有恨何人见，月白风清欲堕时」二语，恰是咏白莲诗，移用不得；而俗人议之，以为咏白牡丹、白芍药亦可。此真盲人道黑白。在广陵，有《题露筋祠》绝句云：「翠羽明珰尚俨然，湖云祠树碧于烟。行人系缆月初堕，门外野风开白莲。」正拟其意，一后辈好雌黄，亦驳之云：「安知此女非嫫母，而辄云翠羽明珰耶？」余闻之，一笑而已。《渔洋诗话》

西崖先生云：「诗话作而诗亡。」余尝不解其说，后读《渔隐丛话》，而叹宋人之诗可存，宋人之话可废也。皮光业诗云：「行人折柳和轻絮，飞燕含泥带落花。」诗佳矣！裴光约訾之曰：「柳当有絮，燕或无泥。」唐人：「姑苏城外寒山寺，夜半钟声到客船。」诗佳矣！欧公讥其夜半无钟声。作诗话者，又历举其夜半之钟以证实之。如此论诗，使人夭阏性灵，塞断机括，岂非「诗话作而诗亡」哉！《随园诗话》

校注

［一］亦 原作「不」，据《说诗晬语》改。

［二］据《居易录》，句首有「先生」二字。

［三］「芝麓」下 据《带经堂诗话》，有「谓合肥龚端毅」一句注文。

［四］据《苕溪渔隐丛话》，此下有「或只一联」。

［五］吾师，杜甫《解闷》十二首之五有「李陵苏武是吾师」一句。

［六］此句上，《雪涛诗评》有「某篇似左」一句。

［七］「譬如」句　《雪涛诗评》作：「譬如童子垂髫整衣，向客严肃，自是可敬，若使戴假面、挂假须。」

［八］九渊　原作「陆九渊」。据《随园诗话》改。九渊，系古乐歌名。

［九］以上一段，系经过张燮承改作，已非一般省略，故与《韵语阳秋》原文不符。

跋

今海内诗话之作，率多录人佳句，道人能事，有褒美所知之辞，无训勉学者之义。尝拟集自昔诸家论诗之作，汰其所偏，辑为准则，存诸家塾，俾子弟知所从违。只以所学不深，所搜不广，作辍靡定，因循至今。顷得读师筠先生是编，喜其先得我心，且溯源穷流，分门别类，严其去取，多所发明，先生诗学之深于此可见。盖自唐以声律取士，天下至今崇六义之学，论者以运会别代时、风气判疆域。而悬规正矩，岂有殊趋；述志之情，本无二致。守此编而无异射之就彀率、工之得绳墨，诚为后学津梁，裨世实非浅鲜。爰为任校雠之役，请急从梨枣之谋。吾知造物必使先生世世子孙成不朽诗人，为艺林报此功德也。壬子九月，毗陵弟汤贻汾拜识于白门琴隐园。

昨过琴隐园，汤雨翁以沧浪馆此卷见示，曰：此含山张师筠先生汇辑诸家丛话，意在述而不作，其区分条目皆有裨于心声。余曰：是则寓作于述矣！携归读之，开卷即以崇教术、理性情为亟，刘舍人《文心雕龙》以《原道》、《征圣》发端比物，此志也。「辨体」以下，于五七言乐府之源流、异同、得失，按其部类咸识指归，与《廿四品》之名目不相沿，义例亦不相袭。其或参以己说，有所折衷，要皆足以羽翼前贤，津逮后进。虽曰先民是程，实则古自我作，「述」云乎哉！余昔暂主环峰讲席，知先生一门多著作之才，今又得见此卷，冀早付剞劂，惠分一帙，俾慰昏眵，晨夕探索，亦颓龄之幸也。咸丰二年九月十二日，白下侯云松八十八岁拜识。

阏逢摄提格岁，授徒古兰渚山，春风笑人，秋雨欺客，薄寒中乎肌理，长日宜于困眠，友人陈君载庵过斋，出视新编，契如旧好，则为含山师筠张先生《小沧浪诗话》卷也。严仪卿之隽旨，朗鉴临花；苏子美之故居，晴窗点笔。于时手香盥露，诵言若出一家；汗涌惊涛，霍病何殊《七发》。又尝徐而绎之，其始则崇教也，在心为志，原于「思无邪」；其终以发微也，精理为文，归于「言有物」；中间取裁之审，抉择之严，上下两千余年，捃摭百数十部，准词家之圭臬，宏学海之津梁，所谓精研轮而妙郢削者，已罄于夷门老人之叙言，又何俟高迁里人之赘说哉！乃以未谋君面，先获我心，冲挹襟怀，勉承矩训，自哂妃青俪白，无当于卮言；窃附研京炼都，幸为其弁语。嗟嗟！向名山而削简，几人赢得千秋；补破屋而牵萝，有客高歌万厦。然而风尘澒洞，沧浪之清浊终分；水月圆灵，诗话之源流独澈。信今传后，不其宜乎！转盼秋中，思偕陈友，溯江一棹，话石三生。不揣芜辞，劣羊公之鹤舞；请观椽箸，正燕国之鸿裁。赝石弟朱英拜题于兰渚之四宜草堂。

古人论诗，家自为说，学者各随其性之所近，意为遵循，喜甘忌辛，是丹非素，往往而然，甚至怀门户之见，互相攻击。夫规矩者，一定之则也；变化者，日新之机也。神明于规矩之中，始可变化于方圆之外。越规矩而凭臆见，虽其才智大足过人，正如阿修罗具移山倒海本领，于如来正法眼藏去而益远。若酒边灯底，水涘山涯，片语惊人，亦流茂誉，则又怀璧一规，不知元圃之积；饮江一勺，不知宿海之由。从来作者如牛毛，成者如麟角，弊正坐此。是以本源不可不探，探源以循流，庶可率由正轨，老其才以自立。先生邃于诗学，博览百氏，广集古今论诗之说，分别标目，间附发明，自成一家言，以嘉惠艺林。志在述而不作，而择焉必精，语焉必详，凡流传谬种之说，淘汰尽净。不特平时于此三折肱、九折臂，亦且于鉴别去取间倍费苦心。汤贞愍公称其为「后学津梁」，「无异射之就彀率，工之得绳墨」，信然。曩余兼掌嘉庠，时与程序伯谭艺，谓必博取以约守，持正以参变，辄喜意见不悖；今读是编，益欣海内之大有同心也。傥更早付手民，惠我多册，俾转馈同人，作南针之指，则「沅有芷兮澧有兰，思公子兮不敢言。」咸丰丁巳八月中秋前一日华亭宗弟鸿卓拜识。

习静斋诗话

[近]方廷楷 撰

陈 斌 点校

习静斋诗话目录

前言

《习静斋诗话》四卷，题「仙源瘦坡山人辑」。经查证，著者为方廷楷，字瘦坡，安徽太平仙源（现属黄山市黄山区）人。从《诗话》中我们知道他曾两次参加县试，一次是一八九九年（光绪二十五年己亥），一次是一九〇一年（光绪二十七年辛丑）。据《安徽通志稿·艺文考》，著者后来曾入南社。又据郑逸梅《南社丛谈》，方氏确为南社成员，其著作有《香痕奁影录》、《习静斋诗话》、《习静斋词话》和《论诗绝句百首》。该书在《南社诗选简注》部分，并选录有方氏《感冯春航事寄亚子》等诗四首。其生活年代当在晚清至民国初年。《诗话》卷一有「族伯蕴山先生讳昭文」等语，按：方昭文，字子章，号蕴山，晚清廪生，咸丰元年举孝廉方正，以军劳奖六品顶戴，著有《黄山纪游草》诗一卷行世。叔祖方云槎亦有诗名。

今所据《习静斋诗话》，乃武汉商务日报馆出版，汉口华洋公司刊印。后附《校勘记表》，题「仙源赵有绪缵卿校字」。卷首扉页有「玉某」题的书名，时间为「己酉八月」（一九〇九年）。是则《习静斋诗话》付梓时，南社尚未成立。另外，从《诗话》中屡屡述及作者于癸卯（一九〇三年）、乙巳（一九〇五年）前后的行踪，可知《习静斋诗话》之成书当在一九〇五年至一九〇九年间。

《习静斋诗话》的撰述意旨，要之以存一时一地之诗人诗作为务。故书中所录多同时或近代诗人的作品，尤其对与其交游酬唱和同乡共里的作家，无论名家作手、才女名媛，或是名不见经传的作者，只要有一篇之可采、一诗之可录者，均细为搜罗。方氏注重佚诗的收辑，如项兆麟诗有遗稿三百余首，其《红杏山房诗存》不及十之一二，著者于其孙子瞻处辑得《感旧游》等诗及断句多则。又如项翱字渠川，《安徽通志稿·艺文考》著录其《铜驼泪史》、《模范村》等笔记小说数种，而不见其诗，在《习静斋诗话》里则存录了不少他的诗作。其他因人而得诗，因诗而存人者更不在少数。因此，对于今天的研究者来说，《习静斋诗话》无疑为我们提供了不少有价值的近代文学资料。

在体例上，《习静斋诗话》采用传统诗话论诗纪事而偏重评点赏析的笔记形式。或因人而及诗，或因事而及诗，或因诗而及于人和事。分条编次，略加评说，不作理论上的阐释发挥，也不斤斤于「本事」上的叙述考证。因人而及诗者，先记其姓名著作，间或以简短的言词传出其生平大概，然后选录其具代表性的诗作于后而稍加品评。因事而及于诗者，往往就某一类题材的创作，将今人之诗与前人之作进行比较，或以今人之作来印证前人的某一论点主张。对于今人的一些名篇佳句，则先录存其诗句，次指出为何人何时之作，这就是因诗而及于人和事了。由此看来，《习静斋诗话》自非《人间词话》一类系统提出某一文学主张的严肃理论批评之作，而同早期诗话偏重于纪事，热心于「诗本事」索引的体例也有所不同。《诗话》中间或就一些文学问题提出自己的看法，如唐宋诗优劣问题、文与情关系问题、咏物诗寄托问题等等，也只是就事论事，以寥寥数语表达著者的某些心得，不成系统，类似于读书随笔之类。

有清一代诗话撰述风气极盛，流风所至，衍及清末乃至现代。作为产生于新旧文学转捩时期的一部诗歌评论著作，著者的文学思想、审美趣向、选择标准，不能不带上时代的印记。虽然《习静斋诗话》没有系统提出某一理论，但从那些零星的诗词评说中，从作者对一些作品选择去留的态度里，细加寻绎，仍不难发现其关于旧体诗歌创作的一些见解。

一、关于诗歌创新问题。自黄遵宪、梁启超诸人倡导「诗界革命」，在清末诗坛发起诗歌改良运动，人们对延续千余年的旧体诗歌发展前途提出了疑问和思考。基于对晚清「同光体」诗歌复古主义倾向的否定思潮，方廷楷也反对亦步亦趋地「摹效古人」而「流于庸腐一派」的诗歌，主张在诗歌创作上要有创新，有新意。在《习静斋诗话》中，著者反复强调「作诗贵乎翻新」、「诗有新意最佳」，认为诗家要「多读古人诗而不拘泥于古人诗」，好的诗作应是「从性情学问中来」，要写出「前人所未道」的诗意。对于当时诗界出现的一些「新派诗」，著者也抱着浓厚的兴趣予以肯定。《诗话》中录存了不少这一类诗作，如陈伯严《汽车发汉口抵驻马店》诗，楚北迷新子《新游仙》咏电话、留声机、汽车、气球诸作等。在《诗话》之卷四著者还说：「我朝自乾、嘉以后，韵学久成《广陵散》矣。不谓近日欧洲各邦学士文人，裁笺角韵，名噪遐迩。」「惜乎仅闻其名，未见其诗，异日当鼓发轮舟，飞渡重洋，遍访诸诗人，索其全稿，撷其珠玉，以光简册也。」表现了著者渴望扩大视野、面向世界的新眼光。然而，纵观《习静斋诗话》所论，方廷楷所说的诗歌创新，与黄、梁诸人的「诗界革命」思想仍有一定距离，与柳亚子诸人的提倡唐诗从而鼓吹反清的主张也不一致。梁启超提出「诗界革命」口号，主张「以旧风格含新意境」，认为所谓「新派诗」首先要有新境界，亦即要包含改良主义的新思想和诗歌的新题材。黄遵宪也主张诗歌要表现「古人未有之物，未有之境」，都是从突破传统思想、扩大诗歌题材方面着力。而方廷楷所说的创新，只是在传统的诗歌题材内「翻」出新的诗意，要求作者根据自身的性情和生活感受写出「未经前人道过」之语句。他评论陈惕庵《送张芷庭北归》诗「翻得甚新，人想不到」；评论项稚禅《扫墓诗》「奇想亦名言，未经前人道过」。他将陈少香的诗与项稚禅的诗加以比较，认为「格调虽同而项诗用意较陈更新」。《诗话》卷一引录梁任甫（梁启超）语：「诗之境界被千余年名士占尽矣。」「今日不作诗则已，作诗必为诗界之哥伦布、玛赛郎然后可。犹欧洲之地理已尽，生产过度，不能不求新地于阿米利加及太平洋沿岸也。」对于这种扩大诗歌题材的正确主张，著者却「窃恐以为未必然也」。那么究竟如何在旧题材里「翻」出新诗意呢？著者以为「风花雪月，胜地名山，古人既各咏过，然而时代迁移，景状变幻，古人不能预料而逐一写尽。今人若从此着想，自不落其窠臼。」这种主张，实质还是要沿袭古诗的题材，不能从内容和形式上摆脱旧传统的根本束缚。正是基于这样的认识，作者在当时诗界宗唐与宗宋的论争中采取了折中态度。《习静斋诗话》成书于「诗界革命」口号提出之后，这种认识上的差距，正是著者思想局限性所在。

二、关于诗的社会功用。《诗话》开卷即引录宋小茗《耐冷谭》语，以为诗歌创作须「于世教有裨」，要「有兴廉表孝之篇，隐讽微规之语」。因此，著者论咏物诗主张「贵有寄托」，论咏史诗要求

「寄感遥深」，论词则赞同「《离骚》《小雅》之义而出劳人思妇之口」的词论。而对于象「斜阳欲坠无人管，映尽中原莺粟花」这类表现封建末世衰败景象的诗句，著者许之以「有慨乎其言之」。这种诗歌主张反映在《诗话》的择诗标准上，著者对于那些反映重大社会内容、表现爱国主义情感的诗歌作品多有偏爱，并不厌其篇长制巨而悉予存录。象项兆麟的《道旁哀》、方凤池的《正气楼》、黄辰鸿的《和余晋珊观察都中留别》诸作，而对于「热诚爱国，怀一肚皮忠愤往往发之于诗」的陈惕庵等人作品更给予高度的评价，以为其甲午、乙未感事诗二十八章「可泣可歌，不愧诗史」。虽然著者是从传统诗歌「重道」的立场出发，所谓「寄托」等论也是常州词派反复用过的语词，但对于身处封建社会末世的诗人来说，要求诗歌面向社会，注重表现动荡的生活内容，主张诗的社会功用，仍不失其积极的意义。

三、关于学力与性情的关系。二者在《习静斋诗话》中均有强调，如论方凤池诗「从性情学问中来」，论张峙亭诗「性情风格兼而有之」等等。但比较而言，方廷楷更注重性情和情韵，以为「诗有情韵最耐吟咏」，「诗唯至性最易感人」。对于袁枚所谓「诗家两题不过写景言情四字」，著者加以发挥，以为「景虽好一过目而已忘，情果真，时往来于心而不释」。《诗话》对于一些好的言情佳作大加褒奖，如评项兆麟《归来辞》「一片性灵，笔能曲达，真言情绝唱」。方廷楷还将王渔洋与袁枚二人作比较，认为：「一则文深于情，一则才余于学」，俱有所得，未可轩轾。《习静斋诗话》之评诗多取法于随园，而随园论诗虽主性情而不废学力，要之以性灵为根本，而济之以学力。所以，在

《习静斋诗话》中，方廷楷一方面强调「作诗最忌少读多作」，另一方面又说「诗有别才，往往学富五车而不工吟咏，亦有不读书而出语自然奇绝者」，这就是所谓的「天籁」。在他看来，性情是根本的，而学力只是性情的补充。有学力而无性情，自不免饾饤堆砌，流于以学问僻典为诗的「庸腐」一派；相反，无学力而有性情有时却能作得好诗，象《诗话》中举例的执爨夫《咏黄山》诗、孙静涵的临终诗，即是这方面的明证。不过，好的诗人仍需在性情的基础上再「充以学力」，才「可望名家」。著者的这些主张，虽然直接承袭前此的神韵、性灵诸说，但也与其主张诗歌创新相联系。唯其重性情而兼有学力，才能在古人基础上翻新，唯其抒写性情，才能写出新的诗意。从这方面说，《诗话》重申「性情」之说，以纠正诗坛上存在的一些「生吞活剥」，泥古不化的诗风，仍有其时代的意义。

当然，《习静斋诗话》的缺点也是显而易见的，诸如收罗范围不广，取径太窄，对黄遵宪、丘逢甲这样一些具代表性的诗人，《诗话》竟未提及。此外，《诗话》在内容的甄别选择上也时或未精，象卷二引录宋小茗《耐冷谭》载农夫得枕之事，就无多大意义；卷三「王莲堂大令」条记其纳妾诗也觉无聊。对一些诗人诗作的评价失于允当，如将项稚禅与项渠川二人比之「元白」、评张峙亭五律「在浣花、右丞之间」、论刘光第诗「在韩杜之间」等等，都未尽恰当。至于书中对于太平军采用「匪逆」一类诬蔑字眼，乃著者的思想和时代局限使然。凡此种种，读者自会在阅读中作出自己的判别与评价。

点校者

一九九三年五月

习静斋诗话卷一

宋小茗曰：「做人须踏实地，为学须有实功，著书须求实用。吟诗亦著述之一也。虽或以适兴，或以遣愁，要必有兴廉表孝之篇，隐讽微规之语，于世教有裨，人亦不得目诗篇为小道矣。」

作诗一道，宜多读古人诗，而又不可拘泥于古人诗。拘泥古人诗，则用意造句非特不能远胜古人，必且摹效古人，流成庸腐一派，令阅者惹厌。须知风花雪月，胜地名山，古人既各咏过，然时代迁移，景状变幻，古人不能预料而逐一写尽。今人若从此着想，自不落其窠臼。近日新会梁任甫孝廉论诗，以为「诗之境界被千余年来名士占尽矣，虽有佳章佳句，一读之，似在某集中曾相见者，是最可恨。故今日不作诗则已，作诗必为诗界之哥伦布、玛赛郎然后可。犹欧洲之地力已尽，生产过度，不能不求新地于阿米利加及太平洋沿岸也[一]。」其论虽新，窃恐以为未必然也。

先师家竹岩孝廉凤池，淹通群籍，尤善词章。后因礼闱报罢，郁郁而归。复以贫故，客游吴楚间，憔悴频年，侘傺以卒。诗不多作，然乘兴偶吟，虽使终日劈笺分韵者，逊其深稳，知由性情学问中来也。兹录其《正气楼》二律云：「文山去后见斯人，浩渺英风五百春。六载烽烟撄劲寇，一城燐血葬孤臣。闲摩残碣披黄叶，独叩荒祠荐绿蘋。橐履曾闻危大仆，凄凉老作墓前民。」「带郭峥嵘尚有楼，列星乔岳障东流。萧骚何处招黄鹤，来往频年狎白鸥。山色二龙飞暮雨，江声九派战深秋。请君东望重凝睇，槛外夷舠上鄂州。」气势驱迈，略见一斑。

梦兰生曰：「艰苦者为诗魔，搬运者为诗侩，雕琢者为诗匠，束缚者为诗囚，剽窃者为诗贼，五者不可友。」

燕山王兰痴以《题美人春睡图》驰名，曩已载其两绝入《富溪随笔》矣。兹又于友人处得其一首，亟录之。诗云：「妙笔传来神楚楚，伤心客子愁看汝。酣眠娇似一枝花，无限深情含不语。」

吾乡项昭亭先生兆麟，工诗古文，两赴春闱，皆膺房荐。以母老，东南复多事，遂奉母隐居教授。或劝之仕，辄慨然长吁。其学以读书养性为务，虽风雨寒暑，未尝一日去书卷。尝曰：「学者，功在主静以察动。江山风月，无非学也；谈笑歌咏，无非道也。」尝作《读书乐》诗云：「读书必求官，便觉非乐事。不试读何为？养心赖理义。时来为公侯，挹注了无异。闲居为书生，优游如吾意。春山花木深，窗户浓绿邃。庭院寂无人，众鸟飞相戏。冥心白云归，忘怀流水逝。天既全付予，此乐容吾遂。」先生著有《红杏山房诗存》。

七夕诗佳者极多，作者往往有叠床架屋之病。余友稚禅茂才《桂馨咏》一绝，后二句云：「人间纵有经年别，未必重逢限一宵。」此意古人未道。稚禅酷爱吟咏，年未三十，所为诗已数百首。尝有句云：「年来万种风怀淡，自号诗中入定僧。」其所好可知矣。

定远朱文韶孝廉有「海棠庭院双飞燕，杨柳池塘两部蛙」之句，语极工丽，稚禅尝为余诵之。

李调元《雨村诗话》有「书亦醉人何况酒，诗能治疟不须医」之句，疑似郑板桥作。余读《板桥诗集》无之。或以寄傲似板桥，故疑耳。

项渠川翱，通州张季直殿撰门下佳士也。壬寅夏，晤于郑荔村秀才斋中，谈诗移晷而别。嗣荔村以渠川诗示观，余最爱其《黑夜唤渡》五绝一首，云：「峰回高壁峭，六濑滩声啸。舟子应我来，乱篙穿石窍。」写出黑夜唤渡之神，大似柳河东气息。

族伯蕴山先生讳昭文，品学兼优。咸丰元年，诏征贤良方正。适粤逆起，蔓延吾邑。先生督率乡兵御贼白沙岭（距城西三十里），遂以身殉。生平最喜吟咏，著有《黄山纪游》一卷，不能备载，聊录数则以见一斑。五言如《老人峰》云：「浑沌开山时，成形即在此。借问老人年，甲子能记否？」《出飞鱼洞戏作》云：「已从鱼腹入，还从鱼腹出。飞鱼应笑人，骨鲠吞不得。」七言如《浴汤泉》云：「慈光寺里旧栖身，近就汤泉日日新。重见山灵应笑我，别来惹得有红尘。」《宿狮子林》云：「庞然高踞万松丛，拉虎吞猊气势雄。夜半风生山谷震，惊疑狮子笑林中。」皆可诵也。又《慈光寺夜坐》五律云：「禅堂敲暮鼓，夜坐语难休。天上晴无雨，山中夏似秋。风泉鸣户外，星斗挂檐头。客意欲眠早，明朝黄海游。」亦妙极自然。

光绪初年，常熟有宗婉生女士，工诗。其妹倩宜亦工诗。婉生有《悼云儿》诗云：「老姑长恸痛孙亡，夫婿枯眸悼子殇。唯我伤心转无泪，为儿检点殓时装。」《杂感》云：「凤泊鸾飘信命乖，九龄稚子系人怀。不知曾减娇痴否，昨梦催依制锦鞋。」倩宜《春闺杂咏》云：「满庭长遍碧蘼芜，露滑弓鞋怯欲扶。闲握桃花新扇子，红栏杆外扑春驹。」「春愁春恨损人怀，懒赏花枝到玉阶。可奈禁烟时节近，邻娃催绣踏青鞋。」皆楚楚可诵，婉生著有《梦湘楼诗稿》，倩宜著有《茧香馆吟草》，姊妹能诗，亦佳话也。

「不补破窗延皓月」，定远凌东园句。「闲剔小虫医病花」，无锡丁采之句。

江右义宁陈伯严吏部，为右铭中丞嗣君，有《汽车发汉口抵驻马店口号》句云：「斜阳欲坠无人管，映尽中原莺粟花。」有慨乎其言之。

亡友汪石侬文润，家贫善诗。尝作《中秋》律诗，中一联云：「千里关山同不夜，万家梨饼当称觞。」为时人称赏。惜殁后稿多散佚，无从觅致。余所记忆者，又仅此一联耳。

侯官林芗溪云[二]：「近代作诗者不下数千人，而成为名家大家，不出百余人。此百余人中，能工为七言绝句者[三]，不过数人而已。绝句妙在含蓄不尽，是以工绝句者，未到末二句而消息已伏于首二句，读首二句而末二句之神已栩栩然动。本朝王阮亭、朱竹垞、黄莘田、吴兰雪等均长此体[四]。」可见七言绝句正不易为也。项昭亭先生诗才雄丽，诸体皆工，而绝句尤神韵不匮。《杂感旧游》云：「长干塔影雨花台，曾向秋风醉几回。今日只应城下水，秦淮依旧夜潮来。」「圣湖烟柳画船过，花月杭州十里波。一片繁华好山水，如今只觉白云多。」「秋到江南草木黄，姑苏城外白云凉。旧时一片笙歌月，冷向西风照战场。」「西来重泊楚江船，落日平沙半暮烟。只有武昌城畔柳，依依犹似十年前。」「春风两度赴都城，十载黄尘别帝京。尚忆鸡声茅店夜，芦沟月向马头明。」「高楼东望见蓬莱，龛赭山空万里开。夜半满江明月白，天风吹送海涛来。」「虎牢西去接潼关，北望分明落照间。一线黄河波浪外，乱峰青满太行山。」「三游洞外折花枝，百丈船头细咏诗。记得彝陵西畔路，乱滩声里立多时。」「小孤山下大江横，万里潮来夜五更。梦觉扁舟残月里，西风吹度晓钟声。」《柿红铺题壁》云：「去年曾过此山中，白屋楼连柿叶红。今日重来山下路，断云荒草满秋风。」「鹧鸪啼雨过吴岚，归客扬鞭逐去骖。莫唤哥哥行不得，孤村黄叶在江南。」《冬夜听雪》云：「北风一夜撼江城，鼓角音沉犬不鸣。布被寒生孤客梦，五更天地寂无声。」

侯官严又陵先生复，博学能文，尤邃西学，著述宏富，诚近世哲学大家也。诗多忧时之作，余记其《戊戌八月感事》一首云：「求治翻为罪，明时误爱才。伏尸名士贱，称疾诏书哀。燕市天如晦，天南雨又来。临河鸣犊叹，莫遣寸心灰。」

武宁张凤翥观察精诗，《过洞庭湖》一律甚雄放。诗云：「一气摩空接混茫，难分水色与天光。扪胸直欲吞云梦，放眼还应小岳阳。真觉乾坤浮粟界，敢将忧乐付沧桑。凭栏四顾萧骚甚，戎马无心问酒狂。」

叔祖云槎明经之焕，性刚直，通经史，工诗，生平不自珍惜，脱稿辄弃去，遂至荡佚。近于稚禅处得其断句一联云：「仄径石攲时碍马，荒村人少夜闻狼。」写乱后景况极佳。一滴水可知大海味也。

吾乡项建中明经，风雅士也。性爱吟诗。余首于渠川处得其《咏弓鞋》诗云：「最爱水晶帘下卧，半湾月破一天青。」《咏睡鞋》云：「更阑笑把灯前试，不染春苔半点青。」押两「青」字，可谓新巧极矣，使王次回见之，定当叹绝。

渠川一号苍园，才华秀丽，书记翩翩。先与稚禅、荔村定交，后与余亦称莫逆，诗不多见，稚禅尝诵其《即事》诗云：「不因脂粉总风流，一笑眉端转带愁。少小也知春事好，我回头处亦回头。」眼前景一经写出，便成妙谛。又《山居杂兴》云：「踏遍山涯与水涯，闲听田父话桑麻。人间那有穷途泪，穿过茅篱又一家。」语有寄托，作者心胸可想。又断句云：「拾得残篇难割爱，偶翻佳句每垂涎。」亦名句也。

黔中莫子偲孝廉友芝，犹人先生子也。抱才不遇，游幕皖江。诗学东野、后山。《桃源舟中》云：「远树浮天去，澄江抱日行。」《龙溪口夜泛》云：「软桨摇初月，疏星带远樯。」《沙河县》云：「涩轮鸣细水，碎梦绕疏风。」《伏中和鳌峰韵》云：「秋蚕抱叶干难食，乳燕寻泥倦却回。」果有孟、陈风味。

项稚禅《读杜樊川赤壁诗》云：「国色无双姊妹娇，兵书博览亦高超。江东纵被曹瞒破，铜雀终难锁二乔。」与仪征阮文达公「千古大江流，想见周郎火。草草下江陵，匆匆让江左。纵使不东风，二乔亦岂锁？」诗同一见解。

稚禅尝为余诵其族伯茂斋先生《有庆应试杭州有五律一首》，中四句云：「水围花市绿，山向酒楼青。有女皆教曲，无儒不诵经。」写出杭地风景，足与郑板桥《扬州行》相颉颃。

林芗溪《海天琴思录》载唐实君《渔父词》极有风趣，诗云：「湖上鸳鸯亦并头，鳏鳏鱼目夜长愁。近来娶得邻船女[五]，柔腕轻腰解荡舟。」

余于宋人之诗，最喜苏、梅、范、陆四家，以为与唐诸公比肩接踵，可无愧色。后读家正学先生诗云：「前宋文章配两周，盛时诗律亦无俦。今人未识昆仑派，却笑黄河是浊流。」又云：「天历诸公制作新，力排旧习祖唐人。粗豪未脱风沙气，难诋熙丰作后尘。」益叹先生鉴识之允，议论之公，固先得我心之所同。然而余一知半解，亦自有与先生暗合者。录其言以自信。

论诗分唐宋，最为俗见。刘后村云：「宋诗岂惟不愧于唐，盖过之矣。」余观欧、梅、苏、黄、二陈、石湖、放翁诸公，其诗视唐，未可便谓之过，然真无愧色者也。袁简斋曰：「春兰秋菊，各有一时之秀。」旨哉言乎！

本朝词学，自朱竹垞倡之，厉樊榭和之，乐章之盛，几欲抗手两宋，希踪五代。《红盐词序》云：「词虽小技，昔之巨公通儒往往为之，盖有诗所难者，委曲倚之于声。其词愈微，而其旨益远。善为词者，假闺房儿女之言，通之《离骚》、变雅之义，此尤不得志于时者所寄情焉耳〔六〕。」旌德江秋珊先生顺诒，宏才绩学，尤工倚声，有《明镜词》二卷，其友仁和谭仲修序之曰：秋珊抱才不遇，「憔悴婉笃而无由自见于世〔七〕，于是玲珑其声有所不敢放，屈曲其旨有所不敢章。为长短言数卷，退然不欲附于著作之林，而无靡曼奋末之病，杳杳乎山水之趣，依依乎花草之色〔八〕。」其激赏如是！余谓：声至于不敢放，至于不敢章，是亦《离骚》、《小雅》之意，而出之劳人思妇之口乎！愿世之为词者同臻斯境也。《高阳台》云：「絮影胶空，花魂依梦，春风那许长留。一面天涯，奈何竟付东流。人间俊眼知何限，怎垂青、翻在青楼？惨离魂、今日残春，昨日中秋。　青衫久被淄尘涴〔九〕，况半生潦倒，万事都休。卷帘人瘦，好分一半新愁。美人一霎成黄土，问白扬、何处荒丘。料输他、苏小钱塘，过客来游。」《高阳台·用梦窗韵》云：「瘦影凌风，幽香媚雪，无人独倚江湾。翠羽飘零，难留金玉双环。闲愁万种黄昏近，趁晚妆，都上眉山。更谁看、玉骨支离，珠泪阑干。 冰肌底作长生乐。恁深盟啮臂，浅爇香瘢。青衫人老，偏怜翠袖单寒。柔肠百结浑难解，怕猿啼、莫近溪边。最关心、水几时回，月几时圆。」《惜余春慢·春寒》云：「翠抹湘云，红黏丝雨，一种春寒难遣。鸳衾怯薄，翠袖愁单，那更峭风似剪。多少闲情旧愁，冷冷清清，缠绵不断。况天涯行客，惺忪冷梦，夜深谁暖？ 最恼乱、弱蕊娇花，芳时忍俊，直恁东皇不管。双钩搁玉，小押闲银，镇日绣帘怕卷。谁奏，春阴绿章，有限韶光，看来忒贱。任莺娇燕涩，独倚薰笼，冷凝泪眼。」《浪淘沙·题蕉窗听雨图》云[一〇]：「剪烛坐深宵，孤馆无聊。一帘疏雨正潇潇。往事红尘都忆着，煞也魂消。 我亦意萧骚，曾种芭蕉。身经离乱故乡遥。今日隔窗听不得，有泪如潮。」《蝶恋花》云：「空望碧云愁日暮[一一]。半角红楼，消尽痴魂处。一寸芳心深掩护，分明月照相思路。 心期硬把良宵误。梦里瞢腾，醒也无凭据。旧案崔娘谁解悟，聪明枉说鸳鸯赋。」《金缕曲·水仙花》云：「冷守东皇令[一二]。笑群芳、香闷梁园，色枯陶径。不借东风吹煦力[一三]，寒破嫩芽齐进。更叶叶、青排翠并。选石安根泥尽浣，女儿身出世原清净。尘莫污，护明镜。 海天旧事宜重省。忆一曲、瑶琴罢弄，谁怜孤影。飘渺迎来舟一叶，粉色波光相映。衬玉佩、湘环齐整。此似冬山酣睡了，倩南檐晒得螺鬟醒。冰不冻，素心冷。」《虞美人·用花帘词韵》云：「燕归早趁珠帘卷，斜试春风剪。绿窗珍重晚来风，绣幕深深、透入夕阳红。　无端赚得春人病，一晌疏帘镜。闲来无计遣眉头，生来娇小、偏说不知愁。」《唐多令》云：「冷菊傲清霜，三秋桂子香。恁匆匆、前度刘郎。翠袖空将修竹倚，憔悴煞，杜秋娘。　春梦为谁长，春归燕子忙。讯春风，十载凄凉。残稿零星曾读遍，重记取，断人肠。」《渡江云》云：「春深人未起，绣帷双燕，软语正迟迟。昨宵枝上雨，亏了花嫱，不许峭风吹。多情芳草，想如今、绿遍天涯。空记得，茶烟轻飏，两鬓易成丝。　相思，鸳鸯解绣，鹦鹉难传，有万千心事。枉费了，深深粉黛，淡淡胭脂，晴丝不入闲庭院，倩红箫、莫唱新词。春在眼，金樽且醉芳时。」《浣溪沙》云：「杨柳当门青倒垂，一双蝴蝶向人飞，封侯夫婿几时归。　西子湖边寻旧梦，东风陌上寄相思，一腔春意没人知。」《丑奴儿》云：「画堂帘子朝来卷，苦恨斜阳，没个商量。燕子催归又一双。　可怜私语无人处，不是西厢，不是东墙。小犬金铃也要防。」

吾乡崔弁山先生骐，以副榜官舒城训导，为汤敦甫相国入室弟子。一时名流如潘芸阁河帅、徐少鹤侍郎、张吉甫茂才、胡玉樵太史、华榕轩明府、陶鹿崔、杜晴川两孝廉，皆与交好。先生平生喜著述，诗工近体，词尤婉约善言情。录其《旅愁调寄满江红》云：「我别无愁，只春日、他乡作客。俾家园、许多佳景，概同抛掷。转眼便惊三月暮。回头总恨千山隔。听声声、尽是子规啼，朝连夕。　一片片，梅似拭。一点点，桃欲滴。更柳枝可折，柳丝堪织。鸳枕频索蝴蝶梦，鱼笺莫奋麒麟笔。正徘徊、独对夕阳中，谁横笛。」《答友人问近况调寄一剪梅》云：「闲居何事老吾身？琴里三分，书里三分。有时病作忽惛惛，日映疏棂，夜扑寒檠。　阿依老妇是良姻。喜也相亲，怒也相亲。一身傲骨犯时嗔，欲有人欣，那有人欣。」《咏怀调寄乐天洞》云：「一带林泉，四面云烟，此中之乐乐由天。宾来倒瓮，兴到推笺。不求人，不求佛，不求仙。　我赋归来，二十余年，每离寝薅便窥园。风中啸傲，月下盘旋。对竹亭亭，花簇簇，鸟翩翩。」

楚北黄展鸿孝廉赞枢，傲兀清狂，少负文誉。甲午入都，次沪，与家大人有相知之雅，因得读其新诗。寓福州时《和余晋珊观察都中留别》云：「记从京邸咏骈骈，清献丰裁两地违。不幸范丹悲结草，可怜孙性愧持衣。蹉跎岁月催人老，太息河山举目非。何日樱桃传吉语，身随五凤一齐飞。」《闻台军胜状》云：「将军制胜出奇谋，真算戎行第一流。诱敌不嫌都是计，献俘幸已拔其尤。声威早破羌人胆，根气难消智伯头。寄语东征诸将领，好从平壤定安州。」二诗豪迈，且喜俨肖其人。

己亥县试，值大雪，邑侯梁公李沅即从踏雪命题。吾友王子明有句云：「年年山后山前路，累煞先生秃尾驴。」盖王久困场屋，故诗寄慨如此。

余见计甫草先生《改亭文集》，读而爱之，以为陈龙川之流，惜不见其诗。近阅张维屏所著《国朝诗人征略》，摘先生诗，有「风自长城落，天连大漠宽」之句，大有盛唐风味。

四川刘裴村先生光第，博学工诗文。弱冠后成进士，授刑部主事。光绪二十年以亲丧去官，教授乡里，提倡实学，蜀人化之。后以陈公宝箴荐召见，加四品卿衔，充军机章京，参与新政。戊戌之变，与谭、林诸人同死事焉。先生生平善书法，诗在韩、杜之间，著有《衷圣斋诗钞》。五言尤工。《秋晚》云：「松口来云断，江阴秀岭浮。一帆斜日里，又过秣陵秋。」《江南》云：「江南逢八月，春风犹未归。万绿接平旷，三山横翠微。」《山中》云：「山路不逢人，举头忽归鸟。茅亭暝色多，斜日下林鸟。」《观音滩》云：「沙濑月有声，娟娟何妙可。夜凉足清绝，时复见渔火。」俱不减古作。

怀宁舒怡笙先生，自号齐山樵客，官舒城训导，酷爱吟咏，诗境不深，喜无雕刻之病。《思归》云：「朔风连日急，吹得客思归。雪已遍秋浦，山还掩翠微。杭城征雁返，皖国暮云飞。信是儒官冷，南来饱厥微。」《乙巳元日试笔》云：「又逢元旦日，四十有三年。岁月去容易，风云感万千。得闲原自幸，不遇亦前缘。翘首东南极，何时息燧烟。」先生与定远周漱泉学博为诗友，漱泉以其诗示余云。

苍园初未谋面，余辛丑岁县试，受知于先师张峙亭大令。苍园见赠一律，由稚禅转致，奇警可爱，惜余不能当也。诗云：「振翮鹏程路万千，苍茫云眼一拳天。身临泰岱无边境，品重蓬莱第一仙。乱世功名嗟弩末，高人文字出尘缘。词坛顶上君回首，地下群儿值几钱？」先师名焕桢，直隶人，精宋学，喜交接士子，居官以清自持，不名一钱。惜宰吾邑不三月卒，未尽其才，人咸扼腕。其世兄烈仲近为余言，先师有遗稿五卷，托白门金公鉴定，他日当为余寄来。

苍园与稚禅俱喜吟咏，时相唱酬，余常比之元、白云。然二人诗格不同，苍园好作雅练奇警之句，稚禅则一味清空。尝记其《碧山游眺有怀白鹇》诗云：「我慕白鹇鸟，来此碧山眺。不见白鹇飞，只见碧山峭。」《游谷林禅院》云：「禅堂清磬寂，一个僧无有。十八阿罗汉，认得故人否？」《三峰庵》云：「小憩三峰庵，空堂飞蝙蝠。古佛坐含愁，乱蜂巢其腹。」（佛腹中有蜜蜂巢焉）《游隐松庵》云：「古寺白云封，阴浓竹树重。僧亡菩萨在，松鼠代敲钟。」味此数诗，可以想见其胸次高旷，诗才清风〔一七〕，未了田工又女工。三月烟花都减色，一时红紫愧无功。情关冷暖恩真重，材胜绫罗命不同。花好〔一六〕。免得春愁管送迎。」轻倩秀艳，酷似小杜。余最喜诵其咏《棉花》一律云：「名葩可补人幽泪落动离情。湖山四面都诗境，风月三更有笛声。别浦花深南雁早，秋江人去夜潮生。算来略比扬新嫁，烟月亭台少旧诗。未识红颜消瘦否？关心夜夜动相思。」《芦花》云：「听罢琵琶一曲清，青衫棠》云：「佳人晓起卷帘时，妒煞春风窈窕姿〔一五〕。银烛烧残惊好梦，梅花聘后误佳期。秋千姊妹都生春恨雨声知。清明旅店江南路，寒食东风马上诗。连日香闺慵度曲，红牙偷唱宋郎词〔一四〕。」《海楼。同学少年多得意，蓝袍小队最风流。」「小桃开后燕飞时，深巷萧吹今岁迟。十里夕阳花意闹，半月曲江头，帽影鞭丝作胜游。来岁簪花为宾贺，十年落第对卿羞。消愁客路惟沽酒，寄语诗魂莫上

吾乡崔兰生先生国琪，积学未遇，喜为诗歌。著有《评花小史》一卷。咏《杏花》云：「春风二

矣。

广陵家已近，诗当良月梦还多。拾遗有限消愁法，一味临风发浩歌。」此诗言婉气劲，足以接武唐贤兼自寄慨》一律云：「扬子江头涌白波，长安返棹忽经过。依然白屋羞回里，用尽黄金悔渡河。境入

弇山先生以词名世，而诗亦清警可传。兹见其《冬十月自都城回里舟泊扬州次杜晴川孝廉原韵

深昼掩门。燕子自来还自去，倚栏无语到黄昏。」孝廉小楷极秀艳，寸缣尺楮，人争宝之。

咏闺怨诗能不露怨字乃佳，家雪芗孝廉逢魁有《春日闺怨》一绝云：「碧苔斜映满帘痕，花落深

逸云。

郎自读书侬自纺，大家相共夜灯红。」借题抒写，一往情深，其遇亦可悲矣。

吾乡王叔安先生定邦，为人倜傥有奇气，善属文，尤工吟咏。《秋日山斋偶成》云：「蟋蟀鸣秋壁，山魈夜叩门。」《秋雨》云：「燕飞云外影，蛩咽雨中声。」《和孙友仁咏白菊》云：「万瓦清霜征傲骨，一篱明月助精神。」《舟过三峰庵望留村》云：「旷野淡烟秋雁影，平堤密树晚鸦声。」《宿泾川》云：「残山剩水渔灯逗，阴雨寒天鬼语繁。」《宛陵》云：「断桥低卧荒烟里，古塔孤撑夕照时。」《广陵即景》云：「墙头红杏两三树，路畔黄花高下畦。」《题啸竹轩》云：「鱼池微皱风梭织，蟾魄初升塔影遮。」《冬至》云：「招邀旧雨曾藏酒，熨贴新衣更著绵。」《游板石桥》云：「数丛芳草声嘶马，百丈长桥影压船。」句皆清俊，得宋元人风格。

程子青秀才，余未识其人，诗不多见。稚禅曾诵其《咏项羽》诗两绝云：「渺渺乌江送夕辉，英雄成败转头非。早知天意终归汉，何必闻歌泪满衣。」「咸阳一炬剧堪悲，漫说江山力可移。百战雄名空尔尔，伤心最是别虞姬。」

诗有别才，往往有学富五车而不工吟咏，亦有不读书而出语自然奇绝者。稚禅尝为余言：吾乡有执爨夫从主人游黄山，口占绝句一首，惜忘其姓名。诗云：「三十六峰高插天，峰峰相接又相连。有人留我黄山住，一个峰上住一年。」人称为天籁。

咏物诗贵有寄托。尝于友人处见录某《咏炭》诗云：「一半黑时还有骨，十分红处便成灰。」今之巧宦者，读此可以省矣。（绪案：此联曾于《随园诗话》中一见之）

亡友陈再贤继臻赋性鲠直，倜傥不羁。为文亦气势浩瀚，有苏氏风。不幸以咯血亡，惜哉！苍园尝哭以诗云：「撒手泉台了夙因，半生辛苦最伤神。连襟忆昔同师项（原注：同受业项省三夫子门下），下榻于今痛失陈。文字一棺归净土，科名千古忌才人（原注：再贤屡试不售）。为怜伯道终无后，恸哭萱堂有老亲。」盖实录也。

诗家咏春闺、秋闺、寒闺者极多，咏夏闺者绝少。间有之，亦不甚佳。唯歙人洪鲁泉先生有《夏闺四绝》，新艳可爱，实为此题仅见之作。其诗云：「乌轮红上绮窗不，挂起芙蓉帐子钩。鹦鹉多情能唤我，早凉天气赶梳头。」「鸳鸯绣罢倦停针，斜倚银床午梦沉。睡起惺松浑不著，脸霞红印枕痕深。」「轻罗衫子晚风低，浴罢蓬松鬓懒齐。手把团纨花下立，一钩新月挂墙西。」「香尽慵添宝鸭烟，斜移短榻趁风前。檀郎不解人憎暑，如此薰蒸唤早眠。」

宁国周蓉裳孝廉赟，笃于内行。庚申遇贼不屈，贼奋刀砍之，太宜人胡以臂护颈呼曰：「天乎！奈何杀我孝子？」连砍而臂痕如线，贼大惊，拥之去，至昌化。《贼中诗》云：「身在梦犹疑，春归客不知。腥风千里血，毒雾一军尸。死节鸿毛恨，生还马角欺，团圞终有日，存殁永相期。贼国皆亡日，羁人不见天。凤兮鸮共食，麟也豕同眠。旷野秋无种，深山夜有烟。生灵如不尽，厌乱复何年。」《贼中归》云：「刀山剑树夹魂飞，极目荒凉万事非。有母疑从泉下见，无家恐是梦中归。夕阳故国催乔木，秋雨空山老蕨薇。点点泪痕兼血渍，分明犹著别时衣。」盱眙傅仲鲁广文《劝孝歌》有句云：「闻说周子美，文为一世雄。内行复纯笃，神明能感通。」「子美」其字也，孝廉现官徽州府教授，著述甚富。

海棠不香，不无遗恨。满洲启子义《咏海棠》有「名花不作媚人香」之句，虽可为海棠吐气，亦足见作者身份。

稚禅胸无城府，潇洒天然。家贫恬淡，吟咏自怡。诗似剑南而较豪迈。《雨后登城东楼》云：「一溪水涨蓝浮岸，万点山争绿进城。」《野眺》云：「树拥涛声频撼寺，山衔云气欲吞城。」《秋晚野望》云：「天高风急云归岫，日落烟深鸟度山。」《望江》云：「塔影冷随云水去，鸦声寒带夕阳来。」《江干秋步》云：「云迷山失疑浮海，水落泥干类裂冰。」《江干野眺》云：「远树有无云上下，遥帆明灭水沉浮。」《秋晚重游彭泽》云：「白云栖宿梁公庙，黄菊香馨陶令祠。」《即景》云：「倚树恐惊松鼠戏，傍溪喜听水禽呼。」《州上夜眺集句》云：「洲前渔火一星微，夜景空明水四围。阿嫂弄篷姑荡桨，不辞风露送人归。」集句天然，极见风趣。稚禅尝倩写作便面。

作诗各有天籁，才人有才人吐属，忠臣有忠臣吐属。余读熊襄愍公《咏史诗》云：「拍案疾声呼贼桧，分明非与岳家仇。东窗计定金牌去，断送南朝二百秋。」一种忠臣气象，宛然如睹。

吾乡孙鹉洲孝廉绳祖，体瘦若休文，而嗜古则同永叔。抱才不遇，客死都门，士林咸惜之。生平酷好吟咏，与林慕周茂才、家雪芗孝廉结为诗友。各体俱工，尤长于七古。尝有《扬州行》一篇，传诵万口，实生平杰作也。兹不厌篇长，特录之。诗云：「扬州三月好烟花，有客重游访谢家。往事不堪成梦影，玉人何处抱琵琶。琵琶别抱非卿愿，阿母红丝亲引线。莲出淤泥总不淄，月沉沧海仍相见。相见初经廿四桥，芙蓉如面柳如腰。同心结绾鸳鸯带，割臂盟留翡翠翘。翡翠鸳鸯相伴宿，朝朝暮暮欢难足。郎如司马愿求凰，妾似少君甘挽鹿。只为囊空乏聘钱，琴心忽变思归曲。归帆高挂大江边，不用临歧各惘然。此别路原无万里，重逢期合订三年。三年欲践寻春约，荏苒来迟花已落。鹦鹉帘栊尚俨然，枇杷门巷空萧索。萧索教郎感不禁，一番怅触一沉吟。若非黄土曾埋玉，肯向朱门复抱衾？抱衾那识心良苦，玉箸双垂泪如雨。道是罗敷自有夫，初非碧玉浑无主。主人爱色复怜才，忍夺温家玉镜台。金屋暂教新特住，香车会待故雄来。来时相对情于邑，仿佛华严逢小劫。珠移合浦竟生还，镜破乐昌真再合。珠还镜合两相欢，稽首莲台大士前。愿得慈云常密护，他生仍作此生看。」

慕周一号香轮，余未见其人，友人咸称其善填词。兹稚禅录其两阕见示。《后庭花》云〔一八〕：「暮霭沉山，斜阳挂树，孤舟独泊秋江渚。一钩新月照篷窗，姮娥应解离愁苦。 思量未带愁来，何事带将愁去？者番去也，后会知何处？梦绕水边楼，魂销江上路。」《醉春风》云：「如玉人千里，欲见终无计。思量只有梦魂通，睡、睡、睡。单枕愁寒，孤衾怯冷，怎生成寐？ 往事从头计，幽恨何时洗？消魂无奈又天明，起、起、起。试把相思，写来笺上，却将谁寄？」

蒋荣高字小培，江苏上元县人，少负不羁才。值粤匪之乱，投某营，为记室，屡保得卫千总。乱平，乃以未读书为恨。遂日手一卷，夜辄不寐。由《史》、《汉》涉猎诸子百家，以及稗史小说，过目成诵，一时名士咸倾倒焉。诗工近体，词尤得子瞻、稼轩风格。《水调歌头》云：「八九不如意，搔首问青天。将人抵死磨挫，辛苦自年年。不作名场傀儡，便合沙场驰骋，壮志岂徒然？倚酒拂长剑，慷慨寄腰间。天下事，非草野，所能言。蓦思南宋朝局，怒发欲冲冠。却笑中兴宰相，惯有和戎妙策，岁币輂金钱。五百兆罗卜，牧马不窥边。」《客窗听雨（一剪梅）》云：「春雨帘纤腻似油。密过机筹，细数更筹。连宵织得几多愁？旅客眉头，思妇心头。浊酒频浇不解忧。望里乡楼，梦里归舟。十年踪迹等沙鸥，钝了吴钩，敝了貂裘。」《闻雁（虞美人）》云：「小窗一夜西风紧，梧叶飘金井。灯前白雁两三声，不是离人、听得也关情。问伊此去归何处，道向衡阳去。来时带月过津沽，为问征人、可有一封书？」《闻戴孝侯统带六营赴吉林防御俄寇喜而赋此（清平乐）》云：「忧时念切，海上妖氛烈。闻道故人新建节，伫看犁庭扫穴。吾生七尺昂藏，腰间莲锷霜寒。便欲乘风万里，先驱手斩楼兰。」《丙申暮秋游邯郸黄粱道院》云：「马足车尘未暂停，又来古寺听风铃。卢生自遇神仙后，睡到而今尚未醒。」「敌国楼船屡犯边，金钱已自靖烽烟。纵能再续封侯梦，辜负浮生五十年。」「四壁琳琅百首诗，各抒怀抱吐新词。看他冠盖劳劳者，都在黄粱未醒时。」

「春水绿连瓜步树，夕阳红映蒜山楼。」此孙鹄州孝廉《游焦山》诗也，为陆剑南之流亚。

张石云，咸、同间诗人也。尝有《咏春柳》句云：「南浦送君衣尽绿，东皇待我眼常青。」颇有宋人风度。又「往日雄心时看剑，近来好梦不离家。」亦佳句也。

孟河黄志贤白，工吟咏，性爱菊。尝与友人咏菊花分步王渔洋《秋柳》韵，拈得第一首即步韵云：「三秋明月抱花魂，秋满疏篱月满门。月色涵秋秋有影，秋光映月月无痕。大夫身退三间地，处士家居五柳村。欲采欲餐缘底事，荒凉晋楚不堪论。」颇为时人传诵。

江右陈少香孝廉偕灿，负才不偶，诗笔清丽。下第后，何生师竹出诗就商，即书诗后，云：「何郎标格最清新，雪柈聪明雪柈神。名士岂因科第重，诗家难得性情真。旧书常读都关福，诗句能多定不贫。我似江关太萧瑟，莫拌心力做词人。」咏夜来香句云：「入夜香宜陪翠袖，有情花亦媚黄昏。」人生聚散，事所常有。而河梁话别，未免销魂。今春稚禅将往江右，留别诸友云：「流莺啼雨偏寻伴，胡马嘶风总恋群。」至情流露，读之令人增离索之思。

余友程鹏翥，字鲲江，号啸霞山人。性脱略，善谐谑，诗学随园，不事穿凿，而真切有味。录其《偕友人游采石李清莲祠》云：「胜迹不随流水逝，豪情同对大江秋。」《闲遣》云：「人因长想偏无梦，书耐常看只有诗。」《即景》云：「花砌开残红委地，蕉窗删密绿通天。」《怀稚禅》云：「分别那堪千里隔，相逢忍待一年终？」山人好饮，尝窘于杖头，赋诗云：「安得借天钱十万，人间买个醉乡侯。」其风趣可想。

「难得故人重聚首，未忘结习又谈诗。」此婺源江峰青观察句也，孙悟笙尝为余诵之。悟笙尝作《送燕词》二十余首，余取其一绝云：「黑风吹立海波寒，遥念征途鼻欲酸。到日若逢南向雁，凭他报我汝平安。」语极情致。

孙诗樵「山好容人四面看」七字，的是舟行真境，余每于舟中遇此景，辄为人诵之。「借问路傍名利客，白杨孤冢是何人？」不知谁氏句也，读之令人发深省。

稚禅尝为余道及：伊族恩举襄五先生者，工书画，尤长于诗。宗唐派放而之苏、陆，浩浩落落，自写天真，不事剽窃摹仿，而气韵自近古人。泾川赵中翰良霨闻其《即事》诗云「牛背一蓑冷，山头孤月黄」之句，逢人称诵，遂订交焉。先生名劻，著有《函石斋诗草》，惜毁于兵火。

美人例得人怜。缪莲仙艮有《春日郊游即事》一绝云：「阿谁行露手双携，窄窄弓鞋滑滑泥。愿化此身作节杖，替伊扶过板桥西。」一时呼为「缪板桥」。

「当年金粉尽飘零，箫管歌残讵忍听？多少繁华归浩劫，江山不改六朝青。」此黔人袁锡臣孝廉《金陵杂感》六首之一也。余最爱诵之。

吾乡崔枝仙孝廉侨寓楚北时，眷一校书，相得甚欢。别后，校书笃念，寄诗四绝并手帕一方，极见情致，诗云：「断梗飘蓬寄汉滨，残花委地不成春。那知司马钟情甚，青眼便垂薄命人。」「邂逅相逢亦夙因，桂花香里始相亲。桃源此日春依旧，底事渔郎不问津？」「别来如醉复如痴，镇日猜疑镇日思。枕上灯前多少恨，一齐写入短长辞。」「记否琵琶白板门？弦歌低唱酒盈樽。欲知别后情深浅，请向罗巾审泪痕。」

吾乡项润民先生德泽，以诗画字名世，有「郑虔三绝」之誉。尝客苏州，苏抚某以闺怨诗试士，一时与试者不下数百人，先生遂成五绝云：「十八嫁郎君，十九郎君出。二十不归来，今年二十一。」写怨字含而不露，中丞大加击赏，拔置第一。

楚南萧凤书女士，寄迹海上，以书画谋生，诗亦饶有思致。《秋夜有感》云：「月明如水夜凉生，更鼓撩人梦不成。最是衙斋清静候，一灯红得太无情。」《书头》云：「霓裳惊破痛干戈，舞扇歌筵可奈何？不是阿侬故憔悴，撩人山色上眉多。」

客诵诗句云：「二江风雨有龙助，两岸峰峦如马奔。」问当是何人之句，余曰：「似宋元明家。」客曰：「非也，此近人徐玉台《过芜湖》诗也。」

题壁诗多有佳者。有友人近为余言：曩过临颖旅店，见壁上有浙东睡鹏氏题诗三绝，惜忘其二，犹忆末一首云：「此日方知行路难，一肩风雪客身单。归途漫把征衣洗，留与闺中少妇看。」想亦有才不遇，沦落风尘者。

校注

［一］梁任甫，指梁启超。这段论诗文字，见于梁启超《夏威夷游记》（《饮冰室合集·专集》第五册附录二，中华书局出版）。唯引文与原著颇有出入。据原著，「名士」上有「鹦鹉」二字，下加引号，引号内的说明是：「余尝戏名词章家为鹦鹉名士，自觉过于尖刻。」又「恨」下有「也」字。又，「作诗必为诗界之哥伦布」的「作」字上有「若」字。又，「地力」，原著为「地理」。

［二］林语见其所著《海天琴思录》。

［三］能　《海天琴思录》无。

［四］本句，《海天琴思录》作「长此体者，均推渔洋山人。余谓朱竹垞、许月溪、黄莘田、厉樊榭、吴兰雪均长此体。」

[五]女　原作「妇」，据《海天琴思录》改。
[六]此处引文《红盐词序》作「词虽小技，昔之通儒巨公往往为之。盖有诗所难言者，委曲倚之于声，其辞愈微，而其旨益远。善言词者，假闺房儿女之言，通之于《离骚》、变雅之义，此尤不得志于时者所宜寄情焉耳。」(见《曝书亭集》卷四十)。
[七]自见　原作「见用」，据《愿为明镜室词序》改。
[八]依依乎　原文缺，据《愿为明镜室词序》补。
[九]涴　原作「浣」，据《愿为明镜室词》改。
[一〇]题　《愿为明镜室词》无。
[一一]莓　疑当作「暮」。
[一二]东　《愿为明镜室词》作「青」。
[一三]吹　原作「春」，据《愿为明镜室词》改。
[一四]红　原作「江」，据《崔兰生诗赋遗草》本《评花小史》改。
[一五]春　原作「东」，据《评花小史》改。
[一六]略　原作「了」，据《评花小史》改。
[一七]葩　原作「花」，据《评花小史》改。
[一八]花　原误作「宴」。

习静斋诗话卷二

盐城陈惕庵孝廉玉澍，王可庄先生所拔士也。博学工诗，热诚爱国。怀一肚皮忠愤，往往发之于诗。尝作《甲午乙未感事》诗二十八章，可泣可歌，不愧诗史，亟录入《诗话》。《甲午冬拟李义山重有感》云：「筑紫封豨沸海波，无边烽燧照新罗。楼船下濑朝驰檄，檀板中军夜度歌。足捷早驱鹅鹳散，腹皤隐恃豕犀多。句骊弃后陪京震，敌垒高临太子河。」「花门苗峒赋同袍，五道将军几度辽。急避天骄夸上策，虚传露布涖中朝。纶扉衣钵秦长脚，幕府裙钗楚细腰。卿子冠军差可喜，不随河上共逍遥。」「饥鹰饿虎太无聊，吕姥萧娘负圣朝。月落柝津空壁垒，霜飞柴市伏欧刀。铜台姬妾香俱烬，郿坞金银气已销。回首乐浪城畔路，裹尸马革（左勇烈公宝贵）愧同僚。」「东楼白事訾儿癖，小相黄衫有父风。城阙啼乌师败北，稻芒输蟹水趋东。蛉洲关白疆新启，马邑王黄虏与通。苦战谁援冲突将，楼船血战海涛红（邓壮节公世昌）。」「东南藩翰失三韩，尚议金缯赐可汗。北海鲲鹏甘敛翼，西台豸獬苦披肝。身辞凤阙谁陈疏，戟荷龙沙未赐环。不是圣明无皂白，指楹容易去楹难。」「居然元老总师干，大纛高牙上将坛。帝德如天容忍易，臣心似水古今难。英年耄发同褒鄂，末路功名愧范韩。青徼丹冥论故界，尽销金甲铸铜山。」「因扞强弩几舆尸，大树将军召已迟。左驸谁申司马法，多鱼屡漏竖貂师。蓝田败楚秦逾横，漆室忧葵鲁不知。七萃羽林兵劲否，莫教偾帅护彤墀。」「营州鼙鼓震山陵，呜咽河流大小凌。四海梯航疏莞钥，九天风雨暗觚棱。惊闻朝日驱鸣凤，苦恨禅僧使放鹰。德裕筹边楼久圮，惟将搜括供金缯。」「君恩深重未归田，开府章江已七年。龙节霓旌明日月，鸢肩牛腹萃风愆。广求钟乳三千两，远聘梨园十万钱。圣主忧勤臣独乐，可怜辽沈遍烽烟。」「国恩养士重山河，赢得衣冠间谍多。吴昊呼朋潜入夏，惟庸遣使远通倭。春官辛苦栽桃李，秋实荒凉老薛萝。十载楚材零落尽，九重南望泪滂沱。」《乙未夏拟李义山重有感》云：「合肥韦虎不须歌，龙节星轺又议和。壮岁威名身手健，衰年部曲爪牙多。李纲空阻捐三镇，师道徒闻制两河。高阁格天资敌国，千秋青史竟如何？」「貔貅满载洞庭舟，东出渝关壁垒稠。预买毛锥书露布，时挥羽扇诩风流。深源名誉倾王谢，次律宾朋仗李刘。一败顿教粮械尽，也应无面返湘州。」「海外军书语屡讹，东征将士误蹉跎。生材欲祝灵威仰，杀敌谁为曳落河。塞买卢龙朝野愤，牲刑白马会盟多。风云月露成何用，翻恨隋唐进士科。」「红毛城近赤嵌城，开国经营几战争。往事怕谈施靖海，荒词羞见郑延平。山围鹿耳门初启，地割鲲身柱不惊。亿兆汹汹神鬼泣，莫从天上告司盟。」「北府牢之百战兵，南交草木旧知名。盘中牲血书难改，海外虬髯气不平。斫石有刀飞羽檄，补天无策拂心旌。宋民耻作金臣仆，寄语王云好缓行。」「挑灯夜起拂青萍，肠断南溟与北溟。无复戈船随横海，空余涕泪洒新亭。雉笼浪峤图谁献，鸭绿松花户不扃。漆室更怜忧国本，后宫久未曜前星。」「顿使金瓯失带方，谁移铜柱限扶桑。大牺十倍吞刍豆，老凤三朝恋庙堂。跋扈将军身是胆，横行公子腹无肠。如君合把卢龙卖，对马长崎是婿乡。」「辽海雄疆拱帝居，神州左掖控巫闾。铜梁铁笛催坚垒，玉府金钱赎奥区。智井几人求麦曲，望洋无路缚禺䝞。凭谁更惜西江水，来救中朝涸辙鱼。」「愁闻畿辅半污莱，饥雀空仓剧可哀。三旨相公仍柄国，十钱主簿告营财。紫标黄榜多豪富，府海官山少异才。欲伏青蒲惭白屋，罪言无路达银台。」「海眼填钱九府空，金缯饵敌古今同。虚传天地为炉炭，安得神仙化竹桐。助谷列侯思杜缓，请缨无路叹终童。棘门灞上多儿戏，但比河间姹女工。」「六龙岂向晋阳腾，车马长安价骤增。当宁忧劳思李牧，举朝温饱愧王曾。青杨巷第金银气，黄阁恩荣粥饭僧。赖有辽阳徐刺史，不教封豕突昭陵。」「桃虫大鸟翻飞易，苍狗浮云变态多。戚舞刑天犹善战，药名国老止能和。沉河谁效申徒狄，负戴频劳子服何。从此鳀人阛阓满，举朝宜奋鲁阳戈。」「风雨西湖堕泪碑，香烟北固报功祠。若非傅说骑箕早，可望王良策马迟。内宄外奸邦杌陧，材官车骑辙纷驰。长江万里艨艟在，无非当年节制师。」「飞刍挽粟困司农，旸谷嵎夷割附庸。云翳满天迷北望，丸泥何日庆东封。屡从西极求燕骏，未见南阳起蜀龙。最羡贞观房杜相，坚昆都督远朝宗。」「黄祚绵于念五宗，如何辇毂聚王公。炎刘尚峙三分鼎，曹魏空谈百足虫。广选金桢封海内，胜移钟虡向关中。微臣更上多男祝，萱草菖花遍六宫。」「谁将大利保茶桑，矿穴金银富久藏。刻翠雕虫才本小，涵关负米力空强。理才劳我思官礼，变法何人涉管商。一孔腐儒多泥古，动嗤骑射武灵王。」「虎斗龙争曲未终，安危难问碧翁翁。连朝天地风霾暗，卅载公私杼轴空。赞普弃宗骁勇略，匈奴冒顿有英风。休钦华夏轻夷裔，但效韩家莫讳忠。」「大圜中裹地如球，海外今知有九州。西北雄风蒲蓛国，东南劲敌萨摩洲。新开驿路金为埒，高挂云帆铁作舟。越甲鸣君情共愤，百蛮终胜吉光裘。」

展鸿性情倜傥，游幕闽中。近以孝廉之官粤西。诗绝句较胜。《晋安题画》云：「并州歌舞薄青楼，何似深闺镇日愁。莫向锦江持半臂，晓窗人尚未梳头。」「枕流漱石莫因循，宇宙分明担此生。太息岘山羊叔子，古今多少不传人。」「倦游高卧白云间，抛却浮名梦亦闲。莫道故乡风月好，主人到处有江山。」「万顷烟波一叶舟，好风吹送武陵游。只因识得陶元亮，多少闲愁付白鸥。」四绝笔意清雅，不减元人题画诗矣。

吾乡孙阍如先生孚侃，丙子科副榜，江西候补知府。工书法，性潇洒，平生喜吟咏，不自珍惜，脱稿辄弃去，故所传遂少。兹于家雪芗孝廉处得其《题画》一绝云：「远山历落乱烟铺，树里人家半有无。几日东风吹乍醒，渐催新绿上平芜。」七言断句云：「马空冀北垂青眼，豕到辽东尽白头。」余尤爱其「离家知母苦，生子长妻骄」十字，最近人情。

陈惕庵孝廉性刚直，作诗多讥刺时事。生平尤痛恨奸邪。某守戎家藏前江督何桂清小像，孝廉闻而毁之，口占《示守戎》云：「青宫太保头衔高，手握重兵屯江皋。建业兵溃曲阿陷，元戎先向虞山逃。苦战莫救张忠武，成仁甘让徐开府。三吴绣壤成战场，两浙陆海无净土。九重赫怒赐宝刀，柴市性命轻鸿毛。苦守毗陵杀贼死，千秋血食真人豪。吁嗟乎，君不见刑天无首舞干戚，陪阿大冠带剑戟。异物尚能喜战斗，人乃不如鬼与兽。残魂无面见江东，遗像一掷归祝融。」快事快文，读之当浮一大白。

吾乡张碧崖先生钟琬，与蒋心余交好。官山左，以清廉名于时。余近得其《怀友》诗云：「客里怀人客似侬，梅溪泾水几重逢。青邱句里君当忆，春树春云隔九峰。」先生诗今罕传，故纪于此。

有友人诵其断句云：「性耽风雅官仍逸，貌少痴肥仕亦贫。」又「世味饱尝须作客，年光容易又逢秋。」

怀远高月川广文锡基，博学工诗文，尝主讲上海广方言馆，一时名士多与之游。诗不多见，近实景。雉山先生《游黄山》诗云：「每于险处身腾捷，时为奇峰指点忙。」亦佳。

写景诗有绝妙者，宣城梅瀛山孝廉《黄山》诗云：「钟自云推出，僧从石罅归。」二语确是黄山底不闻人语响，山中多是一家村。」二诗摹写深行实景，惟妙惟肖。

花，高下相随石磴斜。一事更非人意料，每逢路转见人家。」「茅檐隐隐傍山根，翠竹苍松绿绕门。怪守拙，若非多病尚前行。回车早勒悬崖马，莫向迷途再问程。」《铜陵山中》两绝云：「几丛野竹几丛遣》一律云：「自笑燕南一鲰生，偶来作宰领松城。宦囊不及诗囊富，官舍常如僧舍清。只为无才甘

直隶王莲堂大令佑曾，以老明经出宰铜陵，听政之暇，不废吟咏。余曾记其《将去铜陵候代自萱蘐何。」末句虽脱胎小杜诗，而实有意味。

宵联旧雨，此会胜登科。度曲箫吹竹，含羞扇障罗。兰言宜近契，菊约莫虚过。我欲心心印，其如

旌德江雪航主政，为人风流潇洒，工书法，诗亦清新可诵。余近得其《秦淮杂兴》一律云：「良阳还照深深院。」

争。倒卷黄河泻自天，倾盆满地珠玑溅。振襟危坐悄无言，遥望东南虹已见。霹雳一声烟雾消，斜用袁枚句）云卷奇峰合一片。风为雨挟郁沉沉，庭树无声山色变。俄闻浩浩波涛奔，疑似蛟龙怒战

孙鹤洲孝廉尝作《咏雨》七古一首，笔力雄奇，不减殷尧藩、苏东坡。诗云：「一轮白日忽不见，

皆佳句也。

《海天琴思录》载太仓唐实君《题画磻溪》诗云：「尚父精神老更遒，一竿唾手取神州。诸侯八百皆贪饵，只有夷齐不上钩。」语有趣味，令人解颐。

陈惕庵孝廉《清明客中思母》诗云：「倚门闾外望何如？犹忆高堂拜别初。嘱我清明归莫缓，不归也寄一封书。」语极情致。

《渔洋诗话》载毛驰黄咏西施句云：「别有深恩酬不得，向君歌舞背君啼。」谓未经人道。余谓孙鹊洲孝廉「游遍五湖鸳梦稳，醒来还忆故宫无？」意味不减驰黄。

张镜湖先生宗鉴，为吾乡老坛坫，吟稿甚富，惜经兵燹，散失无存。数年以来仅得见断句一二联，余深以为恨。然只甲片鳞，亦可见先生之万一也。五言云：「酒香知病浅，花败识春深。」七言云：「帆影日斜依水卧，叶声秋老带霜干。」

文人爱书，自昔已然。每闻友朋之家藏有珍本，无不广求借阅；及至久假而不归，恶知其非有者比比皆是。古人诗云：「异书浑是借荆州。」又云：「借书常送迟。」诚通病也。近代程浣青女史有《辞人借书》一绝云：「年来自笑蠹成鱼，不惜金钱只惜书。白璧恐无归赵日，世间谁是蔺相如？」剧有趣味。稚禅性好诗集，而又贫乏，至家笑阿处借有数种，竟阅三年，一如黄鹤不返，笑阿珍若珙璧，屡向索还。稚禅不得已，乃寄诗一绝云：「奇书久假忘还珠，欲买知非待价沽。寄语方干须听取，可如赁屋许依租？」余谓：山田房屋俗尚租人，未闻有租书一事。今稚禅欲创此例，亦可谓补千古之韵事矣。

小姑山在大江之中，危峰峭拔，屹立中流，与彭郎矶相对。自苏髯翁有「小姑嫁彭郎」之句，厥后来往词人题咏多以此为作料，陈陈相因，殊少佳者。咸丰中小姑沦为贼砦，彭雪琴侍郎玉麟统帅克复，戏题一绝刻壁云：「书生挥指战船来，江上旌旗耀日开。十万貔貅齐奏凯，彭郎夺得小姑回。」真巧合也。稚禅舟过小姑山，有一绝句云：「奇峰突兀水流沙，过客休将韵事夸。隔浦彭郎招不得，小姑应妒我归家。」亦颇有趣。

贫而无谄，士人本分。然往往有怀谄媚之心而反矫情以称傲骨者，余尝欲作诗以鄙之，迄未成就。后读天南遁叟王韬有一绝云：「士以挟贫骄富贵，犬因见怪吠衣冠。世情如今趋欲下，矫俗还当出俗看。」不意我心所欲言已出古人口矣。

余读孙鹉洲孝廉《舟过金陵》诗云：「倚槛春愁玉树飘，空江铁锁野烟消。纵观何限千秋感，流水青山送六朝。」不禁拍案叫绝，拟入《诗话》。或曰末句是偷袭《王渔洋诗话》所载合肥龚尚书句，不可选入。余曰不然，古人作诗往往亦有不谋而合者，未得目为偷窃也。《唐国史补》谓「漠漠水田飞白鹭，阴阴夏木啭黄鹂。」乃右丞窃李嘉祐语。论者或为王讳，以为增「漠漠」四字便是点铁成金手段，虽属呓语，然此事亦常有之。东坡诗「天外黑风吹海立，浙东飞雨过江来。」昔人谓「海立」二字本杜少陵「四海之水皆立」句，而不知次句与殷尧藩《喜雨》诗「山上飞云随手变，浙东飞雨过江来」句同。坡公一代奇才，岂屑拾人牙慧者？不过触景长吟，若合符节耳。近代王文简公门人崔不雕常有句云：「溪水碧于前度日，桃花红似去年时。」而汪钝翁在京师亦有句云：「溪水碧于前度日，桃花红似去年人。」汪于崔实前辈也，岂得谓偷袭崔诗乎？今孝廉末句与龚尚书同，或亦如右丞之于李嘉祐、东坡之于殷尧藩、钝翁之于崔不雕，不得目为有心偷袭也。

诗至陶渊明、苏东坡，可谓文生于情，情生于文者矣。乃皇甫湜谓陶诗「切以事情，但不文尔」〔一〕，袁枚谓东坡「有才而无情」。渊明而不文，东坡而无情，世岂复有诗人？而二子所谓文、情者，果何文、情乎？此真强作解事者，乌足以知渊明、东坡哉！

宋小茗《耐冷谭》载：「桐溪有农人夜泊水阁下，闻女子哭声，晓起觅视，灰烬中拾一小枕，归而枕之，辄有所见。其兄骇甚，剖其枕，得一绣帕，上刺蝴蝶二，并海棠一枝，隙处有诗云：『相思无益莫相思，月夕花晨强自支。蝴蝶不知人意苦，双双飞上海棠枝。』农人遂为所蛊，淹忽而没。」

罗隐与钟陵妓云英有旧，妓一日讥隐未第，隐嘲以诗曰：「钟陵醉别十余春，重见云英掌上身，我未成名君未嫁，可能俱是不如人。」孙鹈洲孝廉《寄友》诗云：「寻春杜牧太多情，几度江湖载船行。重见云英应一笑，青衫依旧未成名。」本其意。

咏周公瑾诗极多，大半皆以纳小乔为美谈。如国朝鲍觉生侍郎云：「小乔得婿称为快，名将呼郎古孰争？」梁鞠泉孝廉云：「姻娅君臣专阃外，夫妻人物冠江东。」张南山云：「青春南国乔初嫁，赤壁东风亮助成。」如此类者，不能悉备。余独不能无疑，夫以年少之周郎而困一世之雄于赤壁，虽曰天命，抑亦人谋。观其诣京与权谋：先取蜀，得蜀而并张鲁，因固守其地，好与马超结援，瑜还，与将军据襄阳以蹙操，北方可图也。及还江陵，道卒巴丘。读史至此，每深叹息。不然，使天假之年，则与操并驱中原，焉知鹿死谁手？丁南湖谓其殆声色所致，颇与愚见相合。爱本其意作一绝云：「小乔艳色冠江东，误煞周郎一世功。不是溺情撄痼疾，孙曹犹可决雌雄。」余友郑荔枝读之，以为不宜将周郎身分看得如此太卑，遂作一绝以驳之，末二句云：「短命果因声色致，周郎终不是英雄。」余非卑之，实惜之也。阅末句当知之。质于渠川，两可之，并采入所辑《运甓斋诗话》云。

诗有情韵，最耐吟咏。惺庵者，不知何许人也。《诗界潮音集》中载其《杂咏》十余首，情韵都佳，余读而爱之，姑录两绝以供同好。《柳桥席上酬长冈子爵》云：「笠簇小拨不胜愁，抛掷闲情似水流。忽忆去年今日事，画船箫鼓醉扬州。」《过上野之莺亭》云：「山中树阅百千岁，天半云垂十万家。三过莺亭人不识，小窗闲煞玉莲花。」

稚禅近为余言：丹徒包君安保，字右辅，年少多才，侨居鄂省，肄业师范学堂，颇工吟咏。诗宗唐人，别裁伪体，盖我朝沈归愚先生一派也。诵其五言如「老犬怜人意，雏鸡学母啼。」「蝶梦不知处，蛙鸣时一闻。」「独树疑人影，孤鸿惊客心。」七言如《闺怨》云：「泪和春雨鬼还泣，愁织秋云天不知。」均佳。又诵《右辅诗简》《道人寒衾》一联云：「病身尚能和铁铸，多情幸未质钱来。」亦佳。

右辅室人亦能诗，其《游兰陵天宁寺》诗云：「闲步天宁寺，朝来雨乍晴。峰头孤塔立，山脚一溪横。日落林无色，风行树有声。扁舟归去也，斜挂片帆轻。」

吾乡胡莲生先生之涛颇好吟咏，尝以诗一册示亡友汪石依，汪取其《渡鄱阳湖》诗云：「两桨夕阳鱼跃白，一堤芳草马嘶青。」谓可称集中压卷。

余摘孙鹁洲孝廉七言诗之佳者，《夏日闲吟》云：「迷离鸦背留残照，断续蝉声噪晚风。」《松谷庵》云：「古塔影随潭水涌，残钟声度岭云来。」《都中赠别同年黄升甫》云：「书因频寄言多复，梦欲相寻路不分。」《遣闷》云：「兄弟愈亲缘久病，神仙难学为多情。」俱有船山风味。

鹁洲孝廉尝学诗于孙紫畲先生，先生性拘谨而诗极风趣。余见其《戏咏代友催妆》两绝云：「九微灯火散华堂，彩烛双辉映晚妆。寄语东风须爱惜，海棠枝弱不胜狂。」「坐背银釭暗里窥，娇容媚态故迟迟。罗帏欲揭心还怯，知是含羞忍笑时。」

余爱稚禅《书所见》一绝云：「垂髫弱女着春衫，一种风姿自不凡。行到画桥防露滑，娇憨低笑要娘搀。」形容尽致，觉髫女态度如在目前。

稚禅为余言，昔在石依处见有所录「摘来佳果连柯食，钓得鲜鱼带活烹」两句，绝爱诵之，惜忘其姓名。

「自笑吾人归兴切，月明多半当天明。」此余庚子宿琴溪旅店诗也。后阅某亦有句云：「可怜游子归心切，错认他乡是故乡。」

随园云：「诗家两题，不过写景言情四字。」余道景虽好，一过目而已忘；情果真，时往来于心而不释。余读项昭亭先生《归来词》，一片性灵，笔能曲达，真言情绝唱。即使古人秉笔为之，亦复如是。诗云：「独子一出门，亲忧百端起。忽闻远游归，百端都变喜。老母病目红，走拭言且视。笑说昨梦灵，回头促甘旨。但闻房拢间，欢声杂腾耳。忆昔京华归，双亲庆俱美。父年垂八旬，伛偻检行李。深恐儿加劳，翻谓吾乐此。喟然叹平生，风波深涉履。五十始生儿，六女间一子。读书娱膝前，岂知游万里？是时高堂上，二老欢无似。今归仅吾存，又衰非昔比。斜日照白发，缕缕银丝委。愈怆意徬徨，恐母测所以。欣然述行踪，屡险幸无毁。母闻大欢慰，神祐称不已。笑语忽盈前，酒浆罗案儿。阿姊立母傍，阿妹抱甥倚。阿男馆中归，阿女侍诺唯。或问京洛程，或屈数月指。或怪消息非，或誉占卜是。母恐酬答劳，麾使众声止。官山月半吐，清辉射书史。亲年能几何，远游不如迩。随时乐天命，努力供菽水。」

赵云松先生与袁简斋、蒋苕生二公齐名，一时称为袁、蒋、赵三家。孙鹧洲孝廉尝读《瓯北诗钞》题二绝云：「袁蒋骚体迭主盟，先生崛起竟齐名。分明华岳三峰立，俯视群山谁抗衡。」「早登薇省晚归田，中岁从军赴九边。写出生平真阅历，非唐非宋自能传。」袁、蒋、赵三家，随园尝自居第一人，以蒋苕生为第二人。林惠常谓非确论，尝有诗云：「说孝谈忠笔有神，每于精处见天真。雌黄莫信随园口，谁定三家第二人？」殊当人意。

王阮亭为一代诗宗，而袁简斋多不满意。余谓文人相轻，自古已然。一则文深于情，一则才余于学。渔洋与随园作异代战场，正未知鹿死谁手。

项昭亭先生《登钟山顶望古战场》诗云：「白浪飞空北风响，钟山吞江江欲上。我来山尾至山顶，万里澄空天宇敞。平野何年古战场，秣陵关外天苍苍。将军飞渡几金鼓？天子无愁几歌舞？乌龙突起称英雄，燕子飞来江山红。江南钱入马江口，绣旗又向鸠江走。世间万事何寥寥，弹指兴亡迭数朝。时来玉座开春殿，事去空城打暮潮。帝王天授非人力，不贵守险贵守德。乾坤战伐几何在，石头城对孤洲黑。我来长啸钟山头，四海平定干戈休。寒涛落日长江远，但见茫茫天际流。」魄力雄放，直逼少陵。

「到处照人清彻骨，自家背后不分明。」此杨筒侯廉访《咏镜》诗也。妙语双关，飞白高手。

咏隋宫诗，李义山已成绝唱。顷得陈惕庵孝廉《咏隋宫》一律，意境风调俱近唐贤，足与李诗争席。诗云：「万里金瓯付稚孙，迷楼歌舞日昏昏。一朝鹿失家难返，终古萤飞苑不存。雨滴落花蝴蝶泪，烟埋芳草美人魂。玉钩斜与雷塘近，剩有流莺吊墓门。」

五言绝句二十字最难于工。陈惕庵孝廉《寻渔者不遇》云：「棹随云水来，云随流水去。不见打渔人，行入云深处。」《夜泊江滨》云：「江风吹我襟，江月照我心。江流去不返，风月无古今。」《夜泊护金荡》云：「微风水面来，明月穿波破。老渔醉未醒，独枕蓑衣卧。」

余《哭宾儿》诗有「小女娇痴添我恨，绕身啼问弟何之」之句，后阅《随园诗话》载陈竹士《过妇家有感》亦有句云：「伤心小女无知识，绕膝询姑何日归。」同一伤心，为之潸然。

唐人最重五律，刘长卿所以有「长城」之号也。近日陈惕庵孝廉颇擅此体，美不胜收，兹录之以志一脔之嗜。《夜泊太平洲》云：「浪翻鱼背月，风刷雁翎霜。」《秋晚野望》云：「雁落无人渚，鸦归有树村。」《野步》云：「黄花三径雨，红叶半村秋。」《晚泊》云：「野花浮水白，远树拂天青。」皆可爱也。又「遥村拥树来」五字尤妙。

南昌范藕舫茂才，性疏放，好作险怪语，尝有断句云：「芳草绿迷山鬼冢，夕阳红上寺门碑。」颇为人传诵。

吾乡汪仰山，豪士也。好作奇句，尝有《夜坐》诗云：「安得快匕首，划破云八九。耸身上青霄，历历数星斗。」

悟生秀才性情孤懒，不甚作诗，而笔颇妍秀。余尝劝其加以学力，可望名家。《绮怀》云：「风送炉烟一缕斜，垂杨浅映绿窗纱。春从荳蔻梢头老，无赖余情开楝花。」《旧时》云：「旧时风度旧时装，旧事如烟梦也香。笑固嫣然颦也好，对郎欢喜又嗔郎。」俱可爱也。

彭香云嫣，庐江吴君遂比部姬人也。性耽风雅，工书善诗。姬本北里中人，慕吴风概，委身事之，一时人士传为佳话。江浦陈亮伯有《怀君遂》诗云：「走马天桥又一时，彩鸾何处说相思。酒阑灯灺浑无事，自看彭嫣理鬓丝。」

古人论诗以七言律为最难，盖必有挽弓挽强手段方能为之。工此体者，代无几人。近时惟项昭亭先生最擅此体。《夜望洞庭》云：「洞庭远水接巴东，横绝南荒路路通。孤月斜飞万里外，九江奔注一湖中。潇湘秋老鼋鼍静，河汉云开天地空。莫幸安澜终夜碧，须防波浪动西风。」《赠朱豹翁》云：「手挽铜牌走少年，须眉豪气露华颠。书城无地供官课，画稿随人折酒钱。雪踏九边辽海月，浪飞万里大江船。如今头白心犹壮，不听鸡鸣也舞鞭。」《送陈郎中还蜀》云：「宦途莫叹屡沧桑，白发郎官岁月长。客路逢秋常苦雨，人情垂老倍思乡。九江征雁难传字，三峡啼猿易断肠。此夜知君宿何处，楚天西望水茫茫。」《采石谪仙祠》云：「翠螺山接点屏台，供奉祠堂画阁开。万古酒楼几狂客，三唐诗笔一仙才。云移岚影花边转，风带潮声月里回。读史莫将文苑论，眼光曾识郭公来。」

桐城许广文惠，与吾乡杜香岩孝廉交好，才空一世，诗亦清丽。友人尝为余诵其《消寒词》云：「疲驴踏遍路三叉，雪后园林噪暮鸦。青笠红衫斜照里，乱山深处访梅花。」饶有画意。

世谓诗人多贫，此语最易生厌，余尝有句云：「竹堪医俗须多种，人果能诗不厌贫。」

和韵诗最见本领，以难于摹仿依傍也。余见孙鹓洲孝廉有《拟谢公敬亭山》诗，用原韵，造语用意足以嗣响玄晖。诗云：「奇峰耸天际，部娄不能齐。上拟霄汉近，中有仙灵栖。涛声响松径，塔影渡梅溪。云归万壑暝，虹落双桥低。野花随意放，娇鸟尽情啼。地僻泉石古，林幽风露凄。我虽秉符节，常爱游山蹊。情与猿鹤狎，梦为丘壑迷。拟携绿玉杖，直登青云梯。结庐最高顶，素愿幸无睽。」

湘阴左恪靖侯宗棠，文章勋业，彪炳一代。而诗极清婉。《题阶州知州顾超所画秋山无尽图》诗云：「行尽秋山路几重，故山回首白云封。阿超知我归心急，为画江南十万峰。」

「陵阳城廓枕双流，水退门犹镇铁牛。雨带寒潮回远浦，人扶残照上孤舟。数株红树桓彝庙，六代青山谢朓楼。橘柚烟寒秋色老，年年遥忆古宣州。」此项昭亭先生诗也，神韵酷似渔洋，视平日雄奇又变一格矣。

盛石筠年少能诗，今春识于沪渎，录其旧作见示，余取其《登定陶县城楼》一首云：「驻足蜗庐小，登高意气舒。风沙萦极塞，英彦老樵渔。戍垒城边草，残阳柳外湖。战争闻未已，消息近何如？」语皆警炼，充以学力，可入杜陵之室。

京口戴秋崖孝廉，脱略势利，狂语惊人，人终莫测其底蕴。诗多佳句，五言如「石千留屧响，泉冷带秋声。」「江影入云淡，山阴抱寺圆。」七言如「关河乞食英雄贱，富贵论交寄托难。」皆戛戛独造语也。

蜀中王鲁之大令与其弟小云孝廉，俱工吟咏，小云诗不多而清奇可喜。《广元道中题壁》云：「昨夜还家好梦残，醒来惆怅客衣单。漫天风雪出门去，遍地关山行路难。万里沙尘真逼仄，一年灯火不团圞。英雄感慨空陈迹，又道明朝上七盘。」《夜读剑南诗集占此寄兴》云：「安得青城黄鹤来，腰缠撒手出金台。仙门薜荔一千丈，绕屋梅花千万开。仕宦有人成恶梦，功名何物见诗才。柳城一样东坡好，酿熟罗浮自把杯。」《醉题诗尾》云：「繁华消歇古人悲，何况才人怨路歧。一掬伤心千古泪，满天风雨暮秋时。」《读史有感》云：「榆塞千年战骨枯，汉家都护竟何如？班超早识开边苦，愿不封侯愿读书。」断句云：「红粉岂能消岁月，黄金何事买风尘。」「天不忌才于我酷，囊今无物为诗贫。」其境遇可想矣。

鲁之以教习出宰山左，旋卒于官，身后萧然，诗极夥，为祝融取去，今所存者不过十之一二。五律最工。《出夔峡》云：「绿破天门立，青浮江水来。乾坤托孤地，风雨卧龙才。花落黄陵庙，春归白帝台。将刀磨滟滪，出匣一鸣雷。」《烽火塘望苍溪》云：「指点苍溪县，徘徊烽火塘。烟浮孤塔起，城落万山藏。江瘦沙痕白，天高雪意黄。并幽讵堪想，此地已荒凉。」《七夕》云：「莫从天上叹分离，毕竟神仙艳福齐。十二万年年一度，人间无比好夫妻。」此意亦新。

余耳山阴张海樵先生诗名久矣，近始于友人处得其《有忆》六绝，风韵殊佳，亟录之。诗云：「紫云憨态自嫣然，时作娇羞剧可怜。炯炯双瞳秋水剪，睨人佯整翠花钿。」「当歌爱听忆王孙，意马偏如渴骥奔。莫道萍踪为偶尔，杨花著水即生根。」「情随倩女共离魂，镇日无言静掩门。倚遍红栏倍惆怅，一帘疏雨湿黄昏。」「九曲愁肠海样深，红儿比后自长吟。吞将浊酒和诗下，流到情田好沁心。」「汉家金屋蜀山铜，尽属黄粱一枕中。尘世几人成大觉，高堂似梦也非空。」「美人行酒劝加樽，金谷名流共断魂。瞥见绿珠心不动，原来无赖似王敦。」

诗惟至性最易感人。吾乡孙静涵孝廉素不工诗，临终忽口占一绝云：「眼黑身无主，心焦病莫支。亲恩空自负，终日拈微髭。」语无雕琢，而一种蔼然孝子之言，令人不忍卒读。

「河汉横空夜已阑，亲朋情重别离难。江头月落天光阔，篷背风敲水气寒。灯影凄凄人悄悄，秋声瑟瑟思漫漫。故人明日知何处，怅望天涯独倚栏。」此先师张峙亭大令《江上送别》诗也，性情风格兼而有之。余初不闻先生能诗，盖先生雅不欲以诗名，幸得烈仲世兄邮寄数十章，《诗话》中始有一鳞一爪矣。

吾乡赵星府先生垣，负轶世才，为文下笔千百言不复加点。诗多清新之作。余最爱其《咏赵梅轩宅中红梅》四绝云：「唇如绛点脸如霞，越女新妆不厌奢。自是东皇真富贵，绯袍手著宠梅花。」「梅花到此亦难修，洞口仙桃得似不？身后采苹偏艳质，玉环何事妒风流。」「淡月黄昏门掩时，瞿仙风骨绛仙姿。蛾眉莫谓胭脂损，知否红儿即雪儿。」「一片冰心烂向天，主人已去此胡妍？梅花岭有衣冠冢，香骨忠魂合共传。」按：梅轩曾为亳州广文，咸丰甲寅岁，粤匪入境，广文殉节，末绝故及之。

杨循吉谓伍员不忠不孝，余尝著论非之。今读鲍觉生诗云：「一身臣子兼忠孝，两国兴亡系死生。」则实获我心矣。

余癸卯年日记中载有陈惕庵孝廉《拟小游仙诗》两绝，言中有物，非苟作也。诗云：「游遍神州跨六鳌，红尘赤子太嗷嗷（时晋、豫大饥）。仙曹也有杨朱辈，毛女何曾拔一毛。」「炼药烧丹术不良，愿从仲理学奇方。点将五岳三山石，尽化黄金救岁荒。」

山阴许海珊善丹青，与吾乡王叔安先生交好。其诗未见专集。尝于友人扇头见其《题画》一绝云：「重重金碧起楼台，浓绿堆中石径开。绝好湘筠栏外望，数声柔橹过江来。」

诗人下笔往往不谋而合。稚禅送余往海上诗云：「拼将此夕陪君话，胜似他时寄我书。」后阅《随园诗话》，见任子田先生亦有送友诗云：「无言便是别时泪，小坐强于去后书。」

「诗人从古近秋花」，罗田陈九香句也。「诗人多半近秋花」，鸿城陈讷人句也。二陈造句用意何其相同如此。

丹徒包佩芬女史，性聪颖，好读书，尤爱吟哦。近于友人处得其《秋日病中》一律云：「萧瑟重阳信，寒生薄暮中。病多尝试药，体弱不禁风。人意和诗瘦，乡书遣雁通。倦看秋色老，枫叶饱霜红。」思意清淡，是纯以性灵为主者。

咏闺情诗，余爱孙鹉洲孝廉两绝，描写极工，不减次回。诗云：「已拔骚头卸晚妆，更将纤手试兰汤。背灯解下香罗带，自觉含羞不为郎。」「小姑闲向小园过，女伴相携踏浅莎。笑指夭桃教姊看，今年花比去年多。」

随园云：「咏物诗无寄托，便是儿童猜谜。读史诗无新义，便成廿一史弹词，虽著议论，无隽永之味，又似史赞一派，俱非诗也。」陈惕庵孝廉作《咏诗三十绝》[二]，各有新意。兹录其八首云：「大贾居然作大儒，三千食客代操觚。祖龙下诏焚书日，可毁而翁《吕览》无？」「高筑琅邪百仞台，遥从海上望蓬莱。可怜献璧华阴道，不见仙来见鬼来。」「鸿鹄高飞唱楚歌，君王舞罢泪滂沱。美人能短英雄气，似对虞兮唤奈何。」「祸水涓涓入帝阍，可怜飞燕啄皇孙。忠臣幸有毛延寿，能送明妃出国门。」「欲报公闾佐命功，南风烈烈入东宫。黄沙未灭胡尘起，典午兴亡一贾充。」「击楫惟闻祖豫州，气吞胡羯渡江流。南朝名士成何事，泪洒新亭学楚囚。」「天子屠猪挥白刃，宫人卖酒数青钱。襄阳兵起台城破，不见潘妃步步莲。」「临戎嚼齿血纷飞，煮尽弓胶不解围。臣为飨军刲爱妾，君王休更泣杨妃。」

咏时事诗最难不露胸臆。尝记余友郑荔村《有感》一绝云：「穷坐意无聊，昂头问碧霄。不知廊庙客，几个是皋陶。」含而不露，寄感遥深。

荔村茂才雅好吟咏，惜为贫所累，未尽其才。记其佳句如《初夏即事》云：「堂前乳燕翎初试，楼外子规韵转工。」《板石即景》云：「老莺飞去停乔木，乳燕归来带夕曛。」《偶成》云：「书因索解随时阅，诗为求佳待月来。」皆可诵也。余最爱其「随遇有余欢」五字，真见道语。

以新名词入诗最有味。友人近抄楚北迷新子《新游仙》八首见示，读之理想极佳，别开生面。亟录之，以备一格。诗云：「乘兴清游兴倍长，骖鸾驾鹤总寻常。神仙亦爱翻花样，拟坐轻球谒玉皇。」「一曲清歌人不见，是谁高唱遏行云？《霓裳》自入留声气，仙乐风飘处处闻。」「凤脯麟脂积满盘，葡萄美酒醉人难。忙呼小玉铺台面，安置刀叉吃大餐。」「银河隔断信难通，牛女年年恨不穷。昨日碧翁新下诏，两边许通德律风。」「休言一步一莲花，洛女凌波灿若霞。著得一双弓样袜，踏来水面自由车。」「广寒宫殿桂花香，仙子如云列几行。闻得嫦娥新奉饬，清虚府改女操场。」「瑶池阿母绮窗开，窗外殷殷响似雷。侍女一声齐报道，穆王今坐汽车来。」「三十六宫敞画屏，御街仙仗拥娉婷。几多玉女朝天阙，不佩明珰佩宝星。」

校　注

［一］皇甫湜　乃「陈师道」之误。《后山诗话》：「陶渊明之诗，切于事情，但不文耳。」

［二］诗 疑应作「史」。

近人咏闺怨诗，余最爱陈惕庵孝廉四律，虽露怨意而情词极佳，逼真梅村手笔。诗云：「纵忘贱妾不思乡，若念慈亲也断肠。别恨能知惟娣姒，愁容未敢示姑嫜。黄金难买同心藕，红豆思煎续命汤。欲写情怀劳玉管，胭脂和泪画鸳鸯。」「玉趾纤纤怕远行，原头采绿复逡巡。春裙懒绣双双鸟，秋水难逢六六鳞。憔悴花颜如带病，团圞月影欲骄人。愁多顿觉腰肢减，昔日罗衣不称身。」「欲拜牵衣唤奈何，人间亦自有银河。最怜妾貌花枝瘦，每恨郎书草字多。寒怯金风侵半臂，愁临玉镜蹙双蛾。轻移莲步兰房外，悄倚阑干对月娥。」「天上无如月最痴，一钩枉自照相思。甘如蔗尾怜当日，苦比莲心是此时。南海吉丁空作佩，北窗喜子几重丝。流将玉箸浇红豆，不待东风蔓已滋。」

昭亭先生遘咸、同间戎马之乱，惊心烽火，触目流离，尝作《道旁哀》七古一首，哀痛惨恻，令人神伤。诗云：「狼烽腾腾蔽天黑，江南处处行不得。白昼虎坐城东门，双目眈眈觅人食。虎食人肉余人骨，饥狼竞啖伏荆棘。不知谁家小儿女，旁立路隅逢人泣。瘦颊细咽白足瘤，欲语呜咽声转急。自道举家至江滨，十口仅余一叶身。但愿相随得苟活，吁嗟里中更无人。湘江船去帆如飞，杨花随风何时归。云归岫，鹃啼树，年年倚客楼，目断来时路。」

常州毕幽兰女史流寓宣州，诗名藉甚。癸卯春间游宛，寓杨公瑞庭家，适与女史比邻。女史闻余有《诗话》之选，急出其《诗草》一册求选。《咏桃花》有句云：「最怜小鸟关情甚，啼破胭脂一色红。」著想新颖，洵称妙句，余不尽佳，未录。

生前富贵，死后埋没，反不若才人佳人，犹得传名千古。尝记稚禅有一绝云：「恨谪瀛寰卅一春，思量身后等浮尘。他生定与阎罗订，不作才人即美人。」大有见解。

山阴平种瑶畴，瑶海先生之裔也。倜傥多才，屡为诸侯上客。性酷嗜画，写山水得三王神境，诗亦清超绝俗，古近体皆妙。兹录其《湖水曲》云：「郎住湖水曲，妾住江水头。欲倩双鱼通一语，江水不与湖水流。江湖梦远隔千里，春愁夜夜因寒起。郎意休轻逐落花，妾心终不离江水。」《青丝曲》云：「广陵有女名青丝，绝世聪明绝代姿。生来命比桃花薄，误入豪门为侍儿。碧玉已归沙叱利，黄金谁赎蔡文姬。花前再拜别无求，愿向穷途嫁阮修。主人怒击唾壶碎，同伴吴娘忽楚囚。此际神飞苏小墓，此时声咽绿珠楼。楼头倚槛多红袖，玉泣珠啼随月走。孤雁悲鸣一笛秋，出门便是邗江口。江边种满并头花，花底鸳鸯生有涯。但闻商妇琵琶泪，那有鸱夷泛水槎。手把花枝泪如线，香魂已坠玉钩斜。可怜一片玉芙蓉，葬入无情逝水中。至今凤泊鸾飘处，岁岁江花惨不红。」断句五言如《贵阳旅次》云：「峰乱云分路，山荒鸟觅林。」《游洞庭山》云：「僧归云伴宿，鸟过树攀留。」七言如《西湖》云：「树杪绿蓑春水艇，楼头红袖夕阳山。」《青溪道中》云：「江声直入山中寺，帆影平临树杪楼。」《秋感》云：「入秋闲病增吾懒，脱手新诗教女吟。」《五十初度》云：「湖海气多荒宿学，利名心切损天机。」《越王台》云：「越国山川尝胆霸，吴宫花月捧心凉。」皆佳。种瑶尝从东乡吴兰雪刺史游，刺史语以「学诗必自汉魏始，未可以近体入手」，于是诗益进而境益高矣。

近时咏怀古诗，以余目中所见者，当推陈惕庵孝廉为巨擘。如《成都怀古》云：「锦城春暖百花稠，玉垒云深万木幽。地控诸羌通白马，江穿三峡下黄牛。卧龙得水逢英主，落凤名坡吊靖侯。若使两贤同辅国，汉家未必失荆州。」《大梁怀古》云：「邯郸围急救兵无，半夜深宫窃虎符。出袖铁椎惊霹雳，临歧宝剑掷头颅。雄师八万摧强敌，食客三千愧老夫。如此酬恩真烈士，夷门凭眺独长吁。」《广陵怀古》云：「四十离宫处处家，广陵烟月更繁华。锦帆去国来江上，红粉牵舟遍水涯。抚颈可怜金镜暗，伤心最是玉钩斜。年年风雨蕃釐观，蝴蝶春深怨落花。」《金川门怀古》云：「九江竖子昼开门，迎得周公作至尊。风伯有心将燕助，月儿无命被龙吞。出头是主群忠戮，祝发为僧一舸奔。凤返丹山无处觅，猿啼花落怨黄昏。」《台城怀古》云：「中原入梦太荒唐，打碎金瓯畀虎狼。相有重瞳开社稷，儿惟一目扫欃枪。腹枵不厌吞鸡子，身舍空闻媚鸽王。无复萧梁宫殿在，夕阳残草两茫茫。」《孝陵怀古》云：「一掷缁衣作至尊，群雄扫荡定乾坤。预留红箧藏僧牒，忍送黄袍出鬼门。白下无端飞燕子，黔中何处觅龙孙。故宫莫漫悲禾黍，俎豆犹沾圣代恩。」皆气势雄健，直逼少陵。

仙源诗人汪珍，诗笔清丽，如《山居》云：「青春如过客，白日属闲人。」七言如《题孙逸夫书堂》云：「柘林烟润茧行丝，荷荡水香鱼弄絮。」《答兑峰殿撰》云：「灯残暗壁虫催织，月满空林鹊绕枝。」《咏牡丹》云：「天将绝色惊桃李，人自闲愁到子孙。」断句云：「十里桑畦蚕脱纸，一帘花雨燕争泥。」皆秀句天成，脍炙人口。

咏黄山诗，唐宋以来名作极多，不胜枚举。吾乡孙镜川孝廉良鉴有《答人问黄山》一律云：「景纯佳句托游仙，仙境何难走笔传。脚底有峰皆万仞，眼中无树不千年。神仙出没风翻海，佛界高寒月浸天。肯步东坡《前赤壁》，摄衣他日为君先。」此诗可当一篇黄山游记。又家叔祖云槎明经《游黄山》句云：「品松及石休论画，除佛与仙不配诗。」亦前人所未道。

先师家竹岩孝廉有才不永，前已采其《正气楼》诗入《诗话》矣。兹得其遗稿一卷。《博浪椎》云：「耽耽长距荡中原，独有韩臣理宿冤。下令销兵犹有铁，还辕遗玉已无魂。一生韬略机先试，百二关河气早吞。直笔分明存信史，荆卿匕首漫同论。」《河源槎》云：「滔滔万里黄河势，自昔传闻天上来。禹橇未曾过积石，仙舟直拟访蓬莱。挂帆星落银铺海，打桨云开玉累台。毕竟重源犹未见，凿空争及后人才。」《别墅棋》云：「料理苻秦百万师，萧然别墅坐围棋。胸中先著人难定，指下危机虏不知。半壁江山争劫急，八公草木伏兵奇。东山胜迹今犹在，一局何人更主持。」《钱塘弩》云：「劲箭强弓列岸前，潮头射落海成田。径穿雪派千层破，展筑虹堤万顷连。水府倒戈甘割地，乡军衣锦力回天。中原五季分弧矢，世领湖山八十年。」四诗气雄调响，不愧作者。使天假吾师以年，不难闯入杜、韩之室也。

古今咏七夕诗不下数十家，标新领异，各有不同。近见陈惕庵孝廉有两绝云：「驾得长桥鹊影寒，限人离别是狂澜。娲皇若未将天补，漏尽银河水不难。」又「纵使天钱未易酬，何妨两度会牵牛。他年我入钦天监，闰月都教在孟秋。」用意新颖，脱尽前人窠臼，莫谓今人必不古若也。

江南九华山香火最盛，禅林数十，精洁壮丽。啸霞山人《游九华山》诗云：「门开天竺入层层，禅是江南最上乘。也算神通真广大，一菩萨养百千僧。」语有寄托。

天门别霁林先生以拔萃作令内黄，有贤声，工诗，著有《问花水榭稿》。尝有句云：「骨瘦早经羸马觉，情多惟许落花知。」又「逢人渐觉呼兄少，识路皆因作客多。」皆佳句也。

余生平酷好诗而不轻作。偶读南海倪秋槎先生「句不惊人诗懒作」句，为之称快。

南汇诗人康秀书，诗才清逸。佳句如「一杵梵钟敲夜月，数声渔笛破清秋。」「梨花月下传新咏，杨柳风前读异书。」「猫因戏蝶身翻地，鹭伺游鱼足陷沙。」皆妙。

咏闰七夕诗颇难出色。顷见康秀书先生有一绝云：「蓝桥乍别又经过，辛苦重烦鹊驾河。两地相思刚一月，新愁不似旧愁多。」浅浅语殊见美思。先生又有《写怀》一律云：「云蓝尺幅驾乌丝，舒写闲情笔一枝。衣有皱痕缘质库，事多落拓为吟诗。水经雨后流常急，月度花间影故迟。自笑衡门颇幽邃，徜徉卅载少人知。」亦直抒胸臆，不以雕琢为工。

《默斋诗草》，秀才左夔南著。诸体都精。七古如《拟骚》、《扬州篇》等作，均脍炙人口，惜篇长不能备载。录其近体《过中条》云：「胸罗宿海黄河小，气压风云华岳低。」《书愤》云：「有命几人承帝泽，无才如我亦天生。」又「岂有纯儒甘唯诺，是真才子定疏狂。」《遣兴》云：「消磨岁月由名利，困顿英雄是甲科。」《挽门人余石民观察》云：「君臣大义根天性，妻子私恩是孽缘。」皆名句可传。秀才名赓虞，桐城人，默斋其号也。

又余最爱夔南「人不能容真杰士，世皆欲谤定诗狂」之句，以为非身历者不知其言之快心也。

余尝谓：陈惕庵诗英锐之气，几于凌杜轹韩，一空凡响。近读其《明故宫行》，尤觉感慨淋漓，不可一世，视梅村《圆圆曲》、《永和宫词》等作，殆未易定其轩轾也。诗云：「紫禁山下驱车至，城头草绿眠羸牸。寥落军民数十家，居民告我前朝事。前朝天子起濠滁，首取金陵建帝都。乌巷鹊桥多甲第，龙蟠虎踞拱辰居。辰居近在山之麓，桂殿兰宫三十六。燕燕飞来又北迁，冷落陪京二百年。破军星降天帝醉，煤山日坠云阴昧。万历金枝白下来，一茎瑶草黔中出。瑶草逢春引蔓长，逆案重翻钩党忙。名士株连三字狱，相公葛岭半闲堂。半闲堂里多僚友，职方都督贱如狗。猴封关内烂羊头，钱扫国中填马口。马口钱皆卖国钱，无愁天子自安然。月浮鸳盏鹅儿酒，风度鸾箫《燕子笺》。《燕子》《春灯》看不足，督师日在军中哭。尚搜葑屋选蛾眉，不念椿庭和鹿肉。江淮四镇拂蜩螗，跋扈将军下九江。无复心肝陈后主，依然云雨楚襄王。云雨朝暮阳台下，忽闻江上驰戎马。凤辇三更急出城，虎山一木难支厦。消亡猿鹤与虫沙，龙种青衣北道骖。红粉宫娥多祝发，黑头江令不还家。景阳宫里钟声杳，朝元阁下秋风早。琼树歌残胜落花，金莲步处生荒草。草中风雨泣铜驼，石上红光战血多。殿柱碍磨樵子斧，御沟柳挂牧童蓑。我闻此语欲垂泪，南朝自古多儿戏。暂管莺花继六朝，轻抛社稷如双屣。几树寒鸦噪夕阳，我来不见旧宫墙。蒿莱深处多黄瓦，上有宏光字一行。」

林惠常云：「拜岳鄂王墓诗，古今作者佳篇历历，以题易于发挥也。」余所见诸家诗，惟仪征阮文达公一诗包扫一切云，可称空前绝后，不可有二也。诗云：「不战即当死，君亡臣敢存？犹怜驴背者，未逐马蹄魂。独洗两宫耻，莫言三字冤。投戈相殉耳，余事总休论。」此诗凡高宗之不孝、秦相之奸险、诸将之庸懦，都于言外见之，绝作也。

雪芗孝廉尝诵其友江苏朱月湖贰尹《咏美人眉》诗云：「一线蛾眉如此窄，那能容得许多愁。」余记某词云：「一点小心窝，怎禁愁许多。」一以眉写愁，一以心写愁，用意虽同，各有其妙。

《三十六湾草庐稿》，宁乡黄花耘先生本骐著。其诗虽于明七子为近，然五言如「风声奔万马，涛影屹千山。」「泉咽石声冷，鸟啼山韵添。」七言如「酒浇阮籍中年泪，剑啸刘琨半夜心。」「白雨横秋盘野鹘，黑云压浪走江猪。」「云水影迟千里雁，菰蒲梦寄五湖船。」「豪气消磨看匣剑，归心牢落小刀环。」诸联不特驾明七子之上，直入工部之垒。纵有杜家长镵，不能攻其一字也。又《天心湖泛雪》有「旧山青断楚，远水白环天」之句，亦古人所少。

金陵两诗人：一许海秋太史宗衡，一王雨岚明经章。海秋诗不多见，仅得其断句云：「生事百不谙，高坐惟歌风。」「谁来慰风雨，吾道本艰难。」雨岚诗，近笑阿茂才觅得其旧稿十余首见示，余最爱其《寄稼生》一绝云：「往事回头感不支，晨星落落柳丝丝。溧阳三月春如梦，又是新蚕上箔时。」清丽芊绵，描写溧阳风景如在目前。余诗摘录《独赏集》中。

胡莲生先生性情孤傲，不谐于世。尝袖诗稿一册见访，值余外出，留诗而去。录其《和吕寿棠侍读西江即景韵》，云：「鸦背斜阳帆背风，蓼花疏处泊孤篷。卖鱼声里潮初上，秋冷西江落叶中。」颇有宋人风格。又《咏菊》诗云：「占得西风第一家，不岑寂处不铅华。安排消受三秋景，人谈偏宜种此花。」亦见身分。

先师张峙亭大令五言律诗在浣花、右丞之间，有直接右丞者。《发金陵》云：「古道斜阳外，春风匹马来。荒城堆乱石，宿草拥层台。江阔风涛壮，宵深鼓角哀。明朝帆影直，东去水云限。」《登翠微亭题壁》云：「青山千余里，一路暮烟横。落落此亭古，萋萋春草生。远江带微霭，晴翠接孤城。何处是乡国，凄凉杜宇声。」

作诗贵乎翻新。若人云亦云，则无味矣。王次回先生尝有句云：「天台再许刘晨到，那惜千回度石梁。」商宝意太史反其意作《秋霞曲》云：「天台已入休嫌暂，尚有终身未到人。」梁山舟学士有《反游仙》诗云：「毕竟人间胜天上，不然刘阮不归来。」三人用意不同，而各极其妙。

余生平最喜诵人诗句，遇有佳者辄爱不能释。恐日久遗忘，姑录于此。然已不能一一明其为何人诗矣。《闻莺》云：「著意听时啼又歇，惹人怜处语无多。」《村居》云：「山花无语随春去，明月多情照客眠。」《限镜》云：「白发几人非借力，红颜对尔独无情。」《晚眺》云：「天从云水极边静，山在烟波深处青。」《秋日山居》云：「细雨寒时黄蝶少，秋阶阴处海棠多。」《即景》云：「隔花远寺微闻磬，拖雨春云半见山。」《对镜》云：「本来面目原无我，天下风流总逊君。」《寒食》云：「旧雨坟前多宿草，东风门外有夭桃。」《落花》云：「天上好风君子少，世间无福美人多。」《送春》云：「香国自来飘泊惯，美人争奈别离多。」《瓶菊》云：「白水订交真耐久，黄金垂尽易生寒。」《夹竹桃》云：「佳士性情原烂漫，美人消息总平安。」《白桃花》云：「晓风影里春无色，流水声中人踏歌。」《白秋海棠》云：「花得淡容皆晚节，人除素位尽虚名。」《水中梅影》云：「烟瘦池塘琴乍歇，雪消溪涧鹤初眠。」《菊影》云：「钩出秋魂寒着水，添将傲骨瘦无香。」《莲花》云：「骤雨半池抛白点，清歌一曲动红情。」《佛手柑》云：「法雨施余犹带露，天花散后尚含香。」《白雁》云：「从古玉颜多款塞，惜君蓬鬓远辞乡。」皆耐人吟咏。

余咏盆菊诗得「人瘦菊花肥」五字，因客来败兴，卒亦懒于成章。

江苏叶梦梨，年少多才，诗有奇气。顷见其《与客谈中国边事有感》一律云：「南望珠崖惟一恸，北来胡骑又千重。荒魂夜啸铜标冷，大漠秋高古垒空。地起昆仑亘河岳，书传秦汉数英雄。情幽万转无人识，独上危楼望断鸿。」

黄山甲天下之秀，奇形幻状，洵属大观。历代文人墨客来游于此者，或纪以联，或题以诗，几如束笋丛丛。邑之西偏有肖黄山者，距城二十里许，奇峰怪石，苍松翠竹，一幅天然图画，始信古人取以命名者惬当也。山麓有亭翼然，扁曰「黄海余风」。凭栏四望，重峦叠嶂，森立儿孙。亭后辟凿方池，适承幽壑诸水，潺潺之声不绝于耳。沿此而下，鳞屋参差，为程姓一大村落。余友啸霞山人即生于斯焉。每当春秋佳日，辄招余偕稚禅往游，俯仰浏览，觞咏移情，相与留连忘返。山人出示手制楹联，拟悬亭上，嘱代商酌。联云：「黄海肖何如，登楼看山绕重重，画意诗情都活泼。红尘飞不到，枕石听泉流汩汩，松涛竹韵答清幽。」不脱不黏，惟妙惟肖。使梁福州见之，必选入《楹联丛话》矣。

昭亭先生殁后，尚有遗稿三百余首，未付剞劂。其所刻《红杏山房诗存》不及十之二三。余昔于其孙子瞻茂才处见其《感旧游》诗数绝，仅记扬州两句云：「春江花月吹箫路，一夜边声战马多。」盖其时洪逆正陷扬州也。今其孙已亡，诗稿恐多散佚，不能刊矣。

咏桂花诗佳者绝少，惟崔兰生先生有咏《桂花》诗云：「花探上界仙为主，秋到人间月亦香。」又「金能化粟秋无价，句为吟花字亦香。」皆言中有物，未经人道。而押两「香」字亦新。

「有钱难买寿，无福莫图官。寡欲完天趣，多财伏祸端。贵交朋友易，智算子孙难。多少朱门客，回头不忍看。」此项昭亭先生《山居静坐杂题壁间》诗也。吾愿与天下人奉为圭臬。又有句云：「身经战伐时寒胆，境为蹉跎易负心。」「繁华阅久心弥淡，患难经多念易灰。」「白酒谈心知己易，黄金向人开口难。」皆先生有得阅历之言。诗人穷而后工，其信然矣。

梅花香里听琴客，不知何许人也。顷见其《沪北名花十咏》，风流旖旎，情韵绝佳，兹录其四绝云：「水晶为骨玉为肠，洗尽风流时世妆。不独灵心兼妙腕，乌丝阑写十三行。」「二分明月属扬州，箫管当筵未解羞。半是聪明半无赖，到无人处学春愁。」「彩云徐下凤凰楼，生小娇憨未解愁。弹到六么花十八，背人佯整玉搔头。」「春山淡远蹙双蛾，十二楼开爽气多。笑并雕栏携手坐，无聊细数指间螺。」

白门凌秀才霄《秦淮春涨》诗云：「春情从此如春水，傍著栏干日夜生。」番禺林化南秀才亦有句云：「近来恨似春潮涨，一日还愁一日多。」一以水写情，一以水写愁，二君之遇不同也。

吾乡崔受生观察之季女名巧云者，颇娴吟咏，著有《芙蓉书屋遗草》一卷。余最赏其「泉声寒带雨，竹影静摇风」十字，以为得静中趣。「日开禽集树，雷动笋穿阶」十字亦佳。女史归邑人赵左卿孝廉，不数年而卒。孝廉作诗二十余首哭之，内有「萧郎从此书窗下，不为思卿不作诗。」「半窗风雨孤灯冷，佐读凭谁检旧编。」「可怜昨夜卿来梦，犹似生前未别时。」「几回欲问浑忘却，诗寄黄泉卿见不」等句，可想见两人平日伉俪之笃。孝廉名光鉴，官池州府教授，年已八十许矣。

女史又有《夏夜》两绝云：「小坐闲庭玩月明，松风拂槛嫩凉生。兴来欲把琴三弄，忽听虫声绕砌鸣。」「为扑流萤出绣帷，侍儿持扇喜相随。月明如水园林静，坐看庭花影暗移。」亦清妙可喜。

新安李蘋香校书工书画，善吟咏，侨居沪上，名噪一时。著有《天韵阁诗集》一卷。录其《途中早发》云：「疏篱一带映朝暾，野舍人家未启门。行过小桥闻犬吠，绿杨阴里认荒村。」《对镜》云：「妍媸无隐了然明，相对盈盈一鉴清。解恨解欢还解语，算来惟有我知卿。」《新荷》云：「画出江南四月天，方塘莲叶已田田。可怜纤小难遮盖，露出鸳鸯一对眠。」《闺怨》云：「燕子衔泥认旧巢，愁中春色等闲抛。空庭深锁人踪绝，杜宇无声月影交。」俱清婉可诵。又《咏貂蝉》诗云：「运筹决策挽乾坤，能使将军见泪痕。岂是甘心工献媚，含羞为报主人恩。」立意亦深。

香奁体诗至王次回《疑雨集》可称绝调，其中诸什，不过坎坷无聊，托之于儿女叮咛、闺门婉恋，以吐其胸中之幽怨，未必定是淫奔之词。王笠舫、倪云癯嫌其近于猥亵，未免道学习气。若以此论诗，则唐宋名家集中皆所不免，何独次回。朱竹垞曰：「吾宁不食两庑豚，不删风怀二百韵也。」可谓直截痛快。

板石潭为吾乡胜迹，程子青有《夜游板石》一绝云：「溪水自滔滔，英雄尽浪淘。一声狂笑罢，仰见月轮高。」此诗郑荔村尝为余诵之。

荔村近有句云：「居家心日远，出外梦常回。」此诗非身历其境者不能道。又有句云：「两袖清风空世界，一肩明月自精神。」其品可想见矣。荔村论诗极精细，余每一诗成，必得其印可乃不自疑。尝评余《感事诗》「大有燕赵悲歌慷慨之慨」。

《随园诗话》记咏七夕诗颇多。余最爱昆山徐若冰女史一绝云：「银汉横斜玉漏催，穿针瓜果饤妆台。一宵要话经年别〔一〕，哪得功夫送巧来。」后读赵侍制遗稿有咏七夕两绝，第一首云：「初月纤纤照露台，枉将瓜果闹婴孩。今宵自有经年约，何暇闲情送巧来。」乃知女史诗蓝本于此。近有某七夕诗云：「我亦人间离别身，佳期两字永沉沦。双星莫恨欢期少，世上还多羡慕人。」颇可诵。

作诗用古人韵最见学力。先师张峙亭大令《夏日怀沈二用孟襄阳夏日南陵怀辛大韵》云：「斜日沉西壁，明月倏已上。水阁夜气凉，九曲珠帘敞。花香袭人衣，竹风作清响。高趣有谁知，宜与故人赏。别我天一涯，空切遥遥想。」

太白诗云：「君王虽爱蛾眉好，无奈宫中妒杀人。」殊无余味，恐伪作，非太白诗也。

汉上录事江卿卿，青楼特色也。有某太守许贮金屋，订期扬州遄返，迎载而归。后有湖南刘观察一见倾心，卿卿拟身事焉。吴县沈习之茂才敬学作诗以劝之。其诗云：「昨宵有梦到扬州，一点相思万斛愁。桃叶来迎期不远，卿卿何必定依刘。」末句使事巧合。

诗有豪气最佳。刘玉苍《古意》云：「小姑将嫁人，日日弄脂粉。烈士将从征，夜夜刀作枕。」谭复堂《雨雪曲》云：「燕山风雪扑貂裘，白面郎君控紫骝。昨夜胡姬留伴宿，宝刀遗在酒家楼。」

陕西宋侍御芝栋，修学好古，雅善诗歌。顷从友人处得其《沪江曲》一首云：「红芙绣伴金沙色，碧玉华年貌倾国。檀槽一曲怨未终，珠帘月上梨花白。江边年少骄青春，宝马流苏光照尘。红楼教曲白鹦鹉，绣幕斜压金麒麟。花冠翠羽催啼曙，雨散云飞定何处。落花舞絮芳春深，娇莺飞上樱桃树。」清丽芊绵，绝得《玉台》神髓。

啸霞山人近示余《咏菊花》诗云：「人生如花开，因花悟寄托。未开令人冀，迟开令人恶。忽开相见嚬，趁开急对酌。渐开香难销，暴开气易索。半开求其全，久开愁将落。一开不再开，开时早行乐。」殊有理会。

稚禅惯作香奁体诗，顷见其《咏裹脚》云：「双钩裹就弱难胜，小立当风只自矜。满面娇羞含笑语，问郎果否胜红菱。」最为纤丽，恐王次回不得专美于前矣。

合肥李傅相《登黄鹤楼》诗云〔一〕：「不问重修与建修，一层层上最高头。三千里外长江水，八百年前旧酒楼。诗赋又添新作料，湖山还是古春秋。我来欲借梅花笛，吹散人间万种愁。」结句大有范文正公「先天下之忧而忧，后天下之乐而乐」气象。

江苏吴昌硕大令，金石书画所诣皆深，诗如白云在空，自然高妙，名花独放，别具色香。盖其天姿学力皆有余于诗之外也。录其《题貌翁孤松独柏图》一律云：「苔雪归无侣，江湖旧有庄。狂名满人口，长物一诗囊。冷合辞官去，饥犹弄笔忙。凉秋好风色，瑟瑟动衣裳。」又《题沈稷臣黄花共醉图》云：「薄秩无多够酒钱，夕阳扶醉绮罗天。商量芦子城边屋，且为黄花醉一年。」《消夏无事读元和朱酉生先生诗集题拂水山庄》云：「歌残红豆已斜曛，一炬图书感绛云。赢得年年二三月，踏青人拜柳娘坟。」讽刺之旨，含蓄不尽。又《黄河涯曲》云：「劝郎莫作远行客，劝郎作客漫思家。客中得住且须住，郎看黄河尚有涯。」旗亭绝唱，惜无双鬟为之倚声也。

江苏某观察之公子，新学中人，尝眷一校书，有割背之盟。后公子赴东瀛游学，校书饯行，公子口占一绝，有云：「美人香泪英雄血，并作临歧酒一杯」之句，为时传诵。

稚禅馆汉言旋，为余诵其《答友诗》，有「逢人人道是花淫」之句。余嫌其「花淫」二字无本，稚禅曰：「古有书淫、诗淫之称，余何不可称为花淫乎？且花淫二字安知不为后来诗家增一故实耶？」余为之首肯。

余亦尝求林文忠公诗集而不得，曾于《花笺录》见其载咏马嵬诗多章，余最爱一绝云：「费尽金钱买祸胎，婴龙谁遣入宫来。九原听罢渔阳鼓，可有胡儿哭母哀？」亟录之以见名臣之风雅。

吴昆山论词，取周、柳而轻苏、秦，亦一偏之见，不足为定论。先师张峙亭大令论词，独推重苏、秦而于周、柳亦极称之，尝有《论词绝句》十首云：「一曲高楼最占先，平林漠漠雨如烟。词人已死流风绝，凭吊青山九百年。」又：「乐府新翻绝妙辞，三唐以降少风思。一樽来读《花间集》，正是红肥绿瘦时。」又：「大好骚坛周美成，搜罗古调最多情。移宫换羽人知否，千古犹传戛玉声。」又：

「疏灯帘外雨潺潺，不耐罗衣五夜寒。好是落花流水意，又翻新曲寄人间。」又：「铜琶铁板大江东，横槊长歌气自雄。我爱髯苏有奇笔，翻来格调总清空。」又：「晓风残月别离天，杨柳长亭思黯然。酒醒今宵在何处？风情空吊柳屯田。」又：「辞情兼胜合推秦，我念高邮寂寞滨。三十六家谁可诵，中间指屈为斯人。」又：「一身花月张三影，千古评来自射雕。俪白妃青词愈妙，好教风调继南朝。」又：「裁云缝月著奇名，白石孤飞自不平。合拟荆公《桂枝》曲，东坡称到野狐精。」又：「徒知弦管拨珠喉，图谱于今已莫求。到底雄豪胜华丽，水云高唱海天秋。」

悼亡诗必缠绵婉转，方称合作。余叔祖云槎明经有《悼亡吟》十四绝，兹录其四首，云：「憎人向语病难痊，汤药从来不怕兼。痛煞垂危将几日，言郎亲近我心恬。」「娇雏被底自撑支，记得春朝睡起时。手把云鬟眉带笑，唤郎亲切看顽儿。」「背人垂泪见人慌，勉把眉扬出旧房。姊妹傍看偏不解，香肩挨说薄情郎。」「平生精致少人侪，妆束亭亭总爱佳。今日百般都不要，最伤神是见遗钗。」皆语语情致，不以征典见长。

王莲堂大令诗，余已取入《诗话》，兹又于周漱泉学博处得其《博陵杂咏》四绝，云：「纵然为宦逐风尘，犹是书生面目真。岁计俸钱将五万，天家雇我作闲人。」「闲步城西少尉家，讼庭亦自谢喧哗。言言语语无他事，相约明年养菊花。」「蜀葵也许逐群芳，一丈红开傍短墙。引得邻家小儿女，争随蝴蝶采花忙。」「终年闷坐只寒毡，冷署闲官太自然。僮仆也知无一事，垂头镇日绿阴眠。」四诗有放翁风味。大令又有喜其夫人为伊纳妾一绝云：「梅老含笑倚东风，消息潜将淑气通。且喜连番花信报，天天新发小桃红。」此老风情，正复不浅。

范石湖尝评桂山之奇宜为天下第一。桂林近有某君，足迹半天下，还家后有「五岳归来成一笑，名山还让故乡多。」可想见桂林山水之奇不虚也。

怀古诗，近时陈惕庵孝廉可称巨擘，惟吾师张峙亭大令可与抗手。录其《十台怀古》。《姑苏台》云：「井梧摇落满宫秋，千古吴王莫解愁。夜夜乌啼空寄恨，年年麋鹿任长游。美人有梦江湖冷，废苑无情花草幽。凄绝苏台好杨柳，倡条冶叶自风流。」《章华台》云：「春风衰草恨茫茫，我为灵王欲断肠。云梦名徒留楚国，章华人莫倚残阳。可怜箫管知何在，剩有兰茳枉寄将。试过三休访遗迹，曲江楼畔最凄凉。」《朝阳台》云：「神女疑从天上来，朝朝暮暮在阳台。梦游楚泽征原幻，眉压巫山锁不开。滚滚波涛名莫洗，茫茫云雨事堪猜。如何竟有《高唐赋》，宋玉端知浪使才。」《黄金台》云：「有台谁肯筑黄金，席帽黄尘感不禁。王喜临轩求骏骨，我将舞剑寄雄心。郭隗朝右传佳语，乐毅天涯想德音。风虎云龙应并起，萧萧易水助狂吟。」《歌风台》云：「英雄今日事功成，回首苍茫无限情。父老好教鸣筑和，高歌遥自大风生。一杯尽欢故乡酒，千古威留海内名。泗水滔滔向东去，我来台上想芳声。」《戏马台》云：「美人良马两如何，风雨乌江冷不波。百二关山徒苦战，八千子弟等闲过。已无尺寸非刘氏，剩有荒台傍泗河。废叠纵横人试马，茫茫遗恨老烟萝。」《望思台》云：「骨肉恩情本性天，奈何犹自不能全。可怜巫蛊成冤矣，族灭江充亦枉然。恨为阌亭千古聚，言思高庙寸心传。风陵堳上愁怀昔，百尺高台莽碧烟。」《铜雀台》云：「平沙莽莽路迢迢，谁向西陵酒再浇。片瓦荒凉秋草合，高台芜没黯魂消。空余漳水流千里，待取春风锁二乔。一代英雄究如此，可能横槊更招邀？」《凤凰台》云：「杏花村北草堂西，台倚斜阳柳絮低。千古人俱随风去，六朝梦只剩鸦啼。残花红压三山道，远树青围九曲溪。晋室吴宫尽禾黍，当年遗恨不堪提。」《凌歊台》云：「三千歌舞乐融融，曾宿层台花雾中。邀到慈湖云际月，招来采石竹间风。帝王豪杰俱如梦，牛渚龙山恨不穷。刘宋当时传避暑，至今何处觅离宫。」隐括史事，感慨苍凉，可称怀古高唱。

稚禅尝有句云：「思家惯遇还乡友，作客偏逢失路人。」非亲历其境者，不能作此精切语。

叔祖云槎明经尝与黄海峰、杨朴庵诸公往还，故诗多名句。《书怀》云：「春色可怜惟景物，人生最误是聪明。」《自嘲》云：「交非知己方嫌淡，诗是高人不厌贫。」《喜黄海峰见访》一律云：「石作屏风竹作楼，拍肩笑指万山松。抚松影落横溪口，打稻声来隔陇头。野碓前村敲晚杵，夕阳远水放归舟。此间久已将心醉，知己如君况解游。」亦能手也。

浙水林浣香女史颇娴吟咏，尝颜其居曰「瘦秋楼」。遇人不淑，故诗多愁苦之音。近得其《题团扇》一绝云：「误煞红丝一线牵，三生石上恶因缘。伤心更不如团扇，未到秋来已弃捐。」

「羞他美女三千艳，销受才人十万诗。」此兰生先生《梅花》诗也，为从来咏清友者所未道。

泾县吴承修字省庵，工诗。五言如「救时思远略，乱世忌庸人。」「老损英雄气，闲知岁月非。」七言如「斜日孤帆湘浦树，西风归雁岳阳楼。」「晴雨闭门双蜡屐，江山搔首几时才。」皆清拔可诵。著有《省庵草》，惜不传。

庐山僧熊幻住《哭兄》诗云：「身经刀过头方贵，尸不泥封骨始香。」可谓沉著痛快，一字一血。

校注

［一］要 原作「夜」，据《随园诗话》改。

［二］楼 原无，据意增补。

习静斋诗话卷四

林惠常云：「作诗最忌少读多作。盖多读少作，诗味往来胸中，遇题到手，触处洞然，往往成为天籁。若少读多作，则胸无真趣，一举笔无不生吞活剥。」此言可谓论诗金鉴。

德清蔡子缄铭金，博学工诗，性尤风雅。尝咏醋诗一首，措词典切，自是名手。诗云：「倒榼倾盆伴酴醾，小名念与石榴听。苦吟贺铸尝三斗，谰语曹瞒浸一瓶。官贩岂容争贾子，士贫偏不学酸丁。拈毫好仿题糕例，检字分明缺九经。」

吾乡黄式金，字缄之，赋性豪迈，屡困场屋，不以得失累其心。工诗，尝与周峻严、吴芝生、张海樵诸人结为诗社，分笺赌韵，颇极一时之乐。所著有《海峰诗钞》，杰作极多。录其尤者，如《赤壁怀古》云：「曹兵百万下江东，千里舳舻一炬空。总是汉家余火德，断非人力借天风。几回往事随流水，三国偏安此局中。谁是长江终不死，年年返照壁翻红。」《遣怀》云：「年来心事逐飞鸿，羞涩阮囊一笑空。无药可医膏下疾，有文难送命中穷。福非薄我才招妒，心到危时境转通。毕竟抱才宜自惜，中郎尚解听蕉桐。」《次陈明府有感韵》云：「江南千里长蒿莱，沿路迁延碍往来。身为无官差免谤，时逢多难孰怜才。放开白眼看流俗，忍把丹心付死灰。出岫闲云如有意，总教近护雨花台。」《有感和张海樵》云：「金陵自古帝王州，防堵须先据上游。底事捕鱼常漏网，竟教丧马费持筹。英雄羞洒穷途泪，将帅谁分天下忧。愿作枕戈从待旦，兴师与子赋同仇。」皆无限感慨，可泣可歌。

与黄同时又有孙辅字友仁者，亦精诗，著有《杨溪诗草》，名句极多。五律如《黄鹤楼拜费公像》云：「吴楚东南障，巍峨百尺楼。江山低处现，城郭望中收。目极晴川胜，愁生白帝秋。费公今不在，依旧大江流。」《谢皋羽墓》云：「南渡君臣尽，遗民姓氏馨。孤坟留宋土，老泪结冬青。草没看碑路，云封挂剑亭。溪茅陈奠处，恍惚见仪型。」七律如《自慨》云：「谁怀壮志觅封侯，远效班生吏笔投。对镜自惊新鹤发，游秦人笑敝貂裘。囊中有府空储谤，世外无天可寄愁。策杖难持三尺剑，徒循箕颍访巢由。」《皖城大观亭》云：「龙山绕郭出长江，上有高亭束大荒。远岫东排峰九子，洪涛西接泽三湘。引风小艇飞尤迅，映日乔松老更苍。载酒登临觞醉月，忠宣千古姓名香。」皆气机浩瀚，直入少陵之室。孙性致疏懒，落落寡合，世遂无有知之者。道光丙午岁，建业吴容甫先生主吾邑天都书院讲席，独推重友仁，引为知己焉。

《杨溪诗草》警句极多，不能割爱，复摘数联以供同好。《山城旅怀》云：「常怀酒力能消恨，近厌诗才浪得名。」《吊子善墓》云：「几树斜阳何处笛，一声孤雁万山秋。」《赠友》云：「谈兵舌涌千寻浪，拂剑风生万里秋。」《归旧庐》云：「贫来物理翻知误，老去才名不问低。」皆慨当以慷，英气不磨。

诗有无意为之，却有天趣。临川李茗香女史有《对镜》一绝云：「清晓临妆次，相将画黛眉。看来如欲语，笑问汝为谁。」着墨无多，写得痴憨情状，令人解颐。

幽兰女史诗，余已选入《诗话》。其妹素梅亦娴吟咏。嫁泾川陈墨林茂才，甲辰春游宛郡，茂才出素梅诗稿求选。余读之，佳句颇多。《七夕》云：「愁促良时泪满襟，欢逢令节感弥深。天边已践瓜期约，人世空悬两地心。」《夏日忆女伴》云：「绿杨如幕对幽窗，风动枝头送晚凉。一片蝉声吹暮色，离情真比柳丝长。」皆楚楚可诵。余最爱其《春日游敬亭》，诗云：「月涌南湖开镜匣，山横北郭起风烟。」雄放可喜，洵为闺秀诗之健者。

李雨村尝言：诗家「不读小杜，诗必不韵」。余读崔兰生先生《牡丹》诗：「艳福修来小带愁，春光自古说扬州。凄凉旧侣埋新玉，惆怅娇容少并头。三月花神骄富贵，六宫姊妹失风流。才人莫唱还魂曲，唤醒佳人见恐羞。」《水仙》云：「芳姿前度是仙根，香骨珊珊玉有痕。汉女解珠来劝嫁，湘妃鼓瑟替招魂。淡如梨雪心稍艳，清似梅花性较温。罗袜不来春寂寞，纱窗一抹月黄昏。」二诗风韵，酷似樊川。

言情诗颇不易作，必须字字从肺腑中流出，方足动人心目。甲辰冬，苍园在南通州以近作见寄，内有《病中口号》一绝云：「睡眼朦胧汗雨浇，家书报到最魂消。心酸老母叮咛语，病欲痊时儿莫焦。」又《病中复家书一绝》云：「开函捧读泪珠弹，欲报平安下笔难。一缕情怀谈不得，强言儿已渐加餐。」上首曲尽慈母口吻，下首道出游子苦心，可称言情绝调。又，稚禅在汉口望家书不至有句云：「可怜游子思亲切，梦里传书也认真。」亦言情之佳者。

咏宫怨诗，古今诗人发挥尽矣。近日啸霞山人寄示近作数章，内有《宫怨》一首云：「晓起梳妆宝镜中，数声啼鸟百花风。低头听说承恩者，便觉蛾眉又不同。」颇为古人所未道。又《试邸忆家》云：「乡关回首路非赊，揖别梅花又杏花。料得阿娘和妹说，平安应有信来家。」亦极情致。

余《诗话》中所选孙鹤洲孝廉诗，大都友人抄示者。乙巳春，自郡归来，从稚禅处得其遗稿一卷，录其《扫墓》云：「一径苍苍入翠微，纸钱灰共落花飞。谁家嫠妇松根哭，肠断孤坟不忍归。」《题踏雪寻梅图》云：「布衣原有出群才，不爱闲花只爱梅。莫怪先生风骨冷，满身香雪探春来。」《青阳道中》云：「垂杨夹道水平堤，茅草如云绿渐齐。最是客怀难遣处，黄昏细雨子规啼。」《游春》云：「碧桃溪畔簇红裙，照水从新理鬓云。低语阿娘行缓缓，穿花履滑怯苔纹。」《看灯词》云：「万家灯火万人游，十二湘帘尽上钩。娇小双鬟常避客，今宵先已到楼头。」《感旧》云：「名园一过一消魂，石上摩挲认坐痕。前度折花人不见，重门深锁月黄昏。」吐词秀丽，殊令人百读不厌。

鹤洲孝廉不独能咏，兼擅倚声。集中有诗余数阕，兹录其《春游调寄菩萨蛮》云：「东风吹断廉纤雨，寻芳踏遍青郊路。心醉板桥西，垂杨护酒旗。　春光无近远，到处流莺啭。日暮折花归，余香尚满衣。」《蝶恋花》云：「妆罢登楼愁望远。杨柳青青，又是春将半。枝上流莺千百啭，芳心一点如丝乱。　不恨玉郎音信断。只悔当时、错把封侯劝。日日花前珠泪溅，镜中渐觉红颜换。」《山花子》云：「隐隐江城漏欲终，背人独立月明中。两颊凝红无一语，怨东风。　听得唤眠佯作意，几番不肯入房栊。犹自徘徊香径畔，看花丛。」《贺新郎》云：「生就枝连理。看华堂、杯斟合卺，共夸双美。已是郎才如锦绣，女貌更如桃李。问艳福、几人消此。渐渐更阑银烛烬，想凝眸暗把芳心递。呼侍女，展鸳被。　从前无限相思意。算今宵、相思偿尽，良缘天启。怎奈梦回天又曙，不住鸡声催起。略代整、新妆镜里。手把风流京兆笔，画双蛾一抹遥山翠。帘幕卷，镇偎倚。」风流旖旎，词家之最。

浙东戚又村秀才善丹青，性傲岸，而与余交好。尝为余诵王又点孝廉《木兰花慢》词一阕，题为《兴郡客感》云：「洗红连夜雨，吹不散，画桥烟。叹景物关人，光阴在客，情味如禅。寻思，刺船弄水，便归欤何用置闲田。拼约春风烂醉，恨春轻老花前。　湖天碧涨簟纹边，日日忆家眠。料试衣未妥，晕妆还懒，鬓冷欹蝉。分明片时怨语，说相思金箧已无笺。雨歇西斋淡月，隔墙犹咽幽弦。」孝廉名允皙，生平词学玉田，颇能神肖。

高邮宋茂初有「轻风驱豹脚，积雨滞鸠喉」句，「滞」字妙。

崔鲁《华清宫》诗四首，散见于《渔隐丛话》、《长安古志》及《唐音》暨《品汇》中，各载其一，备采于杨升庵《丹铅总录》。其第三首云：「障掩金鸡蓄祸机，皇华西拂蜀云飞。珠帘一闭朝元阁，不见人归见燕归。」近得陈惕庵孝廉《咏隋萧后》诗云：「曾向芜城驻翠华，又从榆塞逐风沙。可怜重到长安日，不见杨花见李花。」结语与崔鲁诗同一句调。

余偶于友人扇头见录郑苏龛京卿在汉口时《接严又陵书却寄》一律，才情学力，兼而有之，的是名作。诗云：「江汉汤汤首重回，北书涵泪湿初开。忧天已分身将压，感逝还期骨易灰。阙下惊魂飘落日，车中残梦带奔雷。吾侪未死才难尽，歌哭行看老更哀。」

听信书役，必受其累。委任门丁，每为所欺。先师峙亭大令尝有诗云：「强悍化成忠义易，吏胥不害庶民难。」又《赠冯梦华》云：「上游防壅蔽，时事误模棱。遇合知难定，初心即上乘。」可想见先师之为人矣。

天门别霁林先生有《夏夜独坐》，句云：「树响风初到，窗明月自来。」余喜诵之。又《早发内黄》，句云：「树荒怜县小，马瘦笑官贫。」《别内黄士民》云：「甘棠几树人无剪，行李一肩马不肥。」《过汴城》云：「官贫少仆需儿力，客久思归恨马迟。」可想见居官清正矣。

宋茂初，高邮诗人，穷老不遇而卒，人不知其能诗也。余最爱其《将至姑熟》，句云：「远树疏如荠，危矶小似拳。」写江行远景如见。又：「半榻月明人定后，五更钟动鸟醒初」亦妙。

《竹隐庐随笔》载：有本军者，日本长崎名士也。流寓沪上，与花月主人一见心倾，即赠诗云：「中原才子本超群，放浪身如万里云。眼有智珠观宇宙，胸藏明镜照诗文。千秋雪调何人识，一代风流到处闻。不俟鸡林争估价，而今海外共知君。」不可谓非铁中铮铮者。

「小园一树碧桃开，闲倚栏杆望几回。蝴蝶也知春色好，双双花下打围来。」此程子青《春闺杂咏》诗也。「打围」二字，用来甚新。又《舟过湖州》句云：「临水人家群饲鸭，养蚕风俗尽栽桑。」确是湖州风景，他处挪移不得。

李傅相未遇时，尝有句云：「即今馆阁需才日，是我文章报国年。」自负不凡。

先师竹岩孝廉留心经济之学，偶有吟咏，不自收拾，多半为门人取去。今秋间在谭异庐上舍处得先师书《俄史辑佚》后《有感》一律云：「渺小中悬圆扁球，星辰日月络大周。闪含雅弗三兄弟，亚美欧非四部洲。山自昆仑分祖干，海从两极汇中流。汽轮铁路通全地，上策何人解伐谋。」上舍为先师高弟，好学，精篆刻。余有印章二十余方，尽出其手。

彭刚直公在西湖消夏时，尝荡一桨至灵隐深处。每过鄂王坟，有岳姓女名二官者，公至必为之奉茶，因赋二绝句，有云：「但愿来生再相见，二官未嫁我年轻。」其风趣乃尔，益见名臣本色。

作诗押险字能稳最难。《雨村诗话》载吉安刘承三《咏梅》诗，云：「嚼破青仁心亦沁，摘来冷干指俱僵。」押「僵」字可谓工稳而且刻入。又雨村自有句云：「老犹耽咏终成癖，僧解浇花亦近淫。」亦可谓押俗字而能雅矣。

「千金难买美人心」，又「秋风先到美人心」两意俱妙，惜不知作者姓名。

偶翻旧书，得毕素梅女史「赤日微斜塔影偏」七字，此余在宛郡时读其《春日游敬亭》七律，摘而存之者。

「倚装题句当良箴，诲尔谆谆属望深。须识行云虚岁月，莫教流水误光阴。书能益智勤多读，色可戕生戒少淫。最忌冥顽忘所止，被人贻诮不如禽。」此稚禅《汉上解馆示门人》诗也。劝戒深切，足以点醒痴迷少年，子弟当奉为圭臬。

昔人尝言，诗穷而后工。方坳堂有句云：「少不穷愁句自工。」可为此言作一转语。

桐城许慧轩广文惠，睥睨一世，著书满家，尝与吾乡赵紫瑜大令交最深。顷从友人处得其《送紫瑜戍黑龙江》一律，云：「无端谪戍走穷荒，万里风尘两鬓霜。徒死虎牢宁出塞，倘生马角早还乡。魂飞绕树乌三匝，梦断穿云雁一行。独有故人感离索，临歧儿女共沾裳。」神完气足，非仅以格调见长者。

子青诗于言情最见长。《思家》云：「可咛塞雁耳边鸣，回首乡关不胜情。料得深闺也愁绝，背人灯下数归程。」《赠内》云：「相共艰难挽鹿车，凄凉井臼自当家。却怜瘦骨伶仃甚，一著愁思病欲加。」味此二诗，可想见两人伉俪之笃。

宋儒多有偏僻之处。朱文公以蜀洛之故甘心苏氏，其《与汪尚书书》云：「苏氏之学，害天理，乱人心，妨道术，败风教，不在王氏之下。」诋毁不遗余力，未免偏僻太甚。此宋儒五病也。袁子才太史尝有诗云：「丁少微，陈希夷，两个神仙有是非。苏子瞻，程伊川，两贤胸中各不然。可惜不见尼山老，狂狷中行尽和好。」此论最好。又伊川先生以《资治通鉴》为玩物丧志，禁人勿习，此亦偏僻之甚。

李雨村云：「杜牧之诗轻倩秀艳，在唐贤中另是一种笔意。故学诗者不读小杜，诗必不韵。」稚禅《春闺》云：「小姑十五鬓堆鸦，玉骨珊珊绝点瑕。斜卷珠帘凝睇久，不知春思属谁家。」《别某校书》云：「温其如玉艳于花，话别依依莫我嗟。他日棹舟重过访，绿杨城郭认卿家。」二诗确有小杜风味。

「十里珠帘映碧流，丝丝金线拂人头。阊门过去盘门路，一树垂杨一画楼。」此宋玉才《苏台柳枝词》也，李雨村谓其活画出一苏州。余谓昭亭先生《晚泊扬州》诗云：「绿杨城郭花千树，红袖楼台月万家。」亦是活画出一扬州。

项昭亭先生《饮彝陵城东楼留别》云：「远树影低平野外，大江声走乱山中。」又《月夜渡湖》云：「万象空如天在下，一船近与月同行。」此等句皆经百炼而出，非浅学所能仿佛也。

女子裹足最为陋习，泰西诸国常讪笑之。近虽经各都抚严禁，未知能革否也。《随园诗话》载女史李某有一绝云：「三寸弓鞋自古无，观音大士赤双趺[一]。不知裹足从何起，起自人间贱丈夫。」骂得痛快。

咏明妃诗，余昔推傅济庵孝廉一联为绝唱。近读绍兴莫蕴庵先生一绝云：「此事何须怨画师，汉宫老死有谁知。不如留得青青冢，千载骚人尚咏诗。」用意颇新，堪与傅作颉颃。

我朝自乾、嘉以后，韵学久成《广陵散》矣。不谓近日欧洲各邦学士文人裁笺角韵，名噪遐迩。其有笃嗜成癖者，殆与宋之欧阳公「三上」相同，兹特录之以见一时之盛。如希利作诗喜在野外或屋脊上；沙克尼作诗喜置猫于其侧；格利喜读他人之诗，兴涌始执笔；哀温阿洛德喜于汽车旅行中作之；披雪罗喜于床上作之；撇地喜于暗屋作之；美耶比儿喜于雷雨殷殷时作之；帖尼逊喜于逍遥田舍间时作之；委德恶士与帖尼逊相似，但于逍遥田舍时，必携石盘石笔自刻其所作之诗。惜乎仅闻其名，未见其诗。异日当鼓发轮舟，飞渡重洋，遍访诸诗人，索其全稿，撷其珠玉以光简册也。

苍园作诗多有新意。在通州时有《中秋望月》一绝云：「今夜通州月，团圞照独眠。嫦娥不嫌弃，来作一家圆。」末二句读之令人辗然。

昭亭先生送某帅赴边有句云：「万马夜窥青海月，一雕秋动黑河风。」语极雄炼。又有句云：「身非当局空忧国，士仅能文不算才。」余极爱之，常为人书联。

陈少香尝有句云：「旧书常读都关福，好句能多定不贫。」项稚禅亦有句云：「娶逢美妇真关福，生得佳儿定不贫。」格调虽同，而项诗用意较陈更新。

吾乡罗星墩距城西三里许，有周孝侯庙在焉。重阳后三日为侯诞辰，每届期，满城妇女结伴烧香者，络绎不绝。曾记黄升甫优贡有《竹枝词》四绝，兹录其二首云：「二八佳人罢晓妆，时花斜插玉钗旁。还看莲步轻轻举，粉黛迎风满径香。」「烧香最好遇晴天，眉画形如月半圆。但把签筒来暗卜，都将私语告神仙。」末句确写出妇女心事。升甫平日与孙鹉洲孝廉往还，故诗皆主性灵。又尝有句云：「冬笋惊雷出，春茶带雨收。」亦佳。

秦淮某校书尝为两狎客所昵，嗣因梅子心酸，啧有烦言，乃倩黄升甫优贡代作一诗以寄意，云：「秦淮风月几番新，管领年华莫认真。借问谁为金谷主，绿珠甘作坠楼人。」

嘉善女史朱昕秋诗笔清雅，其《病中述怀》云：「铜漏点残怜梦短，珠帘不卷怯春寒。」《秋兴》云：「燕子生涯如昨梦，菊花心事盼重阳。」皆可爱也。

吾乡罗理庵先生酷好吟咏，尤长于七绝。录其《舟中即景》云：「十里湖光一镜磨，扁舟摇过绿生波。四边多少捕鱼客，细雨斜风不用蓑。」《白梅花》云：「冰肌玉骨净无尘，一段风流淡入神。

每到岁寒呈本色，不将红粉媚时人。」皆可诵也。先生尝挟诗卷游吴楚间，一时名士多与交欢。五言如《山行》云：「绿叶高低树，黄鹂远近声。」《偶成》云：「莺花三月暮，风雨一春寒。」《过长溪馆》云：「犬吠惊生客，鸦归欲暮天。」《由长湖出清水口》云：「杨柳一溪绿，桃花夹岸红。」皆清丽可爱。

王连堂大令诗虽经付梓，非其全集也。近得其《滁州道中》，诗云：「新泥滑滑雨初收，夹道方塘水漫流。塔影迎人天已暮，行人笑指到滁州。」

一日午睡，忽为大雷雨惊醒，因得「迅雷惊午梦」五字，未有对而稚禅适来，戏请其续，稚禅应声曰：「急雨扑丁帘。」余不禁为之心折。

余友崔铭仙上舍承祖，胸怀旷放，作诗不耐苦吟，偶有所得则佳。性爱菊，自号友菊子，尝有句云：「冻菊如拳为斗霜。」余与同人皆赏之。

余尝选近人香奁诗百绝，用蝇头楷汇而存之，装潢成册，一时诸同人都有题咏，惟稚禅两绝风韵最佳。诗云：「百绝香奁选待刊，自先裁纸弄柔翰。如花艳句如蝇字，笑问谁人不爱看。」「诸家题语墨生新，此册装潢好自珍。他日玉楼传诵遍，风流争说姓方人。」

稚禅惯好作香奁诗，余选百绝香奁诗独遗之。稚禅戏寄一绝云：「自昔曾蒙说项斯，最工绮语赠娥眉。如何汇选香奁句，未有侬家一首诗。」

咏史诗有神味，有含蓄，唐时惟义山，本朝惟阮亭。杜樊川虽擅此体，终嫌议论气太重。余读

《五代史·前蜀世家》，咏有一绝云：「蜀主迎降七里亭，醉妆宫女太伶俜。伤心最是秦川驿，曲唱《甘州》不忍听。」此诗凡蜀主之荒淫、庄宗之无信，都于言外见之。又朱眉君《岳墓诗》云：「惺惺难说惜惺惺，四帅当时愧并称。只有清凉老居士，月明垂泪翠微亭。」悲浑凄怆，可称高唱。又朱排山《咏始皇》诗云：「诗书何苦遭焚劫，刘项都非识字人。」亦有隽味。

先师峙亭大令《咏怀》诗云：「弟兄姊妹各西东，百啭千回秋夜中。有限光阴消逆旅，无多骨肉尚飘蓬。人缘久别情弥见，诗出愁肠句始工。鸿雁声声空寄恨，半阶霜叶积残红。」情真语挚，令人想见友于之谊。

吾性好聚书，每爱某集而不获，辄往往于梦中见之，醒时怆然若失。后读杨子载有句云：「客中恍过曾游境，梦里常逢未见书。」为之叫绝。

余生平诗、古文辞俱瓣香东坡，而性好交友，然遇俗士辄疾之如仇，故世多目我为狂生。稚禅尝有见赠诗云：「清奇出俗冠吾曹，季世如君信隽髦。热血论交同伯仲，雄心向学自英豪。文章苏轼波澜老，风骨陶潜日月高。键户著书寿梨枣，求疵谁敢妄吹毛。」

醉青女史，泾川吴朝昌大令之女也。侨居湖北宜昌，诗笔甚清。大令宰云南建水时，女史有《秋夜病起不寐忆二老及诸弟妹》诗四绝，云：「新凉一味晚来多，寂寞深闺可奈何。四壁秋虫鸣夜月，那堪时节半消磨。」「梦魂夜夜赴滇池，卧病缠绵瘦不支。月冷风凉更漏静，只增愁绪与离思。」「一别椿萱已数秋，无穷离恨积心头。惟求雁足传书际，常带平安莫带愁。」「趋来燕雁自年年，楚北滇南路几千。何日乡关重聚首，依依膝下话团圆。」此诗余于幽兰女史处见之，近闻其已卒，惜哉！

葛觉生，不知何许人也，余于幽兰女史处见其和姜笠丈《秋渔杂唱》八绝，录其六首云：「条事无能识马周，心盲为问几时瘳。苍茫一舸烟波渺，朝逐巢兮暮挹由。」「唐家旧事曾记不？朝局喧喧闵李牛。何似寒溪垂钓去，不教投浊到清流。」「无端枨触付虚舟，蓼际蘋间访隽俦。解识莼鲈风味好，忍将心事管闲愁。」「路迢迢处水悠悠，生殖多从海外求。底事鸡虫争得失，枉将弧矢集汀洲。」「元龙湖海早忘忧，意气高凌百尺楼。只此生涯云水足，那须勋业羡韩欧。」「含沙射影笑深筹，白日应增鬼蜮羞。悟到娥眉多见妒，蓼花深处肯回头。」

古人云：题画绝句最宜浏脱，情韵不竭。孙鹤洲孝廉题画诗云：「美人闲倚碧栏杆，庭竹萧疏三两竿。只恐夜深花露下，薄罗衫子不胜寒。」

五言诗，余极爱常熟言可樵「池平鱼意静，稻熟鸟声酣」十字，以为善体物情。昭亭先生「鸟逢旧伴啼声乐」七字亦妙。

近有友人抄示无名氏《捐班杂咏》八绝，穷形尽相，不啻为今之奔走宦途者摹一小照。诗云：「秦晋捐兼顺直捐，多多少少凑洋钱。今朝上兑便宜甚，花样新增遇缺先。」「簇新衣服轿儿抬，履历书成谒上台。完了衙参还拜客，背人低叫一声来。」「莫笑朝廷一命轻，山妻稚子有光荣。红梅条子书公馆，籍贯还须写别名。」「西走东奔想一差，同寅巴结费安排。游山玩水殊无味，叫个花名打打牌。」「传闻课吏馆新开，策论区区弄不来。寻得几张旧《申报》，高谈时务算通材。」「传来一札委分巡，皮踏洋灯布置新。几个老枪称警察，夜间坐段派家人。」「侥幸今朝做实官，莫嫌印把捏来难。差人书办皆心腹，诈得铜钱几股摊。」「小民盘剥算能员，千里为官只为钱。上宪详参何足惧，国家新办革员捐。」

钱唐杨椒水秀才大本，性孤介，颠于诗，复狂于酒，尝自署私居一联云：「蠹腹食残经典，马蹄踏尽烟花。」其自负如此。醉后尝入学师署痛哭，教官恶之，杨亦复诃之，有诗云：「采薇非耻周人粟，颁胙能争孔子豚。三月可怜无肉味，萧萧苜蓿掩黉门。」月课「有教无类」题，文中有不堪教谕、不足训导之句，遂行注劣，褫其巾，杨益狂放不羁。游岭外，当道怜其才，多下榻焉。会七夕宴于陶观察署，成一诗云：「一拳打破支机石，两手折坍乌鹊桥。四十鳏夫犹未返，双星不许度今宵。」满座为之击节。尝病酒，上元不起，有诗云：「傲我乾坤醉复顽，惊他岁月去难还。人生安得元宵死，一路灯光到冥关。」性爱砚，至端州购石十余方，置行箧，舟人以为金也，将磨刃而甘心焉，杨觉之，启钥出石，濡墨磨研，故令舟人见之，乃解。杨诗云：「凤凰山下苦书生，行李萧萧一担轻。酒债诗逋多未了，榜人何用太相惊。」年近五十，醉于胥江，扣舷对月，忽忆李白骑鲸故事，一跃入水，杳不可得。后十年，其友曾子一卿入吴，夜泊江干，闻沙际吟曰：「枯骨葬江边，浪打形骸朽。知音人忽来，奠我一杯酒。」曾子凄然曰：「此钱唐杨椒水也。」于是唏嘘凭眺，酹酒江心而诔之曰：「呜呼悲哉，杨子椒水生为才人，死为才鬼。」

吴修龄曰：「得句而难成篇时，最是进退之关，不可草草完事，草草便成滑笔矣。兴会不属，宁且已之，而意中常有一未完事，偶然感触，大有玄想奇句。」

余叔氏止逸明经轸，天资聪颖，工书善诗，尤喜画米家山水，尝见其为汪石侬画尺幅，题一绝云：「枫林红浅醉霜才，十里湖光一鉴开。渡口归舟小如叶，乘风斜带夕阳来。」近以家贫，潜心岐黄之术，不复吟咏矣。

随园谓阮亭悼亡诗：「浮言满纸，词太文而意转隐」，余道不然。其佳者如「牙牙学语今何似，忍听娇儿索母啼。」「一语寄君君听取，不教儿女衣芦花。」「故园梦去萧萧雨，一树棠梨照殡宫。」「江南红豆相思苦，岁岁花开一忆君。」皆缠绵婉转，何尝非言情绝调耶？

折柳赠行人，送别者多引是典，陈陈相因，殊令人厌。陈惕庵孝廉《送张芷庭北归》云：「清溪一曲路三叉，溪上东风拂柳斜。欲折赠君心不忍，枝离树似我离家。」翻得甚新，人想不到。

随园云：「诗情愈痴愈妙。」宗子美《怨情》云：「昨宵梦郎回，系马门前树。也识梦非真，聊寻系马处。」孙诗樵《古意》云：「少女牵郎衣，欲言低俯首。昨夜梦郎回，欢会梦侬否。」诗人之痴亦复可爱。

赠妓之联多以名字属对，类皆清词织锦，绮思摛琼，求其妙造自然，恰合若辈身分而不可移易他处者，虽寻遍香国中亦不易得。稚禅尝誉禾中谢仲嘉广文薄游海上，有妓名「多可」者，口瘖而善弹琵琶，风致尤可人。索书楹帖，广文信手书放翁诗一联云：「花如解语还多事，石不能言最可人。」字字贴切，巧不可阶。又誉某名士集成语赠妓名「喜关」者一联云：「喜的是秋波一转，关不住春色满园。」慧舌灵心，如同己出。余谓稚禅代友赠妓名「玉春」者集《葩经》云：「月出照兮其人如玉，日之夕矣有女怀春。」领异标新，适如位置。信乎诗家所云：惟知诗者可与言诗。即以此道而论，何独不然也？

五绝最难着笔，昔人谓：学着半生，无从下手处。近见蘋香校书《舟行》诗云：「雪消溪水长，风帆互来去。去舟语来舟，昨夜宿何处？」可谓五绝高唱。

男子丧妻谓之鳏夫，女子丧夫谓之孀妇。自古迄今，千潭一印。然皆人世间事耳，特未知幽冥之中夫亡妻在可亦称之曰鳏，妻亡夫在可亦称之曰孀否也？稚禅元配殁已十载，见其扫墓诗数章，末有一绝云：「独生恨我愧鸳鸯，一事思量更断肠。泉下果然如世上，负卿十载作孤孀。」奇想亦名言也，应未经前人道过。

「雷势鞭山走，泉声夹树飞。」句甚雄健，惜不知作者姓名。酩仙尝为余诵之。

兰生先生有《咏梅花》诗六首，《诗话》中仅载一联。今见全璧，为再录二首云：「羽衣缟素六铢拖，纸帐铜瓶韵若何。十载论交唯水月[二]，一生不称是笙歌。罗浮梦断前缘幻，和靖家贫好句多。清福如君还有恨，未曾修得伴嫦娥。」「驿使初逢又早春，小园亭里隔红尘。青山万树埋才子，白屋三间隐美人。身为烟花销艳气，天教霜雪炼精神[三]。柴门尽日长关着，扫叶烹茶韵事新。」

「堪笑蝶儿如我懒，日高犹自伴花眠。」此康秀书先生句也。「自恨不如双粉蝶，春来长抱好花眠。」此孙鹉洲孝廉句也，同一咏蝶而各有意味。

余性爱诗，遇人断章零句，必手录之。偶翻旧书，得康秀书先生断句数联。《初夏偶成》云：「绿杨棉乍脱，红藕盖齐舒。」《闲吟》云：「猫追穿树鸟，犬吠折花人。」《秋夜》云：「月移花影去，风卷市声来。」《春晚书怀》云：「红雨一帘春欲暮，绿阴满地昼初长。」《闲述》云：「花影半窗邀月写，茶烟一缕倩风扶。」《春日》云：「几日寂寥缘客少，一春消瘦为诗忙。」俱能独写性灵，迥非凡响。

李赞臣观察，泾县人，尝与先师峙亭大令读书金陵钟山书院。诗笔清越，不轻示人。余曾索其稿不得。近忽于烈仲世兄处见其和先师别后见寄韵两律云：「夜话秋江上，曾知旅恨无？羡人弄儿女，送我涉重湖。白日催年暮，青灯吊影孤。迎眸雁群过，离索自吾徒。」「夙有四方志，尘劳今若何？家书远道少，诗句感秋多。强效《阳春》和，欣逢旧雨过。荆吴通一水，归梦阻关河。」观察讳竟成，向在合肥李公幕下，癸卯没于津门，遗稿皆在焉。

余最爱袁简斋言情诗，如《扬州留别四妹》云：「半刻偷闲谈往事，一声说别问来期。」《送王卿华》云：「风怀似我能怜我，客路逢君又别君。」《送婿偕女归吴门》云：「闺中失礼怜渠小，堂上承欢仗汝教。」《哭婿》云：「情痴屡下庸医拜，力竭空余祷佛声。」《女扶婿柩还吴作诗送之》云：「好如郎在安眠食，莫带啼痕对舅姑。」《哭孀女》云：「独活草生原命薄，未亡人去转心安。」《哭聪娘》云：「羹是手调才有味，话无心曲不同商。侍疾不教衣带缓，看书常伴烛花深。」《病中赠内》云：「千金尽买群花笑，一病才征结发情。」语语都从至性至情中流出，安得不令人叫绝。

李蘋香校书《芟草》云：「芳园久闭草纵横，欺压花枝屈不伸。尽把芟除非太忍，古来名将亦称仁。」此诗非古名臣不能道，而竟出之妓女口中，甚奇。校书尝作《感怀》诗，有「身缘客惯知寒退，书为情多下笔难」之句，辄于人前诵之。

佐公者不知何许人，诗笔轻倩。余近得其《秋夜偶感》一绝云：「薄寒料峭入松杉，检点新书寄锦函。万种秋情描不得，泪珠一掬湿轻衫。」

家达夫主簿宏璋有《荆州秋兴》诗一律，余最爱其颔联云：「秋水池塘庾信宅，寒烟城郭仲宣楼。」神韵逼近渔洋。

甲辰冬，汉上友人寄示凝香女史送其外子赴东洋游学六律，读之才思浩瀚，殆巾帼而有须眉气者，亟录之。诗云：「奉檄东瀛已有期，少年夫婿重分离。办装钱少依回久，沽酒囊空祖饯迟。万里秋风吹汉水，一天霜气敛晴曦。无多言语无穷恨，尽在低眉强笑时。」「八月秋高天气清，鹂歌未唱已心惊。茫茫江汉沉双泪，莽莽乾坤送远行。匹马从征帐南国（父从军桂林），双轮鼓浪又东京。丈夫要遂封侯愿，岂恋闺中儿女情。」「忆从海禁初开日，商舶纷乘逐利来。万国机深斗强富，九州财尽费疑猜。徒令顽固贻人口，从古优柔是祸胎。须识圣明天子意，骊珠未得莫空回。」「二编《天演》论维新，汩汩风潮振耳频。五大洲中觇运会，三千年后溯原因。殊方砥砺宜求友，学海源流好问津。珍重昂藏躯七尺，勉图忠孝答君亲。」「检点征衣细雨天，宦情闺思两缠绵。五番别恨曾经惯（学期五年），今夕离愁倍黯然。战鼓声声惊海宇，寒虫唧唧絮篱边。从今四海为家日，依自安居乐岁年。」

「银屏桂子报秋香，手沃冰磁自劝郎。异地烟花宜自重，故乡书信要勤将。看君慷慨一挥手，劳我叮咛九转肠。后日登楼望沧海，相思已隔太平洋。」

凡事好奇便走错路。陈去非云：「杨子云好奇，唯其好奇，所以不能奇。」宛江方武工学成，尝有句云：「棋因适兴偏尝胜，诗欲求奇反欠工。」

古人题半身美人诗云：「可笑良工无见识，动人情处不曾描。」李笠翁反其意云：「丹青不是无完笔，写到纤腰已断魂。」可谓巧心独运，然皆从情致上设想。独宛江方武工两绝寓讽于规，别开生面。诗云：「意似无言态自娇，风流见面即魂销。不堪一笑能倾国，禁得风前斗细腰。」「一貌娉婷迥未闻，恨无人画绿罗裙。柔肠已着分明断，莫教腰肢瘦到君。」

《萝月词》二卷，闽中许克孳茂才赓皞著。茂才性好山水，游辄经月忘返，尝偕友游武彝，渡虹桥板失足坠崖死。兹录其《满江红·题邮亭壁》云：「秋冷郊原，看一带、平林如画。叹阅尽、嵚崎世路，梦中犹怕。万里关河长缅邈，千年尘土空悲咤。只垂杨、不管别离愁，斜阳挂。　谁苦劝，劳人驾。料不似，青山暇。奈感生髀肉、壮怀难罢。滚滚黄尘随马起，悠悠白鸟和烟下。听笳声、寒月戍楼西，惊心乍。」《蝶恋花·拨闷》云：「闷掩兰窗消永昼。小小蛾弯，绿得愁痕皱。人在子规声里瘦，落花几点春寒骤。　坐拥博山熏翠袖。燕姹莺娇，不管人僝僽。拍断阑干吟未就，鹦哥惊醒将人咒。」「子规」句的是绝妙好词，当与辋川《阳关三叠》曲同唱遍旗亭。芗谿先生每盛称茂才词品高诣粹，瓣香在邦卿、白石间，良不诬也。

余摘近人七言可爱之句，如项昭亭先生《过态经略故居》云[四]：「忠臣末路多冤狱，乱世高官是祸胎。」大竹王鲁之云：「消磨诗酒驯龙性，阅历烟花验道心。」黄轼之云：「久别方知朋友乐，贪闲偏笑世人忙。」南汇康秀书云：「讲求经史知非是，阅历人情识伪真。」孙鹤洲孝廉云：「宿雨初晴寒气薄，故乡渐远别愁多。」孙友仁云：「朋友交从贫后少，儿孙累已老来多。」项稚禅《杂感》云：「国事如棋动受敌，民心似水撼难平。」皆名句可传。

项昭亭先生《招溪夜归》云：「月沉众山黑，月出半峰白。稚子从我来，同作山中客。风高树影忙，水落溪声窄。三两摸鱼人，幽火照滩石。」于古峭中写出闲淡光景，此得柳州笔法者。

校注

[一]双　原作「赤」，据《随园诗话》改。

[二]交　原作「束」，据《崔兰生诗赋遗草》改。

[三]炼　原作「练」，据崔著改。

[四]态　当系「熊」之误。指明末抗清名将熊廷式。

合肥诗话

〔近〕李家孚撰

项纯文 点校

合肥诗话目录

卷中

前言

《合肥诗话》三卷，近代李家孚撰。家孚，字子渊，安徽合肥人。生平资料，无多征考。据本书杨开森《跋》及家孚舅氏吴秉忠《书后》称，家孚逝于丁卯九月十六日；杨德炯《序》又称其「年方十九」。案丁卯系指公元一九二七年，逆推十九，家孚生年当在一九〇九年，即清宣统元年。其家族系著名的合肥李氏，高祖李文安，字式和，一字玉泉，榜名文玕，号愚荃，道光十八年进士，官刑部郎中；伯曾祖李鸿章，字少荃，道光二十七年进士，历官两江、湖广、两广、直隶总督、太子太傅、文华殿大学士，是中国近代史上有极大影响的人物；祖父李经钰，光绪癸巳举人，官河南候补道。自道光以后近百年的时间里，李氏家族烜赫一时，官运、财运亨通。清亡以后，李家显赫的声势随之式微。李家孚自幼随父李伯琦颠波天津、合肥、苏州之间，大约因人生苦旅，不堪承受，以致长年郁郁，最后仰药而亡，走完了短暂的人生旅程。

《合肥诗话》为李家孚遗稿。李氏家学渊源素具，家孚自幼聪颖笃学，「诗文词斐然可观」（吴秉忠《书后》）。少年时代，即开始搜集乡邦诗歌。一九二四年，合肥初创报社，家孚撰《庐阳诗话》，刊于报端。后因一郡辽广，不易征选，改著《合肥诗话》。又撰其族人诗，名《李氏诗话》。一九二八年，家孚死后第二年，其父伯琦裒其《合肥诗话》遗稿分为二卷，合《李氏诗话》一卷，都为三卷，又增出目录，以便查检，统以《合肥诗话》名之。

诗话一体，创自欧阳修。章实斋以为可将诗话分为论诗及辞与论诗及事二例。郭绍虞先生也说：「诗话中间，则论诗可以及辞，也可以及事；而且更可以辞中及事，事中及辞。」（《宋诗话辑佚·序》）按之《合肥诗话》，自非钟嵘《诗品》一流严肃的理论批评之作，而是欧阳修《六一诗话》一流偏于论事类的著作，而论事之间，又往往及辞。但《合肥诗话》最主要的目的和功能，首先却是在于「存一邑之文献」。

作为合肥盛族，家孚少耽风雅，萌发了搜辑有清一代合肥诗人的心愿，是不难理解的。他的可贵处在于以少年弱质，自负大任，「不惮勤劳，摭拾遗言，凡勋臣显宦、硕彦名儒以逮山林隐逸、闺阁才媛，莫不殚心访罗」（杨开森《跋》），足见他的志向之大、劳苦之勤与搜罗之广。合肥自明以后，诗家多有，见于《列朝诗集》、《明诗综》者颇不乏人。而有清一代，自龚鼎孳、李天馥之后，以诗名家者，项背相接。但兵火摧残，陈迹湮没，山林穷老，蕴而不传者，在所难免。家孚积数年之功，集得二百十九家，肇自清初，下及并世，一邑之诗征，彬彬备于一集。家孚《诗话》之作，有功乡邦，有助于文学史之研究，该是当之无愧的。可惜他英年早逝，否则事业相继，采择日丰，必可成一邑文献之大观。但仅就今日所成观之，已是规模初具，因人而得诗者不在少数，因诗而存人者更不在少数。许多诗人、诗篇不见载于书籍，靠了《合肥诗话》，才得以存人、存诗；又有些诗家之作，不见于他集，《合肥诗话》也搜罗网至；而将一些名不见经传的普通人和一些女诗人辑入《诗话》，则是尤其可贵的。

《合肥诗话》的体例，江藻说「用《梅村诗话》例」，大致是差不多的。家孚所撰，先次其人行事，次取其诗系于后，略加评语，而评语也多不作理论的阐发。

就论事的一面说，家孚所撰，往往能于简短的言词里传出诗人的生平大概，这方面的材料颇为丰富，足补合肥作家的史料之阙。尤其是一些名人，本书提供的一些材料，不为其他书籍所载。如李孚青之生平，《四库全书提要》说「太史年未四十而没」，沈归愚辑《清诗别裁集》亦称「太史早没」，而李家孚考出他「己卯丁父艰归里，绝意仕进。丁亥移居永城。乙未来肥省墓，旋返永城，未久下世，年五十二」，比《四库全书提要》与《清诗别裁集》都准确、详实多了。又孚青所撰《盘隐山樵》、《道旁散人》两集，见者寡鲜，王谦斋藏得《散人集》钞册，光绪三十年李家孚再从伯木公始收入集，家孚从中选登六首入《合肥诗话》，并考出该集起迄年代，大大丰富了李孚青的生平与创作资料，对于研究者是有帮助的。又如书中详细记载了合肥士绅筹建巢湖中庙姥山塔的因由始末，并全文录载了李鸿章为建塔谋画、捐款、题字诸务而致吴溥的信函，不但对于合肥地区唯一的塔建提供了详实的考察资料，而且为研究李鸿章也提供了有价值的资料。其他如对人名、姓字、里居、诗作、交游、师承及地名等等的记录与考察，都为研究者提供了宝贵的资料。特别是在梳理诗家源流、分析乡贤文统方面，《诗话》作了较多的工作，如王谦斋一门数世传诗，《诗话》均细为记载，颇备资考。

就其论诗的一面说，家孚所论，多只言片语，并无严密的理论规范，也没有系统的理论原则，我们从中不必去归次他的理论系别，也不可能绳以文学批评史上名目繁多的理论宗派。但吉光片羽，他在论其上下古今、衡量诸作、摘举胜语时，常于其间流露一己之文学见解，我们仍可从他的零散而又简赅的论语中搜寻出他的某些诗论精神，探索出他的主要诗美趣尚。

一曰重生活。生活是创作的源泉。家孚论诗，很看重生活积累，注意诗人的生活经历，这是他论诗的一个基本的依据。通观《合肥诗话》全编，他总是知人论世地介绍诗家经历，指出创作缘由，选辑代表其人生活基础与精神风貌的诗作入《诗话》，这就较易让读者了解其人其诗，较易把握所辑诗作的内容。他还常常通过短论，直接指出诗人经历与诗作的联系。如他论丁家祥诗，说「意气豪迈，想见带甲枕戈睥睨一世之概」；论姚嵩，说「非笠屐其境者，盖未易道出也」；论陆鹏举，说他「屡踬秋闱，青衫潦倒」，故其诗「缠绵哀艳」；论刘铭传，说其诗「横厉捷出，得其用兵之旨」；论赵屏南，说「非深于阅世者不能作此语」；论陈亦昭，说其身遭兵乱，「饥寒转徙，故为诗恻怆真挚，直摅胸臆」，等等。这种论诗态度，当是可取的。

二曰重寄托。家孚论诗，颇重诗旨蕴涵。他不但不辑那些浮光掠影、无多深意的诗作，而且对于蕴借较丰的诗作叠加赞扬，总是给予明确的肯定。他评田苏黎诗，说「寄托深远，得风人之旨」；评沈绩熙，说「怀古登高，具有兴亡之感」；评张韵，说其「述往情深，词有尽而意无穷」；评吴毓衡，说他「不作堕溷飘茵之语，饶有气骨」；评俞学三，说其「诗有气骨」，等等。重寄托，重气骨，重内涵，重思想内容，是中国诗歌与诗论的传统精神，家孚《诗话》，也始终贯穿了这个传统。

三曰重新奇。能创新，能出奇，不囿于传统，是家孚崇尚的一种重要的诗美。如他称赞赵响泉诗「清苍拔俗，能于矩矱中出奇语」，称赞熊国标「立论新颖，为前人所未道及」，称赞沈苾香「意殊新颖」，等等，都体现了这种崇尚。

四曰提倡风格的多样化。这一点，《合肥诗话》表现得很明显，无论是对于「清越颇似黄汉镛」的王泽隆、对于「风调颇似明解文毅」的王万英、对于「学杜得其遒丽」的王世溥、对于「冲淡远逸，得田家风味」的童鼎臣、对于「音节铿锵，有乐府遗响」的张华斗、对于「直入王孟佳境」的阙德娴、对于「神韵颇似阮亭」的郭笛楼，还是对于「饶有唐音」的王少臣、「颇近宋人」的杨汝霖，家孚都一例给予肯定与赞扬，表现了他的风格尺度的宽广，表现了他对于多种风格、多种面貌的宽容。有一首蔡节妇的《自叙词》，他在评论中也承认「此诗摛词既未尽工，选韵亦多错乱」，但考虑到「其遇可悯，其节可钦」，所以他毅然把它辑入《诗话》，「录之以风世」，并且告诫读者「不必绳以诗律也」。这种选诗标准与论诗标准，是可贵的，尤其是对于专论地方诗的诗话来说，这种宽泛的标准与宽容的精神是更加需要的。

总之，《合肥诗话》对于清代合肥地区的诗家诗作的搜辑与评论，是一件开创性的有意义的工作。除了前述一些值得肯定的成绩之外，《诗话》也有不少缺点，如搜罗的广泛性还嫌不够，这当与家孚的过早去世有关；有些诗的辑入也嫌采撷未精，如「刘延誉」一条，所辑《冬夜与李容斋许柳亭田梅屿咏烛联句》，饾饤堆砌，艰涩无趣，当可不采；又李家孚囿于自己的局限，对一些历史上的消极人物予以粉饰赞扬，并有多处出现诬蔑太平军、捻军的文字、称呼，自是要在阅读本书时注意的。

本书原刻较精，封面有陈三立题签，扉页有张运题签，扉二有「苏城临顿路毛上珍承印」十字。此次整理，即依据该本，原书序跋、题词悉予保留。

点校者

一九九三年三月

序

诗话之作，大抵博征古今诗人，深究立言利病，不必局于一隅。勤求故乡作者予以品题，隐有承先启后之意也。夫一乡之文献，不能历久远而无凋敝之虞。先辈往矣，寻坠绪而张之，俾斯文一线之传，更千百年绵延而不绝，此后死者之责，岂独诗学为然哉。

合肥自昔以政事武功著者，代有其人，而风雅之士，亦往往流耀湖山，独自徐毅甫先生后，诗学稍衰矣。李子渊者，余尝为作传，谓为李君伯琦之贤子者也。少耽坟籍，尤嗜为诗。念合肥往多诗人，而今不然，欲昌其学以诏乡人，编集《合肥诗话》，肇自清初，下及并世所及知之士。用《梅村诗话》例，先次其人行事，刺取其诗系于后，略加评语，不规规于年齿后先，盖欲多收而未有已，甚盛事焉。

子渊负清拔之才，当弱稚之岁，使竟其业，必更有进于是者。乃生际多事之世，重罹忧苦，竟郁郁以促其年。纂述之事，自昔为难，余渐颓老，无能为役。今叙是册，为子渊惜，益重有望于故乡之英少焉。

丁卯冬江藻

序

许彦周曰：「诗话者，辨句法，备古今，纪盛德，录异事，正讹误。若含讥讽，著过恶，诮纰缪，皆所不取。」余颇然其言。为诗者，大都本乎性情，因乎事物，与夫政教流俗之迁改、山川云物之变幻交乎前，而出其胸臆与之吞吐，其出没变化随之而发，论诗者又何必喋喋呫呫「元轻白俗」哉！李生子渊所著《合肥诗话》，因诗纪人，因人纪事，有誉而无毁，殆彦周遗意也。

抑余尝考历代名「诗话」者，或以姓字，或以斋馆，或以朝代，或以官爵，从未有以邑名者。吾肥，潜岳亘其西，巢湖灌于东，山水隽秀，文物之邦。有明一代，见于《列朝诗集》、《明诗综》者，颇不乏人。胜清开国，龚、李、田、许，卓然名家，其后接踵以诗鸣者，无代无之。第兵火摧残，陈迹湮没，山林穷老，蕴而莫传。观世风者，往往于此有感。是编扬扢风雅，鼓舞气类，实一邑之诗征，关三百年之文献，特以邑名，厥意深矣，岂直雕章缛采而已哉。

子渊，吾友伯琦部郎国璟冢嗣。部郎博雅，富藏书，喜表章。其配吴夫人琼华亦娴韵事，闺阁唱和，为时所推。子渊以清美之姿，趋诗礼之庭，恬粹端雅，能世其家。据梧而长吟，下帷而不倦，藏书供其研览，师友资其谘诹，强记洽闻，敷藻载述，葑菲之采，历有岁时，此纂述所以烂然也。惜其年方十九，生遭乱世，忧思郁结，仰药殂化。意者昆玉光泽而前毁，丛桂芳茂而先摧乎？余馆其家，十易寒暑，朝夕游处，讲论琢磨。兹览是篇，恍如畴昔，爱书本末，涕之无从。

共和纪元十七年春杨德炯

题词

一代征文献，遗山又谢山。后来称秀令，具体可返攀。人溯淮淝旧，诗留天地间。英年富搜辑，余韵被乡关。

庐江吴学廉

声律淮南事久颓，百年月旦继衰枚。爬罗剔抉三冬苦，云物湖山众妙该。自古风诗见文献，漫云《骚》《雅》作穷媒。摩挲断墨无穷感，后起茫茫惜此才。

同邑杨德炯

合肥诗话卷上

龚芝麓宗伯鼎孳　字孝升，明崇祯癸酉举人，甲戌进士，官兵部给事中。仕清，历刑、兵、礼三部尚书，卒谥端毅。著《三十二芙蓉斋》、《定山堂》、《过岭》等集，《香严词》。王丹麓《今世说》云：「宗伯天材宏肆，数千言可立就。词藻缤纷，都不点窜。为孝陵所赏识，尝在禁中叹曰：『龚某真才子也。』」

其《十八滩病中口号》云：「蒲帆载石海风斜，薏苡珠空汉使槎。一醉碧油香似霰，牙门飞送赣州花。」自注：佟汇白抚军遣饷建兰、茉莉。又：「云霄直北是长安，一片休嫌羽翮残。大有鹓鸾羡鸥鸟，江湖春到逐臣宽。」自注：闻濮源太史将以省觐至。

《吴门宾朋送至锡山徘徊泉上偶成绝句》云：「梁溪学禁首东京，一网清流国事更。今日君宗零落尽，后生轻说党人名。」又：「二水劳劳送客亭，将离人易感飘萍。吴峰早晚能招隐，为语河桥柳倍青。」

《邓尉山中和堆山和尚华严会》诗云：「乍披宿草泪潸然，投老青山计未全。五月幽林花过雨，百年春梦柳吹绵。几时寒菊诗盈袖，送我溪桥雪压肩。笔墨尚留衣钵在，移床频许竹扉眠。」

《熊雪岩之杭严观察故人胡彦远在部内故及之》云：「绣衣霄汉下朱游，吴越烟霞拥节收。朝议筹兵先海徼，南天问俗省征求。铁幢弩控鲸潮转，铃阁诗成锦树秋。部内旧闻高隐在，褰帷有暇访羊裘。」

《送黄心甫歌》云：「梁溪逸客兴潇洒，老笔论诗压年少。手钞细字满巾箱，传观海内称精妙。古柯盘郁苍龙皮，秀茁尚数珊瑚枝。弱萝幽草太微细，亦入采撷丹黄垂。羡君用意向冥寞，风尘过眼心不著。酒酣就坐一伸脚，蓬鬓欹斜秋灯落。长安卿相君所见，几人得意字酬绢。何为忍寒驱款段，慈仁寺前暮云乱，急雪将下双松干。」

《富春渚》云：「沙屿扬烟舲，晨霞媚修远。凫轻逝枉渚，雁凄警层巘。霜树郁若荠，丹翠被长坂。玄瞩区中豁，素赏云外绻。谷纡猿狖阒，练净鱼龙偃。碧石漾寒藻，孤峰侧苍菌。中林天籁鸣，窈窕协笙阮。吾衰接舆凤，志饱饮河鼹。百忧改登临，一往懔屯蹇。息驾忻耦耕，长歌延肥遁。」

七言断句《送王贻上司李扬州集吴园次房研斋分韵》云：「文章似汝宜陪辇，风俗何人肯察眉。」《送宋既庭归吴门》云：「尚有雄风悲《九辩》，虚将水镜信三台。」《贻上留诗别诸子次韵》云：「宾客南徐争倒屣，江山文选自开楼。」

五言断句《顺风过丰城》云：「江山过倚笛，夜桨减张灯。」《至吉水忽雨》云：「城阴惊到雨，天黠幸过滩。」《泊清远》云：「虎气凌孤柝，蛩声驻早秋。」

宗伯与吴梅村、钱牧斋齐名，时称「江左三家」。其七言绝律最为工丽，至《富春渚》一诗，独能一洗故常，勾深致远，语艰神王，直与大谢游山诸作媲美。

弟孝绪大令鼎孳，官浙江仙居县知县，亦工诗，著《稻香楼诗集》，今佚。

李湘北相国天馥 号容斋，顺治丁酉河南举人，戊戌进士，官武英殿大学士。谥文定。著《容斋千首诗》、《容斋诗馀》。相国求才若渴，汲汲以人事君。如李翰林因笃、赵参政进美、秦检讨松龄、陆御史陇其、邵参议嗣尧、彭巡抚鹏，皆公推荐汲引者也。下至单门寒畯，同声相思，惟恐其不登用。有名章迥句，辄流连叹咏不置。壬申，奉母讳筑室墓上，三年不入城府，致白燕来巢之应。

今录其五绝《赠王荩臣》云：「吴会恣遨游，山庄一再留。忽驱车马去，愁杀白蘋秋。」《送周缄斋编修予假归里》云：「新裳成薜荔，痼疾遂烟霞。君到夫椒晚，山中落桂花。」五律《祖园再赠杨驾部》云：「水墅殊幽僻，苍苔宿雨封。闲阶盘小蚁，暖径出新蜂。云气过帘细，春光对酒浓。红亭堪四望，如立最高峰。」《早朝赐茶》云：「象阙华钟发，龙楼宝仗开。《韶》云阶度，环珮月中来。玉砌氍毹纹，琼浆玛瑙杯。罢朝香满道，独向凤池回。」五古《秋杪邀篑山肇余子端三学士游祖将军园亭》云：「霜气散平皋，风日自清美。华薄野烧空，秋色澹如水。到来竹树深，溪桥相迤逦。波静心逾闲，长啸扪石髓。因之念九垓，夐然谢尘滓。」其二云：「代鳌自注：亭名。坐弘敞，水木相澄鲜。松涛满清听，荷荫复田田。遥峦叠芙蓉，苍翠到无边。竹屏引纡复，石古绣花圆。旷怀入夕佳，聊复此留连。」

七绝《题丁洛湄给谏册子》云：「悬崖古树暮烟平，雨气初过远翠生。寂寂柴门春欲晚，野花开遍不知名。」《题龙眠方邵村画汪蛟门百尺梧桐阁图》云：「新城小筑畏人居，绕屋浓阴十亩余。秋气满天疏雨滴，云林中有病相如。」

七律《送徐方虎编修假归德清》云：「负笈桥门拥传还，芸香草就避先鞭。乡心越绝金沙外，旧路吴趋罨画前。红药难忘悬榻夜，朱蓝尝愧御车年。麟台同异方需较，莫恋浮家久霅川。」《送赵铁源编修典试东粤》云：「赤社漫纶屡策勋，雄藩独数岭南军。全疆又见任嚣识，新语犹传陆贾文。粉署神仙矜绿鬓，珠江人物望元纁。梅花消息来何日，两地空教忆乐群。」

七古《九日同阮亭说岩登文昌阁》云：「秋水环阁阁欲悬，雨过晴气浮云烟。绮疏红网照澄鲜，软沙如縠驰连钱。追寻莫负黄花天，莎蘼岸畔葭芦边。轻鸥趁濑文鸳眠，一泓缓酌拥飞泉。桑落盈尊中圣贤，兴酣耳热歌清涟。作宦少乐百感迁，忧时忆旧谁能传。耐久之交称云渊，名教乐地略言诠，暇心静理非世缘。据床长啸西风前，举杯相视悲华年。」

七言断句《晚秋野望》云：「千林野烧开余霁，九月孤花作晚香。」《饮张永书园亭》云：「闲阶日暖盘槐蚁，小径春晴跃草虫。」又：「一钩纤月梨云冷，四壁华灯照粉疏。」《九日登高》云：「晚菊有情花溅泪，野云无际雁横霜。」《北山招游摩诃庵》云：「白满丁香栏蔚跂，清成午梦雨帘纤。」《郊游杂咏》云：「远峰岚色秋宜月，古寺钟声夜带霜。」

五言断句《过瑶瑛山小憩》云：「野水初生骨，园梅已冻花。」《九日云屋邀游蜀山》云：「白叠不羁士，黄花无恙天。」《过浔阳》云：「方言全似楚，风俗半同吴。」《送许竹隐之任会稽》云：「古驿随鸿雁，秋山转画图。」

学力宏邃，藻思清丽，雍容华衮，的是相臣风度。

李丹壑太史孚青　文定公子，康熙戊午顺天举人，己未进士，官翰林院编修。著《野香亭》、《盘隐山樵》、《道旁散人》等集。《散人集》向无刻本，王谦斋先生藏其钞册，光绪三十年，余再从伯木公京卿始收入《集虚草堂丛书》，王先生跋云：「太史晚境尤啬，诗益清省灵妙，似不食人间烟火者。」

今录是集中《城南刘叟许送樽酒抵暮不至戏题》云：「坊市近不酿，秋来终日醒。朝逢刘白堕，许饷双玉瓶。归家洗杯杓，鼻端已闻馨。黄昏竟杳然，仰首见酒星。无乃仆负重，息肩憩林坰？或因泥滑道，畏蹶行岭㟼？疑有疑乌有，别肠转不停。饮水苦暴下，口涎睡靡宁。坐羡任迪简，进醯如醁醽。《汉书》那复把，红烛空荧荧。」

《东郊秋兴》云：「暮霭远濛濛，浮槎隐见中。天边鸿雁字，洞口鲤鱼风。村路枳花合，田家枫树红。力穷秋色好，惆怅半衰翁。」其二云：「车辕系壶盏，饮即坐车茵。不仕岂高士？无情即隐沦。秋原下寒日，樵径有归人。欲向翠微宿，谁留王积薪？」

《两宜亭》云：「几层秋水几层岚，亭晚凉归酒半酣。记得北安门北住，十年烟雨梦江南。」

《题画》云：「溪树山堂隔软尘，监军不管濯船人。一春衣食桃花浪，网得河鲀祭水神。」《黄家口夜归》云：「犬声如豹吠寒烟，田圃中间取道偏。林外遥闻人唤渡，几星渔火白洋船。」《客有谓余君体何癯疾甚因用宋人语戏答一绝》云：「苍松修竹生即瘦，菊蕊桂花秋始开。莫笑细腰宫院子，少年曾吃苦茶来。」

断句《符离道中》云：「风色似冬常欲雪，清明如梦不知春。」《雨后题南村旧居》云：「湖州太守难逢雪，圆泖渔翁未有船。」《寄怀刘师退同年沧州》云：「猢狲入袋根尘断，弥勒同龛岁月多。」《初夏》云：「红药花残笋时过，黄梅雨重麦秋寒。」

太史己未登第，年十六。乙丑分校礼闱。甲戌充政治典训、玉牒、类函、明史四馆纂修。己卯丁父艰归里，绝意仕进。丁亥移居永城。乙未来肥省墓，旋返永城，未久下世，年五十二。故《道旁散人集》起甲申终乙未夏。《四库全书提要》谓：「太史年未四十而没。」沈归愚辑《国朝诗别裁》亦称：「太史早没。」盖《盘隐山樵》、《道旁散人》两集见者既鲜，而太史又闷声光泉石间，咏歌自怡，罕与世接，故其存没世亦多不详也。

徐荔庵征君汉苍　嘉庆时贡生。道光辛巳举孝廉方正。工诗善书，与史半楼太学齐名，有「长徐瘦史」之称。著有《萧然自得斋诗集》、《碧琅玕馆词》。

《巢湖棹歌》其一云：「去年打桨过巢湖，湖上青山似画图。今日扁舟湖上泊，烟波无际月轮孤。」其二云：「朝霞山顶看朝霞，五色霞明帝女家。湖上女儿十五六，一时照水学盘鸦。」《怀陆祈孙》云：「故人心力近如何？梨板曾翻旧著书。若向狂侬问消息，烟畦抱瓮灌园蔬。」《题赵野航蓟北送春图》云：「君胡不披太白紫绮裘，兴酣高卧城南楼？君胡不著谢傅东山屐，逍遥岩壑风猷啧？胡为控蹇游燕南，车轮駊騀驰征驂？苍苍边色杂烟雾，岱云岳雨穷幽探。眼底红尘十丈起，素化为缁涴行李。听风听水笑旁人，陟山陟水嗟游子。有时烂醉邯郸倡，咳珠吐玉春风香。有时直入荆卿里，易水无声剑光紫。树头晓日光曈昽，千里奔驰叹转蓬。戏马台前朝试马，卢龙塞上夜乘龙。自注：君省外舅于此。游倦归来春已暮，锦囊携得惊人句。结习难忘爨下心，寸衷深抱烟霞锢。今我披图别绪生，图中风物亦凄清。十年旧雨情逾惬，一夕新愁酒共倾。对此尺幅写生手，荆浩关仝无不有〔一〕。黄河百折走惊涛，莽莽孤城大如斗。野航野航达者流，嬉笑怒骂无与俦。人生百岁过客耳，赖此片纸浮名留。庭树纷纷花雨坠，春事阑珊湿红泪。为君砍缺玉唾壶，为君击碎铁如意。阴浓槐柳树扶疏，麦陇风来翠欲铺。蓟北送春春已去，更摹湖海耦耕图。」自注：曩与君结湖海耦耕吟社。飒爽有英气。

赵野航大令对澂　　道光间廪贡生，官广德州学正。著《野航十三种》、《小罗浮馆全集》。大令气宇豪迈，博学工诗，得明七子格调。

五律《和小坡弟城楼作》云：「独客易惊秋，斜阳更倚楼。远帆争荻港，残堞认瓜州。地僻诗逾险，山荒月亦愁。欲寻春梦影，惟问旧时鸥。」

五古《雨后》云：「循行野塘岸，烟波望无已。斜日下横山，返照落溪水。晚气清人心，归泉流涧底。水鸟自忘机，见人忽飞起。」

七律《登北极阁》云：「割取钟山一片愁，孤吟绝巘夕阳收。九天风劲盘雕鹗，万井烟深蔽斗牛。古寺钟残鸡报晓，空江潮落雁鸣秋。苍凉无限登临意，不为寻诗到石头。」《题张霁山先生友柏遗照》云：「十亩浓阴万卷香，坐来面目自疏狂。半生宦迹留三楚，一代书名压二梁。自注：时与梁山舟、梁闻山同以书名。为注《茶经》成痼癖，偶吟诗句亦清苍。左家有女还风雅，乞遍人间字数行。自注：女景芬、季芬皆能诗。」

绝句《题张晋甫印盒篆铭拓本》云：「刀法精良篆体工，偶然拓出趁春风。丹心一点知常抱，不独钤来小印红。」

大令先世有讳之瑛字连城者，明末官庐州卫指挥同知，殉流寇之难，谥烈愍。后人居肥不去，遂为肥人。父讳鹊棠，官白石口营都司。大令由学正保升知县，洪杨乱作，殉难于广德任所，追赠云骑尉。

赵掌宣先生对纶　　野航大令弟。早慧，笃学。嘉庆丁丑七夕没，年才十三。《绝命诗》云：「黄粱梦醒十三年，回首云深第几天。珍重芒鞋收拾好，闲来还踏赤霞巅。」

赵景淑女士筠湄　　野航大令女兄。诗宗渔洋山人。年二十五未嫁，亡。遗稿百余首，小婢误焚去，仅存四十余首，附刊于大令《小罗浮馆全集》后，题曰《延秋阁剩稿》。甲子岁，杨君韵芝得其残本，家母序而重刊之，女士之诗始播乡里。

五言断句如《雁字》云：「书传寒露后，画占宓羲前。」《河楼晚眺》云：「秋林团宿鸟，古冢散归犍。」

七言《舟过露筋祠》，其一云：「白芡红蕖出水香，一枝柔橹送轻航。船头鸂鶒忽飞起，冲破浪花入野塘。」其二云：「一叶扁舟趁好风，水天空阔乍飞鸿。篷窗闲坐恰无事，细数秋花两岸红。」其三云：「秋波始阔蓼花稀，枫叶初丹粳稻肥。舟过露筋祠欲暮，水烟深处正蚊飞。」《晚泊平望》云：「落帆野渡小桥横，古戍虫声夹岸清。残月平斜秋色远，鸳湖微雨满湖晴。」《西湖泛月》云：「临湖一带澹斜晖，向晚寒鸦倦不飞。明月一轮秋水碧，藕花香里放船归。」《江上》云：「碧天如水夜霜轻，闲倚篷窗秋思萦。一片败芦千点雁，阅江楼上正三更。」《延秋阁杂诗》云：「炉烟细细篆成丝，闲坐桐阴校宋诗。疏雨织帘虫语急，一庭黄叶落秋池。」尤得渔洋淡远之旨。

女士尝集古今名媛百数十人，著其事，曰《壶史》，又著《香奁杂考》，今均不传。

赵蔼堂先生履中　乾隆间人。能诗工画。《自题枇杷画扇赠友》云：「昔年许赐枇杷树，未见枇杷赐一丸。今日图中金颗颗，枇杷只作如是观。」先是，先生尝向友人索枇杷树移种，友始诺而终忘之。后友以扇乞先生画，遂画枇杷，并题诗以调之，可谓「善戏谑兮，不为虐兮」矣。

萧槐江州别驾肇熊　字望南，玉亭侍御子。乾隆己酉拔贡，官四川候补州判。《咏落齿》句云：「倘逢良友狂谈易，若过屠门大嚼难。」趣极。

侍御名际韶，字鸣球，乾隆乙酉顺天举人，己丑进士，官翰林院编修，山东河南道监察御史，著有《周易指讹》、《三礼补注》、《昭明文选补笺》、《山海经集解》、《馆课赋存》、《兰石轩诗钞》、《崇德堂文集》，今均佚。

吴鸣光太学志亨　字洍痴，乾隆间监生。早孤废学，常以为恨。中岁始闭户奋读，卒以能诗工书称。其《晚泊》云：「日落西山晚，长河白浪浮。舍舟登古岸，明月伴人游。」断句《赠僧宝玉》云：「树拥县云香气合，经翻贝叶雨花飞。」

李正元先生　逸其字，乾嘉时人。《咏白燕》云：「桃花剪破身何染，柳絮衔来影易淆。」点染工切。

单士惠司马溥元　光绪癸巳举人，甲午进士，官江苏候补同知。擅制艺，工骈文，著《旧读不厌斋诗稿》。《扬州杂诗》云：「逃禅久已涤情尘，客里寻春不算春。我是净名老居士，天花来去不沾身。」司马晚耽佛典，诗多悟语。

野蚕和尚　姓宋名崖，字启祥。乾隆间诸生。著《梦缘诗草》。中岁出家河南开封大相国寺为僧。工诗，善画梅、竹、石，能弈棋，精篆刻。赋形眇一目，尝自镌一石曰「只眼」。貌寝陋，衲衣敝垢，致生虮虱。不喜与贵人游。

其《和吴鉴南偕周伯扬过相国寺十笏禅房见赠韵》云：「头白观空厌有形，揭来棒喝梦初醒。人从远道瞻卿月，我幸残年识岁星。诗草此时聊寄兴，灯花昨夜已通灵。何当结社江乡去，万壑松声一榻听。」

《西涧》云：「西涧黄鹂叫夕阴，烟岚浓处好幽寻。闭门不出非今日，阶面青苔一尺深。」

其断句云：「风雅有归卷石起，月明无托大江荒。」又：「残月下山忙似马，寒鸦辞树早于人。」尤戛戛独造。

《梦缘诗草》，赵野航为之刊于广德，王惜庵复刊于中州。叠经兵燹，今均不传。

卢半溪大令先骆　字杰三，道光乙酉举人，壬辰进士，官广东龙川县知县。喜为诗，不加雕琢，天籁盎然。著有《循兰馆诗存》，赵响泉为之序，阳湖陆祁孙有题词。

《斋中晓起》云：「朝阳照积雪，晴光动书幌。披衣坐前轩，檐楹豁以敞。林雀冻不飞，游鱼戏冰上。弥望墟落间，寒烟散丛莽。古木带流泉，遥山剧昭朗。俯仰洽幽情，聊以息尘鞅。」

《晓行北山口》云：「凉露洗秋星，碧天媚清晓。水萤湿不飞，余辉隐乱草。云起远山微，径僻行人少。纡回陟危巅，俯视层峦小。村树郁寒烟，苍茫下飞鸟。」

《家书》云：「乡园一别似天涯，三度楼头见月华。书畏亲忧常讳疾，室无妇叹倍思家。行间泪共灯花落，梦里心随斗柄斜。菽水教儿勤问视，高堂餐饭劝多加。」

戴叠峰刺史鸿恩　嘉庆戊寅举人，道光癸巳进士，官湖南城步县知县，以军功加知州衔。因禁罂粟[二]，忤权贵，罗织成狱，遣戍军台，赐还归里[三]，主讲庐阳书院，奖诱后进，学者景从。著《云卧山房诗草》、《近事纪闻》，纪洪杨佚事颇多。

其《德安城外》云：「千家绕郭条桑绿，十里平畴大麦黄。穲稏声中喧笑语，德安风景似庐阳。」《小商桥谒杨将军再兴庙》云：「曾于珂里拜威仪，谪宦重瞻郾上祠。长水英雄埋战垒，小商风日惨灵旗。青燐碧血前朝恨，白草黄沙过客思。仆仆征尘经两度，心香一瓣鬓千丝。」《小酌》云：「自斟还自酌，难少亦难多。每到微醺候，长吟止酒歌。尽教愁抱释，何必醉颜酡。识得此中趣，陶然养太和。」

刺史遭冤狱，戍万里，而诗犹敦厚冲和，无侘傺不平之气[四]，其学养可知矣。

长女讳恭谨，字婉湘，适予叔曾祖父稚泉公讳凤章，工诗，列入《府志才媛传》。著《望云楼诗集》，某年刊，王谦斋先生为之序。闻乡人尚有藏者，家君求之数载，迄未得。

戴丙南先生翰声　初名声炎，叠峰刺史曾孙，家君之僚婿也。性和易，无城府，故人咸乐就之。喜古文，长书法。初不为诗，丁卯夏游吴门，日过从家君，讨论韵事，间有所作，能中矩矱。昨者家君招饮市楼，越夕，以诗来，亟录之。诗云：「吴江枫冷雁声多，巾幅相邀共啸歌。幸有醁醽消垒块，不须青鬓感蹉跎。遥遥极浦风帆出，浩浩中流竹箭过。我醉欲归山月上，豪情还约泛清波。」

黄韫之祠部先瑜　道光癸卯举人，咸丰壬子进士，官庶吉士，散馆，改礼部主事。著《覆瓿集》。诗宗少陵。断句《舟行》云：「橹声惊宿鸟，灯影聚飞萤。」《徐州》云：「青山盘紫塞，白日走黄河。」《冬夜偶成》云：「风寒乌选屋，灯暗鼠窥人。」均能逼肖。

黄彤甫主政昌炜　字翊生，又字康伯。韫之庶常从子。光绪中，官刑部奉天司主事。少好侠，广交游，喜谈兵。著《醒世粹言》初、续编，多托体游戏以讽世，末附古近体诗数首。其《残菊》云：「昊天雨露本无私，百二韶华万卉滋。自是秋心甘淡薄，春风吹不到疏篱。」

某年北京重修庐州试馆，主政撰联云：「率五属舒庐无巢合，进一位公侯伯子男。」盖庐郡五县，有清三百年封爵者，合肥则先文忠初封伯，卒后晋侯；刘壮肃公铭传封男；程忠烈公学启，桐城人，寄籍舒城，封子；独无公爵，故此联时称其属对工巧。

史甸循太学台懋　乾嘉间监生，贫居半楼，因又自号半楼。著《浮槎山馆诗集》。五言在陶、韦、王、孟、岑、柳间，洵足上继丹壑，下启南阳。左杏庄中丞令肥时，极赏之；左公按察浙江，为之刊集。洪、杨乱后，荡然无存。予从伯父筱崖观察光绪末于皖城荒摊购得，凡三卷，二百数十首，无序跋。甲子年，家君重印行世，庐江陈丈子言为之序。

其《忆子权》云：「忆尔初去时，家中事如猬。官吏日叫呼，债无台可避。有庐仅数间，风雨尚足庇。有田仅百亩，饘粥亦能继。痛恨先人业，一朝忽冰碎。在家妹已病，珍果德尔饲。淹淹日渐深，医药不可治。宛转垂死余，念尔犹歔欷。忽忽春又深，小妹相继逝。深房满尘埃，出入无人侍。虽有两孙女，扶床总娇稚。尔女性灵慧，问父何时至？为我收虎子，挽须复索佩。暂时强笑语，中心潜下泪。尔弟又蠢顽，学业恐荒废。诗书若无成，索涂而擿埴。顾此重烦纡，老怀不足慰。稍喜添两孙，宗祊幸克嗣。尔侄发未燥，尔子齿初试。牙牙学解语，依母不肯离。尔去三载间，死生人事异。今尔在何方？眼穿无一字。游子衣裳单，天涯风霜厉。嗟尔生不辰，失母才数岁。弱年未离乡，千里忽孤寄。昔日我病剧，尔衣不解带。而今在旅邸，疾病尔何恃？昨宵梦尔归，见尔形憔悴。门巷已非旧，颓屋垂薜荔。征骑未入门，喧声杂稚嚏。问妹俱何之，妆奁蛛网被？谁家二小男，乱发面垢腻？举家乍悲喜，邻人亦惊怪。觉时犹在眼，寒鸦在林背。」

《秋夕书怀》云：「冉冉钟初动，沉沉月未生。一镫开夜色，孤雁带边声。贫贱情常恻，艰危梦易惊。何当棹轻舸，江上采芳蘅。」

《冬日早起》云：「入夜风逾急，只疑雪没门。灰深香有韵，猫起被余温。窗树寒留影，瓶花冻合根。小奴偏解事，赊酒向前村。」

《借张松谷方南塘诗集为油所污作诗谢而还之》云：「已愧无痴酒，今知罪不胜。非关寒具手，误倒短檠镫。未缺犹成帙，无劳别写誊。[五]知君重展日，应亦不吾憎。」

《村居有怀》云：「荒居绕屋尽桑麻，灯火幽深独一家。萤傍宵征依岸草，鼠饥夜窃到瓶花。清羸自幸身无恙，生事谁怜鬓有华。僮仆虽骄能解意，晚来佐酒具鱼虾。」

《途中遇雨》云：「忽听喧声起渡头，前村已见夕阳收。云雷破寺僧孤定，风雨连山人乱投。终岁道途怜泛梗，老年身世似浮沤。征衣不惜沾余湿，且向江桥问酒篘。」

《秣陵赠卖画王叟》云：「西风残照晚秋天，落拓相逢倍黯然。我贱卖诗君卖画，与君同上秣陵船。」《包公祠荷花》云：「丛祠花发绕回汀，烦暑时时过客停。谁把栏干界红白，红莲沉醉白莲醒。」其断句《菊影》云：「虫吟三径月，人坐一灯秋。」《秋夕遣怀》云：「同心人渐少，失意事偏多。」《险岁》云：「樵多村树少，米贵市人稀。」《春思》云：「云色兼愁重，杨花压梦低。」《村居即事》云：「夜灯窥鼠妇，暮雨聚鸡孙。」《冬夜独坐》云：「冻雨不成点，孤灯自著花。」《赠逸人》云：「诗有橄榄味，人无冰蘗声。」《送春》云：「莺啼孤枕梦花落，一春心寄蔡石瓢。」《皖城》云：「青山常伴客，白发尚依人。」《春夜独坐》云：「夜深花有梦，院静月无声。」《春阴》云：「麦荒三月雨，花病一春寒。」《秋杪束夏奇峰》云：「叶落疑人迹，闭门秋树深。」《幽栖》云：「屋穿儿捕景，鼠啮妇寻声。」

史友柏征君德本　半楼太学族孙。光绪初诸生，宣统纪元举孝廉方正。著有《朔南吟纪》。《河干偶眺》云：「系艇垂杨踏野烟，龙钟犹挂杖头钱。黄冠白袷一壶酒，红叶青山九月天。谁识孔融真好客，我怀苏晋爱逃禅。波光云影涵秋碧，欲绘今无沈石田。」断句《玄武湖》云：「断水残山销王气，荷风犹送六朝香。」亦可诵。

程素人提学汝璞　号蕉鹿。顺治乙酉举人，丁亥进士，官浙江提学道。笃尚理学。母没，以毁卒。工诗，雅近唐人风格。

《姥山夜泊》云：「一舟轻似叶，欸乃泊秋山[六]。蔬酌临风举，篷窗带月关。目随青嶂远，心与白云闲。渔火菰芦外，凌波自往还。」

沈宏祚先生　逸其字。雍、乾间人。

《咏四顶山朝霞》云：「倚空标奇姿，映湖发秋色。当窗时有无，晴雨在顷刻。」「四顶朝霞」为「庐阳八景」之一，山在城东七十里，俯瞰巢湖，四峰并起。仙人魏伯阳炼丹于此，丹成，以白犬试之，即仙去，故又号「白狗仙人」。刘宋时于山顶建朝霞寺，《隋地理志》作「四鼎山」。

沈露葵先生纯　号髯奴。康熙间布衣。家贫性介，学古工诗。

《晒书》句云：「蕉影摊书碧，桐花坠简香。」《桃花》句云：「千树桃花一壶酒，白头人在乱红中。」均名句也。

徐柏昆茂才节微　乾隆间诸生。少学诗，篇什甚富。著有《石渠集》、《环翠山房诗集》，今仅传其断句。《旅愁》云：「旅愁惊社鼓，春思乱杨花。」《赠朱草衣》云：「四海交游寻陋巷，六朝山水老斯人。」茂才尝以《石渠集》投学使双公，双公激赏之。后复有以诗献者，批云：「何不取《石渠集》细读之？」其推重也如此。

徐窳亭先生青　号平野，柏昆先生子。工诗，有家法。《溪行》云：「幽溪时独往，天气亦何清！顾我惟余影，听秋不辨声。乱云随岫没，孤月带潮生。夜半寻归路，草堂灯火明。」《金陵怀古》云：「王气销沉世几更，空传虎踞石头城。云山自背诸陵绿，江水还流六代声。寝殿断碑酣夕照，离宫衰草变春耕。千秋事业谁长在，望古茫茫百感生。」断句，五言《即事》云：「蠹酣书轴碎，鼠渴砚泉枯。」七言《闲居》云：「荒畦夜雨瓢儿菜，矮屋秋风瓠子花。」《野寺》云：「闲门有路草深浅，野寺无僧花落开。」俱有晚唐风味。

田苏黎上舍　　逸其名。嘉庆间廪生。家贫，以授徒为生涯。有《客馆咏燕》云：「飞飞依旧傍帘栊，百种喁啾正未穷。自为去留商乐土，不堪冷暖怨东风。忽过柳市朝烟绿，小憩鱼汀夕照红。多少衔泥辛苦意，美人知否画图中？」寄托深远，得风人之旨。

许杜邻拔萃裔蘅　　顺治甲午拔贡。著《二楼诗集》。《登镇淮楼》云：「登高俯四野，雄镇自淮西。吴楚当窗见，云山入览低。风清筝浦近，日落弩台迷。廿载荆榛地，新来约共题。」杜邻，明广西巡抚湘畹中丞如兰子，少孤，事母至孝，选拔后，养亲不仕，时论贤之。

许裔馨先生　　逸其字。如兰中丞少子。与兄裔蘅同榜副贡。亦工诗。著《岳摇堂诗集》。《登恩惠楼旧址有感》云：「高楼旧址矗崇台，此日登临溯劫灰。万里苍烟迷北望，千峰寒色自东来。淮流势入荒原断，筝浦声留故国哀。遗础那能知惠政，曾看五马踏春回。」中丞故居在东乡店埠镇西许田埠，光绪丁酉，先祖卜宅于此。宅北里许，为先曾祖旧居地，名长冈乡，人因称此为新长冈，田埠之名遂致弗章。宅西为中丞园囿，固久鞠为丰草。尚余土邱错列，称为「七星墩」，盖当年台榭遗址也。田畔三尺孤坟，无碑无碣。光绪中叶，土崩坟圮，朱棺俨然，父老指为中丞如夫人之冢云。

许四山学使孙荃　字友荪，又字生洲。杜邻先生长子。康熙己酉举人，庚戌进士，官翰林院侍讲，提学陕西。著《华岳堂》、《慎墨堂》、《使晋》诸集。沈归愚宗伯评其诗「激昂悲壮，多燕秦之声」。

其《襄陵去姑射数里以苦寒不得登闻人言莲花洞之胜益为神往遂成是篇》云：「少读庄子篇，梦想藐姑射。揭来襄陵道，去此但咫尺。天寒客衣单，岁暮王程迫。人云十月交，虎豹为窟宅。以兹名胜游，乃复阻行役。闻有莲花洞，一步一怪石。百卉自屏障，芳草相枕藉。仙人万峰头，骑鹤吹玉笛。太行亦缥缈，呼之来几席。余本天机深，丘壑耽奇癖。何当数里遥，迥若霄壤隔？追思昔人言，三叹永今夕。」

《凤岭》云：「朝行凤县西，暮至凤岭口。重岩仰无极，入境逼牛斗。岘缅猿莫攀，崄绝道难取。呼吸神鬼通，动摇风雷守。我来值首夏，蓊郁遍林薮。凌晨日多违，及午光更黝。岩树密自今，石苔滑已久。扪萝思捷足，策杖仍徒手。下瞰浮云游，须臾化苍狗。朱鸟自高翔，何时回其首。」

《万山行》云：「山行固云好，不见山亦佳。霏霏岚气侵，未雨如阴霾。树蔽当午阳，石蒙终古苔。坦途中断绝，危栈外安排。千盘转一峰，更睹群峰来。云烟莽相绝，其势浩无涯。而我乃经过，渺然寡奇怀。黧黑人疲劳，玄黄马虺隤。何心问花鸟，但畏逢虎豹。回首念疏凿，昔人安在哉！苦辛乘四载，叹息空山隈。」

《过太行山》云：「我登太行山，备历九折阪。白云自高妙，一一生绝巘。居人树杪宿，行子烟际饭。结庐向岩阿，相期在岁晚。」

《武关》云：「留坝昔屯戍，武关此战争。地高江易下，滩急响难平。岩壑藏风雨，猿猱搅旆旌。经过正愁绝，怀古倍含情。」

《黑水寺眺望》云：「高处压尘寰，藤萝未可攀。关前临黑水，寺底见青山。时有孤云出，间随一鸟还。翛然思远举，不拟在人间。」

《马道》云：「近二年来秦地客，远千里外栈中山。题诗翠壁心仍壮，照影乌栊鬓欲斑。马道马鞍愁控送，秋风秋雨倦跻攀。那能铲尽江心石，自在中流放棹还。」

《金城》云：「匹马遥从榆国来，鸟飞残戍夕阳开。树分云岭天边雪，水挟洮河地底雷。一曲月明羌笛怨，孤城秋老塞鸿哀。崆峒宝鼎无尘迹，风雨年年绣碧苔。」

《西宁》云：「两度驱车塞上行，白云红树拥双旌。西来鸿雁逢秋色，北走关山傍月明。海阔迥销饮马窟，天清遥见受降城。更闻飞将龙庭在，谁道河湟不备兵！」

学使遗集久佚，惟《天下名家诗观》三集载其诗三十首，《国朝诗别裁集》三首[七]，嘉庆《合肥县志》一首。今所录者，俱见《诗观》中。按《天下名家诗观》三集所载，皆明末清初诸家诗。康熙时吴郡邓孝威舍人汉仪所辑也。

许孙荃先生 逸其字。杜邻先生少子。博学工诗。著《力耕堂诗集》。

《春日过朝霞山》云：「亭午过朝霞，山溪略彴斜。细泉分石齿，晴鸟乱银沙。地远昔年梦，春浓野寺花。晚烟迷短骑，归路柳条遮。」写景颇饶野趣。

《月下筝笛浦听渔唱》云：「盈盈一水绕城隈，城下清流去复回。指点英雄行乐处，烟蓑钓艇时时来。月明风起波如练，美人仿佛空中见。在昔兰桡画舫停，清歌妙舞迟佳宴。锦瑟银笙碧玉箫，湘裙绿鬓桃花扇。绮罗丝竹一时休，烟树萧骚芦荻秋。人静犹疑环珮响，夜阑如听管弦呕。胜境良辰容易改，青天明月常常在。当年歌舞彩云飞，渔唱三更声欸乃。欸乃凄凉不可闻，断桥寒浦水潺湲。棹舟直入菡萏去，袅袅微风浥香露。泠然一曲古今情，清梦徘徊狎鸥鹭。」筝笛浦今在城中，相传曹孟德尝溺妓舟于此，渔人往往夜闻筝笛声。

许仁长典簿梦麒　号双谿。四山学使子。邑诸生，官光禄寺典簿。性孝友。学使卒，祖父母年皆八十，侍奉甚笃。平生与人交，掩瑕录瑜，有古君子风。幼即工诗，著有《双谿诗钞》、《楚香亭集》、《茁齐集》，渔洋山人雅重之。邓孝威云：「仁长生而颖异，宗伯有『佛摩』之称，长安著『双松』之誉。」张稚恭、李子德评其《茁齐集》以行。典簿遗集久佚，曩于嘉庆《合肥县志》中见其《巢湖篇》七古一首，今读《天下名家诗观》三集，得数首，因录之。

《富平山下猛虎纵横人绝夜行然因是无寇患赋此》云：「五石之弓，十石之弩，日日村中防猛虎。客子黄昏不敢行，居人清旭还扃户。君不见此地傍山盗贼多，中宵畏虎潜山阿。」

《古意》云：「栽柳莫栽路傍柳，行人折柳伤离别。种花莫种断肠花，看花易使人愁绝。素丝棼棼多变色，发白由来难再黑。急次努力爱春华，毋失朱颜空叹息。」

《杨花》云：「漫舞回廊疑白雪，间妆老树认梨花。穿街拂巷随风去，万户千门那是家？」

《登北斗城怀古》云：「独倚高楼俯帝乡，秋晖暮角两茫茫。河流故抱重关出，岳影遥连万堞长。碧树凄凄秦苑囿，黄云漠漠汉宫墙。可怜多少英雄迹，惟有残碑卧夕阳。」

《冬幸南苑应制》云：「紫禁清霜拂御袍，君王校猎不言劳。红墙路近停仙仗，翠幄云深护彩毫。特奉鸾舆弓矢备，重驱虎旅旆旌高。岁华将尽春风转，闻说宫灯灿六鳌。」

《长安早春》云：「春光隔岁到皇畿，及至新年雪霰稀。渐觉柳条迎客骑，徐看花气绕人衣。宫帘乍暖蟾蜍湿，御苑微风燕子飞。四海阳和原此日，不惟帝里满芳菲。」

《获鹿道上遇雪》云：「飞雪前来远，驱车此路迷。山高风瑟瑟，天阔野凄凄。古戍征雕跕，荒城卧虎啼。最怜于役者，搔首暮云齐。」

弟梦麟工诗，著《双青堂集》，亦佚。

许静含女士燕珍　字俪琼。四山学使女曾孙，适无为诸生汪镇。著《萧余小草》，久佚。《随园诗话》录其《元夜竹枝词》一绝，《撷芳集》录其《白纻舞》、《春闺》、《乌夜啼》、《有怀》四章，《闺秀诗话》录其《春草》四律，《闺秀正始集》录其《古镜》一首。

《古镜》云：「斑斑绿绣土花蚀，首山之铜鬼工凿。背铸篆籀人不识，持向九天问苍颉。云是汉时波祇国中物，森森寒气生两眸。石破云缺天雨秋，莫悬高台最上头。肝胆照见秦女愁，又惊山鬼魑魅啼啾啾。」

许氏自湘畹中丞显贵，人文蔚起，代有著述。女士父武田大令齐卓，雍正乙卯拔贡，历任福建德化、建阳、龙溪县知县，多惠政。著《左传汇笺》、《三礼汇》、《庄骚汇笺》、《听雨楼诗文集》、《犨龙集》、《万松庵小草》，今均佚。

秦虞桓掌翰咸　康熙时以明经入太学，汇考中书第一。著有《潭影堂诗集》、《酣绿亭诗集》、《前后游燕草》。

其《中庙》七律云：「赫赫雄名庙水涯，入门惊见坐柔嘉。香林下植将军树，绮径惟开帝女花。四面晴峰来远黛，一湖秋水浸浮槎。下方饶有烟霞气，疑是金庭羽士家。」巢湖北岸有矶峙水中，突石临流，形如飞凤，因名「凤凰台」。建庙其上，祀碧霞元君，即中庙也。与湖中诸山相映带，朝霏夕霭，气象万千，其胜处不减金、焦。惜地非要津，游者不至，题咏绝少，遂弗章耳。

龚如乔明经楚　号沂村。乾隆间贡生。县志称其诗「工五言，后学多宗仰之」。然五言今已佚。其《子胥台》七律云：「吴强越破楚鞭余，竟使夫差胜阖闾。不料一身倾宰嚭，转惭七日泣申胥。空江月冷芦花梦，宝匣锋寒鹤市居。太息遗基何处是？残阳漠漠下荒墟。」子胥台又称伍相台，今在县城中。

李畅然太守春　嘉庆初诸生，官严州知府，著有《燕台草》、《浙游草》、《怆怀集》。与蔡静远、吴菊坡诸先生时有赓和。

予癸亥秋游杭州西湖，读书于图书馆，偶见《国朝诗铎》中选太守《需次吟》一首云：「我闻子舆言，士为贫而仕。仕可以疗贫，贫岂能困士！今也仕为贫，仕久贫无止。典宅卖良田，养亲乏甘旨。负累及兄弟，俯仰愧妻子。岂惟咏无鱼，脱粟杂糠秕。亦且叹无衣，缊袍与敝屣。车马门前稀，寅僚淡若水。今年似去年，明年复如此。亦有得意人，腰金复拖紫。夏葛而冬裘，锦绣杂罗绮。贫富每相形，交情由之起。奔走向权门，用尽逢迎技。既见百拜求，未见鞠躬俟。但得邀垂青，片语千金抵。何者是官方？何者曰廉耻？忽然操事权，奉檄津津喜。变态千万端，秃管莫能拟。不如安我命，举步循其理。不如待我时，中立而不倚。藉免龌龊名，笑骂传乡里。」太守曾滞下僚，肮脏不得志，故能述之历历如绘。

周月川上舍治昌　　字步丰。乾隆间廪生。讲性理学，工制艺，一时从游甚盛。其《闲中五绝》云：「闲中检一篇，熟后再三读。心如风拂花，风过香还续。」上舍少孤，事母孝，家贫，典衣称贷以供甘旨。母没，庐墓三年，人称为周孝子，固不必以诗重也。

周海樵征君大槐　号荫堂。月川上舍子。嘉庆时诸生，道光辛巳举孝廉方正。著《海樵集》。其《丁酉冬夜梦谒韩慕庐宗伯》云：「并世争相弃，先生乃见怜。神仙才有数，薪火后无传。敢意梦魂合，竟成文字缘。盐车何复恸，伯乐在前贤。」

《赠歌者》云：「珠声花貌拥檀槽，醉倚琼筵送目劳。不向旗亭仍贳酒，新词付与郑樱桃。」

征君工古文，取法欧、曾，诗乃其余事耳。

赵响泉教正席珍　字子粤。野航大令之族子。嘉庆庚午经魁，官旌德县教谕。工书法，为包慎伯大令所赏。著《寥天一斋诗集》。

古体《燕子矶阻风》云：「破晓犯江色，悠悠别金陵。忽逢江神怒，吹我舟倒行。倒行四五里，峭壁勒江声。却寻旧泊处，帆收浪未平。朝看山云起，暮看海潮生。望我题诗石，瘦削烟痕青。」

《梓山西崦盘石》云：「频来坐盘石，猿鸟不知处。窄径临断崖，清泉流百步。前村夕阳明，遥见归人渡。凉风动翠竹，响入空林去。无劳访山僧，我自得秋趣。」

《题友人横琴图》云：「高士成独坐，故山多隐心。霁色上林表，芒鞋破苔岑。素琴犹未弹，谡谡风满林。长松发天籁，留此太古音。飞泉答遥想，浮岚生画阴。秋兴孤云在，情共七弦深。俯仰寄兀傲，萧寥开素襟。即此从所好，无庸话升沉。」清苍拔俗，能于矩矱中出奇语。

近体稍逊，如《宿荒村》云：「落日投村店，秋声在古原。一萤穿破壁，乱叶打柴门。俗俭依禾稼，民荒念子孙。羸童将瘦马，竟夕怆羁魂。」《皖江题斋壁》云：「旧愁不可理，新咏满诗囊。泽国春寒骤，离天夜雨长。收书宵避鼠，防漏夜移床。已是芦芽短，河豚病未尝。」断句《秋晚》云：「虫语暗侵梦，琴心淡入秋。」《偶成》云：「诗情输后辈，酒量避时人。」《独坐》云：「浮生醒后梦，凉雨暑边秋。」《满眼》云：「纤鳞依岸暖，小石走沙圆。」《赠郭秋渠》云：「春来不倦看花步，醉后犹谈射虎年。」均简练可存。

赵云持征君彦伦　一字云齐，又字云墀，更字懿士。响泉先生子。道光间诸生，同治元年举孝廉方正。治小学，工诗文，著《无心轩诗集》。征君试帖诗，乡人尚有传诵者，古近体诗不可见矣。唯蔡静远《沐兰斋诗集》、吴菊坡《罗雀山房诗存》各附与征君联句一首，因并录之。《与蔡静远邦霖联句》云：「矮云起山不上天，盖作峰头一茅屋。须臾飞尽不可寻，散入山坳万松竹。霖　好风飒飒西南来，吹上高空露岩谷。孤峰青坠篷窗前，竟日凭栏看不足。伦　舟行好结青山缘，朝如同行暮同宿。霖　山光渐淡云不来，山云上舟纷可掬。伦」《三月望日王谦斋尚辰招同吴菊坡克俊方子箴濬颐唐星斋增炳泛月逍遥津联句》云：「胜地良辰会佳客，辰　主宾陶然忘形迹。禊事才过三月三，俊　朋簪小聚罗含宅。雉堞东偏斗鸭池，炳　柳阴䠞地绿丝丝。新蒲出水芦芽短，颐　细麦飞花笋箨迟。濠流屈曲环如带，辰　茅屋清幽隔埃壒。湿云低曳凤楼边，颐　暝烟远抱渔庄外。绕篱野菜蝶来稀，俊　去年燕子今年归。香生红豆词人梦，炳　酒渍金庭倦客衣。风流旷代追羲献，颐　玉堂彩笔凌云健。夜阑剪烛竟飞觞，辰　相思他日诗留券。当筵列坐多古怀，俊　招得狂吟范陆侪。翰墨因缘邀月证，颐　英雄事业半尘埋。危桥咫尺传飞骑，伦　将台久改招提寺。一杵钟声警睡魔，辰　千秋粉怨沉香骴。已觉尊前感慨多，俊　那堪萍梗逐风波！偶临春水寻鸥鹭，伦　还拟秋衣制芰荷。唐衢逃酒飘然去，颐　更索倚楼补题句。雾散平芜不辨青，辰　月明大地都流素。渐闻鸡唱起前村，俊　野景苍茫夜色昏。椭酿瓶中倾剩沥，伦　鸿泥壁上认新痕。天教占尽清闲福，颐　山水怡情胜丝竹。为语今宵共醉人，如此佳游须再续。辰」

江潜之太守云龙　号润生。光绪戊子举人，己丑进士，官翰林院编修、徐州府知府。著《师二明斋诗文集》。

其七律《梦湘过我以淮北面制饼啖之三叠前韵》云：「春深齐盼麦秋晴，雪糁飞来客眼惊。细磨华山银屑出，重罗瀛海玉尘生。相臣闲却调羹手，名士虚传画饼声。记否曲江同与宴？莫欺卢叟赋诗平。」自注：唐卢延让诗平易近俳，曾赋《曲江宴》诗云：「莫欺零落残牙齿，曾吃红绫饼饺来。」

七绝《题蒋咏卿运判西山待隐图》云：「无多蛇跗兼蜩翼，造物于人待者机。独向西山拄朝笏，一天爽气触眉飞。」

五绝《为陆敬溪画蕉扇》云：「蕉是天然扇，风来自祛热。何事王右丞，多著数点血？」豪放不羁，诗如其人。

太守家贫，少孤，育于兄嫂。偶辍学，兄嫂一督责，继以垂泪，太守感悟，下帷奋读，卒至成名，故终身事兄嫂如父母。

继配阮恭人，仪征阮文达公女曾孙，亦能诗，因非肥人，未录。

江孝潜学博藻　潜之太守子。光绪间诸生，官候选训导。笃学儒雅。宣统初，泗州杨文敬士骧督直隶，延入幕中。国变后，家居奉母，集徒讲学。诗宗韩公，自具气魄。

兹录其五、七言古体各一章。《兵戈行呈鲍际唐县长》云：「粤自辛亥兵劫开，海宇残毁惊飞灰。合肥何恃幸再免？得二贤宰支倾颓。戈矛攒集见袁鲍，自注：袁县长体明前知合肥县事，击退大刀会匪，旋擢淮泗道尹。此真健者余凡才。六州前岁陷土寇，吏士虐众祸所胎。黠者挟众复东略，黑夜蚁附南城限。弹火怒发毒焰合，万家坐虑遭燔煨。袁公先出西集士，冲雨径率貔貅回。前锋相接迅电激，压境狼豕崩惊雷。功成超拔莅淮泗，墨士间出恣求财。自注：某令权知合肥县事，有贪墨声。掊克敛怨久乃退，眼底突兀来雄魁。昨者乘城却舒寇，自注：鲍知事前知舒城县事，适六州会匪分股来攻，君以少击众，卒解其围。大名传播及提孩。下车里巷欢走告，预庆生意回苦荄。南北戈旗忽交迫，江淮骇浪高崔巍。此邦先隶南旗下，北士奔赴争喧豗。指挥万众围四合，灭此会食毋徘徊！巨炮震天山岳动，翔空机艇惊耇鲐。居民四窜保残喘，孤城岌岌垂崩摧。将军崛起王与马，自注：王金韬、马祥斌两军同守合肥。横刀杀敌勇且材。君持一诚通情款，协力御侮泯嫌猜。悬金奋搏廿昼夜，狂寇空尔逞陪鳃。大军数道越江至，群丑飘散如烟埃。微闻夷骑蹂村野，自注：鲁军杂有俄骑，杀掠甚酷。兵死白骨何皑皑。腹心幸全支体碎，劫余酸痛谁能裁？人事颠倒多变态，何异寒暑相荡推。袁公去职走沪海，鸾鹄高举难攀陪。颇疑碧翁厚我里，独留贤者弭凶灾。更蕲长此作保障，庶几遗孑承饶培。日暮登高望八极，烟尘澒洞昏楼台。万方急难国士少，抑天长啸悲风来。」

《丁卯三月往上海未数日乡里重被兵灾追记其事用抒忧慨》云：「南园花事烦，自注：合肥南城多园林，为一邑胜境。今春无颜色。兵氛忽被境，遐迩遭燔虐。我初去敝庐，戎机伏未作。舟行越巢湖，风信来日恶。登山望烽火，归路阻蛟鳄。间关抵沪江，乡思坐缠缚。书来述战史，痛定泪仍落。吾邑弹丸地，南向先有托。敌军利吾虚，虎视径前攫。驱众号十万，势欲饱屠掠。排空飚轮回，巨弹洞危郭。高下毒火攻，俄顷惧焦铄。城空居无人，山庄寄稚弱。自注：眷口先避往西乡周氏寿萱山庄。突骑骋俄夷，仇视快一斫。转徙达三河，水国暂栖泊。自注：俄骑至西乡，眷口再往三河镇。吾党有方子，青皋唤孤鹤。推爱及妇孺，真意弥广莫。自注：眷口至三河，及门士方汝南除屋相容。危城终莫撼，坚持如崇崿。将吏工设防，乘间复出搏。久之凶焰熄，脆若风扫箨。豺虎远遁窜，闾里暂宁廓。儿女奉祖归，老屋益萧索。园圃秽不治，未易饱藜藿。将士久用命，糈饷穷支度。输财问四民，黾勉纷解橐。嗟余生事微，卖文济穷约。百金数非巨，重负邱山若。烦忧欲自诉，谁复谅廉谔。鄙吝夙所恶，瓶罍仍倾酌。五十体未惫，宁遽填沟壑？事过庆生全，巢燕嬉危幕。余独抱苦心，啼笑两无著。含凄歌苌楚，欲羡无家乐。」

江伯琵球　　孝潜先生长子。年少耽诗，为散原老人所赏。

其《春日登安庆城南楼》云：「异地凭高孰所亲？吟篇斟酌意难陈。戍楼过雁寒呼客，江渡晴沙晚趁人。我欲挂怀无俗物，天教沾袂有劳尘。填城台阁知何限？满染残阳却当春。自注：来日为阳历新年。」《舟次巢湖西口感赋》云：「十月西湖涸复冰，行程艰苦此频仍。牛拖地上船三板，人看堤南雁一绳。乱劫翻腾天不厌，薄游牢落意难称。悬知残郭留霜晓，入眼明朝恐未能。」《北军犯合肥先一日家人避乱李陵山下之周圩越日俄骑来侵再迁三河镇即夕感赋》云：「偕行亲好费招寻，奔命山深复水深。两地尘劳千里雨，一灯痛定五更心。更无劫运回天顾，尽有年光供陆沉。奚待他时返辽鹤，眼前残郭忍重临？」

吴曾圃大令鼎云　光绪中诸生，官江苏候补知县。著《萝月轩诗集》。《西湖杂咏》云：「杰阁危楼尽倚湖，几疑灵境世间无。晓风空翠檐前落，夕照晴岚水上铺。舴艋依微云树外，管弦呕哑石阑隅。揭来打桨清波里，已觉闲身入画图。」断句《乙卯除日病起》云：「拼将旧债随年积，差喜沉疴与岁除。」《重九》云：「雁字一痕霜有信，虫声四壁雨如丝。」均佳。

宣薇墀教正紫诏　同治丁卯举人，官霍邱教谕。《赠王衡斋》句云：「酒胆太豪忘浊世，宦情早澹称闲身。」教正性严正方介，不与人苟同。先文忠公聘为从伯祖父仲彭袭侯师。时先文忠坐镇畿辅，功高望重，接见宾客恒喜嫚骂，人受之反以为荣，教正居西席，礼貌独崇，而教正亦从无干求，先文忠尤重之。

夏奇峰茂才云　字为霖。嘉庆间诸生。诗才俊逸。五言古近体并超妙绝俗。著《曾园诗集》，久佚，惟潘兰如《国朝诗萃》载其五言古律五首，王望云《松园诗话》载其《春柳》断句，余未见之。

其《大濡山独游》云：「看山如访友，寻源如读书。清秋自超旷，乐与山水俱。秋阴积岩端，夕阳乔木疏。泉声泻寒翠，云影涵空虚。颇得清净理，遇之万化初。既夕下山去，幽怀良不孤。」《香花墩怀古》云：「古人不可见，祠树绕寒流。小艇斜阳外，临风忆钓游。竹深书幌夕，莲谢水亭秋。独有郡斋句，清规为我留。」香花墩为包孝肃读书处，孝肃《书郡斋壁》五律有「清心为治本，直道是身谋」之句。

李澹岩署正联奎　　咸丰间诸生，同治纪元举孝廉方正，学使钱桂森以先生经明行修闻于朝，诏赏光禄寺署正衔，《清史》有传。著《澹岩遗集》，张子开先生为之序。

其《村居》云：「吾家久村居，村居自堪适。曲曲水绕庐，团团树围宅。日日对耕氓，行行向阡陌。春来桃李花，夏至瓜壶积。陇覆秋云黄，溪网冬鱼白。叱犊闻凌晨，纺车鸣竟夕。枣梨欢群儿，鸡黍饷来客。受明南檐窗，课读西宾席。器尘远市廛，谈言半禾麦。既不罹饥寒，又可免行役。我本非高人，居然占泉石。」

《贫家乐》断句云：「米淅野塘水，薪摧山树条。荒庭无客扰，败器有虫雕。」真率处颇近储光羲。

署正性淡名利，端严实践。每黎明起，常有读诵，自经书、宋五子书外，喜诵《史记》，虽老不废。荣城孙佩兰先生令吾肥时，闻署正名，却舆从步行数十里，诣谈终日，叹署正为不可及。

王宝山成均金华　嘉庆戊午优贡，官国子监誉录。

有《春游》句云：「青冢离离新寡妇，杏花村里白衣裳。」王望云先生谓其「诗则佳矣，不免少年绮语之过」，信然。

丁嵩来千戎家祥　号雪亭。壬申武举人，官山东卫千总。工诗，精形家言。归里后，为仇家所陷，瘐死狱中。

绝句《秋闺》云：「月照龙沙万里愁，边城听雁几淹留。寄书莫问家园事，人与黄花共一秋。」七律《徐州渡河》云：「芒砀云销王气收，黄河天险绕黄楼。斩蛇沟在沙犹白，戏马台荒草自秋。千里波涛摧两岸，一帆风雨送孤舟。兴亡不改山川色，空使行人动古愁。」意气豪迈，想见带甲枕戈睥睨一世之概。

高筠村茂才卓　乾隆时诸生。

《夏窗即事》云：「脱帽披襟意兴舒，日长无事赋闲居。瓶花堕砚香沾墨，庭竹当窗翠染书。暂署好官填曲部，漫劳良骥驾盐车。酸辛世味亲尝久，躁气年来渐扫除。」襟怀潇旷，令人神往。

近冬郎。

沙西岩茂才崧　乾隆时诸生。

《新种海棠》云：「谁说无香春独迟？树才盈尺已多姿。可怜薄睡三郎爱，那见杨妃未嫁时。」绵丽

赵星臣征君履上　邑廪生，乾隆丙辰荐举博学鸿词。

其《闻笛》云：「谁家庳笛倚窗櫺？一带春堤柳色青。吩咐东风莫吹去，杏花楼下有人听。」

张二亭明经椿　乾隆时贡生。

《怀小山四兄》云：「出郭曾无半日程，相思也自逼愁生。柳风淡荡棉初落，春草黄昏梦易成。开户乍看新乳燕，携柑可忍独闻莺？家贫剩有青毡在，两处寒温一例情。」

二亭明经与丁嵩来千戎、高筠村、沙西岩两茂才、赵星臣征君诗向未之见，乙丑夏省家君于南京宦

次，偶过书肆，见《国朝千家诗》，购之归，五先生诗皆载其中，不禁狂喜，亟录之，以存乡邦文献。

徐毅甫学正子苓　字叔伟，晚号南阳老人，一号默道人，又号龙泉老牧。道光乙未举人，官和州学正。著有《敦艮吉斋诗文集》。性介，特喜读《易》及老、庄、孙武书，顾视侪辈无出己上，益放不自检，谓名业可立致。年二十四举于乡，入都，获交湘乡曾文正公及邵郎中懿辰、陈编修源兖、张石洲穆暨他知名人士。于时俗人不能容纳，贵显者尤以气轹之，人以此畏其狂。困而归。文正典试江西，过合肥，诣学正不遇，赋诗而去。民国初，与朱默存、王谦斋同附李瀹岩。《清史列传》、桐城马通白孝廉其昶《龙泉老牧传》记学正遗事甚详。

其五古《邹县道中大雨旋止》云：「烈风荡平野，狼狈车徒奔。疾霆翻巨海，中途旷无垠。我无击水力，跋浪思长鲲。阴阳变俄顷，霁色明天根。弯环双雄虹，雨气怒欲吞。沙埂路滑滑，木彴波粼粼。回首峄阳顶，湿翠蟠归云。」五律《晚过旧县》云：「夕阳沉断堠，牢落万峰愁。吹角盘雕疾，鸣鞭怒马遒。风威连绝塞，地气近幽州。倚醉问邮卒，山南有虎不？」均凌厉飚举，特有高致。

其《将入都梅花下作两绝》云：「种梅三两本，经年已成树。主人不耐饥，花时踏车去。」又：「首途指明发，巡檐独惆怅。敬祝岁寒身，归来两无恙。」则跌宕闲雅，气韵自殊。

七绝《读陶诗书后》云：「澹泊标成隐逸宗，黄虞胸次忒雍容。北窗风枕东篱菊，谁识先生是卧龙。」

品题亦精，是真知陶者。

断句如《怀高隐居姥山》云：「高生性豁刻，清苦似桃椎。径自将妻去，常闻数米炊。」《立夏偶题》云：「含桃供鸟啄，坏木课奴删。」《小山》云：「蜂蹙花藏蕾，崖欹竹露胎。鹤盘空翠上，蚁负落红来。」虽琐屑事，笔力精湛得到，不愧作者。

徐亨甫先生元叔　毅甫学正子。幼有异禀，嗜学能诗，著《劫余小草》，清峭激楚，不似少年所为。卒年十九，士林惜之。

其《自闲闲园移居湖干》云：「挈家去故里，为兹风鹤警。垣颓聊漫涂，茆漏未遑整。柴扉俯远山，湖光白弥迥。帆痕互出没，夕阳争诸岭。探奇屐未著，感时意常耿。思量旧松菊，佳处付谁领？」《雨窗即事》云：「荒村午鸡叫，雨窗清昼永。檐注声潇潇，湖光白冏冏。濛濛淡霭间，一叶孤帆影。」《枕上作》云：「霜冷风犹剧，孤衾抵铁寒。猿鹑无远计，履虎敢言难。邻纺声相答，孤灯烬欲残。烽烟正凄紧，月黑夜漫漫。」《偶成》云：「宿雨淡将尽，斜光明树梢。游鱼频跳水，归鸟各争巢。浩荡观元化，低迷任客嘲。飞仙如可学，吾欲问三茅。」《重过教弩台》云：「古寺松长铁佛大，儿时爱向松边坐。黄巾一炬孤城破，松树全焦佛颓卧。游子别来悲故乡，旧游尽作荆榛场。君不见，孝肃祠、杨侯庙，瓦砾荒荒动残照。归禽向夕无树栖，断垣时有饥鸦叫。」

《晚霁》云：「徙倚双峰清昼长，片云将雨过山堂。湛湛溪水晕空碧，寂寂篱花绽嫩黄。避世桃椎双草屩，呕心昌谷一诗囊。乾坤几处兵戈满，薇蕨凄清又首阳。」

王逸塘省长揖唐　初名志洋，字揖唐，通籍后更名赓继，又以字行，更字逸塘。光绪癸卯举人，甲辰进士，官主事。共和后历任吉林巡按使、内务部总长、安徽省长等职。擅辨论，纵横捭阖，有说士风。平居与诸名流赓和，雅尚风雅。重印李文定父子、田梅屿广文诗集，表章乡贤，有功文苑。

兹录其《悼旧》七绝云：「舌底潮声不可听，黑头开府老成型。太平湖畔春如许，芳草年年自在青。」此诗为先从伯祖仲轩公作也。太平湖，都城中一小沼，醇贤亲王府在其侧，即德宗龙潜旧邸，鼎革后赁为中华大学校舍。逸塘先生时为校长，仲轩公民国初元入都，恒下榻于此。

杨燮卿明经汝霖　同治时贡生，吾友杨韵芝之族曾祖也。谦和冲逸，蔼然儒者之风。韵芝闻予辑《合肥诗话》，以明经诗见寄。

其《幽栖》断句云：「雨余春色笼堤柳，风卷涛声舞涧松。」颇近宋人。

吴平甫茂才道明　光绪初诸生。尝客江淮间，得交当时贤士大夫，学因之大进。著《研香馆诗存》。《登北极阁》云：「高阁插天起，长江绕郭流。烟含瓜步水，气锁秣陵秋。北极星辰近，南朝金粉收。长歌白日暮，归雁下芦洲。」

徐月波孝廉占鳌　乾隆丁酉举人。工诗。所著诗集久佚，今仅传其断句《归思》云：「一院凉风筛竹韵，五更残梦落灯花。」

熊宁扬先生国标　乾嘉间布衣。诗未之见，而乡里且无知其人者。惟王梧冈明经凤翙《松园诗话》录其《明妃》一绝云：「诏遣和番玉貌新，孤衷自是效孤臣。那知汉室无经略，不用才人用美人。」立论新颖，为前人所未道及。

丁镜蓉茂才开甲　光绪初诸生。事亲以孝闻，家贫，游幕蜀中，以谋菽水。父卒归，以未及亲含敛为恸，结茅居墓旁，昕夕仰天号恸，三年如一日，闻者哀之。其《蜀中寄杨俊峰》七绝云：「黄叶辞枝冷信浓，天涯征雁感离踪。何当风雪寒窗下，共听荒村半夜钟。」

吾师焕霆先生以茂才诗见示，并述其事迹，予敬茂才之行，恐其弗章，故并记之以教孝。俊峰名楚堂，光绪初诸生，吾师之尊人，与茂才为道义交，亦乡里硕德士也。

蔡仲雄上舍庆泽　一字笠云。光绪末廪生，博学能诗，联语尤为擅长，晚近吾东乡谈词章者莫之或先也。著有《红藜馆诗草》。

其《题奉节县署张桓侯庙》云：「老屋傍山根，千秋庙貌存。风霜标大节，香火奉英魂。袍泽君臣共，园陵母后尊。自注：甘后墓在庙旁。巴渝呜咽水，终古下夔门。」

《夜坐》云：「疏疏夜火明，寂寂少人行。雨后滩声壮，秋深客思清。风林一犬吠，露草百虫鸣。此际堪惆怅，难为旅馆情。」

《信阳军次杂感》云：「猛虎曾闻变色谈，乱余景象刿亲谙。壕边夜哭多新鬼，劫后荒村少壮男。野犬噬人争断腿，残黎乞食荷空篮。遥知帅府开春宴，银烛金盘饮正酣。」断句《春草》云：「东风旧恨仍三月，南浦新愁又一年。」《送人之长沙》云：「舟子不知人意懒，声声催上洞庭船。」《湘中即事》云：「楚雨三更凉入梦，湘波千古碧留痕。」

蔡氏与吾家三世中表，上舍，我之自出，亦族姑婿也。家贫，橐笔依人。尝东渡辽沈，西穿巴蜀，遍览山川之奇伟，学因之益进，而终莫疗贫。近岁家居，所遇益困。冠盖京华，斯人憔悴，予与工部有同感焉。

姚岳宗嵩　号潜庵。筱村太守春魁子。宣统初，随父官滇中，尽历山川之胜，遂喜吟咏。虽所为不多，而每觏佳句。如《苍山》断句云：「怪石倒悬青嶂骨，老松斜卧翠微腰」，非笠屐其境者，盖未易道出也。

袁乐群先生崇超　性端厚谦谨，乡里有长者之称。辛酉岁，予侍父居沪，吾师杨焕霆先生困于家政，不克之沪，举先生自代。莅馆，未匝月，即以病去。越三载，竟归道山。著有《晓天簃诗稿》。先生馆予家时，宾主极契合。每一诗成，就正吾父，偶为润色，必击节称善，讽诵久之。犹记其断句云：「池冰缺处见鸥浴，村酿熟时招客尝。」

余荆南孝廉榜　道光甲午举人。性倜傥，淡荣利，乡居与诸名流结文社，诗酒流连，陶然自乐。为「城东七子」之一。「七子」者，孝廉与王二石、赵云持、吴菊坡、张渔村、盛议卿诸先生及先高祖侍御公也。故侍御公有句云：「浪得城东七子名，题襟欣得附群英。」先伯曾祖文忠公年十七时，曾执贽于孝廉之门，故入词林后寄赠孝廉诗亦有「两世交深同骨肉」之句。卒年五十二。先文忠为之作家传，有云：「其先忠宣公既殉难，有某千户匿其遗孤，间关至合肥，遂家焉。」又云：「先生屡上礼部试，不第，潜居讲学。凡经指授，咸有嘉闻。既仕不达，益励本行，宾宾孺养，而赴义若渴，不谖言，不饬事，不没荣，顾甘穷悴以卒。」著有《牛背吟草》。

其《山居》云：「长夏山居风物清，百花开遍绿阴成。山遥每送当门色，树老常疑带雨声。破帽疲驴京国梦，弯弓射虎少年情。却怜户外蛙鸣闹，不到江湖已半生。」

予又尝闻诸先祖云：道光甲午春，诸文士设乩坛邀仙，预问秋试题，沙盘批云：「唐伯虎」，初咸不解，继恍然：唐，又号六如〔八〕，而《论语·乡党篇》「执圭，鞠躬如也，如不胜。上如揖，下如授。勃如战色，足蹜蹜如有循」八句，适六「如」字。因各预拟一篇，迄入闱，首题果此。是科吾肥中式六人，孝廉及先侍御公、蔡春泉、霍朝楹、李襄廷、张诚也。

靳健伯先生理纯　　一字见白，别号小岘山人。咸同间布衣，工书法，行学包安吴，隶学邓怀宁，精铁笔，酷似完白山人，颇藏有包、邓真迹。没后家贫，斥售殆尽，遗稿亦多散佚。

顷友人钞寄其《春雪和某君韵》三律，因录其一云：「又著王恭鹤氅衣，踏来衫袖总依依。不从岭上寻梅去，且向江南折杏归。纸帐惊回庄蝶梦，江天战罢玉龙飞。更看晚景逢初霁，权当梨花映夕晖。」

子少伯先生润沄，书刻能世其学。光绪辛丑为先祖司记室，相从之沪。甫数月，以病归，旋即弃世。亦喜吟咏，与家君为忘年交，时有赓和，惜年已远久，家君不复省记矣。

王钰芝泽隆　　一字湘瑟。同济大学毕业生，亦吾师杨焕霆先生高第弟子也。性静穆，喜文翰。其《游山》断句云：「怪石常争路，闲云不出山」，清越颇似黄汉镛。惜患郑权之疾，中道而画，未竟所学。

王瞻远女士泽慧　钰芝妹。合肥女子中学毕业生，亦吾友杨韵芝弟子也。韵芝尝以其诗见示，风景佳句，往往可爱。《过巢县》七绝云：「柔橹声中雨霁初，槿篱茅舍见村墟。风光知近居巢境，两岸垂杨唤卖鱼。」

王弢文女士泽敏　瞻远女士妹。曩予录瞻远诗入诗话，弢文羡之，学益力，顷以诗来，楚楚有致，进益之猛可畏也。其《淝津即景》云：「依依杨柳飏晴晖，临水渔家半掩扉。一片春云筛雨过，桃花稀处见莺飞。」

王彦华女士万英　钰芝从女，亦韵芝弟子。幼颖慧，喜作诗，清婉可诵。惜深思工愁，家庭胶戾，忧郁以亡，年才十七，未嫁也。其《淝津晚眺》断句云：「水无深浅争归壑，柳乱高低共舞春。」风调颇近明解文毅。

龚季侯上舍长钜　光绪间廪生。精歧黄，喜吟咏。著有《一笑斋诗集》。

其《晚眺》云：「极目杳无际，行行落照中。群鸦争古树，一雁入遥空。芳草秋还绿，孤花晚更红。境宽心自旷，此意有谁同。」

王育泉太守世溥　道光间诸生，咸丰纪元举孝廉方正，官候选知州，从征捻匪，积劳卒军次，赠知府衔，赐祭葬。太守尝筑小辋川于逍遥津上，讲学其间。著《小辋川诗集》、《周易论语同异辨》、《青箱余论》。

其《自固镇赴宿州道中即事》断句云：「蟹河春雨歇，虹县夕阳多。」可谓学杜得其遒丽矣。

王谦斋翰簿尚辰　字北垣。育泉太守子。道光时诸生，官翰林院典簿。宅有遗园，晚自号遗园老人。著有《谦斋初二三续集》、《遗园诗馀》、《虱隐庵杂作》。少时倜傥负奇气，雄辨论，喜滑稽，有东方曼倩风，行次居五，人呼之为「五疯翰簿」，因自称「五疯居士」。与徐毅甫、朱默存齐名，翰簿放诞，毅甫孤僻，默存傲慢，时人目为三怪。又尝说降苗沛霖，为世所称。

其《晓发池州》云：「芦中人语梦初醒，一霎风帆过远汀。柔橹数声残月堕，九华山色隔江青。」

《杨柳曲》云：「桐城道中种杨柳，往来攀折行人手。长堤三月曲尘香，春老飞花满店旁，随风飘荡沾衣裳。君不见：陌上桑，自亭亭，涧中柳，何青青。草木生来有本性，莫学杨花无定形。」《小园桃树作花》云：「小桃有红意，欲试可怜春。开径初经眼，无言暗怆神。回思弦管日，长忆乱离人。拟泛仙源棹，何从去问津。」《重至临淮旅舍题壁》云：「一曲骊歌踏软尘，故园小别已兼旬。宵来欲作还乡梦，淮水无情又送人。」

断句《荻港吊黄靖南》云：「橹声摇梦断，问境到繁昌。江市人烟聚，山祠草木荒。」《拳石山房题壁》云：「浮生久已梦蝴蝶，世事何如食蛤蜊。」均近乐天。

王氏代有著述。王清，字一宁，明世袭济宁卫指挥，升广东都指挥，死寇难，著《建櫜集》，《明诗综》载其《塞上感怀》一首。王茂粹，字羽雏，明诸生，著《脱腕集》，《庐江县志》载其《福昌寺》一首。王丝，字如言，顺治戊子举人，官黄州司李，著《年草》；弟纲，字思龄，顺治壬辰进士，官通政司参议，著《见鹤亭集》；弟舟，字咏思，顺治辛丑进士，官四川太平县知县，升清军督粮道，著《宦巴吟》；弟绎，字又如，顺治丁酉举人，官直隶东光县知县，著《梦游录》；丝子永阅，字祉仲，诸生，著《鹿柴诗钞》；永阅子裒，字石仓，康熙辛未进士，官山东商河县知县，著《冰翠堂集》；从弟召，康熙壬午优贡，官歙县训导，著《艳雪楼集》；裒子元龄，字九馀，诸生，著《守泽居遗墨》，即翰簿高祖也；季子元登，字啸门，贡生，著《编籍圃漫吟》；元龄子会芸，诸生，著《馥馥轩小草》；弟会茏，字珠庭，乾隆乙酉举人，著《艺圃偶存》，翰簿之曾祖也；会茏子运咸，字受虚，贡生，著《爱吾庐剩草》，翰簿之大父也。翰簿曾辑其先代遗著，为《王氏诗征》，未付梓，故世无传。翰簿元配孙宜人，亦工诗，因籍隶寿州，故未录。

王修甫先生德名　谦斋翰簿次子。工诗，为仁和谭仲修先生所赏。著《澹雅居小草》。《春雨偶兴》云：「日气蒸微雨，轻寒不掩关。水云低近屋，杂树障成山。谁弄风前笛，偏惊病后颜。闲情久抛掷，无奈惜花鬟。」

《祷雨词》云：「龙公无事昏昏睡，半载深潭双耳闲。万祷千祈不一应，火云成阵烧天碎。太守忧民三日斋，特请雨师构崇台。台高十丈通天路，还仗黄麻符檄催。台下何所有？旗帜明皑皑；台上何所有？金鼓喧晴雷。雨师咒雨声似哭，万民夹道争匍匐。龙公大笑卧不起，白皙谁家纨绔子？民间未饱麦三升，那有官厨醉梦里！君不见，刺史按部巡东都，一时甘雨随行车？桑林何必烦神巫！」

《插秧歌》云：「布谷唤罢秧鸡飞，绣成碧毯秧苗肥。分秧还策旧秧马，可怜辛苦饥忘归。老翁六十未衰朽，灶下支持赖老妇。诸男娶妇妇尽佳，添得雏孙成八口。朝插一亩秧，暮插秧一亩。那能百亩一时齐，呱呱索乳床头啼。不惜索乳床头啼，人家青青秧满畦！」

断句《雪夜与兄实甫登山亭小饮》云：「梅花酝酿香才发，柳絮颠狂气未除。」《秋日与外兄孙少鼎登八公山》云：「战国流风争养士，汉家末造启清谈。」

王芗甫茂才德棻　字枚荪。谦斋翰簿季子。亦能诗，著《枚荪遗草》。《同姊夫郭瀛槎刺史侍家大人游西泠诸山晚憩灵隐寺敬步大人原韵》云：「闲访龙泓洞，来登灵鹫峰。冷泉鸣曲涧，怪石偃长松。径僻犹藏寺，山深信有钟。探幽随杖履，老衲笑相逢。」《自当利浦开舟抵江宁晚泊桃叶渡》云：「客思茫茫落大荒，江风吹雨送新凉。掀天白浪趋京口，隔岸青山拱建康。百战英雄埋蔓草，六朝金粉问垂杨。我来别有兴衰感，巷口依然旧夕阳。」《春日游蜀山晚宿田家》云：「野花开落鸟钩辀，夹道松阴似水流。疏磬一声林外尽，斜阳红过万山头。」

修甫、芗甫俱早卒，翰簿辑其遗诗附刊于《谦斋全集》后。

戴子瑞学正家麟　咸丰初贡生，选宿州学正，后改国子监学正。著《听鹂馆文集》、《劫余轩诗存》。

绝句《过项王墓》云：「平皋走马昼将昏，山色高寒鸦鹊翻。万树枯风天欲雪，短衣来拜项王坟。」七律《月夜归湖干山庄》云：「野径柴车日往还，白云常为护松关。棋枰对酒二三友，茅屋临湖八九间。难得人归共明月，不须钱买是青山。藏书几卷无征税，暮夜追呼意自闲。」

五律《寇至苦雨》云：「遗黎盼苏息，天意竟如何！狂寇披猖久，吾庐风雨多。远山吞宿雾，骤水没高禾。淮右军书急，征夫尚枕戈。」

学正少孤贫，事母以孝闻。官宿州时，尽心诱掖，多所成就。为文一遵先正轨范，诗亦清脩。仁和谭复堂先生令合肥时，选刊学正与徐毅甫、王谦斋两先生诗，称为《合肥三家诗钞》。

朱默存州司马景昭　咸丰壬子优贡，官候选直隶州州同。性聪颖，目数行下。为文章，根据经传，有心得，多创论。著有《读书札记》、《论文刍说》、《无梦轩诗文集》。

其《岁暮还家》云：「霜鸡号中夜，寒意警万物。羁客起旁皇，归踪待明发。贫中无良图，事至辄伤骨。优闲鲜所就，况乃在仓卒。踌躇且还家，长路乘晓月。」

先生有文武才，果敏公英瀚抚皖时重之，为兄弟交。果敏尝阅伍，坐将台，先生独布衣，手蒲扇以往，果敏虚左席敬之，岸然不怍。少与先文忠公同塾读书，文忠少年盛气，睥睨一切，先生视之蔑如，及同应试，文忠屡列前茅，愈不平，斥文忠为不通，迨文忠贵，先生以故交往谒，文忠戏谓曰：「我今通未？」先生色变曰：「君时运通耳！」拂衣去。文忠悔，追之，不返。他日刘壮肃侍文忠，问人才，文忠曰：「默存，国士也。我不能用，恐亦未必为汝用。」壮肃愤退，而卑词厚币聘先生入幕，尊以师礼，先生感之，亦悉心为之擘画。时讨捻之师久无功，壮肃忧之，先生笑曰：「捻如马贼，官军欲步伍胜之如何哉？惟以捻法制捻耳！」壮肃大悟，即日然短香，置巨金壁门外，令曰：「能刻寸香绕六营三匝首至者取此。」军士皆乐奔，最后并有刻寸香绕十四营三匝者。故捻飚急如风雨，铭军亦风雨赴之，卒以此成大功。后旅没扬州，壮肃厚赙归其丧，并恤其家。

王君美先生玑　　清初人。

《夜怀诗》云：「雨溅桃花柳放烟，蕉香人隔海潮前。一轮新月三更影，半在寒江半在天。」此诗见攸县彭湘南先生廷梅《国朝诗选》，而不详其里字。

武进许雨村先生维桢《意园杂录》云：「王日乾，字季谦，江南合肥诸生。崇祯末携家之白下，阻兵不得归。弘光元年，南都再陷，安宗北狩，季谦恸哭自缢，家人惊救，越日出走，久不返，或传已溺于江，溯江寻之，见只履，遗骸终不可得，遂以衣冠葬于牛首山下。子二，长玑，字君美，能诗善画；次珖，字君宜，精歧黄。」并录之，以补县志之阙。然二子归里与否，不可考矣。

蔡石瓢茂才家瑜　　别号铁鞋道人。静远先生族子。嘉、道间诸生。能诗善画，精篆刻。性萧散拔俗，喜出游，遇嘉山水往往流连，竟日不忍去。尝南游吴越，北历淮颍，舟车所至，辄与一二诗人相唱和，归则联吟朋酣，嬉诗酒，穷日夜不衰。

所著诗集久佚，惟乡人某藏旧本《燕子笺》卷端有茂才自书题词二绝，其一云：「杨花作阵入帘帏，陇上征人去不归。匣里红笺无恙在，空梁又见燕双飞。」其二云：「旌旗风靖柳营开，莲幕参谋仗异材。夜半蜡书驰一骑，前锋生缚左贤来。」

王幼丹茂才国梁　光绪时诸生，家大人启蒙师也。茂才父星斋先生，亦先祖业师。茂才工试帖摺楷，间亦作古近体诗。世居邑北穷乡，解馆后即不通音问。大人弱岁返里应童子试，茂才已久归道山。欲访其孤求遗稿，竟无人知者。惟记其断句云：「赌棋当晚食，得句共秋商。」酷似胡稚威。

王润田先生霈　嘉道间布衣，工山水，学博才赡，不肯规规作常语。著《榆荫楼诗稿》。《题铁鞋道人画松》云：「道人作画一身胆，笔所到处天无功。画遍枯松三百纸，纸上如闻万壑风。」

校　注

〔一〕关仝　原作「关同」，「同」应作「仝」。

[二]罂粟　原作「莺粟」，今改。

[三]还　原作「环」，今改。

[四]侘傺　「侘」原作「佗」，误，今改。

[五]誊　原作「藤」，今改。

[六]欸乃　「欸」原作「款」，误，今改。

[七]诗　原刻漏，今补。

[八]号　原作「字」，误。按唐寅字伯虎，六如为号。今改。

合肥诗话卷中

王紫卿太学美銮　同治间监生。性淡泊，不慕荣利。与张靖达公有同门之雅，靖达抚吴，屡招不往，藜藿自甘，时论尚之。著有《乐潜斋诗草》。《天门崖》断句云：「仰天石色穿霄汉，听水松风乱急流。」

王裕侯明经懋宽　光绪间贡生。紫卿太学子。耆年硕德，乡里钦迟，甲子春卒，年逾古稀。哲嗣孟阶以明经遗著《劫余斋诗集》来乞家大人题词，因录其二绝。《溪上》云：「泊舟清溪上，夜静波光白。隔岸有渔村，一犬吠明月。」《舟过芜湖》云：「梦回便欲倩倪迂，为写春江晓霁图。波外青山山外树，半帆红日过芜湖。」皆清洁可喜。

王季和政谦　裕侯先生之季子也。家居力学，喜韵事。予居乡日浅，未接音尘，忽以书来，并附近作。

其《偕杨韵芝游明教寺》云：「联步趋兰若，层楼倦眼开。烟云迷北望，风雨挟秋来。地静销兵气，时危忆霸才。松阴自今古，欲去首重回。」

《浮槎山乳泉歌》云：「信步趋浮槎，浮槎白云里。空谷阒无人，长松一徙倚。言访隐者居，废榭生荆杞。自注：谓史半楼先生。异代不同时，高风空仰企。漠漠岩云生，淅淅凉风起。上有怪石峥嵘接霄汉，下有飞泉急泻奔涧底；更有巢湖横其前，惊涛澎湃无涯涘。状态万千不可名，吾恐李成画笔亦未能写此。忽听流泉声，步逐流泉止。泉声穿古寺，龙泉未独美。自注：龙泉山在浮槎西二十余里，上有泉名龙泉，自佛寺后回绕殿，径达僧厨。欧阳修品为第十三泉。披襟坐泉边，我心若止水。合泉泉水清，巢泉泉水浊。一石重五斤，自注：山中道林寺有合、巢二泉，合泉清，巢泉浊，二泉相较，一石重五斤。清浊难为匹。斯名第七泉，庐陵昔所录。泉清濯我缨，泉浊濯我足。翛然太古心，那复知荣辱。晚钟催客归，欲去还踯躅。笑谢山中人，今秋复来瞩。」

明教寺在城东，魏武教弩台旧址。高数寻，多松阴，有井居其巅，俗称屋上井。浮槎山在邑东，相传自海上浮来，有梵僧指之曰：「此耆阇峰也。」故又曰「浮阇」，有寺，名浮槎，梁武帝敕建，初名道林，又曰福严。武帝女修道于此，没葬寺东，旁有海榴一株，云女手植，清初犹存。今海榴已无，墓亦平夷。山顶有泉，味甘而冽。嘉祐中，郡守李谨以遗欧阳修，修为之记，所云「乳泉石池漫流」者也。此皆吾乡名胜，读之不禁浩然动莼鲈之思。

王植甫政钧　季和族兄。季和闻余辑《诗话》，以其遗诗见寄，其《忆故园》断句云：「一窗花落春初去，千里莺啼客未归。」

王盈川心海　季和从子。《过赵涤山东斋赋赠》云：「荒村无事喜追陪，扪虱雄谈亦快哉。怪底新诗清彻骨，幽窗日日对寒梅。」虽脱胎韦苏州《访人不遇》之作，自具丰神，不为病也。

张楚宝京卿士珩　号弢楼，一号竹居，又号冶衲。光绪戊子举人，官候选道，晋四品卿衔。先曾祖之甥也。少年居金陵，筑室冶山之侧，讲学其间。与汪梅村、孙琴西、秦伯虞、陈雨生、顾石公、邓熙之诸先生为师友。继公车北上，先文忠公留参幕府，总办军械局武备学堂，倚畀极深。甲午事起，遭蜚语，时张文襄督两江，治其狱终年，冤始白。壬寅，建德周玉山制军抚鲁，强招之，旋奏办上海制造局。革命军起，避青岛，有终焉之志。项城袁公夙重京卿，且有通谱之谊，及任总统，手书召商大政，京卿辞以疾。时徐菊人总统任国务卿，与京卿亦旧交，游说百端，强起任造币总厂监督。旋谢病去，终未一入都觐见也，时论高之。其领北洋武备学堂也，部勒诸生，宽猛相济，诸生虽时受督责，退益感奋。其后袁公治兵小站，辄取材是校。迨民国肇兴，人才蔚起，如冯华甫、曹仲珊两总统、段芝泉执政、王子春巡阅、段香崖总长、张子志督军，皆京卿门下士也。呜呼，甚矣！

予丙辰岁侍父居津，曾一谒见，躯干奇伟，方口疏髭，望之俨然，及之也温，见者谓有先文忠风度。越岁，病没津邸。故先从伯祖云贵公挽以长联，有「何无忌酷似其舅」之句。而京卿好学之笃，亦恒人之所不能及，行卧必以典籍自随，《四史》尤能背诵，不遗一字。为文上探班《书》，旁抉萧《选》。著《岐楼文集》、《竹居小牍》。

其七古《江南第一峰歌并引》云：「金陵聚峰园废久矣，或以废圃石见遗，考之，乃园中旧物也。有八分书「江南第一峰」五字在其背，诗以纪之。岐楼嗜石与石昵，佹得奇石奇莫匹。八九尺若千万寻，奇峰江南题第一。拜石问石何自来？聚峰古园昔曾虱。矗立双梓形嵬峨，近观嵚崟远崒屼。十围窍穴转玲珑，丑凸深凹洞穿月。气通阴晴色苍古，未秋欲雨先瑟瑟。上锐旁张拟飞燕，点水款款势欲活。四等品分上中下，大书五字劳不律。惜无名字记谁某，刻阴但纪甲与乙。好事直欲媲奇章，独怪镌镵牛氏佚。郡贤郑重比韩陵，前甘自注：《白下琐言》载此石。后汪自注：同治《上江志》亦载之。纷称述。劫后名区久棘丛，树倒峰倾委蓊郁。平泉山居空垂诫，醒酒奇物嗟芜没。一自沉沦岁月深，有如高人负奇逸。久隐畏约无穷时，酒庸更衣匣筑出。不鞭而来无胫至，惊世骇俗露奇崛。端严挺立岐楼前，楼前万石气尽夺。魁梧奇伟复奇秀，第一江南非夸说。转徙隐见会有时，天生异质终难閟。此石似欲骋雄怪，聊假山楼寄萧屑。主人何乃珍逾瑞？颠米迂倪有同嗜。袍笏于于罗酒浆，拜揖倦休谋一醉。举酒酹石石不饮，掷杯且读《菱溪记》。」

五律《陪张湛存入劳山访逢公遗址不得》云：「岩峣高不极，选胜共登临。洞壑随峰迥，烟峦障日阴。摩天悬壁峭，访古入岩深。欲问幽栖处，云封不可寻。」

京卿不以诗名，而诗亦工，能者固无不可也。

张伯荣孝廉宗瀛　光绪癸巳举人。弢楼京卿从子，先祖之甥也。工制艺，闻于时。亦能诗。先叔祖郊云公辛丑弃养，孝廉挽以诗云：「夜月凄凉缌帐前，昌黎忆昨泪潸然。书窗灯火红如许，荏苒流光廿八年。」又：「岁岁秋风闭户居，西华葛帔孰怜予？何图蒋径荒凉日，犹幸曾停长者车。」

蒯礼卿京卿光典　光绪壬午举人，癸未进士，官翰林院检讨，淮扬道候补，三品京堂。治汉学，富收藏。谈锋严厉，兀傲不群。

其《题李新吾太史希吕印存》云：「摹印为缪篆，亦列书体八。始仅检诈伪，后乃资笔札。余生手悬椎，体中无半黠。数典虽澜翻，腾笑祭鱼獭。李君示此卷，开我两眼豁。尉律久榛芜，彼此纷相轧。略以近古言，技俩亦狡猾。文何趁姿媚，陈自注：曼生邓自注：石如苦槷𣏾。字体尤淆讹，偏旁互剜刮。太息诸家谱，金鎞不可刮。君独消息之，难哉真戛戛。未谷颇精审，祭酒乃钤辖。意匠契隶古，体势盘雕鹘。如探百川源，沿溯西极汃。如聚八宝材，庄严梵王刹。余力偶为之，根柢穷坱圠。耻居小生后，奚用郭香察。忽忽掩卷忧，俯仰自碣磍。东川刘夫子，自注：讳家蕃，万县人，同治丁卯本省解元。窈窕如兰茁。藉藉影梅庵，董白惭婠妠。遗制尚在眼，所嗟百芳杀。谱剩脂粉腻，石怜冻脑滑。以君铜玉罗缺齾。下笔嗜奇古，碶体去垢圿。沈姬亦健者，自注：亡姬沈氏，名慧，字季光，后更字叔光。窈澮雅才，七篇通苍颉。更冀传印人，一一归甄拔。」考据精核，不愧学者。新吾太史，先勤恪公家嗣，予之从伯祖也。

蔡雨庄先生应斌　嘉道间人。

《栖霞岭下拜岳忠武墓》五律云：「峻岭埋忠骨，千秋此慨叹。风波良将死，雪窖旅魂寒。旋转乾坤易，调和君相难。南枝有遗恨，莫向墓门看。」先生不以诗名，亦无集，此诗附载蔡静远征君《浴兰斋集》中。征君，先生从子也。

童凤盉孝廉鼎臣　乾隆乙卯举人。

《和蔡静远〈村居重五〉韵》云：「深居绝过从，畏俗如畏暑。倚户送停云，下帘留燕语。东皋新雨后，露叶迎风举。稻田云水光，沾体人三五。嘉树翳村凉，众鸟忻得所。庭草亦交翠，依依媚其主。安得素心人，往来联步武。吟诗枳树关，待月蒲牙渚。列援课园官，观刈劳田父。此愿不可期，令节仍独处。竞渡息楚风，招舟间淮雨。徒见艾悬门，谁与桃云黍。览君《重五》篇，笔力折钗股。更怀湖上游，烟鬟梦湘女。」冲淡远逸，得田家风味。

田梅屿广文实发　别字玉禾山人。许四山学使甥。雍正己酉举人，庚戌进士，官徐州教授。广文天资爽逸，家贫力学，少时与同邑夏栩庄、许柳亭、徐越江、许双谿、王两溟、萧立亭、程卬浦、倪东间九人结诗社，风晨月夕，阄韵分题，极一时之盛。中岁后，诸社友星散死亡殆尽。家亦益贫，日则酬应逋负，办给薪米；晚入侍慈闱，曲承色笑；夜分始张灯书室，了日间人所属笔墨事，乃任意读书。成进士，年六十矣。著有《玉禾山人诗集》、《绿杨亭诗馀》。

七律《秋日同晓云过访宝山上人兰若》云：「墙坳扁豆发寒花，水际人烟三四家。乍涤稻场秋寂莫，争归鸭阵晚喧哗。钓船得句推篷咏，僧舍赢棋攘臂夸。世上许多忧乐事，等闲筹画漫相赊。」《山行即事》云：「曲路纡徐入窅冥，却从驴背睡初醒。钟收千岭日色暝，云动一山松叶青。每到隐居如欲老，惯探幽胜似曾经。何时结得茆亭住，好办锹锄掘茯苓。」

七绝《春日舒城郊外杂纪八首》云：「密树桥南春涧西，数家平住草檐齐。半日更无人出入，浓云遮屋乳鸦啼。」「烧畬新畬土色宜，放来尺水也漪漪。倩人装得春犁好，正是农家下种时。」「芳郊春尽水如烟，傍午鸡鸣桑树巅。翠竹编箩担稻种，菜花南转是秧田。」「柳叶桃英晚自香，春残犹觉袖风凉。鹁儿出壳能浮水，掠破青萍似蚬黄。」「犬入花丛不吠人，莺眠叶底懒啼春。看他陌上提筐女，只恐而今尚姓秦。」「水塘西角乱蛙鸣，满耳喧嚣听自清。忽地雨声三两点，春云缝里月弓明。」「浅澹春山入望微，孤烟落日两依依。乌犍黄犊无人牧，自傍桃花堤畔归。」「柳边久立绵沾袖，花下微哦蝶上巾。最是一年情兴好，真堪唤作赏春人。」

五绝《题山水画册》云：「居绕千长松，幽窅无剥啄。夜深风雨来，虬龙斗屋角。」

诸作长于写景，境真语淡，耐人咀嚼。

其断句《题浮浓岭》云：「云护半山月，风销一夜霜。」《滁州道中》云：「乱水争危壑，一蝉响众山。」《湖上吟》云：「野树模糊随岸远，晚云重叠较山多。」《村居杂咏》云：「鸡母负雏啄蚁阵，狸奴戏草扑蜂衙。」又：「诗成驴背半肩雨，酒醒山腰三面风。」摹神绘影，警策清新。惜为集中所未载，幸倪东间刺史序广文诗附存之。

田绮山先生　　逸其名。梅屿广文弟。

《和梅屿署斋雨后移竹韵》云：「数茋帘外任横斜，霜雪何妨逐日加。自向穷阴全直节，春风桃李愧芳花。」此绝附载《玉禾山人集》中，余未之见也。

刘延訾先生　逸其名。

《冬夜与李容斋许柳亭田梅屿咏烛联句》云：「木蓼光贲贲，通烓映突兀。李　訾觌绛影长，欻闪青荧发。刘　金藕擎兰枝，银盘雕白蹷。许　蓝琲细动烟，蚌玥圆出窟。田　误讶心星流，宁比庭燎谒。李　凤脑爇未央，蜃汁沃难涸。刘　去幽足似茧，导行车有轨。许　宛日脚东升，恍斗柄西揭。田　痕透木难消，脂夺火齐馞。李　仙音奏淼茫，香气增蓬勃。刘　目瞠朱霞炯，手抚柔黄滑。许　衔龙久烂漫，得奴逾窈窣。田　孤影弄似鸾，齐辉连类蹷。李　丹矢烈士心，细鉴龙女发。刘　锦堂煊罽氍，帘室耀罗袜。许　贺老促拨鹍，花奴就鼓羯。田　性耐金徒悠，气敌水沉汨。李　风力晃罘罳，星纹激罗孛。刘　碧厨薄胃绡，红轮团障蔽。许　缀阁欣涂蚖，归院引鸣鞭。田　散晕满衾裀，攒葩森节钺。李　煤积研头鹳，火攻壁上蝎。刘　浮篆倚奔腾，密檽竞超越。许　政九枝秦颠，彻七日汉蹶。田　香篝暖柏膏，横陈灿瓶腯。李　松明恣诽谐，桦质凭剞劂。刘　刻寸钝才忧，逾尺贫者咄。许　舞剑讶电猋，摊书爱鳞崒。田　悬殊岂易希，囊萤缘偶阙。李　俨若向藉藜，非同滫烧筏。刘　误书救燕危，抱泣睹卞刖。许　苦灼笑猴冠，毒焰猛牛伐。田　脐然快示惩，头繁哂甘罚。李　穷隐骇水族，开迷劚株橛。刘　煜爚看初融，昭烢钻败埸。许　女行美璞贞，妇绩余光猝。田　匡鼎赖凿邻，懒残倚煨柮。李　代炊季伦奢，向晨彦国独。刘　杖奴无乃愚，投兄亦已悖。许　幽显迭死生，剪剔胜肉骨。田　远至怪生燐，长摇疑掣鹘。李　神集九光台，烟散五侯阀。刘　芳臭递绛纱，栖乌扑蒙樾。许　鸭瑞心本同，豹啼髓易卒。田　帘焰腾氤氲，堵墙排硉矹。李　堕珥乱主宾，绝缨防搪揬。刘

开魇迅发蒙，持盈慎秉笏。许　投檐乌敁敠，窥瓮鼠止龁。田　室阒晦每韬，几敧体频扤。李　剪去蕊离披，招来魂恍惚。刘　泪堕心欲枯，骨撑焰宁没。许　素虫斗铁跡，紫花落枯麦。田　丽谯杳以煎，冲燚严渐刖。李　发粹火飘荧，恒满丝垂纥。刘　始然但油油，正炽愈浡浡。许　敢撄风四围，殊异灶五突。田　高衰爝岂伦，久视道不淈。李　在帷亶莫掩，成灰冤谁讦。刘　抽新首贯缨，倒持根簇蕨。许　摇摇锥颖锐，炎炎峰屹屼。田　奇华资呷嚅，馋沛佐春哺。李　续游肆跂跗，坐阁困跪脆。刘　邃夜愁坠渊，官道防触碣。许　翔阳远计弛，待明近力竭。田　彻曙独煌煌，穷年伴矻矻。李

客至占葳蕤，雨生晕超忽。刘　跋近薪屡传，毯衷镊宜捐。许　熔铄竟何辞，坚白宁不曰。田　颏茎列缺澄，射疾呀豁掘。李　人戴睫难交，虫赴手急捽。刘　酒汁倾汪洋，文澜翻溟渤。许　渊源卧斟酌，林薮坐看核。田　熄等沤泡空，静如桃李讷。李　察察者神荒，惛惛焉色艴。刘　通体资高明，残液堆郁崛。许　灺燕兔华销，烬凫蟾魄殁。田　泽减鹤焰微，锭移蛾窜歇。李　昼操应有余，晨举聊仓猝。刘　拈髭目惝恍，留宾衷结愲。许　永作不夜游，请天禁明月。田」

延誉与梅屿广文友善，容斋相国奉讳家居，与二人时有赓和，故相国又有《夏履端刘延誉田梅

屿见过分韵得齐字》之作，此诗，相国《容斋千首诗》、广文《玉禾山人集》均载之。惟《玉禾山人集》称许为「柳亭舅氏」，《容斋千首诗》称「许晨舒」，然则柳亭当一字晨舒矣。《玉禾山人集》有《寄许双谿表兄》之诗，双谿又字仁长，四山学使子。《容斋千首诗》中有《九日许晨舒同伊小阮仁长冲泥见访》之作，仁长与晨舒既为叔侄，则「晨舒」、「柳亭」非四山之别字明矣。四山有弟名孙富，亦工诗，别未闻有弟也。予前录孙富诗，不详其字，以此证之，「晨舒」、「柳亭」或即孙富之字号欤？

吴菊坡太学克俊　晚号蔗翁，又号晚遂老人。嘉庆时监生，能诗工画，潇洒乐易，人争就之。著《罗雀山房诗存》。

七绝《曹芷沅为予写听秋图赋谢》云：「年少飞扬胆气粗，淋漓双管擅生枯。乱山古木荒寒景，能写秋声满画图。」声调洒然。

断句《途中忆故园》云：「客路愁风复愁雨，归人江北忆江南。」写来离思满纸。《稻孙楼怀古》云：「半林斜日归鸦翼，千亩西风长稻孙。」属对亦工。

张娱存明经丙　原名延邴，号渔邨。道光时贡生，喜藏书，工铁笔。著有《延青堂诗存》。其《早行望梅亭》云：「晓梦驮驴背，荒亭石径深。山围天界窄，月坠水光沉。密树交铃语，轻烟出磬音。莫谭曹魏迹，铜雀杳难寻。」《泊巢县》云：「曲折溪流缓，山山绕镜中。去帆划波白，落日浴城红。蟹断浮桥水，鸦盘远树风。全湖天更阔，明发溯冥濛。」断句《秋夕门外》云：「疏星远杂收场火，过雁低连碾稻声。」《试灯夜步月城闉》云：「寺钟初动暝烟白，街鼓未收残炬红。」

当嘉道之时，天下无事，又值阳湖陆祁孙先生司铎吾肥，提倡风雅，一时人才辈出，如明经与赵席珍暨子彦伦、王永烈暨子埒、史台懋、徐汉苍、蔡邦霖、胡邦梓、卢先骆、王时柄、赵对澂、蔡家瑜、夏云、吴克俊诸先生，皆以能诗名，淝上吟坛，于斯为盛。陆公尝辑诸先生诗为《淝水兰言录》，未成而去。

吴星斋先生德庆　能文章，尚气节，咸丰八年，发寇再陷肥城，父敬业被执，先生身蔽之，断二指，父卒遇害，先生大哭愤骂，劝之降，不可，捶之，折齿喋血，骂益厉，遂及于难。先是，咸丰三年发寇初陷肥城，朋辈多慷慨殉难，先生独走免，作诗吊诸死难友云：「诸君临大节，忠贞贯日月。我何忍须臾？高堂有白发。」咸疑先生畏死饰词。至是，乃知先生昔之不死者因有亲在，非畏葸者流临难苟免也。

吴一山茂才培　咸丰间诸生。著《睡余小草》。其《山中即景》云：「山居无个事，林外步迟迟。屋破新萝补，墙欹怪石支。泉深僧汲水，竹密客题诗。带月归来晚，钟声飏隔篱。」茂才生遭乱世，而弦歌不辍。著《见闻录》，纪粤寇事，多官书所未详，洵为一代野史。

陆勋伯茂才鹏举　一字岘樵。少有才思，以诗文见赏于县令谭仲修先生。光绪间，以冠军入泮，屡踬秋闱，青衫潦倒，而诗益工。兹录其《春怨篇》云：「萋萋绿遍王孙草，春昼花开晴更好。游丝轻萦上苑烟，香尘细逐长安道。长安好鸟散春声，夹道花飞香满城。风暖侯家朝鼓瑟，月明戚里夜调筝。调筝鼓瑟声无倦，谁识深宫闭深院。苔绣雨侵长信阶，花光人映昭阳殿。晓日蛾眉昼自慵，春风鸾镜愁谁见？莫盼帘前赐锦袍，那堪月下题纨扇？锦袍纨扇思悠悠，阿谁思妇上妆楼？妾窥玉镜悲年少，郎上金鞍事远游。草种合欢难已恨，花栽连理总含愁。含愁缄恨空相忆，天涯游子无消息。锦字迷离万里书，玉颜寂寞三春色。春色如流可奈何，佳人悄立怅蹉跎。雕阑日暮棠梨落，翠袖春寒风雨多。谁家新妇调脂粉？谁家画阁娇绮罗？绮罗薰香乐复乐，脂粉如花佗复佗。花发良媒伤拟托，香来小阁疑隐约。峨峨西北望高楼，寂寂东南飞孔雀。咏絮才怜谢女多，画兰人比左芬弱。絮叹兰香往事空，青楼倚树泣东风。芳心枉寄黄金缕，别恨难羁白玉鬃。谁怜远道蘼芜绿？谁惜梢头荳蔻红？可惜可怜只靦靦，靦靦含情恨遥夕。笙调怨曲易黄昏，黛展啼眉终索寞。与君三五期已过，与君二八思徒役。空持苏合炷金炉，空向兰房展瑶席。晓起敲残紫玉钗，宵深梦断黄衫客。客心对此益凄然，春老长安总可怜。渺渺绿波余别梦，弦弦锦瑟送华年。哀时雨夜拼花落，感遇春长被酒眠。红杏日边矜倚屋，碧桃天上认蛙蜷。且将昨夜思归引，翻作当筵春怨篇。」缠绵哀艳，不愧作家。

童茂先武部挹芳　光绪初诸生，官兵部主事。博闻多识，精小学，擅文章，诗学唐人，古体尤工。壮岁居京师，名重一时。鼎革后排难解纷，有鲁仲连风。比年家居，乡人被其德化益众，无论知与不知，闻武部名，莫不肃然动容。居近六安，某年有大刀会匪陷六安，相戒无入武部里，人皆叹为郑康成后所仅见。著有《存吾春馆诗集》。

《杂感诗》其一云：「剖蚌索良璧，凿石求明珠。所好终莫致，操术先已疏。术疏不引咎，乃云珠玉无。山川有灵怪，掩口相胡庐。」其二云：「骐骥系逸足，跛鳖居其先。酸嘶向奴隶，往往遭捶鞭。伯乐市以去，万里空无前。道旁有骏骨，槁死功成年。」《绍古词》云：「罗衣不冬御，华烛无昼明。睹物识衰谢，非君独寡情。朱颜日以变，白发日以生。盛时傥未见，谁信曾倾城！」

《杨白花》云：「杨白花，飞何处？昔为连理枝，今化相思树。高楼睡起翠眉颦，杨花不见愁杀人！愁杀人，终不返，锦凄玉泣春将晚。春将晚，乱飞鸦，最无情，杨白花！」

《古酒器歌》云：「醉骨吟魂阏山足，春草年年成惨绿。野老携锄劚新雨，松径阴森山鬼哭。忽惊地坼幽宫开，黄肠秘器尽成灰。中有一物独完好，形制不类樽与罍。嗅之往往有酒气，土花蚀断龙蛇字。斯人已逝物空存，毋乃珍秘遗同志。携归拂拭供案头，对之不觉双垂涕。青春有酒不解饮，黄泉沽取嗟无地。谪仙归去无酒客，百尺高楼醉秋月。北斗倒挂南斗斜，酒旗晓向杯中没。斯器真与球图尊，汤盘孔鼎安足论！缙绅处士莫浪语，此中恐有刘伶魂。」

杨焕霆贰尹德炯

一字熙载。少应童子试，不售，拂衣走通州，肄业师范学校[一]，为张啬庵先生所赏。旋纳粟为县丞，司淮北盐政会计，历任分转皆倚重之，鼎革后，隐居里门。与家君有缟纻交，聘居西席，家孚执贽问业九载矣。先生和而介，与人交久而弥敬，故人乐与先生游，亦终不敢狎。尤善饮，每酒酣耳热，纵谈古今事，有王景略扪虱而谈之概。喜为诗文而不留稿，然文效萧《选》，诗学后山，自足千秋；今录近作二章，以当鼎脔。《秋日登天平山五律》云：「石径草侵衣，高秋游客稀。松崖存昔梦，枫叶带残晖。渺渺湖波阔，沉沉塔影微。山灵终不改，万笏自崔巍。」《东山口阻雨》七律云：「橐笔遨游别故关，萧然行李出东山。一天雷雨征衣湿，深谷崎岖客路艰。野店解装聊纵酒，农家得岁尽欢颜。穷乡频歉今方慰，云自孤飞意自闲。」

杨韵芝开森　吾师焕霆贰尹长子。少年苦学，搜求乡贤遗著尤不惮勤瘁。余辑《诗话》，得诸韵芝为多。辛酉岁，一见于肥里，别后每得新诗，互相投递，他山之错，真益友也。兹录其《小岘山》云：「岚光缥缈寒侵骨，涧水潺湲泻可听。欲问韦侯酣战处，惟余突兀故山青。」《姥山秋望》云：「水势欲浮孤塔去，山谷礧礌峙中流。崩涛鼓浪秋风里，芦荻吞声易白头。」《过蔡月樵太学依绿园故址》云：「斗鸭池边路，荒园长蕨薇。残春同寂寞，名句想依稀。沾溉惟花雨，沉吟傍竹扉。不逢风雅主，空自吊斜晖。」《过江忠烈公殉难处》云：「丹心烈烈气如虹，誓死睢阳自古同。百战雄风人共说，一池春水恨何穷。丰碑郁穆松阴匝，古堞嵬峨庙祀隆。凭吊不堪寻往迹，鸟啼花落夕阳中。」

《秋日游浮槎山》云：「杂树拥秋山，掩映互苍翠。西风飒飒来，千林尽如醉。我偶山中行，反觉秋容媚。黄花映短篱，密竹藏深寺。钟声下夕阳，洒然动诗思。」

韵芝初作，喜声调，薄意理，后以吾父介，为诗抵从叔父莼季先生，从叔父答诗有「汲古莫忧牵绠短，操刀终见失牛全」之句，诫以「攻诗如衡人，伯高周慎，季良豪侠，刻鹄画虎，斯喻善矣，惟在效者自择之耳。」韵芝遂删繁剪芜，穷锼苦炼，语尚沉著，尽涤粗浮流滥之习。

赵涤山守廉　家贫嗜学，假书朋辈，篝灯夜读，孳孳不倦。予耳其贤，欲订交，无由也。顷涤山忽以书来，谬相推许，并示所作，因录其七律《书事》云：「风动庭松涌怒涛，纤云四卷雁行高。人经乱后诗增健，家到贫时兴转豪。校籍讵能容蚁蠹，惜花未许长蓬蒿。尊空市远难留客，汲井烹茶当浊醪。」《夏夜》断句云：「挥扇蚊投地，张灯鼠避人。」

王昺三庭槐　吾师焕霆贰尹之婿也。家贫，以授徒为业，菽水承欢，箪瓢自乐。予辛酉岁侍亲返里展墓，曾于师宅一见之。昨自写其诗见寄。《田居》云：「负郭二三亩，春来身自耕。烟含村树霭，犬吠路人行。流水自成韵，夕阳无限情。蛙声动两部，似作不平鸣。」《秋晚》云：「云敛碧空净，游人快晚晴。市声疑雨至，诗意入秋清。鸦散疏林寂，滩回积水明。西郊闻鼙发，凛凛动幽情。」《三汊河渡头口占》云：「小市如村寂不哗，绿阴深处酒旗斜。桔槔声里南风暖，吹起杨花似雪花。」

周颂朊部郎行原　光绪癸巳副举人，官度支部郎中，著《芗生馆诗稿》。

部郎为予伯祖丹崖太史之长婿，光绪丁酉，予从姑以难产没，部郎哭以诗，其一云：「生道而杀人，问天梦梦久。生也繄何恩，杀之竟何咎？敬遗与语忘，呼名蔑一有。修短原正命，苍苍管枢纽。云胡容产鬼，肆虐莫援手！我父滞遐方，作达聊慰母。母病痛弗任，泪枯眼昏黝。缺君奉羹汤，盘匜能洁否？妆楼香以歇，遗挂黯尘垢。鼠粪积空榻，蛛丝网疏牖。嫁时旧奁笥，媪婢衔恩守。检点单凤钗，摩挲双蝶钮；留斯转增戚，弃却安忍负！返魂倘有术，稠桑趋恐后。」其二云：「今日大刀环，镜破难飞天；异日紫鸾胶，琴断难续弦。啐经尸君位，竖旐招君魂。醮坛恪将事，焉知幻非真。南冈乌柏侧，卜曰厝之安。风雪一殡宫，肌骨寒不寒？夜台渺何处？裹粮行路难。炭烬尚堆炉，纸灰应化钱。试去乞阎罗，重缔来生婚。」其三云：「我性惮早睡，君长坐待之。更鱼每三跃，刺绣无告疲。清芬佩范史，阴律宣周诗。孤寒感拯贷，宛若化勃谿。我褊易迁怒，慰解色必怡。言须胸养春，奚露圭角为？厉学期矻矻，干名耻孳孳。讵我甑鬵归，与君永别离！伤哉小儿女，索母呀呀啼。且复抱怀中，绐之以枣梨。君去勿萦念，宁俾芦为衣。翩翩双翠禽，珠林上下嬉。狂飚荡巢覆，雄者失其雌。哀鸣尔何辜？令我摧肝脾！」情挚语痛，不忍卒读。

断句《村居》云：「蟹肥秋自瘦，蟾缺晕逾圆」，《寄虚腹上人》云：「涧水听不腐，松林行有香」，皆工。

黄凤冈明经荫桐　一字峄青。光绪间贡生，健饮工诗，著有《苕华轩诗草》。其《真州绝句》云：「观音门外放轻舟，幕府山前雨乍收。日暮江豚吹浪起，卖鱼声里到真州。」饶有风韵。

刘省三中丞铭传　同治中，以平吴中粤寇及东西捻匪功擢直隶提督，封一等男，晋兵部尚书衔，旋授台湾巡抚，卒赠太子太保，谥壮肃。著《奏议》二十四卷，《大潜山房诗钞》一卷。当咸丰初年，天下大乱，吾肥叠遭饥馑，盗贼蜂起，西乡人情犷悍，健者蓄死士以自卫，称圩主焉。渐则弱肉强食，日寻干戈，以事并吞，俨同割据，县官不敢问。中丞固圩主之一也。嗣先文忠奉曾文正命，归里募淮军，中丞投麾下，叠建奇勋，位膺五等。捻匪平，谢病归。是时，海内平定，中丞独宝虢盘，筑亭于大潜山侧以藏之。尝角巾往来秦淮上，乐诗歌琴管十年，倏然若忘天下。虢盘者，虢季子白盘，百十一字，周宣王十二年制，道光间常州徐燮钧任陕西郿县所得，常州陷，贼以之贮刍豆饲马，中丞破贼得之也。光绪九年，法兰西夺我越南，遂荡闽海，觊台湾。十年，台湾事岌，诏起中丞，以巡抚衔督台湾军务，屡却法师，法终不能得志于台湾。十一年，和议成，台湾建行省，中丞遂拜巡抚之命。抚台八年，闻翁同龢请罢海军，顿足叹曰：「人方盗我，我乃自抉，其藩亡无日矣！」遂上疏乞骸骨归。其治台也，清赋税，扩盐茶，增府县，创邮电，开矿务，修铁道，设武校，拓营台，广枪炮，制水雷。始至，岁入七十万；及归，岁乃三百万。尝登基隆山，张远镜东望，慨然曰：「彼葱郁者，非日本三岛耶？失今不图，吾且为彼虏矣！」甲午，东事起，王师不利，朝旨召中丞，不出。或扣之，中丞曰：「东事方起，朝廷苟命吾为大帅，督前军，吾当扼鸭绿江，保全辽，观衅而动，东事尚可为也；迨平壤既败，其事尚可为耶？」

又闻，中丞既贵，家居，有石超者，湖北童生也，年少，独以兄弟称，请见，长揖居上坐，中丞不悦，命属对曰：「手八行书见一等男童生大胆称兄弟」，石应声曰：「持三尺剑行数千里布衣长揖傲王侯。」中丞大奇，延为上客，厚贶之。

中丞少任侠，少读书；及贵，礼文士，折节读书，故擅文翰，精棋弈，诗工五言，横厉捷出，得其用兵之旨。

《雪夜》云：「大雪苦寒夜，短床高卧时。早春归雁缓，斜月到门迟。才得还乡里，又将远别离。辞官未有术，翻恨受人知。」

《秋夜闻笛》云：「羌笛夜声声，吹堕相思泪。清韵入云霄，哀音动天地。斜月雁高飞，挑灯人不寐。万虑一时空，此心何所寄。」

刘蘅庄先生朝叙 字瞻明，壮肃公孙。诗宗宋人，为吾乡近时健者。

其《过周梅泉巢园赋赠》云：「梅泉诗学韩，骎骎入于古。五言尤奥衍，几欲郑叟伍。自注：谓苏堪师。始于约堂坐，一见倾肺腑。有园在沪西，寥阒绝尘土。危楼何嶕峣，古木如弼辅。石罅泻疏泉，奇峰拱廊庑。娇樱初著花，娟娟带春雨。间之榆与桃，错综益媚妩。主人高世怀，乐此足卬俯。况与海藏楼，相望不数武。冰雪闻造门，谐谈夜过午。兹游同后山，自注：陈子言先生。小憩饫深语。何当踏月来，携诗听谈麈。请运郢风斤，敢布雷门鼓。」

《看桃花过龙华寺》云：「愁霖尼我看花期，谋野偏过上巳时。暖鞚蹴脂六七里，落霞散绮两三枝。剧怜春去开宜早，无那风寒放又迟。古刹劫余重盛处，人间兴废几堪悲。」

《赠李纯季》云：「纯季学涪翁，生拗谁与抗？阴阳骋施闭，心胸罗万象。长公尚苦淡，风骨亦遒上。自注：谓哲兄晓耘。吾欲追二贤，默作未能当。」

张振轩制军树声　道光间廪生，以克发寇、捻匪功，仕至总督。同光间历任漕运及两江、直隶、两广等省，加太子少保衔，卒谥靖达。著《奏议》八卷、《杂著》一卷。《谒包孝肃祠》云：「城南一曲尚清流，风送荷香槛外秋。遗像至今传铁面，直臣岂肯作金钩！烟波浩淼藏鱼艇，苹藻馨香荐古洲。漫说阎罗关节重，青宫事业等安刘。」《过周公瑾墓》云：「鼎足功收一炬红，白杨古墓啸寒风。两朝心腹推知己，半壁江山效死忠。遗恨直吞漳水北，豪情犹唱大江东。英雄儿女今何往？埋玉深深惜此中。」

制军与弟海柯军门并以团练起家，屡破悍贼，久历戎行，继任封疆，终于粤督之位。诗不多作，世传惟此二首耳。

海柯讳树珊，官至广西右江镇总兵，记名提督，讨捻于湖北德安府遇伏，没于倒树湾，赐谥勇烈。

张次青观察华轸　原名煜林。光绪初诸生，靖达公次子，官湖北候补道。性仁厚，乐施与，一乡称为善士。能诗，工古体。年未五十，卒于武昌官次。遗稿散失，仅传其《拟宫词》云：「妾是杨柳丝，君是杨柳絮。柳丝割不断，柳絮随风去。」音节铿锵，有乐府遗响。《归家》断句云：「欲觅昔时人，累累列邱墓。」亦佳。

张立青观察华斗　光绪中诸生，官候选道。靖达公季子。著《席月山房诗存》。其《乡居杂咏》云：「昨夜岭头云，今朝湖上雨。不见采莲人，荷花娇欲语。」又：「木末秋风高，茆屋几为破。催租不到门，拂石云间卧。」《题秋月庵》云：「结庵远在白云中，为访禅林策短筇。寂历幽花明野径，萧疏败叶舞西风。遥山叠翠回孤鸟，老树皴皮半蛀虫。到此翛然尘壒外，松涛澎湃起长空。」观察诗才雅洁，年甫逾三十遽谢宾客，未能竟舒襟抱，惜哉！

张绮季观察云锦　靖达公从子。光绪初诸生，官湖北候补道。著《顺所然斋诗文集》。《丁未除夕感怀》云：「因循久客楚江隈，似水年华去不回。白发又随新岁长，青春如见故人来。

心惊物候湖边柳，思寄乡园窗外梅。五十明朝知易过，屠苏酒暖且倾杯。」断句《待舟安庆城外》云：「天际晚霞随日落，海边寒月趁潮生。」《还家》云：「齑盐随分心常足，松菊怡情径就荒。」

观察生于华庑，能俭约自持，数十年如一日，醇朴有古人风。

沈惜斋封翁若涯　嘉庆间诸生，少耽吟咏，为诗一根性情，不事雕饰，雅近香山、诚斋。著有《炊余录》、《寄感篇》。

其《听雨》云：「院静萤光细，灯微夜气清。梦中心欲碎，秋雨滴阶声。」《春日题黄怡亭斋壁》云：「重来旧客感春华，杯酒论诗寄兴赊。蝴蝶满园飞不住，暖风吹上碧桃花。」

断句《游瑶瑛山》云：「麦浪翻时云黯淡，花光映处水空明。」《十月初三到斋有感》云：「苔缘雨润痕如旧，树为霜红叶赛新。」

次子石坪学博用熙，工书法，为包安吴弟子，《清史》有传。

沈湘衣比部绩熙　惜斋先生第三子。道光己酉拔贡，同治甲子举人，辛未进士，官刑部主事。登第后，不乐仕进，归主庐阳书院，一时学者景从。年九十三，与兄石坪学博同游泮水。著《第七泉山房诗集》。《教弩台》云：「高台临雉堞，魏武此凭栏。何处寻遗镞？松阴一径寒。」怀古登高，具有兴亡之感。《题金山图》云：「浮玉山前昔舣舟，今朝画里豁吟眸。一枝塔影随云去，缥缈青连北固楼。」诗亦飘逸。断句《书怀柬高晚樵》云：「万顷澄波钦叔度，一声流水遇钟期。」运用工稳。《晚泊湖口县》云：「系缆月初堕，敲诗人未眠。」出句虽截取渔洋，对句工力悉敌。

沈苾香茂才德芬　湘衣比部之孙。光绪间诸生。著《梦梅庐诗集》。《红叶》绝句云：「十里霜风石径斜，高低化作赤城霞。天台刘阮重来日，疑是夭桃万树花。」意殊新颖。

阚仲韩州司马凤楼　　同治时官江苏奉贤县知县，继擢州同。

《和恩竹樵方伯用渔洋秋柳韵秋兰诗》其一云：「重帘风急度香魂，室冷维摩静掩门。别有根因迟杜若，早于华省认衿痕。自注：凤楼乙丑始受业杜夫子筱舫门下，瞻谒慈范，时公视师全椒。湘江处士芙蓉帔，芳草王孙橘柚村。坐久不知情自化，同心言许再追论。」其二云：「渺渺苍葭欲结霜，迢迢芳影溯寒塘。箴言契晚迷金谱，法操音迟和玉箱。纵使隋宫场并擅，终应香国殿称王。薇垣秘省宜君子，恰好重阳历宝坊。」其三云：「浅澹容华褪橘衣，素娥青女是耶非？秋风既老清如许，骚客逢君世本稀。九畹芳联霜气傲，一茎香化墨烟飞。自注：公善作画。超超愧许襟怀冷，得植瑶阶愿不违。」其四云：「百卉东皇记并怜，偏宜禅钵供松烟。美人迟暮天平旷，帝子中流意渺绵。纫佩有心经晚节，传芳竟体忆韶年。苔苍藓蚀辞幽谷，犹曳风枝到槛边。」

州司马雅擅文翰，与凤池、凤藻齐名，人谓为「阚家三凤」。凤池、凤藻诗，予未之见，即州司马诗，亦惟于《秋兰诗钞》中见此四首，然为题韵所拘，固未能见其所长也。

阚新甫先生濬鼎　　仲韩州司马子。

《题德妹遗稿》云：「不栉聪明质，才华夙厚期。岂知中路诀，仅此数篇遗。风雨长安日，兵戈间道时。祇今思往事，一诵一凄其。」

弟养贞，早卒，妇黄氏绝粒殉烈，妇能诗，未之见。

阚德娴女士寿坤　仲韩先生女，适同邑方雨人大令承霖。善丹青，工笔札。光绪中，卒于吴门，年甫二十七。著《红韵阁遗稿》。《采莲曲》云：「水烟破处见吴娃，荷叶田田簇鬓鸦。双浆如飞扑凉雨，一声欸乃入丛花。」《看海棠》云：「粉湿胭脂腻，红黏蛱蝶轻。美人春睡起，高烛晚妆明。点颊犹余醉，凝眸互有情。弱丝牵不断，弥觉态横生。」《倦绣》句云：「秋水澈凉雾，夕阳见远山。」隽永之处，直入王孟佳境。

阚霍初参议铎　仲韩先生孙。官吉长、胶济等铁路局局长、交通部参议。著《无冰阁诗集》。其《垂钓》云：「喷礴江涛溅客衣，垂纶鱼我共忘机。残阳倒影出云罅，莽莽黄芦秋不肥。」仲韩先生同治间需次苏垣，后人遂居吴不返。

郭笛楼大令道清　咸丰间诸生，光绪初官山东掖县知县。治狱明允，以经术饰吏治，鲁人颂之如神明。著[illegible]子槎山房诗赋稿》。《庚午下第和友人秦淮杂咏》云：「不须惆怅怆离颜，世事浮云亦等闲。赢得晓风残月里，扁舟饱看秣陵山。」《舟中寒甚自煮瓢儿菜》云：「云暗江深欲雪天，白门一别意萧然。此行大有烟霞气，载得瓢儿菜满船。」神韵颇似阮亭。

林献廷茂才钟彦　光绪中诸生，家徒四壁，居之晏然。近岁适馆予舅氏家，过从甚密。乙丑春，予从父仲躋公没，茂才挽以诗云：「眉山兄弟世称贤，剧有新诗继老泉。太息颍滨遽凋谢，长公雪涕检遗篇。」时家君方辑从父遗稿付梓，故云。

张卓流先生韵　庐州中学毕业生。馆予家四载，与吾师、诸父时有赓和。今录其《重游龙华追怀李仲躋》绝句云：「龙华古塔势崔巍，景物无殊人已非。自注：甲子春，雨中偕君游龙华。读罢桃花柳线句，自注：君《龙华纪游》诗有「桃花夹路红堆锦，柳线沿堤绿蘸波」句。满天风雨正霏霏。」述往情深，词有尽而意无穷。

吴伯华廉访毓芬　予母之伯祖也。官江苏候补道，加按察使衔。著《也是园诗钞》。《游城山寺》云：「灵境何年辟？禅心世外缘。石顽遮路立，松蹇抱云眠。暗水鸣山腹，回峰隐洞天。夕阳看欲下，驻马尚流连。」《巢县道中闻笛》云：「笛声何处倚高楼？吹起中宵万种愁。四野烽烟劳转徙，三年奔走倦遨游。市人自昔轻韩信，旅客伊谁识马周！回首依依伤往事，有怀常在陇西头。」《食蟹戏作》云：「虾羹鲈脍久忘情，又喜含黄子细评。橙菊晚秋饶野味，江湖旧梦醒横行。笑看解甲凭杯酒，岂为呼卿累鼎烹。便欲长斋持杀戒，馋涎坐尔佛难成。」《食鱼有感》云：「纤鳞雪色卧银盘，鬻釜新烹脍未残。随箸不禁双泪下，天涯望尔寄书难。」

廉访同治初率华字营从征粤寇，说降嘉善伪郛王程占榜，击败泗安镇伪昭王黄文英，又以八百人夜袭寇营，斩伪直王林得英，歼其众。寇既平，部将多至方面，而廉访性傲忤时，故抑不迁升。愤功高赏薄，拂衣归里。筑也是园于巢湖侧，泉石之胜，为吾肥冠。春秋佳日，芒鞋竹杖，徜徉湖山，人比之韩蕲王湖上骑驴云。

吴香皋先生毓蘅　伯华廉访弟。道光间廪生，咸丰中以团练勇击发寇于三汊河，力竭，赴水死，赠云骑尉。其《落花》断句云：「此生不受人攀折，隔岁还随春去来。」不作堕溷飘茵之语，饶有气骨。

吴次符明府兆棨　伯华廉访子。光绪乙酉拔贡，官候选知县。著《寓生居诗集》。《闭关》云：「闭关无一事，睡起日高舂。看剑心犹壮，摊书意转慵。竹疏宁免俗，松老讵因封。西岭云霞外，时时独倚筇。」《冬夜独坐》云：「孤灯寒照壁，默坐意迟迟。世事方多难，吾生幸有涯。旧游归象罔，小隐托鸱夷。一夜山窗雪，沉吟拈素髭。」《山庄晚眺》云：「雨后青山隔岸斜，夕阳到处杏初花。数椽茅屋谁添得？不是诗家也画家。」明府隐居不仕，吟啸湖山，故诗有逸气。

吴诚斋先生秉忠　予元舅也。诚穆坚毅，不与时俗浮沉。负笈京华，十载不倦，卒至学成，授学士位。

其《哀问淞》绝句云：「故里曾登君子堂，春风曲水共流觞。过车腹痛言如昨，十载交期怅永藏。」问淞，予从父仲翛公别字也。

吴介甫先生秉廉　予次舅，亦族姑婿也。狷介自持，与世鲜接，亦与世无忤。甲子年，避兵，与予同居沪，旋同居苏，得昕夕相从无间。

其《哭问淞内弟》绝句云：「鸡黍蓬庐忆往年，湖光山色共流连。他时故里寻陈迹，短榻尘封倍惘然。」自注：癸亥，君访予于湖滨山庄，信宿而去。」读之泫然。

吴季鸿先生溥　予从舅也。天资高敏，赋性狷傲，其为文章，援笔立就，不拘绳墨，要能超脱尘俗。鼎革后，兄弟相继凋谢，家道日落，先生悲伤愤郁益不自胜，囚首垢面，日溺醉乡，人皆目为狂，识者知为伤心人也。

客岁寓书吾父，媵以《登姥山塔有怀从弟诚斋》一律云：「怀古重登百尺台，惊寒雁阵入云哀。天空蜀岭遥遥出，日落巢湖浩浩来。故国琴樽黄菊误，江南音讯早梅开。茱萸已负秋山约，况复相思对酒杯。」姥山塔，明崇祯时知府严尔珪建，甫三级而严去，有老儒过其下曰：「此劫杀方，建塔如植剑槊，兵将起。」未几，寇至城陷，后遂无复敢议重建者。光绪初，先文忠倡议成之，寓书先生伯祖伯华廉访司其事。先是，里中谚云：「姥山宝塔尖复尖，合肥出状元。」故邦人士咸以建塔为急务，然塔成，吾肥终无状元也。兹并录先文忠《致吴廉访书》，藉存乡邦掌故。书曰：「姥山浮图，相传为阖郡文运所系。鄙人于戊辰之冬，始偕执事登临其地，爱其秀峙湖滨，虽江上之小孤、金、焦诸名胜无多让焉。因居僻陋，无人润色，山灵之憾，亦帮人士之耻也。前偶与海舲闲话及此，以为切近珂乡，非大才不能董斯役。初不料且前且却，至今乃慨然自任耳。承示估摺办法，条理精密，佩慰莫名。明季创修，八年之久始就三层，或缘经费不继，旋作旋辍。计崇祯十一年停工，当在张献忠陷据以后，士人诧为不祥，或由于此，其实事在人为，地因人杰，及我辈尚在，努力为之，不逾年而可竣事。督工者，当与斯塔共垂不朽。大丈夫不得立功绝域，铭铜柱勒燕然，亦可藉湖山胜境发挥经纶，镌名塔顶，使乡里后生来往过客摩挲而读曰：『此吴先生之所经营也』，岂不伟哉！暇时幸预撰叙记，以备勒石镌壁。至作法大致，无待鄙人参酌，『工坚价省』四字尽之矣。五千金似已有著，其不敷之二千余，绵力不敢不勉，候续示，即饬刘俊卿兑拨。塔尖用铜，属龚仰蘧略照报恩寺式铸造，但乡人勿误为封火铜，为他日惹祸耳。佛经本无谓，可勿补办。匾字容即照缮，交香畹转寄。家兄弟及同乡诸君子大笔，均由尊处转致可也。鄙人谬膺高位，无补时艰，意兴远不逮昔，发虽未白，鬓久成霜，心血亦大枯减。而日所经历之事，较军中尤多艰阻。何日幅巾归故里，与公再登姥塔第一层，摆脱俗尘万丈耶！」

王衡斋三尹晋铨　　咸丰间诸生，官主薄。著《蕉梢馆吟草》。客岁，三尹族人景贤巡政以其遗稿见寄。录其《过王姥山》云：「两山中断一川开，叶叶风帆逐队来。行尽桑麻谋野宿，芰荷香处小徘徊。」

光绪辛丑、壬寅间，三尹与戴曙林明经、宣薇墀孝廉结社邑东，文酒过从，迭为宾主。时三先生年均八十，人称之为「三老会」。

蔡月樵太学邦烜　　乾嘉间监生，工诗善画，好读书，手抄录不下数千卷。不求闻达，尝一试于有司，辄弃去。有别墅名依绿园，傍斗鸭池，与二三莫逆交，日寻文酒之乐于其间。著有《闻喜堂诗集》，今不传。惟番禺张南山先生维屏辑《国朝诗人征略》录其《题渊明画像》云：「晋人尚玄虚，惟公矢拳拳。卷怀归畎亩，饮酒全其天。胸臆抱大志，见之《荆轲》篇。试问添毫客，此意谁能传？」吉光片羽，弥足珍也。

蔡右峨大令家琬　月樵先生子。官江西候补知县。性癖于诗，服膺渊明，自称「陶门弟子」，遂名其集曰《陶门弟子集》，刻于江西，今藏书家尚有存者。乡里不多觏，遂误「陶门」为大令字，是集为大令门弟子诗汇刻矣。

丹徒李树人先生辑《大观亭志荟编》，载其《登大观亭》七律云：「吴楚青苍会在兹，登临一览总无遗。风生雁汊涛声怒，云绕龙山雨意痴。客泪但从高处洒，忠魂应起故乡思。大江浩渺流千古，淘尽英雄在昔时。」

蔡述堂学博邦绂　道光辛巳举人，官东流县训导。

其《贞花行》云：「草木何知慕贞烈？草木何知表贞节？贞魂未散枝上凝，如见贞心耀冰雪。孺人自小生名门，素娴诗礼淑且温。夫亡遗子未遽死，子殇焉用身犹存？绝粒身归九泉里，留得芳徽播彤史。缟袂罗裳已出尘，幽姿雅韵谁如此。弱植能回造化权，偶成本色转天然。晓来带露亭亭立，疑是瑶台劫后仙。君不见鸡鸣山上嶙峋石，千秋恨入蘼芜碧。又不见鸡鸣山下牡丹丛，约束东风不肯红。」是诗咏孙烈妇事也。烈妇，合肥阮孝廉金和妹，年十八归同邑孙廷枢，廷枢没，烈妇欲殉，姑以存孤止之。越六日，生遗腹子，旋殇，哭拜姑曰：「向者不死，以姑命存孤也；今孤又殇，妇何生为！」遂绝粒死。道光六年，旌如例，建坊于鸡鸣山侧。山寺旧有牡丹一本，色红，是年，一花独素，人谓烈妇精灵所感，故学博作《贞花行》以咏其事。

蔡静远征君邦霖　原名邦淳，更名邦宁，旋避宣宗庙讳，复更邦霖，字熙万。嘉庆间贡生，道光元年举孝廉方正。著《浴兰斋诗集》，赵响泉先生为之序曰：「蔡子尝学耕，聚数十人，耗其食，大困；学贾，乃不知子母，又困；园中筑山作亭，不数月，亭圮石裂，耗数千万钱，家益落。其迂疏事多类此。」又曰：「蔡子貌不逾中人，视短无所见，行或仰天，口无择言，以此不理于口者众矣。至事关大节，则侃侃而谈，持正论，不诡随。尝假财以助外家，娱母志，厚族人，存其孤寡，蔡子殆敦孝扶义人也。」

其五古《夏奇峰移竹赋赠》云：「萧萧四五竿，我友昔所惠。此物解虚心，淡焉永静对。之子荷锸来，冒雨觑其醉。顾余忽而哂，似恐不割爱。谓予同心人，同心聚以类。冷落我梅花，神交得毋愧。感君兴不孤，妙趣及物外。减我东墙阴，生尔小园翠。曲径风声疏，虚窗月影碎。有怀或相过，新诗满幽意。」《全椒早行》云：「驴背眺远山，偶续前宵句。残梦石边醒，乱峰钟外曙。上下万山头，淡烟飞满路。日出云影消，绿尽全椒树。」

七古《西郊夜归》云：「白云覆山如积雪，绿云被野雨色活。雨欲变晴云不灭，出山归山争一瞥。

微风吹淡晓天月。」

五绝《栖霞杂咏》云：「泠泠幽涧水，森森一泓注。隐约出孤峰，蒲苇最深处。《彩虹明镜》 幽居事幽，三日不能去。长吟招隐诗，采采桂花露。《幽居》 泉溜巉岩穿，未知几千岁。雷喧万马来，不顾溪云碎。《叠滚岩》 桃花杳何许？洞口生杂树。祇今涧下水，不向人间去。《桃花涧》」

七律《早春闲眺怀友》云：「昨夜东风过小园，晓寒清眺启柴关。落梅香送霏微雪，新柳痕连淡远山。到眼好春生艳冶，独游野鸟共幽闲。怀人欲问城南路，泥滑前村水几湾。」《赠起岬泉》云：「七字风情《剑侠》篇，自注：君《咏剑侠传》四诗极佳。倚楼才调本如仙。胸无俗物闲能懒，品是梅花淡益妍。有兴输棋还自弱，不狂得酒偶成颠。与君镇日流连惯，何事相逢动见怜。」

断句《宿友人别业》云：「薰雨响微月，松风吹断云。」《桐川道中》云：「白云细雨朝飞尽，鬟翠新梳四月山。」学陶得其秀逸，五绝写景摘词，俱臻妙境。

蔡蓁青 明经邦甸　咸丰间贡生。著《晚香亭诗集》。明经擅制艺，性严整，一时执贽称弟子者甚众。中兴名臣如先勤恪，先文忠，张靖达诸公皆出其门，衡阳彭刚直暨年侍其尊人官梁乡巡检，亦随同业。

其《和张渔村四十自述》云：「霜雪纷飞逼岁阑，吾侪何日免饥寒。孤桐人爨焦琴美，小草成名远志难。书启豹韬灯下读，天增马齿镜中看。与君共践湖山约，学道无虚处士冠。」

明经早岁入泮，秋闱屡见厄于有司。同治甲子，先文忠抚吴，监领南闱，明经犹与试，题诗明远楼，云：「可怜明远楼头月，曾照先生廿四回。」此后遂不复出，家居讲学。与族人述堂学博、静远征君齐名，人称为「蔡氏三邦」。实则明经逊于学博，学博逊于征君。可与征君颉颃者，月樵太学耳，太学亦族兄弟也。

赵屏南文学藩　光宣间人。尝作汗漫游，迹遍燕、赵、辽东。著有《遁世斋诗集》。《旅感》断句云：「人情阅久良朋少，世路经多蜀道平。」非深于阅世者不能作此语。

郭寿平县佐以安　民国初元，官陕西西乡县县佐。著有《瓠庐诗稿》。与余友杨韵芝为文字交，韵芝录其遗著见寄，其《柬韵芝》断句云：「诗经百炼犹疑拙，心入深秋益觉恬。」

王紫垣司教映薇　咸丰间诸生，官教谕，能诗工词，著《自怡悦斋诗存》、《漱润斋诗馀》。尝司蒯子范太守记室，随之苏州任所，太守为之刊集。

其《纳凉》云：「新秋残暑退，坐久觉凉生。山色雨余翠，诗情秋气清。静中群籁息，叶底一蝉鸣。悟得无生意，焉知世上情。」《冬日即景》云：「密密同云布远空，群鸦盘舞晚烟中。潇潇乱入侵窗雨，猎猎寒生酿雪风。经蠹园蔬依旧绿，傲霜林叶变新红。村居愧少倪迂笔，信口裁诗拟画工。」断句《秋夜》云：「竹柏写秋影，菰蒲泻水声。」《秋夜不寐怀张振轩》云：「雁声秋在水，虫语月侵栏。」清拔处，绝似蔡静远。

倪润芝大令汉耿　东间州牧岱之裔。光绪中诸生，官江苏候补知县，天资通敏，博学多能，书摹张迁碑，画似陈伯阳，谐音律，尤豪饮。光绪甲辰乙巳间，需次江宁，与家君比舍居，飞觞无虚日。

其和家君见赠诗韵云：「结庐在尘市，不忘田居时。鞠花笑我癯，斗室亦编篱。皎皎繁霜华，簇簇含露姿。足音跫然起，清风为褰帷。幽人自清赏，较色更比奇。出我夙储酒，不腆安足辞。长啸送客归，仰天星如棋。新诗隔夜来，乍披香满墀。欲续琼瑶句，愧无冰雪词。」

大令尊人曾官金匮县知县，罢官归，避族人扰，寄居庐江，大令遂应庐江县试入学，因入庐江籍。鼎革后，贫困不能自存，复居合肥，依妻族张氏，卒以忧愤饮药死，悲夫！

王雪亭逸　谦斋翰簿之族孙。耽吟咏，尚风雅。曾绘其所居《萍澜草堂图》，遍征题咏。今录其《自警》五古云：「孤松倚绝谷，偃蹇封冰雪。岂无春风情，贞此岁寒节！蓬蒿附其上，青青媚阳泽。托根非不高，转眼秋风烈。不待樵斧寻，飘零根株绝。寄言山中人，二者将焉择？」拟古甚似，可谓能世其业矣。

靳蝨侯淑潜　予未识其人，曾数通笔札。其谢家君画扇云：「寒猿擽果落空潭，红叶离离晚照酣。多谢犹龙老居士，夕阳粉本写烟岚。」家君颇赏之。

蔡节妇　顺治时人，母氏吴，适同邑蔡庚，年二十一，夫亡，子亦旋夭。事姑以孝闻，未几，姑又没，慨然曰：「夫亡子夭，所以不死者，徒以姑在耳。今姑又逝，妇职已尽，何忍再生！」遂裂帛草《自叙词》就缢，家人惊救，勉以「一死事易，立嗣存宗祧事难，当取其难者」，乃以侄为嗣，教养成人，有声戚里。节妇年八十八卒，旌如例。

其《自叙词》云：「父母生我时，惟愿得其所。十六归君子，同心主锜䥶。归时舅已没，姑老谁为辅？嗟嗟夫质弱，终朝抱疾处。十八幸生男，朝夕姑欣睹。忽焉因痘殇，姑泣泪如雨。堂上节姑哀，入幔痛肝腑。二十再生男，视若擎天柱。伶仃甫一载，襁褓恸失怙。姑妇涕交颐，邻里舂罢杵。死者不复生，弱息堪承父。天又夺吾儿，骨肉悲黄土。姑只有哭时，我宁死为惧？还念病姑存，我死谁为哺？隐痛敛深闺，衰颜愿长护。无端兆焚如，焦灼姑肌肤。和血以丸药，岁余乃如故。剥极宜泰回，云何复病殂！送姑归黄泉，夫阙我今补。我今补夫阙，一死复何顾！哀哀我父母，茕茕将谁诉？」此诗摛词既未尽工，选韵亦多错乱，然其遇可悯，其节可钦，录之以风世，固不必绳以诗律也。

孙伯箴文学传铭　少困举业，中岁始为诗，不惮精研，好学士也。与吾师有相知之雅。日者因吾师投诗吾父，其《游赭山寻涪翁滴翠亭遗址不得》云：「星移物换感推迁，策蹇岩阿又一年。自注：去秋曾游此。北枕苍江余暮霭，东望采石暗烽烟。自注：时采石有战事。空山寂历人踪少，古寺荒凉蛛网悬。欲问涪翁栖隐处，寒云古木两茫然。」吊古感今，余音袅袅。

孙尧阶芳萱 伯箴先生子。年少耽诗，颇能学古。其《乱后归家》云：「寇去惊魂定，归来鸡犬稀。此身初属我，比户叹无衣。世乱桑麻废，年荒烟火微。琴书看凌乱，败壁走伊威。」此咏丁卯陆学文导鲁军犯肥事也。按陆为肥人，初隶陈炯明部下，洊至旅长，陈败，匿香港，乃随刘志陆降吴佩孚，任师长，从征湖南，战败，率残部窜皖，徘徊肥、巢间。及南军次第下江，皖益穷促，复降于张宗昌。知合肥空虚，说张宗昌攻肥，己为前驱，张亲帅大军十万，杂白俄骑兵继之。适马祥斌、王金韬援至，张军大败，宗昌仅以身免，陆随至鲁，旋以争饷被戕。

张筠轩先生家治 同、光、宣间人。工笔札。游幕燕蓟，遍览名胜，游踪所及，辄留题咏。晚岁旅皖城，《登大观亭》句云：「万马江涛流日夜，二龙山色入丹青。」二龙，大龙山、小龙山也，借对工巧，具见藻思。

陈亦昭赠公云章 道光间诸生，序东太守尊人。里居教授，如张振轩制军、海珊军门、刘海峰孝廉、李澹岩征君、宣薇墀教正，均出其门，桃李之盛，于斯为极。著《劫灰集》，序东太守刊于遵化州署，丰润张黄斋副宪为之序。

其《避乱龙泉山麓雪中口占》云：「漫携妻子感流离，雪满山中强自支。薪桂米珠居不易，龙泉虽好不疗饥。」

《题李澹岩诗卷》云：「海水天风独抱琴，抚弦原不为知音。著书旧得田园趣，避世今寻涧谷深。秋兴频年工部泪，春晖一片孟郊心。近来同抱无家恨，又见杨花扑满襟。」

赠公身遭粤寇之乱，饥寒转徙，故为诗恻怆真挚，直摅胸臆。

陈筱溪先生濂　亦昭赠公曾孙，序东太守之孙也。鼎革后，家道衰微，设帐课徒，聊以自给。居恒咄咄书空，竟穷愁以没。故家乔木，可胜浩叹！

著有《可意轩吟草》，王禹三寄予，录其《渡黄海》断句云：「浪花迎棹白，日色浴波红。」

汪少衡必坦　弱岁劬学，喜作小诗，吐属不凡，可造才也。惜年甫十七，遽赴重泉。其舅氏靳蛰侯来书征挽，并示其遗作。

《雨后晚眺》云：「门前春雨后，蜡屐踏香泥。岭外余霞散，天边落日低。晚烟迷远寺，新水涨平溪。正是苍茫里，田家鸡乱啼。」

宁子瑜贰尹玉麟　光绪中诸生，袭云骑尉世职，参北洋戎幕，辛卯朝阳之役，以功叙县丞。平生喜咏事，卒后家贫，子幼，诗稿尽失。先王父曾诵其遗诗数首，今仅记其《重过皖城故居有感》断句云：「皖公山色旧留连，水国重过独惘然。满户蛛丝人悄悄，一庭花影月娟娟。」

先生尊人嗣贤参戎，予曾祖母之兄也，同治初，战没常州。先生为遗腹子，及长，事母李淑人，以孝闻。某年淑人疾，先生割股肉和药以进，疾果瘳。乙未秋，先生里居，偶感暑疾，为医者所误，遂不起，年甫三十有一，戚里伤之。

施小痴布衣森柏　同光间人，墨痴先生子。善绘事，尤工画驴。性狷介，不轻落笔，故零缣断幅至今为淮上所珍。能诗，著有《小痴诗草》。虽穷愁抑塞，语特奔放，貌悴而神不伤。《秋夜不寐》云：「三十年华付水流，劳人天地易春秋。从今愿祝长空月，只照欢娱莫照愁。」《感赋》云：「当时筹远气何雄！可惜丹青尚未工。岸上枯骸江上血，不曾写入画图中。」

郭问刍大令道生　笛楼太守从兄。道光癸未进士，历官广西平南、桂平、迁江、来宾诸县知县。戊子，充广西乡试同考官。著有《贻清堂诗集》。《初夏偶成》云：「短舸轻如叶，闲踪逐棹鸥。一官游子泪，多病老亲愁。渺渺云遮树，盈盈月冷洲。寸心付流水，乡梦隔南楼。」断句《立春前接家书》云：「饱尝霜菊无余味，梦忆园梅又隔年。」大令薄宦炎方，久疏迎养，故诗多陟屺望云之感。

徐仲仪女士　嘉庆时人，才名卓著，未嫁卒。著有《明珰集》。《晓发官亭镇》断句云：「乱山围古驿，晓月淡孤村。」写景幽折，句亦稳炼。

柳尚林处士支贤　嘉道间人。性简傲，嫉俗玩世，隐于县东长宁河镇，为酒家佣。得赀尽买书史，朝夕诵吟不辍。著《白衣山人集》。

断句云：「酒薄醺人少，家贫过客稀。」

徐砚岑参军苊　光绪时人，官候选经厅。著有《青藤馆诗集》。其《旅舍怀人》断句云：「蛩啼孤馆灯明灭，月冷荒城梦有无。」二语属对尚佳，惜阴森有鬼气。参军少与余从伯父筱崖、少崖两先生游，未及中寿，即捐馆舍。遗集从伯父为之刊行云。

王石癯遗　雪亭之从兄。予因其戚靳蛰侯得读其诗。《题杨赞渔柳堤垂钓图》云：「一堤烟柳绿阴深，流水潺潺自古今。长把钓竿避尘网，锦鳞得失本无心。」襟怀萧旷，于此可见。

王扆臣孝廉之苊　光绪己卯举人。曩闻其能诗，未之见；近友人诵其《登霍山》断句云：「山鸟唤醒名利梦，石泉流尽古今愁。」终未见其警策句为憾。

方俊卿茂才锦标　光绪间诸生。《西安道中》断句云：「万峰环抱风帆出，千里潆洄渭水流。」写景如画，读之可当卧游。

沈嗣周茂才烈谟　光绪间诸生。蛰侯知予辑诗话，以其诗见寄，予独爱其断句云：「一生最好无如酒，万事常输不独棋。」

董玉岑观察葆良　别号糟陵。官候选道。仰之总戎子。著《醉余吟草》。总戎少从军旅，为先文忠所拔识，历总师干，声威烂然。观察生长华庑，不以门阀自矜，性耽典籍，熟于朝章国故，前贤政书，尤能洞其枢要。以荫生纳粟，晋道员。睹朝政颓败，隐居不仕。与二三山林逸士斗韵流觞，翛然物外。而于义善事施予尤弗稍吝，尝捐赀备义櫕，施里中孤寒无棺者，更措千金为久远计，乡人至今德之。晚岁避地吴门，适予亦侍亲迁苏，时观察已卧病，旋捐馆舍，未得一见。嗣得读其遗诗，盖已佚散过半矣。

今录其古近体各一首，翛散闲逸，诗如其人。《闲居杂咏》云：「筑室傍山阿，饮啄堪自足。不闻车马喧，时狎沙鸥浴。径草发幽香，野水摇空绿。即此悟静机，翛然忘世俗。」《幽居》云：「吾生惯疏脱，曳杖爱山行。流水有真意，白云无世情。携柑并浊酒，倚树听莺声。随处皆堪乐，遑知身外名。」

汪啸硕少将韬　原名承继，字孝述。光绪壬寅举人，民国官陆军部科长，授陆军少将。著《郁葱葱斋诗草》。

《秋日杂诗》云：「炉香拨尽已无温，蜡炬烧残焰欲昏。一片秋心无著处，西风黄叶掩重门。」《寄怀》其一云：「疏雨茅檐滴夜寒，梦回忽忆旧凭栏。紫薇一树墙东角，廿载花开总未看。」其二云：「压架纵横万卷书，芸香冷落近何如？就中不少神仙字，只恐年深饱蠹鱼。」《答友》云：「十年鸿爪久模糊，休问黄公旧酒垆。痛哭新亭名士泪，凄凉前席治安书。人经患难锋芒敛，诗入幽燕格调粗。为报良朋无长物，数行残墨当琼琚。」

按壬寅科补行庚子、辛丑，恩正并行，改八股试帖为经义策论，废誊录，均自是科始。旧例：士子试文，另由人钞朱文呈试官，谓之「誊录」；取中后始调对原本墨卷。是科不复用誊录，即以原卷呈试官。吾肥是科南闱中式举人十九人，副举人一人，北闱中式举人一人，吾家中四人焉。自以科举取士以来，吾肥未有之盛也。次科癸卯尚举行乡试一次，乙巳秋遂下诏停废科举，惟留试优贡、拔贡三次，名额增广五倍。甫再试，清社遂墟矣。

汪澍之上舍承霖　啸硕少将从兄。光绪时廪生。少负俊才，能诗文，年甫逾四十遽谢尘世。著《鹊陵春社稿》。

蛰侯寄其《春日即事》云：「长板桥头缓缓行，携柑载酒听啼莺。东皇不管花飘荡，一任游蜂叶底争。」

罗立庵茂才淮宾　光绪初诸生。著《铭心斋诗稿》。

《题洄溪别墅》断句云：「流水几湾春鸭暖，林花初放乳莺清。」洄溪别墅，张易斋观察之居，在县东北乡，引流绕宅，莳花沿堤，时人称为「花墩」。观察为先伯曾祖勤恪公长婿，故先王父、先四叔祖均有题洄溪别墅之诗。

倪蕙兰女士　鹤亭先生女。鹤亭初以营官隶刘文庄公麾下，罢官后，女士随侍，寄居无为，遂适无为孙氏。喜书史，能咏事。

其《除日感怀》云：「故园回首叹无家，岁序如流感物华。一片幽情谁解识？好将心事诉梅花。」

王少臣茂才世卿　光绪中诸生。诚朴无哗，与人无争忤。工科目学，且喜吟咏。其《东山道中》断句云：「客路多黄叶，秋山尽白云。」饶有唐音。

胡楚材明经邦梓　咸丰时贡生。《府志·文苑传》云：「明经性和厚而介，笃交游，重名义。与同邑张延邴、王汝贵、蔡邦甸结真率诗社，门下士如张树声、胡殿甲、黄瑞兰、王恩光、赵连璧其最著者。藏书甚富。编有《春秋人物备考》，郡守唐景皋为刊行之。」

按志传未载明经所著诗集，求之亦不可得。惟友人钞示其《雍家镇阻风》二首，亦宗法贻上尚书者。其一云：「濡须口外暮潮平，夹岸渔灯照水明。不厌石尤三日阻，推篷坐看晚霞生。」其二云：「天际浮岚杳霭青，枫林随处系蜻蛉。客程最爱濡须口，夹岸山眉斗尹邢。」

龚龢屏道尹元凯　光绪甲午举人，癸卯进士，官翰林院编修，鼎革后历任甘肃甘、凉、渭、川道尹。著《蜕龛集》。

《遣怀诗》其一云：「美人游江浦，赠我双明珠。琼瑶何所报？寸心掩区区。苍茫烟水间，瞬息已迷途。愿言托衷曲，云天不可呼。却顾立江皋，悲望还踟蹰。招招人已涉，褰衣赋卬须。」其二云：「羲和振长鞭，白日驰苍昊。朝浴咸池水，夕走崦嵫道。西风容易来，衣裳苦不早。年景迅逝川，谁障狂澜倒。亦有七尺躯，雪霜侵鬓槁。弃我惟春华，待我惟秋草。千秋万岁名，人世争相宝。立身贵有时，在苒吾将老。」

张冶东茂才世鋐　光绪时诸生。性和易，与人交，有公瑾醇醪之称。焕霆吾师屡道其为人。昨季和复以其《新柳》诗见寄，因录之。

诗云：「二月花飞漳水滨，倡条冶叶不胜春。那堪客路偏逢汝，忍折柔丝更送人。张绪当年犹可忆，桓公重到倍伤神。《阳关》一奏年年别，又见新绵散曲尘。」

顾漱白先生裔兰　先世庐江人。先生居合肥南鄙三河镇，故称肥人。性狷傲，非其人不与一语；苟其人焉，则又抵掌雄淡，终日亹亹不倦。其尊人授徒四方，晚岁病痺家居，先生趋承扶掖，数年如一日，士论益贤之。喜读书，于历代名家诗集几无不窥，故所作不一体。

兹录其《周公山怀古》云：「苍藤老木龙蛇影，泉啸风嗥想霸才。一片江山入夕照，尚疑兵火涨天来。」

《雨后》云：「午夜动沉思，松扃入梦魂。宗风犹食旧，手泽有诗存。欲说弥天痛，难承一笑温。原头空展扫，忍泪看鸡豚。」

宋聘轩贰尹立珍　同光间人。官候选县丞。吾友王季和之外舅，季和录其诗见寄。《村居》断句云：「荷池双鹭雪，柳岸一蝉风。」秀健似真山民。

陈旭初太学昶　道光时监生，著《两弃室诗草》。

其断句云：「寒蛩啼败壁，饥雀噪空仓。」又：「泉声穿竹径，塔影压僧楼。」又：「露下孤花泣，霜催老树髡。」此数联载汪康侯《适可轩诗话》。康侯名晋沛，县茂才，秋试相遇，订交白门，并录其诗，太学遗诗亦赖此仅存。

虚生和尚　俗姓李，幼年剃度，民国初元为苏州龙兴寺住持，善棋能诗，喜与士大夫酬酢。苏人谓虚生为吾族人，然吾族中未闻有为僧者，疑为梁乡李氏，梁乡李氏与吾家累世戚谊，或因此误传。其《和佛师述怀》云：「秋风阵阵动禅林，梵宇遥传钟磬音。万虑皆清方入定，一尘不染到如今。明知色相成空相，敢说人心即佛心。小住龙兴刚十载，慈悲菩萨面如金。」

吴黄绢女士丝　康熙时总兵吴英女，适吴县钦牧为室，晚岁依婿沈佳忠居木渎镇，年八十二卒。《江苏诗征》载其《过莺脰湖》七绝云：「风光淡沱晚凉天，遥望渔家落照边。傍岸绿阴藏钓艇，一竿秋水半湖烟。」肥人诗而入《江苏诗征》，盖从夫籍也。

胡仲兰女士春谷　诚斋千戎女。千戎清末官于秦，娶咸阳郑氏，生女士。郑氏旋没。女士幼颖慧，既长，工花卉，喜吟咏，兼擅刺绣，事继母尤以孝称。丙寅岁，随侍寓皖，罹疫卒，年十八，犹未字也。

兹录其《登大观亭》五律云：「碧血长埋地，孤亭日又斜。百年悲世事，小劫历虫沙。山翠侵眉宇，江风卷浪花。登临无限感，回首故园赊。」

蔡允文先生庆湘 仲雄上舍之从弟，亦予族姑婿也。好读书，能咏事，然深自韬晦，故人鲜知其能诗。昨寄家大人七律一章，因得录之。诗云：「萧瑟西风动树林，开帘斜日又阴阴。浮游市井聊充隐，岁晚江湖共此心。但使穷愁浇白酒，未应尘世重绯金。年来已觉黄粱熟，梦断邯郸睡易沉。」

蔡氏为吾邑巨族，分城乡二支，月樵、石瓢，皆先生同族也。

俞学三自馀 吾友靳蛰侯高第弟子。其《不寐》云：「不寐披衣坐，移炉就火温。夜阑灯影敛，云翳月光昏。醉觉新愁失，贫惟故砚存。饥寒吾已惯，未肯傍朱门。」

学三年未及冠，诗有气骨，未易才也。

董述先继业　亦蛰侯弟子，未冠，学为诗。《村居》云：「爱暖常亲日，先冬自补窗。」又：「缊袍倩人补，断句满窗题。」颇得村居风趣。

李昼堂大令廷辉　字立山。乾隆乙酉副举人，癸卯顺天举人，选江西上宁县知县，以母忧归，服阕，历官浙江上虞、桐乡等县知县。所至绝包苴，勤教化，官上虞时修海塘，官桐乡时修城修志。有震泽大盗许某，劫于桐乡，拒捕戕兵，震泽令某避吏议，以盗党沈某抵，许亦诡变求脱，大令执不可，卒抵许于法，一时称神明焉。著《崇实堂集》，浙人尚有藏者，吾乡无复知者矣。其《晓行》云：「出门上马梦依稀，点点清霜拂客衣。落叶行人心事别，一时都趁晓风飞。」

阮钧韶先生尔昌　道咸时布衣。少逢丧乱，家室流离；中岁独居一楼，左图右史，谢绝人事。著有《竹林堂遗稿》。

《龙舒道中》云：「晓过龙舒道，寒生短袂间。天低云傍水，山曲树遮湾。麦饭人家熟，茶烟野馆闲。前村新雨霁，好鸟听关关。」

蔡蓬仙茂才云瑞　晚号知足翁。光绪时诸生。著《知足斋遗稿》。

其断句《偶赋》云：「居爱低墙邀月早，寒侵老树著花迟。」《秦淮夜泊》云：「烟花谁醒三更梦，笙管遥分两岸声。」《寄兴》云：「好花著雨香成海，疏竹摇风绿到门。」《游蜀山》云：「涧花映日红沉水，岭树排云绿染天。」皆隽秀可存。

徐嵩芝先生　逸其字。荔庵征君子。

《早春咏怀和家大人韵四律》云：「载酒何人造敝庐？渊明乐意在琴书。词能瑰丽心情远，品到孤高世味疏。海鹤精神瞻气象，湖山风月养清虚。草堂祇觉春来早，社燕依然认故居。」「屋外梅花霭暮烟，韶华漏泄画阑前。人耽卷石荒寒趣，天予名山著述年。胜赏每淹吴越棹，好诗不亚晋唐编。修成清福林泉乐，纵是长贫亦快然。」「抗怀思与昔贤齐，侍座亲庭日又西。怕困盐车悲枥马，傥逢宝镜舞山鸡。青毡业旧期常守，黄绢名高未许题。少不如人今渐壮，闲情曾否遂岩栖？」「偶支短榻夜初沉，天半星芒透一林。缣素千秋承旧学，交游四海托知音。甄陶风雨弦歌兴，帐触畜畲播获心。我愧斜川难济美，左贻图史右贻琴。」

先生事迹不详，惟征君诗称其讲求东汉篆隶，兼工摹刻。钱唐李霭如方伯本仁选《国朝别裁续集》，先生诗亦在选中。此四律附载征君集内，予曩录征君诗，仅据府志及赵野航大令集所附载者。此外所见则泾县赵琴士征君绍祖《兰言集》所选《焦山自然庵留饮》、《晓行全椒道中》两律。迩在旧书肆购得征君《全集》，而诸诗均未载，集凡十卷，诗八卷，诗馀、随笔各一卷，当时名人显宦序跋至多，光绪丙子恩竹樵方伯锡所选刻也。

蔡良杰先生　　逸其字。徐荔庵征君外孙。

《舟泊白下》五律云：「一棹寻桃叶，风光白下新。水流终抱郭，山远不离人。杨柳前朝树，楼台六代春。秦淮箫管歇，愁绕碧粼粼。」

先生诗不多见，此首载征君《萧然自得斋随笔》中。《随笔》记咸丰癸丑江忠烈公殉吾肥事甚详，盖征君随同守城也。征君登陴荷戈二十余日，不离雉堞间，江公劳慰备至。十二月十七日城陷，十九日寇众拥征君至上派河见其酋，劝之降，不屈，连砍数刃，晕绝，谓已死，委之去，马氏子舁之归，始稍稍苏，卧九十日而后起。

徐镜溪水部启山　　荔庵征君族弟。官工部主事。

《题征君萧然自得斋集》云：「昔在圣祖初，吾宗盛风雅。关内称二盖，洛中语三暇。彭缪映淮南，多士归陶冶。昆山颉颃起，声名溢函夏。尔来百余年，衰飒风斯下。空捉壁上麈，或窝墓门槚。廉峰奋海峤，长蹶悲天马。自注：谓家侍御宝善。鲰生本樗散，余光烔残灺。老乞三休身，来篷六逸社。征君实人杰，制科继董贾。固宜袭祖芬，云何为时舍。风雪满邻县，走冻转朝粿。访余皋城中，压寒酒重把。囊中诗千首，宝气蓄罍斝。仙心杂太白，苦语异东野。才大足起衰，岂论和者寡。请作述德诗，流风缅倾写。」

水部寄籍六安州，著述、事迹均莫考。其官工部，征君集中所云也。

校　注

[一]学校　「学」字原漏，今补。

合肥诗话卷下

先高祖侍御公　讳文安，榜名文玗，字式和，一字玉泉，又号愚荃，道光甲午举人，戊戌进士，刑部主事，洊升郎中，记名御史。咸丰初奉命回籍治团练，率乡兵破捻寇于戴家集，擒伪天顺王陆霞林，败伪英王陈玉成，积功以知府用。咸丰五年卒，年五十五，赐恤，赠道衔，原籍建专祠，国史馆立传，累赠光禄大夫、大学士、直隶总督、一等侯。

公官刑部时，撰《贯垣纪事》绝句五十四首，归里后撰《村居杂景》绝句五十首，合名《愚荃敝帚》，同治间刻于武昌，再刻于安庆。光绪间益以古近体诗、律赋、制艺、家书、杂著都八卷，为《李光禄公遗集》，刻于金陵。今仅录《答六弟玉坪寄梅花》。其一云：「东风扶梦过池塘，笑倚栏干嗅海棠。恼杀比邻莺语巧，天涯春草几斜阳。」其二云：「江南寄我一枝春，粉白香红著色新。惭愧此心成铁石，逡巡东阁老吟身。」

《送品莲别》云：「萧斋醉秋月，把袂惜风尘。海内谁知己？天涯剩此身。云飞蓟门树，水冷镜湖莼。万里南来雁，休辞尺素频。」

先从叔高祖玉坪公　讳文猷，诸生，官江苏候补巡检。性旷达，淡于荣利，构宿花亭于别圃，灌园莳花，吟啸自适。同治四年卒，年五十八。临终自挽云：「此去何其寂寂，再来莫又匆匆。」事迹载《府志·隐逸传》，著有《宿花亭文集》，毁于兵燹；《紫藤花馆诗集》二卷，藏于家。

今谨录《和张煦涵藤花次韵》云：「坐纳微凉正午宜，当门却爱绿阴垂。幽人久愿抛簪组，日对萦烟剪雨姿。」

先伯曾祖少荃公　讳鸿章，号仪斋，晚号仪叟，先侍御公次子。道光癸卯优贡，甲辰顺天举人，丁未进士，入翰林授编修，同治初由福建延、建、邵遗缺道超授江苏巡抚，以平粤寇功锡封一等肃毅伯，复授钦差大臣，督师平捻，加赏骑都尉世职，历官两江、湖广、两广、直隶总督、太子太傅、文华殿大学士。光绪二十六年特授全权大臣，与各国议和订约，收复京师，兼署总理外务部事务，二十七年薨于位，年七十九，赠太傅，晋封一等侯，谥文忠，京师特建表忠祠，原籍暨立功各省均建专祠，国史馆立传。家刻《全集》一百卷，门人桐城吴挚甫京卿所编辑也。别有《小沧浪亭诗赋钞》一卷，并刊行。

今谨录七律一首《龙潭阻风怀彭雪琴方伯》，云：「秋风纵酒浔阳郭，夜月联吟赤壁舟。往事隔年如昨日，故人击楫又中流。万竿烟雨楼船静，六代江山画角愁。不见元龙湖海气，卧闻凉吹撼汀洲。」公诗才气过人，倜傥豪迈多类此也。

少工律赋、试帖，岁科试及馆课每冠其曹。军兴初，佐吕文节公办团练，继襄皖抚福济幕，后入曾文正公军府。妙擅章奏，受知曾公，荐领淮军，遂以此起开府，后久当军国大任。文牍巨细亲裁，必切中事理；机要电稿尤精练简核，独步一时；治事有程，起居亦整暇不易常度，每日辨色而兴，盥毕，据案作书，临摹怀仁《圣教》数百字，饭罢，必绕廊徐行数百步，历数十年，虽笃老未尝或辍，其坚定有恒，亦秉曾公之遗法也。

先伯曾祖季荃公　讳鹤章，字仙侪，别号浮槎山人，先侍御公第三子，廪贡生。咸丰初，随先高祖侍御公在籍办团练，继入曾文正公军幕。同治初，从文忠公转战苏常，积功，授甘肃甘凉兵备道。曾文正公督师讨捻，奏请开缺，留总营务。寻乞假，归居皖城，奉母不出。光绪六年冬卒，年五十六。诏于原籍暨立功地建专祠，国史馆立传，累赠光禄大夫、云贵总督。著有《浮槎山人文集》、《半仙居诗草》、《平吴竹枝词》、《广名将谱注解引证》、《平吴纪实》都若干卷，藏于家。

兹谨录《过桐城大关旅邸题壁》云：「昔渡雄关事远征，翩翩戎马一书生。身经吴楚百千战，手克江淮廿八城。功狗自怜劳病苦，山猿犹喜去来迎。骑驴道上今重过，漫说将军故李名。」《平吴归皖叠前韵》云：「四方无复羽书征，自注：借用成句。喜听江流急有声。山墅围棋怀谢傅，邯郸觉枕问卢生。重将泥雪留诗句，敢诩凌烟著姓名。我是浮槎焦姥客，好凭云水印心清。」

公少怀干济，投笔从戎，久历兵间，精娴韬略。在苏军时，总领前敌，叠克坚城，战绩威名，与程忠烈、刘壮肃诸公相埒。因文忠公时为主帅，例当引嫌，每战有劳不居，率皆推功诸将。其自知县洊擢道员，皆出朝廷特旨，未尝于捷书奏报中一请奖叙也。故淮军诸将同时起，偏裨至高位者甚多，大抵皆公旧部，而公独以道员终，论者每深惜公志业之未究也。

先叔曾祖幼荃公　讳昭庆，先侍御公第六子。以员外郎从曾文正公军营。同治元年，淮军新立，曾公奏留铭、庆、盛、树、鼎五营分防庐江、无为，以公为统领，屏蔽沿江，著有名绩。继随文忠公转战苏浙，复从讨捻中原，积功以盐运使记名简用。同治十二年，卒于天津，年三十九，赠太常寺卿，国史馆立传。著有《补拙轩吟草》一卷。

谨录其《九日嶅阳道中》云：「客中孤负菊花杯，破帽临风落几回。放眼齐州满秋色，白云黄叶乱山隈。」

《南阳湖中》云：「湖气如烟滃午曦，莲香作阵引凉飔。扁舟一叶飘然去，时见儿童拍水嬉。」

先伯曾祖母周太夫人　同邑周公沛霖长女，先伯曾祖季荃公之继配也。封夫人，赠一品夫人。

光绪十四年卒，年五十二。太夫人能诗，遗著不多见，惟《皖江同声集》刊载二律，谨录于此：

《次韵和夫子常昭告捷》云：「虞山甫得息鸿征，一月三传捷报声。自注：余到常熟，一月三得夫子捷音。昔夺昆仑功并伟，旧游城市感同生。自注：咸丰九年，余随夫子避乱常州。莫因儿女萦归念，但祝旂常有令名。薏苡他时休误检，自注：夫子前寄书一箱至皖，人疑为金，予开示，众始笑而散去。琴书船载举家亲。」

《次韵和夫子甲子寒食军中见寄》云：「深闺弱质敢言征，寇撼危城听有声。自注：贼每攻城，喊声震地。昼夜登陴怜将士，雨风避地慨民生。自注：贼围城半月，皆值雨，登楼遥见难民甚多，向南逃避。漫夸巾帼娴韬略，不愿疏章达姓名。自注：夫子来书，谓沈幼丹中丞夫人同守广信，得邀上知。余一身独守，未得疏达为憾。惟祝功成君早退，鹿车同挽话时清。」

同治三年春，季荃公方督师进规常州，粤寇数万乘间围攻常熟，贼众兵单，城岌岌不保，太夫人誓死留守以固众心，脱簪珥助饷糈以作士气，日夜登陴，督励军将竭力防御，坚守半月，城赖以全。曾绘《小楼观阵图》以纪其事，时称常熟为「夫人城」云。

先曾祖姑玉娥夫人　先侍御公次女，适同邑费心箴太守日启。卒年未详。著《养性斋诗集》。《府志·才媛传》称夫人「诗近剑南」。后裔衰微，避恶族侵扰，屡迁徙，遗稿遂失，惟其戚张君曾钞藏数首。

今谨录其《夏雨初霁山庄即事》云：「夜雨溪桥新涨宽，桔槔声里语声欢。拖蓝三面榆阴湿，点素群飞鹭羽干。杳杳浮岚明日脚，盈盈初月上檐端。荐盘瓜果逢佳节，莫使当筵酒兴阑。」

太守亦能诗，今不传，惟与先侍御公联句数首载公集中。

先祖考资政公　讳经钰，字连之，号庚馀，别号逸农，次居三。光绪癸巳举人，官河南候补道，加二品衔。壬戌年十二月二十五日卒于沪，年五十六。公诗初宗渔洋，鼎革后忧伤憔悴，一法苏、黄。著《友古堂诗集》。

公少壮时，奉母宁太夫人来往肥、皖间，自庚子至壬戌中，一居宁居皖居津，三居沪，卒之日，有清逊国辰也。故庐江陈子言丈挽诗有云：「环宇同悲日，斯人独往时。」

今谨录集中有关游辙行踪者以备后人之考证。《无题》云：「滇海殷殷万壑雷，翠岩碧嶂五丁开。筹边几费司农计，持节新传矿使来。岂有地灵能爱宝？不妨琼库蓄私财。汉家文景称全盛，富国先闻惜露台。」「昆明池接未央宫，疏凿曾歌神禹功。方丈昔闻浮海外，蓬莱今幸在环中。仙山楼阁迎斜照，水殿笙箫咽晚风。自有《霓裳》天上献，《云门》何必奏三终。」此咏慈禧太后以海军经费移建颐和园，庚寅居皖城作也。

《题课农别墅》云：「石径纵横绕树斜，疏篱新缉未全遮。潇潇一夜西风雨，催放空庭百合花。」此别墅在东乡长冈故宅之东，先曾祖所构，疏泉筑室，饶花木之胜。先祖与先叔祖郊云公读书其间。此辛卯侍宁太夫人居肥作也。

《江行偶咏》其一云：「浮岚倒影漾空明，水色天光昼午晴。鼓棹枞阳江上过，夹江山好不知名。」其二云：「好风忽定水潆洄，滟滟晴波明镜开。两岸烟岚数声橹，轻帆一叶剪江来。」此壬辰侍宁太夫人赴皖城寓庐途中作也。

《秦淮杂咏四首》云：「旧事苍茫易感秋，三年重作石城游。行人魂断青溪水，菜圃荒寒十四楼。」又：「楼船灯火十番新，水腻山温似早春。一自烟花盛南部，至今风俗效梁陈。」又：「白门杨柳晚萧萧，凉月昏黄透绮寮。十里秦淮秋水碧，石城艇子唱南朝。」又：「系艇花阴夜漏迟，清狂时复忆分司。尊前黯淡谈天宝，头白当年老伎师。」此癸巳秋闱江宁试寓作也。

《归兴》云：「祖帐青门外，杨花作絮飞。京华三月酒，狂客四明归。铅椠身将老，觚棱愿已违。本非和氏璧，何必泪沾衣！」此甲午春闱报罢南归作也。

《沪上赠彦复并呈佩如令姊》云：「天涯骨肉难为别，岁晚江湖共此行。野服已除朝士籍，诏书新锢党人名。心衰面改中年事，雪虐风饕旅舍情。太息细君今宿草，皖游重话泪交倾。」彦复先生，先祖母次弟。此己亥作也。丁酉夏，先祖母吴太夫人弃养郡城，家君年才十一，长姑九龄，偕依外氏于庐江。先祖自丁酉迄己亥，亦行辙靡定矣。

《重游法源寺》云：「几树疏松野寺前，松阴踪迹久茫然。故人高节成千古，胜地重来又五年。自注：戊戌偕王伯唐游此，王殉庚子之难。佛火尚明烧后影，塔铃独语雨余天。即今无限沧桑感，不独宫花委断烟。」此壬寅引见都中作也，时已由合肥迁居沪矣。

《鹦鹉洲》云：「江水东流去不回，辞成鹦鹉亦堪哀。一时缰锁羁英物，千古文章伏祸胎。剧有羽毛供世用，那容泉石老奇才。鹿门采药隆中隐，凭吊遗风独溯洄。」此癸卯之官大梁道中作也。时已居江宁，甫至汴，见吏治颓败，拂衣归，此后遂不复有用世志矣。

《题醉红居士王玉峰三弦词后》其一云：「凉月初斜按《柘枝》，江南重遇善才师。坐中亦有伤心客，莫奏崇陵供奉词。」其二云：「一曲当筵激楚声，相看掩袖泪纵横。都将家国无穷恨，写入檀槽付白生。」

《人日登高》云：「野色苍然雁叫哀，冰霜萧瑟一登台。春蒸海气将成雾，风挟潮声讶似雷。北极烽烟终日动，西征消息几时回？茫茫对此百端集，怅触情怀入酒杯。」

《阙题》云：「潢池偶尔兆边烽，谁意萧墙内伏戎。罪己原为天下计，卜年俄叹逝波穷。孤臣草野攀髯切，父老深山喁望同。九圣垂裳三百载，编摩谁为纪神功？」

自丙午由江宁复移皖城，戊申因江防营兵变更由皖迁沪，此二绝二律皆国变后居沪作也。

《游明孝陵》云：「水绕峰回此奥区，行人尚作御园呼。千年形胜名犹昔，一代英雄迹已芜。夜静山灵朝寝殿，雨余石马卧交衢。仁皇御笔碑题在，独下疲驴拜路隅。」此己未家君迎养天津过江宁所作也。

《和吴剑隐九日登高韵》云：「十年踪迹滞天涯，风转蓬科强自夸。讵有山林供避世？已荒松菊未还家。古来重九诗堪忆，老去悲秋鬓又华。幸得故人同寂寞，晚晴徐看海东霞。」此辛酉居沪作也。自庚申家君罢官，复奉先祖归沪，此后先祖恒卧疾不复出矣。

谨按：《友古堂集》釐为二卷，上卷五绝五首、五律十首、七绝七十五首、七律三十四首，下卷五绝三首、五律二十八首、七绝三十七首，七律六十四首，都二百五十六首。乙丑春印于沪，张子开广文、陈子言先生为之序。

先伯祖丹崖公　讳经世，先曾祖荣禄公长子。同治庚午优贡，光绪丙子举人，庚辰进士，官翰林院编修。光绪十七年卒，年四十一，赠翰林院侍读衔，貤赠荣禄大夫。著《醉芸馆诗集》一卷。今谨录《偶仿黄柳溪山水小幅玉山舅见而索之并属题句》其一云：「层峦叠翠最宜秋，独木危桥俯碧流。我爱幽居绝尘世，隔溪山色卷帘收。」其二云：「夕阳红树好婆娑，拄杖看山逸兴多。留得闲云将屋补，幽人何必事牵萝。」

《题高枕石头眠图》云：「松涛入耳泠泠急，云气蟠胸漠漠凉。梦到羲皇真境里，不知人世几沧桑。」

公能诗工画，诗尚性灵，画法鹿床，遗集光绪癸卯印于皖城。公长姊漱芳祖姑，适同邑张次韩观察士琦，能诗，载《府志·才媛传》，著有《漱芳诗草》一卷，今佚。

先伯祖巽之公　讳经邦，号冰谷。先曾祖荣禄公次子。光绪丙子优贡，官江苏候补道，加二品顶戴，给一品封典。宣统二年卒，年五十九，著有《冰谷小草》一卷。今谨录《九华山地藏殿题壁》。其一云：「名山坐镇百千秋，一片慈云护十洲。为爇瓣香来净土，暂离人海悟浮沤。心如明镜尘时拭，爪印春泥迹偶留。欲问牟尼何处岸，人间本自有丹邱。」其二云：「琳宫迢递接层霄，野竹依墙护客寮。山雨侵窗生昼暝，鸣泉赴壑起春潮。穿云钟杵回环迥，隔涧禅林指点遥。著屐偏游留后约，问途应许觅归樵。」公生际吾家鼎盛，小隐皖城，不求仕进。然淹识有干具，于时政朝章、农田水利莫不洞晓，大吏来抚是邦者皆登门咨询。论者每以高蹈为公惜也。

先叔祖郊云公　讳经达，别号拙农。先曾祖荣禄公第四子。光绪时诸生。初居皖、肥，中岁卜居庐江，旋纳粟为郎中，分刑部，加三品衔。光绪二十八年改道员，分江西，未之官，卒于庐江寓邸，年三十五。

今谨录七古《偕倪鉴泉游冶父山寺访净根上人不遇》云：「笋舆晓出城东门，久晴烟霭迷山村[一]。云林佳侣结同契，相与著屐寻郊原。冶父山形独雄秀，诸峰对俯如儿孙。相传欧冶曾铸剑，烛龙金虎光吐吞。一朝神剑化龙去，荒池清照留乾坤。山中有洞极深邃，神僧伏虎遗迹存。野径纡回入山寺，秋尽老树欹云根。修篁青翠净若拭，虎泉容与凝波痕。旧闻此寺古朝建，屡经兴废奚深论。道雄佛子真法相，身际鼎革思余恩。蒲团坐破万事了，世间何物为卑尊？菩提妙现为钵塔，山灵呵护龟趺蹲。升平寺观兵燹废，坏墙断址荒烟屯。净公再造竭补缀，榛芜开拓新崇垣。访公不遇且归去，携泉还复清壶樽。生公妙舌不数觏，迷途何日穷津源？下山农田方待泽，欲种二麦愁冬温。山川秀弱日枯瘠，会施法雨纾长旛。」

七绝《解客嘲》。其一云：「猿臂封侯事竟非，当年射虎出长围。蓝田夜猎归来晚，谁识将军短后衣？」其二云：「北海新陈荐士书，东山丝竹竟何如？渡江偶遂澄清志，未必温君尽绝裾。」其三云：「露华仙掌缀明珠，法曲当筵且共娱。《白雪》果能聆一奏，不妨南部尽吴歈。」

七律《赠分司员外程醒园》云：「记从燕市卖吴钩，骏骨千金枉共求。南苑词华宜水部，东阿家世本通侯。尊前旧曲《霓裳》记，江上西风战垒秋。半壁湖山清照久，遗民犹话马凉州。」

《怀园座中闻客谈江南帅遗事》。其一云：「椎埋屠狗信非常，割据淮滁久设防。翻幸田蚡诛魏灌，似闻仆固感汾阳。沧桑故宅云烟换，芦荻秋风战垒荒。钩党又劳河内使，穷途恩怨忍相忘。」其二云：「当年歌舞擅承平，子弟梨园白发生。一样倾心来侠少，可怜侧目动公卿。江城裙屐传微曲，粤海樗蒲许济兵。薛宝珠喉方畹笛，故人犹震盛时名。」此二首咏刘忠诚督两江时以宿憾枉杀道员李显谟事。忠诚未贵时，曾受显谟父兆受杖辱也。

谨按：公遗著光绪甲辰雕版于金陵，合诗文词赋为六卷，名曰《滋树室全集》。时诸从叔幼，未能亲校雠，委诸某君，某君不谙咏事，妄为改窜，尽失其真。沧桑后，版亦毁。癸亥年诸从叔删文赋、诗馀，专取诗原稿，釐为二卷，重印于沪，名曰《滋树室诗集》。

先从伯祖仲仙公　讳经羲，字宓生，号悔庵，晚构蜕庐于吴门，因署蜕叟。先伯曾祖季荃公次子。光绪己卯优贡，考取知县，历官云南、贵州、广西巡抚，宣统初，晋云贵总督。以国事日亟，领袖二十一省疆臣，奏请速开国会，组内阁，以弭乱机。未几而武昌事起，各省新军响应，滇亦继之，都督蔡锷素敬服公，又惮公得民心，以兵护公出险。袁世凯既任总统，迭电强公出山，勉一主政治会议。丁巳夏，黎元洪仰公德望，复强公总理国务，五辞而不得免。会张勋拥兵入京，猝举复辟，危逊帝，乃愤脱去。自是不闻世事，遁迹江海间。乙丑秋，卒于沪寓，年六十七。

公久任封圻，卓著声绩，于滇再莅，筹边尤具精心。当庚戌辛亥间，英人侵我片马，外部意存退怯，公独坚持奋进；与强邻争疆界，交涉最力，至今滇人犹感不衰。生平长于公牍文字，下笔万言。诗才丰赡，雅近东坡，晚岁感事忧时，多以吟咏自遣。著有奏稿、诗集若干卷，藏于家。

谨录《庚戌孟秋偕僚友出城行水登大观楼感赋四首》之一云：「梦断觚棱拥秃旄，晓音瘖口夜空号。玺书岂不忧勤切，井络徒为界画劳。九府泉流归海去，千衙笔退比山高。玉关未分生还想，三世虔刀敢自挠。」

《五十三岁生日感怀四首》之一云：「碧霄万里断飞鸢，细柳关前二月天。醇酒妇人公不死，黄金丹诀世无仙。淮南卧阁诚知罪，塞北弯弓只自怜。燕颔虎头非骨相，青门荒却种瓜田。」

《将去香港留别陈君省三》云：「霜雪横侵入鬓丝，岁寒心事白𬞟知。飘零淮帜挥刀晚，痛绝湘兰抱石迟。三岛吾将从舜水，五湖公亦老鸱夷。重逢莫话兴亡事，万变沧桑未有期。」

《次韵答刘逊甫》云：「沙鸥对结水云居，尘外秋心味转腴。惊听雷声抽箨笋，误疑风力扫枝梧。羽亡一鹬资渔利，钵咒双龙笑佛愚。闲煞豆棚共夜话，不愁羁梦入歧途。」

先再从伯祖芝楣公　讳可权，原名经权。先从叔曾祖紫枫公次子。邑廪生，官候选直隶州知州，住日本神户市领事。光绪二十八年卒，年四十八。

公初不作诗，光绪中随使日本，适郑苏戡方伯亦官使署参赞，过从甚密，始学为诗，时有赓和，故《海藏集》有《感旧示李芝楣》之作。

今谨录《甲午初春郑苏戡约同出游西京夜宿浪花楼大雪晨起张盖出门买书偕访日人江马天欽小野湖山两君而归因纪以诗》云：「春归十日东风里，杨柳含情莺燕喜。郑子相携作漫游，我年四十游方始。四条桥畔晚停车，贺茂川南问酒家。照尽兴亡灯若电，淘残风月浪为花。三层阁上凭栏立，歌管微闻下方咽。夜迥天低星斗寒，风尖梦冷衾如铁。对榻商量春事迟，明朝哪有花盈枝。雪花一夜大如掌，已怒早梅先赴诗。银海踢翻光焕放，大地玉山愁堕压。纸帐惊疑直到明，东山烈烈挂铜钲。我贪朝吟赏未极，白战再酣天不惜。踏碎琉璃不肯回，径入嫏嬛计亦得。故人忽忆访戴事，湖山有主良非易。张盖冲寒得得来，入门有酒径须醉。当歌禁体已有人，自言老大方惜春。适来满拜琼瑶贶，预识繁华是后尘。」

《游有马》云：「五月苦炎蒸，冒暑山中行。曲折途虽宽，高低不能平。舆人各挥汗，恻然动我情。道旁啜苦茗，暂使心神清。危坡一就下，骇与奔轮争。万山摇篔筜，远风相承迎。溪壑多流泉，险峻常不盈。涓滴得少挹，尘梦倏已醒。渐闻半山间，遥遥作雷訇。飞瀑一千丈，突怒怪石横。傍午就逆旅，轩窗临水明。位置连山边，适意岂所经。凭栏数苍翠，移家思耦耕。」

日本夙重文翰，中土珍籍孤本流入至多，时明治维新，尽斥旧籍，公廉值得之，载数十箧，邪许舁归，盗疑为金，夜入室破箧，见皆书籍，大愤，尽焚之而去。

族祖仲平公经筵　历官江西、安徽税局局长。少与吾父同应童子试，称相得，继为从伯祖云贵公所赏，以笔札从游南北，凡行踪所至，辄能交其贤士大夫[二]，尤喜聚书，几以是尽斥其产。所作诗词，随手散亡略尽。

今谨录其《即景》云：「蛛网挂流萤，烔然星在户。薄暮悄归来，微风动庭树。」《锡山花舫呈悔兄》云：「小试名山第二泉，画船泊处起炊烟。江山历劫余佳日，丝竹陶情写暮年。去国春光常苒苒，断桥流水自涓涓。凭栏别有文园渴，白袷临风独惘然。」《春阴》云：「直待春阴始出城，一天细雨扑帘旌。云封野水无人渡，麦秀郊原有雉声。小草在山空弄色，好花当路不知名。流年已付匆匆过，乞得身闲赋此行。」

先从祖姑菊耦夫人　讳经琇，别号兰骈馆主。先文忠公第三女，适丰润张幼樵学士佩纶，壬子年卒，年四十七。夫人娴书史，能诗文，学士既没，遂阁笔不复作，旧稿亦椟藏之。一夕，胠箧者至，疑为珠琲之属，竟攫之去，夫人亦不肯追写，故无传。今仅学士《涧于集》中载联句一首，谨录之：

《兰斋联句用昌黎会合韵》云：「江湖归梦清，伉俪深情重。幼　差甘提瓮贫，岂慕佩刀勇。菊　羁寄凤鸣随，鸾鹭鹤立耸。幼　鉴心如水止，养气不山涌。菊　绝缴方劳休，遂圃任馋甕。幼　赠侨交联旧，渲缺迹新踵。菊　破匏初同牢，赠剑若挂垄。家声恨中坠，世网蓄余恐。幼　酒开北海尊，瓜觅东陵种。豸冠进触邪，蠹简退删冗。菊　大隐肯巢山，小儒徒发冢。幼　鹰隼空猜惊，麒麟顾矜宠。菊　申椒衍嶙峙，散木畏桀栱。幼　志士罹百忧，党人集群恟。菊　同舟倏易观，别馆仍叨奉。幼　且谋山中醉，无哭天下肿。菊　谁工三窟营，却羡八貂拥。幼　叙元曜首华，案学低眉捧。菊　忘机信海沤，应候殊秋蛬。幼　陴苏念苦辛，足倦息微瘴。菊　军符倚临淮，甲仗班阙巩。丝竹夙矜严，沐薰翻劣瞬。幼　但期两美并，已致四夷悚。冰玉相莹澈，芷蘅益蓁茸。菊　真契磁引针，潜辉璞留珙。败名亦安齐，知足刻得陇？幼　卫畿云依依，浮家水溶溶。外物何瑕疵，勿吾真桎拲。菊　人心险山川，道脉寄追冢。鹏息笑蜩鸠，龙藏化蚕蛹。幼　亲戚洽话言，交游谢贯踊。菊　清辨麈毛纷，深栖嫌翼氄。传经责儿曹，织薄约威甬。幼　并作理闲琴，谡起松涛汹。菊」

家大人　次居长。早失恃，依外氏居。偕诸中表受业于吾乡张子开广文，时与外兄吴仲馥太守，陈子言先生廉和，为舅氏吴北山刑部所赏。中岁服官，遂不暇咏事，旧稿亦尽弃掷。家学幼鲁，未能熟读。谨志乙丑岁大人会办南京造币厂，写所作《重过白门有感》一律寄吾师熙载尹，吾师以授家孚，家孚熟读并谨录之。诗云：「天使无言欲下时，彩航呕哑趁风迟。眼中楼阁迎山色，水上琵琶送客悲。红粉对歌声妙曼，绿杨终古影参差。重来门巷都非旧，燕子飞飞却向谁？」

先叔父仲璿先生　讳国枢，号问淞。先祖次子。幼勤读，既冠，病目，艰于视，遂辍学。先王父见背，依吾父居，问业于陈子言先生，与晓耘、莼季诸从叔赓歌讨论，学大进。以家庭胶戾，岁入乏绝，忧伤抑郁，遂于乙丑春病没沪上医院，年二十六，时祖丧犹未除也，伤哉！家君辑刊其遗著一卷，题曰《问淞诗存》。今谨录《秋日偕晓兄游先农坛》云：「三百年来一指弹，犹留故迹说农坛。晚蝉呜咽参天柏，斜照荒凉废药栏。曲径弦歌车马盛，前朝耕织典型残。城南一段庄严地，输与愁人独自看。」《春日偶书》云：「东风澹荡作春晴，脉脉幽兰缀素英。独坐乍闻归燕语，闲居最喜读书声。生成简直谁能谅，阅尽悲欢气始平。来日扁舟逝沧海，自注：时余将北行。孤云残照动离情。」《自述》云：「予生十七年，左眼初病翳。百方罕奏功，空服平肝剂。二十赴津门，侍亲历迢递。寂居多幽忧，右眼复遮蔽。入都求医师，盖君尚奇技。自注：德医盖礼恩。金刀才一刮，微光遽能睇。私怀顿欣欣，炎暑兵尘厉。返驾遂南驰，良医更谁冀？」《喜雨诗》云：「京城三月旱，麦死苗亦枯。万户群戚戚，府尹榜禁屠。邯郸请铁牌，雩祭诚意敷。彼苍怜下民，惊雷起须臾。横空云泼墨，落地雨跳珠。居人额手庆，妇孺相笑呼。奈何雨复止，朝暾还照庐。安得三日霖，使我百虑舒。自注：时京师久旱，或建议：「邯郸铁牌历代以之祈雨，甚灵验，盍试迎之？」政府官员往迎，至，果雨。」

从伯父筱崖先生国模　先伯祖丹崖公长子。佾生，官山东候补道，加二品顶戴。性恬静，喜藏书，碧简瑶签，行披坐检，有倪若水之风。著《吟梅馆诗草》二卷。

今谨录其《登大观亭》五律云：「名胜占舒州，儿时竹马游。江声无昼夜，山色自春秋。余墓蹈骷啸，韩祠蝙蝠投。自注：元郡守韩建与忠宣同时殉难，明建祠奉祀，祠在大观亭右。白云将古意，千载共悠悠。」大观亭在怀宁正观门外，背城临江，隔岸诸山如在屏几间，占有江山之胜，旁葬元余忠宣公，附葬从难李宗可及马卒，骚人墨客题咏益多，伯搜辑有关亭、墓之志、记、铭、传、诗词、联语并其逸事，裒为六卷，名为《大观亭志》，有功胜迹，岂浅鲜哉！

从伯父少崖先生国楷　先伯祖丹崖公次子。少以国学生赴秋闱，不售，纳粟为道员，分江西，加二品顶戴，时沈爱苍提学护赣抚，极重之，叠畀要差。冯忠愍公莅赣，委署广、饶、九、南兵备道。适革命军起，遂奉亲避居沪，时年甫二十六耳。鼎革后，再膺省议会议员之选。著有《餐霞馆诗草》二卷。

今谨录其《秋日杂诗》云：「章江秋汛早，七月鸣鹍鸡。我与西风期，庭叶忽吹落。小窗足幽景，花木间丛薄。客来胡为乎？不言对以臆。」

从伯父鄂楼先生国棣　字伯唐，别号鲟庐。先伯祖巽之公长子。光绪壬寅举人，官湖北候补道、安徽司法司长。喜收藏，工绘事。中岁弃官归，卜居吴门，构别业于南园，罗列典籍书画于其间，终日摩挲，得静中之趣。

今谨录其《题问淞诗存》云：「吞声一别人天隔，碎玉摧兰事可伤。到死春蚕犹作茧，惊寒断雁不成行。空留吴市移家约，自注：甲子春，弟有卜宅吴门之约。难觅金篦刮膜方。为署遗编珍片羽，墨花和泪堕巾箱。」

丙寅嘉平朔日，吾父四十生辰，伯寿以鏨道人梅竹画轴并系二绝，其一云：「香海春风到素纨，聊凭驿使报平安。绮窗乡梦无消息，共抱丹心守岁寒。」其二云：「姑射仙人萼绿华，却来嶰谷养丹砂。驻颜自有长生术，酒面争看艳芬霞。」

先从伯父可亭先生　讳靖国，初名国权。先伯祖巽之公次子。官候补知府、参议院议员。甲子冬卒，年三十八。著《宜春馆诗集》。

今谨录其七律《大观亭》云：「十里垂杨拂钓矶，采春江上踏芳菲。孤臣有恨冬青茂，细草无边屐齿肥。照水群花随意好，临风轻燕向人飞。扁舟载得繁华去，游兴真同倦鸟归。」断句《无题》云：「魂销弱水三千里，梦绕巫山十二峰。」伯工香奁体，佳处力逼次回。

从叔父晓耘先生国柱　初名国榛。先叔祖郊云公长子。幼耽诗，吐属澹远，颇似苏州，而格调丰神又与渔洋山人为近。辛亥避兵居沪，从陈子言先生游，益沉酣于宋、元诸家，直入宛陵、遗山之室。

今谨录其《夏夜读韦苏州集示纯季弟》。其一云：「芳时难驻易成悲，更为羁愁赋别离。寂寞回塘泛轻舸，五年前已读韦诗。」其二云：「细味诗清夜亦清，无声弦指足移情。短檠独对浑无事，起看虚檐北斗横。」

《消息》云：「消息何烦问酒杯，重扉密掩此徘徊。一廛意静秋如画，《五噫歌》成事转哀。诗句会论新格律，乡心犹恋旧楼台。年来惯领闲中味，坐对寒花锦作堆。」

《辛酉岁暮偶成》云：「美睡不过午，羁游却似归。残烟织林罅，小阁澹朝晖。窗回寒梅亚，庭空冻雀依。渐谙栖遁味，穷巷客来稀。」

《月夜对菊》云：「秋月澹以洁，矫然丛菊花。儽儽凌霜姿，顾影无欹斜。寒空斫摇落，孤处葆贞华。未须滞晓色，淹赏独成嗟。」

《叠韵答尊瓠兼简吕尘莼季》云：「文章有盛衰，世运遘颠沛。漫言鬼夜哭，寖灭仓颉字。瓠翁抱和璞，绩学日以悴。清辞发宫徵，于喁孰为继？绸缪揩绝续，琐屑不肯弃。旁搜俊人句，鳌剔贮之笥。羲也镌刻手，崛起拔赵旆。自足张吾军，尖奴任一试。吾季亦不挠，奋发若有技。纪昌矜习射，王良善授辔。二子将毋同，拭目待成派。」

从叔父彦舆先生国檀　先叔祖郊云公次子。持奇赢，善货殖，间亦作诗。

今谨录其《陪尊瓠居士同游姑孰赭山》绝句云：「乘兴同游日已晡，鸟飞成阵辨归途。荒林赭石宜冬景，一幅寒山欲雪图。」

从叔父莼季先生从衍　初名国荣，先叔祖郊云公第三子。文尚六朝，诗工各体。

今谨录五绝《晓晴楼眺》。其一云：「开窗鸟始翻，雾气忽弥漫。诗书亦累人，楼头发微叹。」其二云：「柳外辨车音，玩此朝日景。渐知宿雨收，茶盏坐清冷。」其三云：「荒园日成趣，赏会自殊俗。夜佳晓益奇，倚楼看不足。」

七绝《春声》云：「弄风高柳万丝齐，更著流莺百啭迷。唱彻春声无与和，邻儿谁解白铜鞮。」《春尽》云：「小院无花不惜春，雨余苔色日青匀。东风吹醒窥帘目，犹是天涯独起人。」

五律《吾意》云：「风雨过庭院，余凉散宿疴。袷衣藏更著，晚日澹逾和。春去仍为客，楼高独放歌。莫嗟时序改，吾意亦蹉跎。」

七律《夜坐》云：「幽思四壁幽虫和，浊世三更浊酒浇。零露坐伤秋皎洁，休镫初觉夜迢遥。持盈倒浣心兵退，行健长随意踵调。自注：学道者先从隐心调息入手。更向西风卷帘看，垂云过雁点重霄。」

五古《捕蝉》云：「是非久听莹，欲辩徒哨哨。鸣蜩尔何来？款然下堂奥。吾侪坐无俚，利其善聒噪。筠笼聊闭置，递听沽一笑。夜深风露重，且去莫踸踔。此意差强人，可为顽童导。」

七古《与李子蕃夜话达旦作诗赠别》云：「春和乍息炉与裘，阳气散漫谁为收。得君相对岂今夕，往者逝矣嗟难留。十年忧患渐成疾，劻勷顿悴无时瘳。坐愁心动睡苦少，脉张肝举神弥偷。君言阅世更倍我，奈何强涉仍狂搜。稍论物故喜精透，旁及生事殊完周。浮家泊家应烂熟，波光云影多目谋。交非势利久而敬，瑰奇磊落真良俦。古来别短已足惜，《诗》云一日当三秋。待君舟返春更好，鸟啼花发恣遨游。」

六言《夏夜戏作》。其一云：「嗒焉似丧其偶，默尔欲完吾真。对客不容夷俟，退居聊可欠伸。」其二云：「天外疏星历落，墙东老干葱茏。时见邻灯一点，不知归梦几重。」其三云：「泥潦乱鸣蛙鼓，肉山聚閧蚊雷。喜我诗成僻涩，任他车过喧豗。」

叔初学涪翁，苦其奇侧，弃而读近人郑海藏诗，含咀枕胙，颇得神髓。家孚与叔同居苏、沪，陪侍日久。叔性沉默，每谈诗，一二语洞中窾要，使人意远。

再从伯父木公先生国松　榜名松寿，字健甫，别号柈斋。先从伯祖悔庵公长子。光绪丁酉举人，度支部郎中，特赏四品卿衔，为庐州中学监督，声绩卓著。宣统初，皖抚奏留襄办本省学务，旋充谘议局局长。辛亥后，奉亲居沪不出。笃学好古，藏书满家，并多蓄石墨旧本、绢素名迹，旁及古陶古玉，搜讨甚勤。近十年来，益嗜吉金文字，自商、周彝器暨古句兵、泉币、印玺、权量、镜鉴之属，以逮六朝造象，博收精鉴，为时所推。少从桐城马通伯先生游最久，探综经史，工古文辞。复与同县张子开、刘访渠诸老深研书法，本包安吴之绪论而推衍之。诗格亦高，余事及之耳。

兹谨录所作古近体数首，以见一斑。《次韵寄刘石庵》云：「自我悬海滨，俯仰百不若。病魔乘世难，搅使笔久阁。夙昔所受持，累劫成堕落。三年濒九死，痛定身已弱。石交早有君，吾家旧宾客。危时弗弃舍，高义真踔跞。昨冬远临存，收涕得笑乐。隔面又已久，结思那能释。张先圣者俦，自注：谓子开先生。孝潜文且朴。惠我逮子弟，异爱皆破格。砭顽起沉废，刮垢到纤屑。沾溉日以多，智井渐可泽。稍埋平生心，复与古初遌。坐中独欠君，望眼挂寥廓。忽睹《赠江》篇，何时有此作？殷勤辞见及，感动泪奔剧。昏飚吼逾厉，怒激涛浪恶。巨窟掀蛟鼍，微命矧鳅鲫。独此气谊存，不共桑海易。万喋奋一吐，持以慰离索。归梦寻草堂，清辉照绮欂。」

《次吴缶翁韵题白阳石涛墨花合册》云：「山人墨戏空九溟，芙蕖出水兰舒晴；绣球绽苞何轻盈，折枝梅可贮一瓶。真疑天造非丹青，蕉狂竹怒尤如生。焚余所阙僧补成，题各三幅相均平。山人澹逸僧老横，当时片楮抵百城。况历尘海逃吞鲸，筝竽充耳埋仙笙。真响未寂谁能听？世间赝本徒风行。彼皆浩气通神明，旁溢乃以笔墨鸣。即兹挥洒根性情，中有精物不可名。色香腾跃开心扃，至宝入手余无争。静观坐谢世患婴，四时此中寻园亭。」

《为硕遗题寒灯课读图》云：「君客吾家久，时闻游子吟。每看寄衣日，为说倚闾心。卅载人寰改，孤城劫火侵。相依终始在，原本性情深。母教成贤子，披图缅德音。清贫千卷在，涕泪一灯深。鸡黍当年意，熊丸共此心。岁阑归谒墓，风雪抚新林。」

《自题十八岁小像》云：「我生犹托承平世，一别青春换海桑。坐负头颅成种种，看支皮骨近苍苍。定知身外余何物，最是花初不可忘。地变天穷真性在，漫随去影付迷茫。」

《自题文稿后》云：「今日万端成一掷，剩留此物在心脾。要收众派归雄阔，更历层巅狎险巇。便到古人复何益？倘从后世得相知。藏山覆瓿都迂计，取博回甘寸抱嬉。」

再从伯父斐君先生国筠　榜名筠寿，一字浩存，木公先生之弟也。光绪壬寅举人，举应经济特科，选本省谘议局副议长、资政院议员。甲寅、乙卯间官广东巡按使，移广西，未赴，引疾归。先生以精吏治闻于时，诗不多作，故所见亦鲜。

今谨录其《为刘访渠题沈石翁临禊序书谱合册》云：「国朝书法吾皖宗，惜抱宕逸怀宁雄。安吴设坛傲百世，一鹗侧目横秋空。门墙闻者十余子，朴卓无如沈石翁。三十从游八十悟，行年九十意逾共。殚心师说绝佗好，到死曾无一笔慵。吾友传翁旧衣钵，出示墨迹惊蛇龙。行则禊序草书谱，体势标分意趣同。两本临过百遍外，神明运彻规矩中。使臂使指皆血脉，一点一画无偏锋。有如老将阅兵马，魄力沉毅神从容；又如人师训弟子，义峻辞严道气冲。翁之得天固独厚，反以鲁钝彰人功。鹿裘带索市皆笑，退笔凝尘冢已封。岁月不居名字贱，常人到此心先穷。优游片艺犹多障，寂寞千秋孰与从？掩卷还君三叹息，古来大匠多拙工。」

《清明扫墓过临河集题壁》云：「一宿何年事已忘，晨曦犹照旧村庄。山存太古几希气，野是劳人沐浴场。蓑雾濛濛驱犊过，纸烟拂拂趁鸟翔。流光不听徐销用，独有《豳风》岁月长。」

《庚戌元日口号》云：「闭置城阛似篋中，今朝乘喜出郊东。市声不动香烟满，春气将归草木通。」

民物阜凋觇负贩，岁时点染赖儿童。争喧令甲年年异，惟见桃符户户同。自注：时政府正筹立宪。」《奉和大人辛亥生日谢幕府》四首之一云：「横空潦雾跕飞鸢，咫尺鲸鲵万里天。关塞甲兵资草木，金银宫阙望神仙。珠残褐破邻逾羡，箸尽筹空世枉怜。三疏敢挠和战计，老臣魂梦在屯田。」

先再从伯父子千先生　讳国栋。先叔曾祖幼荃公孙，从伯祖仲絜观察子。光绪壬寅举人，官江西候补道、出使奥国随员、参议院议员。甲寅年卒，年三十七。著《薇香馆诗钞》一卷。今谨录其《莫愁湖》云：「斜阳衰柳带层城，雪后遥天一雁轻。龙虎旧传天子气，湖山翻藉美人名。千秋事业归棋局，万里烟波动客情。多少英雄无片土，南朝遗恨总难平。」伯善相马，娴驰骑，尤精弈，海内称为「二手棋」云。

再从叔父厚甫先生国焘　先文忠孙，从伯祖伯行侍郎子。因文忠饰终之典，赏举人，留学英伦，毕业，授硕士学位。

谨录其《伦敦杂咏》八首之一云：「娉娉顾影惜芳辰，三岛花丛第一人。金谷半生怜薄命，武陵千古恨迷津。湔丝河畔檀车暖，解带园中舞袖轻。钿盒金钗细收拾，斫船时节到江滨。」

族伯父少川先生国凤　族祖继川参戎长子。幼侍父居皖城，即与党人游，挂名党籍，鼎革后历任局长顾问、谘议等职。谨录其《过武胜关》绝句云：「谁凭天险凿雄关？故垒犹留乱石顽。容我驱车谈笑过，一窗青拥万重山。」

家母吴夫人壬卿　司马鼎椿长女，幼寄伯父勤轩观察鼎业为女，观察固吾从祖姑婿也。光绪丙午，年二十，归吾父。闺中唱和，人称羡之。继随宦天津，家政丛脞，遂疏翰墨。今谨录《乙卯春送夫子入都》云：「有鸟在空谷，三年不飞鸣。一朝乘风去，翼展垂天云。夫子抱荆璞，此璧价连城。终当供庙堂，焉能委荆榛！二月春雷动，征车指燕京。漫道长征苦，男儿志请缨。敢作儿女态，阻君万里程？高堂虽白发，妇职敢不勤！勉哉振风翮，扶摇击苍冥！」《江村岁暮》云：「猎猎寒风冷翠微，天涯霜雪未能归。荒村寂寂帆来少，时见饥禽向日飞。」《式微歌》云：「式微式微胡不归？月华和雾冷璇玑。水晶帘卷迎宵爽，明灭流萤入户飞。」

从姑碧梧夫人国福　先叔祖郊云公女。适武进刘佑常都转文揆，娴吟咏，工花卉。今谨录其《式微歌》云：「式微式微胡不归？秋风江上雁南飞。旧时袅袅门前柳，今日成阴已十围。」《秋海棠》云：「小院秋深玉露寒，半钩斜月挂阑干。幽花别有轻盈态，莫作春风醉里看。」

再从姑舜如夫人国华　先伯曾祖勤恪公女孙，从叔祖佑三京卿次女。适汉军旗毕书仲先生文秉。姑光、宣间居沪上时，从吾父问业，与吾母多赓和之作。自适毕氏，事翁姑，相夫子，遂废吟咏。

壬子春，有和吾母四绝，岁久，母惟记其一，谨录之：《春日杂咏步琼华从嫂韵》云：「古寺荒凉迹久迷，长堤十里草萋萋。春光三月江南好，万树垂杨莺乱啼。」

族姑秀玉夫人国玲　再从伯祖纬堂公第五女，适同邑蔡允文先生庆湘。昨以诗稿寄大人，余得备读，因谨录其《秋夜七绝》云：「每到秋时百感生，那堪风雨满荒城。

湘帘半卷灯摇影，一枕清愁梦不成。」

《乱后野眺》云：「黯淡风沙里，饥鹰下大荒。野烟萦败垒，白骨冷斜阳。浩劫天何醉，长吟我欲狂。尘寰无净土，合去白云乡。」

再从兄骏孙先生家煌　字元晖，别号饮光。再从伯父木公先生元子也。幼承庭训，能为古文；复受学于张子开先生，为高第弟子。弱冠毕业上海震旦大学院预料，兼通英、法两国语文，家藏金石至多，搞染探摩，并工篆刻，安吉吴缶翁见其所作，极叹异焉。资秉皆高，复勤学问，见闻日扩，博涉多通，自佛经梵典以及六壬、三式、星命、五行家言皆精研有得。诗学则承其舅氏贵池刘龙慧先生指授，所造尤深，大抵古体取径韩、孟，间及皮、陆，近体融贯唐、宋，综括众长，其意境才力盖日进而未有已也。近删存三十以前之作百余篇，曰《始奏集》，一时名流多加称美，桐城马通白先生、蕲水陈仁先侍郎皆以「异才」相目；义宁陈散原吏部尤激赏之，叹为「天骨开张，驰骋自恣，高诣苍格，少年罕觏，蟠而天飞，莫能测其所至」；闽县郑海藏布政亦奖许备至，期勉甚殷，谓「诙诡之思，出以古澹，逼似宋王逢原。近数十年来，眼中久不遇此作者，他日老夫当避席相让」。诸老皆非轻誉人者，兄能得此，足以自壮，发名成业，亦大为吾宗之光矣。

谨录其五、七言古诗各一章，五、七言律各二章，以见厓略。

五古《渡巢湖》云：「二百里巢湖，无风三尺浪。廿年来去踪，知者姥姑嶂。二月看将残，春水迟未涨。江舠逗东口，泛浅不能上。遥瞰玻璃盂，搔首空惆怅。微明追顺风，谢装换篾舫。帆饱潮不来，寸尺争撑抗。亭午欣入湖，天复秘晴飏。泛泛从所之，莽莽与低仰。横流粟一身，翻羡局外望。魂为水所移，水与天相漾。不有一发青，湄涯真迷忘。望望芦席觜，吼听风来壮。船掀波渐怒，篙舵力难挡。欲止人莫主，更进舟益荡。刹那飑愈急，生死度外放。瞢腾一昼夜，滩近始得傍。魂定稍回首，万骇刻心脏。感我怀从祖，此地儿媲葬。自注：先从祖郊云公之元配刘夫人及诸从父昔覆舟芦席觜溺焉。冤灵不可呼，对水余凄怆。今我逃劫险，无乃鬼幽相。当时昧欧法，机轮殊未尚。况又潮落候，船大口隘障。犯险飞小艇，鱼腹命轻丧。迩来逢冬春，酷祸仍年酿。商旅群色变，裹足鉴前创。吁！此水此水，吾邑之喉吭，万姓坐资是，以吞纳货饷，谁令扼其喉，致市易不畅。荒鸡戒中宵，绳纤过滩荡。西口又在前，十五里而强。驾船如驾车，步步牛力仗。一牛曳不行，半日牵来两。一人鞭其后，裸涉趺以踢。三人驱前引，努背嘶直颃。竟辰绝烟火，肚缩断粒粮。饼饵啖亦空，发瓿倾酸醯。掬水黄泥汁，闭眼啜自诳。深夜星樯镫，飐闪远村亮。心开知渐陆，等获无尽藏。口狭流更浅，黏淖若齑酱。吸滞船屡陷，人畜痡难张。久之乃及岸，眉扬气忽王。父老纷沓来，执讯慰无恙。环听所经过，蜀道眼前状。我闻洪杨乱，安庆被寇掠，江公守吾郡，地利重高亢。不以水程艰，省会早迁让。万变到今朝，咫进仍无长。二口关一湖，要冲付之宕。一乡长久利，不治待谁贶？废兴委诸天，人事太无创。谁为敛金钱，疏浚劳机榜。自注：浚河机。一日开一亩，一年两口广。招游氓助之，游氓习为匠。工举匠亦活，岁万人可养。从此工毋辍，远利斯难量。翻手成富邑，百业通转旺。一举群生饶，吾策或非妄。经国基里闾，谁和我先唱？」

七古《读广陵集书后兼呈舅氏刘逊老》云：「开口一言惊万辈，冥搜琢句矜生奇。杜陵诗史纵有意，当仁能事归昌黎。笔底栩栩真藏鬼，一臂九鼎千钧搘。浩冥此实关元气，天赋之妙非人为。而我蚍蜉萌孽耳，干霄撼树盲攀随。斗胆豪野斗大语，往往颠蹶峨以危。涨筋汗头撑露骨，百脉挛体皮绯肢。呦呦有若在坰鹿，奋触抗搏千熊罴。又如飞云龙在天，蜿蜿鸣蚓追于泥。纷纷狼籍灾好纸，众丑陈前宁悔疵。丈人恂恂意何挚，甚感善诱勤撕提。伸手夺看睨我笑，此中谓有金沙披。灿眩丹墨施涂勒，蝇头评奖标之眉。稍得片长指为勖，如世慈父私其儿。擘讲传习夸可教，色温而霁拈微髭，曰「汝避熟轻率滑，吾有一径明汝知：王令逢原《广陵集》，暇当全豹搜读之。斯人功力殊可羡，于时同辈寥过其。苍天苟竟假长年，并韩名业夫奚疑！区区持格遵义郑，广隘应比华与夷。」书绅载拜记而退，翻箧倒簏忙绎窥。窗暝炊烟速拏烛，饭了帷下声唔咿。万千旁午难一撼，耳闭心入奇斯时。奥坚利矢穿七札，蟫蠹当者皆披靡。中篇未完忽拍案，驯猫媚食惊奔驰。周晬床儿醒亦叫，摇膝我正欢难支。六哭答问五七言，思新节响琼瑰姿。岂仅虚描鹜皮郛，鳌牙格格填难词。神王力雄揭气髓，扛重贲获如轻持。睥睨直欲侪东野，南丰敛手惭忸怩。地下退之起当诧，匪独吾舅嗟而嘻。妻之妻妹赏一面，谁复嗤怪临川痴。并世万一逢此才，亦请于舅媒以姨。昌黎天人不可希，半山夭矫安能追。巢经巢翁熟已狎，一朝邂逅真吾师。哦诵万遍口流沫，继以密笔圈淋漓。兴酣浓墨拉余沖，技养报舅为此诗。」

七律《海上时作飓风入秋尤甚舅氏赋示长句依韵和呈》云：「一夜狞飚豁雨林，迸将秋色注危襟。如申望远凭高气，兴写移山倒海心。渐警魔天催坏劫，还占龙象起长吟。团蒲稳梦真成计，万撼能安小阁深。」《立夏日侍家大人携酒周梅泉丈巢园邀陈散原朱彊村郑海藏吴鉴泉徐随庵夏吷厂袁伯夔李拔可江孝潜诸老及梅丈看杜鹃海藏明日将北行因次梅丈赏樱原韵赠别兼呈诸老》云：「纳海襟期拥万葩，园开邱壑稳虫沙。移尊盘薄忘宾主，秉烛须眉影鬘花。袖手能豪神所劳，危冠可溺道非夸。诗翁明发随春去，莫惜流霞促夜笳。自注：时街禁甚严。」

五律《元夜伫月竟夕不明因看儿童戏然走马灯感赋》云：「我仰今宵月，人狂彻夜镫。一杯坐重雾，孤阁幻千层。披吐天终吝，沉冥夜始增。风轮看自转，旋偈总腾腾。」《连朝晴暖如春乘兴遂游支硎》云：「冬喧乍可恃，石气接纷纷。天意私游子，晴峰搁冻云。叶飞山愈静，泉活涧堪闻。旧步追春迹，苍崖暗不分。自注：去春侍舅氏来游，曾留影片。」

族兄椒甫先生家蕃　官甘肃武都县知事。

予与椒甫居各一方，向未之见，昨子驹以其诗见寄，谨录其《九日南郭寺登高步沈推官其杰韵》云：「游子怀归日，茱萸遍插时。白云千里舍，红叶一村诗。剪羽看翔鸟，持躬惕染丝。出门搔短鬓，应为路多歧。」

族兄子驹先生家騄　向居乡里，时至沪谒吾父，过从甚密，无异同堂也。今谨录其《偶成》云：「满地莺花归不得，江南春草绿如茵。翠楼惊断辽西梦，应悔封侯误杀人。」

长姊孝琼女士家恒　性静默，能深思，工山水，法小四王。曾应香港文学社课，为冯梦华中丞、王雪岑方伯、朱彊村侍郎所赏。谨录其《咏菊》。其一云：「徙倚东篱下，秋深菊有华。幽姿耐寒寂，疏影任欹斜。堪对羁人酒，偏宜处士家。傲霜留晚节，凡卉漫相夸。」其二云：「秋意渐萧索，繁英灿满枝。清标霜气敛，冷艳露香滋。荒径孤松伴，深丛乱石支。无言淡相对，帘卷日斜时。」《春闺杂咏》云：「绣阁寻诗兴未赊，珠帘四卷月钩斜。东风一夜瞒人至，开遍春梅万树花。」《题芮日龙女士遗集》云：「簪花帖写若兰愁，妙句幽怀咏絮俦。太息烟笼明圣景，只今惟有旧诗留。自注：女士有《游西子湖》诗。」又云：「三载沉疴竟弗瘳，药炉经卷对吟讴。剧怜有女追韩异，肠断遗篇为母收。自注：女士遗稿，长女积温编写。」

族嫂谭韵卿夫人声琴　　治甫先生家巽女，族兄子驹室。夙膺家学，能咏事。今谨录其《春夜寄外》云：「风急月黄昏，愁来独掩门。蛙声四五里，犬吠两三村。心事功名薄，饥寒岁月奔。遥怜一灯影，谁与话温存？」

家孚　　恭录吾先人尊长诗，书名不讳，窃援古人临文不讳例也。不知妍陋，并附拙作于末。《寄王季和》云：「陋巷无人过，天涯节序更。春深花斗锦，风暖鸟呼晴。往事愁兵革，新诗问友生。何由寄怀抱，惟动故乡情。」

《秣陵杂咏》。其一云：「龙虎江山剧战争，郁葱王气石头城。可怜辛苦营家计，一夜金川渡北兵。」其二云：「昨向华林废苑游，苍茫荆棘晚烟愁。不堪更上钟山望，石马嘶风无尽秋。」其三云：「离离禾黍晚霞天，眺尽平芜见断烟。只有后湖泉一脉，年年呜咽故宫前。」其四云：「群鸟空呼帝奈何，琵琶人去怨明驼。胭脂井畔清泠水，不为君王葬绮罗。」

《登天平山》云：「闲携酒榼泛扁舟，夹岸蓼花枫叶秋。万石岩巉森立笏，山腹至顶，群石林立，名「万笏朝天」，俗又称为「尖刀山」。一盂泉冷鉴游鯈。钵泉寺僧凿石成池，蓄红鱼，供游人赏玩。平畴香稻黄如许，古墓寒松翠更稠。山下有范文正公祖墓。勒石纪游宸翰在，龙蟠凤舞峙山陬。清圣祖、高宗南巡驻跸于此，均题诗勒石。」

《游寒山寺》云：「出郭寻幽趁晚晴，横塘七里写秋清。傍桥艇集渔歌起，入寺香温佛火明。老树自怡幽鸟性，斜阳不听古钟声。钟为唐时旧物，为日人盗去。墙阴剩有残碑在，小立回廊子细评。」

《和季和新晴见赠诗即用其文韵》云：「酒醒高楼日又曛，行吟泽畔苦离群。满庭金粟随风馥，几处寒砧向晚闻。辞树叶声喧似雨，黏天山影薄于云。萧斋读罢新晴句，细写蛮笺却寄君。」

吾家上世无考，至心庄公，世系始详。公无子，以其戚许迎溪公次子禛所公为嗣，因避清世宗庙讳，谱牒以「慎」代「禛」。故吾家奉心庄公为始祖、禛所公为一世祖。至家孚，十一世系矣。先世累代读书，一衿终不可获。五世祖凤益公讳椿及五世伯祖恒益公讳桐始纳粟入太学。当三、四世时，宅旁有荒冢，久缺祭扫，祖辈以其为邻也，每值清明，为之附新土、焚冥镪，岁以为常。越数岁，其子孙忽来谒墓，亦李氏，询知吾家所为，德甚，愿结为兄弟。嗣后，岁时来乡祭扫，恒主吾家。迨先辈既没，后人往来亦无间。李氏固卫籍也，某年，适修粮船期，妒吾家尚裕，遂诬为同宗，迫使纳修费，复贿通胥吏，讼经年不解。凤益公知门祚单微，不足与抗，思有以奋发，而读书又终不能博一衿，遂命二子赓廷公、庆庵公习弓马，同时入武学，狱始解。庆庵公讳殿华，家孚太高祖也。时有中表张公亦武生员，充两江督署戈什哈，庆庵公兄弟赴试江宁，主于张公。一日，制军琦善出署，张公导二公窃窥，制军盛仪仗，呵殿而出，张公则腰剑短衣随舆而行，不敢仰视。二公相与叹曰：「大丈夫固不当如是耶？若张中表，归则施施然骄于戚里，今若此，直舆台耳！欲取卿相之尊，惟有读书，武试不足应也。盍归休！」遂不预试，即日归。归延名师，课高祖辈，而自督之尤勤。故吾家通籍，自先高祖始。先高祖由部曹奉旨回籍办团练，叠歼巨寇，未尽志业以没。伯曾祖勤恪公、文忠公继起，兄弟同时并领兼圻，勋业震耀宇内。惜庆庵公久下世，未及见矣。今录吾家人诗，并述祖德，俾世知吾家甲第之盛者其来有自。

校注

［一］久晴　「晴」字原作「睛」，今改。

［二］辄　原作「輙」，今改。

跋

《合肥诗话》三卷，同邑李子渊之所著也。子渊少承家学，即喜搜求乡先贤遗著，尝以阐扬幽隐为己任。岁甲子，合肥创报社，子渊撰《庐阳诗话》刊于报端。继以一郡辽广，不易征选，易著《合肥诗话》。又撰其族人诗，名《李氏诗话》，凡有所得，必函告予。君之言曰：「先贤呕出心肝之精灵，不为表彰于世，听其蟫蚀，非后学之咎乎？」予善其言而壮之。每寻及先贤之逸什遗篇，辄写寄以备甄录。

吾邑自龚端毅、李文定以诗鸣天下，风流所播，继起多贤。惜星霜变易，烽火摧残，先贤流传文字，半埋没于荒山穷谷之中。清同、光间，王遗园老人欲辑合肥诗汇以张之，未成而老人没。自是，谈风雅者罕矣。今子渊不惮勤劳，摭拾遗言，凡勋臣显宦、硕彦名儒以逮山林隐逸、闺阁才媛，莫不殚心访罗。自甲子及丁卯，越三载，积稿盈箧。然君澹于世味，迹阻兵戈，忧患自缚，若不知生之为乐，竟于丁卯九月十六日饮药逝于吴门。长吉不寿，闻者伤之。

君没之明年，尊人伯琦先生裒遗稿分为二卷，合《李氏诗话》一卷，都为三卷，并增目以便检查。将寿诸梨枣，邮示予，予叹其综核名物，征引博详，若并游盛世而闻先贤之謦欬，固亦奇矣。倘天假以年，益事采择，必可荟为一邑文献之大观。惜未竟其业，遽以下世，读其遗稿，泪涔涔下，夫岂仅为私之痛耶！

戊辰冬杨开森

书后

《合肥诗话》三卷，李甥子渊作也。甥，女兄琼华子。生有至性，具夙慧，意之所悟，成人尠屈焉。

十年前，甥甫龆龄，随其父伯琦姊婿宦天津，予时受业成均，寒暑假归道出津、沽，常主姊家，甥恒依迟左右，应对中节，予极爱之。

岁甲子，予徙家于吴，又明年，伯琦亦避嚣卜筑是间，晨夕往还，过从甚密。于时，甥劬学益勤，诗文词斐然可观矣。世俗浇漓，少年多蛊于离奇怪诞之说而不知省，甥独持愤世嫉俗之论，不阿好苟同，戚鄙咸称异之。

丁卯中秋，予归乡里省墓，甥送行道左，订重阳持螯之约。会军兴，途梗愆期，未及返，伯琦遽以甥凶闻讣，乌乎伤已！

甥平日尝辑吾邑有清一代之诗，自定山、容斋而后，迄于并世，附以遗闻逸事，得二百十九家，汇为一编，颜曰「合肥诗话」。伯琦既徇征甫之请刊其遗稿，复取是编校订而付诸梓。虽所录诸诗律以古之作者间有未当，然网罗一邑数百年间人物文献萃于一帙，即诗以存人，因人以考事，固与断断较量文词之工拙者有别，其志有足多者，信乎其不可没也。

予幼时盖亦尝学诗于伯琦，驽缓多病，杂以人事，迄无成就，乃亦滥厕于乡邦人士之列，滋可愧也。夫甥之卒，予欲为文悼之者久矣，顾执笔辄泫然不能成词，既悯甥之好学而不禄，更念伯琦所遭之不幸略与予同。长子天翔，十岁时毕数经，粗解大意，亦以强死。是编刊印将竣，为书简末，哀甥亦以自伤云。

己巳五月吴秉忠识于吴中蘧庐

《安徽古籍叢書萃編》書目

定本莊子故
康輶紀行　東槎紀略
北山樓集
疑庵詩
方望溪遺集
識小録　寸陰叢録
東萊詩詞集
明太祖集
王侍郎奏議
朱楓林集
敬孚類稿
施愚山集（全四册）
吴敬梓吴烺詩文合集
張孝祥詞箋校
竇山公家議校注
翠微南征録北征録合集
阮大鋮戲曲四種
老子注三種

杜詩説
朱書集
論語解注合編
郭祥正集
皖人詩話八種
績學堂詩文鈔
唐詩評三種（上下）
鈍齋詩選
老子注譯
莊子詮詁
説文假借義證（全五册）
劉銘傳文集
包世臣全集（全三册）
田間易學
莊屈合詁
田間詩集
田間文集
古事比（上下）
安徽出土金文訂補

道聽途説
蘭茗館外史
青泥蓮花記
秋崖詩詞校注
舌華録
明語林
夜雨秋燈録（上下）
包拯集校注
毛詩後箋（上中下）
壹齋集（上下）
孟子講義
楊仁山全集
不得已（附二種）
歙事閒譚（上下）
惜抱軒詩集訓纂
張孝祥詩文集
吴汝綸全集（全六册）
青溪集
藏山閣集

田間詩學（上下）
俞正燮全集（全三册）
皖人戲曲選刊　鄭之珍卷
詠懷堂詩集
所知録
文選箋證（上下）
七頌堂集
程瑶田全集（全四册）